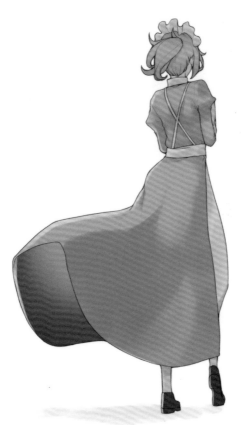

던전에서 만남을 추구하면 안 되는 걸까 18

오모리 후지노 OMORI FUJINO   일러스트 야스다 스즈히토 YASUDA SUZUHITO

김민재 옮김

© Suzuhito Yasuda

© Suzuhito Yasuda

© Suzuhito Yasuda

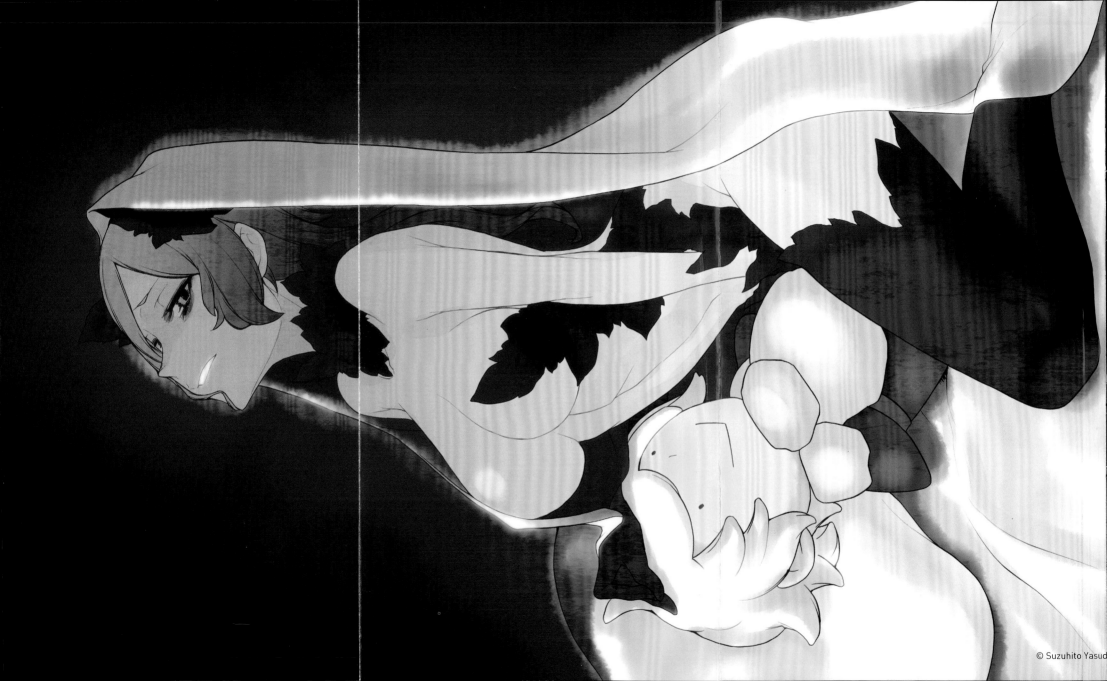

© Suzuhito Yasud

던전에서 만남을 추구하면 안 되는 걸까

18

오모리 후지노 지음 | **야스다 스즈히토** 일러스트 | **김민재** 옮김

S NOVEL

릴리루카 아데   LILIRUCA ARDE
'서포터'로 벨의 파티에 들어온 파룸(소인족) 소녀. 보기보다 힘이 장사. 【헤스티아 파밀리아】 소속.

야마토 미코토   YAMATO MIKOTO
극동 출신 휴먼. 한번 미끼로 삼았던 벨에게 용서를 받은 데에 은혜를 느끼고 있다. 【헤스티아 파밀리아】 소속.

에이나 튤   EINA TULLE
던전을 운영하고 관리하는 「길드」 소속 접수원. 벨과 함께 모험자 장비를 구입하는 등 공사 양면에서 도와준다.

아냐 프로멜   ANYA FROMEL
【풍요의 여주인】 점원. 조금 바보스러운 캣 피플. 시르와 류의 동료.

루노아 파우스트   LUNOR FAUST
【풍요의 여주인】 점원. 상식적인 것 같으면서도 무서운 일면을 가진 휴먼.

아렌 프로멜   ALLEN FROMEL
【프레이야 파밀리아】 소속 캣 피플. Lv.6 제1급 모험자이자 「도시최속」이라는 별명을 가졌다.

회그니 라그날   HOGNI RAGNAR
헤딘의 숙적이기도 한 다크엘프. 별명은 【다인슬레이프】. 사실은 말을 하는 것이 서툴다……?

회른   HELUN
프레이야에게 충성을 맹세한 여신의 시종. '여신의 이름 없는 심부름꾼(네임리스)'이라는 별명으로 알려졌다.

벨프 크로조   WELF CROZZO
벨의 파티에 들어온 스미스 청년. 벨의 장비 《강총이 Mk-II》의 제작자. 【헤스티아 파밀리아】 소속.

산죠노 하루히메   SANJONO HARUHIME
벨과 환락가에서 마주친 극동 출신 르나르(여우수인). 【헤스티아 파밀리아】 소속.

헤르메스   HERMES
【헤르메스 파밀리아】의 주신. 파벌들 속에서도 중립을 자처하는 여리여리한 남신. 행동력이 뛰어나고 빈틈이 없다. 누군가에게서 벨을 감시하도록 의뢰를 받고 있는지도……?

클로에 로로   CHLOE LOLO
【풍요의 여주인】 점원. 신들의 언동을 따라하는 캣 피플. 벨의 엉덩이를 노린다.

미아 그랜드   MIA GRAND
주점 『풍요의 여주인』의 점주. 드워프임에도 매우 키가 크다. 모험자가 울며 도망칠 정도로 힘이 장사.

알프릭 걸리버   ALFRIGG GULLIVER
파룸으로서 Lv.5에 이른 모험자. 네쌍둥이의 장남으로 드바린, 베링, 그레르 세 동생이 있다.

헤딘 셀랜드   HEDIN SELLAND
프레이야도 신뢰하는 영명한 마법검사. 별명은 【힐드슬레이프】.

헤이즈 벨벳   HEITH VEVET
【프레이야 파밀리아】에 속한 유능한 치유사. 오탈을 자주 비난한다고 한다.

헤스티아
HESTIA
인간과 아인을 넘어선 초월존재인, 천계에서 내려온 신. 벨이 속한 【헤스티아 파밀리아】의 주신. 벨이 너무 좋아!

벨 크라넬
BELL CRANEL
본 작품의 주인공. 할아버지의 가르침 때문에 던전에서 멋진 히로인과 만날 날을 꿈꾸는 신출내기 모험자. 【헤스티아 파밀리아】 소속.

류 리온
RYU LION
원래는 뛰어난 모험자였다. 현재는 주점 【풍요의 여주인】에서 점원으로 일한다.

아이즈 발렌슈타인
AIS WALLENSTEIN
아름다움과 강함을 겸비한 오라리오 최강의 여성모험자. 별명은 【검희】. 벨에게는 동경의 존재. 현재 Lv.6. 【로키 파밀리아】 소속.

시르 플로버
SYR FLOVER
주점 【풍요의 여주인】의 점원. 우연한 만남으로 벨과 친해졌다.

프레이야
FREYA
【프레이야 파밀리아】의 주신. 신들 중에서도 가장 아름답다고 일컬어지는 '미의 여신'.

오탈
OTTARL
파밀리아 단장을 맡은 오라리오 최강의 모험자. 보어즈.

아스피 알 안드로메다
ASUFI AL ANDROMEDA
다양한 매직 아이템을 개발하는 아이템 메이커. 【헤르메스 파밀리아】 소속.

CHARACTER & STORY

미 궁도시 오라리오── 통칭 『던전』이라 불리는 장대한 지하미궁을 보유한 거대도시. 모험자가 되려는 소년 벨 크라넬은 이 도시에서 여신 헤스티아와 만나 【헤스티아 파밀리아】에 입단한다. 동경하는 【검희】 아이즈 발렌슈타인에게 인정받고자 던전 탐색에 매진하는 가운데 서포터 릴리, 스미스 벨프, 극동 출신 미코토, 르나르 하루히메도 같은 【파밀리아】의 일원이 되었다.

벨을 손에 넣기 위해 오라리오 전체를 『매료』시킨 신 프레이야. 하지만 벨의 꺾이지 않는 마음과, 『매료』를 면한 류, 아스피, 그리고 헤스티아의 권능으로 벨을 【프레이야 파밀리아】에 거두려는 계획은 실패한다. 온갖 의도가 얽히는 가운데, 벨과 【프레이야 파밀리아】의 미래를 건 『워 게임』이 시작된다──.

커버 그림, 본문 일러스트 | **야스다 스즈히토**

Double Role II

© Suzuhito Yasuda

내가 언제나 마지막에 도달하는 곳은 『꽃밭』이었다.

천계에 있을 무렵의 나는 여러모로 부자유스러웠다.

『미의 신』은 신 중에서도 특별한 존재.

권능은 감로임과 동시에 맹독이기도 하다.

신에게도 미치는 『매료』의 위력은 절대적이어서 신의 섭리마저 붕괴시킬 수 있다. 대신(大神)을 비롯한 여러 신은 우리 『미의 신』을 탐내면서도 두려워했다. 종속신으로 삼으려다 자신이 꼭두각시가 되어버렸다는 일도 흔한 이야기였으니.

따라서 『미의 신』에 대한 대처는 두 가지뿐.

완전히 없애버리거나, 공주처럼 애지중지하거나.

대부분은 후자. 그리고 가까운 위치에 안전장치인 처녀신을 놓아둔다. 같은 미의 신인 아프로디테 같은 경우 순결신 아르테미스가 무력행사로 침묵시킨 것도 한두 번이 아니었지. 천계에서의 『침략』과 『지배』를 금지했기 때문에, 계(界)의 파수꾼들은 권능의 무제한 행사가 불문율로 허락되기도 했다.

그래서 나도 감시가 붙어 자유를 잃었는가—— 하면 그렇지는 않았다.

나의 『매료』는 **처녀신에게까지 미치고 말았으니까.**

『미의 신』 중에서도 격이 다른 존재.

내가 바라든 바라지 않든 상관없이, 그런 식으로 숭배를 받고 두려움의 대상이 되었다. 아마도 나의 권능에 진정으로 대항할 수 있었던 것은 올림포스의 3대 처녀신뿐.

그러므로 나는 엄격한 『관리』를 받았다.

표면상으로는 바라면 무엇이든 이루어지는 낙원. 본질은 나를 가둬놓을 무한의 감옥.

나에게 주어진, 천계에 둘도 없을 정도의 대신전도, 그곳을 수호하는 수많은 종속신이나 정령들도, 모두 나를 속박할 『족쇄』. 가증스러운 점은 감옥을 만들어낸 대신 오딘이 나의 취미와 기호를 하나에서 열까지 꿰뚫어 보고 있었다는 것. 여왕 프레이야가 저버릴 수 없을 만한 자들을 알선하고, 그들의 순수한 정까지도 나를 묶는 『사슬』로 바꿔놓았다. 정작 본인은 『매료』가 닿지 않는 장소에서 느긋하게 살아가다가 무슨 일이 생기면 신창(神槍)을 던져 나를 죽일 수 있으면서. 그 아니꼬운 노신이 생각할 만한 일이다.

하지만 부자유스러움을 탄식한 적은 없다.

불만은 헤아릴 수 없을 정도로 많았지만 『미』와 『사랑』의 신으로서 감내했다.

자랑하는 것도 뭣도 아니고, 누구에게서나 사랑받는 나는 누구보다도 혜택을 받고 있었으니까. 불행한 척해봤자 웃음거리만 될 뿐이다. 무엇보다도 나 자신이 감옥에 갇히기 전부터 이미 달관과 체념의 포로가 되어 있었다.

왜냐면 이건 『인형놀이』인걸?

아무도 날 거역하지 않아. 거역할 수 없어.

모두 나의『사랑』을 원해 무릎을 꿇는다.

제아무리 강한 무신(武神)도, 제아무리 잔학한 사신도 나의『사랑』을 바라며 혈안이 된다.

반대로 내가 원하면 그 어떤 존재도『사랑』으로 갚아준다.

나는 그『사랑』이 온갖 계(界)를 통틀어 가장 공허한 것이라고, 그렇게 생각하고 말았다.

누구도 날 이해해주지 못하는 것 아닐까.

누구도 날 공감해주지 못하는 것 아닐까.

하지만 미칠 듯한『사랑』을 원하고 있음에도 불구하고, 내가 원하면『무상의 사랑』을 바치는 자들의 모순은 이 얼마나 이질적인지.

나락과도 같은 시커먼 욕망도 새하얀 평원으로 바꾸어놓고 마는『미』의『사랑』.

『매료』의 유무는 상관없다.

내가『미의 신』인 이상 이 공허함은 영원히 따라다닌다.

그렇다면 미와 사랑의 여신인 나는 이 공허라는 이름의『멍에』에서 벗어날 수 없다. 그것이 진실.

『사랑』을 관장하는 나야말로『사랑』의 노예임을 깨닫고 말았다.

내가 아무리 분방한 바람인 척해도, 제아무리 잔학한 마녀를 가장해도『여신의 멍에』에서 해방될 날은 영원히 오지 않는다는 것을.

모두가 넋을 놓는 가면 같은 미소가 아니라.

마음속에서 우러나는『진짜 웃음』을 마지막으로 머금었던 것이 대체 언제였는지.

나는 더 이상 기억하지 못한다.

『사랑』은 편리하지.

뭐든지 손에 넣을 수 있다. 손에 넣지 못하는 것은 없다.

『사랑』은 멋지지.

행복을 낳을 수 있다. 행복을 키우고, 그것을 선망하는 자들을 만들어낸다.

『사랑』은 아름답지.

아름다워야만 한다. 아름답지 않으면 그것은『사랑』이라 부를 수 없다.

왜냐하면 타산은『사랑』이라 부를 수 없으니까. 조금이라도 추하면『사랑』이라 간주할 수 없으니까.

그렇지 않다면 성애(性愛)가 웃음거리가 되지도 않고, 자기애가 비난의 대상이 될 일도 없다.

『사랑』이란 신성해야만 한다. 모두가『사랑』에 환상을 품고 있다.『사랑』은 무엇보다도 존엄하고 가장 아름다운 것이라 믿어 의심치 않는다.

그러면, 아름답지 않다면, 나는『사랑』을 잊을 수 있을까?

그렇다면, 아름다움을 버리면 나는『여신의 멍에』에서

해방될 수 있을까?

나는 더러워지고 싶었다.

그래서 나는 더러워지기로 했다.

남신들이 에워싼, 감옥이라는 이름의 새장에 틀어박혀 온갖 쾌락을 탐닉했다.

여신들까지 불러서 생각할 수 있는 온갖 부정을 시도했다.

음탕의 도시 따위 아무것도 아니었다. 지루한 천계 속에서 가장 퇴폐의 극치에 달했던 것은 틀림없이 나를 가두었던 대신전. 일만의 세월을 수십 번 들여 색욕과 육욕의 바다에 빠졌다.

그리고 어느 순간, 신인 주제에 깊은 권태감에 사로잡혀, 문득 깨달았다.

나를 바라보는 주위의 눈을.

나를 바라보는, 열기가 담긴 『사랑』의 눈길을.

변하질 않아.

변하질 않아!

아무리 더러워져도, 영원한 시간을 들여도, 아무도 나를 저버리지 않아!

나의 몸은 여전히 『여신의 멍에』에 묶인 채!!

나는 절규했다.

처음으로 『품성』이란 것을 내팽개치고 대신전에서 뛰쳐나갔다.

산을 넘고 계곡을 넘고 바다를 넘고 별을 넘어.

백 가지 얼굴 중 하나인 『아가씨』의 얼굴을 걸치고, 추적자를 뿌리치며, 한끝 따위 없는 천계를 헤매고 또 헤맸다.

　그리고 도달한 것은 광활한 꽃밭.

　하늘과 땅의 경계가 사라진, 아름다운 붉은색 꽃의 바다 속에서, 나는 무릎을 꿇고 쓰러졌다.

　나는 울 수 없었다.

　그러나 눈에서는 눈물이 멈추지 않았다.

　아아, 역시나 달관과 체념에 지배당해, 격한 감정은 이미 말라버린 사막으로 변모해버렸다. 그러므로 하나도 슬프지 않을 텐데, 그래도 숫처녀처럼 얼굴을 두 손으로 가리고 있었다. 멈추지 않는 비가 황금으로 변해 붉은 꽃에 떨어지고 대지를 적셨다.

　찾을 수 없어.

　찾을 수 없어.

　무엇을 찾는 건지도 찾을 수 없어.

　하지만 분명 나는 찾고 있다.

　『여신의 멍에』에서 해방해줄 『무언가』를 찾고 있다.

　슬픔이 따르지 않는 텅 빈 눈물은 천인지 이천인지, 혹은 삼천인지 모를 밤 동안 이어졌다.

　그리고 꽃잎이 지고, 줄기가 꺾이고, 내 몸이 황금의 샘에 잠기게 되었을 무렵. 그녀가 나타났다.

　동향의 여신인 이둔.

　『미의 신』에게 육박할만한 미모를 가졌으면서, 천진난만

한 선신(善神)인 그녀는 음탕한 생활을 하는 나를 보다 못해 설교하러 왔다고 말했다.

하염없이 찾아다녔다고 땀을 뻘뻘 흘리며 말한 그녀는 자신이 관장하는 사물에 대해, 『청춘』에 대해 열변을 시작했다.

남녀의 밀회란 좀 더 건전해야 한다느니.

기쁨도 고통도 서로 나누어야 한다느니.

아무리 세월이 지나도 영혼은 젊어야 한다느니.

그러니까 너도 렛츠 청춘☆

나는 그녀를 죽여버릴까 생각했다.

자리에서 일어나, 제멋대로 떠들어대는 그녀의 뒤로 돌아가, 그 가느다란 목에 두 손을 가져다 대려 했다.

『그러니까 프레이야, 너의 반려를 찾아보자.』

──반려?

나는 움직임을 멈추었다.

목을 졸려 죽기 직전이었다는 것도 모른 채 이둔은 대답과 함께 웃었다.

너를 채워줄 반려가 분명 어딘가에 있을 거야.

그 존재와 푸른 봄을 즐겨보자.

그게 분명 너를 멍에로부터 해방해줄 테니까.

이야기를 듣고, 나는 이둔을 비웃었다.

그런 것이 있을 리 없다고.

하지만 나는 이둔의 헛소리를 믿기로 했다.

그런 것이 있을 리 없다고 증명하지도 못했으므로.

신전으로 돌아와, 주위를 시끄럽게 만들었던 나는 그 무렵부터 수집벽에 빠지기 시작했다.

아름다운 것을 모으고, 특히 아이들의 영혼을 바라보며 나만의 존재를 찾았다.

그리고 소동이 잠잠해진 신전을 몇 번이나 훌쩍 빠져나오게 되었다.

그것은 모두 반려를 찾는 여행.

『발작』을 일으키듯, 『아가씨』의 얼굴을 걸치고, 정처 없이 하늘의 세계를 방황했다.

몇 번이고 몇 번이고 빠져나와, 추적자의 손을 벗어나, 그럼에도 반려는 찾지 못하고, 실망은 늘어만 갔다. 지루함의 독에 잠식당하는 것을 싫어하고, 자극을 추구해, 때로는 몰려드는 신들을 적당히 상대해주며, 나는 방랑하고 또 방랑했다. 우연히 프레이야인 채로 헤스티아와 만났던 것도 이 무렵이었던가?

재회해서 『반려는 찾았어~?』하고 태평하게 웃던 이둔을 목 졸라 죽일 뻔하다가 나는 한 가지 깨달은 것이 있었다.

우리 『미의 신』에게는 손에 넣어야만 하는 것이 딱 하나 있다.

무엇보다도 아름답기 때문에. 『사랑』 때문에.

다른 『미의 신』은 어떻게 생각할지 생각을 굴려보고, 금방 생각하는 것을 그만두었다. 그런 것이 허사임은 명백했기 때문이다.

다른 『미의 신』은 결코 나처럼 고민하지 않는다. 자신이 절대적인 여왕이라고 믿어 의심치 않으며, 혜택도 헌상도 당연하다는 듯이 탐닉한다. 자신이야말로 최고라고 큰소리를 치며 다른 것들은 돌아보지 않는다.

거만한 이슈타르에게 질투가 났다.

바보 같은 아프로디테가 부러웠다.

그녀들은 『　　』을 발견해도, 비웃거나 해묵은 상처로 바꿔놓을 수 있을 테니까.

그리고 유구한 시간을 들여, 나는 천계를 다 뒤지고 말았다.

나의 반려는 이 하늘의 바다에는 없었다.

그렇다면 다음으로 갈 곳은 『하계』.

마침 그 무렵 신들의 강림이 시작되어, 나는 신시대에 뛰어들었다.

표면상으로는 천계에서 주체하지 못하던 지루함을 없애기 위해, 불완전한 세계의 가능성을 꿈꾸면서.

그리고 기적 같은 『미지』와—— 반려와 만날 수 있다는 데에 매달려.

하지만.

천계보다도 훨씬 작은 하계는 이내 한계가 보여, 나의

기도는 이내 절망으로 바뀌었다.

　가로축으로 대지는 모두 뒤져보았다. 이제는 세로축으로 시간이 찾아오기를 기다릴 수밖에 없었다.

　당시 이미 【파밀리아】를 결성했던 나는 지치고 말았다.

　귀여운 아이들 앞에서는 여왕의 미소를 지으면서도, 이럴 거면 지루함의 독에 잠식당해 영원히 잠드는 편이 그나마 낫겠다고 생각할 정도로.

　어느 날, 권속의 눈을 피해 혼자가 된 내가 도달한 곳은 공교롭게도 하늘의 고향과 비슷한 광경이었다.

　황혼에 잠긴 붉은 꽃밭.

　나는 그 중심에서, 무릎을 꿇고, 눈물을 흘렸다.

　이번에는 슬픔을 수반해서, 멍에의 비웃음을 사면서, 절망을 필사적으로 억누르며.

　아마도, 그것이, 하계에서 흘렸던 처음이자 마지막 눈물.

　……아아, 아니었구나.

　왜냐면 시르가 네 앞에서 눈물을 흘리고 말았으니까.

© Suzuhito Yasuda

머리가 자랐다.

어느샌가 목을 넘어 등까지 닿을 정도로.

손에 들고 보니, 연녹색으로 물들였던 한 다발 속에 원래의 금색 머리카락이 보였다.

정체를 숨기기 위해 머리를 물들여준 것은 언제나 그녀였으며, 머리를 잘라준 것도 그녀였다.

거울에 비치던, 그 다정한 눈빛이 지금은 너무나도 멀다.

입가에 머금었던 미소도 잘 떠오르지 않는다.

머리를 잘라주었던 그녀는 이제 없으니까.

나는 거부하고, 그녀도 떠났다.

지금 와서 보면 그녀 자신이 바랐던 것 같다.

그녀는 무슨 생각으로 내 머리를 빗겨주었을까.

대체 무슨 기분으로 예쁘다고 칭찬해주었을까.

우리가 지냈던 시간은 전부 거짓이었을까.

분노와 슬픔과 함께 몇 번째인지도 모를 의문이 떠올랐다가는 사라졌다.

그 회색 눈동자는 『롤플레잉』이라고, 그렇게 말했다.

이제까지 풍요의 주점에 있었던 일은 『놀이』라고 딱 잘라 말했던 것이다.

이해할 수 없는 것이 잔뜩 있다.

상처도 무수히 입었다.

배신당했다고 외치면 될까.

날 속인 거냐고 울면 될까.

아니면 우리의 순정을 돌려달라고 욕설을 퍼부으면 마음이 편해질까.

갇혀버린 지하실에서, 그런 생각만을 하염없이 하고 있었다.

하지만.

문득 깨닫고 말았다.

그녀는 전혀 달라진 것이 없다고.

왜냐하면 그녀는 언제나 제멋대로였으니까.

우리를 소중히 생각한다고 말하면서, 자신에 대해서는 말하지 않아 비밀투성이.

웃고 너스레를 떨며 슬그머니 손을 빠져나간다.

그녀는 언제나 자유롭고 변덕스러운 『바람』이었다.

지금도 그렇다.

그녀는 자신의 사정만 일방적으로 통고하고 제멋대로 연을 끊으려 할뿐.

나는 아무것도 이해하지 못했고, 무엇을 믿어야 좋은지도 확실치 않은데.

그렇다——.

나는 아직, 만족스러울 만큼, 그녀와 말을 나누지 못했다.

그렇다면——.

내가 『알 게 뭐냐』라고 되받아치고 그녀에게 다가가도

상관없을 것이다.

그녀가 아무리 이제까지의 일을 놀이라고 잘라버려도, 모두 거짓이라고 비웃어도.

나는 아직 그녀의 속내를 하나도 파헤쳐주지 않았으니까.

당신이 '마을 아가씨'를 버리고 제멋대로인 여왕 행세를 하겠다면, 멋대로 하라지.

나도 이번만큼은 광포한 『폭풍』이 될 테니.

"……시킨 대로 가져왔다. 그 싸움에서 챙겨냈다고."

시벽 바깥, 도시문 앞에 선 그에게서 그것을 받아들었다.

깨져나간 『나뭇조각』.

미궁의 역참마을에서 일부러 가져와 준 두목에게 감사를 표하고, 천천히 하늘을 우러러보았다.

해도 아직 뜨지 않은 밤과 아침의 경계.

희뿌옇게 밝아오는 하늘에서 찬란하게 빛나는 별이 보인다.

이제는 결코 눈을 돌리지 않을 몇몇 별들이.

"헤르메스 님께서 이것을……. 『그분』은 까마득한 동쪽의 검제도시(劍製都市) 졸링겐에 계시다고 합니다."

주신의 말을 전해준 벗에게 감사와 함께 고개를 끄덕였다.

그녀의 손을 빌려서, 출발 준비는 모두 갖추었다.

이제는 이 도시와 잠깐의 작별을 나눌 뿐.

가로막는 것이 하나도 없는 수평선을 바라보며 나는 시

벽에 등을 돌렸다.

　하얀 머리카락의 그를 위해.

　회색 머리카락의 그녀를 위해.

　그리고 오늘까지 금색 머리카락을 숨겨왔던 자신을 위해.

　마지막 『재계』를 마치러 간다.

　지금도 빛나는 별을 바라보며, 등 뒤의 도시에 대고 속삭임을 바람에 실었다.

　"기다리십시오, 시르. 당신의 뺨을 후려갈기기 전까진 직성이 풀리지 않을 겁니다."

　　　　　　　　🔥

　전대미문의 『워 게임』, 결정——.

　그 소식은 즉시 오라리오를 휩쓸었다.

　『미의 신』이 일으킨 대규모의 『매료』——『침략』에 의해, 아직 기억도 제대로 정리되지 않았던 미궁도시의 주민들은 눈앞에 떨어진 새로운 정보에 예외 없이 혼란의 극치에 빠졌다.

　【프레이야 파밀리아】 대 『파벌연합』.

　이제까지 들어본 적도 없는 이례적인 방식은 관리기관 길드 및 신들의 한뜻인지, 아니면 프레이야 자신이 제안한 것인지, 사태에 휩쓸리기만 하는 민중은 알 도리가 없었다. 다만 오라리오 사상 『최대의 워 게임』이 되리라는 예감만은 확실했다. 『파벌대전』 소식은 거대 시벽을 넘어 도시 밖에까지 충격을 가져다주었다.

무슨 일이 일어나는 거냐고, 상황을 따라잡지 못한 이는 외쳤다.

당연한 조치라고, 기억을 조작당했던 이는 분개했다.

그 정도로 되겠느냐고 내뱉는 이도 있었다.

그래도 가장 많았던 것은, 앞으로 뭐가 어떻게 되는 거냐고 당혹감을 감추지 못하는 이들이었다.

상인들도 이번만은 장사의 기회를 챙기려 하지 않고 도시의 『균형』을 우려했다.

신들조차 예외는 아니었다.

평소의 장난스러운 태도를 내팽개치고 처신을 진지하게 고민하는 이가 속출했다. 혈기왕성한 권속—— 참전하겠다고 나서는 모험자들을 말리느라 고생하는 신은 지금도 끊이질 않는다.

어쨌거나 【프레이야 파밀리아】의 폭거를 용서하자고 말하는 자는 전무했다. 워 게임이라는 결판의 방식에 크게 놀랐다고는 하지만, 환락가 궤멸 건도 포함해 이제까지 수많은 횡포에 대한 울분이 폭발한 형태이기도 했다.

그렇다.

지금 이 상황에서, 여왕 프레이야는 고립무원이었다.

적어도 표면상으로는 그녀의 편이라고 대놓고 말하는

이는 없다고 해도 과언이 아니었다.

　——그러고도, 『미신의 전군』과 싸우려 하는 목숨 아까운 줄 모르는 자는 결코 많지 않았다.

　"무~~~슨 소리야?!"

　헤스티아의 고함이 울려 퍼졌다.

　많은 기둥이 높은 천장을 지탱하는 대형 홀.

　도시 중앙에 우뚝 솟은 『바벨』30층에서 『신회』가 열리고 있었다.

　"왜 너희가 워 게임에 참가하지 않는 건데, 로키?!"

　콰앙!

　헤스티아의 두 손이 원탁을 있는 힘껏 내리쳤다.

　그녀의 대각선 맞은편에 앉아있던 로키는 입을 한껏 세모꼴로 다물고 있었다.

　"……그럼 내보고 우짜라꼬. 일이 일케 댔는데."

　"뭐가 그렇게 됐다는 건데!"

　헤스티아가 일방적으로 고함을 질러대는 가운데, 대형 홀은 소란에 빠졌다.

　이번 『신회』의 목적은 『워 게임』의 대전 방식 등 상세한 규칙을 의논하는 것이었다. 나아가서는 【헤스티아 파밀리아】를 기수로 두고 『파벌연합』에 참가할 연합의 리스트를 확인하는 것이기도 했다.

　말할 것도 없이 【로키 파밀리아】는 【프레이야 파밀리아】

에게 대항할 수 있는 최고 유력후보. 하지만 그런 로키가 『불참』한다는 것이다.

의회는 크게 흔들렸다.

이제까지 보지 못했을 정도로 많은 신이 출석한 『신회』에 파문이 퍼져나갔다.

"너희는 프레이야를 두들겨 패기 위한 전력의 필두잖아! 그런데 이 타이밍에서 느닷없이 『참가 못하겠네요~』라니 창피하지도 않아?!"

"『워 게임』 받아들이겠다꼬 으스대면서 큰소리친 건 니 아이었나······."

"혈기왕성한 너라면 제일 먼저 참가할 거라고 생각했지! 까놓고 말해 발렌 아무개랑 너네 애들한테 의존할 마음 그득했다! 안 그러면 그딴 무서운 녀석들하고 어떻게 싸워—!!"

"니 평소에 싫어하는 넘한테 기대함시로 안 부끄럽나······?"

완전히 남의 힘에 의지할 생각이었던 어린 여신에게 로키가 어이없다는 표정을 이었다.

하지만 헤스티아는 헤스티아대로 그럴 상황이 아니었다.

몸을 내밀며 로키에게 침을 튀길 기세로 주워섬겨댔다.

"주위를 봐! 네가 안 나간다고 하니까 참가하려던 녀석들까지 슬그머니 꽁무니 빼고 있잖아!"

각 파벌의 동향을 살피던 주신들은 이제 물리적으로도 심리적으로도 헤스티아에게서 멀찍이 떨어져 있었다. 구체적으로는 의자를 원탁에서 다섯 걸음 정도 띄운 채 "하하하" "헤헤헤" 헛웃음을 짓고 있었다.

『【로키 파밀리아】가 참가하지 않으면 누가 그 괴물들을 막으라고?』

이것이 하나가 된 신들의 마음속 목소리였다.

분위기가 수상해지면 보신으로 향한다. 그것은 인간이 됐든 신이 됐든 마찬가지다.

주위를 둘러보던 로키는 귀찮다는 듯 입을 열었다.

"그럼 내도 한 마디 할란다…… 우리가 진짜로 참가하믄 그건 걍 『로키랑 프레이야 싸움』이 되는 거 아이가, 까놓고."

"윽……?!"

"명목상으론 어디까지나 『헤스티아랑 프레이야 싸움』인데, 니들이 덤이 되는 기라. ……주신의 대리전쟁이 아이라 땅꼬마 니 대리전쟁이 된다 아이가."

【프레이야 파밀리아】 VS. 【헤스티아 파밀리아】와 지원자, 가 아니라.

【프레이야 파밀리아】 VS. 【로키 파밀리아】+기타 등등, 이 될 수 있다.

로키는 행간으로 그렇게 말한 것이다.

헤스티아도 솔~직히 그 말이 맞다고 생각했다. 따라서 찍소리도 못했다.

그거야말로 부와 명예, 그리고 긍지까지도 걸고 이번 일전에 임하는 프레이야에게 매우 꼴불견인 데다 의리도 없는 짓이었다.

적이 너무나도 강하다 보니 "지금 체면 차릴 때냐!", "우리에겐 벨 군의 정조가 걸렸다!" 등등 앞뒤 안 가리고 떠들어대고 싶은 심경이기는 하지만.

"하, 하지만 그럼 하다못해 몇 명만 참전시키는 정도는……!"

"그것도 미리 금지당했데이. ……길드한테."

프레이야 자신이 제안했던 『워 게임』이라고는 하지만, 지금 이대로 가면 단순한 공개처형.

외국 여러 나라에 대해 체면도 서지 않고, 『워 게임』을 표방했다면 최소한의 공평성을 기해야만 한다──는 것이 길드의 『명분』이었다고 한다.

"나하고 아폴론 때는 더 부조리하지 않았냐──!"

그렇게 이의를 제기하자.

"그건 스카우트를 게을리한 니 잘못이데이."

라고 정론을 들이댔다.

결국 헤스티아는 끙끙 앓는 소리를 낼 수밖에 없었다.

원래부터 다수 대 1의, 이례밖에 찾아볼 수 없는 『파벌대전』.

규칙 따위 정비되어 있을 리도 없으므로 무리도 아니지만──.

"……."

헤스티아는 원탁의 일각을 흘끔 보았다.

그것은 정면의 공석. 헤스티아와 대치해야 할 여왕의 자리였다.

이『신회』에 프레이야는 없었다.

승부의 방법도, 상세한 규칙도, 아무리 불리한 조건이라도 '전부 수용하겠다'고, 그녀는 그렇게 큰소리를 쳤던 것이다.

『바벨』 최상층에 살 권리도 버린 미의 신은 현재 홈의 옥좌에서 으스스할 정도로 침묵을 관철한 채 도시의 결정을 기다린다. 자신이 쌓아온 모든 것을 칩으로 삼아 개전을 요구한 프레이야는 지금도 여왕이었다.

"오라리오가 기울어질 수도 있는 전쟁을 길드가 용납할 수는 없다 아이가. 눈엣가시한테 명령받아서 내도 어쩔 수 없이 불참――."

"……이라느니 하면서 프레이야한테 약점이라도 잡혔다는 얘기는 아니겠지?"

"――뜨끔!"

불쑥 중얼거린 헤스티아의 말에 로키가 누구나 알아볼 만큼 당혹감을 보였다.

"역~시 그랬구나! 호전적인 네가 길드 말을 얌전히 듣다니 이상하다고 생각했지!"

"무, 무, 무신 소릴 하는데?! 딱히 내는 천계 시절 빚이라고 해야 하나 빌리고 떼어먹은 매의 날개옷 때문에 협박당했다거나 그런 거 하나도 아이다!"

"절찬 제 말에 제가 넘어가고 있잖냐 이 불량신아!"

의자를 박차고 일어난 헤스티아와 로키가 꽥꽥 소란을 떠는 모습에, 행방을 지켜보던 헤파이스토스와 미아흐, 타케미카즈치는 무거운 한숨을 내쉬었다.

잠시 후.

규탄당할 대로 당한 로키는 장탄식과 함께 다시 의자에 앉았다.

"……내도 싸울 수 있음 그러고 싶데이. 그 색골은 그럴 만한 짓을 한기라. 한 방 먹여주지 않음 내 속이 안 풀리겠구마."

"그렇다면……!"

"근데 **그기 안 멕히는 이유가 있데이.**"

단언했다.

로키 자신도 매우 불만스러운 듯 낯을 찌그리면서.

그녀의 신의는 확고했다. 아니, 프레이야에게 그간의 빚을 갚아주려 하던 그녀의 신의를 뒤틀어버릴 『무언가』가 존재했다. 그리고 로키는 그것을 말할 마음이 없었다.

헤스티아는 이제 포기할 수밖에 없었다.

같은 신으로서, 이렇게 되어버린 신의는 뒤집을 수 없음을 잘 알기 때문이다.

"……알았다. 더 이상 전투에 나와달라고는 하지 않겠다. 그럼 하다못해 발렌 아무개 군에게 힘을 빌릴 수는 없을까?"

입을 다물었던 헤스티아가 마지막으로 시도한 것은,

교섭.

함께 싸우지는 못하더라도 이 양보만은 이끌어내려고 했다.

"벨 군과 발렌 아무개 군은 그…… 뭐랄까, 전투 스타일이나 뭐 그런 의미에서, 상성이 좋단 말이다. 그래서 워 게임이 시작될 때까지 그 아이에게 도움을 청하고 싶다."

신들이 모인 자리에서 『레어 스킬』의 정체를 들키지 않도록 말을 흐리며 요구했다.

【리아리스 프레제】의 원천을 아는 헤스티아는 아이즈와의 단련 내지는 교전이 벨을 얼마나 비약시키는지를 통감한다. 아폴론과의 워 게임 전에 그녀와 했던 훈련이 소년을 그야말로 급성장시켜 자이언트 킬링을 달성했을 정도니까.

애원하는 헤스티아를 빤히 쳐다보던 로키는…… 힘없이, 고개를 가로저었다.

"안 된다."

"뭐……?! 어, 어째서!"

"아이즈는 이미 꼼짝도 못 한다."

달관한 듯한 말에 헤스티아는 당황했다.

로키는 몸을 등받이에 기대며 머리 위를 올려다보았다.

"그 아가 지금 제일 『계약』에 묶여있는기라."

❈

아침 안개에 싸인 광대한 『평원』.

겨울처럼 차디찬 가을의 이른 아침에 아침 햇살은 없다.

아이즈는 그곳에서 홀로 보어즈 사내와 마주하고 있었다.

"여신의 말을 전한다."

"……."

"『빚을 갚아줘야겠어』."

"……."

"지불할 대상은, **침묵**."

"큭……."

닫혀있던 아이즈의 입술이 떨렸다.

"벨 크라넬에 관한 모든 사항에 일절 관여하지 마라."

"……!"

"기한은 워 게임이 끝날 때까지. 이곳에서 있었던 일을 생각해본다면 상응하는 대가일 터."

"그, 건……."

"받아들이지 못하겠다고 말할 텐가?"

"……."

"어차피 말뿐인 약속. 『계약』을 무시하겠다고 한다면, 마음대로 해라."

"…………그래도 돼?"

"그때는 너의 검이 썩어버릴 뿐이다."

"!!"

"맹세도 지키지 못하는 검이 어떻게 무뎌지지 않겠나."

겨우 둘뿐인 녹색 바다에서, 오탈은 많은 말을 하지 않았다.

보어즈 무인은 아이즈에게 등을 돌리고 안개 속으로 사라졌다.

폴크방에 혼자 남은 아이즈는 입을 꾹 다물고 하늘을 우러러보았다.

"……………벨."

미안해.

아이즈가 쥐어 짜낸 것은 겨우 그 한 마디뿐이었다.

"뭐 하자는 거야, 로이만."

파룸의 그 목소리에는 온갖 비난이 담겨 있었다.

따지는 핀 디무나의 두 눈에, 길드장 로이만 마르딜은 한 줄기 땀을 흘리면서도 의연히 노려보았다.

"통지한 대로다. 길드는 너희【로키 파밀리아】에게 워 게임 참전 허가를 내릴 수 없다."

마주앉은 테이블 위에서 파룸과 엘프가 서로를 노려본다.

장소는 대로에서 떨어진 뒷골목의 조그만 찻집.

핀과 로이만은 지금 둘이서만 밀회를 가지고 있었다.

"우리가 수긍할 만한 이유를 제시할 수 있어?"

"설명할 것까지도 없거니와 수긍시킬 필요도 없지. 【로키 파밀리아】와 【프레이야 파밀리아】는 『도시의 쌍두』라고도 불리는 양대 세력이다. 제우스와 헤라가 그랬듯 절묘한 균형을 잡으며 오라리오에 군림하고 있어야만 한단 말이다!"

언성을 높이는 로이만의 진의는 명백했다.

『워 게임에서 로키와 프레이야가 충돌해 서로를 무너뜨려서는 안 된다』.

그는 그 한 가지 생각만으로 이번 『대전』에 찬물을 끼얹으려 한다.

그리고 빈축을 살 각오로 ──아마도 독단에 가까운 형태로── 이를 밀어붙이려 한다.

그 증거로, 로이만은 군살이 가득 찬 배를 한 손으로 누르며 연신 문질러댔다. 낯빛도 좋지 않았다. 그의 결정에 반발하는 이는 길드 내부에도 적지 않은지, 지금이라도 위장통의 신음소리가 들려올 것 같았다.

애초에 이런 뒷골목의 가게를 밀회 장소로 선택했던 것도 (로이만이) 주위의 눈을 두려워해서였다. 만약 【브레이버】가 『길드 본부』에 직접 쳐들어와 항의했다는 소문이라도 퍼지면 위신은 땅에 떨어지고, 모험자와 길드 직원의 불만에 박차가 가해질 것이다. 여론도 격화된다. 스트레스가 극도에 달해 쓰러지기라도 한다면 그건 그거대로 시간낭비였으므로, 핀은 어쩔 수 없이 자신의 파벌에 속한 엘프

단원이 가르쳐준 이 가게를 밀회장소로 택했던 것이다.

이번 명령이 로이만의 고육지책임은 상상하기 어렵지 않았다.

그러나 핀에게 그런 것은 알 바 아니었다.

험악하고 날카로운 눈초리는 온화한 그답지 않았다.

그만큼 핀도 이번 결정에는 불만이 많았다.

"무엇을 위해 워 게임이 있지? 무엇을 위해 규칙을 설정하지?『항쟁』이 아니라『결투』……『시합』이라는 형식으로 만든건 너희가 우려하는『피해』를 막기 위해서 아니었어?"

"어느 입으로 그딴 소릴! 모험자의 확약 따위를 어떻게 믿으라고!"

핀의 지적에 로이만은 꿋꿋하게 반론했다.

이것만은 한사코 양보하려 들지 않았다.

"너희의 말을 곧이곧대로 받아들였다가 희생자가 나오지 않은 사례가 얼마나 되지? 오히려 나오지 않은 일이 드물어!"

적 권속의『살해』를 금지사항으로 단단히 틀어막아봤자 희생자가 나올 때는 나온다.

그것이 길드의 견해다.

신들의 대리전쟁이라고는 하지만, 싸우는 것은 기질이 거친 모험자. 하물며 적대 파벌이 상대라면 더더욱 마찬가지라, 전투의 열광까지 맞물려『얌전한 규칙』따위 이성 저편으로 날려버릴 것이다.

그러나 핀에게 그런 것은 새삼스러운 소리였다.

실제로 길드는 이제까지 워 게임의 희생에는 눈을 감고 있었다.

아니, 오히려 워 게임 그 자체는 **장려하기까지 했다.**

그것은 시내에서 항쟁이 일어나는 것보다는 낫다는 이유가 대부분을 차지하고, 신들 사이의 악연은 게임을 준비해 승패를 설정하기 전까진 언제까지고 끝나지 않는다는 체념 때문이기도 했다.

그러나 그 속에 『파벌끼리 싸우게 해 모험자의【랭크 업】을 촉진시킨다』는 타산이 포함되어 있는 것은 사실이었다.

워 게임이란 어떤 의미에서 희생 이상의 대가를 얻을 수 있는 『시련』의 장이기도 하다.

【헤스티아 파밀리아】와【아폴론 파밀리아】의 워 게임이 좋은 예다.

대부분의 예상을 배신하고 헤스티아 파는 호락호락 아폴론 파의 양분이 되지 않았으며, 승리를 쟁취해 약진했다. 특히 벨은 그 싸움에서 명실 공히 슈퍼루키의 이름을 손에 넣어 유망 모험자로서 대두했다. 항간에서는 아예 『새로운 영웅 후보』라고 수군댈 정도였다.

『1년 내내 서로 죽여대는 야만스러운 아마조네스의 성지와 오라리오는 다르다!』

로이만은 그렇게 단언하고 주장하지만, 『영웅의 도시』를 자청할 거면 영웅에 이르려 하는 자들이 충돌하는 것은 원래 필연이다.

하지만.

"내가 모를 것 같나, 핀! 이번 워 게임은 역대 최대가 되겠지! 치열의 극에 달해, 여유 따위 잃어버리고 자제심 따위 사라져버리겠지! 제1급 모험자도 예외가 아니야! 【프레이야 파밀리아】와 전쟁을 일으킨다는 건 그런 뜻이다!"

이번에는 소동의 발단이 발단이었다.

부조리한 『매료』로 기억 그 자체를 개찬 당해 오라리오의 모든 이가 그녀의 손바닥 위에서 놀아났던 것이다. 존엄을 짓밟혔다고 분노에 사로잡힌 이가 압도적으로 많다.

"신 프레이야는 용서받지 못할 짓을 했다. 그건 나도 인정해! 하지만 그렇기에 많은 이가 격앙해, 이제는 통제가 될 만한 상황이 아니란 말이다! 【바나르간드】가 그 좋은 예지!"

웨어울프 베이트는 화로의 여신 헤스티아 덕에 『매료』의 주박이 불타 사라진 직후, 제일 먼저 【프레이야 파밀리아】의 수급을 거두려 했다. 길드의 정전 명령이 떨어진 후에도 동료들이 붙잡아놓고 겨우 말렸을 정도였다.

"이번만은 만에 하나의 일이 있어선 안 돼! 『흑룡』 토벌전에 제1급 모험자, 특히 너희 【로키 파밀리아】와 오탈 같은 자를 잃을 수는……!!"

마지막으로 남은 3대 퀘스트 중 하나, 『흑룡』의 토벌은 미궁도시의 책임이자 책무.

만약【로키 파밀리아】와【프레이야 파밀리아】가 공멸한다면 하계의 비원이 멀어지는 정도가 아니라 바람 그 자체가 사라진다고 해도 과언이 아니다.

로이만은 그 한 가지를 누구보다도 우려하고 있었다.

"우리가 참전하지 않는다면【헤스티아 파밀리아】와 연합은 **반드시 패배해.**"

그의 변명을 다 들은 핀은 두 눈을 가늘게 뜨며 그렇게 말을 꺼냈다.

"……그게 어쨌다고. 신 프레이야의 요구는『벨 크라넬의 이적』뿐. 모험자 한 명의 소속이 바뀔 뿐이다."

로이만은 잠시 입을 다물었다가 신음하듯 받아쳤다.

"【헤스티아 파밀리아】가 패배한들 도시 전력 측면에서는 전혀 타격이 없어!"

핀은 오랜만에.

정말로 오랜만에, 입 속에서 혀를 찰 뻔했다.

──길드의, 아니, 로이만의『나쁜 버릇』이 나왔다.

대국을 지나치게 잘 보기에 생겨나는 부덕함.

길드장을 맡은 그는 결코 무능한『길드의 돼지』따위가 아니다. 하지만 가장 중요한 명제를 우선시한 나머지 인정이나 윤리까지도 도외시하는 경향이 있다.

이번에도 그렇다.

【프레이야 파밀리아】라는 강대한 도시전력에 손실을 입히지 않기 위해,【로키 파밀리아】의 개입을 저지하고【헤스

티아 파밀리아】를 잘라버리려 한다.

　그만한 『침략』을 당해놓고도 로이만은 【프레이야 파밀리아】 편에 붙은 것이다.

　앞으로 『매료』의 공포에 겁을 먹을 것을 알면서도, 강철 같은 이성으로 감정을 다스리고, 세계의 『비원』을 달성해야만 하는 미궁도시의 사명을 다하고자 한다.

　그것은 분명 위정자로서는 옳고, 하계를 근심하는 그 누구보다도 현명한 판단일 수도 있다. 동시에 여론을 수긍시킬 수 없는 비(非) 대의명분이었다.

　그리고 그런 것으로 핀과 베이트를 비롯한 【로키 파밀리아】는 수긍하지 않는다.

　"촌극이군, 로이만."

　"촌극을 벌여야만 한단 말이다, 핀."

　두 사람의 시선이 얽혔다.

　살기에 가까운 감정이 깃든 용자의 눈빛을 앞에 두고도 로이만은 결코 눈을 돌리려 하지 않았다.

　그 자세에서는 그의 각오가 엿보였다.

　"……워 게임의 형식과 규칙은 신회와도 연계해 결정할 거다. 어느 쪽에도 승산이 있도록 공평하게. 나도 결코 헤스티아파가 지기를 바라는 건 아니야."

　"그 말과 네 행동을 비교해보면 과연 몇 명이나 수긍할까? 적어도 우리 단원들은 수긍하지 못할걸. 그리고 나도 수긍할 것 같지 않고."

최대한 냉정하게 이어지는 말에, 핀은 한 방 먹여줄 생각으로 말해주었다.

로이만은 금세 분노로 얼굴을 시뻘겋게 물들였다.

시뻘겋게 물들였다가………… 크게 한숨을 토했다.

완전히 지쳐버린 노인 같은 표정으로, 품에서 어떤 물건을 꺼냈다.

"핀…… 이걸 봐라."

"?"

테이블 위에 놓인 것은 『얼음덩어리』였다.

크기는 조그만 나이프보다도 더 작다.

자세히 보니 그것은 얼음덩어리가 아니라 칼날이 빠진 단검이 얼어붙은 것이었다.

"이건……?"

의아한 표정을 짓는 핀에게 로이만이 말했다.

"『탈리아의 빙원(氷園)』에서 가져온 거다."

"!"

그 순간 핀의 두 눈이 커졌다.

로이만의 얼굴과 테이블 위의 빙결물 사이에서 시선이 한 차례 왕복했다.

"……그녀 이외에도 성과가 있었던 거야?"

"얼마 안 되는 유물에 불과하다만."

"……장소는?"

"60계층과 61계층의 『틈새』. 지금의 네게는 그렇게밖에 말할 수 없어."

핀은 무의식중에 목소리를 낮추고 있었다.

그리고 몇 초의 망설임 끝에, 그 질문을 건넸다.

"…………『열쇠』는?"

"발견되지 않았다. 적어도 제우스와 헤라는 발견하지 못했어."

한순간의 정적이 가게 안을 채웠다.

그 짧은 시간 동안 핀은 세계가 정지한 듯한 착각을 맛보았다.

하지만 로이만은 지체하지 않고 본론을 들이댔다.

"워 게임에 불참하겠다고 약속하면 길드가 가진 『빙원』의 정보를 공개하지."

"!!"

"자세한 경로를 비롯해 영역의 장소에 이르기까지 전부. 공략도 가능할걸."

두 번째의 경악이 핀을 사로잡았다.

몸을 완전히 멈춰버린 핀을 내버려 둔 채, 로이만 자신도 씁쓸하기 그지없는 감정을 내비치며 말을 이었다.

"제우스와 헤라조차 지상으로 가져올 수 있었던 것은 겨우 그 정도 물건뿐이다. 하지만…… 그『말괄량이』가 있는 너희【로키 파밀리아】라면, 어쩌면 『열쇠』를 찾을 수 있을지도 모르지."

로이만의 말은 공전하는 머릿속에 담기지 않고 새어나

가 버렸다.

설마 하는 충격을 걷어내고 필사적으로 정보를 긁어모으던 핀은…… 로이만의 진의를 캐내기 전에, 질문을 하고 말았다.

"왜 이제 와서 정보를 공개하지?"

"——내가 꼭 그 말을 해야겠나, 이 벽창호들아!"

반면 로이만은 다시 눈썹을 예각으로 곤두세웠다.

"원래 이 정보는! 너희 【로키 파밀리아】와 【프레이야 파밀리아】가! 제우스와 헤라처럼 결탁할 때까지 가르쳐줄 마음이 없었어!! 보고대로라면 『빙원』이 존재하는 에어리어는 그 정도로 위험하니까! 하지만 너희는 서로 싸우기 바쁘고 손을 잡을 생각은 하지도 않지! 그뿐 아니라 이제는 칼을 나누려 하고!"

쾅!

로이만은 책상을 후려치더니, 몸을 일으킨 채 침을 튀길 기세로 주워섬겼다.

"너희가 서로를 짓밟으려 한다면 차라리!! …………숨겨 두었던 정보를 밝혀서라도 충돌을 회피시키는 게 나아."

어깨를 씨근덕거리는 로이만은 의자에 주저앉아 그렇게 말을 맺었다.

그것은 저울에 올려놓은 거래이자, 뼈를 깎는 심정의 교섭이었다.

양대 파벌이 협력하기 전까지는 도전시키지 않겠다는

위험영역에, 【로키 파밀리아】의 단독 공략을 허가한다.

그 대신 워 게임에서 손을 떼라.

로이만은 그렇게 말한 것이다.

"………."

길드장의 타협점에 핀은 처음으로 입을 다물었다.

동시에 그것은 로이만이 핀에게 한 방을 먹였다는 뜻이기도 했다.

그만큼 핀은, 【로키 파밀리아】는 눈앞에 들이댄 정보를 무시할 수 없었다.

적어도 **리베리아가 잠자코 있지 않는다.**

이 일을 털어놓으면 그녀는 베이트와 싸워서라도 이번 워 게임을 회피시킬 것이다.

"핀…… 너희는 반드시 『흑룡』을 토벌해야만 해."

"……."

"너희 다음은 없어. 너희만한 『영웅의 그릇』은, 더 이상 나타나지 않아."

"……."

"3대 퀘스트의 달성은 그만큼 힘들고 무거운 거다."

나이 150이 넘는 엘프는 한 글자 한 마디를 곱씹듯 말했다.

"다가올 흑룡 토벌 때, 지휘관은 네가 되겠지. ……언제까지 일개 모험자 행세나 하고 있을 거냐."

훈계 같은 목소리에는 애원도 담겨 있었다.

두 사람 사이에 흐르는 긴 침묵.

"……전할 말은 전했다! 워 게임에는 참가하지 마라, 핀! 알았나!"

마지막에는 평소의 분위기를 되찾고, 로이만은 자리를 떴다.

다짐에 다짐을 거듭하고는, 황급히 가게를 떠나버렸다.

"…………후—."

핀은 참았던 한숨을 토해냈다.

테이블 위에 남은 빙결물을 들어, 천장을 향해 들고 한참을 쳐다보았다.

그리고 의자에 몸을 기대고 고개를 갸웃하며 말을 건넸다.

"이것도 여신 프레이야의 계산대로일까, **헤딘**?"

"내 이름을 함부로 부르지 마라, 파룸."

뒤에서 돌아온 것은 싸늘한 목소리였다.

핀이 있는 가게의 구석, 그보다도 더 안쪽.

칸막이 한 장을 끼고 앉아있던 것은, 로이만과는 달리 미목수려한 엘프였다.

금색 장발을 등에 늘어뜨리고 한 손으로 책을 읽던 요정의 이름은, 헤딘 셸랜드.

【프레이야 파밀리아】의 간부이며 Lv.6인 제1급 모험자다.

"너도 이 가게 단골인 줄은 몰랐어."

"가게 이름부터 엘프와 연관이 있다는 게 명백할 텐데.

그런 네놈도 【사우전드】에게 가게를 추천받아 왔던 것 아닌가?"

이 가게의 이름은 『위세』.

핀은 모르는 일이지만 어떤 소년이 헤딘에게 끌려왔던 찻집이며, 공교롭게도 핀이 예의 소년에게 『파룸의 구혼』을 타진했던 장소이기도 했다.

로이만은 알아차리지 못했지만 그가 핀과 가게에 들어섰을 때는 이미 헤딘이 있었다.

그가 있다는 사실을 알면서 이야기를 진행했던 ——『견제』의 의미도 겸해서—— 핀도 그렇지만, 지금도 카운터 안에서 알 바 아니라는 듯 홍차를 즐기고 있는 엘프 마스터도 상당히 방심 못 할 인물이다.

"프레이야 님은 원래부터 오라리오 전체의 군세를 쳐부술 전제로 개전을 요구하셨다. 그분을 모욕하는 천박한 억측은 집어치워라."

헤딘은 책에 시선을 고정한 채 사실을 있는 그대로 말했다.

반면 핀은 오른손에 든 빙결물을 만지작거리며 되물었다.

"다른 파벌의 연합군에 우리까지도 꺾을 생각이었다고?"

"네놈들을 상대할 때는 그 정도의 작전을 세우면 그만이다. 사나운 짐승들을 죽이기 위한 작전을."

【프레이야 파밀리아】란 여신을 위해서만 싸우는 『에인헤랴르』—— 통제가 되지 않는 압도적인 『개인』의 모임이다.

그런 그들이 여신을 위해 연계를 시작하면 어떻게 될까?

우선, 손을 댈 수 없다.

이건 가정이지만, 핀 이상의 통솔력이 발휘된다면 【로키 파밀리아】는 【프레이야 파밀리아】를 이길 수 없을 것이다.

"제1급 모험자는 우리 간부진이, 나머지 어중이떠중이들은 헤이즈와 나른 놈들이 정리한다."

"【안드흐림니르】가……."

"애초에 아군이면서도 아니꼽지만…… 오탈이 있는 한 그 어떤 전제도 뒤집힌다."

"……."

그렇다.

극단적으로 말해, 어떤 자를 상대하든 오탈을 물리치지 못하면 **끝이다.**

이것은 그런 이야기다.

『도시 최강』을 보유한 【프레이야 파밀리아】와 겨룬다는 것은.

"……로이만은 그렇게 말했지만 난 【헤스티아 파밀리아】 편에 붙을 거야."

"그런데?"

"개입은 몰라도 『협력』은 금지하지 않았으니까."

"그래서?"

"용기 있는 동포에게 지혜를 맡기려고."

"내 앞에서 개똥논리와 허세는 집어치워라, 멍청한 놈."

서로에게 등을 돌리고, 한 번 쳐다보지도 않은 채 목소리만이 두 사람 사이에서 오갔다.

　"길드의 돼지에게 한 방 먹은 네놈을 볼 수 있어서 나는 충분히 만족했다. 속이 다 후련하군."

　"그래, 당했지."

　헤딘이 표정 하나 바꾸지 않고 책장을 넘기며 비아냥거렸지만 핀은 순순히 인정했다.

　로이만은 도시의 전력을 상실하는 것을 누구보다도 우려해 비장의 카드를 제시했던 것이다.

　【로키 파밀리아】에서 한 사람이라도 워 게임에 참전하면 그는 결코 핀 일행이 원하는 정보를 제공하지 않으리라.

　"이것으로 원군은 절망적……."

　【로키 파밀리아】가 개입해야 간신히 호각이다. 간신히 천칭이 움직이기 시작한다.

　그 정도로 지금의 【프레이야 파밀리아】는 강하다.

　【헤스티아 파밀리아】를 기다리고 있는 것은 가혹과 절망이 약속된 싸움이다.

　핀은 창밖을 보았다.

　어떤 동포 소녀의 얼굴을 떠올리며 푸른 두 눈을 가늘게 떴다.

　"그녀는 울부짖지 않고 평정심을 유지하고 있을까?"

"베엘 니임~~~~~~~~~!!"

그러지 못했다.

용자의 바람도 허무하게, 릴리루카 아데는 절찬 울부짖기만 하는 어린아이로 전락해버렸다.

"릴리…… 난 이제 괜찮으니까……."

"죄송해요죄송해요죄송해요죄송해요! 릴리가, 릴리가아아아아아아아아아아~~~~~~~~!!"

【헤스티아 파밀리아】의 홈,『화덕관』.

그곳의 거실에서 벨은 멍하니 서 있었다.

정확하게는, 멍하니 서 있을 수밖에 없었다.

릴리가 벨의 배에 얼굴을 묻다시피 몸을 끌어안고, 눈물 어린 눈으로 올려다보며, 망가진 오르골처럼 사죄를 반복하고 있었다. 울며 매달리다시피 한 그녀의 자세에 벨은 꼼짝도 못 했다.

게다가 릴리만이 아니었다.

"미안해, 벨……! 그런 소릴 해서……! 난 어드바이저 자격도 없어……!"

"저를 구해주신 영웅님께 은혜를 원수로 갚아드렸나이다……. 하루히메는…… 대체 무엇을 어떻게 해야 속죄할수 있을는지요……."

오른쪽 뒤에는 에이나.

왼쪽 뒤에는 하루히메.

요정의 두 팔이 벨의 오른팔을 힘껏, 무릎을 꿇은 여우의 손가락이 왼손을 힘없이 쥐었다.

　세 방향에서의 사죄는 오로지 비탄에 잠겨 있었다.

　그리고 부담스러웠다.

　벨이 뒤통수로 식은땀을 흘릴 만큼 부담스러웠다.

　게다가 하루히메도 그렇지만, 에이나가 울고 있는 모습은 벨에게 큰 충격을 주었다.

　누나와도 같은 연상의 여성이 자신을 위해 ──라기보다는 자신 때문에── 아이처럼 오열하는 모습은 아직 열넷밖에 안 된 소년에게는 너무나도 충격적이었다. 말을 꺼내려 해도 꺼내지 못한 채 갈 곳 없는 죄책감만 솟아날 정도로.

　"죄송합니다, 벨 공……. 당신을 잊은 정도가 아니라 내쳐버리기까지……! 궁지에서 구해드리지도 못한 채 대체 무엇이【파밀리아】란 말인지……! 오체투지로도 용서를 받을 수 없습니다!"

　"미안하다, 벨. 나도…… 나는…….."

　게다가 게다가.

　벨과 세 사람을 에워싼 것은 미코토와 벨프와 **그 외**.

　나자, 다프네, 카산드라, 오우카와 치구사를 비롯한【타케미카즈치 파밀리아】, 아이샤와 몰드까지 있었다. 신회에 참석한 신들을 제외하면, 모두 미신 프레이야의『매료』에 함락당해 벨을 내쳐버렸던 자들이다.

"차라리 주먹질을 해줘……." "그건 네 죄책감을 줄이기 위한 자기만족이지……." "그, 그럼 어떻게 해……?!" "……할복일까." "하지마 오우카아! 베, 벨 씨, 제가 할게요!" "너넨 정신 좀 차려라……." "나, 난 딱히 잘못했다고는 생각하지 않는다고……! 그냥, 그 뭐냐…… 네, 네가 풀이 죽진 않았을까 해서……." 등등등등등.

다들 하나같이 암담해하거나 차마 얼굴을 마주할 수 없다는 표정으로, 초상집을 방불케 하는 분위기에서 말을 거듭했다. 거실은 이제 사죄밀집지대가 되었다.

『아~ 이거 엉망이구만.』

벨의 머릿속에 사는 주신님이 하늘을 쳐다보며 풍차처럼 빙글빙글 회전하기 시작했다.

'……어떡하지.'

벨은 가슴속으로 중얼거렸다.

까놓고 말해 당혹스러웠다.

벨은 상대에게 사과를 시켜놓고 후련해할 만큼 닳아빠진 사람이 아니었다.

반대로 민망해지고 마는 사람이다.

게다가 이번에 그들은 아무 잘못도 하지 않았다. 『매료』때문에 벨을 남이라고 오인했던 그들도 어엿한 피해자다. 하지만 "괜찮아요" "여러분은 잘못하지 않았어요"라고 아무리 아무리 반복해도, 아니, 반복할수록 그들은 오히려 어두운 표정을 지었다.

그러므로 벨은 천장을 올려다보며 미간에 주름을 지은 채 눈을 감고, 그저 난감해했다.

허락된다면 현실도피하고 싶다는 생각에 잠겨 있으려니, 훌쩍이는 릴리의 딸꾹질이 배에서 전해졌다.

"릴리는, 릴리는 앞으로, 절대 벨 님을 배신하지 않겠다고 맹세했는데……!"

처음 만났을 때, 릴리는 돈벌이와 삿된 원한 때문에 벨에게 접근했다.

거짓말을 하고, 배신하고, 그래도 벨에게 구원을 받았던 그녀는 둘도 없는 서포터가 되었다.

그런 그녀에게 벨을 상처 입혔다는 사실은 무엇보다도 용서받을 수 없는 일이었을 것이다. 그야말로 만 번 죽어도 갚을 수 없다고 생각할 만큼.

깊은 후회와 자기혐오, 그리고 참회에 사로잡힌 소녀의 울음소리가 그 자리에 있던 모두의 마음까지도 대변하고 있었다.

당혹감에 잠겨 있기만 하던 벨은 지금도 흐르는 눈물을 보고…… 마음을 먹었다.

소녀의 어깨에 두 손을 얹고, 바닥에 무릎을 꿇으며, 아직도 울고 있는 눈과 시선을 마주했다.

"릴리, 내 말 들어볼래? 난 릴리가 바라는…… 그런, 벌 같은 건, 줄 수 없어."

"으흑, 훌쩍…… 그런 말씀은……!"

흐느끼는 릴리는 벨의 얼굴을 바라보며 슬픔에 잠겼다.

조그만 두 손으로 아무리 닦아도 멈추지 않는 눈물이 밤색 두 눈에서 펑펑 넘쳐났다.

그런 릴리를 바라보며 벨은, 다른 사람들에게도 들려주려는 듯 말을 걸었다.

"하지만── 벌보다도 훨씬 엄청나고 무서운 게 앞으로 기다리고 있어. 릴리만이 아니라 나한테도."

"!!"

릴리의 눈이 크게 뜨였다.

동료들 사이에서도 놀라는 기척이 흘러나왔다.

벨은 눈꼬리를 늘어뜨리며 약간 처량하게 웃음을 지었다.

"나 혼자서는, 다음 싸움에선 아무것도 할 수 없어. 그러니까 그런 못난 나한테…… 힘을 빌려줬으면 해."

"벨 님……."

"그러니까 사과가 아니라…… 같이 맞서줬으면 해."

부탁이야, 릴리.

날 도와줘.

진지하게, 진심으로 바라는 벨의 루벨라이트색 눈동자를 보며 밤색 두 눈은 조금 전과는 다른 의미에서 젖어 들었다.

릴리는 아직도 넘쳐나는 눈물을 난폭하게 북북 닦고는, 소리 내 코를 훌쩍이며 몇 번이나 고개를 끄덕였다.

"네……! 릴리가, 벨 님을 도와드릴게요! 지탱해드릴게요! 벨 님을 상처 입힌 만큼, 아니! 그 이상으로, 앞으로도 계속!!"

"……고마워, 릴리."

맹세하듯 외치는 릴리에게 벨은 웃음을 지었다.

그것을 본 릴리는 결국 다시 눈물을 펑펑 쏟으며 안겼다.

두 팔을 감고, 매달리듯 목덜미에 얼굴을 묻는 소녀의 등을 부드럽게 두드려주며 벨은 주위를 둘러보았다.

"벨프도, 미코토 씨도, 하루히메 씨도…… 에이나 누나랑 다른 분들도, 부탁드려요. 저를 도와주세요."

눈을 크게 뜬 동료들에게 이번에는 농담처럼 말했다.

"제가 여러분에게 폐를 끼친 건 늘 있는 일이었잖아요? 그러니까 이제……『비긴 셈』쳐요."

──아마 내가 진『빚』이 더 많아서 상쇄되지도 않겠지만.

벨이 뺨을 긁으며 그렇게 말하자.

동료들의 얼굴에도 겨우 웃음이 돌아왔다.

"……단장님 말씀이잖냐. 그렇게 하자, 애들아."

"네……. 벨 공을 돕는 건 우리죠!"

"하루히메도 은혜를 갚겠나이다! 이 몸과 바꿔서라도!"

벨프가 큰형처럼 웃고, 미코토가 성실하게 대답하고, 하루히메가 손가락으로 눈가를 닦으며 맹세했다.

『프레이야 파밀리아』의 벨 크라넬』에서 『헤스티아 파밀리아』의 벨 크라넬』로 돌아올 수 있었다.

벨은 이 순간 그렇게 실감했다.

"벨…… 나, 앞으로 포션 엄청 만들 거야……. 계속 무리였던 엘릭서도, 도전해볼 거야."

"고마워요, 나자 씨!"

"저도 좋은 꿈 꿀 수 있도록, 힘들어도 계속 잘게요!"

"무리는 하지 마세요, 카산드라 씨!"

"벨 군! 나도 길드에서 입수한 정보는 전부 빼돌려줄게!"

"아, 아무리 그래도 그건……."

벨의 호소에 겨우 죄책감의 가시넝쿨에서 벗어난 나자와 카산드라, 에이나도 고개를 들고 입을 모아 도움을 줄 것을 약속했다.

그리고 저마다 나도나도 나서서 열기를 띠기 시작해, 벨의 이마에 굵은 땀방울이 맺히기 시작할 무렵.

홀의 문이 큰 소리를 내며 활짝 열렸다.

"아~~~ 틀렸어! 역시 로키네는 설득할 수 없겠다!!"

못 해먹겠다는 양 소리를 지르며 거실로 들어오는 헤스티아.

신회에서 돌아온 그녀는 "냐악~!" 하고 괴성을 지르며 가져온 서류를 허공으로 뿌리고 얼굴부터 소파에 다이빙했다.

"【로키 파밀리아】의 참전 금지……. 그러면 역시……."

바닥에 떨어진 양피지 한 장을 주워 훑어본 벨은 불안을 감추지 못했다.

워 게임의 개최가 결정된 후로, 헤스티아가 매일 신회

에 나가 자신들에게 유리한 조건을 쟁취하려 했다는 것은 알고 있었다. 여기에 서서히 불안감이 감돌기 시작했다는 것도.

"프레이야는 신회에 출석하지 않고, 어떤 규칙이든 받아들이겠다는 자세를 관철했다만······."

"애초에 전력 차이가 너무 크지. 로키네가 참가할 수 없게 되자, 의욕을 보였던 다른 【파밀리아】까지 추이를 관망하기 시작했고."

헤스티아의 뒤를 따라 거실에 나타난 것은 미아흐와 타케미카즈치였다. 마지막으로 헤파이스토스가 입실하는 가운데, 그 말을 들은 권속들도 얼굴을 굳혔다.

"아예 먹기 승부 같은 걸로 하면 안 될까······."

"그런 걸로 승패가 정해지면 누가 수긍하겠나······."

다프네의 말에 오우카가 골치 아프다는 듯 머리를 감싸쥐었지만, 그도 그렇게 말하고 싶은 심정만은 이해가 갔다.

그만큼 【프레이야 파밀리아】라는 이름은 거대했으며, 그들과 싸운다는 것은 절망을 의미했다.

"【로키 파밀리아】의 불참에 대해서는 길드 내부에서도 반감의 목소리가 높습니다. 하지만 상층부는 로키와 프레이야 양 파벌이 함께 쓰러지는 걸 우려하는지······."

에이나의 말을 끝으로 거실에는 침묵이 자리 잡았다.

왜 워 게임을 받아들인 거냐고, 벨과 헤스티아를 나무라는 사람은 없었다.

이 싸움을 넘어서지 못한다면 【프레이야 파밀리아】와의 악연은 끊을 수 없으며, 소동은 수습되지 않을 것임을 누구나 잘 알기 때문이다.

벨에게서 떨어져 겨우 침착함을 되찾은 릴리는 참모의 표정으로 돌아와 벨프의 얼굴을 올려다보았다.

"벨프 님……."

"나도 알아……. 벨한테 큰소리를 쳤잖냐. 『크로조의 마검』을 만들 거다. 시간이 허락되는 한, 산더미처럼."

"베, 벨프, 하지만 그건……."

"『내 마검』은 아무래도 사용자의 능력에 의존하게 되니까. 설령 부서지더라도 격이 다른 상대를 쓰러뜨릴 화력을 내려면 『크로조의 마검』을 쓸 수밖에 없어."

벨의 근심하는 표정에 벨프는 고개를 가로저었다.

『원정』에서 창조했던 『벨프의 마검』은 자괴 요소가 제거된 만큼 효과와 화력은 만든 벨프 본인을 제외하면 사용자의 【스테이터스】에 의존했다.

만약 현재 Lv.2인 릴리가 사용한들 Lv.2에 해당하는 화력밖에 발휘할 수 없다.

적을 쓸어버릴 만한 순간화력을 원한다면 『크로조의 마검』이 필수다.

고향 라키아 왕국──『불패신화』를 자랑하던 【아레스 파밀리아】의 흉내도 불사하겠다고──.

크로조 일족의 마검을 기피하는 벨프가 그렇게 각오한

것이다.

수단을 가리지 않고 싸울 상대가 아니다. 벨프를 포함해 이 자리에 있는 모두가 그 사실을 알고 있었다.

"……작전을 짜죠. 면밀히, 치밀하게, 온갖 수단을 모색해서. 안 그러면 승산을 긁어모을 수도 없어요."

릴리가 긴장된 목소리로 말한 그 직후.

그때까지 소년에게 사과하지 않고 잠자코 있던 아이샤가 입을 열었다.

"벨 크라넬에게 고개를 숙이는 것보다는 프레이야 놈들을 때려눕힌다. 나는 계속 그렇게 생각했어. 【로키 파밀리아】가 있든 말든 상관없다고. ……너희는 아니야?"

도발적이고 호전적인 아마조네스의 그 말에.

이번만큼은 모험자들도 찬동했다.

"예, 아이샤 씨! 소녀도 때, 때, 때려눕혀드리겠사옵니다!"

"벨 공은 혼자서도 계속 싸웠으니까요. 그렇다면 다음에 전심전력을 다하는 것은 우리의 차례입니다!"

하루히메와 미코토가 한목소리로 말했다.

소꿉친구들의 목소리에 오우카와 치구사도 웃음을 지으며 "그럼!" "응!" 하고 대답했다.

아이샤의 도발이 계기가 된 것처럼 사라져가는 어두운 공기. 이윽고 릴리의 주도로 워 게임에 대한 논의가 시작되었다.

"……다행이야."

활기와 의지가 솟아나는 동료들을 바라보며, 벨은 웃음을 지었다.

그것은 그들이 죄책감에서 해방되었음을 기뻐하는 안도의 웃음이었다.

눈을 가늘게 뜨고 있던 벨은 곧 표정을 다잡았다.

동료들에게서 슬쩍 떨어져 창가로 다가가 보니 태양은 이미 달에게 자리를 양보하고 있었다.

'그 사람은 지금…… 뭘 하고 있을까.'

하늘 너머를 보며 떠올렸던 것은 거짓된 시간을 보냈던 『평원』에서의 일과, 자신이 모르는 표정을 수없이 보여주었던 『그녀』.

덧없이 빛나는 달을 올려다보며, 벨은 아무에게도 들리지 않는 목소리로 한 아가씨의 이름을 중얼거리고 있었다.

⊡

창연한 밤은 어두운 운하와도 같았다.

반짝이는 별들은 일렁이는 수면.

이지러진 달은 한 척의 곤돌라.

얇은 구름의 틈새를 건너며 덧없이 빛난다.

마치 멀리 떨어져 버린 누군가를 배 위에서 찾듯, 아무도 찾아주지 않는다고 달빛이 그렇게 탄식했다.

그렇다면 찾고 있는 것은 누구일까.

그렇게 물으려다, 여신은 그만두었다.

너무나도 우스꽝스러운 자신을 감상의 바다에서 건져내, 그저, 그 소년의 이름을 중얼거렸다.

"벨……."

7장

우리,
이 전쟁이
끝나면
결혼할 거야

© Suzuhito Yasuda

Lv.4

힘: SS1033→SSS1379 내구: SSS1218→1501 기교: SS1041→SSS1383 민첩: SS1089→SSS1442 마력: S965→SSS1251

"…………."

"…………."

갱신된 【스테이터스】── Lv.4의 **최종능력치**를 응시하는 나와 주신님은 계속 말이 없었다.

"……벨."

"……네."

둘이서 들고 있던 어빌티리뿐인 갱신용지에 시선을 고정한 채, 조용한 표정으로 입을 연 주신님에게, 나는 상반신에 아무것도 걸치지 않은 채 진지한 표정으로 고개를 끄덕였다.

"너는 프레이야네 애들한테 대체 얼마나 두들겨 맞았던 게냐?"

"이제까지 살아오면서 겪은 것 중에서 단연 1등이라고 할 만큼 뽀작뽀작 빠작빠작 자근자근……."

아니, 시간 대비로 제일 **가혹**했던 건 『심층』 쪽이었지만…….

지옥이 하염없이 이어진다는 의미에서는 이번의 『세례』가 위……였던 것 같다.

내가 바보 같은 대답을 하자 주신님은 아무 말씀도 하지 않았다.

대신 눈을 감고, 전쟁에서 살아 돌아온 자식과 재회한 부모처럼 천천히 안아주었다.

두 팔을 내 등에 감고, 토닥토닥 다정하게 뒷머리를 두드려주면서.

나는 나대로, 주신님의 풍만한 가슴에 얼굴을 묻고 있는데도 역시 진지한 표정.

누가 먼저랄 것도 없이 몸을 뗀 후, 주신님은 특대 한숨을 내쉬었다.

"하아~~~~~~~~………… 정말 미안하다, 벨. 터무니없이 위험한 곳에 처박혀 있던 너를 구해주지 못해서……. 최후의 최후까지 너를 괴롭게 만들고 말았구나."

"그렇지 않아요. 주신님은 도와주러 오셨잖아요."

도시에 걸려 있던 『매료』를 풀기 위해 주신님이 온갖 수를 다 써주셨다는 것은 헤르메스 님과 아스피 씨에게 들었다.

나는 내 일 하나만으로도 벅차서 마지막까지 그 『상자정원』을 어떻게 하지도 못했다. 그것을 타개해준 주신님과 다른 분들은 정말로 대단했고, 거기에 걸렸던 시간은 그만큼 필요했던 것이 틀림없을 것이다.

그러니 고개를 든 나는 어깨를 축 늘어뜨리고 풀이 죽은 헤스티아 님에게 거짓 없는 마음을 전했다.

"그때 하늘에서 주신님이 저를 구해주러 나타나셨을

때…… 저는 정말 기뻤어요."

"……!"

눈을 마주 보며 한 마디 한 마디 또박또박 말하자 주신님은 감격한 것처럼 눈을 떨었다.

그리고 또 내 몸에 팔을 감으며 "베에엘~~~!" 하고 끌어안았다.

부드러운 계곡에 얼굴을 묻은 나는 부끄럽기도 해서 이번에야말로 얼굴을 귀까지 붉게 물들이고 말았다.

잠시 후, 나를 놓고 눈가를 팔로 북북 문지른 주신님은 손에 든 갱신용지로 시선을 떨구었다.

"하~지만…… 진짜 엄청난 상승치구나, 나 참. 널 원한다느니 하면서 이렇게 괴롭히다니, 프레이야는 사디스트 기질이 있어! 틀림없다!"

"아하하……."

주신님은 모가 난 공격적인 어조로 이곳에는 없는 그 사람의 험담을 했다.

타인의 손에 권속인 내 스테이터스가 갱신되었던 것도 포함해서 화가 나셨는지도 모른다. 어쩌면 아무것도 하지 못한 자신에 대한 분노도 담겨 있을지도.

"그 덕분에, 라고 하긴 좀 그렇지만요……【스테이터스】가 단숨에 늘어났잖아요."

"……그래.『심층』에서 돌아온 후의 너도 충분히 굉장했다만 그보다도 훨씬 강해졌다."

숙련도 상승치 1600 오버.

어빌리티 평가도 무시무시하다. SSS가 한두 개가 아니야.

싸움으로 날을 지냈던 평원에서의 『죽고 죽이기』를 돌이켜 보며, 나는 말로는 표현할 수 없는 수많은 감회에 잠겼다.

잠긴 후, 주신님을 돌아보았다.

"그러면 주신님——."

"응. 이제 【랭크 업】이다, 벨 군."

그렇게 말씀하시며 모든 준비는 이미 끝난 것처럼.

주신님은 침대에 앉아있던 내 등을 검지로 톡 두드렸다.

마음속, 영혼이 있는 곳에 노크가 전해지는 감각.

등이 수면으로 바뀌면서 조용한 파문이 온몸으로 퍼져 나가는.

그런 환상을 느꼈다.

그리고 그런 환상에 이어——

화륵.

등에 새겨진 【히에로글리프】가 타오르는 것처럼 열을 뿜 어냈다.

이제까지 느껴보지 못한 감각에 내가 숨을 멈춘 동안, 주신님은 다른 갱신용지에 **승화를 마친 【스테이터스】**를 옮 겨적었다.

벨 크라넬

Lv.5

힘: I0 내구: I0 기교: I0 민첩: I0 마력: I0
행운: F 내성: G 도주: I→G 연공: I

《마법》
【파이어볼트】
 · 속공마법.
《스킬》
【아르고노트】
 · 액티브 액션에 대한 차지 실행권.
【옥스 슬레이어】
 · 맹우 계열과 전투 시 모든 능력 초고보정.
【바나디스 테베레】
 · 헤스티아의 가호
 · 매료 효과 침범 시 발동. 모든 어빌리티 초고보정.
 · 체력 및 마인드 지속회복.

"축하한다, 벨…… Lv.5다."
그 말과 함께 주신님이 갱신용지를 건네주셨다.
슬롯이 하나인 이상 새로운『마법』은 당연히 없다.
『스킬』은 발현한 것도 수긍이 가버리는『매료 방어 특
화형』.
한정조건에서는 무시무시한 힘을 발휘할 것 같지만, 이
번의 워 게임에서는 상관없겠지.

승화에 맞춰 발현한 『발전 어빌리티』는 『연공(連攻)』.

에이나 누나한테 배웠던 길드의 정보에 따르면 공격을 연속으로 거듭할수록 위력이 올라가는, 귀중한 공격계 어빌리티다.

하지만 그러한 정보는 사소한 것일 뿐이다.

가장 중요한 것은 갱신용지에서 춤을 추고 있는 그 숫자.

Lv.5——

그 『5』라는 숫자가 얼마나 큰 의미와 무게를 가지는지는 일개 모험자에 불과한 나도 알 수 있었다.

벨 크라넬은 『제1급 모험자』가 되었다.

미궁도시가 자랑하는 최강 전력의 말석에 자리를 얻은 것이다.

마침내 여기까지…… 동경하는 그 사람의 등에 손이 닿는 거리까지, 마침내 오고 말았다.

'그런데도——.'

원래 같으면 펄펄 뛰며 기뻐해야 할 성과를 보고도 나는 얼굴을 굳힌 채였다.

주신님도 같은 심정이었으리라.

축하의 말을 건네던 헤스티아 님도 입을 꾹 다문 채 침묵하고 있다.

"……주신님."

"……왜 그러느냐?"

"제가 마스터나 다른 분들과…… 【프레이야 파밀리아】의 간부들과, 맞설 수 있을까요?"

【랭크 업】하기 전의 저금을, 【엑스트라 포인트】를 가미한 전제에서의 물음.

일말의 희망에 매달리듯, 나는 권속으로서 주신의 견해를 물었다.

"……나는 싸움의 신이 아니다. 그러니 타케처럼 구체적인 말은 해줄 수 없다."

"……."

"그렇지만."

주신님은 잠시의 침묵 끝에 말했다.

"프레이야의 권속에게…… 너는 대항할 수 없을 것 같구나."

그런 신의 견해를 잔혹하다고는 생각하지 않았다.

그것은 나 자신도 느끼고 있었던 엄연한 사실이기에.

달성한 위업을 나타내는 『5』라는 숫자가 이렇게나 미덥지 못하게 느껴졌다.

Lv.6, 그리고 Lv.7 ——.

우리를 기다리고 있는 존재란, 다시 말해 그렇게 규격이 다른 『최강』이었다.

🔥

"……이런 걸 어떻게 하라고요."

릴리는 문자의 바다 속에서 신음하고 있었다.

홈의 서고에는 온 바닥이란 바닥, 그리고 책상 위에 헤아릴 수도 없는 양피지가 어질러져 있었다.

이것은 모두【프레이야 파밀리아】에 관한 파벌 정보였다.

벨프는『마검』을 만들기 위해 공방에 틀어박혔으며, 미코토는 타케미카즈치에게, 하루히메는 아이샤를 찾아가 조금이라도【어빌리티】와『기술』을 갈고 닦으려 한다. 워게임에 대비해 모두가 할 수 있는 일을 하는 가운데, 릴리도 파벌의 참모로서 적의 정보를 모조리 수집하고 있었다. 길드에 속한 에이나의 손도 빌려서 자료를 최대한 모았다.

하지만.

"너무 강해요. 어떻게 손쓸 방법이 없을 정도로……."

읽으면 읽을수록, 분석하면 분석할수록『절망』이라는 두 글자가 몸을 후려친다.

메울 수 없을 정도로 벌어진 전력 차이. 개와 사자 정도가 아니라 개미와 용이었다.

잘 알고 있다고 생각했던『도시 최강』의 의미를, 릴리는 이때 처음으로 구체성과 함께 이해했다.

"현재의 권속은 157명, 비전투원 및『신자』를 포함하면 **5천 이상**……. 제1급 모험자의 실력은 말할 것도 없고 제2급 모험자의 층도 두텁네요. 특히 힐러의 숫자는 오라리오에 속한【파밀리아】중에서도 최다……."

늘어선 숫자를 보기만 해도 신음이 나올 것 같았다.

아니, 제2급 모험자에 해당하는 Lv.3과 Lv.4의 숫자만 봐도 당장 짐을 싸 야반도주를 하고 싶어졌다. 【프레이야 파밀리아】를 해체할 경우『중견 파벌』을 20개는 만들 수 있다고 하면 파벌연합과의 비교가 쉽지 않을까?

게다가 그런 제2급 모험자들 위에 군림하는 것이 【맹자】 오탈을 비롯한 제1급 모험자들.

"『하층』의 몬스터 파티를 일격에 쓸어버리는 **초단문영창 포격**이라니…… 말이 되는 소리를 좀 하세요……."

『마법』및『스킬』의 정보가 유출되는 것은 【파밀리아】에게 치명적이다.

그러므로 길드도 권속의 생명줄을 숨겨놓는 정도는 인정한다. 그렇기에 에이나가 모아온 자료는 어디까지나 직원이나 모험자들에게서 전해 들은 말이며『대체적인 능력』이라는 주석이 붙는다.

하지만 그런『대체적』인 내용도 릴리의 전의를 꺾어놓기에는 충분했다.

『마법검사』라는 개념을 의심하고 싶어지는, 광범위에 미치는 탄막과 노도 같은 포격.

겨우 넷이서 워 게임을 제압했다는 파룸의 연계.

【바나르간드】를 꺾고 도시 최속이라는 이름을 마음껏 누리는 전차의 각력.

그리고 과거의『암흑기』에 이따금 드러났다고 하는 **수인의 본능**.

여기에다 아직 숨겨놓은 『히든카드』까지 있다고 한다면, 릴리는 지휘관으로서 그만 졸도할 수밖에 없었다.

'손이 부족해요. 아예 절망적일 정도로. 【헤스티아 파밀리아】와 【프레이야 파밀리아】의 역량 차이는 처음부터 알고 있었죠. 하지만, 그래도……!'

진정으로 두려운 것은, 헤파이스토스의 전력을 가미한들 지금 상황에서는 **한 조각의 승산도 없다는 점**.

자각하고 말았다.

『여신제』에서 당했던 한순간의 강습. 그것조차 손속에 사정을 봐주고 있었던 것임을.

"작전을 짜려 해도………… 이런 걸, 어떻게 하라고요…………."

압도적인 기초전력의 차이에 생각이 제자리걸음에 빠져 조금 전과 같은 말을 중얼거리고 말았다.

지금은 미아흐, 나자와 함께 포션과 엘릭서의 정제를 돕고 있을 다프네의 지혜를 빌린다 해도 광명이 비칠 것 같지는 않았다. 아니, 다프네도 지금쯤 머리를 끌어안고 야반도주 준비를 하고 있을지 모른다. 릴리의 얼굴에서는 이미 핏기가 싹 가셨다.

이런 국면을 뒤집으려 한다면, 그야말로 릴리보다도 고도한 시점을 가진 『최고사령관』이 아니고서는——

"서, 서포터 군!!"

릴리가 현실도피와 절망의 경계에 서 있을 때.

헤스티아가 문을 박찰 기세로 서고에 굴러 들어왔다.

"헤스티아 님……? 왜 그러세요……?"

"네게 손님이 왔다! 아, 아니, 손님이라고 해도 될지 모르겠지만! 아무튼 방문객이다!"

신 주제에 엄청나게 동요하는 헤스티아의 모습에 의아해하는 릴리. 하지만 그녀에 이어 나타난 인물을 보자마자 그 이유를 즉시 이해하고 말았다.

"안녕. 오랜만, 이라고 할 정도는 아니지만…… 그간 격조했어, 릴리루카 아데."

한 손을 들며 입실한 것은 황금색 머리카락을 가진 동포였던 것이다.

"피, 핀 님?!"

"이게 전부【프레이야 파밀리아】의 자료야? 잘도 모았네."

릴리가 경악하거나 말거나 핀은 바닥에 어질러진 양피지를 태평하게 주워들었다.

어떻게 된 거냐고 주신에게 시선을 날려도, 헤스티아는 붕붕 고개를 가로저을 뿐이었다. 보아하니 정말로 사전 약속 없이 갑자기 찾아온 모양이었다.

갈팡질팡하던 헤스티아는 이윽고.

"그, 그러면 나머지는 젊은 분들끼리 잘……."

그런 소리를 하며 재빨리 퇴실했다.

주신 주제에 귀찮은 일은 다 떠넘길 심산인 모양이다. 용서 못 해, 못난이 신.

"잘 시간도 아껴가며 적의 정보를 수집하고 있구나. 지휘를 맡은 자라면 올바른 행동이지."

"……고, 고맙습니다……."

눈 아래에 피로가 잔뜩 묻어나는 릴리를 흘끔 본 핀은 가볍게 웃음을 지어주었다.

아직도 상황을 전혀 이해하지 못한 채 릴리는 간신히 고개를 끄덕였으나.

"하지만 필요 없어."

"무슨……!"

핀은 한 손에 모아든 양피지를 허공에 뿌렸다. 릴리는 밤색 눈을 크게 떴다.

"내가 모든 정보를 제공하지. 【프레이야 파밀리아】의 특기 전술도, 파악하고 있는 『마법』과 상세한 『스킬』도, 전부. 그들과 몇 번이나 싸웠던 내가."

릴리는 이번에야말로 숨을 멈추었다.

실제로 싸웠던 자의 견식.

그것은 남의 입을 통해 전해들은 불확실한 정보와는 달리 절대적인 무기가 될 수 있다.

그것도 제1급 모험자의 견해라면, 그의 통찰력과도 맞물려 사실 이상의 가치를 가지고 있을 것이다. 【로키 파밀리아】는 오랜 숙적인 【프레이야 파밀리아】를 상대로 연구와 고찰을 거듭해왔을 테니까.

어쩌면 지금 【헤스티아 파밀리아】가 가진 카드만으로도

대책을 세울 수 있을지 모른다.

"내가 너를 둘도 없는『지휘관』으로 만들어주겠어. 파벌 연합을 통솔할 정도의 최고사령관으로."

용기를 가져다주는 힘찬 말이 가슴을 두드렸다.

침을 흘리며 덥석 물고 싶은 충동이 솟아올랐으나——

릴리는 강철 같은 정신으로 꾹 참고, 눈앞의 동포에게 물었다.

"무슨 생각이세요……? 힘을 빌려주시겠다니……."

"어라, 설명이 필요해?"

필사적으로 이성을 붙들려 하는 릴리와 달리 핀은 흐뭇한 것을 보듯 눈을 가늘게 떴다.

그와 함께 조금 과장되게 어깨를 으쓱해보였다.

"【프레이야 파밀리아】는…… 아니, 여신 프레이야는 금기를 어겼어. 어떤 의미에서는 가장 끔찍한 수단으로 하계의 존엄을 짓밟고 우리 그 자체를 뒤틀어버렸지."

"그, 그건……."

"이건 비난받아 마땅한 문제야. 길드는 불이익은 없었다고 말하지만,『불쾌감』은 남지. 벨 크라넬을 흠모하는 너희라면 분노하는 것도 당연하고. 내 말이 틀렸어?"

"…………."

"나도 속이 뒤집히거든."

핀의 말이 옳다.

그리고 그의 말에 거짓은 없었다.

"길드가 금지한 건 워 게임 참전이었지. 그럼 나는 싸움이 시작되기 직전까지 너희에게 지혜를 빌려주겠어. ……아니, 까놓고 말하자. 너희가 프레이야 파밀리아와 오탈 일당을 찍 소리 나게 해줬으면 좋겠어."

마지막에는 어린아이처럼 장난기를 보이면서, 핀은 그렇게 말을 맺었다.

아마도 지금 그는 『대의명분』과 허식 없는 『약간의 진심』을 드러내 주었을 것이다. 일족의 용자는 명분 면에서도 감정 면에서도 손을 내밀어주고 있었다.

그러나 릴리는 당장 결단을 내릴 수가 없었다.

【파밀리아】 사이에서 일방적인 이익이란 것은 있을 수 없다. 모 사기꾼 신(헤르메스)의 파벌을 흉내 내려는 것은 아니지만, 달콤한 이야기는 무조건 경계해야 한다.

과연 이 손을 잡으면 무엇을 대가로 요구할까.

그야말로 주신 헤스티아에게 판단을 요구해야 하지 않을까.

【파밀리아】의 참모로서 마지막까지 망설이는, 그런 동포의 모습을 본 핀은.

"……70점."

그렇게.

쓴웃음으로도 보이는 미소와 함께 작은 목소리로 중얼거렸다.

"릴리루카 아데. 너의 신중한 자세는 평가할 만해. 하지만 말이지, 지금 네가 해야 할 일은 내 진의를 캐는 게 아니야."

"네……?"

"용자도 포기하고 싶어질 정도로 절망적인 싸움을 위해 뭐든 이용하는 거지."

잔혹하기까지 한 그 표현에 심장이 거칠게 뛰었다.

"적어도 내가 너와 같은 입장이었다면 그렇게 했어. 일족의 용자니 뭐니 추앙받는 녀석에게서 정보를 모조리 뜯어내서라도."

"웃……!"

"너는 벨 크라넬과 마찬가지로 굉장히 겁이 많은 일면이 있지. 이건 너를 욕하는 게 아니야. 그건 충분히 미덕이 되거든. 하지만 지금 네가 가장 두려워해야 하는 것은──."

──네 곁에서 소중한 자가 사라져버리는 것일 텐데.

그 마지막 말이, 결정타가 되었다.

꼭 쥐었던 조그만 주먹을 펴고, 릴리는 핀에게 손을 내밀었다.

"한심한 모습을 보여서 죄송해요."

"후후…… 그래서?"

"──부탁드려요, 핀 님! 릴리에게 핀 님의 지혜를 빌려주세요!"

핀은 결심한 릴리의 손을 잡는 것으로 대답했다.

그것을 문틈으로 엿보며 어린 여신은 아자! 하고 주먹을 꽉 쥐었다.

이 순간【헤스티아 파밀리아】는【브레이버】와 결탁했다.

"……하지만, 근데요오…… 역시 릴리네는 보답해드릴 수 있는 게 별로 없달까…… 미리 말씀드리지만 대가는 기대하지 말아주셨으면 한달까…… 살살 부탁드린달까……."

"신경 쓸 거 없어. 아까도 말했듯 오탈 일당에게 한 방 먹여주면, 내 체면이나 싸구려 긍지 따위도 면목이 서거든."

이제까지의 기세가 거짓말이었던 것처럼『빚』에 겁을 내며 저자세로 나오는 릴리에게 쓴웃음을 지으며, 핀은 이렇게 말했다.

"게다가 너희에게는『인덕』이 있지. 나 말고도 손을 빌려주려는 사람이 많지 않을까?"

"왜 아르고노트 군네랑 같이 싸우면 안 되는데—?!"

티오나의 고함이 짜랑짜랑 울려 퍼졌다.

【로키 파밀리아】의 홈,『황혼관』.

그곳의 응접실에서 아마조네스 소녀는 두 팔을 치켜들며 한껏 고함을 질러댔다.

"엄청 많은 파벌이【프레이야 파밀리아】랑 싸우는데! 왜 우리만 안 돼?!"

"몇 번이나 설명했잖나. 길드의 칙명일세. 이젠 미션이나 마찬가지라고 말하면 알아듣겠나?"

"모르겠다구~!!"

그녀를 달래려 하는 드워프 가레스.

역전의 대전사도, 지금은 말귀를 못 알아듣는 아이를 상대하다 지친 부모처럼 축 늘어져 있었다. 그가 몇 번을 타일러도 티오나는 역시 애처럼 두 발을 동동 굴러댔다.

"나도 아르고노트 군네 돕고 싶어~!! 나쁜 말 했던 몫까지 힘을 빌려주고 싶다구!"

"안 돼. 얌전히 있게."

"왜 안 돼~~~~~!! 노랑이~~~~~~~~!!"

온 저택에 울리도록 고함을 터뜨리는 소녀에게, 가레스는 한숨도 다 떨어졌다는 듯한 표정을 지었다.

"나 원. 자네들은 명색이 파벌 간부 아닌가……. 이 이상 떼를 쓰겠다면 베이트처럼 때려눕히겠네."

가레스의 얼굴과 굵은 팔은 상처투성이였다.

웨어울프 베이트는 이미 불만을 터뜨린 후였다. 워 게임에서 【프레이야 파밀리아】를 걷어차 죽여버리겠다고 고함을 지르며 말을 듣지 않고 심지어 주먹질까지 하려 드는 그를, 가레스가 무력으로 때려눕혔던 것이다. 그 정도로 분이 풀릴 리 없는 웨어울프 청년은 "썩을!!"이라고 욕설을 내뱉으며 지금은 던전에서 날뛰고 있는 중이다.

"가레스 쓰러뜨리면 워 게임 참가할 수 있어? 그럼 나 싸울래!"

"은근슬쩍 나 정도는 어떻게든 된다는 식으로 말하지 말게. ……나를 이겨도 길드는 인정하지 않아. 규칙을 무시하고 워 게임에 쳐들어갔다간 【헤스티아 파밀리아】의 반칙패일세. 그 아이에게 빚을 갚는 게 아니라 민폐를 끼치게 돼."

"우우~~~~~~~~~~~~!!"

가레스의 정론에 머리를 두 손으로 마구 헤집은 티오나는, 이젠 기괴한 댄스를 추듯 천장을 우러러보며 뱅글뱅글 돌기 시작했다.

보다 못해 끼어드는 그녀의 쌍둥이 언니.

"가레스. 단장님 명령이니 나는 시키는 대로 따르겠지만…… 수긍한 건 아니야. 라울 같은 애들도 말만 안 하지 같은 생각일걸. 벨 크라넬과 【헤스티아 파밀리아】의 일일 뿐이라고는 하지만, 우리까지 기억을 조작당했는데?"

소파 등받이에 몸을 기대는 티오네의 말에 가레스는 눈을 감았다.

나도 같은 심정일세── 그런 본심이 그의 입술에서 새어 나오려 했을 때.

"그만둬라, 다들. 가레스의 책임이 아니란 건 너희도 알 텐데."

"리베리아……."

"티오나도 그만 소란 피워라. 파벌 간부라는 자각을 가져."

"우우우우우우……."

한데 묶은 비취색 장발을 찰랑이며 하이엘프 리베리아가 응접실에 나타났다.

파벌 부단장으로서 쌍둥이 자매를 나무란 그녀는 이내 눈을 내리깔았다.

"불만이 있다면 하다못해 내게 쏟아내거라. ……내가 다 듣겠다."

"리베리아……?"

그녀의 태도에 티오나와 티오네가 고개를 들었다.

하이엘프는 드워프의 곁으로 다가갔다.

"미안하다, 가레스…… 내 이기심 때문에."

"……자네 혼자만의 생각인 것처럼 말하지 말게. 『빙원』의 좌표를 들먹이면 우리는 무시할 수 없어."

목소리를 낮추며 말을 나눈다.

그것은 뷘이 로이만과 했던 『거래』——정확하게는 무시할 수 없는 『대가』——에 대한 이야기였다. 리베리아 리요스 알브는 **그 정보를 결코 놓칠 수 없었다.**

이 이야기를 아직 쌍둥이에게 털어놓지 않았다는 점을 차치하더라도, 가레스와 리베리아는 겉으로 드러난 사정만을 가지고 그녀들을 설득할 수밖에 없었다.

"아이즈한테 물어봐도 『미안』 소리밖에 안 해주고~~! 우~~~~~~~~~~~~~~웅……………… 응!"

한동안 끙끙거리던 티오나는 마침내 생각하는 것을 그만두었다.

"가자, 티오네!"

"티오나, 어딜 갈 생각이지?"

"아르고노트 군한테!"

리베리아의 물음에 티오나는 달려가며 대꾸했다.

못 말리겠다며 언니가 뒤를 따라오자 돌아보며 혀를 내민다.

"워 게임에 나가진 못해도 난 아르고노트 군 편 들어줄 거야!"

힘차게 저택을 뛰쳐나간 티오나는 공교롭게도 핀과 같은 결론을 내린 것이었다.

【로키 파밀리아】── 불참.

"그럼 【파밀리아】가 통째로 벨식이네를 돕는단 말씀이시오?"

거대한 대장간에서, 츠바키 콜브랜드가 묻고 있었다.

도시 북동쪽 『공업지구』에 우뚝 솟은 『불카의 홍방(紅房)』.

『모험자 거리』나 『바벨』 내부에 존재하는 지점과는 다른, 대장장이 파벌 【헤파이스토스 파밀리아】의 홈. 그곳에서 새로운 『마검』을 막 만들어낸 하프드워프는 굵은 땀방울을 팔로 닦으며 자신의 주신을 쳐다보았다.

"그래. 로키네가 워 게임에 나가지 못하는 게 확실해진 이상, 우리만은 헤스티아네를 전면적으로 도울 거야."

단장의 최종 확인에, 주위를 둘러보고 있던 헤파이스토

스는 무표정하게 대답했다.

망치질 소리는 끊임없이 울려 퍼졌다. 화로도 풀 가동해 살인적인 열기를 뿜어내고 있었다. 단원 한 사람이 다 만든 『마검』을 조심스레 내밀자, 시선으로 검신을 훑은 대장장이 신은 "안 돼. 다시 해"라고 무정하게 말했다.

평소보다도 훨씬 깐깐한 주신의 목소리에 ——워 게임에서 요구되는 무기의 정밀도에—— 장인 기질이 있는 대장장이들조차 전전긍긍하는 가운데, 츠바키는 입가를 틀어 올리려다 실패한 듯한 웃음을 지었다.

"【프레이야 파밀리아】와의 전쟁이라. 놈들에게 내 무구가 통할지 어떨지 흥미진진하지만…… 몸이 떨리는구려."

그것은 흥분에서 오는 떨림이 아니었다.

Lv.5 마스터 스미스의 눈으로 보더라도, 【프레이야 파밀리아】의 에인헤랴르들은 『무기를 휘두르는 사용자』가 아니라 『싸우고 또 싸우는 광전사』였다. 자신이 준비한 무기로 어떻게 베고 어떻게 찌르면 그들의 진격이 멈출지 답은 전혀 나오질 않았다.

"뭐…… 해볼 수밖에 없지. 이대로는 벨식이가 짓밟혀버릴 테고."

하지만 손을 멈추었던 츠바키는 몸에 도사린 잡념을 털어내듯 새로 가열한 주괴에 망치를 내리쳤다.

【헤파이스토스 파밀리아】—— 참전.

"왜 안 된다는 거야, 언니! 왜 우리가 워 게임에 끼면 안 돼?!"

【가네샤 파밀리아】의 홈.

가랑이에 위치한 입구를 가진 기괴한 거대 코끼리상 『아이 엠 가네샤』의 내부에서, 부단장인 아마조네스, 일타 파나는 고함을 지르며 호소했다.

"우리의 주인은 『군중의 주인』 가네샤고, 우리는 『도시의 헌병』이라 불리는 존재이기 때문이다."

어느 광대신 파벌의 동포 쌍둥이 소녀처럼 소란을 피워대는 일타에게 단장 샥티는 한숨을 거듭했다.

"헌병이니까 지금에야말로 프레이야 놈들을 잡아 가두고 이제까지의 횡포를 포함해서 심판해야지! 그놈들 때문에 오라리오가 대체 얼마나 피해를 입었는데!"

"설령 그렇다 해도 길드가 그걸 바라지 않는다."

"그게 뭔 소리야! 강하면 뭘 해도 용서돼?! 세계의 중심인 오라리오는 언제부터 내가 잘 아는 야만스러운 아마조네스 마을로 전락했던 거야?!"

자신들의 입장을 우선시하려는 샥티의 자세에 일타는 더더욱 격앙했다.

일타는 지금은 질서를 단속하는 쪽에 있지만, 오라리오에 막 들어왔을 당초에는 무법자 필두였다. 한 명의 아마조네스로서 강함만을 선악의 기준으로 삼고 횡포의 극을 달렸다.

그런 그녀는 어느 날 샥티와 그녀의 여동생에게 그야말로 『제재』를 당했다.

자신을 꺾었던 그녀들의 강함에── 그리고 자신보다도 약한 군중을 지키는 정신에, 당시의 일타는 충격과 감명을 받았다. 아마조네스로서는 어울리지 않을 정도로. 그 후 그녀는 【가네샤 파밀리아】에 가담했고, 이렇게 진귀한 아마조네스 헌병이 탄생했던 것이다.

그런 그녀이기에 부패한 길드의 의향과 샥티의 방관을 참을 수 없었다.

"……이번 워 게임의 규모는 인원도 포함해 사상 최대가 될 거다. 그건 알고 있나?"

"알고 있지 당연히! 그게 어쨌다고!"

"승부의 형식은 아직 결정되지 않았지만, 아마도 『전장』은 도시 밖의 광대한 토지가 될 거다. 그리고 그 『전장』을 감시하고 규제하는 것은 우리 말고는 불가능해."

샥티는 도시 최대의 단원 수를 자랑하는 【파밀리아】의 단장으로서 『그것』을 말했다.

"워 게임과는 무관한 제3자가 되어, 우리가 주위 일대를 감시하지 않는다면…… 자칫 다른 나라나 도시의 개입을 허용할 수도 있다."

"!!"

"세력균형을 노리고 오라리오의 약체화를 꾀하는 조직은 얼마든지 있지. 『짝퉁 이블스』의 사신 놈들도. 만약 약해져 버린 【프레이야 파밀리아】나 파벌연합이 표적이 된다면…… 도시 전력의 감퇴로 이어질 수도 있다."

샥티가 말한 것은 바로 『정치』다.

일타가 아직 가지지 않은 관점의 이야기였다.

3대 퀘스트── 세계의 운명을 쥔 미궁도시의 일원이라는 자각을 가진 샥티.

눈앞의 일에만 사로잡힌 일타에게는 그것이 없다.

내심이야 어쨌든, 샥티는 헌병들의 우두머리로서 옳은 일도 그른 일도 모두 받아들일 각오가 있었다.

"덧붙이자면 『심판』 노릇을 할 수 있는 것도 우리 말고는 없지. 【프레이야 파밀리아】의 고삐를 쥐고 공평을 기하려 한다면."

"그, 그건……! 하지만……!"

전장의 준비, 몬스터 퇴치 및 구역 관리. 온갖 의미를 포함해 『파벌대전』을 성립시키려면 【가네샤 파밀리아】는 후방지원을 맡아야만 한다── 그렇게 타이르는 샥티에게 일타는 조금 전까지의 기세를 잃고 있었다. 자신의 감정과 어떻게 타협해야 좋을지 알 수 없었던 것이다.

그러고 있을 때.

"진정해부와아아아아아 일타 씌이이이이이이!! 우리가 워 게임을 관리하지 않으면 대체 어디의 누가 사회를 맡는단 말이야으아아아아아아!! 사람들의 고막을 태워버리는 것은 바로 나, 말하는 화염마법 【파이어 인페르노 플레임】!! 이브리 아처어어어어의 역할이드아아아아아아아!!"

"닥쳐 이브리!! 내 고막을 터뜨릴 셈이냐 바보오아!"

"지, 진정하세요 일타 씨! 그리고 이브리 혀 꼬지 마 짜증 나!"

"난 진정했어 모카다!!"

"아까워! 딱 한 글자 차이! 제 이름은 모다카라고요!"

"뭐야?! 이 자식이 사람을 놀리나!"

"그럼 이제 그만 제 이름 좀 기억해 달라고요아니진짜로?! 알고 지낸 지도 오래 됐잖아요 실제로?!"

"시끄러워! 헷갈리는 네 이름이 문제라고! 야, 가네샤! 너도 가만있지 말고 뭐라고 좀 해! 주신의 생각을 들려줘봐!"

"내가 가네샤다아아아아아아아아아아아아아아아아아아아아아아!!"

"이. 망할. 것들아아아아아아아아아아아아아아아아아!!"

끼어드는 단원 + 의견을 말하는 주신이 폭약이 되어 일타는 보기 좋게 분화했다.

격앙과 노성이 총출동해, 혼자 진지했던 샥티는 한없이 긴 탄식을 토했다.

【가네샤 파밀리아】── 불참.

"지, 진심이야, 몰드?!"

같은 파벌의 휴먼, 가일과 스콧의 비명에 몰드 래트로가 고함으로 되받아쳤다.

"당연하지! 우린【헤스티아 파밀리아】에 붙는다!"

그곳은 변두리의 주점이었다.

많은 동종업자가 워 게임에 대한 태세를 결정하지 못해 자연스레 눈치작전 같은 것을 시작한 가운데, 몰드는 딱 잘라 말했다.

"주신인 오그마 그 자식은 이미 설득했어!『뒈져도 묘는 안 만들어준다』고 지껄였지만 알 게 뭐야! 오라리오 정도 가 아니라 전 세계가 주목하는 싸움에서 우리도 이름 좀 날려보자고!"

원탁을 에워싸고 앉은 스콧과 가일을 포함해, 그들의 소 속은【오그마 파밀리아】.

랭크는 F이며 Lv.2 단원이 있긴 하지만 딱히 이름이 화 제에 오르지도 않는, 하위에는 들지 않아도 중견이라 부르 기에는 좀 애매한, 매우 몰드 일당**다운** 파벌이었다.

그러나 그것도 오늘까지라고, 몰드는 벌컥벌컥 들이켜 던 나무잔을 테이블 위에 내리치듯 놓았다.

"무엇보다! 이 워 게임의 승자가 되면 말이지,【프레이야 파밀리아】의 재산이 손에 들어온단 말씀이야! 땅 같은 것 도 포함하면 어지간한 왕국보다 엄청난 금액이 된다잖아!"

워 게임의 승자는 패자에게서 모든 것을 **빼앗을** 수 있다.

이 룰에 따르다면【프레이야 파밀리아】에게 승리하는 날 에는【헤스티아 파밀리아】에게 협력했던 자들도 당연히 대 가를 요구할 수 있다. 인식을 개찬시켰던 프레이야에 대한

『책임 추궁』과는 별개로 명확한 대가가 존재한다고, 몰드는 열변을 토했다.

"억만장자는 문제도 아니야! 리빌라에서 싸구려 술이나 마시는 날과도 작별할 수 있어……!"

설령 파벌 숫자대로 분배한다 쳐도 【프레이야 파밀리아】의 재산이라면 개인이 호사를 누릴 만한 액수는 충분히 들어온다. 원래 우락부락한 얼굴의 몰드가 지은 웃음은 그야말로 악랄한 짓을 꾸미는 『무뢰배』의 풍모를 풍겼다.

하지만 스콧과 가일은 얼굴을 마주 본 후…… 한숨을 쉬었다.

"그만 됐어, 몰드."

"뭐……?"

"진심을 말해봐."

가일의 말에 스콧도 응응 고개를 끄덕였다.

몰드가 움직임을 멈추고 있자, 그와 오래 알고 지낸 모험자 동료들이 지적했다.

"넌 그냥 벨 크라넬을 도와주고 싶은 거잖아?"

그 지적에 몰드의 얼굴이 시뻘겋게 달아올랐다.

"걔가 부이브르 상대로 바보짓 저질러서 도시 놈들한테 미움 샀을 때도 계속 기분 언짢았지?"

"【아폴론 파밀리아】의 워 게임 때도 있는 돈 다 걸었고……."

"『매료』가 풀려서 프레이야의 홈에 쳐들어갔을 때도 그랬어. 넌【래빗 풋】이 위험에 처한 걸 두고 볼 수가 없는 거야. ……동생 걱정하는 형이나 아버지처럼."

"머, 멍청한 소리 하지 마! 난 그런 게 아니고……!"

과거 이야기까지 언급되자 몰드는 벌떡 일어나 고함을 질렀다.

그대로 부정하려 했으나, 가일과 스콧이 빤히 쳐다보자 말을 이을 수가 없었다.

"……아니야. 내가 그 꼬맹이를 내버려 둘 수 없는 건, 그런 게 아니라고……."

힘없이 의자에 다시 앉은 몰드는 한참 이를 악물고 으르렁거린 후 고개를 들었다.

"난 그 자식이 날 구해준 빚을 아직 못 갚았을 뿐이야!"

반년쯤 전. 제18계층에 출현했던『검은 골라이아스』.

무법자들의 세례에 호되게 당하고도 자신을 구하러 와주었던 벨에게는『친애』가 아닌『빚』이 있다고, 몰드는 침을 튀겨가며 역설했다.

"아~ 그래그래 알았다 알았어."

"네가 멋쩍어하는 모습 봐봤자 징그럽기만 해. 술맛 떨어진다."

"이, 이 자식들이?!"

다시 일어나 고함을 지르는 몰드에게 가일과 스콧이 웃음소리를 냈다.

하는 수 없구만. 해볼까.

별다른 힘은 되지 않겠지만 없는 것보단 낫겠지.

그런 식으로 체념하며 남자 셋은 소년을 위해 싸우기로 결심했다.

【오그마 파밀리아】—— 참전.

"모디…… 그리고 마그니."

타케미카즈치는 내키지 않는 듯 두 남신에게 말을 걸었다.

"오, 타케미카즈치~ 그리고 미아흐~."

"혹시나가 역시나, 파벌연합에 들어오라는 제안~?"

"알고 있다면 묻지 마라."

백색 거탑 『바벨』의 30층. 워 게임의 형식과 자세한 규칙을 둘러싸고 벌써 몇 번째인지도 모를 신회가 열린 가운데, 타케미카즈치와 미아흐는 다른 신들에게 말을 걸며 돌아다니고 있었다. 조금이라도 편을 늘려 헤스티아에게 힘이 되기 위해서다.

미아흐가 탄식으로 대답하자 원탁 한쪽에 앉아있던 모디와 마그니는 느물느물 웃었다.

둘 다 흙색 수염과 눈동자에 장한이라 할 만한 체격. 얼굴은 당연하다는 듯이 단아하다. 그러나 언제나 짓고 있는 야비한 웃음이 외모를 전부 망쳐버리고 있는 점은 다른 신들과 같다.

곧잘 자신을 장난감 삼는 신 그룹의 두 명인 만큼, 사실은 관여하고 싶지 않은 타케미카즈치는 낯을 찌푸렸다.

"타케미카즈치랑 미아흐는 어디에 붙게~?"

"그거야말로 물을 필요가 없을 텐데. 나는 헤스티아 측에 붙는다."

"우리도다. 벨에게 상처를 주었던 만큼 이번에는 도움을 주어야만 하겠지."

미아흐와 함께 【파밀리아】의 한뜻을 전하자, 모디와 마그니는 역시 희미한 웃음을 지었다.

"그야 그렇겠지이."

"로키는 불참이 결정됐지만, 역시 헤파이스토스네가 말이지이. 세력도가 어떻게 굴러갈지 모르니까 신들도 처신을 결정하지 못하고 있다고. ……뭐, 그것도 **중립 놈들**뿐이지만~."

모디가 고개를 끄덕이고 마그니가 정세에 대해 덧붙였다. 그 말을 잠자코 듣던 타케미카즈치와 미아흐는 원탁의 빈 의자를 끌어당기며 두 신을 포위하듯 앉았다.

"그래서? 너희는 어떻게 할 생각이냐. 싸움에 참가할 거냐, 아니면 방관할 거냐?"

"우리를, 아니, 【**헤스티아 파밀리아**】를 **방해하지 않겠다**는 약속만 해줘도 고맙겠다만."

미아흐가 그렇게 말을 꺼내자 모디가 입술 끝을 틀어올렸다.

그를 대신해 입을 연 것은 마그니.

"미아흐~ 타케미카즈치~. 신회가 왜 이렇게 오래 가고 있는지 알아~?"

매일같이 열리는 신회에서, 워 게임의 상세 결정은 난항에 난항을 거듭하고 있었다.

아무튼 축제를 좋아하고 지루한 것을 싫어하는 신들은 기본적으로 빠르게 결정하고 빠르게 결단한다. 재미있으면 끼어든다. 그것이 그들의 평소 자세. 오라리오 사상 최초의 『파벌대전』임을 감안하더라도, 아직까지 승부 형식조차 결정되지 않은 이 상황은 원래 있을 수 없는 것이었다.

"……너희가 그럴듯한 소리만 늘어놓으며 신회를 방해하고 있기 때문이지."

낯을 찌푸리는 타케미카즈치에게 모디와 마그니는 흐히히 야비한 웃음을 감추려고도 하지 않았다.

원탁 위에서는 지금도 신들의 목소리가 오가고 있다.

주로 여신들이 헤스티아 측에 유리한 조건을 제안하고, 남신들이 기각한다.

그런 응수가 **수백 수천 번** 반복되고 있었다.

아침부터 출석한 헤스티아도 적극적으로 발언했지만 화려하게 무시당해 "당사자를 무시하다니 뭔 짓이냐 이 자식들아—?!"라며 격노하고 있었다.

"역시 그대들도 프레이야의 『동조자』였군."

"팬이라고 해줘~."

"우리도 프레이야 님에게 신세를 많이 졌으니까 말이지~. 이런 상황이 되어서도 도와주고 싶달까~ 이런 때일수록 도와주고 싶달까…… 뭐, 유혹에 넘어가 버린 게 화근이지."

오라리오의 많은 남신들이 『미의 신』 프레이야의 편을 드는 것은 공공연한 사실이다.

그리고 그들은 이따금 사랑하는 여신을 위해 부탁하지도 않은 행동을 일으킬 때가 있다.

그것이 지금이다. 그들은 프레이야를 암암리에 원조하려는 것이다.

"이번에는 프레이야가 용서받을 수 없는 짓을 저질렀다. 그걸 이해하지 못하나?"

"이해하지. 이해하는데, 그래도 프레이야 님에 대한 『사랑』이 더 커."

"물론 여기서 힘쓰면 상이라도 받을 수 있으려나~ 하는 흑심도 있는데…… 결국 이러니저러니 해도 우리는 프레이야 님이 여왕이었으면 좋겠거든."

모디와 마그니는 이제까지의 천박한 태도와는 다른 웃음을 보였다.

타케미카즈치는 탄식했다.

어쩌면 타케미카즈치와 미아흐, 가네샤 등 일부의 신들을 제외한 모든 남신이 그들과 같은 행동 원리로 움직일지도 모른다. 의미 없는 논의가 매일 반복되는 지금의 신회는 말하자면 『헤스티아 측의 세력』과 『프레이야 측의 지원자』가 다투는 구도였다.

"우리도 딱히 프레이야 님한테 완전 유리한 조건을 원하는 건 아니야. 아니, 프레이야 님 자신이 바라지 않을 거고."

"하지만 적어도 공평하다고 할 수 있는 조건은 잡아야지. 뭐, 기본 실력의 차이가 있으니까…… 6:4나 7:3으로 연합군 쪽에 유리한 형식이라면 만족할게."

"그러니까 먹기 대회처럼 바보 같은 승부 형식은 무슨 일이 있어도 통과시키지 않아."

모디와 마그니는 마치 형제처럼 서로 말을 이어나갔다.

프레이야의 체면을 세워주기 위해서라도 그 정도가 타협점이라고, 딱 잘라 말했다.

"로키 건만 해도 그래. 만약 길드가 명령을 내리지 않았다면 우리가 그놈들의 참전을 철저히 방해했을걸. 프레이야 님한테 무슨 소릴 듣더라도."

""……!""

"아~ 이해해~. 로키가 참전했으면 게임 시작하자마자 연합 속에서 내란 일으켰을걸. 벨 크라넬이 됐든 너희가 됐든, 우리 애들한테 습격하라고 시켜서."

왜냐면 공평함을 따지기 전에 도리가 아니니까.

그렇게 말하는 모디와 마그니의 얼굴을, 타케미카즈치와 미아흐가 빤히 응시했다.

"……너희가 말하는『도리』란 뭐냐?"

타케미카즈치가 묻자.

"로키냐, 로키가 아니냐."

모디는 간결하게 단언했다.

"……너무 극단적인 거 아닌가?"

미아흐가 눈살을 찌푸리자.

"어디가? 정당하잖아?"

마그니는 어깨를 으쓱했다.

"헤파이스토스 같은 경우는 뭐, 괜찮아. 걔들은 스미스고, 막상 싸움이 나면 헤스티아네가 확실하게 기수가 돼서 지휘 같은 것도 맡을 거고."

"하지만 로키네는 안 돼. 로키가 끼어들면 그건 전부 로키의 승부가 된다고."

""…….""

타케미카즈치도 미아흐도 그 말에는 반론할 수가 없었다.

"지휘도 전술도 전력도 전부 로키네 색으로 물들어버려. 기수 같은 건 장식일 뿐. 『헤스티아가 이끄는 파벌연합』이 아니라 『로키한테 편승한 파벌연합』이 돼."

──그럼 처음부터 로키네랑 워 게임을 하든가.

──까놓고 말해 그건 그냥 린치지 승부가 아니잖아?

모디와 마그니는 각각 그렇게 덧붙였다.

타케미카즈치와 미아흐는 깨달았다.

설령 길드가 손을 쓰지 않았더라도 로키의 참전은 이루어지지 않았으리란 것을.

"대의명분은 중요해. 하지만 『주지』를 오해하면 안 되지? 이건 어디까지나【헤스티아 파밀리아】와【프레이야 파밀리아】의 워 게임이니까. 그 외 다수의 연합군은 헤스티아한테 동조하는 형식이 돼야 해."

그들의 주장은 정당했다.

절대적인 여왕이었던 프레이야의 몰락을 바라고, 그녀에게 원한을 가진 여신들이 이런 수 저런 수 책략을 동원하려 하지만, 미신의 『사랑』을 아는 신들은 이를 한사코 막는다.

모디와 마그니의 신의는 『제대로 싸워서 결판을 내라』.
그뿐이었다.

"……너희는 프레이야 측에 붙을 텐가?"

"안 해. 아니, 못 해. 프레이야 님이 그걸 바라지 않는걸."

"제대로 된 싸움이 되도록 우리 신자들은 온갖 수를 다 쓰겠지만, 그게 다야. 프레이야 님하고 같이 싸울게요~ 했다간 쫓겨나는 정도가 아니라 두들겨 맞을걸."

"……."

"워 게임을 선언했을 때, 프레이야 님은 자기네 혼자 싸우기로 결정했어. 여신의 긍지만은 더럽힐 수 없어."

모디와 마그니는, 마지막에는 신이라 부를 만한 엄격한 표정을 지으며 단언했다.

타케미카즈치와 미아흐는 입을 다물었다. 그와 동시에 그들을 다시 보게 되었다.

그들에게도 신념이라 부를 만한 것이 있었다고.

"그래. 그래서 우리는 방관할 생각이었는데── 도르무르 그 바보가아~~~?!"

"우리 루비스도 『벨 크라넬에게 은혜를 갚을 때!』라면서 말을 안 들어~~~!!"

그러나 다음에는 진지함 따위 내팽개치고 마그니와 모디는 울음을 터뜨렸다.

"에이나 때 장난쳤던 거 아직도 원한 품고 있지 뭐야! 우리가 몇 번이나 말렸는데 말을 안 들어 먹어! 『누가 네 명령 따위 들을 줄 알고!』 이러면서!"

"와~~~앙 루비스 바보오~~~! 멍청이 아들내미~~!"

이제까지 조용히 지켜보던 타케미카즈치와 미아흐는 어이없다는 눈빛으로 뺑뺑 울어대는 두 남신을 보았다.

""끝장났다—! 우리 【파밀리아】 끝장났다—!!""

""전부 자업자득이지…….""

【타케미카즈치 파밀리아】, 【미아흐 파밀리아】, 【모디 파밀리아】, 【마그니 파밀리아】—— 참전.

"그 썩어빠진 남신 놈들! 우릴 방해하기만 하고—!"

"이렇게 되면 역시 여신동맹일세! 지금이 바로 가증스러운 프레이야에게 천벌을 내릴 순간!"

오라리오 어딘가.

하루의 신회가 끝나면 밤마다 검은 로브를 입은 신들이 요사스러운 저택에 모여 목소리를 높이고 있었다.

"데메테르네는 안 되네! 그 녀석의 파벌은 이것저것 일이 많아서 피폐해졌고, 무엇보다 프레이야랑 친하지 않은

가! 프레이야를 신성욕탕에 데려와 같이 목욕할 수 있는
건 그 녀석뿐이다!"

"무엇보다 가슴!"

"아아, 왕가슴!"

"그 크기는 용서가 안 돼! 다시 말해 왕따 결정!"

"""*그렇게 돼서 하토호르! 네가 기수가 돼라!*"""

"아니아니아니 어떻게 된 건데—."

그녀들의 목소리가 향한 곳에는 한 여신이 있었다.

적당히 묶은 까만 장발에 하얀 피부, 무화과 귀걸이와
목걸이, 그리고 얼굴의 윗부분을 덮은 소를 본뜬 가면. 키
는 헤스티아보다도 커서 155C 정도.

얼굴을 가린 소녀 같은 그녀는 하토호르. 『여신제』에서
는 『풍요의 탑』에 앉았던 여신 중 하나였으며, 남신들 사이
에서는 『사실은 최고로 어리광부리고 싶은 로리 속성』이라
는 소문이 전해진다.

"데메테르나 프레이야랑 같은 풍요의 여신 아닌가!"

"안티 프레이야 추진파의 급선봉 이슈타르가 사라진 지
금은 그대밖에 없네!"

"아니 나 딱히 프레이야 싫어하지 않는데— 그리고 내
풍요는 덤 같은 거고—."

소파에 드러누우며 하토호르는 께느른하게 거절했으나
여신들은 멈추지 않았다.

"전에 『하렘 리얼충 용서 못해—』라느니 『진짜 하렘을 보

여주겠어—』라고 했잖아요!"

"말이 그렇단 거지—."

""""됐으니까 해—!""""

"어라, 야, 멈춰— 우와 뭐 하는 거야 그만—— 우와
아————."

여신동맹—— 참전.

하루하루가 흘러갔다.

신회는 매일 밤낮으로 열렸으며, 논의는 이어지고, 백색
거탑을 올려다볼 수밖에 없는 민중은 막연한 불안감을 품
었다. 길드 사람들조차 신들의 결정을 기다려야만 했다.

그러는 동안에도 참전을 결정하는 자들은 확실히 늘어
나 파벌연합에 이름을 올렸다. 쟁쟁한 멤버의 리스트를 바
라보며 길드 직원들 사이에서는 『어쩌면』 하는 목소리도
나오기 시작했다.

"틀렸어. **졌어.**"

그러나.

미신의 워 게임 선언으로부터 일주일이 지난 밤, 헤르메
스는 의자에 몸을 던졌다.

【헤르메스 파밀리아】의 홈, 신실. 신회에서 돌아오자마
자 손에 들고 있던 양피지를 책상에 아무렇게나 내팽개치
는 주신의 모습에, 귀가를 기다리던 아스피는 한동안 입을
다물었다.

"······단정하기에는 아직 이르지 않습니까?"

"이르지 않아. 헤스티아네랑 벨 군은 져. **확실하게.**"

아스피는 딱딱한 표정으로 발언했지만, 헤르메스는 그 말을 담담히 내쳐버렸다.

"아무리 전력을 모은들 상관없어. 대항세력인 로키가 없으면 무의미해. 프레이야 님과 전쟁을 한다는 건 그런 거야."

"그건······."

"하다못해 아이즈만이라도 편을 들어줬다면 모래알만큼 이긴 해도 승산이 있었겠지만······ 프레이야 님이 선수를 쳤어. 이 『조건』으로는 완벽하게 끝장이야."

그것은 달관과도 체념과도 다른, 모든 것을 간파해버린 신의 목소리였다.

『조건』이라는 말에 미간을 의아함의 형태로 찡그리며 아스피는 질문을 거듭했다.

"우리 【헤르메스 파밀리아】는 어떻게 할 겁니까······?"

"단원이 한 명이라도 참가하면 【파밀리아】가 연합에 가담한 게 돼. 프레이야 님은 혼자 이겨버린 다음, 벨과의 관계를 영원히 유지하기 위해 워 게임에서 꺾었던 신들에게 모조리 『목줄』을 채울걸. 그것만은 피해야 해."

"큭······『상자정원』 때는 그렇게나 열심히 뛰어다니더니 여기서 물러난다고요?"

"난 영웅이 아니야. 도박조차 안 되는 승부에 몸을 날릴 마음은 안 들어."

"…………."

"뭐, 아이샤는 말려도 안 듣겠지만…… 길드에 등록해놓은 소속은 플루토스네 파벌이니까 상관없겠지."

아스피의 힘없는 호소에, 헤르메스는 노인이 몸을 뒤트는 듯한 모습으로 어깨를 으쓱했다.

주신으로서 【파밀리아】의 안전을 제일로 생각하는『보신』은 원래 옳은 것이므로, 아스피는 대들 수도 나무랄 수도 없었다.

"……만약 이걸 뒤집으려고 한다면, 그건……."

귀를 기울여야 들릴 만한 주신의 속삭임은 아무리 기다려도 이어지지 않았다.

희망적 관측조차 금지된 것처럼, 헤르메스가 나머지 말을 입에 담는 일은 결코 오지 않았다.

"저는…… 이번만은 그들과 함께 싸우고 싶습니다."

반면 아스피는 스스로도 어울리지 않는다고 생각하면서 솔직한 심정을 털어놓았다.

"헤스티아 님이나 벨 크라넬, 그리고 그의 동료들에게 정이 들어버린 것은 아닙니다. 하지만…… 리온의『바람』을 들었던 몸으로서, 하다못해 그녀가 돌아올 때까지는 힘이──."

눈을 감은 채 그런 권속의 결의를 듣던 헤르메스는 손바닥을 내밀어 말을 가로막았다.

그녀의 마음을 이해하면서도, 지금부터 하려는 말이 너

무나도 우울하다는 그런 표정이었다.

"미안하다만【페르세우스】는 **출장 금지**야. 신회에서 지명으로 찍혔어."

"네?!"

생각지도 못했던 엄명에 아스피는 눈을 크게 떴다.

왜죠?!

그런 외침이 튀어나오기 직전, 헤르메스는 책상에 던져져 있던 양피지를 그녀의 눈앞에 들이댔다.

"이건——."

그곳에 적힌『결정』을 보고 아스피는 숨을 삼켰다.

"벨프…… 괜찮아?"

"어………………… 아니, 안 괜찮아."

홈의 거실에서, 한참 뜸을 들인 후 대답한 벨프를 보며 벨은 식은땀을 흘렸다.

저녁놀의 흔적이 서쪽에서 완전히 사라진 밤. 며칠 만에 얼굴을 보는지도 알 수 없는 스미스 청년은 얼굴도 몸도 피폐의 그림자로 가득했다.

"이렇게나 많이『마검』을 만든 건 처음이야……. 자기혐오를 느낄 틈도 없었다."

뺨은 푹 꺼지고 목소리도 목이 말라버린 것처럼 갈라져

나왔다.

벨이 아는 것만으로도, 밤낮이 뒤집힌 것은 당연하고, 지난 며칠 동안 공방에서 한 번도 나오지 않았다. 미궁 탐색도 아닌데 포션을 벌컥벌컥 들이켜는 벨프의 모습에 자기도 모르게 식은땀을 흘리고 말았다.

"언제 시작될지도 모를 워 게임을 위해, 모두가 준비와 대책에 힘을 쏟고 있어요. 아니, 아무것도 하지 않는 건 너무 불안하고 불안해서…… 불가능해요……."

그런 말을 하는 릴리도 이미 눈 밑에 다크서클이 두툼하게 자리를 잡고 있었다.

소파에는 어깨를 맞대고 앉은 미코토와 하루히메가 있었다. 멍하니 넋을 놓은 것은 마인드 다운의 후유증 때문이다. 『마법』의 정밀도나 『마력』【어빌리티】를 높이기 위해 그녀들도 상당한 무리를 거듭하고 있다. Lv에 격차가 있는 【프레이야 파밀리아】의 단원에게 한 방 먹여줄 방법은, 실제로 비밀병기이자 필살기이기도 한 『마법』밖에 없다.

어쩌다 시간이 겹쳐져 오랜만에 홈의 거실에 모였는데도 대화는 이어지지 않았다. 모두가 심신의 휴식을 원했다.

그래도 여전히 의식을 놓기는 어려웠다.

가슴속의 고동이 자신의 존재를 주장하듯 요란하게 온몸에 울려 퍼지고 있다.

고양감도 없는 불안과 긴장이——『최강』이라는 이름을 단 【파밀리아】의 존재가 그들에게서 모든 예측을 앗아가고 있다.

지금 할 수 있는 일을 하지 않으면 정신이 제대로 안정되지도 않을 것이다.

"……너도 괜찮냐, 벨? 상처투성이잖아."

눈을 돌린 벨프에게 벨은 손가락으로 뺨을 긁적이며 쓴웃음을 지었다.

그의 몸은 노출된 피부도 옷 안쪽도 생채기투성이였다.

그것은 필요한 『의식』이자 『대가』였다.

협력자의 손을 빌려 『그릇』과 『마음』을 일치시키기 위한 『조정』이었다.

'다들 계속 노력하고 있어. 수많은 사람이 도와주고 있어. ……이기고 싶어. ……이겨야만 해. 나는 역시 【헤스티아 파밀리아】에 있고 싶어——.'

동료들의 모습을 바라보며 벨은 마음속으로 부르짖었다.

'——무엇보다도, 그 사람을——.'

그리고 창밖으로 눈을 돌리고, 겨울 여왕의 마음을 비춘 것처럼 쌀쌀한 하늘을 바라보았다.

조용히 주먹을 쥐고 마음을 새로이 먹었던, 그때.

"결정됐다! 결정됐어!"

바깥에서 현관이 열리는 소리가 크게 울렸다.

처음에 반응한 것은 벨.

다음으로 흠칫 돌아본 것은 릴리와 벨프였으며, 미코토와 하루히메는 튕기듯 소파에서 일어났다. 제일 먼저 벨이 거실에서 뛰어나가고 동료들이 그 뒤를 따랐다.

권속들이 현관으로 달려 나오자, 그들 못지않게 지쳐 비틀비틀 쓰러진 주신은 없는 힘을 쥐어짜내 몸을 바닥에서 떼어냈다.

"워 게임의 상세 내용이 결정됐다!"

""""""!!""""""

모두가 숨을 삼키는 가운데, 벨이 대표로 물었다.

"주신님, 그럼 승부 방법은 뭔가요?!"

벨의 손을 빌려 일어난 여신은 대답 대신 꼭 쥐고 있던 두루마리를 내밀었다.

릴리가 황급히 받아, 펼치고, 다른 이들도 들여다보았다.

다섯 쌍의 눈이 양피지에서 춤을 추는 코이네 공통어에, 그 속의 한 단어에 도달했다.

권속들이 눈을 크게 뜨는 가운데, 헤스티아가 말했다.

"승부 방법은 **숨바꼭질**——『하이드 앤 시크』다."

"워 게임의 상세 내용이 결정되었습니다, 프레이야 님."

아렌의 목소리가 신실에 울려 퍼졌다.

공손히 내민 종이를 카우치 위에서 받아든 프레이야는 조용히 읽어나갔다.

"날짜는 6일 후, 장소는『올자 도시유적』……『신의 집』

이 있는 거기구나."

여신은 한 차례 훑어본 후에는 이미 흥미를 잃었다는 듯 외다리 원탁 위에서 타오르던 양초에 종이를 태워버렸다.

"【로키 파밀리아】의 불참도 확정입니다. 길드가 공식적으로 발표했습니다."

"그래. 지금의 우라노스라면 로이만을 말릴 거라 생각했는데…… 방관하려나 보네."

궁극적으로, 어찌 됐든 상관없었다.

아렌이 설명하거나 말거나, 낯빛 하나 바꾸지 않는 프레이야의 솔직한 감상은 그것이었다.

공교롭게도 헤딘이 핀에게 말한 것과 같이 프레이야는 【로키 파밀리아】와도 싸울 작정으로 워 게임의 개전을 요구했던 것이다. 신의는 이미 정해졌다. 틈만 나면 『도시의 쌍두』라 비교되는 로키네와 자웅을 겨룰 좋은 기회라고까지 생각했다.

누가 참전하든 말든 적을 타파하리라.

온 오라리오의 군세를 정면에서 꺾고 원하는 것을 손에 넣겠다.

그것이 프레이야가 여왕으로서 보이는 자세였다.

"……한 가지 여쭈어도 되겠습니까?"

그래서였을까.

주신의 신의를 이해하는 권속이 그 『모순』을 지적한 것은.

"어째서 【검희】를 그 토끼에게서 떨어뜨리신 겁니까?"

"……."

오탈을 시켜 아이즈와 접촉케 한 후 맹세의 사슬로 속박하도록 명령한 것은 다름 아닌 프레이야였다.

최대의 적인 【로키 파밀리아】를 정면에서 꺾을 의지를 다져놓고도, 단 한 명의 소녀가 개입하는 것은 막으려 했다.

그것은 명백한 『모순』이었다.

여왕 프레이야답지 않은 선택.

한쪽 무릎을 꿇은 아렌은 그것을 책망하는 것처럼 보이기도 했다.

프레이야는 잠시간의 침묵 끝에 대답했다.

"벨의 레어 스킬이 어떤 건지는 너도 알았지?"

"예."

"【검희】와 단련하면 그 아이는 지금보다도 더 성장할 우려가 있어. 어쩌면 너희가 이 폴크방에서 주었던 『세례』이상으로 힘을 얻을지도 모르지."

『상자정원』을 구축했을 때, 『매료』까지도 튕겨냈던 벨의 스킬은 권속들과도 공유했다.

이를 전제로, 프레이야는 사실 그대로의 가능성을 말한 것이었다.

"**그 정도로** 저희가 궁지에 몰릴 거라고, 진심으로 그렇게 생각하십니까?"

그러자 아렌은 이번에야말로 눈을 날카롭게 치켜세웠다.

그 두 눈은 주인에게조차 발톱을 들이대는 흉포한 고양

이 그 자체였다.

"당신을 어디로든 모시고 당신의 장애물을 모두 날려버리는, 그런 당신만의 『전차』가 되겠다고. 그 『굼벵이』를 저버렸을 때 저는 그렇게 맹세했을 텐데요."

에인혜랴르로서의 힘도, 먼 날의 맹세도 모욕할 생각이냐고.

살짝 드러난 예리한 덧니가 그렇게 행간으로 묻고 있었다.

"……그 아이를 확실히 손에 넣기 위해서야."

권속에게 여신이 답한 것은 그 짧은 한 문장이었다.

창밖에서 일렁이는 구름에 달빛이 가려졌다.

주신을 바라보던 아렌은 얼음과도 같은 분노를 무산시켰다.

그 이상 추궁하려 들지 않고 몸을 일으켰다.

"주제넘은 소릴 했습니다."

"…… ."

"실례하겠습니다."

여신의 성역에 들어오지 않는 충실한 파수꾼과도 같이, 캣 피플은 신실을 나갔다.

혼자 남은 실내에서 프레이야는 등받이에 머리를 기댔다.

"『확실히 손에 넣기 위해』?"

웃음이 나온다.

높은 천장을 우러러보며 자기 자신에게 조소를 머금었다.

"이건 그냥…… 질투."

소년에게서 동경의 존재를 멀리 떨어뜨리고 싶다.

벨에게 아이즈가 다가가지 못하게 하고 싶다.

그런 여자아이 같은 일념으로, 프레이야는 【검희】의 개입을 금지했다.

거대 시벽 위에서 펼쳐지던 벨과 아이즈의 단련. 『바벨』 최상층에서 몇 번이나 보았다. 그 밀회가 거듭된다고 생각하면 목구멍 안쪽을, 가슴속을 저미는 기분이었다. 마치 날이 빠진 녹슨 검을 억지로 상처에 밀어 넣어 헤집어대는 것과도 같은, 그런 고통의 착각.

전에는 참을 수 있었다. 하지만 지금은 무리다.

소년에 대한 독점욕은 비대해지고, 그것을 억누르던 멍에도 풀렸다. 제어할 수 없는 감정은 그녀를 『미의 신』답게 만들어주던 『품성』을 격정의 소용돌이 속으로 몰아넣으려 들었다.

지금 당장이라도 무언가가 반전될 것만 같았다.

마치, 정말로, 그저 평범하고 시시한 『여자아이』로 전락해버리고 말 것만 같았다.

"…………꼴불견이네."

누구의 귀에도 들리지 않을 목소리로, 그녀는 중얼거렸다.

"프레이야 님은 우리를 믿지 않으시는 건가?"

사납 그레르의 말에 걸리버 형제는 나란히 눈을 돌렸다.

최상층에 존재하는 여신의 신실에서 멀리 떨어진 『폴크

방』1층, 『세스룸니르』.

전사들의 만찬은 이미 끝나, 특대형 홀은 자신의 넓이를 주체하지 못하고 있었다.

공간을 독차지한 제1급 모험자들의 목소리가 구석구석까지 잘 울려 퍼졌다.

"왜 오탈에게 명령해서 【검희】를 멀리 떨어뜨리셨지?"

"승리를 확실히 하기 위해. 그 이외에 뭐가 있겠어?"

"솔직히 말하자면 서운해. 어떤 적이 오더라도 전부 쓰러뜨릴 수 있는데."

그레르, 베링, 드바린이 저마다 말했다.

보기 드문 광경이었다. 평소에는 아무 말도 하지 않아도 이심전심인 형제가 마치 자문을 거듭하듯 문답을 주고받는다. 그것은 다시 말해 주신에 대한 의문과 일말의 불복이 있기 때문이었다.

세 개의 같은 목소리가 의견을 나누며 프레이야의 심중을 헤아리려 하고 있을 때,

"프레이야 님을 의심하지 마라. 그런 건 우리의 충성에 반하는 짓이야."

장남 알프릭이 입을 열었다.

그의 말에 동생들은 입을 다물었다.

결론이야 이미 알고 있었다. 제아무리 불신감을 품더라도 ──그들 이외의 다른 단원이 같은 의문을 품고 있다 하더라도── 종착점은 같았던 것이다.

여신을 위해, 【프레이야 파밀리아】는 목숨을 걸고 싸운다. 그뿐이었다.

"난 프레이야 님의 마음을 좀 알 것 같아."

4형제 이외에 유일하게 동석했던 다크엘프 회그니가, 앉아 있던 테이블 위에서 한쪽 무릎을 끌어안았다.

"점찍어둔 걸 남에게 빼앗기는 건⋯⋯ 나도 싫어."

목소리 구석구석에서 희미한 적막감이 배어 나왔다.

그의 시선 너머에 있던 것은, 지금은 없는 소년이 앉던 자리였다.

거짓된 관계로, 결코 오랜 시간은 아니었다 하더라도, 그 다크엘프의 눈은 『프레이야 파밀리아』의 벨 크라넬』을 확실하게 아쉬워했던 것이다.

"【검희】가 됐든 뭐가 됐든⋯⋯ 다른 누구도 아닌 이 손으로⋯⋯ 조금만 더, 벨을 길러보고 싶었어."

자신들 에인헤랴르와 비교하지 않더라도, 별 재능은 없었을 텐데.

세계에게 거절당하고, 자신의 인식까지도 의심스러운 『상자정원』에 유폐 당했는데도.

미신의 말에, 『매료』에, 온갖 가혹한 상황에 저항하던 존재.

타인과의 접촉을 두려워하는 회그니로서는 ──무엇보다도 한 명의 엘프로서── 그 범재가 그만큼 흥미롭고 신선했다.

눈을 내리깔며 흉중을 토로한 회그니는, 그제야 흠칫하고. 4형제의 시선이 자신에게 집중되었음을 깨달았다.

"오늘은 말 잘하네."

"게다가 평범하게 말했어."

"평소에도 좀 그래 봐라 낯가림쟁이 엘프."

헤딘의 번역도 없이 전해지는 회그니의 말에 """왜 센티해지고 앉았냐"""라고 파름 형제는 인정사정없는 집중포화를 퍼부었다. 눈 깜짝할 사이에 얼굴을 새빨갛게 물들인 회그니는 흰자위를 까뒤집고 어버버 소리를 내더니 황급히 망토의 목깃을 세워 얼굴을 가려버리고 말았다.

"회그니. 감회에 잠기는 건 네 마음이지만 그때가 오면——."

"시, 심려치 마라. 이 몸은 끝없는 어둠의 눈에 든 냉혹의 종복……!"

차갑게 식은 시선을 보내는 동생들과는 달리 알프릭은 경고를 건넸다.

회그니는 평소의 병든 언어로 평정심을 가장했다.

그리고 차가운 전사의 얼굴로 돌아가, 선언했다.

"전장에서 마주한다면 반드시 이 검으로 사지와 함께 놈을 치리라—— 모든 것은 여신을 위해."

【프레이야 파밀리아】는 망설이지 않는다.

그들이 전장에 설 때, 그것은 승리를 여신에게 바칠 때다.

"――역시 안 되겠어요. 눈을 뜨지 않아요."

『폴크방』5층의 서쪽에 위치한 방에서 애젊은 소녀의 목소리가 울려 퍼졌다.

그때까지 잠자코 보고를 듣던 오탈은 입을 열었다.

"이미 늦었다는 말인가?"

"아무리 저라고 해도 바락바락 화낼 거거든요, 단장님? 이래 봬도 언제나 막무가내인 여러분을 치유하는 힐러라는 자긍심은 있다고요."

힐러 소녀 헤이즈가 눈을 모로 뜨며 째릿 올려다보았다.

그 시선에도 오탈은 바윗덩어리 같은 위압감 있는 표정을 무너뜨리지 않았다.

그러나 그 위엄 있는 얼굴과는 달리 머리 위의 멧돼지 귀는 살짝 구부러졌다.

오탈은 이 힐러 소녀를 영 대하기 어려웠다.

정확하게는, 매일 『폴크방』에서 서로 죽이고 죽는 단원들의 『세례』를 헤이즈와 『안드흐림니르』들에게 떠넘긴다는 죄책감이 있다고 해야 하리라.

우수한 힐러이기에 격무를 떠맡아버린 헤이즈는 오탈을 원망하고, 오탈은 오탈대로 단장다운 짓은 하나도 하지 않는다는 자각이 있다. 따라서 초 실력주의 파벌 【프레이야 파밀리아】에서는 매우 드문 일이지만, 일개 힐러와 Lv.7 단장의 입장은 보기 좋게 뒤집혀 있었다.

제1급 모험자를 상대로도 겁먹지 않고 대든 헤이즈는,

무뚝뚝한 아이처럼 입을 다문 보어즈 거한에게 한숨을 쉬며 보고를 계속했다.

"할 수 있는 일은 다 했어요. 구역질이 나올 정도로 회복 마법을 써서 상처는 아물고 혈육도 원래대로 돌아왔죠. 호흡도 맥박도 있어요. 눈을 뜨지 않을 리가 없다고요. ……하지만 눈을 뜨지 않아요."

"……가사상태란 건가?"

"지금의 **그녀**에게 그 표현은 힐러로서 받아들이기 힘들지만…… 맞아요."

그렇게 말하며, 헤이즈는 오탈과 함께 곁의 침대를 내려다보았다.

"당신은 정말…… 귀찮은 사람이네요, 회른."

침대에 눕혀져 있던 것은 한 소녀였다.

『여신의 수행원』회른.

하지만 지금 그녀의 용모는 프레이야의 시종장으로서 알려진 그 얼굴이 아니었다.

묶지 않아 어깨까지 늘어진 회색 머리카락. 감긴 눈꺼풀 속에는 머리카락과 같은 색의 눈동자가 있다는 것을 오탈과 회른은 잘 안다.

그 모습은『시르 플로버』라 불리던 마을 아가씨의 것이었다.

헤이즈의 몸에 깃든 마법【바나 세이즈】.

하계에서도『유일한 비법』은 신의 힘『아르카넘』을 제외

하면 완벽하게 여신 프레이야로 변신(變神)할 수 있는 단 하나의 능력이다. 지금의 회른은 그 힘으로 프레이야의 『얼굴』 중 하나인 시르로 변한 상태였다.

"벨에게 진상을 털어놓고 자해하다니…… 프레이야 님을 배신하면서까지 당신이 뭘 하려고 했는지, 난 도저히 이해할 수 없어요."

프레이야가 만들어낸 『상자정원』 속에서, 회른은 여신이 금지했음에도 벨과 접촉했으며, 자신과 프레이야, 그리고 시르의 관계까지 폭로했다.

그녀가 프레이야의 『상자정원』을 파괴했다고 해도 과언이 아니다.

적어도 헤이즈와 다른 단원들은 그렇게 보고 있다. 그 배신행위는 파벌 내에 널리 알려졌으며, 주신의 명령만 아니었다면 단원들은 망설임 없이 소녀를 주검으로 바꿔놓았을 것이다. 동료로서 오래 사귀었으며 허울 없이 지내던 헤이즈도 예외는 아니었다.

여신에게만 충성을 바치는 소녀는 한순간 회른을 내려다보던 눈에 싸늘한 빛을 머금었다.

지금 당장이라도 잠든 소녀의 가녀린 목을 졸라버릴 것처럼 무표정한 옆얼굴. 오탈이 그 옆얼굴에 시선을 보내는 가운데, 헤이즈는 눈을 감고 탄식했다.

"……프레이야 님의 신의에 따라 목숨은 붙여놨어요. 하지만 그게 다예요. 제 무능을 드러내는 결과지만 이 이상

제가 할 수 있는 일은 없어요."

헤이즈의 목소리가 넓은 실내에 울려 퍼진다.

여신을 배신한 『죄인』에게는 어울리지 않는 하얗고 세련된 실내에는 침대 하나만이 있을 뿐이었다. 교회를 방불케 하는 신성한 공기와도 맞물려, 영혼이 방황하는 하늘과 땅의 틈바구니를 연상케 했다.

소녀가 잠든 상자형 침대는 관으로도 보였다.

여기에 꽃을 가득 채운다면 그녀를 주검이라고 해도 의심하는 이는 없으리라.

동화 속의 주민처럼, 한때 『시르』라 불렸던 소녀는 계속 잠을 자고 있었다.

"눈을 뜨지 않는 원인은 알겠나?"

"신도 아니니 저야 추측할 수밖에 없지만……."

상관없다며 오탈은 시선으로 채근했다.

"우선 생각할 수 있는 가능성은, 회른 자신이 각성을 거부하는 거예요. 자해를 시도했던 것만 봐도 프레이야 님께 죄책감을 가지고 있다는 건 명백하죠. 정신이 영원한 잠을 바란다면 육체를 아무리 치유해도 의미는 없어요. …………그게 아니라면."

자신의 가설을 말하던 헤이즈는 거기서 문득 입을 다물었다.

한참 머뭇거리던 끝에, 그 말을 입에 담았다.

"프레이야 님이 없애려 했던 『시르 님』을, 지금은 그녀가 붙들어 매고 있는 건지……."

이번에는 오탈도 입을 다물었다.

"회른이 상처 입힌 건 회른 자신의 몸. 신의 육체는 아니죠. 하지만 지금 육체 그 자체의 위험은 사라졌어요. 의식이 끊어져 있음에도【바나 세이즈】가 전혀 해제되질 않잖아요."

"……."

"그렇다면『무언가』를 잃지 않기 위해 회른이 계속해서 마법을 쓰고 있다고밖에는……."

거기까지 말을 잇고, 한동안 침묵이 흐른 후.

헤이즈는 힘없이 고개를 가로저었다.

"그냥 추측이고 쓸데없는 헛소리예요. 잊어주세요."

"……그러지."

소녀를 향해 오탈은 말뿐인 대답을 했다.

'회른만 알고 있었던 여신의 심중…… 혹은 그분조차 깨닫지 못했던 **무언가**.'

【바나 세이즈】라는 연결고리를 통해, 회른에게는 여신의 감정이 역류할 때가 있다.

오탈은 그것을 프레이야에게 직접 들은 적이 있다.

눈을 감은 시르가 무엇을 생각하고, 왜 잠을 자고만 있는가.

사내는 마지막까지 그녀의『바람』을 이해하지 못했으며—— 이해해주려고도 하지 않았다.

무인인 오탈은 싸우는 것 말고는 할 수 있는 것이 없었으므로.

최강인 오탈에게는 여신의 적을 때려눕히는 것만이 요구되었으므로.

그러므로 자신의 불초함을 알면서도 그 물음을 건넸다.

"너는 지금 어떤『꿈』을 꾸고 있나?"

Monologue VI

© Suzuhito Yasuda

꿈을 꾸고 있다.

지금의 나—회른—도, 옛날의 나—시르—도 아닌, 『그녀』의 꿈을. 기억을.

그녀는 고독했다.

『사랑』으로 충만했을 텐데도 전혀 만족스럽지 않았다.

사람에 따라서는 그것이 지독히도 오만하고 마음에 들지 않을 정도로 사치스러운 모습으로 비쳤을지도 모른다.

『사랑』을 알지 못하고 자라나 목숨을 잃은 자가 이 하계에 얼마나 많은지. 다른 이도 아닌 옛날의 나 —시르— 또한 그중 하나였다.

하지만 그녀는 그 누구보다도 『사랑』을 잘 알기에, 『사랑』을 모르는 자는 도저히 이해할 수 없는 공허를 품고 있었다.

충족되지 않기에 『사랑』에 굶주릴 수 있는 이.

그리고 충족되었기에 『사랑』에 사로잡혀 계속해서 목숨을 잃는 이.

대체 어느 쪽이 불행한지, 답은 나오지 않는다.

말할 수 있는 것이 있다면, 그것은 영원이라는 척도 속에서는 『사랑』조차 맹독의 지옥이 될지도 모른다는 것.

꿈속의 그녀는 꽃밭에서 울고 있었다.

두 손으로 얼굴을 가리고, 굵은 눈물을 흘리며, 황혼에 물든 붉은 꽃밭을 흡사 황금의 바다처럼 바꿔놓으며 슬픔에 젖어 있었다.

찾을 수 없어.

찾을 수 없어.

계속 그렇게 탄식하고 있다.

이윽고…… 그런 그녀에게 한 여성이 나타난다.

키가 작은 드워프였다.

어딘가 호승심이 강할 것 같은 드워프는, 우선 그녀의 미모와 눈물에 놀랐다.

그녀는 금세 일어났다.

봤지? 하고.

눈물 같은 것은 사라지고 눈동자가 은색으로 물든다.

눈에 들어온 것을 모조리 잊어버리라고 『매료』하려 했다.

드워프는 몸을 경련시키더니, 비틀비틀 다가가, 그녀가 명령을 내리려 한 순간.

통렬한 어퍼컷을 날렸다.

에엑———?

내가 놀라 뒤로 넘어가 버릴 만큼 훌륭한 어퍼컷이었다.

턱을 강타당한 그녀는 엉덩방아를 찧었다.

꽃밭이 그녀를 받아주어 붉은 꽃잎이 확 휘날렸다.

턱을 문지르며 눈을 깜빡이는 그녀에게, 드워프 여자는 오우거 같은 표정을 지었다.

『이상한 술수 쓰지 마!! 날려버리는 수가 있어!!』

이미 날려버린 다음이었지만 드워프는 분노로 길길이 날뛰었다.

눈물을 들킨 그녀가 동요하는 바람에 『매료』가 늦어졌다고는 하지만, 꼭두각시로 만들기 전에 주먹을 휘둘렀던 드워프는 그저 억척스러웠다.

멍하니 쳐다보던 그녀는 말했다.

『나 여신인데?』

드워프 여자는 콧방귀를 뀌었다.

『그딴 거 알 게 뭐야!』

태어나서 이제까지 신 따위 모셔본 적이 없다며 큰소리를 치는 드워프에게, 그녀는 이내 웃음을 터뜨렸다.

품성도 없이 목소리를 높여서.

다시 한번 꽃밭 속에 쓰러져, 태아처럼 몸을 만 채 배를 붙들고.

의도한 것은 아니었지만 하필이면 드워프 여자는 『그녀의 처음』을 빼앗았다.

『그녀를 처음으로 때린 여자』가 되었다.

그녀는 한참을 웃고 또 웃었다.

『저기, 네 이름은?』

『……미아다.』

그녀는 싫어하는 드워프를 따라다니기로 했다.

드워프는 어떤 탄광 마을 태생이었다.

그녀가 향한 곳, 마을의 환경은 그야말로 열악하고 탄광도 거의 죽은 상태였다.

남자들은 전부 광부로 차출되고, 마을에 있는 것은 깡마른 여자와 아이들뿐. 드워프 여자는 그런 자들에게 밥을 먹이기 위해 혼자서 주점——이름만 주점인 취사장——을 운영하고 있었다.

그녀와 만난 것도 빈궁한 마을 대신 식재료를 긁어모으던 도중이었다.

『신이고 뭐고 일단 밥이지! 난 보석 같은 것보다 잔뜩 먹을 수 있는 식재료가 필요해!』

드워프는 굶주림의 고통을 누구보다도 잘 알았다. 그리고 따뜻한 식사가 아름다운 보석이나 여신보다도 훨씬 가치가 있다고 믿었다.

그것은 기아나 빈곤 등과는 무관한, 완성되었던 천계에서는 있을 수 없었던 광경이었다.

동시에 그녀는 생각했다. 이것이 하계의 본질인가 하고.

불완전하기에 신들도 예기(豫期)할 수 없는 『미지』가 태어나고 눈앞의 드워프 같은 존재도 자라난다.

그리고 『미지』의 대표는, 『영웅』.

자신이 찾던 반려란, 그렇다면 『영웅』 그 자체일지도 모른다고, 그녀는 그때부터 생각하기 시작했다.

『네가 내 반려, 내 영웅일까?』

『멍청한 소리 하지 마, 바보 여신.』

기대하는 그녀의 시선에 드워프는 전혀라고 해도 좋을 정도로 상대를 해주지 않았다.

그녀가 실망할 정도로 드워프 여자는 타고난 요리사였으며, 얼굴을 그을음으로 더럽힌 채 누군가의 배를 채워주는 『안드흐림니르(채워주는 그을음)』였다.

그 드워프는 눈앞에 나타난 그녀를 결코 숭배하지 않았다.

대신을 비롯해 수많은 신이 손에 넣고자 혈안이 되었던 그녀의 가치를, 시골뜨기 드워프는 조금도 이해하지 못했던 것이다. 알려고 하지도 않았다. 첫 만남이 그 모양이었던 탓인지, 어쩌면 세상 무서운 것을 몰라서인지. 분명 양쪽 다였을 것이다.

그러므로 얼마든지 냉대할 수 있고, 심지어 딱 좋은 위치에 있는 이 세상의 보물 같은 여신의 엉덩이를 가차 없이 때리곤 했다.

굴강한 권속들이 아무리 노려봐도 태도를 바꾸지 않았다. 자신보다도 훨씬 강한 전사들을 앞에 두고도 '채워주는 자'의 긍지를 관철했다. 마을 사람들이 예외 없이 그녀에게 반하고 위축되는 가운데 계속 요리를 만들어댔다. 『은혜』를 받지 않았음에도 그녀는 신위에 굴복하지 않는 강한 억척스러움을 가지고 있었다.

그 드워프는 정말로 유별났던 것이다.

　그리고 그녀는 그 드워프와 만나, 조금 구원받은 것처럼 보였다.

『미아. 너희 마을을 **내가 내 맘대로 구해버렸어.**』

『…….』

『제대로 된 직업도 줘서, 이 마을은 이제 쇠퇴하지 않아. 네가 밥을 만들 필요도 없어졌잖아?』

『…….』

『그런데 여기에 계속 굶주린 여신이 있는데 말이지?』

『……이 멍청한 여신놈이.』

　그녀는 드워프가 마음에 들어, 조금 강제로 권속을 삼았다.

　드워프도 고향을 고통에서 해방해준 그녀에게 빚을 지는 것이 싫었는지, 불만을 늘어놓으면서도 『은혜』를 받아들였다. 다만 조건도 덧붙였다. 『그녀의 곁에서 일하는 건 빚을 다 갚을 때까지』, 『고향에서처럼 배고픈 사람들이 나타나면 자신은 그쪽으로 간다』, 『그리고 계속 염원했던 진짜 주점을 열게 해준다』. 그런 교환조건.

　그녀는 그것이 타협점임을 이해해주었다.

　그리고 이렇게도 말했다.

『있지, 미아. 난 반려를 찾고 있어.』

『몇 번이나 들었어. 난 그딴 건 되지 않을 거고 협조도 안 해.』

『응, 그렇게 말할 줄 알았어. 그러니까 계약해줘.』

『계약……?』

『너는 분명 내가 마음에 들지 않는 짓을 하면 또 주먹질을 하겠지?』

『…….』

『난 반려를 위해서라면, 분명 조신한 성녀도, 추악한 마녀도 될 수 있어.』

『…….』

『그러니까 미아. 내가 좋은 여자가 되어도 나쁜 여자가 되어도, 방해하지 말아 줄래?』

『…….』

『부탁이야, 미아.』

『…………알았어.』

그녀의 바람을 방해하려 드는 자가 있다면, 그것은 눈앞의 드워프일 것이다.

그녀에게는 예감이 있었다. 그러므로 드워프의 조건을 받아들이면서 계약을 들이댔다.

의외로 드워프는 고분고분 고개를 끄덕였다.

그녀는 어째서일까 생각해보았다.

그리고 이내 '아아 그렇구나' 하고 수긍했다.

드워프에게는 불쌍한 아가씨처럼 우는 모습을 이미 보여버렸으니까——.

그녀는 드워프를 데리고 반려를 찾는 여행을 계속했다.

천계보다도 좁은 하계를 돌아다니는 가운데, 그녀는 드워프를 소중히 여겼다.

드워프만은『매료』로 현혹하지 않겠다고 결심했다.

드워프 여자는 고결했다. 요정 같은 자긍심 따위 없었으며, 난폭하고 거친데도 누구보다 심지가 굳었다. 그녀는 자신에게 유일하게 대드는 드워프를 아꼈으며, 그리고 자신보다 훨씬 어린데도 마음속으로 언니처럼 흠모했다.

그리고 그런 꿋꿋한 드워프도 그녀가 마음만 먹으면『아름다움』에 미쳐버린다는 것을 알았다. 드워프가 그녀에게서『사랑』을 바랐다면 그녀는 주저앉아 두 번 다시 일어나지 못했을 것이다.

여행은 이어졌다.

반려는 찾지 못한 채, 몇 번이나 어깨를 늘어뜨리고, 그녀를 숭배하는 권속들만이 늘어났다.

어느 날,『최저 최흉의 여신』에게 패배해 미궁도시에 사로잡혔다.

세계의 중심에 거점을 두면서도, 그래도 그녀는 반려를 찾으려 했다.

그 과정에서 보어즈 아이를 거두었다.

백과 흑이 서로를 죽이고 죽어가는 추악한 요정의 섬에서 두 왕을 해방했다.

공업도시에서 자신의 몸을 팔아 네쌍둥이 파룸을 받아

왔다.

폐기세계에서 둘뿐인 새끼고양이를 주웠다.

나—회른—도 그 겨울 슬럼에서 구원을 받았다.

그녀에게 충성을 맹세하는 힘 있는 용사는 늘어만 갔다.

하지만 그래도 그녀의 반려는 찾을 수 없었다.

드워프도, 도시의 암흑시대 직전에 그녀의 곁을 떠나겠다고 말했다.

반려에 대한 체념과 지루함의 독에 잠식당하고 있었던 그녀는 그날부터 롤플레잉을 시작했다.

그리고 친구가 생겼다.

다른 보금자리가 생겼다.

여신의 마음을 죽이는 달관과 체념, 지루함의 독은 중화되고 있었다.

그녀는 『아가씨』의 하루하루에 몰입하고 있었다.

그녀는 깨닫고 있었을까?

게임에 불과하다 해도, 『아가씨』의 하루하루는 그녀가 흘린 황금을 대신해 그녀를 촉촉이 적셔주고 있었다는 사실을.

『아가씨』야말로 그녀의 『바람』에 다가가게 해주었다는 사실을.

하지만…… 아아.

그녀는 또 도달하고 말았다.

이 꿈의 세계에서, 아름답고 고독한 꽃밭에.

찾을 수 없어. 찾을 수 없어. 그렇게 지금도 탄식하며.

그날로부터, 계속, 울고 있다.

『울자꾸나. 울자꾸나.

그곳에 당신이 없으니.

꽃의 정원, 붉은 눈물, 만발한 황금.

부디 아직 보지 못한 빛이 나와 당신을 이끌어주기를.

웃자꾸나. 웃자꾸나.

언젠가 당신과 만나리라 믿으며.』

어디선가 들려오는 눈물의 노래.

이제야 그녀의 영웅이 나타나 주었거늘, 지금도 계속 울고 있다.

나—회른—는 그것을 밖에서 보고 있을 수밖에 없다.

누군가 구해줘.

그녀를 구해줘.

나—회른—는 바랐다.

하지만 그녀를 구해줄 이는 없다.

다름 아닌 그녀가 저버렸으므로.

나—회른—도 그녀를 막지 못한 채, 이에 협력했다.

나는 이 눈물을 깨닫는 것이 너무나도 늦었다.

미안해 아냐.

미안해 클로에.

미안해 루노아.

미안해 류.

미안해요…… 미아.

그녀는 울면서 사과하고 있었다.
나도 함께 사과했다.
그래도 그녀의 눈물은 멎지 않는다.
황금이 흐르고 흘러, 대신 그녀의 몸이 점점 녹아내린다.
나는 그녀를 안고, 그녀가 결코 말할 수 없는 말을 입에
담고 있었다.

나를, 막아줘——.
구해줘——.

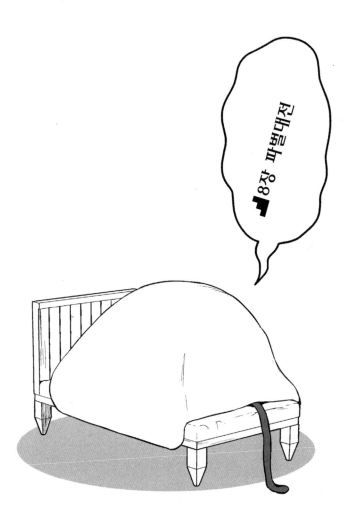
8장 짜벌대전

© Suzuhito Yasuda

"아냐."

"……."

"언제까지 그러고 있을 거야."

"……."

"——언제까지 침대 위에서 틀어박혀 있을 거냐고 묻잖아!"

"……루노아, 진정해라옹."

"말리지 마 클로에! 아냐, 프레이야 님이 시르 맞지?!"

"……."

"그럼 한 대 갈겨서라도 말을 듣게 만드는 수밖에 없잖아!"

"……."

"모험자 군 편을 들어서! 시르를 되찾으러 가면 되잖아?!"

"……."

"뭐라고 말 좀 해봐 바보 고양이!"

"루노아, 진정해."

"빨리 일어나아!! 안 일어나면 억지로라도 일으켜서——!!"

"루노아!"

"큭…………."

"……."

"…………."

"……."

"…………우린 갈 거야."

"……."

"그렇게 틀어박혀서 평생 썩고 있든가!"

문이 벌컥 열렸다.

소녀의 비분을 드러내듯 방 전체가 울리고, 남겨진 기척
은 두 사람.

"아냐. 냐 오늘 워 게임에 갈 거다옹."

"……."

"뇨르드 님이랑 데메테르 님한테 고개 숙여서, 다른 점
원들도 컨버전받았다옹."

"……."

"류는 몰라옹. ……그래도 냐는 싸우러 갈 거야."

"……."

"아냐는 예전 같은 주점으로 돌아가길 바라지 않아?"

"……!"

"나는 돌아갔으면 좋겠어. ……그러니까 먼저 갈게."

그리고 남은 기척은 한 사람.

문이 닫히고, 침대 위에서 몸을 웅크리고 있던 아냐는
무릎을 꼭 끌어안았다.

루노아는 강하다. 클로에도 강하다.

아냐에게는 이제 싸우는 것이 무리였다.

오빠가 무섭다.

여신이 무섭다.

자신을 구해주었던 시르는 대체 무엇이었는지 모르겠다.

그것을 알 용기조차 솟아나지 않았다.

루노아의 말대로. 아냐는 계속 썩어가는, 혼자서는 아무것도 못 하는, 길 잃은 새끼고양이 그대로.

아냐는 자신에 대한 실의와 함께 고개를 숙였다.

그때였다.

"——야."

난폭하게 문이 열리더니, 난폭하게 누군가가 침대로 다가왔다.

자신이 잘 아는 사람과 너무 똑같고 너무 닮은 난폭한 말투.

무릎에 얼굴을 묻고 있던 아냐는 어깨를 떨었다.

"————…………오라버니?"

길 잃은 새끼고양이는 조심스레 고개를 들었다.

✦

동쪽 방향에 우뚝 솟은 거대 시벽이 희미하게 흰색으로 타오른다.

어둠을 몰아내며 밝아오기 시작하는 하늘의 기척을 보며, 나는 굵은 땀을 뺨에서 튕겨내고 있었다.

"에이얏~!"

한순간 후, 그 땀과 함께 머리카락 몇 가닥이 눈을 의심할 만한 **대쌍인**에 의해 날아가버렸다.

눈을 크게 뜨고 숨을 멈추었지만 팔다리는 약동을 멈추지 않는다.

몸을 크게 옆으로 기울인 자세에서 춤을 추듯 대지를 두 번 박차고 회전의 기세를 실어 그대로 오른손에 쥔 《하쿠겐》을 휘둘렀다.

"흡!!"

『힘』과 『민첩』의 【어빌리티】가 자아내는 수치의 폭력.

언뜻 보기에는 말도 안 되는, 이제까지의 나에게는 절대 불가능했던 움직임.

그것을 Lv.5라는 【스테이터스】가 실현시켜 회피와 공격을 하나로 만들었다.

"【스테이터스】에 휘둘리지 않는 게 좋아~!"

하지만 그런 나의 폭력을 눈앞의 상대는 그 이상의 『부조리』로 때려부순다.

경이적인 동체 시력과 담력, 그리고 말 그대로 아마조네스의 완력으로, 어떻게든 공격을 펼친 내 오른손 손목을 잡더니 그대로 등 뒤를 향해 집어던진 것이다.

"크으으으으으으으윽?!"

허공에 호를 그리는 정도가 아니라 공처럼 땅에서 튕겼다.

거의 지면에 내동댕이쳐진 것과 다를 바 없는 던지기에, 정원의 잔디를 한쪽 팔로 타격. 그 충격을 이용해 억지로 자세를 바로잡은 것과 동시에, 밀려들던 벽을 박차고 옆으로 뛰었다.

왜냐하면 이미 긴 흑발을 나부끼며 또 다른 아마조네스가 검을 들고 달려들고 있었기 때문이다.

"눈앞에 들이댄 먹이에 너무 금방 달려들잖아!"

"⋯⋯! 야아아아앗!"

연속으로 번뜩이는 두 자루의 쿠크리 나이프, 그리고 도약과 함께 머리 위에서 내리꽂히는 대쌍인.

쌍둥이 자매의 연격을, 배 속에서부터 터져 나오는 고함과 함께 맞받아쳤다.

동이 트기 전의 【헤스티아 파밀리아】 홈.

안뜰에서 펼쳐지는 티오나 씨, 티오네 씨와의 단련도 **벌써 몇 번째인지.**

두 분이 【화덕관】에 쳐들어온 것은 며칠 전.

『아르고노트 군 도와주고 싶어!』라는 말에 주신님과 함께 어안이 벙벙해졌던 나는, 릴리의 『선생님 역할』을 자청해준 핀 씨로부터 『**조정**에 동참해달라고 해』라는 조언을 듣고, 오늘까지 계속 홈에서 싸우고 있었다.

단련을 할 거라면 아이즈 씨와 했던 것처럼 넓은 시벽위나 던전에서 하는 게 좋겠지만, 티오네 씨가 『휴식장소와 훈련장소를 왕복하는 시간도, 훈련을 준비할 수고도 아깝다』라고 지적해 급거 우리 홈의 한복판에서 결행하기에 이르렀던 것이다.

"간다아아아아아~~~!!"

결코 제1급 모험자들이 날뛰기에 어울릴 만한 넓이가 아닌 안뜰은 잔디가 파헤쳐지고 식목도 너덜너덜해지고 마석등은 기둥째 꺾여버렸다. 나중에 수선비 등등으로 릴리의 벼락이 떨어질 게 확실했지만 신경 쓸 여유도 없었다. 생각이 탈선하는 것조차 용납되지 않는다.

단련이라고는 하지만 『제1급 모험자와의 전투』란 다시 말해 그런 것이다.

"몸이 먼저! 생각은 나중! 안 그러면 제1급 모험자끼리의 전투에 따라올 수 없어!"

"【프레이야 파밀리아】의 공격은 이것보다 더 심해~!"

생채기가 끊이질 않는 팔다리가 삐걱거렸다. 뼛속까지 떨리고 저릿저릿했다.

쿠크리 나이프의 날카로운 연격이, 대쌍인의 육중한 일격이 방어일변도인 나를 거듭 흔들어댔다.

노도라고밖에 형용할 수 없는 공격의 소용돌이는 나를 몇 번이나 몰아붙여 댔다. 반격해도 9할은 수포로 돌아가 꼴사나운 회피만이 생명줄. 스스로 말하기는 뭣하지만 대포 같은 발차기를 날렸는데도, 팔꿈치 공격에 가볍게 튕겨나갔을 때는 악몽이라고밖에 여겨지지 않았다.

제1급 모험자로서 기량도 경험도 두 분이 훨씬 풍부하다.

그러므로 이 결과는 당연한 것. 벨 크라넬이 매일 넝마가 되는 것도 당연한 결과.

"아이즈와 훈련하던 거 생각해봐!"

"팔다리에 새겨진 『기술과 허허실실』이 있을 거 아냐! 그걸 끌어내!"

하지만 티오나 씨와 티오네 씨의 말이 몇 번이나 마음과 몸을 자극했다.

——【스테이터스】에 휘둘리면 안 돼.

——허점에 달려들면 안 돼.

그렇다. 이것은 전부 동경하는 그 사람에게 들었던 말.

Lv.5가 된 지금이기에 다시 한번 초심으로 돌아가야 한다.

어빌리티와 『기술』을 직결시켜서, 무기와 『허허실실』을 합쳐서 『그릇』과 『마음』을 공명시켜라!

"【커져라 뚝딱】——【도깨비 방망이】!"

그때 『원호』의 목소리가 상처투성이인 등을 두드렸다.

안뜰 한구석에서, 그때까지 무릎을 꿇고 있었던 하루히메 씨가 일어나 영창을 마쳤다.

나 못지않게 굵은 땀을 흘리면서, 마인드를 쥐어짜내 레벨 부스트를 부여한다.

"————크으윽!!"

폭등하는 【스테이터스】의 고삐를 붙들고 반격에 나섰다.

온몸에 두른 아름다운 빛의 입자와 함께 가속해, 두 손에 든 휘백색과 칠흑색의 나이프를 번뜩였다.

무기의 측면을 쳐 궤도를 엇나가게 하는 『기술』을 구사해 티오네 씨의 참격을 모두 튕겨냈다.

그리고 일부러 허점을 드러내 공격을 유발하고——『허허실실』로 티오나 씨에게서 한순간의 '허(虛)'를 훔쳐, 왼손 역수로 든 《주신님 나이프》를 휘둘렀다.

"하아아아아아아아아아앗!!"

몸을 사리지 않는 큰 스윙. 말 그대로 있는 힘을 다한 일격.

그것을 정면에서 받아낸 티오나 씨는 눈을 크게 뜨고 웃음을 머금더니, 다음 순간에는 대쌍인과 함께 뒤로 날아갔다.

대쌍인의 아다만타이트가 파르르 떨릴 정도의 충격.

이 훈련이 시작된 후로 들어본 적이 없었던, 기분 좋을 정도의 소리.

높은 소리굽쇠 같은 소리가 홈 안뜰에 울려 퍼졌다.

"웃차! ……아르고노트 군, 어때~?"

"……네. 아마, 이젠 괜찮은 것 같아요."

공중에서 빙글 돌아 별 어려움도 없이 착지한 티오나 씨가 조금 떨어진 곳에서 물었다.

숨을 헐떡이는 나는 두 자루의 나이프를 칼집에 넣고, 몇 번인가 두 손을 쥐었다 폈다 했다.

"감각의 『갭』…… 사라졌어요."

우리는 【랭크 업】을 할 때마다 종종 『육체와 정신의 갭』이 발생한다.

말하자면 표변한 신체 능력에 마음이 따라가지 못하는 상황이다. 모험자가 된 지 얼마 지나지 않은 나는 미숙한 탓인지 이 『갭』을 메우는 데 시간이 걸렸다. 두 달 전의 『원정』에서 이구아수와 교전하며 겨우 해소했던 것처럼.

그러므로 이번 훈련의 목적은 시간이 허락되는 한 강해지기 위한 수행이 아니라, 핀 씨의 말대로 심신의 『갭』을 없애는 『조정』이었다.

"최후의 최후에 겨우 해낸 모양이네. 위태롭던 부분이 사라졌어. ……그리고 너도 용케 잘 따라오더라. 얘기는 몇 번 들었지만 대단한 요술이야."

"가, 감사, 하옵니다~~~."

미소를 짓는 티오네 씨의 칭찬은, 지금이라도 눈이 뱅글뱅글 돌아가며 쓰러질 것 같은 하루히메 씨에게도 향했다.

【파밀리아】 내에서 나 말고 또 【랭크 업】을 한 하루히메 씨도 며칠 전부터 이 『조정』에 참가하고 있었다.

그녀의 경우에는 육체의 움직임이라기보다는 레벨 부스트의 시운전 측면이 강했다.

Lv.2가 되면서, 15분이었던 지속시간은 20분으로 늘고, 다음 『마법』을 발동하기 위한 인터벌은 10분에서 9분으로 단축되었다. 물론 『꼬리』의 최대 개수도 5개에서 6개로 늘었다.

하루히메 씨의 힘은 틀림없이 워 게임의 열쇠를 쥐고 있다. 릴리도 밤을 새 핏발이 선 눈으로 『마구마구 실험해주세요』라고 말했다. 이로써 느닷없이 실전에 뛰어들어야 하는 우려는 사라졌다.

'나도 모의적으로 Lv.6의 움직임을 시험해볼 수 있었던 건 큰 수확이야…….'

이제 막 Lv.5가 된 『갭』에 더해, 레벨 부스트의 효과까지 얹혔다면 농담이 아니라 정말 미친 소가 되었을 가능성이 있다.

실제로 ──이상한 비유긴 하지만── 자신이 드래곤이 된 것 같은 출력에는 한참 애를 먹었다. 그것도 티오나 씨 티오네 씨 덕에 제어할 수 있게 되었다.

제1급 모험자를 상대로 한 가상전투도 포함해, 이런 『조정』은 그야말로 Lv.6인 티오나 씨 티오네 씨 상대가 아니고서는 불가능했을 것이다. 두 분에게는 아무리 감사해도 모자랄 지경이다.

"아이즈도 아르고노트 군네랑 훈련했으면 좋았을 텐데…… 미안해."

"아뇨, 사정이 있다고 들었으니까요. 그리고 아이즈 씨도 분명 응원해주실 거예요."

이곳에는 없는 아이즈 씨 이야기에 나는 고개를 가로저었다.

무슨 일이 있었는지 자세한 내막은 모르겠지만…… 그 사람의 가르침은 내 마음속에 확실하게 뿌리를 내렸다. 지금의 훈련에서도, 그 『평원에서의 싸움』 속에서도 그녀는 나를 구해주었다.

그러니까 그녀의 가르침과 함께 **오늘의 전쟁에 임할 것이다.**

"……동이 트고 있사옵니다……."

하루히메 씨가 머리 위를 올려다보며 중얼거렸다.

사방이 저택에 에워싸인 안뜰에서도 아침 해가 고개를 내미는 것을 알 수 있었다.

하늘이 붉기 때문이다.

마치 황혼으로 착각해버릴 정도로.

오늘이 훈련 3일차. 그리고 워 게임 당일.

마침내 맞이한 운명의 날에, 내 심장은 조용히, 그리고 서서히 날뛰기 시작했다.

"······아르고노트 군."

고양감은 없고, 그저 불안과 긴장을 실감하며 하늘을 올려다보았다.

다가온 티오나 씨와 티오네 씨가 나와 하루히메 씨에게 웃음을 지어주었다.

"힘내!"

"【프레이야 파밀리아】놈들을 날려버리고 와!"

태양 같은 웃음과 난폭하고 통쾌한 말에, 얼굴을 마주보았던 나와 하루히메 씨는 이때 분명 구원을 받았다.

고개를 끄덕이고, 주신님과 다른 동료들의 몫까지 웃음으로 대답했다.

""네!""

그것은 역사라는 거인이 남긴 발자국이었다.

수없이 늘어선, 다 허물어져 가는 거대한 돌기둥.

무수히 깔려있던 빛바랜 포석.

파손된 아치는 기울어진 채로 오랜 세월을 거치고도 아직 서 있다.

분묘나 신관의 주거로 여겨지는 수많은 유적은 고스란히 드러난 지면과 융기한 바위, 여기저기서 솟아난 식물에 침식당해 이제는 자연의 일부로 변해가고 있었다. 그 광경은 웅대했으며, 동시에 적막감도 함께 자리 잡고 있었다.

특필할 만한 것이 있다면, 그러한 유적들이 모두 **호수 위**에 있다는 점.

사방이 험준한 산에 에워싸인 거대 칼데라—— 아름다운 에메랄드빛 물 위에 뜬 섬이었다.

『올자 도시유적』.

오라리오에서 북서쪽, 『베올 산지』의 서부에 있는 칼데라 호수에 세워진 광대한 유적이며, 이번 워 게임의 무대가 될 전장의 이름이다.

기원은 까마득히 2천 년 이상 전으로 거슬러 올라가야 한다.

이곳은 『구멍』에서 넘쳐난 몬스터와 싸우던 요새도시였다.

입지상 물 걱정이 없는 것은 물론이고 칼데라 호수가 천연의 해자가 되어 몬스터의 침공을 저지한 것으로 여겨졌다. 하프엘프나 하프드워프를 사역해 섬 내부는 자급자족이 가능한 도시로서 번영했으며, 강대한 몬스터가 날아왔을 때까지 존속했다고 한다.

황폐한 유적으로 변한 지금, 일그러진 타원을 그리는 섬 전체의 가장자리에는 방벽과 탑의 잔재가 남아 있다. 기복이 심한 토지 내에는 수많은 경사면과 완전히 붕괴된 건물이 무수히 보였으며, 오랜 세월을 거친 지금도 성하마을을 방불케 했다.

그중에서도 섬 서쪽 끄트머리의 유달리 규모가 큰 유적은『신전』이다.

신들이 강림하기 이전의『고대』, 몬스터의 맹위에 시달리던 사람들은 가공의 신들을 숭배하며 구원을 바랐다. 『정령』과도 인연이 깊었던 토지로 여겨지는 올자는 그런 신전을『신의 집』이라 불렀으며, 여러 신들의 조각상을 모시고 있었다.

그리고 그 신앙의 대상 중에는 아름다움을 관장하는 여신도 있었다고 한다.

『──바람은 차고, 구름도 드문드문, 하지만 투명할 정도의 하늘은 보시다시피 쾌청! 날씨가 변덕을 부리기 쉬운 산속의 전장도 전쟁하기 딱 좋은 날이군요! 여러분 안녕하세요 안녕하세요! 이번에도 워 게임 실황중계를 맡은【가네샤 파밀리아】소속, 말하는 화염마법 이브리 아처입니다! 별명은【파이어 인페르노 플레임】이하생략!!』

『내가 가네샤다아아아아아아아아아!』

『해설 또한 변함없이 가네샤 님께서 맡아주시겠습니다~!』

멀리 떨어진 오라리오에서는 그런 올자 유적군이『거울』에 비치고 있었다.

천리안의 역할을 하는『신의 거울』이 이미 전개되어, 도

시의 헌병 【가네샤 파밀리아】의 주도로 실황중계가 이루어
지고 있었다.

하지만 5개월 전에 치러졌던 【아폴론 파밀리아】와의 워
게임과는 달리, 도시는 열광을 잊고 잠잠했다. 주점에 눌
러앉은 모험자들도, 대로에 나와 『거울』을 올려다보는 사
람들도, 바벨에 모인 신들까지도 전투가 시작되기 전부터
긴장된 표정을 하고 있었다.

『각설하고! 이번에는 오라리오에서도 이례적인 《파벌대
전》! 도시 최강이라 칭송받는 【프레이야 파밀리아】와, 【헤
스티아 파밀리아】가 이끄는 연합군이 충돌합니다! 그리고
이번의 주제, 가 아니라 종목은── 하이드 앤 시이이이
이크!!』

변함없이 시끄러운 것은 실황과 해설을 맡은 당사자들뿐.

『세부적인 규칙은 생략하겠습니다만! 승부는 **신을 먼저
발견한 쪽이 승리!** 각 【파밀리아】는 올자 도시유적 내에 주
신을 숨기고, 권속들은 이를 찾아냅니다! 말 그대로 진짜
숨바꼭질 되겠습니다~!』

『그건…… 가네샤인가?!』

『가네샤 님 말씀대로 물론 단순한 숨바꼭질은 아니죠!
적의 권속과 마주치면 방해도 가능 전투도 가능한 배틀로
열! 주신을 지키기 위해, 혹은 찾아내기 위해 수없는 피바
다와 무기의 묘지가 만들어질 것입니다!』

그것은 결코 비유가 아니었다.

총 47개【파밀리아】가 참가해 800명도 넘는 권속이 싸우는 이『대전』에서는, 설령 어떤 규칙이 된다 해도 피로 피를 씻는 분쟁이 기다리고 있다.

이브리의 설명에 민중은 예외 없이 헛숨을 삼켰다.

『다~만!【프레이야 파밀리아】는 적대하는 모든 주신을 찾아내야 하는 반면, 연합군의 승리조건은 신 프레이야의 발견뿐! 아무리 그래도 이건 연합군에게 유리하달까 불평등한 것도 같습니다마안! 그 점은 어떻게 생각하시나요 가네샤 님?!』

『까놓고 말해 이래도 핸디캡은 부족하다고 생각한다.』

『가네샤 님이 진지하게 대답했다아아아아아아아?!』

도시의 분위기와는 어마어마한 온도 차를 보이는 실황 해설의 목소리가 쩌렁쩌렁 울려 퍼지는 가운데, 오라리오에 남은 자들은 저마다 자리를 잡고 저마다 다른 표정을 지었다.

"벨⋯⋯."

"에이나⋯⋯."

『거울』이 천장 근처에 떠 있는 길드 본부에서는 무사하기를 빌 수밖에 없는 에이나가 답답함에 시달리고, 그런 그녀에게 동료 미샤가 살짝 다가섰다.

"이 규칙이라면 하늘을 날며 신의 위치를 찾아내는 정도가 아니라 기습해 게임을 끝내버릴 수도 있는 저는 출장을 금지할 수밖에 없다는⋯⋯ 그런 겁니까?"

"정확하게는 탈라리아가 금지였어. 하늘을 나는 매직 아이템을 아는 놈들은 지금까지도 있었지만, 프레이야 님의 홈에 헤스티아와 함께 쳐들어갔던 그거 때문에 다 알려져 버렸거든. ……역시 마음에 안 들어?"

"……이제 와서 소란을 떨어봤자 소용없죠. 금지당한 탈라리아 이외의 매직 아이템은 이미 릴리루카 아데나 다른 이들에게 제공했고요. ……그들을 믿을 수밖에요."

『바벨』30층에서는 다른 신들과 함께 아스피가 낯을 찡그리고, 헤르메스가 어깨를 으쓱했다.

"아이즈, 괴로울지도 모르지만…… 같이 보자."

"…………응."

【로키 파밀리아】의 홈에서는 티오네에게 손을 잡힌 아이즈가 계속 숙였던 고개를 들고 응접실 안으로 발을 들였다.

소파에 앉은 티오네가, 바위처럼 굵은 두 팔로 팔짱을 낀 가레스가, 한쪽 눈을 감고 있던 리베리아가, 그리고 손가락을 핥던 핀이, 로키가 설치한 『거울』을 바라보고 있었다.

개전 시각은 얼마 남지 않았다.

🔥

"넓다……."

나는 상급 모험자의 시력으로도 세부까지는 내다볼 수 없는 유적군을 보며 중얼거렸다.

"동쪽이 우리 『연합군』의 진지…… 서쪽이 【프레이야 파밀리아】랬죠?"

"맞아……. 저기 제일 큰 유적이 중앙이고, 거길 경계로 삼는대……."

바로 조금 전에 막 도착한 내게, 롱 보우를 든 나자 씨가 설명해주었다.

장소는 『올자 도시유적』을 한눈에 내려다볼 수 있는 바깥쪽의 산 중 하나.

낭떠러지 위에서 내려다보는 칼데라 호수는 절경이었다.

이런 상황이 아니라 관광으로 왔더라면, 천공의 거울로 변해 새파랗게 빛나는 호수에 감탄을 금할 수 없었을 것이다.

내가 『베올 산지』에 온 것은 이것이 두 번째다. 흔히 말하는 이 『베올 칼데라』는 라키아 왕국이 침공했을 때 주신님과 아이즈 씨와 길을 잃고 흘러 들어갔던 『에다스 마을』과는 정반대 쪽, 바다가 가까운 서쪽에 있다.

하루히메 씨를 등에 업고 나도 몇 시간이면 갈 수 있는 거리―― 상급 모험자라면 별로 힘도 들지 않을 만한 장소에 이런 장대한 광경이 있을 줄은 생각도 못했다.

"【프레이야 파밀리아】는, 오늘 아침부터 유적에 들어갔대……. 저 서쪽 어딘가에, 여신님을 숨겨놨겠지……."

낭떠러지 위에 선 나자 씨의 손가락이 가리키는 방향을 따라가 보니, 정말로 전장을 양분하는 위치에 반파된 거대한 신전 터가 보였다.

각자의 주신을 숨길 에어리어는 연합군이 동쪽, 【프레이야 파밀리아】가 서쪽으로 정해져 있으며, 구역 내에서라면 주신을 어디에 숨겨도 상관없다. 바깥쪽 가장자리의 탑 속이라 해도, 전망이 좋은 중앙탑이라 해도 좋다. 오라리오의 한 구역이 거뜬히 들어갈 만한 저 도시유적에서 한 명의 신을 찾아내기란 상당히 힘들 거라고, 전장을 시찰하러 온 나는 지금부터 각오를 다지고 있었다.

"하지만 이렇게 광대한 유적에서 뭐 게임을 하다니……."

"50개 가까운 【파밀리아】가 참가하니까, 타당하다면 타당해……."

나와 함께 답사를 나온 오우카 씨가 말하자 나자 씨는 바람이 장난을 치는 머리를 거추장스럽다는 듯 누르며 대답했다.

오우카 씨의 말을 빌릴 필요도 없이, 거대한 호수에 뜬 『도시유적』은 그것만으로도 완성된 하나의 세계처럼 보였다.

과거의 요새도시를 전장으로 바꾸어, 우리는 오늘, 가장 강대한 적과 자웅을 겨루는 것이다.

"……고맙습니다. 이젠 괜찮아요. 돌아가죠."

긴장을 다스리며, 나는 오우카 씨, 나자 씨와 함께 발을 돌렸다.

길고 험한 경사면을 내려가 『야영지』로 돌아갔다.

칼데라 호수의 남쪽으로 치우친 『올자 도시유적』에는 남쪽 끝에만 다리가 걸려 있는데, 그 다리 건너편 기슭에 파벌연합의 『야영지』가 있다.

길드와 【가네샤 파밀리아】가 설치한 천막들 속에는 개시 직전까지 훈련을 하던 나와 하루히메 씨를 제외하면 많은 모험자들이 어제부터 와 있었다고 한다. 참고로 【프레이야 파밀리아】는 칼데라 호수의 북쪽에서 뗏목을 타고 도시유적으로 건너왔다나.

이 『야영지』는 워 게임이 시작된 후에는 탈락한 부상자를 치료하는 『구급거점』이 된다고 한다. 그래서인지 【디안 케흐트 파밀리아】의 단원들도 드문드문 보였다.

"아이템이 부족할 것 같아……. 이봐, 누구 예비 없어?"

"【미아흐 파밀리아】가 준비해왔어! 남신님한테 부탁해서 얼른 받아와!"

"『크로조의 마검』에다, 헤파이스토스 쪽에서도 무기를 나눠준다니 꿈만 같은데…… 그래도 영 불안해."

『야영지』는 떠들썩했다.

흥분과 긴장이 뒤섞인 듯한 목소리가 끊임없이 오갔다.

무기를 꼼꼼히 점검하는 수인, 동료의 손을 빌려 중무장을 착용하는 드워프. 부정할 수 없을 정도로 전투가 임박한 광경을 잠자코 보고 있으려니── 말을 거는 목소리가 들려왔다.

"벨 크라넬!"

"아…… 루비스 씨, 도르무르 씨!"

돌아보니 눈에 익은 집단이 달려오고 있었다.

【모디 파밀리아】의 루비스 씨와 【마그니 파밀리아】의 도르무르 씨.

하층영역 『원정』 때 강화종 모스 휴지를 상대로 함께 싸웠던 엘프와 드워프들이다.

"같이 싸워주시는 거예요……?"

"물론이지. 오른팔과 함께 빼앗겼어야 했던 이 목숨은 너희가 구해준 것. 이 큰 은혜를 지금 갚지 않고 언제 갚겠나."

화살통과 활을 든 루비스 씨는 가만히 『오른팔』을 만졌다.

배틀클로스와 장갑으로 가려진 그것은 분명 나자 씨와 같은 은색 의수.

한번은 한쪽 팔을 잃었던 루비스 씨는 결벽한 요정의 웃음을 머금었다.

"맹세를 다할 때다. 함께 싸우자, 엘프의 맹우여."

──나 루비스 릴릭스의 이름에 맹세코, 언젠가 이 큰 은혜에 보답하지.

강화종 모스 휴지를 쓰러뜨린 후, 『리빌라 마을』에서 했던 루비스 씨의 말을 떠올렸다. 그의 등 뒤에서는 의족으로 단단히 땅을 디딘 라나 씨 일행도 같은 웃음을 머금고 있었다.

"무~슨 엘프의 맹우야! 그렇게 따지면 우리하고 【헤스티아 파밀리아】는 드워프의 형제다!"

큰 목소리로 끼어드는 도르무르 씨.

루비스 씨의 비난 어린 눈빛에도 아랑곳하지 않고 그 두

터운 가슴팍을 주먹으로 두드린다.

"우리도 그때 일을 잊지 않았어. 터무니없는 상대지만…… 너희를 위해 끝까지 싸우겠다, 형제."

동료 드워프들과 함께 친근한 웃음을 짓는 도르무르 씨를 보며 나는 목이 메는 기분이었다.

에이나 누나를 두고 벌어졌던 희한한 만남을 거쳐, 던전에서는 서로 돕고, 지금은 이렇게 어깨를 맞대고 함께 싸우려 한다. 기묘한 인연이라고 말하기는 쉽다. 하지만 나는 이렇게 돌고 돌아 우리를 도우러 와준 루비스 씨, 도르무르 씨와의 만남에 가슴이 뜨거워져 진심으로 감사를 표했다.

"네! 고맙습니―."

"얀마! 우리도 왔다는 걸 잊지 말라고, 【래빗 풋】!"

"――꾸에엑?!"

그때 내 목에 감기는 굵은 팔.

루비스 씨와 도르무르 씨, 나자 씨가 놀라고, 나는 기침을 하며 황급히 시선을 돌렸다. 그러자 눈앞에 있던 것은 선배 모험자의 악랄한 웃음이었다.

"모, 몰드 씨?! 여러분도 와주신 거예요?!"

"그러엄! 이번에 이기기만 하면 【프레이야 파밀리아】가 쌓아둔 금은보화가 손에 들어오지 않겠냐! 카지노에서 돈 펑펑 쓰면서 놀 거다!"

목에 팔이 감긴 채, 이럴 때에도 평소와 다를 바 없는 몰드 씨의 모습에 쓴웃음을 지었다.

한 발 떨어진 곳에서는 못 말리겠다는 양 가일 씨와 스콧 씨가 고개를 가로젓고 있는데…… 왜 그러시는 걸까?

"……너도 준비가 다 된 모양이구만."

팔을 뗀 몰드 씨가 내 몸을 내려다보았다.

방어구는 벨프가 만들어준 제6대 《깡총이》, 그리고 새로 맞춰 냄새 하나 없는 배틀클로스.

무기는 손에 익은 《주신님 나이프》와 《하쿠겐》. 그리고 목에는 《골라이아스의 머플러》.

강화 렉 홀스터에는 듀얼 포션이 3개, 그리고 나자 씨가 개발한 비장의 엘릭서가 하나.

전장을 답사하러 가기 전부터 이미 착용하고 있었던 무장을 다시금 훑어보며, 나는 고개를 끄덕여 대답했다.

"이기자고. 【래빗 풋】."

"……네!"

몰드 씨가 보여준, 무뢰배가 아닌 모험자의 웃음에 나도 웃음으로 대답했다.

"신들과 권속들은 모여다오! 마지막 브리핑이다!"

소속 파벌이 제각각인 우리가 뜻을 하나로 모으고 있을 때, 야영지 안쪽에서 헤스티아 님의 목소리가 울려 퍼졌다. 나자 씨와 오우카 씨, 루비스 씨와 도르무르 씨 일행, 몰드 씨와 서로 고개를 끄덕이고, 우리는 발을 돌렸다.

시간은 이미 개전 2시간 전.

심판인 【가네샤 파밀리아】의 지시가 내려오기를 기다리는, 전장에 들어가기 직전의 마지막 막간이었다.

　야영지 중앙의 천막 앞에서 헤스티아 님이 모두의 주목을 받는 가운데, 맨 앞줄에는 각 파벌의 주신님들과 우리 단장들이, 그리고 벨프나 아이샤 씨를 비롯한 수많은 모험자, 스미스, 바벨라들이 반원을 그렸다.

　"우선 신들은 이곳에 놓인 『꽃』을 받아라. 반드시 가슴에 꽂고, 숨기지 않도록! 【가네샤 파밀리아】의 통달이다!"

　헤스티아 님이 시키는 대로 각 파벌의 주신님들은 테이블 위에 놓인 꽃을 한 송이씩 들었다.

　타케미카즈치 님은 보라색 국화를.

　미아흐 님은 콜레우스의 잎과 꽃을.

　헤파이스토스 님은 연홍색 레인보우 플라워를.

　『끝장이야~!』라고 울며 헛웃음을 짓는 모디 님, 미의 신을 눈엣가시처럼 여기는 여신님들은 저마다 다른 표정을 지으며 가슴에 꽃을 꽂았다.

　"자세한 규칙은 신회에서 결정됐으니 신들은 이미 잘 알겠지만…… 이 『꽃』을 상대의 아이들에게 빼앗기거나 잃어버릴 경우! 그 신은 탈락 취급되니 주의해다오!"

　"만약 신들이 발견된다 해도 당장 탈락하는 게 아니라, 꽃을 놓치지 않는 한은 게임에 참가할 수 있다…… 그런 뜻입니까?"

　"그렇다, 몰드 군! 아이들은 어디까지나 신들의 꽃을 노려야 한다! 다만 주신이 꽃을 빼앗기면 그【파밀리아】는 모두 퇴장하니 신들은 최후의 최후까지 도망치거나 저항해 다오!"

몰드 씨의 질문에 대답하며 헤스티아 님은 붉은 프레제를 자신의 가슴에 꽂았다.

이건 대전제지만, 하계의 주민은 신들을 다치게 하거나 해치는 행위에 금기를 느낀다. 이『꽃의 탈취』는 이 때문에 마련된 규칙이라고 들었다. 신들에게 직접 공격을 가하는 것은 금지되며, 만약『마법』의 포격에 말려들기라도 했다간 ―― 잘못해서 신을 송환시키기라도 했다간―― 그【파밀리아】는 즉각 실격이다. 전투 개시와 동시에 유적 전체를 폭격해 신을 색출해내는 무식한 방법은 쓸 수 없다는 뜻이다.

【프레이야 파밀리아】는 헤스티아 님과 다른 주신님들의 꽃을.

그리고 우리는…… 그 사람이 가진 꽃을 탈취하는 것이 최종목표다.

"신회에서 다 확인하지 못했네만 저항의 범위는? 나는 반격해도 되나?"

"신위의 해방은 금지. 프레이야의 권능…… 『매료』도 당연히 금지되는데……."

"……무신인 타케의 경우에는 어떻게 되지?"

타케미카즈치 님의 물음에 헤파이스토스 님이 굉장히

애매한 표정을 짓고, 헤스티아 님도 뒷머리에 굵은 땀방울을 맺었다.

신들이 관장하는 사상…… 타케미카즈치 님에게 『무예』는 사실 저항의 연장선상인데, 이걸 어디까지 금지해야 좋을지 판단이 서질 않는달까…… 아무튼 애매하다.

"……참고로 프레이야의 애들을 상대할 경우 얼마나 싸울 수 있지?"

"제2급 모험자까지는 20명, 제1급이라면 한 명은 **던질 수 있지.**"

"""넌 그냥 전선에 나가서 싸워."""

헤스티아 님의 물음에 타케미카즈치 님이 태연하게 대답하시고, 남신님들이 이해할 수 없는 징그러운 것을 보듯 일제히 말했다.

우리는 얼굴을 실룩거렸지만 오우카 씨와 미코토 씨만은 자랑스럽게 가슴을 폈다.

"아, 아무튼 반칙이라고 여겨지지 않을 정도로만 저항해줬으면 하고……. 가장 중요한 『포진』…… 신들이 어디에 숨어있을지 말인데."

마음을 다잡은 헤스티아 님은 문득 자신의 뒤를 돌아보았다.

그곳에는 나무상자에 올라가, 큰 테이블에 펼친 양피지를 내려다보고 있는 『총지휘관』의 모습이 있었다.

——『파벌연합』의 기수는 【헤스티아 파밀리아】.

그렇다면 당연히 두령이나 지휘를 맡는 존재는 헤스티아 님의 권속이어야만 한다.

　Lv.5가 된 단장인 나는 그렇다 쳐도, 그녀가 지휘관을 맡는다는 데에는 당초 적잖은 반발의 목소리가 있었다. 하지만 이제는 아무도 이의를 제기하지 않는다.

　마치 그 유명한 『일족의 영웅』과도 같이, 잔잔한 호면처럼 차분한 옆얼굴을 보이며, 그녀는 펼쳐놓은 유적의 지도를 응시하고 있었다.

　내가 이 야영지에 도착하기 전부터 계속, 릴리는 전장을 부감하며 책략을 짜고 있었다.

　"…………『포진』은 주신님들께 맡기겠어요."

　겨우 생각이 정리되었는지, 혹은 시간제한에 굴복했는지.

　릴리는 망설임을 떨치듯 고개를 들고, 자신을 바라보는 수많은 시선을 받아냈다.

　"릴리가 혼자 배치하면, **진형을 통해 이쪽의 작전성향을 간파당할 거예요**. 어디에 주신님들이 숨어있을지 틀림없이 예측하겠죠. 그러니까 주신님들의 잠복장소는 릴리의 의도와 분리하고 싶어요."

　"……그래. 알았다, 서포터 군."

　벌써부터 책무를 내팽개쳤냐고 생각하는 사람은 아무도 없었다.

　릴리는 적과 우리의 능력 차이를 냉정하게 가늠하고, 전지의 존재인 신들조차 이용하려는 것이다.

고개를 끄덕인 헤스티아 님의 곁에 선 파룸 소녀에게, 이름도 모르는 한 남신님이 유쾌하다는 듯 휘익 휘파람을 불었다.

"여러분, 미리 말씀드릴게요. 적의 지휘관은, **유능해요**. 릴리보다도 훨씬 유능해요. 이쪽이 열 가지 책략을 준비하면 아홉 가지 책략을 없애버리고, 나머지 하나도 마지막까지 이용해 함정에 빠뜨리려 들 거예요."

모험자들을 둘러보며 이어나간 릴리의 말은 결코 과장이 아니다.

적의 총지휘관은 십중팔구 【힐드슬레이프】.

그동안 나를 단련시켰던 화이트엘프이자 마스터, 헤딘 셀랜드.

그 사람이 얼마나 이지적이고 얼마나 합리적이며, 또한 얼마나 잔혹한지는 내가 뼈저릴 정도로 잘 안다.

"에인헤랴르는 말할 것도 없고요. 이만한 멤버가 모였지만 정면에서 부딪치면 반드시 질 거예요. 그게 릴리네의 적이고, 【프레이야 파밀리아】라는 존재예요."

"릴리루카……."

"솔직히 말해서, 이런 상황만 아니었으면 릴리는 도망쳐버리고 싶어요."

자신의 견해도, 본심도, 그리고 약한 모습도 솔직하게 드러낸 릴리에게 다프네가 걱정스레 말했다.

연약한 분위기를 띠는 릴리의 얼굴이 한순간 아래로 향

했다.

"그래도—— 릴리는 이기고 싶어요."

하지만.

다시 고개를 들어, 되살아난 두 눈에는 헛숨을 삼킬 만큼 강렬한 빛이 담겨 있었다.

"용서받지 못할 짓을 한 프레이야 님을 혼내주고 싶고…… 무엇보다 벨 님과 헤어지고 싶지 않아요! 릴리네의 소중한 사람을 절대 넘겨주지 않을 거예요!!"

단숨에 열기를 띤 목소리에 미코토 씨와 하루히메 씨가 눈을 크게 뜨고, 벨프가 입가를 틀어 올렸다.

다프네 씨와 카산드라 씨가 놀라고, 아이샤 씨나 몰드 씨 일행이 사납게 웃고, 오우카 씨와 치구사 씨 일행이 고개를 끄덕이고, 나자 씨와 루비스 씨, 도르무르 씨가 눈을 가늘게 떴다.

그리고.

"힘을 빌려줘, 모험자들!! 릴리가 너희를 이기게 해줄게!!"

했다.

그 말을.

이제는 돌아갈 수도 없고, 승리를 거머쥘 수밖에 없는 맹세를.

다음 순간, 모험자들이 **폭발했다.**

『우오오오오오오오오오오오오오오오오오오오오오오
오오오오오오오오오오오오오오오오오오오오오오오
오오오오오오오오오오오오오오오오오오오오오오오
오오오오오오!!』

각자 무기를 머리 위로 들고 한 목소리로 포효했다.

한 여자아이에게 촉발되어 하늘 저편까지 진동시키는 거대한 음성. 릴리의 옆에 있던 헤스티아 님은 놀라 몸을 젖히는 바람에 쓰러질 뻔했다.

"좋았어! 어디 해보자고!"

"파룸 꼬맹이한테 저딴 소리까지 듣고도 가만있으면!"

"아마조네스의 이름이 운다!"

긴장과 불안, 공포와 싸우던 모험자들의 사기가 흉흉한 전의에 덧칠되었다.

"으음~ 릴리는 역시 멋진 여자! 도토리라고 비웃어서 미안해!"

"다음 명명식에서 별명은【마이 리틀 러버】라고 해주자!"

"나도 릴리한테 멋진 모습 보여줄래~!"

권속들만이 아니라 기분파로 알려진 신들도 의욕을 드러내기 시작했다.

단숨에 열기에 휩싸인 야영지에 경악을 느끼지 않을 수 없었다. ……하지만 그것도 잠시뿐.

넋이 나간 표정을 짓고 있던 나는, 어느샌가 뺨을 붉히며 활짝 웃고 있었다.

"호령할 차례, 빼앗겼네…… 총대장님."

"아하하…… 그래도 이거면 된 거 같아요."

장난스러운 웃음을 지으며 살짝 귀엣말을 하는 나자 씨에게 나는 쓴웃음을 지으며 대답했다.

여기서 어울리지도 않는 질타격려 따위는 쓸데없는 짓일 테고, 단장 체면은 틀림없이 뭉개지겠지만…… 나는 기뻤다. 말로는 표현할 수 없을 정도로 정말 기뻤다.

처음으로 파티를 맺었던 『파트너』가, 모험자를 그렇게 싫어하던 서포터 여자아이가, 이렇게 수많은 사람을 움직여 함성을 온몸에 받고 있다는 것이.

── 진짜로 『용자』 같아.

나는 그렇게 생각했다.

그런 잘난 몸이 아닌데도, 굉장히 자랑스러운 기분이었다.

"아, 벨 님……."

열기에 들뜬 모험자들이 속속 천막 앞을 떠나 마지막 준비를 하러 달려나가는 가운데, 나는 릴리와 주신님 곁으로 다가갔다. 『발파』라는 마지막 일을 마치고 숨을 고르던 릴리는 나를 보자마자 멋쩍게 웃었다.

"릴리, 굉장했어. 정말로…… 핀 씨를 보는 거 같더라."

"전부 그 핀 님이 귀띔해주신 거였어요. 『나한테는 없는 **귀여운 외모를 이용해서**, 주눅 드는 척한 다음 난폭한 말로 단숨에 불을 지펴』…… 그편이 분명 모험자들 취향에 맞을 거라나요."

역시 부끄러운 듯 트릭을 밝힌 릴리는 "정말로 『용자』라
는 말이 어울리지 않을 만큼 잔머리가 잘 돌아가는 분이에
요"라고 핀 씨를 평가했다.

나는 그 말이 우스워서 웃었다. 그와 동시에 지금의 릴
리가 굉장히 크게 보였다.

'……지금의 릴리라면 말해도 될 것 같아.'

내가 계속 생각했던 것을.

위화감과도 다른, 그저 황당무계한 이야기일지도 모르
는, 내가 계속 느껴왔던 『어쩌면』을.

"저기, 릴리…… 잠깐 내 말 좀 들어볼래?"

창공의 바다를 푸른 구름이 바람 소리와 함께 동쪽으로
헤엄쳐간다.

야영지 중앙에서 다른 모험자와 신들이 완전히 떠나간 후.

나와 【파밀리아】 동료들, 아이샤 씨 등 전에 『원정』을 함
께 했던 멤버들만이 남은 가운데, 내 이야기를 다 들은 릴
리는 복잡한 표정을 지었다.

"벨 님의 말씀이고, 의심하고 싶은 건 아니지만요……
역시 그대로 받아들이긴 힘들어요. 『그런 일』이 일어날 가
능성은 한없이 낮지 않을까 해요."

"응, 그래도 상관없어. 나도 릴리 말이 맞다고 생각해."

하지만 조금은 마음 한구석에 담아뒀으면.

내가 그렇게 부탁하자, 릴리는 미소와 함께 알았다고 하

며 고개를 끄덕였다.

이상한 소리를 해서, 전투의 모든 책임을 짊어진 지휘관을 혼잡하게 만들어서는 안 되는 상황일지도 모른다. 실제로 조금 전까지는 그렇게 생각해 털어놓지 않으려 했다.

하지만 나보다도 훨씬 성장한 릴리를 믿기로 했다.

"저, 저기요…… 저도, 잠깐만 얘기해도, 괜찮을까요……?"

그리고 그때, 로드를 품에 안은 카산드라 씨가 쭈뼛쭈뼛 입을 열었다.

"뭔데 카산드라. 또『꿈』이 어쩌고 하려는 건 아니겠지?"

"우우…… 다프네.『하층』에서는 믿어줬으면서……. 역시 꿈 내용은 아무도 받아들여 주지 않아~."

눈을 흘기는 다프네 씨에게 카산드라 씨가 눈물을 참으며 몸을 꼬았다.

모두의 시선이 모여 긴장하기 시작한 그녀를 거들고 싶어졌다.

"어, 또 꿈을 꾸셨어요?"

"네, 네에…….."

"그건 어떤 꿈이었나요?"

"마, 말하고 싶지 않달까…… 애초에 도망칠 곳도 없고, 도망칠 수도 없을 것 같아서…… 노을색 대지에 이런 일 저런 일이 일어나고…… 요정과 소인이…… 멧돼지와 전차가……!"

오, 오히려 궁금해지잖아…….

새파랗게 질린 채 필사적으로 말을 흐리는 모습에 내가 식은땀을 흘리고 있으려니, 시선을 고정하지 못하고 좌우로 떨던 카산드라 씨는 결심한 듯 말했다.

"하지만, 바람이 불어요."

똑바로 나를 쳐다보며 맺은 그 말에, 나는 의아함을 느낀 것이 아니라 놀라고 말았다.

"바람, 말씀이옵니까……?"

"바람이 불어서, 어떻게 되는데?"

"모, 모르겠지만요…… 그래도, 바람이 불어요."

하루히메 씨가 고개를 갸웃하고 아이샤 씨가 수상쩍은 것을 보듯 물었지만, 카산드라 씨는 똑같은 말을 되풀이할 뿐이었다.

다프네 씨가 한숨을 쉬며 진저리를 치는 가운데, 나는 머리 위를 올려다보았다.

"바람이라……."

찬란하게 빛나는 태양 아래, 한 줄기의 산들바람이 구름을 데려오고 있었다.

"이제부터 다리를 개방한다! 파벌연합은 정해진 구역에 포진하라!"

개전 1시간 전.

【가네샤 파밀리아】의 단장 샥티의 호령에 따라 『올자 도

『시유적』에 걸린 다리에서 길드 직원과 단원들이 비켜났다.

그것을 보고 야영지 앞에서 이제나 저제나 애를 태우던 연합의 모험자들은 일제히 달려나갔다.

배틀해머를 짊어진 드워프가, 지팡이를 든 엘프 마도사가, 『마검』을 끌어안은 스미스들이, 큰언니격인 아이샤의 호령에 따르는 바벨라들이, 지휘관 릴리에게 지시를 받은 포인트로 앞을 다투어 몰려갔다.

"그건 그렇다 쳐도 의외인걸, 보르스. 그대까지 이 전투에 참가하다니."

"시꺼,【키클롭스】! 나도 할 때는 한다고! …………아니, 거짓말이다. 사실은 죽어도 오고 싶지 않았어……!"

마검을 걸머진 츠바키가 말을 건네자, 마찬가지로 배틀액스를 걸머진 보르스가 기세 좋게 되받아치는가 싶더니 금세 콧물을 흘릴 듯한 표정으로 낯을 새파랗게 물들였다.

"우린 리빌라에 틀어박혀 있을 생각이었다고! 하지만 우리 바보 여신이 프레이야를 찍소리 나게 해주겠다고 지껄이면서 참전하는 바람에……! 억지로 끌려왔어!"

"호오. 정말 그게 다인가?"

"……아니, 그건 아니지.【래빗 풋】과【질풍】이 없었으면 우린 이미 죽었을걸. 빚은 귀찮아지기 전에 갚는다. 그게 리빌라 식이지."

큰 걸음으로 달려가는 수많은 모험자들의 발소리로 폭이 넓은 돌다리가 흔들리는 가운데, 벨과 함께 저거노트의 싸움에 말려들었던 리빌라의 두목은 변명하듯 말했다.

"하하하! 그런가, 그런가. 그럼 사나이다운 모습을 보여 주셔야지!"

"당연한 소릴! 이렇게 되면 반드시 이겨서 돈도 명성도 손에 넣고 말겠어! 싸우러 오지 않은 겁쟁이들한테 으스대기 위해서라도!"

마지막에는 자포자기한 듯 고함을 지르는 보르스에게 츠바키는 웃음소리를 내고, 두 사람은 다리를 다 건넌 것과 동시에 각자 다른 방향으로 진로를 잡았다. 다른 모험자도 두 사람과 마찬가지로 흩어졌다.

작별의 말은 없었다. 제아무리 멋을 부린 감동의 말을 건넨다 한들 앞으로 기다리고 있을 적에게 그딴 것은 심적인 위안 정도도 되지 않음을 잘 알기 때문이었다.

"숲속, 유적 안쪽, 그리고 지하실. 숨을 수 있는 장소가 너무 많아서 오히려 찾아낼 수 있을지 불안해지는 수준인걸. 숨바꼭질에서 아무도 찾아주지 못하는 건 저녁놀이 눈에 스며들 정도로 허무하지……."

신들 또한 다리를 건너 정해진 동쪽 영역 안에서 몸을 숨길 지점을 찾고 있었다.

"바보 같은 소리 하지 말고 빨리 숨을 장소나 정해, 헤스티아. 애들보다 먼저 주신이 잡혀서 발목 잡아버리면 웃음거리도 못 된다고."

"나, 나도 안다! 나는 천계에서는 레어 캐릭터 취급당할 정도로 숨바꼭질의 달인이었으니까!"

"금시초문인데⋯⋯."

"신전에 틀어박혀 있어서 아무도 못 찾은 건 아닌가?"

주의를 주는 헤파이스토스에게 헤스티아가 가슴을 펴자 타케미카즈치가 수상쩍다는 시선을 보내고, 미아흐가 한없이 진실에 가까운 추리를 제시했다. 얼마 안 되는 호위병과 함께 이동하는 파벌연합의 주신들은 서로의 움직임을 고려해 잠복할 장소를 정하고 있었다.

"모험자 및 신들이 모두 다리를 건넜습니다!"

"좋아, 다리를 봉쇄한다! 일타 부대는 예정대로 기슭 주변을 감시해라!"

신들이 다리를 다 통과한 후 【가네샤 파밀리아】가 다시 다리를 봉쇄했다.

『올자 도시유적』── 거대한 섬이 존재하는 것은 칼데라 호의 남쪽 언저리. 남쪽 끄트머리에 걸린 이 다리를 경유해야만 유적으로 들어갈 수 있으며, 호수를 헤엄쳐 건너려고 해도 사방의 기슭에 같은 간격으로 배치된 헌병들이 허락하지 않는다. 다시 말해 개입자, 혹은 몬스터나 제3세력이 나타나도 【가네샤 파밀리아】가 자랑하는 Lv.4 제2급과 Lv.5 제1급 모험자들을 돌파하기 전까지는 유적에 침입하기란 불가능하다는 뜻이다.

헌병들로 이루어진 철벽의 포위망은── 많은 【파밀리아】를 끌어들인 『대전』 그 자체는 어느 한쪽 신들의 『꽃』이

꺾일 때까지 결코 끝나지 않는다.

"프레이야 님."

도시유적 서부, 【프레이야 파밀리아】의 **진영 내**.

석제 옥좌에 앉아있던 프레이야에게, 장비를 갖춘 오탈이 다가왔다.

"왜 그래, 오탈?"

"길드에서 드디어 『꽃』이 도착했습니다. 가슴에 달아 주십시오."

그것은 조그만 꽃잎이 모인 꽃.

워 게임의 승패를 둘러싼 깃발이자 열쇠.

그가 내민 것은 라일락이었다.

"……비아냥거리는 걸까?"

아름다운 보라색 꽃을 보며 프레이야는 자조와도 비슷한 웃음을 머금었다.

"……예? 무엇이?"

"아니야, 아무것도."

프레이야는 그 꽃을 받아 가슴에 꽂았다.

그녀가 걸친 것은 평소 입는 새까만 불꽃을 본뜬 드레스가 아니었다.

마치 신부를 방불케 하는, 세련되고 정숙한 흰색 드레스였다.

흰옷을 입은 여신은 모든 미련을 끊어버리듯 보어즈 종

자에게 고했다.

"이기고 오렴, 오탈."

"예."

"반드시 손에 넣겠어. 방법은 이제 이것뿐."

"……예."

무인은 그저 고개를 끄덕인다. 몇 번이 되더라도 수긍한다.

어디까지나 주인의 신의를 이루기 위해.

"………………………"

그 방향을, 불그레한 산호색 두 눈이 바라보고 있었다.

금색 장발을 바람에 나부끼며, 헤딘은 표정을 바꾸지 않은 채 여신만을 바라보고 있었다.

"왜 멍청하게 서 있냐, 날파리."

"……닥쳐라, 우둔한 고양이. 그저 나의 충성을 확인하고 있었을 뿐이다."

왼쪽 어깨에 은색 어깨받이와 한쪽뿐인 망토를 걸친 아렌에게 눈길조차 주지 않은 헤딘은 몸을 돌렸다.

주인에게 등을 향하고, 한 손으로 안경의 위치를 고치며 눈 아래를 향해 고했다.

"이 충성을 그분께 바친다. ──수족과도 같이 나의 목소리에 따라라, 고결한 여신의 권속들아."

『오오오오오오오오오오오오오오오오오오오오오오오오오오오오오오오오오!!』

거대한 유적 위에 선 지휘관의 목소리에 에인헤랴르들이 부르짖었다.

에메랄드빛 호수를 뒤흔드는 포효는 그야말로 전쟁이 찾아왔음을 알리는 뿔피리 소리와도 같이 쩌렁쩌렁 울려 퍼졌다.

"큭, 큭큭…… 오는가, 라그나뢰크가………………시, 시작되나봐아……."

다크엘프는 칠흑의 장검을 칼집과 함께 끌어안으며 나약한 목소리로 중얼거렸다.

"시간 됐나."

"시간 됐다."

"오나."

"온다."

파룸 4형제는 같은 목소리를 한데 모으며 모래색 투구를 장착했다.

"빨랑빨랑해. 해야 할 일은 변함없어. ──깔아 죽여버린다."

캣 피플은 은색 장창을 들고 조용한 살기를 풍겼다.

"싸움이 시작된 후 내 보좌를 부탁드려요, 로나, 일데. 여신님을 해하려는 야만족 놈들이 나타나면 나는 분명 **융통성이 사라져버릴 테니까요.**"

""네! 헤이즈 님!""

안드흐림니르라 불리는 힐러와 허벌리스트들은 유적의

잔해 위에 앉아 눈을 감은 소녀에게 두려움을 드러내듯 일사불란하게 자세를 바로잡았다.

"······와라, 여신의 총애."

보어즈 무인은 여신의 곁을 떠나, 단 한 사람의 소년에게만 관심을 둔 채 중얼거렸다.

"시작된다, 벨."

"응······!"

그리고.

서쪽 방향에서 울려 퍼지는 용사들의 함성에, 붉은 머리 청년과 함께 백발 소년은 주먹을 부르쥐었다.

『그러면! 워 게임, 개시이이이이이이이이이이이이이이이이이이이이이이이이이이이이이이이이이이이이!!』

시계의 두 바늘이 하늘을 향한 채 겹쳐졌다.

산 너머 미궁도시로부터 거대한 종소리와 함께 개전 신호가 떨어졌다.

VS.【프레이야 파밀리아】. 전투형식── 하이드 앤 시크.

승리 조건은『신의 꽃』탈취.

전에 없었던 사상 최대 규모의 워 게임이 지금, 막을 열었다.

🔥

『올자 도시유적』이라는 이름은 허명이 아니었다.

칼데라 호수에 세워진 거대 유적의 총면적은 오라리오의 한 구역을 통째로 덮어버릴 정도.

다시 말해 50 가까운 파벌이 뒤섞인들 아무 영향이 없을 정도로 넓다.

이 유적을 전장의 후보지로 추천한 것은 ──길드가 조언을 구했던 것은── 【헤르메스 파밀리아】. 주신의 취미 때문에 유적 순례를 다니는 중립 파벌은 『고대』의 정보나 보물을 모으는 필드워크도 수행한다. 이미 태고 시절의 사료가 거의 회수된 도시유적은 『빈껍데기』라는 의미에서도 『파벌대전』의 전장으로 적합했다.

햇살을 받아 그림자를 낳는, 반파된 돌기둥과 벽면.

얼굴의 일부와 팔을 잃고 침묵한 채 말을 하지 않는 가공의 신상.

지붕은 고사하고 벽조차 사라진 대욕탕 터는 긴 세월 동안 빗물을 받은 채 지금은 광대하고 깨끗한 샘으로 변했다.

유적 곳곳에는 창을 든 신이며 거대한 늑대가 새겨진 흰색과 회색의 룬 석비들이 보였다. 문화적 가치가 있는 보물들은 몬스터에게 파괴되어 제대로 해독할 수도 없었다. 분묘에 소장되어 있던 부장품 같은 보물들도 도적에게 탈취당한 후였다.

멸망과 쇠퇴의 상징.

역사의 장엄함과 시대 속에 잊힌 적막감이 저울 위에서

흔들렸다.

모험자들은 그러한 광경을 흘끔 보고는 금세 시선을 떼었다.

과거에 번영하였으며 멸망을 맞은 도시는 오늘, 다시 격전지로 변모한다.

"적의 모습은?"

"없어. 동쪽과 서쪽의 경계에는 아직 다가오지 않은 것 같아."

"그럼 본진에 보고! 이동하자!"

파벌연합에 속한 모험자들이 속속 이동을 거듭했다.

【모디 파밀리아】의 루비스가 이끄는 엘프들, 그리고 수인 파티를 비롯해 대량의 『척후부대』가 도시유적 안으로 흩어졌다.

『남동쪽에는 적이 없습니다, 릴리 공. 상대는 동쪽 영역 내에는 도달하지 않은 것으로 보입니다.』

"알았어요, 미코토 님. 나머지는 수비대에게 맡기고, 서쪽으로 가서 전방에 세워진 유적을 조사해주세요. 릴리라면 우선 거길 확보하고 병력을 배치할 거예요."

『알겠습니다!』

미코토의 목소리가 울리는 수정에 릴리가 지시를 보낸다.

수많은 기둥뿌리가 늘어선 시장터에, 릴리는 모양뿐인 본진을 두고 있었다.

나무 그루터기 정도의 크기를 가진 기둥뿌리에는 여러

개의 수정, 『오쿨루스』가 놓여 있었다.

그 광경은 우연히도 다이달로스 공방전 당시 헤스티아가 탑의 옥상에 설치했던 『지휘소』와 비슷했다. 유적의 지도를 펼쳐놓고 오쿨루스를 통해 각 부대의 보고를 받아 막힘없이 지시를 내리고 있었다.

"리, 릴리 씨…… 아까부터 연락이 끊임없이 오는데 괜찮으세요?"

"다른 분들은 【프레이야 파밀리아】라는 괴물과 교전할 거예요. 제대로 싸우지도 못하는 릴리가 이런 정도로 우는 소리를 할 수는 없어요!"

몇 번이나 빛과 함께 모험자의 목소리를 발신하는 수많은 수정을 보며, 호위병을 맡은 치구사가 현기증을 참는 듯한 목소리로 말했다. 하지만 릴리는 눈길조차 주지 않고 메모를 하는 데 전념했다.

『본진』이라고는 했지만 이 시장터에 있는 것은 릴리와 치구사 둘뿐.

숨어있는 신들도 지켜야만 하는데, 릴리의 호위에 인원을 할애할 수는 없었다.

릴리가 쓰러진 후의 일은 아이샤와 다프네, 츠바키에게 맡겨놓았다.

파벌연합에게 총지휘관 릴리를 잃는 것은 최악의 사태가 아니다.

가장 회피해야 할 사항은 보신에 치우쳐 적의 전략을 간파하지 못하는 것이다.

　최우선목표를 잘못 잡지 않도록, 릴리는 치구사에게 행간으로 역설했다.

　그러나.

　『야, 파룸! 중앙에 적이 없어! 이제 어떻게 하지?!』

　『릴리돌이. 북쪽 외곽에서는 적이 안 온다. 일단 우회 당할 걱정은 없을 것 같은데.』

　『경계 너머로 서쪽 적진까지 진입할 거다! 그래도 되지?!』

　『지휘관, 뭐 하나! 지시를 내려줘!』

　'아, 아, 아, 아, 아, 아, 아, 아……!! 아무리 허세를 부려봤자 정보를 처리할 수 있는 허용량을 넘어섰다고요오!!'

　완수해야만 하는 사명과 실제 본심은 전혀 달랐다.

　보르스의 걸걸한 목소리에 벨프에 아마조네스에 엘프에, 아무튼 번쩍번쩍 곳곳에서 빛을 내는 오르쿠스. 째지는 비명을 지르며 그것들을 모조리 집어던지고 싶은 심정이었다.

　이런 **다면지휘**를 태연히 "해내는 거야. 너라면 할 수 있어"라고 생긋 웃으며 명령했던 【브레이버】에게 원한을 느껴버릴 정도로.

　'하지만 해야만 해요……! 약한 릴리가 벨 님과 다른 분들을 도와드릴 만한 일은 이런 것뿐이니까! 다프네 님의 힘도 빌릴 수 없어요!'

　하층영역의 『원정』을 거쳐 Lv.3에 이른 다프네는 파벌연합 내에서도 귀중한 상위전력이다. 릴리의 보좌 같은 일을 시킬 수는 없었다.

지휘를 맡기로 결심한 시점에서 응석을 부리는 것은 용납되지 않았다.

눈에 핏발을 세우며 이마에 땀을 맺은 릴리는 치구사도 겁을 먹을 정도의 표정으로 모험자들에게 하나하나 지시를 내렸다. 그러면서 귀에 들어오는 정보를 지도와는 별도의 양피지에 휘갈겨 썼다.

"반복하지만 척후는 『적 부대』및 『프레이야 님』의 발견을 제일목표로 삼아주세요! 전투는 최대한 회피! 정보수집이 최우선이에요!"

손에 든 주먹 크기의 오쿨루스에 대고 요령도 좋게 작은 목소리로 외친다.

릴리는 이번의 『하이드 앤 시크』라는 전쟁에서 『공세』를 중시했다.

그 증거로 적의 정보를 찾는 척후와 적의 침공을 저지하는 수비대의 비율은 7 대 3.

극단적으로 말해, 【프레이야 파밀리아】의 공격은 막을 수가 없다.

오탈을 비롯한 제1급 모험자들과 에인헤랴르의 돌격이란, 【로키 파밀리아】의 핀조차도 '반드시 회피한다'고 말했던 것이었다. 아무리 모험자가 많이 모여 있어도 분쇄당하는 종말의 행진 그 자체다.

방어전은 패배를 의미한다.

이를 잘 아는 릴리는 공격이야말로 최대의 방어—— 적 진이 『수비』에 나설 상황을 바랐으며, 아군 진형이 후수에 몰리는 것을 철저히 거부했다.

'아무튼 정보! 적의 전법! 배치! 숫자! 설령 프레이야 님 의 잠복장소를 교묘히 숨겨났다 해도 상대의 포진으로부 터 역산해 위치를 찾아 나갈 수밖에 없어요! 그 과정에 아 무리 많은 함정이 펼쳐져 있다 해도!'

입 밖으로는 내지 않았지만, 릴리는 척후부대에 한해서 는 **당해도 좋다**고 생각했다.

이런 표현이 용납된다면, **희생은 피할 수 없다**고 각오 했다.

그 정도로 『적과의 접촉』은 『궤멸』과 동의어였다.

같은 Lv이라 해도 파벌연합과 【프레이야 파밀리아】 사이 에는 기본 실력의 차이가 너무나도 컸다.

존재를 들킨 순간 척후부대는 틀림없이 전멸할 것이다.

"뭐어?! 그럼 릴리 씨는 척후 분들을 전부 소모품으로 생각한다는 거야……?"

"무슨 수를 쓰더라도 그렇게 된다는 얘기야. 내가 지휘 를 맡아도 같은 짓을 했을걸."

시장터에서 떨어진 유적 중앙지대. 수비대 중 하나를 맡 은 다프네는 시끄럽다는 듯 귀를 한 손으로 막으며 카산드라에게 설명했다.

"이『하이드 앤 시크』라는 승부에 이기려면 어떻게든 척후와 정찰에 수를 할애해야만 해. 이 정도로 넓은 전장에서 상대의 주신을 찾아내야만 하니까."

괴물군단【프레이야 파밀리아】의 경우에는 시간만 들이면『파벌연합의 권속을 전멸시킨다』는 승리조건도 존재하지만…… 그런 말은 구태여 하지 않았다.

"주신의 위치만 알면 상대가 아무리 격렬한 공격을 펼치더라도 반격이 가능해. 공세에 병력을 할애한 만큼 주신의 수비는 줄어들 수밖에 없으니까."

"어…… 【프레이야 파밀리아】는 연합의 주신님들 전체의 위치를 파악하고 공격해야만 하니까, 전력은 반드시 분산된다…… 그게 릴리 씨가 찌르려고 하는『구멍』이란 거야?"

"그런 거지."

허리에 매단 오쿨루스를 흘끔 보며, 지금 릴리의 심정을 헤아린 다프네는 단어를 골라가며 말했다.

"아군의 피해를 억제하려 들면 이 승부는 절대 이길 수 없어."

"그러니까 살을 주고 뼈를 가른다 이건가?"

"예. 릴리 공은 그렇게 말씀하셨습니다. 정확하게는 우리 척후부대만이 아니라 타케미카즈치 님을 비롯한 신들도『미끼』로 삼겠다고까지……."

한 척후부대에서, 오우카와 미코토는 숲을 달려가며 이야기를 나누었다.

　──살이 다 베이기 전에 상대의 심장을 꿰뚫을 수밖에 없어요.

　──그 과정에서 어떤 고통과 비명이 발생한다 해도.

　워 게임의 전투형식이 결정된 직후, 릴리는【헤스티아 파밀리아】멤버들 앞에서 그렇게 말했다. 핀이 시킬 것도 없이, 그 조그만 지휘관은 전황의 흐름을 깨달았던 것이다.

　조용한 표정을 지은 오우카의 곁에서 미코토는 앞을 노려본 채 말했다.

　"우리의 마지막 신이 쓰러지기 전에 프레이야 님을 친다── 목숨과 바꿔서라도. 그것이 우리에게 요구되는 일입니다."

　"──라나 뭐라나 했지만, 부대의 우선순위는 제대로 정해놓은 것 같아."

　"그런 면은 핀과 닮아서 악랄하구먼. 아니, 억척스럽다고 해야 하나."

　아마조네스 아이샤의 말에 하프드워프 츠바키가 슬쩍 웃었다.

　오쿨루스의 수에는 한계가 있다. 아이샤 부대를 비롯해 다프네 부대, 미코토 부대 등 릴리가 귀중한『통신기』를 넘겨줄 상대를 엄선한 것은 분명했다.

『연합』이란 이름이 붙을 정도의 대부대가 아닌가. 지휘관 릴리의 말을 듣지 않는 모험자는 고의가 됐든 무의식이 됐든 반드시 나올 것이다. 개인적인 원한으로 여왕 프레이야의 목을 노리는『여신동맹』이 가장 좋은 예였다.

그러한 요소를 모두 계산에 넣어, 릴리는 오쿨루스를 신용할 수 있는 이들에게 ——특히『히든카드』나『심복』이 될 수 있는 아이샤 같은 이들에게—— 맡겼던 것이다.

"눈이 닿는 범위에서 우리가 부대를 지휘……라기보다 감시하면서 꼬마돌이한테 전황을 전달한다는 거야. 뭐, 백인대장인 셈이지."

"나는 지휘가 영 어색하다네. 선봉은 맡을 터이니 귀찮은 일은 잘 부탁하네,【안티아네이라】!"

"우리 쪽에 둘밖에 없는 Lv.5니까 일 좀 해,【키클롭스】……."

무책임하기 그지없는 츠바키에게 "넌【파밀리아】단장 아냐?" 하고 아이샤가 어이없어했다.

탄식과 함께 자신들의 뒤에 서 있는 스미스들—— 수많은『마검』을 든『포격부대』를 확인한 다음, 아이샤는 손에 든 오쿨루스에 대고 말했다.

"전장 중앙에도 움직임이 없다, 꼬마돌이. ……으스스할 정도로 너무 조용해."

'어느 부대에서도, 적이 눈에 뜨일 정도로 움직이는 것을

확인하지 못했어……?'

본진인 시장터.

아이샤 등 부대장들의 보고를 받은 릴리는 치구사가 지켜보는 가운데 장고의 태세에 들어갔다.

'이쪽이 어떻게 나오는지를 살피려는 걸까요? ……하지만 그걸 알았다 해도 릴리네는 계속 정찰을 할 수밖에 없어요!'

석연찮은 기분을 느끼면서도 릴리는 적의 영내로 나아가도록 척후부대에게 계속해서 지시를 내렸다.

'펠즈 님에게 억지로 빼앗아온 오쿨루스가 있는 만큼 정보의 전달속도는 우리가 단연 유리! 반면 【프레이야 파밀리아】는 지휘관 헤딘 님의 곁에서 멀어질수록 의사소통에 지연이 발생하죠! 그건 제1급 모험자라 해도 마찬가지!'

여기에 반드시 파고들 틈이 생긴다. 릴리는 그렇게 믿었다. 믿었다기보다 기도했다.

설령 마석제품 신호기를 이용해 빛으로 통신을 한다고 쳐도 구체적인 의사소통은 불가능하며, 지형에 따라서는 아예 이조차 어려울 수도 있다. 『하이드 앤 시크』라는 형식 속에서 시간과 거리의 벽을 넘을 수 있는『오쿨루스』는 반칙이라 해도 좋을 만큼 가치가 있었다.

'궁극적으로 말해 이 섬의『숨바꼭질』은 정보전! 국지전에서 아무리 패배를 거듭해도『진짜 목표』가 있는 전장에서 이기기만 하면 돼요!'

【프레이야 파밀리아】의 단원들이 헤딘에게서 멀어지고 각자의 판단에 따라 움직인다 해도, 파벌 연합은 숫자 하나는 많다. 희생이 될 부대가 시간을 끄는 동안 보조를 맞춰 프레이야가 잠복한 장소로 쳐들어가면 승산이 있다.

'적의 진형을 확인하는 대로 『크로조의 마검』을 가진 포격부대와 최강지원 하루히메 님, 그리고 히든카드인 벨 님을 쓰겠어요. 아끼고 있을 때가 아니죠! 시간은 릴리네의 적! 이쪽의 주신님 46명을 잃기 전에 프레이야 님의 『꽃』을 빼앗을 거예요……!'

지금은 대기를 명령해둔 하루히메와 벨을 생각하면서, 손에 밴 비지땀을 꽉 움켜쥐었다.

다프네의 부대도 잘 알고 있듯, 릴리의 전략에는 막대한 희생이 따른다.

하지만 그래도 릴리는 『정확한 국면』을 알고 싶었다.

어느 칸에 얼마나 많은 폰이 배치되고, 퀸―여신―은 어디에 숨어 있을까.

모든 것을 돌파하고 들어올 룩―전차―은?

원거리에서 포격을 가할 흑과 백의 비숍―엘프―은?

독자적인 움직임과 연계로 교란할 나이트―파룸들―는?

최강의 킹―맹자―은 퀸을 호위하고 있을까?

그러한 정보를 일각이라도 빨리 파악하고, 어떻게든 부감하고 싶었다. 척후부대가 당해도 정보만 남겨주면 그것은 천금의 가치가 있다. 전황의 행방을 결정하는 열쇠가 될 수 있을 것이다.

그러므로 릴리는 냉혹한 지휘관의 가면을 쓰고 죄책감을 억눌렀다.

지휘관의 비정함이라는 한 가지 면에서는 아무리 성장해도 핀을 당할 것 같지 않았다.

『북쪽, 이상 무.』

『남쪽, 적의 침공 없음.』

『계속 나아간다!』

릴리의 조바심과는 별개로 전장은 조용했다.

적어도 파벌연합 측은 조용해질 수밖에 없었다.

가장 먼저 프레이야를 발견하기 위해, 혹은 이쪽의 신들을 노리는 적의 부대를 포착하기 위해, 대량의 척후부대가 숨을 죽인 채 이동하고, 혹은 각 지점에서 매복했다.

언제 이 정적이 깨질까.

전군의 지휘를 맡은 릴리의 가슴이 시간 경과와 함께 크게 두근거렸다.

그러므로 릴리는 마음을 굳게 먹고 기다렸다.

아군이 정보를 입수할 순간을.

그들이 비명을 지르며 희생될 순간을.

기다리고, 기다리고, 계속해서 기다리고, 마침내——.

"······························웃?"

그『이상성』을 깨달았다.

지나치게 조용하다.

너무나도.

『리, 릴리루카 아데…… **적의 영내 절반까지 침입해버렸다.**』

릴리의 예감을 긍정하듯, 엘프 루비스가 당혹스러운 목소리로 보고했다.

적 영내의 절반.

다시 말해 섬의 4분의 3을 파벌연합이 망라해버렸다는 사실.

그럼에도 접촉은커녕 적 한 명 발견하지 못한 이 상황.

수상하다. 이상하다. 으스스할 정도로.

적은 정말로 섬 내에 병력을 배치한 걸까?

헤딘은 정말로 『하이드 앤 시크』의 주지를 이해한 걸까?

『릴리 공…… 적이 전혀 보이질 않습니다…….』

『야, 릴리돌이! 어떻게 된 거야! 아직 싸움 하나 일어나지 않고 있는데!』

『숨을 죽이고 있다는 건 말이 안 돼. 【페르세우스】의 매직 아이템까지 구사해서 그물을 펼치고 있다고. 투명해지든 냄새를 지우든 절대 이쪽의 경계는 뚫을 수 없어.』

릴리의 생각이 의문과 불안에 흔들리는 가운데, 점멸하는 수많은 오쿨루스도 곤혹의 합주를 연주했다.

적이 없어? 말도 안 되는 소리. 그럴 리가 없다.

하지만 그럴 리가 없을 텐데도 상황이 릴리의 예측을 파괴했다.

이쪽의 눈을 피해 철저하게 위장하고 있을 가능성도, 아이샤의 보고에 소멸되었다.

이 위화감은 무엇인가. 이 으스스함은 무엇인가.

릴리는 이미 적의 술수에 빠져버린 걸까?

무수한 반추가 뇌리를 스치고 심장 고동을 잠식했지만 릴리는 그것을 어떻게든 강철 같은 의지로 억눌렀다.

'섬의 서쪽…… 적의 영내에 릴리네를 유인할 생각으로? 하지만 그런 짓을 해서 뭐가 된단 말인가요? 이쪽의 진형을 길게 늘려서, 숨어있는 주신님들과 거리를 벌리는 게 목적일까요? 아니면 파벌연합을 전멸시킬 함정을 마련해놨나요……?'

떨리는 손으로 양피지에 코이네 공통어를 적어넣고, 정보를 갱신하며, 국면을 읽으려 한다.

머릿속에서 몇 번이나 가능성을 감안하고, 생각할 수 있는 요소를 철저히 검토하고, 망설임이 생기는 정신을 초조함으로 태웠다.

이대로 계속 서쪽으로 나아가도 될까? 일부 부대의 움직임을 정지시켜야 하지 않을까?

하지만 상황을 정체시켜서 어쩌자는 거지?

정보를 얻지 못한다면 선제공격도 응전도 의미가 없다.

이해할 수 없는 상황에 릴리의 생각이 정체를 일으켜 꼼짝달싹 못하게 되었던—— 그때.

『바, 발견!! 적을 발견했다!!』

"!!"

늘어선 오쿨루스 중 하나가 빛을 발했다.

목소리의 주인은 루비스.

척후부대 중에서도 가장 앞서나갔던 4인 1조의【모디 파밀리아】였다.

크게 어깨를 편 릴리는 다음 순간 뛰어들듯 수정 통신기를 손에 들고 있었다.

"위치는?!"

『서, 서쪽! 섬의 서쪽 끝!』

──서쪽 끝?!

『전장의 구석』이라는 믿을 수 없는 보고에 릴리는 귀를 의심했다.

"수는?! 규모는?!"

어떻게 된 거냐고 되묻고 싶어지는 충동을 억눌렀지만, 적에게 들키지 않기 위해 숨어있을 루비스 일행의 사정을 잊고 목소리를 높여 외치고 있었다.

하지만 아무리 기다려도 대답은 없었다.

그 대신 헛숨을 삼키는 기척만이 수정 너머에서 전해졌다.

릴리의 표정에 곤혹감이 깃들기 시작했을 무렵, 루비스가 입을 열었다.

『……전군.』

"……네?"

시간이 얼어붙어버린 듯한 파룸에게, 엘프가 떨리는 목

소리로 말했다.

"【프레이야 파밀리아】, **전군이다.**"

"저게 뭐야……."

몰드는 시야 너머에 펼쳐진 광경을 보고 멍청히 서 있었다.

"이봐이봐……."

"어, 어쩌자는 수작이지……?"

『마검』을 든 벨프와 방패를 든 도르무르는 아연실색해 나란히 말했다.

"……저 자식들 제정신인가……?"

안대를 하지 않은 오른쪽 눈을 있는 대로 크게 뜨고 보르스는 식은땀을 흘렸다.

"**섬의 서쪽 끝에 전군을 포진시켜?! 농담이지?!**"

그리고 적의 작전을 수십 가지 패턴으로 예측했던 부지휘관 다프네는 고함을 지르고 있었다.

험준한 단애절벽과 칼데라 호수의 수면을 등진 도시유적 서쪽 끄트머리.

그곳에 【프레이야 파밀리아】의 『본진』이 있었다.

무수한 신전터가 늘어선 구역에 배치된, 150명이나 되는 병사들. 파벌 제복이기도 한 《영광의 파밀리아 크로스》

위에 각자 무장을 걸치고, 쇠창살 같은 진영을 짰다.

움직일 기미도, 주문을 외우려는 조짐도 없었다. 아니, 꼼짝하려 들지도 않았다.

적은 그야말로 만군이 지키는 『여신의 성』을 도시유적 서쪽 끄트머리에 구축한 것이다.

"프레이야 님은?! 적의 진지 내에 진짜로 있는 건가요?!"

동쪽의 시장터에서 오쿨루스에게 고함을 지른 릴리는 표정을 이리저리 바꾸고 있었다.

동요와 충격, 혼란과 조바심, 그리고 『설마』하는 의구심.

함정일 가능성이나 빈 옥좌가 있을 가능성을 **바라고**, 몇 번이나 확인했다.

"자, 잠깐만! ⋯⋯⋯아니, 있다! 여신 프레이야도 진지 내에 있다고! 호수를 등진 가장 안쪽의 신전 내에!"

유적 남서쪽, 섬 내에서 가장 높은 탑의 터로 올라간 루비스도 평정을 유지하지 못한 채 고함을 질러 대답했다.

눈을 가늘게 뜬 요정 사수의 시야 끝에서, 천장의 대부분이 뚫린 대신전——『신의 집』안에, 여신이 있었다.

미리 마련된 옥좌에 앉아, 딱히 하는 일도 없이, 팔로 턱을 괴고 있었다.

갑자기 고개를 들고는, 틀림없이 이쪽을 돌아보는 은색 눈동자에 루비스는 이번에야말로 낯을 창백하게 물들였다.

"별동대는?! 큰 요새를 미끼로 삼아서 제1급 괴물들로 뒤를 치려는 속셈은 아닌가?!"

"……아니. 전원 모여 있다네. 적어도 주력은 전부 저 진지 내에 있거든. 【바나 프레이아】, 【브링가르】 4전사, 【다인슬레이프】, 【힐드슬레이프】…… 그리고 오탈까지."

도시유적 서쪽 영역 중앙의 거대 분묘.

분묘의 옥상 위까지 이동한 아이샤도 동요를 감추지 못하는 가운데, 【프레이야 파밀리아】의 양상을 상세히 바라보던 츠바키가 씁쓸한 표정으로 말했다.

"이러니 적을 포착할 수가 없었지……."

상대는 개전 후부터 이제까지 저 『본진』에서 한 걸음도 움직이지 않았던 것이다.

츠바키와 아이샤 이외에도 척후부대에서 전령 역할을 맡은 모험자가 속속 서쪽 영역으로 침입하고, 하나같이 말을 잇지 못했다.

"도, 동굴곰*……?"

미코토는 아연실색해 중얼거렸다.

적의 진형을 본 그녀가 떠올렸던 것은, 극동의 보드게임에서 쓰이는 전술 중 하나.

왕을 에워싸고 병사와 장군으로 지켜내는『성새』의 포진.

"아니, 말 그대로『배수진』……!"

타케미카즈치는 신음했다.

미코토에게서 멀리 떨어진 섬의 동쪽에서, 헤스티아가 가진 오쿨루스가 비춰준 광경을 보고 모든 것을 이해했다.

적은 퇴로 따위 차단하고, 잔재주도 버린 채, **정면에서**

*앉은비차 동굴곰. 일본 장기의 수비적인 전술 중 하나.

파벌연합과 맞서려 하고 있었다.

"에? 에? 그게 무슨 소리야?!"

"규칙을 무시했어……!"

오라리오 내.

상황을 이해하지 못하는 티오나의 곁에서 아이즈가 헛숨을 삼켰다.

"역시 그쪽으로 나왔군."

같은 홈의 응접실에서, 핀은 푸른 눈을 날카롭게 뜨고 있었다.

"헤르메스 님, 이건……!"

"규칙 위반을 저지른 건 아니야. 다만 취해야 할 『상식』을 버렸을 뿐이지."

온 도시가 갑자기 술렁이는 가운데, 『바벨』에서 아스피가 동요하고 헤르메스가 그『전술』까지도 내다봤던 것처럼 담담히 말했다.

"우리 파벌연합은 흉내 낼 수 없는, 【프레이야 파밀리아】만이 취할 수 있는 작전……!"

다시 섬 내부.

오른손에 오쿨루스를 쥔 채 헤스티아가 얼굴을 굳히고 있었다.

"큭……! 마스터……!"

마지막으로, 적군에게서도 아군에게서도 포착되지 않도록, 오직 혼자 단독행동을 하던 벨은 확신과 함께 모든 것을 꾀했을 인물을 뇌리에 그리고 있었다.

"시시한 시합규칙에 어울려줄 이유가 있나."

전장도, 산 너머의 미궁도시도 충격에 에워싸인 가운데.
【프레이야 파밀리아】진지 내의 일각에서 헤딘은 오만하게 말했다.

아군 병사들을 한눈에 내려다볼 수 있는 신전 위에 자리를 잡은 채, 오른손으로 안경의 위치를 고친다.

"내 목소리가 닿는 범위에서 수족처럼 용사들이 움직인다. 이 방법이 가장 효율이 좋다. 이 진형이 **가장 강하다.**"

아름다운 금색 장발을 바람에 나부끼며 단언한다.

입을 다문 채 말을 하지 않는 제2급 이하의 에인헤랴르는 물론이고, 불만이나 혀 차는 소리 등 저마다 반응하는 제1급 모험자들까지도 말 없는 긍정을 보였다.

"어서 대답해라. 네놈들이 취할 수 있는 선택은 둘 중 하나다."

헤딘이 짠 작전은 지극히 단순했다.

전력 일점집중—— 다시 말해『하이드 앤 시크』의 포기.

그것은 공교롭게도 헤스티아가 깨달았던 것처럼, 【프레이야 파밀리아】이기에 가능한 전술.

파벌연합이 같은 작전을 취했다면 짓밟혀버리기만 했을, 압도적 강자이기에 누릴 수 있는 특권.

말 그대로『압승』이 가능하기에『하이드 앤 시크』를『**단순한 총력결전**』으로 바꿔버린다는 폭거를 채용한 것이다.

그리고 그 폭거야말로 파벌연합이 알고 싶어 했던 적 진형의 정체였다.

'악마다——.'

릴리의 낯이 창백하게 질렸다.

호위를 맡은 치구사와 함께 동쪽 시장터를 떠나, 아이샤 부대가 있는 거대 분묘로 달려가 그 진형을 직접 본 순간, 폐부가 얼어붙는 듯했다.

어리숙했다.

핀에게서 그렇게나 정보를 얻었으면서 인식이 부족했다.

적의 지휘관 헤딘 셀랜드가 얼마나 비효율을 싫어하고 얼마나 잔혹한 요정인지.

얼마나 자신과 지휘관으로서의『격』이 다른지, 톡톡히 깨달았다.

'릴리와 대화할 마음이! 서로 수를 나눌 마음이 없어요! 차례도 규칙도 무시하고『검을 뽑아라』라고, 그렇게 말하고 있어요!!'

그것은 아연실색한 릴리의 눈앞에서 게임판 위에 칼을 꽂고는『그걸 뽑아서 덤벼라』라고 말한 것과 다름없었다.

보통은『하이드 앤 시크』라는 종목에 제일 먼저 매달릴

것이다.

어디를 정찰할지.

어디에 신을 숨길지.

어디에 복병을 둘지.

그런 방대한 선택지를 생각하고 또 생각해 전술을 짠다.

그러나 헤딘은 『하이드 앤 시크』라는 번잡한 전투형식 그 자체를 『자신의 입맛에 맞는 전장』으로 바꿔버린 것이다.

적이 전력을 분산시키지 않고 한데 모여 있는 이상, 릴리가 꾀했던 『살을 내주고 뼈를 가른다』는 작전은 이제 의미가 없었다. 『신 찾기』 따위는 발생하지 않는다.

『요새』가 구축된 시점에서 파벌연합이 취할 수 있는 선택지는 둘 중 하나.

돌격할 것이냐, 돌격하지 않을 것이냐.

'저 엘프는…… 악마예요……!!'

같은 말을 몇 번이나 마음속으로 내뱉으면서 릴리는 생각이 헛도는 소리를 들었다.

최악의 『양자택일』.

이 두 가지 이외의 선택지는 없다. 적어도 지금의 릴리는 떠오르지 않았다.

적의 입맛에 맞는 두 가지 선택지를 **제시당했다**는 것을 자각하며 결단의 압박을 느꼈다.

『이봐! 어떻게 할 거야, 지휘관!』

오쿨루스에서 울려 퍼지며 채근하는 것은 몰드와 보르

스 일당의 조바심 섞인 목소리.

　장기전은, 선택할 수 없다.

　【프레이야 파밀리아】는 총력을 한곳에 집결시켰다. 애초에 기본 실력부터 다른 상대다. 산발적인 공격을 해봤자 반격당해 함부로 이쪽의 피해만 늘릴 뿐이다. 서로 노려보다가 집중력이 떨어졌을 때 기습을 당해도 치명상을 입는다.

　힘이 떨어지는 파벌연합은 『수비』에 나서선 안 된다. 그것은 대전제였다. 병량이라 부를 만한 것을 비교해봐도, 모험자의 수가 압도적으로 많은 파벌연합 쪽의 식량이 먼저 떨어질 것은 뻔했다.

　장기전 따위 의미가 없다. 의미가 없는 것이다!

　적의 요구대로, 여기서 『결전』에 임하는 것 말고 길은 없다!!

　"리, 릴리 씨……."

　"릴리 님……."

　호위로 곁에 있는 치구사가, 뒤늦게 거대 분묘로 달려온 하루히메 일행이 릴리의 옆얼굴을 가득 채운 방대한 식은 땀을 보며 당황했다.

　이건 아니야. 동요해서는 안 돼. 지휘에 영향을 미쳐. 그렇게 생각하면서도 땀과 심장 소리는 멈추질 않았다. 지휘관이 도착하기를 기다리던 아이샤와 츠바키, 다프네도 입을 다문 채 지켜보는 가운데 출구 따위 없는 갈등의 미궁 속에서 멍하니 서 있었다.

【프레이야 파밀리아】와 『정면승부』를 한다는 절망에 임할 수밖에 없는 것일까?

그런 결단은 지휘관으로서 실격이다. 다른 길은 없을까. 이곳에 핀이 있었다면 뭐라고 했을까?

정말로, 저 사선으로, 동료들을 보낼 수밖에 없는 걸까——.

릴리가 지휘자의 책임과 중압에 짓눌리려 하던, 그때.

『릴리.』

허리에 찬 하얀색 오쿨루스가 빛났다.

『**가자.**』

떨리는 목소리로, 자신도 공포와 싸우면서, 소년은 말했다.

함께 맞서자. 그렇게 말하며, 얼어붙은 릴리의 등에 팔을 감는다.

그것만으로도 출구 따위 없었던 미궁에 빛의 길이 열렸다.

그렇게나 맴을 돌던 사고가 명확해지고, 미친 듯이 날뛰던 심장 소리가 결의 너머로 수렴되어갔다.

소녀의 손이 꼬옥 주먹을 쥐었다.

"——흩어져 있던 전력을 모아주세요."

뺨에 흐르는 땀은 그대로 둔 채, 노려보듯 적진에 시선을 고정하며 릴리는 입을 열었다.

"신속히 부대를 재편하겠어요. 루비스 님이나 다른 척후 부대는 전부 유격대로."

"아, 알았어!"

"하루히메 님, 분묘 안에서 리버스 베일(투명포)을 뒤집어 쓰고 계세요. 적과 도시의 눈에 절대 존재를 드러내지 않도록. 아이샤 님의 부대 바로 뒤에서, 언제든 레벨 부스트를 쓸 준비를 해주세요."

"네, 네엣!"

표정도 성조도 변한 릴리에게 놀라면서도 다프네가 카산드라와 동료들에게 지시를 내리기 시작했다. 하루히메와 호위 바벨라들이 잠시 거대 분묘 속으로 내려갔다.

"치구사 님. 릴리의 호위는 이제 됐어요. 오우카 님네와 합류해서 힘이 되어주세요."

"릴리 씨…… 알았어요!"

"아이샤 님, 츠바키 님, 적의 힐러가 어디 있는지 아시겠어요?"

"……아니. 여기선 안 보이는데."

"놈들도 숨겨놓고 있을 걸세. 이것만은 전투가 시작되기 전까지는 모르지."

"그러면 개전한 후에는 안드흐림니르의 위치를 파악하는 데 주력해주세요. 릴리 쪽에서도 최대한 찾아보겠지만 적의 생명선을 격파하는 걸 최우선목표로 삼아주세요. ……매직 아이템도 루비스 님 부대에 전해주시고요."

치구사도 힘차게 고개를 끄덕이고, 아이샤도, 츠바키도 입술에 웃음을 머금으며 응했다.

막힘없는 지휘의 목소리와 늠름한 용기를 담은 파룸의 모습에, 파벌연합은 동요의 시간에서 벗어났다.

　오쿨루스를 통해 보고 듣고 있던 몰드 일행도, 주위에 있던 모험자들도 차례차례 떨어지는 지시에『좋았어!』,『우리한테 맡겨!』라고 대답하며 기세를 실었다.

　"유격대를 제외한 부대를 셋으로 나누겠어요. 중앙은 츠바키 님, 좌익은 아이샤 님, 우익은 다프네 님과 보르스 님이 지휘해주세요. 각 부대에 골고루 전해지도록『마검』을 배포해주세요!"

　흐트러졌던 사기가 빠르게 높아지는 가운데, 릴리는 빠르게 명령을 내렸다.

　릴리가 오쿨루스로 얻으려 했던 활로—— 지시의 전달 속도라는 어드밴티지는 거의 사라졌다고 해도 과언이 아니었다.

　헤딘의 눈과 귀가 닿는 범위인 이상, 그의 지휘는 모든 병사에게 들린다. 설령 시간 지연이 발생하더라도 그것은 이미 오차에 불과하다. 완전 통솔된 만군은 반드시 오쿨루스의 정보속도를 메워버릴 것이다.

　따라서 이쪽에 남은 명확한 어드밴티지는 대량으로 준비한『크로조의 마검』.

　【헤파이스토스 파밀리아】가 준비한 것도 포함해, 벨프가 자지도 쉬지도 않고 만들어냈던 강대한 마검 화력으로 저『최강의 포진』을 무너뜨릴 수밖에 없다.

'떨지 마, 겁먹지 마! 벨 님을 위해 릴리는 지금 여기 서 있는 거야!'

부숴주겠어.

아니, 부숴야만 해.

그 슬픔과 분노를 떠올려봐!

릴리와 동료들을『매료』시켜서 벨을 상처 입혔던 프레이야와 그녀의 권속들에게 설욕하기 위해서라도, 지금부터 저 적진을 엉망진창으로 만들어놓는 거야!

'릴리는 이 파티의 지휘관이에요!!'

억지로 자신을 고무시킨 릴리는 게임판에 꽂혔던 검을 뽑아, 악마와도 같은 요정에게 날끝을 들이댔다.

"어디 해보자 이거야……!"

"합격점이다."

파벌연합이 부대를 재편하기 위해 움직이는 것을 자신의 진영에서 본 헤딘은 릴리의『용단』을 그렇게 평가했다.

【프레이야 파밀리아】라고 해서 꽁무니를 뺐다면, 혹은 쓸데없는 책략을 강구하려 했다면 헤딘은 순식간에 파벌연합을 반파 상태로 몰아넣을 생각이었다.

"나는 무능을 혐오한다. 그러나 능력 있고자 발악하는 약자는 평가한다."

평범한 지휘관이라면 피아간의 전력 차이에 겁을 먹고 게임판의 검을 뽑으려 들지도 않았을 것이다.

그 점에서 핀이 지혜를 빌려주었다는 파룸 소녀는, 소년과 마찬가지로 합격점이었다.

"네놈하고라면 예정대로 검을 나눌 수 있겠군."

남몰래 한 소녀를 인정한 헤딘은 지시를 내렸다.

"돌격 준비를 시켜놔라. 방어는 없다. **공격뿐이다.**"

"예!"

단원 한 사람이 달려가는 것을 본 화이트엘프는 파벌연합의 움직임을 응시했다.

"꿈만 같구만. 저 【프레이야 파밀리아】와 정면으로 싸우게 되다니……."

"무슨 말인지 알겠어…… 악몽이란 거지……?"

본진의 릴리에게 지시를 받아 많은 모험자들이 어깨를 나란히 한 채 움직였다.

낯빛을 잃은 【오그마 파밀리아】의 가일이 중얼거리자, 나자는 입가를 살짝 틀어 올리며 대꾸했다.

"몬스터 상대는 아니니까, 나도 싸울 수 있다고 생각해 가담했는데…… 이건 무서워. 엄청, 무서워."

그녀의 오른팔, 글러브에 싸인 은색 의수 『아가트람』이 달각달각 떨렸다.

적대하는 상대는, 차라리 계층 터주가 낫겠다 싶을 정도로 골치 아픈, 생각할 수 있는 범위 내에서는 『최강의 적』
이었다. 언제나 태평한 표정인 나자조차 공포와 무관할 수
없었다.

"……하지만 도망치는 건 안 돼. 난 이제 벨을 상처입히
는 게 아니라 도와주고 싶어."

그래도 후회라는 말은 쓰지 않는다.

나자 또한 릴리나 그녀의 동료들과 마찬가지로 벨을 위
해 싸우기로 결심한 모험자였으니까.

"……우리도 그래."

그녀가 지은 미소에 눈길을 빼앗겼던 가일은 각오를 다
진 듯 웃음으로 대답했다.

그리고 작별의 말도 나누지 않은 채 서로의 위치를 향해
발을 돌렸다.

도끼를 걸머진 가일은 유격대로, 활을 든 나자는 좌익
으로.

"중앙 부대는 전열수비수 모험자를 모은 방어 중시. 양
익은 수인과 엘프 등으로 기동성을 중시해 편성하겠어요.
드워프뿐인 【마그니 파밀리아】는 중앙으로."

자신 이외에는 모두 내보낸 거대 분묘 위에서, 릴리가
손에 든 오쿨루스에 잇달아 명령을 내렸다.

모험자를 【스테이터스】로 나누지는 않았다. 같은 파벌의
단원끼리 모이는 편이 호흡을 맞추기 쉬운 것은 당연하다.
나자나 몇몇 친분이 있는 모험자들처럼 서로를 잘 아는 이

들은 제외하면 부대는 【파밀리아】단위로 배치했다.

중앙 부대에는 츠바키, 벨프, 여기에 도르무르를 비롯한 【마그니 파밀리아】, 그리고 【헤파이스토스 파밀리아】의 하이 스미스가 다수.

좌익에는 다프네, 힐러 카산드라, 오우카와 치구사, 그리고 보르스가 이끄는 리빌라의 무법자들.

좌익에는 아이샤와 【이슈타르 파밀리아】출신의 아마조네스들이. 나머지 두 부대에 비해 『마검』의 숫자가 적기 때문에 『중력마법』의 위력과 규모를 내다보고 미코토도 배치했다.

3개 부대의 바로 뒤에는 마도사나 하루히메를 숨겨놓은 예비부대가 있다.

마지막으로 유격대는 엄폐물을 이용하면서 『복병』의 위치로 이동시켰다.

"우, 우리도 배치 같은 거 바꾸는 게 좋지 않을까?!"

"관둬. 우리 신들은 그런 짓 해봤자 소용없어. 그냥 숨죽이고 지켜보기나 해."

어떤 유적 내에서, 릴리와 이어진 오쿨루스를 열심히 들여다보던 헤스티아와는 달리, 함께 행동 중인 헤파이스토스는 팔짱을 낀 채 벽에 기대 눈을 감고 있었다.

연합의 신들이 숨은 섬 동쪽 영역은 호위병을 맡은 모험자를 제외하고는 권속들이 자취를 감추었다.

전장은 남북으로 길게 늘어진 섬의 중앙 경계선보다도

서쪽.

서쪽 영역 중앙의 거대 분묘에 본진을 둔 파벌연합과, 서쪽 끄트머리에 있는『신의 집』을 수호하고자 전개한【프레이야 파밀리아】가 서로를 노려본다.

『……이렇게 조용한 워 게임은 처음이야.』

멀리 떨어진 도시에서, 평소엔 시끄러운 이브리의 조그만 중얼거림을 마석제품 확성기가 포착했다.

그의 말대로, 조용했다.

들려오는 것은 파벌연합이 부대를 재편하는 움직임의 소리뿐.

그 이외에는 무기를 부딪치는 소리도, 포효도 없었다.

섬 내의 신들이나 도시 주민들이 마른침을 삼키며 지켜보는 시간이 이어졌다.

하지만, 이윽고.

그 정적이 깨지는 순간이 찾아왔다.

"……시작하겠어요. 전진하세요……."

준비가 갖추어진 파벌연합에게, 릴리가 한 손에 든 오쿨루스를 향해 명령을 내렸다.

두 진영의 시야에 펼쳐진 것은 허물어진 유적이 몰락한 돌의 바다로 변한 대전장.

과거에는 건물이 난립했을 구역은 이제 역사의 공터로 변해, 가로막을 것은 하나도 없었다.

시야 너머에 보이는【프레이야 파밀리아】를 향해 3개의

대부대로 갈라진 횡대가 긴장감을 머금고, 숨 쉬는 것도 잊은 채 진군을 개시했다.

"움직이지 마라."

반면 【프레이야 파밀리아】는, 부동.

헤딘의 냉철한 한 마디에 각자의 배치를 유지하고 미동도 하지 않는다.

어떤 이는 문지기처럼 창의 물미를 지면에 뿌리내린 채, 어떤 이는 검을 칼집에 거둔 채 노려보고만 있었다.

"멈추지 말고, 전진……."

이쪽을 노려보는 수많은 눈동자에 자기도 모르게 발을 멈춰버릴 것 같은 횡대를 향해 릴리는 다시 명령했다.

필요한 것은 유효 사정거리.

『마검』이 불을 뿜어 적진을 불태워버릴 수 있는 포격거리.

부대가 한 걸음 나아갈 때마다 목숨이 깎여나가는 듯한 착각을 느끼며, 강철의 정신으로 진군시킨다.

"전진……."

파벌연합이 나아간다.

"움직이지 마라."

에인헤랴르는 움직이지 않는다.

"전진……!"

파룸 소녀의 옆얼굴에 땀이 흘러내린다.

"움직이지 마라."

엘프 군사의 표정은 흔들림조차 없었다.

"전진……!!"

소녀의 턱에서 땀방울이 흘러 떨어졌다.

"움직이지 마라."

군사의 눈은 언제나 『간격』을 정확히 계산하고 있다.

"전진——!"

다음 순간.

"해치워라."

『오오!!』

개전의 포효가 터져나왔다.

"온다아?!"

부동의 태세에서 느닷없이 해일과도 같이 밀려드는 에인헤랴르를 보며 보르스가 비명을 질렀다.

"『마검』들어어어어!!"

중앙에서 터져 나온 츠바키의 포효에, 겁먹고 움츠러들 뻔했던 모험자들이 일제히 『마검』을 겨누었다.

"아직이다! 아직 쏘지 마!"

좌익에서 아이샤가 포격의 시기를 가늠했다.

"적이『마법』을 쏘지 않는다! 아직 사정거리에 안 들어갔으니까 침착해!"

우익에서 다프네가 분석결과를 외쳤다.

신시대의 횡대 전투에서는 개전과 동시에 화살 대신『마법』이 날아간다. 하지만 지금은 그것이 없다. 다시 말해 적은『크로조의 마검』을 경계한 나머지 인내심을 잃었다.

다프네 부대의 눈에는 그렇게 비쳤다.

"으윽……?!"

하지만 밀려드는 위협은 진짜였다.

살기가 가득 실린 무기, 짐승과도 같은 함성, 무엇보다도—— 흉악한【스테이터스】가 자아내는 가속력.

연계 따위 전혀 의도하지 않고 제각각 돌격하는 모습은 그야말로 노도였다. 매일같이『폴크방』에서 개인의 힘을 추구하던【프레이야 파밀리아】의 권속들은 동료를 생각하자 않는다. 그저 자신의 무기로 적을 꿰뚫고자 각자가 선봉을 다투며 파벌연합을 짓밟고자 했다.

일그러진 침봉을 연상케 하는 돌격에,『마검』을 움켜쥔 오우카와 치구사가 자기도 모르게 움츠러들었다.

"아, 아직이다! 아직이라고!! 서두르지 마!"

간담이 서늘해지는 광경에 자신도 떨리는 목소리를 내며 보르스는 필사적으로 참았다.

밀려든다. 육박한다. 쇄도한다.

이 거리가 사라지면 순식간에 자신들을 유린할 최강의 용사들을 보며, 혀가 바짝 말라붙을 정도의 중압감을 느끼며, 그래도 무한에 가까운 찰나를 견디고 또 견뎠다.

"아직이다, 아직————— 지금이다아아앗!!"

그리고.

보르스는 굵은 침을 튀기며 혈관이 불거질 정도로 힘이 들어간 호령을 터뜨렸다.

"사격 개시이이이이이이이이이이이이이이이이이이이이이이이!!"

한데 겹쳐진 츠바키의 포격 신호.

그 직후.

"카즈키이이!!"

헤아릴 수 없는 『마검』이 불을 뿜었다.

폭염이, 눈보라가, 벼락이, 폭풍이, 밀려드는 군세에 작렬했다.

『——————————————————

————————————크으윽?!』

계통이 제각각인 일곱 색깔의 포화가 얽히고 가공할 마력의 분류로 변해, 직격당한 【프레이야 파밀리아】의 비명을 휩쓸어버렸다.

굉음과 충격. 바닥에 깔린 포석이 깨지고 도시유적 전체를 뒤흔들었다.

폭격에 이은 폭격. 대부대의 일제사격이 연쇄를 불러일으켜 눈 깜짝할 사이에 파괴의 홍수를 낳았다.

"끄으윽?!"

"꾸엑!"

"크아아아아아아악?!"

조금도 늦춰지지 않는 포화는 선두에서 달려오던 수인을 휩쓸고, 다음으로는 휴먼을, 다음으로는 하프엘프를 폭염 속에 묻어버렸다.

『포격의 속사』라는 모순된 압도적 부조리 앞에 【프레이야 파밀리아】라 해도 피탄을 면할 수는 없었다. 쟁쟁한 제2급 모험자들이 마검의 먹이가 되어 섬광의 소용돌이에 먹혔다.

모든 『크로조의 마검』이 상급 마도사의 장문 영창 마법을 아득히 능가하는 위력.

여기에 【헤파이스토스 파밀리아】에서 만든 『마검』까지 더해져, 화력은 과도할 정도로 비대해졌다. 그것은 던전 심층조차 제압할 수 있을 정도의 순수한 열량이었다.

넓은 범위에 미치는 격멸의 광경에 『크로조의 마검』을 사용한 모험자들까지도 몸서리를 쳤다.

그러나 그 경악은 즉시 『공포』에 덧칠되었다.

"──우오오오오오오오오오오오오오오오오오오오오오오오오오오오오오오오오오오오!!"

쓰러지지 않는다.

피부가 타들어가든, 무기를 잃든.

팔 하나를 잃든, 다리 하나가 날아가든.

미신의 권속들은 멈추지 않았다.

"히이익?!"

자신이 힐러인 것도 잊고, 카산드라는 지팡이를 끌어안으며 비명을 질렀다.

무참히 타버린 인간의 형태가 멈추지 않고 돌격해 온다.

몸에 고드름을 매단 드워프가, 바람의 칼날에 잘려나간 한쪽 팔을 든 아마조네스가, 제아무리 박살이 나고 날아가도 쓰러지자마자 일어나선, 혹은 동료마저 짓밟으며, 파벌연합을 향해 밀려들었다.

"『에인헤랴르』!!"

다프네가 견디지 못하고 외쳤다.

지옥 같은 광경 속에서도 여전히 진격하는 군세는 그야말로 광전사.

【프레이야 파밀리아】는 죽음을 두려워하지 않는다. 폴크방에서 밤낮으로 싸워 죽음을 겪는 그들은 말 그대로 **죽고 되살아난다**. 여기에는 공포도 있다. 고통도 있다. 그러나 굴강한 여신의 권속들은 이것을 흔들림 없는 충성과 숨김 없는 투쟁본능으로 억누른다.

그렇기에 그들은 멈추지 않는다.

그들은 『마검』의 맹렬한 불길 속에서도 그저 달리며 싸우고자 한다.

그렇기에 '죽는 전사들'. 에인혜랴르.

【프레이야 파밀리아】이기에 가능한 모습——『최강파벌』이라 불리는 이유 중 하나를 보고, 모험자들의 얼굴은 창백하게 질려버리고 몸은 움츠러들었다.

"거, 겁먹지 마 이것들아아아아!! 작살을 내버려! 쏘고 쏘고 또 쏴라아아아아아아앗!!"

보르스의 노성은 공포에서 터져 나오는 것이었지만, 그래도 효과가 있었다.

난폭하면서도 단순한 명령이었기에 모험자들은 조건반사적으로 따를 수 있었다.

쏜다. 쏜다. 마구 쏜다.

내리쳤다가는 들고, 죽음을 두려워하지 않는 전사들의 파멸을 바라며, 필사적으로 포화를 퍼붓는다.

검신에 균열이 가고, 깨지면 후열에 대기한 모험자가 앞으로 나오고, 새로운 마검이 포효를 터뜨린다.

『신의 거울』을 통하지 않고도 험준한 산 너머의 오라리오를 향해 화산의 진동과도 같은 포성을 전해, 수많은 시민이 어깨를 흠칫거렸다.

"우와아…… 살벌해."

"진짜 그냥 전쟁이네."

"하지만 헤스티아네가 이기려면 저것밖에 없긴 해."

"바보 아레스가 크로조한테 집착할 만하네……."

시민들이 떨거나 말거나, 『바벨』에서는 신들이 저마다

한마디씩을 하고 있었다.

끊임없이 울려 퍼지는 포격음,『베올 산지』전체에까지 전해지는 진동.

산자락이 흔들려, 서식하는 몬스터마저 겁을 먹고 거대 칼데라 호수에서 멀어져갔다.

그리고 부서져 가는『크로조의 마검』이 전체의 절반을 넘어섰을 무렵.

방대한 흙먼지와 불똥, 냉기, 스파크를 띤 산들바람과 여러 가지 색깔을 띤 빛의 입자. 그런 것들이 조용히 무산되자── 바닥에 깔렸던 포석까지 철저히 파괴된 전장에는 헤아릴 수도 없는 에인헤랴르들이 쓰러져 있었다.

"⋯⋯⋯⋯하, 하하하하하하하하하하하하!! 해냈다! 꼴 좋구나,【프레이야 파밀리아】자식들아!!"

꼬박 수십 초에 걸쳐 적이 일어나지 않는 것을 확인한 순간, 보르스는 몇 번씩이나 새나오는 목소리를 내며 홍소를 터뜨렸다.

"에인헤랴르는 개뿔이! 우리한테는『크로조의 마검』이 있다 이거야!"

그의 웃음소리가 전파되어, 어깨로 숨을 쉬던 다른 모험자들도 차츰 환성을 지르기 시작했다.

에인헤랴르는 죽음을 두려워하지는 않아도, 죽음에서 벗어난 존재는 아니다. 그들은 초월존재 데우스데아가 아닌 것이다.

그렇기에 한계는 온다. 이번에는 불굴의 용사들보다도 『크로조의 마검』이 자아내는 화력이 강했다. 단지 그뿐이었다.

——오오오오오오오오오오오오!!

파벌연합은 있는 대로 들끓었다.

적의 제1급 모험자는 포함되지 않았다지만 전력의 대다수를 깎아낸 것이다. 눈앞의 성과는 전초전의 완승이라 해도 과언이 아니었다. 검신이 부서진 칼자루를 들며 각 파벌의 단원들이 소란을 떨어댔다.

낯을 찡그리고 있던 것은 일부뿐.

이것밖에 방법이 없었다고는 하지만, 전술이라고도 할 수 없는 '화력 퍼붓기'에 복잡한 감정을 느낀 다프네나 아이샤가 그랬다.

"라키아의 『불패신화』…… 썩을!"

그중에서도 『크로조의 마검』을 양산했던 벨프의 미간은 씁쓸함으로 물들어 있었다.

벨프의 고향 『라키아 왕국』은 무수한 『크로조의 마검』으로 많은 나라와 전쟁을 일으켰으며, 온갖 지형을 초토화시켰다. 수많은 엘프에게서 원한을 사고, 정령에게는 저주를 받을 정도의 파괴를 자아냈다. 시야에 펼쳐진 광경은 그야말로 『불패신화』를 쌓아올렸던 라키아의 소행과 전혀 다를 바가 없었다. 적어도 벨프의 눈에는 그렇게 비쳤다.

"결국 나도 그 나라와 똑같은 짓을 하고 만 건가……!"

그렇게나 혐오했던 라키아와 같은 길을 걸어, 벨프는 맹렬한 자기혐오에 휩싸였다.

하지만.

벨프의 혐오에는 오해가 있었다.

벨프의 해석에는 불일치가 있었다.

벨프의 인식은, **너무나도 얕았다.**

"하하하하하하하하하하―――……하?"

울려 퍼지던 보르스의 홍소가 뚝 끊어졌다.

그의 오른쪽 눈에 비친 것은, 부서지고 뜯겨나간 포석에 엎드려 있던【프레이야 파밀리아】의 멤버들.

그리고 황혼의 색과도 비슷한, 수많은 **금색 빛의 입자.**

"――【나의 이름은 황금. 불구를 맹세한 여신의 팔】."

이어서 모험자들의 귀에 들려온 것은 영롱한 노랫소리.

"【불타기를 세 차례, 꿰뚫리기를 영원히. 불꽃 창의 감옥, 허나 광휘는 태어나 죽음을 죽이리】."

소리가 들려오는 것은 적진 한복판.

파벌연합으로부터 멀리 떨어진 곳, 서서히 걷혀가는 모래 먼지 속에서『그녀들』이 나타나고 있었다.

"안드흐림니르?!"

그녀들의 존재를 가장 먼저 알아차린 것은 릴리.

그 밤색 눈이 포착한 것은 수도사와도 같은 획일적인 흰색 로브를 입은 무리.

『마검』의 맹포격으로 전장을 차단할 정도의 모래 먼지가 커튼을 이루어 포착이 늦어져버렸던 지휘관은 비명 같은 고함을 질렀다.

"【미쳐라, 미쳐라, 미쳐라. 나의 몸은 황금. 소생의 빛 아래 끊임없는 쟁란을 이곳에】."

두 갈래로 묶은 연홍색의 장발, 흰 상의와 붉은 간호의 위에 생색만 내는 정도의 방어구를 걸친 전투의상. 다른 힐러와 허벌리스트와 차림이 유일하게 다른 소녀, 헤이즈 벨벳은 금색 장식이 가미된 로드를 들고 낭랑하게 주문을 자아냈다.

시산혈해의 광경이 펼쳐진 전장, 그 중앙에 전개된 것은 거대한 금색 매직 서클.

눈을 의심할 정도의 규모에 모험자들의 시간이 얼어붙은 가운데, 그 마법명이 선언되었다.

"【제오 굴베이그】."

초광역 회복마법.

『폴크방』의 『세례』를 오직 혼자서 지탱했던 경험을 가진 소녀의 이능이 발동해── 쓰러져 있던 에인헤랴르들이, 말 그대로 『부활』했다.

"에엑?!"

지면에서 뿜어져 나오는 황금색 마력광을 받아, 숯이 되었던 휴먼의 온몸이, 얼어붙었던 수인의 동상이 모두 원래 없었던 것처럼 사라졌다.

절단되었던 팔이나 다리를 상처의 단면에 밀어붙여, 마

력이 깃든 증기를 뿜으며, 드워프와 아마조네스가 팔다리를 되찾았다.

그야말로 불사자와도 같이, 흐느적, 흐느적.

잇달아 일어나는 전사들을 보며 보르스와 파벌연합은 놀라움을 넘어 말문이 막혀버렸다.

"프레이야 님께서 윤허하셨습니다. 지금부터 이곳은 또 하나의 『폴크방』."

시간이 얼어붙은 모험자들을 내버려둔 채.

이 광경을 만들어낸 장본인, 헤이즈는 바람에 목소리를 실었다.

"환영합니다, 용감한 야만족들."

말과는 달리.

냉혹한 눈동자로, 전사가 아닌 버러지를 보는 눈빛으로.

힐러와는 거리가 먼, 벨도 모르는 『잔인한 적대자』의 눈빛으로.

여신과도 같은 용모를 가진 아름다운 소녀는, 사형선고를 내렸다.

"당신들에게 투쟁의 축복을."

부활을 마친 에인헤랴르들의 안광이 맹렬히 빛났다.

"마, 마검을!!"

릴리가 외쳤다.

"늦었어."

헤딘이 단언했다.

"가십시오, 에인헤랴르."

헤이즈가 여신을 대신해 신탁을 내렸다.

『오오오오오오오오오오오오오오오오오오오오오오오오오
오오오오오오오오오오오오오오오!!』

두 번째의 돌진.

죽음을 두려워하지 않는 군세의 돌격이, 이번에야말로
파벌연합을 물어뜯었다.

"마, 말도 안 돼에에에에에에에에에에에에에에에에에에
에에에에에에에에에에에에에에에에에?!"

보르스의 고함소리가 무시무시한 워 크라이 속에 묻혀
버렸다.

첫 번째의 돌격에서 절반을 넘어섰던 거리를 단숨에 주
파해, 에인헤랴르들은 검을, 창을, 도끼를, 철퇴를, 그 기
세 그대로 일제히 휘둘렀다.

창졸간에 방패를 내민 파벌연합의 전열수비수와 격돌
했다.

"크어어어어어어어어어어어어어어어어어어어어어어?!"

적의 돌격을 받아낸 순간 도르무르는 절규했다.

방패의 표면이 일그러지고, 장비를 포함하면 초중량을
자랑하는 드워프의 거구가 밀려났다.

"바, 받아낼 수가 없어!!"

맞버틴 것은 한순간이었다.

도르무르를 비롯한 【마그니 파밀리아】의 수비가 찢겨나가고 튕겨 날아갔다.

"히이익—— 으아아아아아아아아아아아아아아아?!"

전열수비수가 돌파된 곳에서 모험자들의 비명이 폭발한 것은 당연했다.

짓쳐드는 에인혜랴르들 앞에서 방어구가 깨지고 무기까지 부러지고 순식간에 선혈이 어지러이 춤을 추었다. 그 뒤부터는 이미 눈에 익은 광경이었다. Lv과 【어빌리티】라는 잔혹한 숫자가 하위 모험자에게 온갖 유린을 퍼부어댔다.

휴먼이 베여 쓰러졌다. 수인이 꿰뚫렸다. 엘프가 투검의 먹이가 되고, 아마조네스들이 한꺼번에 휩쓸렸다. 돌파당한 대지에 쓰러졌던 도르무르 등의 드워프는 그대로 깔려 버리고, 수많은 사바톤에 온몸이 짓밟혀 피를 뿌렸다.

혼란과 공황이 파벌연합을 지배하고 부대가 단숨에 와해되기 시작했다.

"빌어먹을 것들!"

일방적인 난전의 양상에 대형 박도를 휘두르는 아이샤가 노성을 터뜨렸다.

우익도 좌익도 중앙도, 단 한 번의 충돌로 반파 상태. 전열수비수를 포함한 전선은 엉망진창으로 물어뜯기고 후방의 마도사들과 하루히메가 몸을 숨긴 예비대에게까지 그 이빨이 닿으려 했다.

아군이 말려드는 것도 개의치 않고 『크로조의 마검』을 날리는 모험자도 있었지만 소용없었다. 일각이 날아가도 【프레이야 파밀리아】는 멈추지 않고, 쓰러진 동료 따위 마찬가지로 저버린 채 마검과 함께 적을 베어버렸다. 악몽인 것은 설령 파벌연합의 모험자가 세 명이 맞선다 해도 에인 헤랴르는 단 한 사람이 그들을 모조리 쓰러뜨린다는 점이었다.

신시대가 내세운 『양』보다도 『질』의 법칙.

백 명의 병졸보다도 1명의 레벨 랭커가 전장을 제압한다.

『기술』과 『허허실실』에서도 웃도는 상대에게, 파벌연합의 모험자들은 아무것도 할 수가 없었다.

"너무 강해……!! 말단 병사에 이르기까지 전부!!"

회피에 전념할 수밖에 없는 미코토도 사방에서 날아드는 칼날을 간신히 피하며 고함을 질렀다.

이제는 정면에서 검을 나누는 『사무라이』나 『검객』이 아니라 『닌자』의 기술로 목숨을 부지할 수밖에 없었다. 연막탄, 수류탄, 여기에 쿠나이 《샤쿠야(赤夜)》를 비롯한 투척 도구. 사전에 준비해두었던 무기와 아이템을 고갈시킬 기세로 뿌려댔다.

겨우 한 사람을 쓰러뜨리고 한 방을 갚아줘도, 베인 반응이 말해주는 것은 Lv.1의 하급 모험자라는 사실. 무자비한 사실에 아연실색 얼어붙은 직후, 하마터면 목을 베일 뻔해 충격과 조바심을 품으며 전투를 속행할 수밖에 없었다.

『최강의 파벌』.

거듭 알고 있었던 그 수식어가 인식 이상의 위협이 되어 그들에게 전율을 가져다주었다.

"하루히메 님, 레벨 부스트를! 아이샤 님, 미코토 님, 다프네 님, 보르스 님, 벨프 님에게!"

『네, 네엣!』

파벌연합이 물어 뜯겨가는 가운데, 릴리도 수수방관하지는 않았다.

투입할 『꼬리』의 수는 다섯. 랭크 업한 하루히메의 【구중구천】은 상한이 여섯으로 늘어났으며 마인드 그 자체도 늘었다. 『하층』의 원정 때는 5개를 사용한 시점에서 마인드 다운에 빠졌으나 그럴 걱정도 사라졌다. 어떻게든 전선을 유지하기 위해 아낌없이 『반칙 기술』을 사용했다.

《——마도사들도 포격 개시!! 【세르케트 파밀리아】부터 【라트리 파밀리아】까지 중앙에 화력을 집중시켜 주세요!!》

여기에 【커맨드 콜】.

【랭크 업】과 함께 발현된 새 『스킬』의 효과는 일정 이상 성량의 고함에 전달기능 확장.

다시 말해 고함을 크게 지르면 지를수록 격렬한 전장에서도 지휘관 릴리의 목소리는 전해질 수 있다. 오쿨루스를 받지 않은 자에게 내리는 지시도 이것으로 커버할 수 있다.

전장을 내려다볼 수 있는 부대의 최후방. 거대 분묘의 옥상에서 오쿨루스와 『스킬』을 함께 사용하며 릴리는 지시를 끊임없이 날려댔다.

그러나 그녀의 얼굴에서 조바심을 씻어낼 수는 없었다.

"『마검』을 유인했어……! 아니, 낭비하게 만들었던 거야!"

개전과 동시에 이루어졌던 에인헤랴르의 돌격.

무모하게 보였던 그것은『크로조의 마검』을 쏘게 만들기 위한 함정이었다.

헤딘도 벨프나【헤파이스토스 파밀리아】가 만들어낸『마검』의 위협을 우습게 보지 않고 경계했으리라. 사용한계가 있는『마검』을 소비시키면서, 안드흐림니르로 병력의 손실을 없애버린 것이다. 강렬한 카운터라는 덤까지 얹어서.

'안드흐림니르…… 핀 님께 들었던 대로 너무 성가신 존재예요!!'

완승으로 끝나야 했던 전초전은 그녀들, 정확하게는 한 소녀에 의해 뒤집혔다.

죽음을 두려워하지 않는 군세와 도시의 1, 2위를 다투는 치유능력. 이 두 가지가 없었다면 실행할 수 없는, 역시【프레이야 파밀리아】만이 가능한 전술이다.

"하지만 위치는 알았어……!"

적의 제1급 모험자와 함께 안드흐림니르 격파는 최우선 목표.

이미 눈을 가리고 싶어지는 국면과 바꾸어, 어떻게든 헤이즈와 힐러들을 물리치겠다고 릴리는 그때까지 침묵했던 오쿨루스에 손을 뻗었다.

"루비스 님, 그리고 몰드 님! 부탁드려요!"

심어놓았던 『복병』이 이내 포효를 터뜨렸다.

"좋았어!"

"다들 가자!"

적과 아군이 뒤섞인 본진 앞에서 크게 떨어진 북서쪽, 포진한 안드흐림니르의 바로 측면에서 몰드 부대와 루비스 부대가 힘차게 로브를 벗어던지고 『투명상태』를 해제했다.

펠즈의 마도구 『리버스 베일』.

릴리는 재편한 유격대에게 이것을 지급하고 은신시켰던 것이다. 양군이 서로를 노려보던 주전장의 바깥쪽을 우회하듯, 오직 안드흐림니르를 치기 위한 『복병』으로서.

"네놈들이 나타나기만 기다렸다고!"

적에게 들키지 않도록 숨을 죽인 채 신중하게 접근하던 유격대는 이 기회를 놓치지 않고 질주했다.

파벌연합의 횡대에 파고들기 위해 대부분의 적이 전선에 투입되었다.

거리가 벌어진 후열, 안드흐림니르의 곁에 호위는 없었다.

고립된 치료부대에게 입맛을 다신 몰드는 허리에 찼던 『마검』을 뽑아들었다.

"이거나 먹어라아아아아아아아아아!"

몰드, 그리고 가일과 스콧이 뿜어낸 세 줄기의 폭염이 안드흐림니르를 집어삼켰다.

"아직 멀었어어어어어어어어어어어!!"

미목수려한 소녀들을 격멸하고자, 우락부락한 무법자들이『크로조의 마검』을 연사했다.

　『거울』이 영상을 중계하는 도시에서는 신들의 큰 야유가 터져나왔으나, 그것도 모른 채 몰드 일행은 끊임없이 포격을 퍼부어댔다.

　"이, 이봐! 이거 좀 심한 거 아닌가?!"

　【프레이야 파밀리아】상대로 심하고 자시고가 어딨냐!! 너희가 이『마검』을 안 쓰겠다고 하니까 우리가 해주고 있잖아! 얌전히 보고나 있어!"

　너무나도 가차 없는 모습에 엘프 루비스가 소리를 질렀으나 몰드는 듣지 않았다.

　몰드는 불타고 있었다.

　의협심 따위 때문이 아니라, 단 한 명의 소년을『도와줄 수 있다』는 열의를 품고 있었다.

　이제까지의 빚을 갚겠다는 양, 무법자는 거칠게 들끓었다.

　"우리가 벨 크라넬을 돕는 거다아!"

　『크로조의 마검』이 주는 전능감이 등을 밀어주기도 해서, 폭염은 잇달아 양산되었다.

　불꽃의 굉음이 홍련의 바다로 바뀌어 안드흐림니르를 불태웠다.

　완벽한 기습에 회피를 할 틈도 없었다. 이 화력 앞에서는 방어도 무의미했다.

　검신에 쩌적 균열이 일어나고『마검』의 사용한계가 다가

왔을 무렵, 어깨로 숨을 쉬던 몰드 일행은 겨우 포격을 중지했다.

"하아, 하아…… 아무리 회복을 할 수 있어도 너희가 집중포화를 받으면 『마법』도 못 쓰겠지! 그대로 뒈져버려!!"

득의양양하게 웃음을 지으며 몰드는 마검을 어깨에 걸머졌다.

불꽃의 바다 속에 서 있는 자는 아무도 없었다.

연소의 포효가 굉연히 전장에 울렸다.

전선에서 싸우는 에인헤랴르들은 관여하지 않는다. 당연하다는 듯이.

진지 내에 있는 헤딘조차도 방관했다. **필요 없다는 듯이.**

이윽고.

살이 타들어가는 불쾌한 냄새에 루비스 일행이 윽 소리와 함께 낯을 찡그리고, 몰드가 "이건 좀 심하긴 했나……?" 하고 굵은 팔로 코를 가렸을 때——

"당연히 있겠지요. 우리를 노리는 『복병』 정도는."

불꽃 속에서 들려온 목소리에 그 모든 움직임이 멈추었다.

"그래서, 그게 어쨌다고요?"

천천히, 고열의 대지에서 몸을 떼어내며, 한 소녀가 일어났다.

"엥?!"

몰드와 루비스는 눈을 의심했다.

소녀는 불타고 있었다.

방어구는 전부 날아가고, 의복도 불타버렸으며, 눈처럼 하얗던 피부는 시뻘겋게 타오르는 빛으로 물들었다.

이글거리는 불바다 속에서, 업화에 잠식당해, 지금도 온몸이 추악한 화상에 뒤덮여간다.

그리고 그다음 순간 **재생해간다.**

"【어스 굴베이그】── 유감이지만 이미 내『마법』은 발동하고 있었죠."

맹렬한 불길을 밀어내는 황금색 빛.

매직 서클을 응축한 것과도 같은 빛의 문양이 소녀의 피부 표면에 떠올랐다.

"모, 몰드! 저 녀석, 마치……?!"

"18계층 때의?!"

창백해진 가일과 스코트의 뇌리에 떠오른 것은, 벨 일행과 함께 싸웠던『검은 골라이아스』.

마도사의 총공격을 받고도『자기재생』으로 몸을 수복시키던 계층 터주와 눈앞의『악몽』은 너무나도 흡사했다.

『자동치유』.

일정 시간 동안 지속적으로 대미지를 치유해나가는 재생 효과.

헤이즈는 그『마법』을, 몰드 일당이 덤벼들기 전에, 그야말로 전장에 발을 들이기 직전에 자신을 포함한 안드흐림니르에게 걸었던 것이다.

소녀의 뒤를 따르듯, 한번 쓰러졌던 힐러와 허벌리스트

가 한 사람 또 한 사람 일어났다.

"마, 말도 안 돼……?!"

불바다 속에서 부활하는 광경은 그야말로 불사조, 혹은 화장한 후에 되살아나는 리빙데드.

불에 타 짓물렀던 피부가 황금색 빛의 입자와 함께 생생함을 되찾는다.

두 갈래로 묶었던 머리 장식이 불에 타 불꽃이 옮겨붙은 장발까지도 이미 수복되고 있었다.

기세가 약해져 가는 불꽃으로는『마법』의 회복량을 웃돌 수가 없어, 이제는 화상 하나 입힐 수가 없었다. 신음하는 불길로 할 수 있는 것은 이제 옷을 태워 소녀에게 수치심을 주는 것뿐.

간신히 남은 전투의상은 피복 면적이 뭉텅 줄어들어 어깨와 배꼽, 나긋나긋한 허리와 대퇴부, 모양 좋은 유방의 아랫부분까지 드러내고 있었다.

그러나, 그렇다 해도 욕정이 일어나는 일은 없었다.

지팡이를 한 손에 들고 업화 속을 혼자 나아가는 헤이즈는 너무나도 신성했다.

"이, 이 괴물들아아아아!!"

"몰드?! 관둬!"

【프레이야 파밀리아】의 단원들 외에는 모르는 파벌 정보,『레어 매직』의 존재를 직접 본 몰드는 이판사판으로 감정을 폭발시켰다.

가일과 스코트가 제지하는 목소리도 듣지 않고, 불꽃 속에서 다가오는 헤이즈에게 검을 들고 달려갔다.

"이 마검을 직접 꽂아버리면——!!"

등까지 쳐들었던 『크로조의 마검』을 지근거리에서 쏘려했다.

"추해."

그러나 소녀의 손에 들려있던 로드가 **어마어마한 속도로** 번뜩였다.

"——꾸에엑?!"

높은 상단에서 수직으로 내리꽂힌 로드가 마치 워해머와도 같이 사내를 지면에 꽂아버렸다.

분쇄된 포석과 안면이 입맞춤을 나누어, 흰자위를 까뒤집은 몰드의 의식이 날아가 버렸다.

"지저분해. 볼썽사나워. 너무너무 불쾌해."

굉연히 함몰된 지면에 가일과 스코트, 루비스 일행이 벌어진 입을 다물지 못하는 가운데, 소녀는 널브러진 마검을 한쪽 발로 짓밟아 부숴버렸다.

"당신들 따위 티끌만도 못한 것들이 왜 위대한 여신께 대드는지 이해할 수 없어. 왜 그분의 위광을 더럽히려 드는지…… 머리가 의심스러워!"

숙였던 고개를 들고, 앞머리의 커튼을 젖히자, 그 선명한 붉은색 두 눈에 깃들어 있던 것은 진노의 불길이었다.

"부끄러운 줄 알아라 간적들!! 여신의 신의에 반하는 부

© Suzuhito Yasuda

정의 무리!!"

"너희의 비천한 눈빛, 악취, 그리고 타액 한 방울조차 그분께 닿게 하지 않겠다!!"

평소의 온화함 따위 한 점도 존재하지 않는 격렬한 어조, 분노의 표정.

벨이 이곳에 있었다면 다리에 힘이 풀려 주저앉았을 정도로 표변한 인격은, 사실 따지고 보면 당연한 것이었다. 다른 단원들과 마찬가지로 그녀 또한 『미신의 숭배자』였을 뿐이다.

여신에게 구원받고 여신에게 충성을 바친 헤이즈의 공경은 회른 같은 『광신자』를 능가하면 능가했지 못하지 않았다.

"모든 것은 프레이야 님을 위해―― 사라져라 모험자!!

격앙과 함께 소녀는 살의와 전의를 드러냈다.

그리고 시작된 것은 단순한 『섬멸』이었다.

""끄아아아아아아아아아아아아아아아아아악?!""

"커어억――?!"

『마검』을 쓰지도 못한 채 가일과 스코트를 로드로 날려 버렸다. 속사로 발사된 루비스의 화살은 소녀의 어깨를 꿰뚫었지만, 그뿐이었다. 뽑혀나간 후에는 상처 하나 남지 않아, 루비스가 얼굴을 실룩거린 다음 순간에는 휘둘러진 지팡이에 의식이 날아가 버렸다.

그 뒤에 남은 【모디 파밀리아】의 엘프들도, 헤이즈는 힐러답지 않은 괴력과 민첩성으로 지면에 가라앉혀버렸다.

　일개 힐러가 Lv.3을 비롯한 상급 모험자들을 유린한다.

　그런 비상식적인 광경을 비추는 『거울』에 가장 말문이 막혀버린 것은 민중도 모험자도 아니었다.

　식은땀을 흘리는 같은 힐러들이었다.

　"헤이즈 벨벳……."

　워 게임 참가를 회피했던 【디안 케흐트 파밀리아】에서, 【데아 세인트】 아미드 테아사나레는 두려워하듯 눈을 가늘게 떴다.

　도시 최고의 치유사로 명성이 자자한 아미드와 헤이즈.

　그녀들은 이따금 오라리오가 자랑하는 『2대 힐러』라는 명목으로 『은의 성녀』, 『황금의 마녀』라 불릴 때가 있다.

　실질적으로 힐러의 서열을 매기면 1위와 2위에 군림하는 그녀들의 차이는, 우선 『회복범위』.

　아미드도 광범위 회복마법을 구사할 수 있지만, 『폴크방』에서 단련된 헤이즈는 차원이 다르다. 치유의 효과나 출력으로는 아미드가 위지만 범위에서는, 그리고 아마도 지속력 면에서도 헤이즈가 뛰어날 것이다.

　그리고 또 한 가지 결정적인 차이는—— 순수한 전투 능력.

　백병전의 실력은 어디까지나 일개 힐러의 범주를 벗어나지 못하는 아미드와 달리, 헤이즈는 **혼자서 제2급 모험**

자를 박살 낼 수 있다.

"그녀의 힐러 경력은 너무나도 이질적이라……."

그것은 성녀가 들었던 풍문이었으며, 틀림없는 사실이었다.

원래는 에인헤랴르로서 『폴크방』의 세례를 받아왔던 소녀는 ──어떤 『버림받은 고양이』와 마찬가지로── 전사로서 자신의 한계를 깨닫고 절망했다. 하지만 그래도 변함없는 미신에 대한 충성심 때문에 힐러로 전향해, 숨겨져 있었던 황금의 재능을 꽃피웠던 것이다.

현재의 【스테이터스】는 Lv.4──.

그렇게 주어진 별명은 여신의 황금, 【바나 마르델】.

그 마력광의 광채, 결코 죽는 일 없는 의지와 생명력을 신들이 칭송했던, 진정한 발키리아였다.

"【프레이야 파밀리아】라는 가혹한 환경이 만들어낸 이색적인 권속……. 제1급 모험자들과 마찬가지로 그녀를 어떻게 하지 않고서는 파벌연합에는 승산이 없어……."

주위에서 같은 파벌의 힐러 동료들이 전전긍긍하는 가운데, 성녀는 절대적인 확신과 함께 중얼거렸다.

"큰일 났어! 이대로 가다간……!"

그것은 다프네도 충분히 인식하고 있었다.

"릴리루카, 다른 유격대는 보낼 수 없어?!"

『이미 하고 있어요!! 하지만 【바나 마르델】의 회복량이 너무 엄청나요! 어떻게 해도 해치울 수가 없어요!』

밀려드는 에인헤랴르의 틈새로 간신히 보이는 시야 저
편에서는 전멸한 몰드 일당과는 다른 유격대가 공격을 가
하고 있었으나, 안드흐림니르는 쓰러뜨릴 수 없었다. 다른
힐러나 허벌리스트의 활약도 보통이 아니어서, 격파에 애
를 먹고 있는 사이에 적 본진에 남은 마도사들에게 벌집이
되고 있었다.

허리에 찬 오쿨루스를 통해 릴리의 조바심이 뼈저릴 정
도로 전해졌다.

"안드흐림니르를 막지 못하면 아무리 싸워봤자 전부 허
사야……!"

지금, 기껏 쓰러뜨린 적의 단원도 헤이즈를 비롯한 힐러
들이 움직이기 시작하면 부활해버린다. 레벨 부스트의 은
혜를 얻어 겨우 이 정도로 버티고 있는데 몇 번이나 되살
아난다는 것은 악몽 이외의 그 무엇도 아니었다.

기습에 실패한 릴리를 무능하다고 책망할 수는 없었다.
『자동치유』 같은 히든카드가 있었던 시점에서 『치유마법을
행사하기 전에 없앤다』는 유일한 책략도 수포로 돌아갔다.
다프네가 릴리의 입장이었다면 지금쯤 게임판을 뒤집어엎
고 길길이 날뛰었을 것이다.

『우익에서 안드흐림니르를 노릴 수는 없을까요?!』

"말도 안 되는 소리 하지 마……! 전선을 유지하는 것도
벅차!"

난전에 빠진 우익부대를 지휘하면서 창의 일격을 단검 《펜서 로리트》로 튕겨낸다. 온몸에 부여된 레벨 부스트의 빛이 신음하듯 반짝이며 어떻게든 적을 밀어냈다. 숨 쉴 틈도 없다는 것은 바로 이럴 때 쓰는 말이다.

"【솔 라이트】!"

그래도 다프네 부대는 그나마 나은 편이었다.

힐러 카산드라를 중심에 둔 오우카와 치구사, 보르스가 죽을 힘을 다해 미친 듯이 분투하고 있었다.

다프네와 마찬가지로 『하층』의 『원정』을 거쳐 Lv.3이 된 소녀의 회복마법은 효과를 유감없이 발휘해 무너질 뻔한 모험자들을 몇 번이나 일으켜주었다.

공교롭게도 적의 힐러 때문에 고통을 받고 아군의 힐러에게 구원을 받는 전황.

그리고 잔혹하게도, 힐러 대결에서는 파벌 연합에게 승산이 없었다.

"적의 본진이, 마도사들이 전진하면 큰일이다! 적의 『마법』 사정거리에 들어가면 끝장이야! 그 전에 안드흐림니르를──."

땀을 닦을 틈도 없이 싸우던 다프네가 오쿨루스에 호소했을 때였다.

『컥.』

수정 너머에서 마치 목이 졸린 것처럼 릴리의 호흡이 멈추었던 것은.

그 의미를, 다프네는 잠시 후에 이해했다.

"————."

시간이 얼어붙은 그녀의 시야 저편.

까마득히 먼 적진 속에서, 헤아릴 수도 없는『뇌탄(雷彈)』의 창이 다프네 부대를 조준하고 있었다.

"무슨 착각을 하고 있는 모양이다만…… 그곳은 이미 나의『사정거리 내』다."

다프네의 낯이 새파랗게 질렸다.

들릴 리 없는 화이트엘프의 환청을 들은 그녀는 자신의 잘못을 깨닫고 말았다.

개전 당시, 적은『마검』을 경계한 나머지 인내심이 폭발했다.『간격』을 잘못 잡았다.

다프네의 눈에는 그렇게 비쳤다.

그게 아니었다.

적은, 지휘관 헤딘은,『크로조의 마검』을 뻗어내도록 만들기 위해 공격을 가하지 않았을 뿐.

『폴크방』으로 변한 이 주요 전장 일대는—— 처음부터 저 제1급 모험자의 사정범위 내!!

"체크다—— 【카우르스 힐드】."

발사된다.

얼어붙은 모험자들의 얼굴을 비추는 수많은 뇌탄이, 허

공에 호를 그리며 전장으로 쏟아져내린다.

"끄아아아아아아아아아아아아아아아아아아아아아아
아아아아아아아아악?!"

머리 위에서 날아오는 무수한 번개가 폭격과도 같이 모
험자들에게 엄습했다.

전장을 혼돈에 빠뜨리는 뇌탄은 흉악한 군단 그 자체였
다. 이리저리 도망치는 휴먼을 가차없이 꿰뚫고, 수인을
대지와 함께 날려버리고, 동료를 감싼 아마조네스를 감전
시켰다.

【프레이야 파밀리아】에는 스치지도 않는『초정밀사격』.

사수인 요정의 눈은 전장의 세부를 적확하게 포착하고,
적병만을 꿰뚫었으며, 남아있는『마검』을 하나하나 파괴해
나갔다.

"큭── 카산드라를 지켜!!"

"우오오오오오오오오오오오오오오오오오오오오오오오
오오!!"

벼락의 비를 받으면서도 다프네는 있는 힘껏 외쳤다.

전선 유지를 포기하고, 파티의 생명선을 우선시하는 뼈
아픈 결단에, 거대 방패를 든 오우카와 보르스, 그리고 리
빌라 마을의 주민들이 결사의 각오로 따랐다. 치구사가 카
산드라를 몸으로 덮으며 쓰러졌다. 그런 카산드라의 눈에
는 헤아릴 수도 없는 뇌탄이 몇 겹이나 되는 방패와 충돌
해 으르렁거리며 날뛰었다.

기둥이며 유적의 잔해가 부서지고 돌의 파편이 솟아나 전장을 비참할 정도로 분단시켰다.

『마검』의 수는 줄여놓았다. 때가 됐다.”

마력의 전류를 띤 대량의 연기가 파직파직 전장을 지배하는 가운데, 혼자서 이 참상을 만들어낸 화이트엘프는 냉혹할 정도로 선언했다.

초읽기에 들어간 『진정한 유린』을.

“나올 때가 됐다, 짐승들아. 가라.”

“저 위력의 포격이 저 거리에서 닿는다고? 언제 봐도 말도 안 돼……!”

『거울』이 비춘 전장을 보며, 쌍둥이의 언니인 티오네는 가증스럽다는 듯 내뱉었다.

사정거리는 500M을 거뜬히 넘으며, 규모는 200이 넘는 적군을 쓸어버릴 정도.

시야의 대부분을 흙먼지로 뒤덮어버리는 번개의 탄막은 【로키 파밀리아】를 섬뜩한 전율에 빠뜨릴 만했다.

“【힐드슬레이프】 헤딘 셀랜드……. 유효 사정거리 면에서는 오라리오 내에서도 놈의 마법이 제일이겠지.”

“뭐어~?! 그치만 그치만, 리베리아가 더 강하잖아?! 『도시 최강 마도사』라고 그러잖아!”

"무엇에 중점을 두고 말할지에 따라 그 인식은 달라지지. 극단적으로 말해 초장거리에서 대결한다면, 혹은 백병전에 들어간다면 나는 헤딘에게 질 거다."

리베리아의 냉정한 분석에 티오나가 발끈해 반론했지만 비취색 머리카락을 찰랑대는 하이엘프는 담담히 사실을 말했다.

【나인 헬】 리베리아 리요스 알브가 뛰어난 것은 마법의 출력, 그리고 공격, 방어, 지원에 이르기는 다채로운 마법 속성. 일반적으로 말하는 『후열 마도사』의 능력은 타의 추종을 불허할 정도로 뛰어나다.

그러나 헤딘은 근접전투까지도 극에 달한 『마법검사』.

애초에 비교할 토대부터 다르다.

백병전 기술과 초단문영창으로 극도의 속사성을 추구한 그는 상급 중견직의 이상적인 형태라 해도 과언이 아니었다.

게다가 이번 워 게임에서도 보인 것처럼, 사정거리와 위력 그 자체가 말도 안 될 정도였다.

『마법을 구사한 것만으로도 1만 군세를 궤멸시켰다』.

참인지 거짓인지, 그런 일화가 모래 바다 너머에서 들려올 정도였다.

그를 올바르게 표현하는 단어가 있다고 한다면, 그것은 『마포검사(魔砲劍士)』일 것이다.

"무엇보다도 마인드의 총량…… 헤딘의 마법 지속력은 나를 확실히 능가하지."

마법을 사용하기 위한 마인드의 양은 도시 최강 마도사 리베리아가 명확히 패배를 인정할 정도.

대부대의 구석구석까지 미치는 탄막, 그리고 지금도 땀 하나 흘리지 않는 태연한 표정이 그 말을 뒷받침해주었다.

아마조네스 자매가 한껏 불만을 드러내는 가운데, 리베리아는 눈을 가늘게 떴다.

"또 다른 요정과 합쳐져 붙은 별명은『흑백의 기사』……."

온다.

그렇게 중얼거리는 비취색 눈이 예리하게 바라보는『거울』너머에서, 뭉게뭉게 피어나던 흙먼지가 걷히려 하고 있었다.

🐾

"하아아아아아아아아아아아!"

"크허억?!"

날카로운 참격이【프레이야 파밀리아】를 가른다.

파벌연합에 속한 모험자 대부분이 밀리는 가운데, 피와 먼지에 지저분해진 얼굴을 거칠게 닦으며 츠바키 콜브랜드는 맹렬한 활약을 보이고 있었다.

"겁먹지들 마라아!! 셋이 덤벼서 안 되면 다섯이 덤벼라! 다섯으로도 못 당하겠다면 열 명이다! 그대들이 시간을 끌어주면 그 틈에 내가 전부 쓸어줄 터이니!"

"오, 오오오오오오!"

Lv.5 마스터 스미스의 질타에 주위의 모험자들이 들끓었다.

장소는 중앙부대. 제대로 된 지휘는 못 하는 대신 츠바키는 적을 베고 또 베는 무사가 되었다. 굴강한 에인헤랴르라 해도 제1급 모험자 수준의 힘을 가진 그녀 앞에서는 하나하나 무릎을 꿇고 있었다.

이미 베어 쓰러뜨린 적은 셀 수도 없었으며, 주위에는 무장한 용사들이 몇 명이나 널브러져 있었다.

'하지만 역시 이대로는 안 돼! 적의 기세가 조금도 쇠하질 않아! 내가 동료를 몇 명씩 베었는데도 놈들은 아랑곳않고 칼을 들이대니!'

그런 츠바키의 뺨에도 흘러내리는 땀방울.

'전쟁의 아귀들.'

입 속으로는 그런 푸념을 삼키고 있었다.

'게다가 저놈의 힐러들이 있는 한 땅바닥에 누워버린 놈들도 되살아난다면……! 에잇, 여긴 던전보다도 더한 사지가 아닌가!'

그렇기에 【프레이야 파밀리아】와는 못 해 먹겠다고 씁쓸한 심정을 토로한다.

같은 【헤파이스토스 파밀리아】의 스미스들이 『마검』으로 지원해주는 가운데 어떻게든 분투했지만, 조금 전 헤딘의 포격에 대부분이 날아가버리고 말았다. 흙먼지로 시야가 차단되어서 연사까지 날아오지는 않고 있는 듯했지만, 저것이 다시 걷히면 그때야말로 아군의 사기는 모조리 무너질 것이다. 츠바키에게도 다음 기회는 없을지 모른다.

이렇게 되면 흙먼지가 걷히기 전에 자폭을 각오하고 안드흐림니르만이라도 베러 갈 수밖에 없으려나.

츠바키가 이판사판의 결단을 내리려던 그때.

"끄아아아아아아아아악?!"

『소리』가 넘쳐났다.

베인 자들의 비명 따위가 아닌, 모골이 송연해지는 듯한 『참격의 소리』가.

"————."

츠바키는 그 소리가 무엇인지를 확실히 알고 있었다.

가공할 『검사』가 아니고서는 연주할 수 없는 그 무기의 검광을.

"——회그니!!"

튕겨지듯 돌아본 서쪽 방향.

걷혀가는 흙먼지 너머에, 그 다크엘프가 서 있었다.

"회, 회그니 라그날?!"

"제1급 모험자!!"

"와, 와버렸다……!"

츠바키의 외침을 시작으로 모험자들의 비명이 교차했다.

연보라색으로도 보이는 은색 머리카락과 다크엘프임을 나타내는 갈색 피부.

손에 든 칠흑의 검은 피에 젖어 있고, 날카로운 눈동자는 이리저리 꿈틀대며 지금도 사냥감을 찾아 헤매는 것 같았다. 얼굴에 떠오른 냉소는 피의 연회를 바라는 것인가.

제1급 모험자와의 대치. 모험자라면 누구나 절망할 공통인식에 파벌연합이 술렁거린다.

그런 가운데 당사자인 회그니는.

'아아아아아…… 모르는 사람들이 날 보고 있어어어어어……!!'

공황상태였다.

제대로.

이리저리 꿈틀대는 위험한 눈빛은 타인과 눈을 마주치지 않으려는 것이었으며, 얼굴에 떠오른 냉소는 그저 뺨이 경련해 입가가 올라가 있을 뿐. 낯가림의 극치에 대인 의사소통 능력이 거의 없는 음침캐 엘프는 심장을 쾅쾅 울려대며 정서불안의 괴물이 되어 있었다.

'아, 안 돼, 제, 제대로 해야 돼……! 난 프레이야 님의 권속이고 일단은 오라리오에서도 대단한 제1급 모험자……! 내가 바보 취급당하는 것은 곧 【파밀리아】와 프레이야 님이 모욕당하는 것……!'

경련하는 뺨과 함께 억지로 입술을 틀어 올렸다.

회그니는 허세에 허세가 더해진 사악한 미소를 지었다.

"…………큭, 큭큭큭, 이곳에서 나의 심연과 대치한 것은 종언의 숙명…… 고대의 잔해는 침묵하며 홍련이 노래하는 곳에서…… 나의 검은 제물을 바라고 있다. 다시 말해………… 주주주주, 죽어."

자신을 에워싼 수많은 시선에 움찔거리며, 『내가 이 부대 담당이니까 퇴치할게요. 이미 파고들면서 전초전은 끝났거든요. 각오해주세요(의역)』라고 말하는 회그니.

이에 대한 파벌연합의 반응은, 참극이었다.

"으아악, 이 자식 뭐야!"

"갑자기 뭐라고 하나 했더니 맛이 간 놈이야!"

"야 야 뭐라고 하는지 모르겠어! 저거 대체 뭔데!"

"엘프 주제에 오우거처럼 사악하게 웃고 앉았어!"

"사과해! 엘프한테 사과해!!"

"""왜 이딴 녀석이 제1급 모험자인 거야! 소름끼치게!!"""

'아, 틀렸다. 죽고 싶다.'

다크엘프의 눈가에 번뜩이는 빛이 맺혔다.

'하지마저리가그런눈으로보지마아아아아아아아아. 무리무리무리무리라고. 애초에왜역시어째서내가제1급모험자인거야주목같은거필요없어어둠에묻혀싸우고싶어, 차라리아예내가어둠이되고싶어어둠의화신이되고싶어. 불가야안돼힘들어숲에틀어박혀있을래아아이젠싫어프레이야님한테무릎베개받고싶어── 아니내가프레이야님한테무릎베개해드리고싶어.'

회그니는 힘냈다.

시선의 압력도 자신의 피해망상도 견디며 필사적으로 힘냈다.

하지만 이 못난 모습이 『거울』을 통해 오라리오에도 중계되고 있다는 사실을 떠올린 순간, 그의 정신은 균형을 잃고 산산조각이 나 파국을 맞았다. 최대급의 수치가 정신을 태워버려 한심한 도피를 결행하게 했다.

'이젠 무리…… 역시, **쓰자**.'

다시 말해 『마법』의 행사였다.

"【발검하라 마검의 왕휘】."

기사와도 같이, 혹은 얼굴을 숨기듯, 두 손에 든 검의 칼끝을 하늘로 향했다.

동시에 발밑에서 피어나는 검은색 매직 서클.

"큭──?! 영창을 막아아아!!"

그 광경에 체면도 내팽개치고 고함을 지르는 츠바키.

우스꽝스러운 연극에 넋이 나갔던 것도 찰나, 그 주문을 듣자마자 최대급의 경종을 울렸다.

회그니의 『별명』이 어디에서 비롯되었는지를 잘 아는 그녀는 조바심과 함께 허리에 찼던 단검형 『마검』을 뽑았다.

"【대가의 이성, 공물의 선혈. 연회가 끝날 그 순간까지── 살육하라】."

연주되는 단문영창. 지금부터 달려가서 벤다 해도 이미 늦었다.

그렇게 판단한 츠바키의 행동에 다른 모험자며 스미스들도 눈빛을 바꾸며 따랐다.

몇 자루나 되는 『마검』이, 헤아릴 수 없는 화살과 투검이 눈을 감은 회그니에게 날아들었다.

"【다인슬레이프】."

마법명과 폭격이 겹쳐진 것은 동시.

전개되었던 매직 서클이 찬란하게 빛나는가 싶더니 포격의 폭풍에 휩싸였다.

다크엘프의 모습까지도 지워버리고 그대로 폭광의 꽃을 피웠다.

제1급 모험자라 해도 무사하지는 못할 화력에 츠바키 부대의 멤버들이 얼굴을 팔로 가리고 마른침을 삼키며 지켜보고 있을 때—— 피어나던 폭염이 일렁거렸다.

그리고.

"끄아아아아아아아아아아아아아아아아악?!"

『소리』가 넘쳐났다.

츠바키의 귀가 전율할 정도로 일체의 자비가 배제된, 처절한 『유린의 소리』가.

"————."

말을 잃은 츠바키의 시선 너머, 부대의 일각에서 피보라가 솟았다.

쓰러지는 3명의 상급 모험자.

그 옆에 서 있던 것은 찢어진 폭염을 갑옷처럼 두르고 있는 한 명의 다크엘프.

"──여신의 신의를 저버린 역적들아. 참회를 들어주마. 대가는 네놈들의 피다."

갑자기 바뀌어버린 어조.

조금 전까지의 나약함 따위 한 치도 담기지 않은 냉혹한 눈빛.

츠바키는 기동시켜서는 안 될 『마법』이 기동되고 말았음을 깨달았다.

"【다인슬레이프】……! 회그니가 가진 『인격개변』 마법!!"

그것은 다른 이의 안색에 겁을 먹은 다크엘프가 『전사』가 되기 위한 의식이자 열쇠.

일반적인 공격마법이나 인챈트와도 다른, 술사의 내면에 작용하는 【다인슬레이프】는 레어 매직으로 꼽힌다. 효과는 말 그대로 성격도 언동도 다른 사람으로 바꿔버리는 것. 『여신제』에서 벨이 회그니에게 습격당했을 때, 동일인물인가 의심했던 이유도 모두 이 『마법』에 있었다.

그러나 한편으로는 【스테이터스】를 상승시키는 등의 효과는 전혀 없다.

어디까지나 인격에만 작용하는, 화려한 『마법』들 중에서는 매우 수수하다고도 할 수 있었다.

"또 다른 회그니로 바뀌었어……!"

하지만 정신작용에 특화된 마법은 자기암시를 넘어선 『자기개조』.

다시 말해 지금 일어난 현상은 『이상의 구현』과 같은 뜻이었다.

자기 자신을 혐오한 나머지 발현된, 최강의 자신을 소환하는 『마법』이다.

"너희의 놀란 얼굴도 이제는 싫증 났다. 자비는 내려주마. 검을 들어라. 하다못해 전사로 죽게 해주지."

——츠바키의 이마에 땀이 맺혔다.

과거 오라리오의 『암흑기』 때, 회그니는 저 『마법』으로 한 전장에서 **천이 넘는** 악의 사도를 참살했다. 츠바키는 저 『마법』의 위력을 몸서리쳐질 정도로 잘 안다.

부서져 버린 매직 서클의 빛을 흡수하며 이제는 희미한 보라색으로 요사스럽게 빛나는 두 눈을 가늘게 뜬 채, 회그니는 그렇게 선언했다.

"죽어라 어중이떠중이들. 여신의 사랑을 좀먹는 해충에게 살 가치는 없다."

찰나, 다크엘프의 몸이 살짝 가라앉았다.

순간이동으로 착각할 정도의 질주.

어둠의 그림자가 달려가는가 싶었던 다음 순간, 1개 소대가 절단당했다.

"흐——흐아아아아아아아아아아아아아아악?"

『단칼』이었다.

그의 손에 들린 저주의 검이 『참격범위』를 확장해, 단칼에 모험자들을 베어 쓰러뜨렸다.

　절망과 참격의 윤무가 시작되었다.

　망설임은 없다. 용서도 없다. 그의 전력을 방해하는 나약함의 리미터는 마법이 완전히 제거해버리고, 숙적 헤딘조차 『동포 중에서도 백병전 최강인 망할 엘프』라고 평가하는 참격의 화신이 나타났다. 그야말로 한번 뽑히면 수많은 죽음을 불러일으키기 전까진 칼집에 돌아가지 않는 마검과도 같이 피의 폭풍이 몰아쳤다.

　모험자들은 베여 쓰러졌다. 스미스들도 『마검』과 함께 파괴되었다.

　그 참격에 귀천의 차이는 없었다. 성별도 종족도 차별하지 않고, 노소를 가리지 않고, 신과도 같이 평등하게, 그저 폭군과도 같이 종언의 칙령을 선고했다.

　"외도를 자인하는 것은 나의 일이 아니다. 모두 약자임을 감내했던 네놈들의 잘못이다."

　회그니의 별명 【다인슬레이프】는 그야말로 그의 마법명을 그대로 인용한 것이었다.

　『어둠의 기사(웃음)』에서 진정한 『어둠의 전왕(戰王)』으로 변모한 그를 칭송하는, 광신적이면서도 열렬한 팬신들이 보낸 최대의 찬사.

　열 명, 그리고 또 열 명. 가속하듯 모험자들이 쓰러져간다. 무자비하고 냉혹한, 살육과 유린의 『전왕』이 된 다크엘프에게서 한 발 떨어진 위치에 선 츠바키는 떨리는 목소리로 말했다.

"……릴리돌이. 레벨 부스트인지 뭔지를 내놓으시게."

『네?』

"빨리 하게! 얼른!"

『네, 네엣!』

옛 후배의 호칭을 빌려 수정 너머에 있는 파룸 소녀를 불렀다.

당황하는 기척이 들려오는가 싶더니, 츠바키에게서 멀리 떨어진 후방에서 강한 마력이 솟아나고, 머리 위에 철퇴 같은 형태를 띤 금색 빛의 기둥이 출현했다.

"【도깨비 방망이】!"

요술사 하루히메가 보내준 레벨 부스트를 자신의 몸으로 받아, 【스테이터스】가 Lv.5에서 Lv.6에 이르렀다.

하지만 그래도 츠바키의 식은땀은 마를 줄 몰랐다.

주위에서는 자신 이외의 모든 모험자가 쓰러지고 새빨간 피에 물든 투기장이 생겨나 있었다.

"나와 목숨을 걸고 맞설 자격을 가진 것은 네놈이냐, 【키클롭스】."

"그렇고말고, 요사스러운 검이여. 네놈의 마검을 내가 부러뜨려주지."

칼날과도 같이 날카로운 회그니의 두 눈이 츠바키를 노려본다.

저것은 엘프가 아니다. 악귀나 다름없다.

농담처럼 건넨 말 속에 그런 웃음을 머금고, 이내 그것을 지우며 애도《베니시구레》를 드는 츠바키.

바람이 불어 다크엘프의 외투가 소리를 내며 흔들렸다.

궤멸 직전의 중앙부대 속에서 전왕과 대장장이가 1 대 1로 대치한다.

"숙명은 흔들리지 않는다. ——이 검이 네놈들의 묘비다."

그 순간, 두 사람의 모습이 사라지고 격렬한 검격이 펼쳐졌다.

"츠바키!"

등 뒤에서 들려온 도검의 격렬한 음향에 벨프는 목소리를 높였다.

Lv.2인 벨프는 제대로 시인할 수도 없는 검무. 칠흑의 검과 장도가 충돌했다가는 미끄러지고, 솟아나는 불꽃이 검의 궤도가 되어 그곳에 참격이 있었음을 알려준다.

잔상을 만들어내는 Lv.6끼리의 전투에 벨프는 숨을 삼키고, 다음으로는 주먹을 부르쥐었다.

'1 대 1 대결이든 뭐든 엄호해줄 수밖에 없어! 【다인슬레이프】의 『마법』에 대해선 릴리돌이한테 들었으니까! 내 마법이라면 **통한다**……!'

핀이 아는 모든 【프레이야 파밀리아】의 정보는 릴리를 경유해 공유되었다. 그중에는 당연히 회그니의 『마법』도 포함되어 있었다.

인격개변마법 【다인슬레이프】는 『또 다른 회그니』를 유지하면서 항상 마인드를 소비하고 몸에 마력을 띤다. 눈동자에 깃든 요사스러운 빛이나 몸에서 새나오는 아지랑이 같은 보라색 광채가 그것이다.

그리고 여기에 『마력』이 있다면, 벨프의 안티 매직 파이어는 그것을 불씨로 바꿔 태워버릴 수 있다.

인챈트와 마찬가지로 항상 발동될 수밖에 없는 【다인슬레이프】는 벨프에게는 절호의 표적이었다.

"【불타버려라, 외법의 업】!"

『마검』을 든 왼손과는 반대의 오른손을 내밀었다.

마인드를 쏟아부은 범위는 최대.

아무리 빨라서 정확하게 시인할 수 없다 해도, 이거라면 회그니의 이동범위를 커버할 수 있다.

지금도 츠바키와 검을 나누는 투기장 전체를 조준하며 초단문영창을 단숨에 외쳤다.

"【윌 오 위스━━━━.】"

그러나.

투웅, 하고.

지팡이로 가볍게 수레바퀴를 치듯.

날렵한 『고양이』가 땅을 박차고 달려가듯.

안티 매직 파이어가 발동되기 직전, 『준족』의 소리가 울려 퍼졌다.

다음 순간.

벨프의 오른쪽 어깨에서 **살점이 날아가고 있었다.**

"_____."

초고속의 사선이 시야를 가로지르면서 어깨의 일부를 뭉텅 빼앗아갔다.

시간의 흐름이 응축되어버린 듯한 착각 속에서, 벨프가 『기습당했다』고 인식한 순간, 도려져 나간 단면에서 선혈이 솟아나고 목에서는 절규가 터졌다.

"——끄아아아아아아아아아아아아아아아아아아아아아아아아아아악?!"

안구에 핏발을 세우며 온 얼굴로 땀을 쏟아내는 벨프. 오른팔은 망가진 인형처럼 축 늘어져버렸다.

"묘한 짓거리 하지 마라, 삼류."

그리고 목소리가 들려오는 오른쪽.

벨프가 돌아보자, 그가 있었다.

"너, 는……!"

【바나 프레이아】, 아렌 프로멜.

너무나도 쉽게 벨프의 마법을 차단해버린 모험자는 은창을 손에 들고 유유히 서 있었다.

왼쪽 어깨에만 장착된 은색 어깨받이에서 늘어진 에메랄드색 펠리스. 방어구는 그 어깨받이와 무릎 아래를 덮은 은색 사바톤뿐. 적의 공격을 받을 것을 상정하지 않은 이 장비는 『도시 최속』을 상징하고 있었다.

비지땀과 타들어 가는 듯한 고통에 낯을 일그러뜨린 벨프는, 알지 못한다.

【바나 프레이아】가 펠리스를 장비했을 때는 온 힘을 다해 투쟁에 임하는 순간이라는 것을.

"지난번에도 그랬지만, 한 방에 해치워버릴 생각이었는데."

"뭐……?"

"바로 직전에 몸을 틀었나? 나한테 한번 치이고 나서 겁을 먹었나?"

그 말대로였다.

『여신제』 때도 아렌에게 습격을 당했던 벨프의 몸은 한기를 일으키는 『준족』의 소리를 포착한 순간 무의식중에 움직이고 있었던 것이다. 그 짧은 한순간의 방어본능이 그의 목숨을 붙들어주었다.

"하지만 의미는 없지. 시간 낭비야. 냉큼 사라져라."

"크윽—— 웃기지 마!!"

적으로도 인정하지 않는, 나아가는 데에 방해되는 『단차』를 보는 것과도 같은 눈빛에 격앙하는 벨프.

하지만 타들어가는 듯한 격통을 떨치고 벨프가 고함을 지른 것도 찰나. 아렌은 순식간에 그의 눈앞에 육박하고 있었다.

그리고 시작되는 것은 처절한 은창의 난무.

"컥, 끄윽. 으아아아아아아……?!"

솟아나는 노성은 그저 허세일 뿐이었다. 아직까지 붙어 있는 것이 신기한 오른팔을 축 늘어뜨린 벨프가 할 수 있었던 일이라고는 자세를 옆으로 틀어 왼팔이 든 마검《시코우 카즈키》를 방패로 삼는 것뿐이었다. 그것은 마치 나무 뒤에 숨어 몸을 숨길 수밖에 없는 우스꽝스러운 어린아이 같은 자세. 장검형 마검으로 몸을 가린 채, 고슴도치와도 같은 연격을 그저 견뎌내고 있었다.

그럼에도 깎여나간다. 키나가시 작업복이, 피부가, 온몸이.

사라져간다. 피가, 악력이, 반격의 의지가.

마검을 쥔 왼손이, 칼몸을 지탱하는 어깨가, 방어를 뚫고 들어오는 충격에 비명을 질러댄다. 살점이 터져나가고 뼈까지 균열을 일으켰다가는 부서져 온몸이 파괴되어갔다. 노도라고밖에 형용할 수 없는 창의 찌르기가 벨프를 순식간에 궁지에 몰아넣었다.

'……안 부러지잖아.'

한편 아렌은 의아한 표정을 짓고 있었다.

몇 번이나 찌르고 뒤흔들어대는데도, 『벨프의 마검』은 부서지지 않았다. 일반적인 『마검』은 원래 소모품이다. 하지만 그것을 능가하는 것과도 같이 사용자의 『불굴』을 대변하고 있었다.

아렌의 날카로운 시선이 『단차』에서 명확한 『장애물』을 보는 눈빛으로 바뀌었다.

"그『마검』은 뭐냐?"

"……내가, 만든…… 그냥 『마검』이다……!"

아렌의 물음에 벨프는 자랑도 하지 않았다.

스미스의 긍지를 가지고 던전에서 만들어냈던 회심의 작품을, 그저 『높은 경지에 이르기 위한 통과점』이라고 고집을 부렸다.

"그냥 『마검』도 부수지 못하는 걸 보니까 너도 별거 아니구만……!!"

그리고 그런 허세를 거두지 않았다.

멈추지 않는 피를 흘리며, 넝마가 된 몸으로, 억지로 웃음을 지으면서.

그 도발에── 제1급 모험자에게 코웃음을 치는 불손한 대장장이의 모습에도 아렌은 언짢아하지도, 낯빛을 바꾸지도 않았다.

"네놈의 대장장이 실력은 다시 봐주지."

오히려 태연하게, 처음으로 벨프를 인정했다.

"하지만 **그게 전부다.**"

"──────."

그리고 벨프를 꿰뚫는 살기를 띠었다.

발밑의 포석을 차올리는 고속의 가속.

일개 스미스는 반응할 수도 없었다.

반신을 『마검』으로 감싸 『거북』이 되었던 벨프의 측면을 향해, 순식간에 도약해 발차기를 날렸다.

"커어억?!"

그것만으로도 벨프는 끝나버렸다.

아래에서 솟구치는 듯한 오른발의 발차기가 옆구리에 꽂혀, 발바닥이 지면에서 떨어졌다.

찰나의 부유감에 싸인 청년의 몸에 곧바로 왼발 돌려차기가 날아들었다.

갈비뼈가 균열로 뒤덮이고, 몸이 날아가, 포석 위를 굴러가다, 비참하게 쓰러졌다.

오기로라도 놓지 않았던 『마검』이 흘러나오는 피를 받아 붉게 물들었다.

"전에도 말했을 텐데, 삼류. 공방에 틀어박혀서 쇠붙이나 조물딱거리고 있으라고."

그것은 【이슈타르 파밀리아】를 함락시키던 날.

처음으로 벨프와 마주쳤을 때와 같이, 아렌은 혐오감을 드러냈다.

"뭘 착각하고 앉았는지. 네놈들 스미스가 전장에서 도움이 될 리가 있냐? **꼬랑지 만 개 주제에.**"

벨프가 할 수 있었던 것은 그저 1분도 되지 않는 시간 동안 그의 발을 묶어놓은 것뿐.

땅에 쓰러진 채 침묵한 스미스를 내버려 두고, 아렌은 자신의 사명을 개시했다.

"히익?! 으, 으아아아아아아아아아아아아아아아아아
아악?!"

"마……맞질 않아…… 맞질 않아아아아아아아아아아
아아?!"

혜딘의 지시에 따라, 회그니와 함께 참전한 『전차』에게
연합의 모험자들이 절망의 비명을 질렀다. 분묘 위에서 전
장을 부감하던 릴리의 낯이 새파랗게 질릴 정도로, 진형은
갈기갈기 찢겨 의미없는 것으로 바뀌었다.

"아이샤 공! 중앙부대가!!"

"빌어처먹을……! 저 괴물 자식들이!!"

좌익.

자욱하던 흙먼지가 걷히자마자, 이제는 회그니와 아렌
의 손에 철저히 파괴되고 있는 중앙부대를 보고 미코토와
아이샤는 나란히 이를 악물며 고함을 질렀다.

파벌연합의 횡대 중에서도 중앙부대는 교과서대로 가장
두터웠다. Lv.5인 츠바키를 배치하고 모험자와 스미스를
비롯해 가장 많은 전력을 동원했다. 하지만 그것이 이미
전멸 직전.

도주도 용납하지 않을 정도로 소탕되고 있는 모험자들
의 모습은 제대로 된 전쟁이라고도 할 수 없었다.

"어떻게 하죠?! 릴리 공은 중앙과 우익의 지휘만으로도
벅찬 상황입니다! 이대로는……!"

"크윽…… 중앙으로 가자! 【키클롭스】가 당하면 진짜로 끝장이야! 숨어있는 하루히메네 부대도 회수해서 그 드워프의 지원을——!"

그것은 고뇌 끝에 내린 결단이었다.

좌익도 대난전에 빠진 지금 상황에서, 중앙부대로 가려면 누군가를 최후방부대에 남겨둔 채 희생해야만 한다. 아이샤는 죄책감을 떨치고 주위에서 분전하는 바벨라들에게 『여기서 죽어달라』고, 그렇게 말하기 위해 입을 열려 했다.

"으아악?!"

"꺄아아아아아아아아아아아아아아악?!"

그러나 그 결단도 의미없는 것으로 바뀌었다.

"……?! 샬레이! 이라이자!"

사각에 있던 바벨라 중 『네 명』이 동시에 쓰러졌다.

경악하는 미코토와 함께 돌아본 아이샤의 눈에 비친 것은, 네 개의 그림자.

"쓸데없는 책략."

"가능할 리가 없지."

"당연하잖아?"

"우리가 여기 있는데."

모래색 투구와 같은 색의 갑옷.

장창, 해머, 도끼, 대검. 네 자루의 무기를 가진 네쌍둥이가 좌익부대 앞에 나타났던 것이다.

"걸리버 4형제……! 【브링가르】!!"

미코토의 건율 앞에, 입술을 조소의 형태로 일그러뜨리는 세 동생.

"【절†영】과【안티아네이라】."

"여신제 때의 재탕이네."

"또 우리한테 잡히러 왔어?"

마지막으로 동정을 보인 것은 장남 알프릭.

"프레이야 님을 위해 여기서 쓰러져줘."

"크윽――!! 사람이 우습게 보이냐!"

아이샤의 격노를 시작으로, 피투성이 아마조네스들이 함성을 질렀다.

『마검』의 불꽃이, 레벨 부스트의 빛이, 중력의 파동을 쏟아부으며 네쌍둥이가 이끄는 에인헤랴르들에게 철저 항전했다.

열세에 이은 열세.

메인 스트리트 상공에 떠 있는 『거울』이 비추는 그 전황을 멍하니 올려다보며, 민중이, 모험자들이, 혹은 신들이, 누군가가 말했다. 혹은 모두가 중얼거렸다.

이건 그냥 유린이라고.

"동포 중에서도 백병전 최강인 바보 회그니는 중앙, 기동력이 뛰어난 머저리 고양이로 마검부대를 없애고, 피해가 적은 좌익을 파룸 놈들의 연계로 붙들어놓는다…… 교과서대로라 아무 재미도 없군."

자기 진영의 신전 옥상에서 전황을 바라보며, 헤딘은 시시하다는 듯 그렇게 말했다.

제1급 모험자들을 아끼지 않고 개전 직후에 투입했더라도 이와 거의 같은 광경이 펼쳐졌을 것이다.

그러나 헤딘은 만전을 기했다.

군사를 맡은 그는 『제1급 모험자의 함락』이라는 말의 의미가 얼마나 치명적인지를 잘 안다. 회그니와 아렌, 걸리버 4형제가 쓰러질 경우 죽음을 두려워하지 않는 에인헤랴르라 해도 동요할 것이며 더할 나위 없는 사기 저하로 이어진다. 적의 지휘관도 반드시 그것을 노릴 것이다.

그렇기에 『크로조의 마검』이라는 유일한 불안요소를 충분히 배제한 이 상태에서 제1급 모험자라는 최대의 카드를 꺼낸 것이다. 릴리와 다프네가 절망할 정도로 냉혹하게.

"파벌연합의 주요 전력은 모조리 차출되었나…… 하지만 『토끼』 한 마리가 없는걸."

요정의 눈은 적진을 세부까지 놓치지 않았다.

이 대규모 난전 속에서 자신이 조련했던 백발 소년이 보이지 않는다는 사실을 간파한 것이다.

"스킬로 차지한 포격을 폭탄 대신 주요 전장에 투하한들 【안드흐림니르】가 있는 한 허사일 뿐."

이제 와서 Lv.5를 한 명 투입해봤자 기사회생의 수는 되지 않는다.

『폴크방』에서 수없이 죽었던 그 우둔한 토끼 자신이 그 것을 몸서리치게 잘 알고 있을 것이라고, 헤딘은 중얼거 렸다.

"무엇보다…… 이번 워 게임의 승리조건을 보면 그럴 수 도 없지."

오히려 이 주요 전장을 『미끼』로 삼아 '여왕'을 노리는 것 말고는 파벌연합에게 승산은 존재하지 않는다.

악마처럼 연합의 생각을 앞서 읽은 화이트엘프는 고개 를 들었다.

그가 눈을 가늘게 뜬 곳은 주요 전장에서 멀리 떨어진 섬의 양쪽 끝.

"남서쪽…… 아니면 북서쪽이겠군."

🔥

북서쪽을 달렸다.

누구에게도 들키지 않도록, 신중을 기하면서, 그대로 최 대의 속도로.

오직 혼자, 【프레이야 파밀리아】의 본진을 향해.

"릴리! 역시 나도 다른 분들과 싸우는 게……!"

『안 돼요! 벨 님은 이 틈에 프레이야 님에게 가 주세요!』

왼쪽 어깨와 등을 끊임없이 두드려대는 전장의 포효

에 ──확인할 필요도 없이 알 수 있는 아군의 끔찍한 비명에── 발을 돌리려 해도 오쿨루스에서 들려오는 릴리의 목소리가 이를 용납해주지 않았다.

『크로조의 마검』이 불을 뿜은 개전과 동시에, 나는 파벌연합과 【프레이야 파밀리아】가 맞부딪치는 『주요 전장』을 크게 우회해 섬의 북서쪽으로 돌아 들어가고 있었다.

릴리의 지시였다. 군대 규모의 전투를 미끼로 삼아 적의 본진으로 육박하라는 것이었다.

『적진에는 아직 【힐드슬레이프】와 【맹자】가 있어요!』

"윽……!"

『도시 최강의 모험자를 쓰러뜨리지 못하면 승리는 있을 수 없어요!』

릴리의 말은 옳다. 『정점』이란 그 정도의 존재다.

여신제 때, 그 굵은 팔에 단 일격을 받은 것만으로도 무릎을 꿇어버렸던 나는 그 사실을 통감하고 있다.

【맹자】가 옥좌 앞에 서서 주인을 지키고 있는 한 파벌연합은 패배할 것이다.

도시 최강의 Lv.7을 어떻게든 하기 전까지 우리에게 미래는 없다!

『그리고 【맹자】를 쓰러뜨릴 수 있는 건 벨 님의 스킬 【아르고노트】밖에 없어요!』

다이달로스 공방전 당시처럼 왼팔의 건틀렛에 달아놓은 오쿨루스를 흘끔 본 나는, 다음으로는 오른손을 보았다.

차임 소리를 울리며 이미 개시되고 있는 차지의 빛을.

『매료』에 일그러져버린『상자정원』속에서 한번은 【프레이야 파밀리아】에 몸을 담았던 내 【스테이터스】는 마스터와 다른 분들에게 고스란히 드러나 버렸다. 적의 모습을 시인한 후에 【아르고노트】를 발동해봤자 늦는다. 에인헤랴르들이 그리도록 내버려 둘 리가 없다.

따라서, 지금부터다. 최대 위력의 공격을 가하려면 적과 마주치기 전부터 차지를 시작할 수밖에 없다.

나에게 부여된 사명은『강습』.

잠복과 이동을 반복하며 적의 최대 전력—— 다시 말해 오탈 씨에게 풀 차지의 일격을 날리는 것이다.

『크로조의 마검』으로 펼친 파상공세가 허사로 돌아갈 경우 이 방법 말고는 【맹자】를 타도할 방법이 없다고, 릴리는 그렇게 결론을 내렸다.

『벨 님 이외의 전원을 희생해서, 벨 님 혼자만이라도 프레이야 님께 도달하세요! 그렇지 않고선 이 전쟁에는 이길 수 없어요!』

헤그니 씨에게 베여 쓰러져도, 아렌 씨에게 치여 죽어도, 알프릭 씨 형제들에게 파괴당해도, 마스터에게 사살당해도, 헤이즈 씨 일행을 방치해서라도, 오탈 씨를 치고 프레이야 님—— 아니, 그 사람에게 손을 뻗어야만 한다.

릴리는 지휘관의 목소리로 그렇게 호소하고, 나는 이를 악물었다.

그렇게 해야만 한다고, 울려 퍼지는 차임 소리로도 알 수 있었다.

가슴이 찢어지는 듯한 심정을 뿌리치고 적진을 향해 계속 다가갔다.

'신중하게, 빠르게! 들켜서는 안 돼!'

『주요 전장』에서 멀리 떨어진 섬의 북서쪽에도 광대한 유적의 밭이 펼쳐져 있었다.

무너져가는 건물, 대리석이 깔린 대로, 천장이 없는 거대한 주랑(柱廊). 도시유적이라는 이름에 어울리는 경관을 이용해 몸을 숨기면서, 적의 기척과 시선이 없는 것을 확인하는 대로 다음 지점을 향해 질주했다.

지금의 나는 『투명상태』.

펠즈 씨의 『리버스 베일』을 뒤집어써서 눈에 보이지 않는 상태가 되었다.

그래도 대담한 접근은 피해야만 한다.

상대는 마스터를 비롯한 【프레이야 파밀리아】. 사소한 위화감 하나라도 감지당했다간 끝장이다. 냄새를 지우는 아이템까지 써서 수인의 코에도 들키지 않도록 주의에 주의를 거듭하지만 절대 안심할 수 없다.

무엇보다도.

'차지 소리……! 상대의 진지까지 들리지는 않겠지만 접근하면 분명 들킬 거야!'

하얀 빛의 입자와 함께 수렴을 되풀이하는 차임 소리에

식은땀이 멈추질 않았다.

아무리 완벽하게 기척을 숨기는 스카우트가 있다 해도 스스로 소리를 울려대면 적에게 위치를 알리는 얼간이로 전락한다. 그리고 나는 그런 얼간이 같은 첩자가 되어 강습을 감행해야만 한다. 적을 쓰러뜨리기 위한 화력을 갖춰야만 한다고는 해도, 화력과 은밀성 사이에 발생하는 모순 때문에 어쩔 수 없이 심장 소리가 자꾸만 커졌다.

'리미트 오프…… 그랜드 벨의 소리는 절대 울려서는 안 돼……!'

거대한 종소리를 울리면 그거야말로 거리가 아무리 멀어도 즉시 들키고 만다.

적진에 침입하기 전에 에인혜랴르에게 반격당하면 단 한 번뿐인 기회는 사라지고 만다.

통상 차지로 한계까지 접근할 수밖에 없었다.

'하지만…… 정말로 마스터의 눈을 피할 수 있을까?'

아직 멀리 떨어진 곳, 자신의 진영에서 눈을 빛내고 있을 마스터의 옆얼굴이 뇌리에 몇 번이나 떠올랐다.

그 사람은 강하다. 그리고 누구보다도 머리가 좋다.

우리의 잔꾀 따위 이미 다 내다보고 있지 않을까?

그런 무서운 의구심과 싸우며, 떨리는 호흡을 억누르며 나는 지금 할 수 있는 최고속도로 나아갔다.

"……여긴……."

그리고 한층 거대한 유적에 도달했다.

과거의『원형극장』.

외벽 일부가 무너져 훤히 들여다보이는 내부에는 화분 같은 형태의 관객석과 아레나 무대가 펼쳐져 있었다. 아레나 무대의 직경은 150M 정도. 외벽을 포함한 관객석의 높이는 30M은 되지 않을까. 태고 시절, 오락이 별로 없었을 섬 내에서 수많은 사람이 이 야외극장에 찾아와 연극을 봤으리라고 상상하기는 어렵지 않았다.

무너진 채 쓰러진 빛바랜 기둥이 어딘가 애수를 자아내는 가운데, 나는 바로 시선을 떼었다.

지금은 감회에 젖을 틈도 없다. 극장을 우회해 통과하려 했다.

그때.

"하아아아아아아아아아!"

"?!"

지면을 따라 그림자가 달려오더니 머리 위에서 살기가 떨어졌다.

터져 나온 포효와 함께 칼날이 내리꽂히기 바로 직전, 창졸간에 나이프를 들었다.

"윽?!"

습격자가 내리찍은 두 자루의 칼날과《주신님 나이프》가 맞부딪쳤다.

완전히 막을 수는 없었다.

직접적인 대미지는 어떻게든 막았지만 몸에 둘렀던『리

버스 베일』이 찢겨져『투명상태』가 강제로 해제되었다. 여기서 그치지 않고 충격으로 밀려난 내 몸에 추가타 발차기. 차지를 위해 오른손을 마음대로 쓰지 못하는 것도 있어서 나는 어이없이 차여 날아갔다.

스스로도 뒤로 뛰어 위력을 반감시키기는 했지만『원형극장』으로 뛰어드는 꼴이 되었다.

크게 무너진 외벽 사이를 굴러나가, 도망칠 곳이 없는 아레나로 몰려 들어갔다.

"그렇게 차임 소리를 울리면서 안 들킬 줄 알았냐! 벨!"

"……! 반 씨!"

나를 쫓아 광대한 아레나 중앙에 착지한 하프파룸 에인 헤랴르── 반 씨가, 언젠가 그랬던 것처럼 나에게 고함을 질렀다.

'들켰다……!'

강습의 기회는 사라졌다. 작전 실패. 모든 것이 끝났다.

적은 반 씨뿐인가? 다른 단원들은? 상황을 수습할 수 있을까? 다음에 취해야 할 수는?!

잠입 행동을 간파당해 단숨에 조바심에 지배당하는 가운데, 내 낯빛을 알아차렸는지 반 씨는 내뱉듯 외쳤다.

"나 혼자다! 헤딘 님의 지시 따위 상관없어!『폴크방』에서 실컷 싸웠던 너라면 이쪽으로 올 거라고 생각했지!"

"네……?!"

"그리고 그런 네 숨통을 내가 끊어놓겠다고 결심했다!"

내 행동을 파악하고 있었다── 아니, 이곳 북서쪽에 혼자 잠입해 기다리고 있었다?!

아연실색한 나를 반 씨는 마치 배신한 동료라도 보듯 노려보았다.

"프레이야 님께 축복을 받았으면서 신의를 거부한 배신자! 오탈 님이나 간부들이 뭐라고 하시든 너만은 내 손으로 해치우겠어!"

그것은 의심할 여지도 없는 분노였으며 집착이었으며 『책임』이었다.

"그게 너를 돌봐줬던 내 의무다!"

뒤틀려버렸던 세계에서 일어난 일이라고는 하지만, 한 지붕 아래에서 살고 한솥밥을 먹은 사이다.

『세례』 속에서 몇 번이나 서로 목숨을 노리고, 때로는 조언을 받으며, 이상한 인연을 느꼈다.

허상에 불과하다 해도 나는 분명 그 20여 일 동안 그들과 같은 【프레이야 파밀리아】였다.

나를 노려보는 하프파룸의 눈이 일그러졌다. 나의 눈 또한 일그러졌다.

그리고 반 씨는 이내 그런 사소한 감정들을 떨치려는 듯 검을 휘둘렀다.

"크윽──?!"

"덤벼, 벨! 싸워!!"

반 씨의 무기, 은색 쌍검이 몇 번이나 나를 위협했다.

손을 잡지 않겠다면 없애겠다. 그런 각오를 두 자루의 검이 웅변으로 말해주고 있었다.

가슴께로 빨려 들어오려 하는 쌍검을 《주신님 나이프》로 튕겨냈다.

거부권은 없었다. 『원형극장』 내에서 과거의 『세례』를 재현하듯 나는 반 씨와 검을 나누었다.

맞부딪치는 나이프와 쌍검.

솟구치는 불꽃.

애절한 비명과도 같은 금속음.

공격이 흔들린다.

갈등이 몇 번이나 판단의 실수를 초래했다.

내가 생각했던 것 이상으로 나는 반 씨에게—— 【프레이야 파밀리아】에게 정을 품어버렸던 것이다.

"한쪽 손도 안 쓰고, 장난하는 거냐?! 언제부터 네가 날 깔볼 정도로 잘난 놈이 됐어?!"

"큭……!"

"그 차지를 써! 나한테!! 지금 네 적은—— 바로 나야!!"

붉게 물든 격앙의 목소리가 몇 번이나 뺨을 후려쳤다.

이 상황에서도 여전히 차지를 아끼고 있는 나에게 격노해, 반 씨는 진심으로 나를 죽이려 했다.

그 박력에 압도당한 내가 품은 것은 공포도, 조바심도 아닌—— 숨이 멎을 정도의 『허무함』과, 고함을 질러버리고 싶을 정도의 『슬픔』이었다.

【랭크 업】은 정말로 잔혹했다.

헤아릴 수도 없는 『세례』 속에서, 몇 번이나 싸우고, 때로는 이기고 때로는 패배했던, Lv.4인 반 씨의 움직임이, **느렸다**.

그의 공격이 손에 잡힐 듯이 보였다.

망설임을 품고 있음에도 반 씨의 쌍검을 하나하나 쳐낼 수 있었다.

【랭크 업】 이후 육체와 정신의 『어긋남』을 메우기 위해 티오나 씨, 티오네 씨와 수없이 싸웠다.

질 이유가, 없었다.

"크윽——!!"

이를 힘껏 악문 나는 한 발을 내디뎠다.

그것으로 끝이었다.

눈을 크게 뜬 반 씨의 품에 파고들며, 나이프를 칼집에 담은 왼손 주먹으로, 후려쳤다.

"커어억?!"

애수와 감상 같은 것을 모조리 태워버리듯, 나는 고함을 지르고 있었다.

"【파이어볼트】!"

복부에 꽂힌 왼쪽 주먹에서 터져 나오는 포성.

뿜어져 나간 염뢰가 반 씨의 몸을 불태우고 날렸다. 반 씨는 완만한 포물선을 그리며 관객석 한 곳에 처박혔다.

"…………베, 에에엘…………!"

하프파룸의 등이 돌계단에서 떨어져, 앞으로 쓰러졌다.

입가를 피로 적신 반 씨는 떨리는 오른손을 내 쪽으로 내민 후, 풀썩 쓰러져 의식을 잃었다.

"크윽······."

나는 숨을 헐떡이지도 않았다.

그 싸움은 1분도 걸리지 않았다.

Lv.5와 Lv.4──── 그 숫자가 전부였다.

이제 막 올라간 『제1급 모험자』라는 경지를, 하필이면 이런 형태로 실감하다니.

"여기 있었군."

하지만.

"────────."

그 1분도 되지 않는 시간은 『최강』을 이 장소에 부르기에는 충분한 시간이었다.

"독단이었나, 반. 하지만 덕분에 찾을 수고를 덜었다."

무언가가 아레나에 내려서는 소리.

누군가의 무거운 목소리.

호흡을 멈춘 나는 천천히 돌아보았다.

녹슨 색깔의 머리카락과 눈동자, 그리고 바위산 같은 압도적인 거구.

두 손에는 두 자루의 대검, 등에는 더 거대한, 검은색 덩어리라고 해야 할 만한 검.

모험자의 『정점』에 군림하는 그 보어즈를 보며, 갈라진 목소리가 입술 사이에서 새나왔다.

"…………오탈 씨."

주요 전장에 참전하지 않았던 『도시 최강』은…… 처음부터 나를 찾고 있었나?

풀 차지에는 아직 미치지 못했다. 애초에 들켜버린 지금은 허를 찌르는 강습이 성립되지 않는다.

얼음 조각상처럼 굳어버린 몸에서 체온이 사라져간다. 오쿨루스 너머에서 얼어붙은 릴리의 숨소리가 전해졌다.

이번에야말로 계획의 실패, 작전의 파국, 유일한 승산의 소실──.

우리의 뇌리를 가득 메운 것은 『절체절명』이라는 네 글자였다.

"……."

원형극장 중앙에서 얼어붙은 그런 나를, 오탈 씨는 말없이 시선으로 훑었다.

오른손에 수렴되고 있는 빛의 입자를 보는가 했더니, 눈을 슬쩍 가늘게 떴다.

그리고, 던졌다.

오른손에 들고 있던 대검 한 자루를, 내 눈앞에.

"……?"

쿠웅 소리를 내며, 대검이 손을 뻗으면 닿을 거리에 꽂혔다.

나도 모르게 빤히 바라보고 말았다.

소박한 미스릴제 대검. 그곳에 담긴 날카로움과 강도는 진짜. 부정할 수 없는 제1등급 무장이었다.

공격이 아니었다. 위협조차 아니었다.

마치 『무기를 던져준』 것과 같은 기묘한 행위에 내가 당혹감을 거듭하며 움직이지 못하고 있으려니, 오탈 씨가 입을 열었다.

"들어라."

"……네?"

"들라고 했다."

그 대검을.

짧게 들려온 말에, 나는 눈을 크게 떴다.

"전력으로."

맹자가 말했다.

"전력으로 덤벼라."

그야말로 왕의 관록을 보이며, 그렇게 선언했다.

"일격만 허용하마."

나를 시험하듯.

혹은 가늠하듯.

"너의 모든 것을 걸고 덤벼봐라."

『벨 크라넬의 전력을 받아치겠다』고, 그렇게 말하고 있었다.

"크윽……?!"

말문이 막혔다.

진심이다. 진심으로 하는 말이다.

시선 너머의 보어즈는 우리의 노림수 따위 모두 알아차렸으면서도『덤벼라』라고, 그렇게 말하는 것이다!!

'함정일 가능성은, 없어……! 애초에 함정을 팔 이유가 없어!'

상대의 정체는『최강』. 정면에서 공격하기만 해도 나를 땅바닥에 가라앉혀버릴 수 있다.

눈 깜빡할 사이에 없앨 수 있는 몇 수 아래의 모험자를 상대하는데 책략을 꾸밀 의미 따위 존재하지 않는다.

그러므로, 이것은【맹자】의 풍격(風格).

여신의 최강 권속으로서 나를 시험하려는 것이다.

──『무인』.

그 한 단어가 머릿속을 지배했다.

『베, 벨 님……!』

오쿨루스에서 떨리는 목소리가 울려 퍼졌다.

릴리도 동요하고 있다. 그러면서 호소한다.

더할 나위 없는 천재일우의 기회.

놓칠 수는 없다. 적이 내민 당근이라고는 하지만 달려들지 않을 수 없었다.

이 기회를 놓치면 나는 순식간에 짓밟히고 만다.

반대로, 여기서 오탈 씨를 쓰러뜨릴 수 있다면 승산이 단숨에 커진다.

"……크윽!!"

나는 들고 있었다.

자신의 오른손으로, 눈앞에 꽂힌 은색 대검을.

"【파이어볼트】!"

그대로 왼손에서 염뢰를 발사해 미스릴제 검신에 꽂았다.

그리고 곧바로, 오른손에만 차지하던 백색 빛의 입자를 대검으로 전파시켜나갔다.

확산되어야 할 불꽃을 은색 덩어리에 붙들어놓고, 탐욕스러울 정도로 힘을 증폭시켜나간다.

듀얼 차지.

그리고 차지 범위의 변경 및 확장.

미리 차지해두었던 오른손에서 대검으로 범위가 넓어진 만큼 체력과 마인드가 금세 압박을 받았지만 아쉬운 소리를 할 때가 아니다.

음색은 차임에서 그랜드 벨로 바뀌지는 않는다.

이제 와서 리미트 오프를 감행하기는 불가능하다.

한번 발동해버린 차지를 캔슬하고 다시 힘을 모아야만 한다. 게다가 캔슬한 만큼의 체력과 마인드는 그대로 사라진다. 오탈 씨를 쓰러뜨린 후에 기다리고 있을 에인헤랴르들과의 전투를 생각하면 이 이상의 소모는 용납되지 않았다.

칼자루를 두 손으로 들고, 1분도 남지 않은 풀 차지까지 전력으로 집중한다.

'……정말로, 이걸 날려야 해? 보통 방법으로는 이길 수 없는 상대라고는 하지만, 풀 차지한 【아르고노트】를……!'

【아르고노트】의 파괴력은 당연히 내가 제일 잘 안다.

단시간의 차지라면 몰라도, 힘을 극한까지 높인 참격은 어떤 적도 흔적조차 없이 소멸시켰다. 벨 크라넬은 이『스킬』로 몇 번이나 Lv.의 차이를 뒤집었다.

주신님은 말했다. 이것은 역전의 힘이며『영웅의 일격』이라고.

그런『극대의 일격』을, 맨몸의 모험자에게 날린다고……?

나는 전방에 서 있는 보어즈를 보았다.

몸에 두른 방어구는, 놀랍게도 **경장.**

왼쪽 가슴과 손등, 이마 등, 중후해보이는 두께와는 달리 한정된 부위만을 방어할 뿐이었다. 저런 방어로는 풀차지의 참격을 다 막지 못해 목숨을 잃고 말지 않을까?

적은 도시 최강의 모험자.

방심해서도 안 된다. 손속에 사정을 봐줘서도 안 된다. 어리석은 억측조차 용납되지 않는다.

하지만, 그래도——.

마음속에 생겨난 망설임이 전력 일격에 대한 망설임을 환기시켰다.

하지만 그런 내 우려를 불식하듯.

오탈 씨는—— **영창을 개시했다.**

"【은월의 자비, 황금의 평원. 이 몸은 전쟁의 왕으로 배명을 받을진대】."

울려 퍼지는 영창에 눈을 한껏 크게 떴다.

"【질주하라, 여신의 신의를 신고——】."

단문영창.

얼마 안 되는 시간을 거쳐 완성된 주문과는 달리, 무시무시한 마력이 해방되었다.

"【힐디스 비니】."

내 눈을 불태우는 황금색 빛.

황혼의 색과도 비슷한 광채가 【맹자】의 검에 집속되었다.

"아앗……?!"

그 광채에 눈을 가늘게 뜨고, 다음 순간 나는 숨을 멈추었다.

무기가 빛을 띠며 『황금의 검』으로 변하고 있었다.

대검의 표면을 뒤덮은 격렬한 마력광은 숫제 종말의 불꽃 같았다. 그것은 칼날이 비대해졌다고 착각할 정도의 광량이었으며, 무기가 황금색 멧돼지의 모피를 뒤집어쓴 것 같기도 했다.

그 심상찮은 마력의 고양감은…… 설마 【아르고노트】와 같은?

아니—— 순수한 『초강화』?!

『저것이 핀 님이 말씀하셨던 오탈 님의 마법……? 같은 Lv.7 **모험자**를 꺾었다고 하는 황금의 광채……!!』

눈앞이 아찔해지는 금색 광채에 릴리가 수정 너머에서 전율해 중얼거렸다.

차지를 거치지 않은 『힘의 증폭』.

불확실하다고는 하지만 릴리에게서 사전에 들었던 정보와 조합해, 나는 그렇게 짐작해보았다.

단순히 힘을 덧씌운 것.

그리고 단순하기에, 어마어마한 『힘』을 가진 오탈 씨와 합쳐지면 그것은 분명 상상을 초월하는 『필살』이 된다.

피부를 타고 흐르는 식은땀을 느끼며, 나는 그때 완전히 망설임을 버렸다.

그렇게 결단할 만큼 『황금색 검』에 담긴 힘은 규격이 달랐다.

"…………."

"…………."

차지가 진행됨에 따라 시위가 팽팽해진 발리스타와도 같이 천천히 자세를 잡아나갔다.

두 손으로 대검 자루를 쥐고, 몸을 낮추고, 반신세로.

마치 거울처럼 오탈 씨도 같은 자세를 취했다.

주어진 것은 쌍검 중 하나, 한 쌍이 되는 대검.

무기의 조건은 호각. 우열은 없다.

승패를 가르는 것은 완력과 마력을 곱한, 순수한 파괴력.

흰색과 금색 광채.

으르렁거리는 불꽃과 날뛰는 광채.

검에서 새어 나와 범람하는 힘의 파동이 원형극장을 가득 메웠다.

릴리가 마른침을 삼키며 보고 있다.

『거울』을 통해 도시에 있는 사람들도, 아이즈 씨도, 분명.

전장에서 싸우지 않는 모든 이의 시선이 우리에게 집중되고 있음을 피부로 느낀 나는 검의 굵은 자루를 움켜쥐었다.

그리고 마침내 『그때』가 왔다.

5분.

Lv.5에 이르러 확장된 차지 시간을 거쳐, 계속 울려대던 종소리가 임계에 이르렀다.

"——아아아아아아아아아아아아아아아아아아아아아아아아아아아!!"

질주했다.

혼신의 힘을 담아.

성화가 맺힌 대검을, 오른쪽 어깨 위로 치켜들고, 눈앞을 가로막은 『최강』에게 약진했다.

오탈 씨는 움직이지 않는다. 무시무시할 정도로 미동조차 하지 않는다.

그야말로 바위가 되어 내 돌격을 정면에서 노려본다.

동요, 공포, 전율.

그러한 모든 것들을 떨치며, 불꽃의 포효를 토해내며, 나는 『성화의 일격』을 해방시켰다.

"아르고 베스타!!"

전심전력.

Lv.5에 이른 벨 크라넬이 펼칠 수 있는, 틀림없는 최강의 일격.

그 필살 앞에 대검을 든 보어즈는——— 울부짖었다.

"우오오오오오오오오오오오오오오오오오오오오오오오
오오오오오오오오오오오오오오오!!"

목소리만으로 나를 밀어낼 것 같은 포효로, 상상도 못할 『괴력』을 해방했다.

머리 위로 들었던 『황금의 일격』이 『성화의 일격』과 충돌했다.

그리고.

"————————————————————
——————크으윽?!"

터무니없는 충격, 섬광, 그리고 굉음.

맞버틴 것은 겨우 눈을 몇 번 깜빡일 정도의 시간.

타오르는 성화를 황금색 빛이 받아내는가 싶더니, 거의 동시에 양측의 대검이 한계를 맞아 **자루 위에서 전부 분쇄되고**, 나와 오탈 씨는 뒤로 날아갔다.

"커어억?!"

봇물이 터진 것처럼 거대 아레나를 가로질러 등을 대리석 벽에 부딪혔다.

등을 부딪혀 석벽이 부서지고 폐에서 공기가 빠져나갔

다. 비유가 아니라 말 그대로 대극장이 뒤흔들리며 비명을
질렀다. 벽과 객석에 균열이 일어나고 석판이 흙먼지를 일
으켰다.

내 착각이 아니라면, 도시유적 전체에서 모든 소리가 사
라졌다.

마치 우리가 펼친 일격의 충돌에 모험자와 에인헤랴르
들이 움직임을 멈추고 숨을 죽인 것처럼.

"콜록, 커헉…… 크아아아……?!"

자루만 남은 대검을 손바닥에서 떨어뜨리며, 온몸을 엄
습하는 필살의 반동에 고통스럽게 신음했다.

충격 탓에 두 손의 경련이 가시지 않는 가운데, 고개를
들었다.

흙먼지 너머.

걷혀가는 연기 속.

호흡을 떨며 반쯤 기도하는 심정으로 바라보고 있으려
니……『그림자』가 모습을 드러냈다.

"……비겼군."

낮고 짧은 목소리.

그 사람은 서 있었다.

굵디굵은 두 다리로, 포석이 깔린 무대에 두 줄기 파헤
쳐진 선을 그리면서, 등 뒤의 벽에 부딪친 자세로.

무너진 석벽에서 거대한 등을 떼어내며, 오탈 씨는 천천
히 이쪽을 보았다.

"아니…… Lv을 감안하면 네 일격이 나를 웃돌았겠지."

순수한 찬사.

힐디스 비니를 상쇄한 아르고 베스타를, 가늘어진 녹슨 색깔의 두 눈이 칭송한다.

그 칭찬과는 달리 내 얼굴은 창백하게 물들었다.

비겼어? 상쇄? 【아르고노트】가?

저거노트의 발톱도 이겼던『아르고 베스타』가?!

"좋은 일격이었다…… 그러나."

나의 전력은 처음이자 마지막 기회를 놓쳤다. 【맹자】를 쓰러뜨리기에는 이르지 못했다.

성화에 달구어진 몸에서 연기를 뿜으며, 그러나 유유히, 대미지 따위 느껴지지 않는 모습으로, 보어즈 무인은 걸어왔다.

"나누었던 약정은 일격뿐."

무참한 잔해로 변한 대검의 자루를 내팽개치고, 등에서, 눈을 의심할 만한『흑대검』을 뽑아들었다.

건틀렛에 달린 수정이 무언가를 외쳐댄다.

분명 도망치세요, 빨리, 그렇게 말하고 있겠지.

하지만 전율에 사로잡혀 움츠러든 나는 이미 이해하고 말았다.

등을 돌렸다간, 죽는다.

도주는 용납되지 않는다.

여기서, 저『최강』과 죽을 때까지 싸울 수밖에 없다.

"여기서부터는── 단순한 투쟁이다."

원형극장이, 자비 없는 멧돼지의 사냥터로 변했음을, 나는 깨달았다.

참격이 번뜩인다.

은색 검광과 칠흑의 검광이 격렬한 응수를 나눈다.

"크아아아아아아아아아아아아아아아아아아아아아아아아!!"

짐승과도 같이 포효를 터뜨리는 것은, 츠바키.

옷이란 옷이 모두 베여, 이미 상반신은 사라시 한 겹밖에 남지 않은 채 하프드워프 여성은 여전히 부르짖고 있었다. 두 손으로 든 장도를 휘둘러 무시무시한 검격을 몇 번이나 튕겨내고는 반격을 시도했다.

수라로 변한 애꾸눈 스미스와 대치하는 자는, 회그니.

몸에 걸친 외투가 갈기갈기 찢긴 다크엘프의 안광에는 두려움도 조소도 없었다. 승화의 금색 광채를 온몸에 받으며, 자신을 베어 쓰러뜨리고자 하는 여성을 강적이라 인정하고, 자신도 전왕의 위풍으로 정면에서 상대하고자 했다.

은색과 칠흑색, 금색과 보라색. 무기와 마법의 잔광이 교차하며 궤적을 그렸다.

전장 속에서도 에인헤랴르와 모험자들이 입을 다물지

못할 정도로 차원이 다른 교전을 펼치며, 두 사람의 투쟁은 점점 격렬해졌다. 그리고.

"타아아아아아아아아아아아아아아아아아아아앗!!"

"하아앗!!"

결판의 일격이 펼쳐졌다.

한쪽은 칼집을 내팽개치고 날린 혼신의 우상단 대각선 베기.

한쪽은 교차하듯이 휘두른 초고속 올려베기.

카타나와 검을 마주 휘두른 츠바키와 회그니가, 서로 위치를 바꾸어, 몇 초의 존심을 보이고.

"크윽——!!"

어깨에서 선혈을 뿜는 회그니.

베여진 왼쪽 어깨에 눈을 가늘게 뜨고, 전장의 바람에 외투를 펄럭인다.

"———크, 헉."

패배를 깨달은 것은, 츠바키.

비스듬한 검광에 베인 몸에서 피를 뿜고, 사라시까지 갈라진 가운데, 몸이 땅을 향해 기울어졌다.

한데 묶었던 검은색 장발까지 풀려 부챗살처럼 펼쳐진 것과 동시에, 제한시간을 맞은 것처럼 레벨 부스트의 빛이 사라졌다.

"……자랑해도 좋다. 【키클롭스】. 네 일격은 내 목숨을 위협했다."

검을 오른손에 든 채 돌아본 회그니가 말했다.

옆으로 쓰러진 츠바키도, 안대를 하지 않은 오른쪽 눈만을 움직여 그를 돌아보았다.

"그러나 이 《빅팀 어비스》는 『전열학살자』…… 네놈이 이르게 되는 결말도, 다른 검사들과 마찬가지로 마검의 먹이."

회그니의 애검이자 제1등급 무장 《빅팀 어비스》.

어떤 주술사가 제작에 관여한 커스 웨폰이기도 하며, 대가와 맞바꾸어 발현되는 능력은——『참격범위 확장』.

대인전에서는 시력이 뛰어난 검사일수록 간격을 잘못 파악하게 만들며, 1대 다수의 싸움에서는 수많은 적을 단숨에 베어버리는 것도 가능한, 타고난 '소드 머더(살육속성)'. 제1급 모험자 중에서도 최상급의 백병전 능력을 가진 회그니가 휘두르면, 1 대 1의 싸움도 조직의 싸움도 모두 제압해버릴 수 있는 마의 검제로 변한다.

"이, 놈……."

수많은 무기를 보아온 츠바키도 간파하지 못했던 칠흑의 마검 빅팀 어비스의 궤적은 갈색 피부를 몇 번이고 갈랐으며 수많은 상처를 입혔다.

레벨 부스트라는 반칙 기술로 끌어올렸던 【스테이터스】로도 회그니의 검을 넘어설 수는 없었다.

"이러, 니까…… 네놈들 상대는, 사양하고 싶었던 거다……."

미안하게 됐네, 주신님—— 벨식이.

눈을 감기 직전, 자신의 주신과 이미 쓰러진 청년에게 사죄의 말을 속삭였다.

파벌연합의 최강 전력인 Lv.5 마스터 스미스가 쓰러지면서 형세는 단숨에 기울어졌다.

"【키클롭스】……!"

패배한 츠바키의 모습에 다프네의 얼굴에서 핏기가 사라졌다.

안 그래도 크게 열세였던 파벌연합의 사기는 더할 나위 없을 정도로 떨어졌다.

중앙부대에 있던 츠바키—— 제1급 모험자급 전력의 함락은 그만한 의미를 가진 것이었다.

"야, 이거 어떡하지?!"

"이젠『마검』도 없어!"

"【바나 프레이아】가 스미스들을……!"

파티 단위로 뭉쳐있던 보르스가, 오우카가, 치구사가 잇달아 비명을 질렀다.

그들의 말대로 아렌이 종횡무진 달리며『크로조의 마검』을 가진 자들을 우선적으로 사냥하고 있었다. 우익, 중앙, 좌익, 배치 따위 상관없었다. 고속의 다리로 거리를 무시한 채 남아있는 【헤파이스토스 파밀리아】의 스미스와 리빌라 마을의 모험자들을 하나하나 쓰러뜨렸다.

부지휘관을 맡은 다프네조차 타개책은 고사하고 방침조차 세우지 못하고 있었다.

사고정지 직전까지 몰린 상황에서──『전왕』은 가차 없이 그녀들 앞에 나타났다.

"다음 공물은 네놈들인가."

"큭……?! 【다인슬레이프】!"

츠바키를 벤 회그니가 다음으로 정한 표적은, 다프네 부대.

파티의 체제를 간신히 유지했던 그녀들이 지금의 최대 위협──그것도 개미 정도에 불과한 불안요소──이라 보고, 회그니는 숫제 진지하게, 헌신적일 정도로 이 우익의 전장까지 걸어온 것이었다.

"다, 다프네에……?!"

파티 중앙에 서 있던 카산드라가 죽을 때를 깨달은 환자처럼 낯을 창백하게 물들였다.

힐러인 그녀를 반사적으로 등 뒤에 감싸기는 했지만, 이제 이런 일은 무의미하다고, 다프네는 남의 일처럼 생각하고 있었다.

무겁고 끈적거리는, 피가 섞인 땀이 소녀의 이마에서 흘러내렸다.

"야, 야?! 이거 어떡하지, 【라우루스 푸가】?! 어떡하면 좋으냐고! 빨리 뭐라고 말 좀 해봐아아!"

전장에서 제1급 모험자와 대치한다는 『절망』을, 이 자리에서 그 누구보다도 잘 아는 보르스가 공황에 빠지기 직전의 목소리로 외쳐댔다. 그가 대놓고 도망치지 않은 것은 다프네와 마찬가지로 무의미함을 잘 알기 때문이다.

"다프네 씨……!"

"【라우루스 푸가】!"

활을 든 치구사가, 파티의 그 누구보다도 앞에 서서 배틀액스 《코고우(皇剛)》를 쥔 오우카가 지휘관의 결단을 기다렸다.

'그러지 마. 난 그렇게 잘난 지휘관이 아니라고——.'

다프네의 의식이 심장 고동소리에 묻히려 했다.

'【브레이버】처럼 기사회생의 한 수 같은 걸 떠올리진 못해——!!'

다프네의 마음이 온갖 책무를 포기하고 싶다는 충동에 지배당했다.

'——하지만, **릴리루카는**.'

그리고 다프네의 의지는.

최후의 최후에 어떤 소녀의 옆얼굴을 떠올리며 제자리를 지켰다.

'아무리 최악의 상황에 빠져도 도망치지 않았지…….'

뇌리에는 『원정』에서 보았던 온갖 광경이 떠오르고 있었다. 강화종 모스 휴지, 계층 터주 암피스바에나, 잇달아 앞을 가로막는 온갖 가혹한 시련.

그러한 절망 속에서 릴리는 조그만 몸을 떨면서도 계속 싸웠다.

다프네가 『스승』 같은 짓을 하며 길러낸 소녀는 절대 도망치지 않았다.

'……그럼 할 수밖에 없잖아.'

진짜 다 싫어.

그런 소리를 마음속으로 토해내며, 다프네의 두 눈은 힘을 되찾았다.

그것은 소녀에게는 영원한, 세계에게는 겨우 한순간에 불과한 갈등이었다.

하지만 그 한순간 사이에 다시 『위협』의 냄새를 다시 풍기기 시작하는 다프네를 보며, 회그니는 자신의 예상이 옳았음을 깨닫고 두 눈을 가늘게 떴다.

"저항하는가. 그것도 좋지. 그렇다면 나는 지금부터 네 놈들을 『적』으로 인정하겠다. 꼼꼼히, 면밀히, 빈틈없이…… 철저히 사냥해주마."

전왕에게 방심은 없었다.

제아무리 몇 수 아래의 상대라 해도 칠흑의 마검은 몰살을 이룬다.

파고들 틈조차 보이지 않는 다크엘프를, 다프네는 노려보듯 바라보았다.

그의 손에 들린 칠흑의 검, 흔들리는 검은색 망토, 완전히 발동된 『자기개변마법』──.

적의 모든 것을 관찰하고, 온갖 정보를 취합한 지휘관이 마지막으로 노려본 것은…… 지금도 자신들에게 향하고 있는 검의 칼날이었다.

"……."

눈을 감는다.

허리에 찬 푸른색 수정을, 모든 것을 맡기겠다는 듯 가
만히 쥐었다.

"다들 부탁해."

이윽고, 눈을 뜬 다프네가 말한 것은 폭군과도 같은 『최
악의 명령』이었다.

"베여줘."

"크윽──?!"

"아이샤 공!!"

가공할 검극의 소리에 이어 아마조네스 여걸의 신음과
휴먼 소녀의 비명이 교차했다.

""끝났어.""

아이샤의 시야를 짓이기듯 밀려드는 해머와 도끼.

걸리버 4형제의 차남과 삼남, 드바린과 베링의 필살연계
였다.

방어도 회피도 용납되지 않는 퇴로봉쇄. 좌우 대각선 전
방에서 일사불란한 움직임으로 펼쳐져 아이샤를 가차 없
이 파괴하려 들었다.

""──근데 또 가로막히는군.""

그 직전, 장남 알프릭과 사남 그레르가 진저리난다는 듯 말했다.

마치 네 개의 시야가 공유되고 있는 것처럼, 아이샤를 해치우려 하던 드바린과 베링이 뒤로 뛰어 물러났다.

그 직후, 4형제가 있던 장소에 작열하는 가공할 『뇌격』.

"나자 공……! 고맙습니다!"

"쳇, 저 녀석만 없었으면 몇 번은 죽였을 텐데!"

사출되어 생겨난 크레이터 중앙에 박힌 것은 『크로조의 마검』, 사브르 타입.

환호한 미코토는 재빨리 사브르 타입 『마검』에 달려들어 걸리버 4형제를 향해 휘둘렀다.

"또 못 죽였어."

"이게 몇 번째야."

"열하고도 한 번."

"다른 모험자는 전부 깎여나가고 있는데【안티아네이라】하고【절†영】이 버티는군."

4형제는 푸념과도 같은 발언을 이어나가며, 자신들을 쓰러뜨릴 수 있는 유일한 벼락—— 강대한 마검의 화력을 크게 회피했다.

도시유적 서부, 『주요 전장』의 남동쪽.

파벌연합의 좌익부대는 아직까지 전멸하지 않고 있었다.

도시에서 관전하는 신들이 에누리없이 건투를 칭송할 정도로, 【브링가르】4형제가 이끄는 에인헤랴르의 맹공을 막아내고 있었다.

그 이유는 주의 깊고 누구보다도 겁이 많은 『아처』가 있기 때문이었다.

"너무 빨라……! 내 실력으로는 못 맞혀!"

아이샤와 미코토의 후방, 계단형으로 늘어선 10M 정도의 주랑 꼭대기에 자리를 잡은 나자는 비명에 가까운 목소리를 내며 등의 화살통에서 새로운 화살——『마검』을 롱보우의 시위에 메겼다.

『크로조의 마검』을 이용한 장거리 사격.

제1급 모험자도 견제할 수 있는 저격이 아이샤와 미코토, 좌익부대의 목숨을 이어주고 있었던 것이다.

"상대를 노리면서 아군에게도 『마검』을 **보급한다**……! 이런 전술이 있었다니!"

"우연도 이런 우연이 없지만! 그 파룸도 슬슬 익숙해지고 있을 무렵이니까! 『마검』을 빼앗기지 않도록 주의해!"

나자가 쏜 것은 화살과 비슷한 형태의 사브르 타입 『마검』.

목표에 명중하거나 지면에 꽂히면 폭격이 발생한 후, 표적이 되었던 적이 뒤로 물러났을 때 아이샤나 미코토가 이 『마검』을 뽑아 『보급』하고 있었다.

지원과 동시에 이루어지는 무장보충.

이렇게 좌익부대는 아슬아슬하게, 정말로 아슬아슬하게 전선을 유지하고 있었던 것이다. 아이샤도 이 엄호가 없었더라면 순식간에 당했을 거라는 자각이 있었다.

나자에게서 보급된 『마검』을 들고 미코토 일행은 과감하게 알프릭 형제에게 포격을 퍼부었다.

"시앙스로프! 오기로라도 아이샤를 지켜!"

"에인헤랴르 놈들은 우리 바벨라가 막을 테니까! 으랏차 아아아아아아!"

나자는 아이샤와 미코토의 엄호에 집중하고 있었다. 다시 말해 걸리버 4형제를 상대하는 것이다.

다른 적── 귀찮은 아처를 없애려 하는 에인헤랴르는 아이샤를 흠모하는 바벨라들이 죽을 각오로 상대하고 있었다. 그녀들 덕에 나자는 불안정하기 짝이 없는 천칭 위에서 엄호에 전념할 수 있었다.

자신도 몇 번이나 주랑을 이동하면서 적극적으로 저격 지점을 바꾸고 있었다.

"좋은 스나이퍼가 있군."

"게다가 주의 깊어."

"헤딘의 계획이 일부 꼬였는걸. 쌤통이다."

"지금 제대로 발 묶여 있는데 좋아할 때냐."

여유를 보이면서도 걸리버 4형제 또한 나자를 솔직하게 칭송했다.

【프레이야 파밀리아】의 작전은 『크로조의 마검』을 충분히 소모시킨 후 섬멸전에 나서는 것.

그것이 나자의 임기응변 덕에 약간의 차질을 빚고 있었다.

예비부대를 제외한 모든 부대가 화끈하게 ──헤딘의

유도대로── 마검을 난사하던 가운데 나자만은 『마검』을 쓰지 않았다. 릴리가 명령했던 『마검』의 정밀사격이라는 카드를 독단으로 포기하고, **보신에 힘썼던 것이다.**

"이 『마검』이 생명줄이잖아……? 그렇게 쉽게 놓을 수 있을까? 난……! 전에 경솔한 행동을 하다가 팔을 잃어버렸으니까……!"

6년 전, 모험자에서 은퇴한 나자 에리스이스는 항상 『보험』을 들어놓으며 싸웠다. 던전 탐색 중에 실수를 저질러 몬스터에게 한쪽 팔을 먹혀버렸던 트라우마는 그녀에게서 몬스터와 싸울 용기를 앗아갔다.

그와 동시에 그녀를 현명하고 억척스럽게 만들었다.

'괜찮아. 나는 내 분수를 알아. 난 미코토와 아이샤를 도와줄 뿐. 그러니까 침착해……!'

땀을 뻘뻘 흘리는 나자는 화살통에 욱여넣은 『마검』의 잔탄을 항상 계산하며, 결코 욕심을 부리지 않고 지원에만 집중했다.

그녀는 자신이 제1급 모험자를 쓰러뜨릴 수 있으리라고는 전혀 생각하지 않았다.

자신이 영웅이 될 수 있으리라고는 조금도 생각하지 않는다.

그런 나자이기에 좌익부대를 살려놓을 수 있었던 것이다.

과거의 수치스러운 경험이 지금, 결과적으로 동료의 위기를 구해주고 있었다.

"하지만 이래봤자 결국 언젠가는 당해…… 결과가 뻔해!"

그리고 이것이 단순한 발버둥에 불과하다는 것을 나자는 올바르게 이해하고 있었다.

모든 『마검』을 다 쓰면, 걸리버 4형제는 가차 없이 반격에 나서, 아이샤도 미코토도 나자도 갓난아기의 목을 뒤틀듯 손쉽게 해치워버릴 것이다. 그들은 무리하지 않고 균형이 무너지기를 느긋하게 기다릴 뿐이다.

나자의 옆얼굴에 씁쓸한 체념의 빛이 어렸다.

8 대 2.

현재 워 게임의 형세를 시각화한 숫자.

그것도 파벌연합에게 보너스에 보너스를 얹어준 후의 비교.

도시에 있는 신들이 입을 다문 채 조용히 지켜보는 가운데, 시민들은 여전히 이어지는 단순한 유린에 낯을 창백하게 물들이고 있었다. 일방적인 싸움은 성원의 의지조차 꺾어버렸다. 선전이라고는 할 수 없는 저항이 국소적으로 발생하고 있다고는 하지만, 너무나도 큰 힘의 차이에 대부분의 시민들은 차례차례 눈을 돌려버렸다.

실제로 싸우는 모험자들은 민중과는 비교도 할 수 없는 절망을 맛보면서, 그래도 저항했다. 이제는 숫제 오기였다. 적은 너무나 말도 안 될 정도로 강했으며, 대드는 것이 어리석게 여겨질 정도였으므로 하다못해 한 방 먹여주기라도 해야겠다고 눈에 불을 켰다. 찰과상이라도 좋으니 최대한 열 받게라도 만들어주자, 상대가 낯을 찡그리게 해주자며. 【프레이야 파밀리아】는 이제 한 바퀴 돌아 모험자들이 역정을 낼 만큼 강대했다. 그들은 그야말로 '강인한 용사', 에인헤랴르였다. 싸우기 전에 그렇게나 겁을 먹었던 것이 이제는 아무래도 좋다고 여겨질 정도였다.

그리고 무엇보다, 눈앞의 아니꼬운 놈들이 울상을 짓게 **해주고 싶었다.**

왜냐하면 아직 파벌연합의 『히든카드』는 죽지 않았으므로.

똑똑한 모험자들은 자신들이 『미끼』임을 이미 알고 있었다.

지휘관이 자신들을 이용해, 위장으로 삼아, 그 『흰토끼』를 여신에게 보냈다는 것을.

그러므로 거미줄보다도 훨씬 가느다란 승산이라 해도 아직 희망은 남아 있다.

남아있을 거라고, 그렇게 스스로를 타일렀다.

그러므로 모험자들은 싸우고 싸우고 또 싸웠다.

리틀 루키를 잘 아는 자들은 기염을 토했다.

아직 움직일 수 있는 아이샤가, 미코토가, 나자가, 다프네가, 카산드라가 저항을 계속하고, 하루히메는 쏟아지는 굵은 땀방울을 무시하고 노래를 이어나갔다.

그리고 싸우고 싸우고 계속 싸웠던, 그 결과.

희망을 때려 부수는『굉음』이 솟아났다.

"""" _____

_____ . """"

전장에 공백이 태어났다.

모든 이의 심장을 움켜쥐고 그 어떤 포효도 덧씌워버릴
정도로 큰『분쇄음』이 쩌렁쩌렁 울려 퍼졌다.

섬에서 싸우는 이 모두가 전투를 중단했다.

적, 아군 상관없이.

모두가 그『방향』을 바라보았다.

에인헤랴르는 숨을 멈추고.

모험자들은 창백하게 질린 채.

제1급 모험자들은 표정을 바꾸지 않고 그저 눈을 가늘게
뜨며.

파벌연합 멤버들이 **계속 들리지 않는 척했던**, 전투의 소
리가 울려 퍼지던『북서쪽』을.

"제발 그만!!"

처음에 눈물을 흘렸던 것은 에이나였다.

"제발…… 이제, 그만……!"

"에, 에이나……."

그『광경』을 비추는『신의 거울』앞에서, 의자를 박차고
벌떡 일어나.

있는 힘껏 소리를 지른 후, 두 눈에서 굵은 눈물을 흘리

며, 동료 미샤의 목소리도 듣지 않은 채 얼굴을 두 손으로 가렸다.

"우우우……!!"

피가 흘러나올 정도로 주먹을 움켜쥐고 있었던 것은 아이즈였다.

그 『전장』에 서 있지 않은 자신을 욕하며, 저주하며, 얼굴에 절망을 담았다.

다른 제1급 모험자들이 입을 다문 가운데, 곁에서 창백하게 질린 티오나만이 그녀를 이해하고 있었다.

"벨 님?!"

마지막으로 고함을 지른 것은 릴리였다.

그 『종언』에, 마침내 이성을 잃고, 지휘관의 가면에 균열을 일으켰다.

떨리는 밤색 눈이 바라본 것은 오쿨루스 너머, 『원형극장』에 서 있는 거대한 그림자.

한 무인이, 소년의 머리를 움켜쥔 채, 들어 올리고 있었다.

"…………커…………, …………어…………, …………?!"

목소리의 단편을 흘리고 있는 것은, 지금도 두개골에서 쩌적쩌적 소리를 내고 있는 소년.

그의 몸은 넝마로 변했으며, 방어구는 이미 박살이 나 사라지고 없었다.

지면에서 떨어진 다리는 갈 곳을 잃어 망가진 시계추처럼 볼썽사나웠다.

　벨 크라넬은『완전한 패배』를 맛보고 있었다.

　"……."

　침묵을 관철하는 것은 보어즈 무인.

　왼손에 흑대검을, 오른손에 소년의 머리를 쥔 채 표정 하나 바꾸지 않았다.

　녹슨 색깔의 눈동자는 지금도 여전히 넝마로 변한 소년을 보며 가늠하고 있었다.

　"망가뜨리면 못써, 오탈."

　멀리 떨어진 곳에서.

　다 허물어진『신의 집』에서 굉음을 듣고 사태의 전말을 알아차린 미의 신은 턱을 손으로 괸 채 눈을 감으며 말했다.

　그 얼굴에는 웃음도, 기쁨도 없었으며 그저『당연한 귀결』을 받아들이고 있었다.

　"일어나라."

　"끄으윽?!"

　오른팔을 가볍게 휘둘렀다.

　그 아무렇지도 않은 하나의 거동으로 벨의 몸은 허물어진 잔해 무더기에 처박혔다.

　격렬한 전투의 흔적을 말해주는『원형극장』은 완전히 변모해버렸다.

　염뢰를 뒤집어쓰고 공격의 여파를 받아, 벽과 관객석은

무너지고 석판은 몇 곳이나 떨어져 나갔다.

미완의 영웅, 벨 크라넬이 온 힘을 다해 저항했다는 증거였다.

그리고 그런 격전을 말해주는 전장 속에서, 오탈은 소름 끼칠 정도로 상처 하나 없었다.

무인은 소년에게 말로 표현할 수도 없을 정도의 『절망』이었다.

"아, 으, 그으으윽…………?! 크, 으, 으으~~~~~~~~~ …………!!"

벨은 목에서 재기의 목소리를 쥐어짜냈다.

상처에서 흘러 떨어지는 핏줄기와 함께, 온 힘을 쥐어짜내, 일어났다.

루벨라이트색 눈에 핏발을 세워 더욱 붉게 만들며, 후들후들 떨리는 왼손을 앞으로 내밀었다.

"——파이어, 볼트으으!!"

허공을 내달리는 염뢰.

속공마법.

자신을 향해 달려오는 선홍색 번개의 칼날을, 오탈은 피하지 않는다.

파앙.

흑대검조차 쓰지 않고, 벌레를 쫓아내듯, 오른손으로 쳐냈다.

그것뿐이었다.

그것뿐이었지만 소년의 『마법』은 무산되었다.

"———————."

도약.

피에 물든 벨이 넋을 놓은 사이에 그 거구가 머리 위로 뛰어올랐다.

소년은 땅을 박찼다.

중상을 입었으면서도 제1급 모험자만이 펼칠 수 있는 최적의 회피행동을 보였다.

그래도 소용없었다.

굵고 무거운 두 다리가 잔해의 산을 평지로 바꿔버린 직후 손을 내밀어, 도망치려던 벨의 한쪽 발을 붙잡고, 그대로 **머리 위에서 호를 그리며** 포석 위에 패대기친다.

"으가악?!"

등부터 떨어져, 벨 자신이 지면을 분쇄하는 해머로 변했다.

어마어마한 충격.

척추를 타고 올라오는 벼락같은 고통은 이제 통각이 의미를 잃어버릴 정도였다.

제대로 소리조차 낼 수 없는 대미지의 호소가 통곡의 모습을 띠고, 눈에 비치는 푸른 하늘은 푸른 색을 잃어버렸다.

이번에야말로 벨의 의식이 끊어지려 했을 때, 가차 없는 발바닥이 복부에 내리꽂혔다.

"———————————끅."

각성.

기동.

지옥.

헤이즈의 치료가 지금은 눈물이 날 정도로 그리워지는, 아픔과 충격에 의한 강제적인 『소생』.

"일어나라."

끝나질 않는다.

상처투성이 벨의 몸에 절망 이외에는 아무것도 남지 않은 가운데, 무인의 『세례』는 결코 끝나질 않는다.

피와 눈물로 범벅이 된 소년의 얼굴을 무감정한 눈으로 내려다보며 사내는 말했다.

"기억해둬라. 그게 『흙탕물』의 맛이다."

그만, 이라고 소년이 흘린 가느다란 목소리 따위 듣지도 않은 채, 오른팔을 뻗어 멱살을 움켜쥐고, 다시 힘껏 집어던진다.

굉음과 분쇄. 토끼의 주검처럼 튕겨 날아가는 가느다란 몸과 흰 머리카락.

산산이 부서진 석벽의 잔해 앞에서, 실이 끊어진 인형과도 같이 쓰러진 벨이 지면과 입맞춤을 나누고, 그 주위로 조용히 피웅덩이가 퍼져나갔다.

그 광경을 본 에이나는 마침내 하반신에서 힘을 잃고 바닥에 주저앉아 흐느꼈다.

"…………."

요정의 눈으로 그 광경을 시인한 헤딘은, 무표정했다.

"벨‥‥‥‥‥‥."

릴리의 오쿨루스를 경유해 그 참상을 이해해버린 헤스티아는 온몸이 전부 얼어붙었다.

"——크윽!!"

"‥‥‥어딜 가게, 아스피?"

"안 물어보셔도 알 텐데요!! 쓸데없는 짓이라곤 하지 마십시오!!"

힘차게 일어난 아스피는 무표정한 헤르메스에게 등을 돌리고 빛나는 매직 아이템을 움켜쥔 채 달려나갔다.

"벨 크라넬이‥‥‥‥."

"저 꼬마‥‥‥‥ Lv.5 됐었지?"

"레코드 홀더도‥‥‥ 못 이기는 거냐고‥‥‥."

도시의 어떤 술집에서, 전쟁에 참가하지 않았던 현명한 모험자들이 망연자실했다.

『거울』의 영상을 올려다보며 모두가 공포를 품은 가운데, 한 모험자가 말했다.

"멍청아. 저 자식이 누군줄 알기나 해?"

그는 베테랑 모험자.

7년 전의 동란에서 살아남은 그 수인은 외경심과 전율을 담아 내뱉었다.

"저 자식은 **오탈이라고**."

그것이 답.

증명 따위 필요 없는 절대해.

도시 최강.

Lv.7 ──

『정점』.

조용히 경련하는 벨의 몸이 옆으로 쓰러지고, 루벨라이
트색 시야에 단 한 명의 왕을 비추었다.

"그분의 총애를 받고 있다면, 넘어서 봐라."

끝없는 『세례』에, 피눈물을 흘리는 소년은 자신의 『끝』을
깨달았다.

9장

꽃
말
을
너
에
게

© Suzuhito Yasuda

미안해…… 아냐.

미안해…… 클로에.

미안해…… 루노아.

미안해…… 류.

미안해요…… 미아.

"…………."

석제 옥좌에 앉아있던 프레이야는 눈을 굳게 감은 채 눈살을 찌푸리고 있었다.

한 손을 이마에 가져다 댄 채, 머리에 직접 울려 퍼지는 문자의 나열과 목소리에 불쾌함을 드러냈다.

'또『꿈』을 꾸고 있니?'

곁에 있는 남녀 두 명의 호위가 걱정스레 쳐다보지만, 지금은 대답하는 것도 귀찮았다.

죽은 아가씨—시르—가, 아니, 또 하나의 아가씨—회른—가『꿈』을 꾸고 있다.

『변신마법』바나 세이즈로 프레이야와 회른은 오감을 공

유한다. 회른은 지금도 마법을 발동한 채 가사상태에 빠져 있으므로, 이렇게 그녀가 이따금 꾸는『꿈』을 프레이야도 지각해버리는 것이다.

시각은 어두운 채. 그저 청각에 그녀의『사죄』가 울려 퍼진다.

회른 측은 여신의 감정 여하에 따라『감정의 역류』가 발생하지만, 프레이야 측에는 그 역이 일어날 수 없다. 프레이야는 어디까지나 회른의 생각과 마음은 알지 못한 채 그저『정보』만을 수신한다. 그리고 지금은 그것이 견딜 수 없이 불쾌한『잡음』이었다.

여신의 감정을 따라, 자신의 꿈속에서 이『사죄』를 입에 담고 있다면, 회른은 그야말로 프레이야의 거울이다.

프레이야가 죽인 줄로만 알았던 시르의 잔류사념조차 거두어 올려서, 폭로해버린다.

'정말이지, 너무나 추악한 거울…….'

잠의 늪에서 꾸는『꿈』조차도 기억과 감정의 다발이라고 한다면, 프레이야가 회른의 꿈에 대해 헤아려 알아낼 수는 없다. 시야는 어둡게 닫혀 소녀가 아직 잠을 자고 있다는 것을 알 뿐. 뺨에 전해지는 물방울의 감촉은 그 눈이 흘리는 눈물일까.

이미 추세가 결정 난 워 게임에는 관심을 기울이지 않은 채, 두통을 참는 것처럼 자신의 내면에 울리는 목소리를 억누르던—— 그때.

"!!"

프레이야가 벌떡 일어났다.

튕겨나듯, 여왕다움이라고는 한 점도 없는 동작으로.

호위병이 놀라는 가운데 은색 두 눈을 크게 뜨며.

"……프, 프레이야 님?"

"왜 그러시는지요——."

"헤딘에게 **빨리 끝내라고** 해."

여신의 목소리가 두 사람의 질문을 가로막았다.

움직임을 멈춘 권속들에게, 날카로운 눈빛을 향하며 명령했다.

"당장 이 워 게임에 결판을 내라고, 그렇게 전해!"

""네, 네엣!!""

어지간해서는 들을 일이 없는 주신의 일갈에, 남녀 호위병은 헛숨을 삼킬 정도로 몸을 떨고.

일사불란하게『신의 집』을 뛰쳐나가 지휘관에게 향했다.

모두가 사라진 신전에서, 다시 옥좌에 앉은 여신은 처음으로 짜증을 참는 표정을 내비치고 있었다.

"빨리 결판을 내라고?"

헤딘은 돌아보며 물었다.

"네, 네에. 프레이야 님께서, 헤딘 님께 그렇게 명령하라고……."

"파벌연합의 숨통을 끊으라고, 갑자기……!"

헤딘은 주신에게서 전령 노릇을 맡아 달려온 두 호위병의 얼굴을 바라보았다.

프레이야의 표변을 직접 본 그들 자신도 당혹스러워한다는 것을 알 수 있었다.

다시 말해 이것은 틀림없는 『여신의 신의』다.

신이 엄명을 내려야만 할 정도의 심경변화가 『그녀』의 내면에서 일어난 것이다.

헤딘은 조용히, 안경 안에서 눈을 가늘게 떴다.

"……알았다. 전군에게는 내가 직접 호령한다. 저 머저리 고양이를 비롯해 간부 놈들한테는 러스크와 레밀리아, 너희가 직접 전해라. 내가 갑자기 방향전환을 명령하면 저 바보들은 의심하면서 말을 안 들을 테니."

"아, 알겠습니다!"

헤딘은 지휘자로서 신속하게 제1급 모험자들에게 내릴 개별적인 지시를 간추려 두 사람에게 맡겼다.

프레이야에게서 달려온 남녀 단원은 또 명령을 받아야 했지만, 꺼리는 기색도 없이 지금도 파벌연합이 저항을 계속하는 『주요 전장』을 향해 달려나갔다.

그들의 등을 묵묵히 바라본 후, 헤딘은 고개를 들었다.

"전군 공세로 들어간다! 본진의 위치도 전진한다! 신속히 따라라. 주신의 하달이다!!"

"『밀고 올라가라』고?"

고속의 창술로 또 한 명의 스미스를 꿰어 쓰러뜨린 아렌은 눈썹을 치켜세웠다.

『크로조의 마검』이 포석 위에 널브러진 가운데, 숨을 헐떡이며 달려온 여성단원이 고개를 끄덕였다.

"네, 네엣……! 전군의 의향입니다!"

"여기서 적의 전력을 뿌리 뽑기로 했잖아. 이제 와서 방침을 바꾸다니, 그 날파리는 대체 뭐 하자는 거야?"

"헤딘 님이 아니라 프레이야 님의 지시예요! 신속히 승부를 마무리하라고 하셨습니다!"

예상했던 대로 반감을 드러내는 아렌에게 여성단원은 미리 준비해두었던 답을 즉시 제시했다.

험악한 표정을 짓던 아렌도 여기에는 눈썹을 의문의 형태로 구부러뜨릴 수밖에 없었다.

"뭐라고……? 확실해?"

"네. 저와 러스크가 직접 들었어요. 언성을 높이시는 프레이야 님의…… 명령을."

아렌은 단어를 고르는 단원의 얼굴을 빤히 바라보았다. 공교롭게도 그것은 조금 전 헤딘의 표정과 같았다.

러스크와 레밀리아는 원래 『신의 집』을 지키는 호위병으로 발탁되었다. 그들이 하는 말이라면 이 명령이 프레이야의 신의임은 틀림없다. 애초에 주신이 있는 최종본진에서 그들이 나왔다는 것 자체가 이상사태라 할 수 있었다. 헤딘의 지시라면 ──자신의 마음에 들지 않는 명령이라면── 거부했을 아렌도 프레이야가 바라는 것이라면 이야기가 달랐다.

혀를 차고 싶은 심정을 참고, 날카로운 고양이의 눈으로 재빨리 주위를 둘러보았다.

이제 전황은 결정적이었다.

이미 승패는 결정이 났으며, 상황이 앞으로 어떻게 돌아가더라도 파벌연합에는 승산이 없었다.

그렇다면 여신의 신의대로 시곗바늘을 빠르게 돌린들 아무 문제도 없다.

『도시 최강』인 제1급 모험자는 눈살을 찌푸리면서 본진의 결정을 받아들였다.

"……그 날파리의 작전대로 적의 우익에서 빠진다. 손이 빈 놈들을 모아와!"

"알겠습니다!"

멀어져가는 레밀리아를 쳐다보지도 않고, 아렌은 적 마검부대의 섬멸을 중지했다.

종횡무진, 신출귀몰한 아렌의 습격으로【헤파이스토스 파밀리아】의 스미스와『크로조의 마검』을 소지했던 모험자들은 거의 전멸했다. 이미『마검』은 위협이 될 수 없었다. 쓰러진 스미스의 손에서 떨어져 눈앞에 널브러진 장검형『마검』을 밟아 부수면서, 아렌은 연합 우익 방향으로 몸을 돌렸다.

"…………후욱──, 후욱──!! 크으으어어어어어어!!"

"비켜, 떡대."

지면에 두 손을 짚고 아렌의 눈앞에서 일어난 것은 피에 물든 도르무르였다.

에인헤랴르의 돌격을 허용하고, 짓밟혀 쓰러진 후, 헤딘의 포격에 여기까지 밀려 날아온 전열수비수 드워프는, 하다못해 연합의 숨통을 끊으려 하는 제1급 모험자를 막아보겠다고 무기를 쳐들었다.

"못 간다!! 우오오오오오오오오오오오오오오오오오!!"

균열투성이 갑옷을 몸에서 떨어뜨리며, 피를 흩뿌리며, 캣 피플에게 워해머를 내리친다.

눈썹 하나 까딱하지 않는 아렌은, 해머는 고사하고 튀어오르는 핏방울 하나 뒤집어쓰지 않았다.

무음이동으로 도르무르의 바로 옆을 스치고 지나가, 무기도, 드워프의 강인한 몸도 갈기갈기 찢어버렸다.

"크어어억——?!"

요란한 소리와 함께 땅바닥에 쓰러지는 드워프를 돌아보지도 않았다.

바퀴를 돌리도록 명령을 받은 지금의 『전차』에게, 일개 모험자에게 둘 관심 따위 존재하지 않았다.

"비켜라, 굼벵이들."

집결한 군세를 바라보며, 전차는 자비 없는 『진격』을 개시했다.

『아⋯⋯⋯⋯⋯⋯ 아아아————————————!!【프레이야 파밀리아】**침공!!**【프레이야 파밀리아】침고오오오오오오오오오오오오오오오오옹!!』

이브리는 그날 처음으로 실황다운 실황을 했다.

그가 소란을 떨었던 것은 극히 최초,『마검』의 포격 개막 때뿐.

그 후로는 계속해서 이어진【프레이야 파밀리아】측의 유린에 입을 다물고만 있었다. 실황도 해설도 아무 의미가 없는 처참한 전황에 관중들과 함께 침묵할 수밖에 없었던 것이다.

그랬던 것이, 겨우 고함을 지를 수 있게 되었다.

그것은 곧【프레이야 파밀리아】가 승부의 종결에 나섰다는 것과 같은 뜻이었다.

『【바나 프레이야】가 이끄는 부대가 파벌연합의 우익을 돌파, 눈 깜짝할 사이에 동쪽으로 진출!! 목표는 물론 텅 비어버린 연합 본진, 유적 동쪽 영여어어억———————————!!』

실황의 고함과 전황의 커다란 변화에, 오라리오의 민중 사이에서 술렁임이 커져갔다.

프레이야와 헤딘의 지시에 따라 에인헤랴르들이 모인 것은『주요 전장』의 북쪽.

아렌을 선두에 세운 그들은 일반인이 보기에도 규격이 다름을 알 수 있는 진격 속도로 일렬 대열을 편성해 섬 북쪽을 따라 약진했다.

"으으윽……?!"

시야 바로 앞을 가로질러 속속 빠져나가는 적의 모습에 릴리는 아무 것도 할 수 없었다.

섬의 서쪽 영역 중앙에 위치한 거대 분묘를 우회하며, 궤멸 상태에 빠진 우익부대를 돌파한다.

『투명상태』인 하루히메를 비롯한 예비부대를 아직까지 버티던 아이샤의 좌익부대의 지원에 보냈던 것이 화근이었다. 아렌, 아니, 헤딘은 릴리가 짠 진형을 적확하게 파악해, 엷어지고 취약해진 우익을 단숨에 뚫어버린 것이다.

이 이상 낼 카드도, 움직일 군세도 없는 릴리는 분묘 옥상에서 적의 진군을 바라볼 수밖에 없었으며, 아렌 일행 또한 지휘관인 그녀를 무시한 채 승부를 내고자 나아갔다.

눈 깜짝할 사이에, 그리고 회오리바람과도 같이.

전차가 이끄는 침공부대는 쉽게 중앙경계선을 돌파해 도시유적 동쪽을 향해 침입했다.

"적 부대가 우리 진영으로……?! ——헤스티아 님, 도망치세요!!"

그것이 의미하는 바는 곧, 주신들의 **박멸**.

릴리의 절규가 주요 신들에게 주어진 오쿨루스에서 터져나왔다.

헤스티아와 신들의 눈이 경악으로 크게 벌어졌다.

"잠깐, 잠까아아아안!! 항복할게요————!!"

"우린 프레이야 님 편!! 애들한테 말려들었을 뿐~! 두 유 언더스탠~?!"

"시꺼."

""끼야아아아아아아아아아아아아아아아아아아아아아아아악?!""

우선 마그니와 모디 두 신이 순삭당했다.

초라한 유적 안에 숨어있던 두 남신은 손을 번쩍 들며 항복을 호소했으나, 선두에서 튀어나온 아렌이 몸을 번뜩 이자 —— 질주의 풍압에 휩쓸려 —— 지면에 나뒹굴었다.

은창 끝이 신들의 가슴에 꽂힌 『꽃』만을 베어 붉은색과 오렌지색 꽃잎을 흩날렸다.

『【마그니 파밀리아】, 【모디 파밀리아】! 탈락!!』

워 게임 최초의 탈락신이 등장해 오라리오에 있던 이브리는 즉시 재기불능 확인을 선언했다.

『꽃』을 잃어 주신이 탈락하면 권속도 퇴장한다는 것이 이번의 규칙.

모디와 마그니의 【파밀리아】, 다시 말해 루비스를 비롯한 엘프들과 도르무르를 비롯한 드워프들은 전투의 권리를 잃고 신속히 섬에서 이탈할 의무가 발생했다.

하지만 그런 권속들이 섬을 이탈하는 움직임보다도 **신들이 격파당하는 속도가** 더 빨랐다.

"흩어져라! 주위 유적에 더 있다!"

"알겠습니다!"

"발견!!"

"――으꺄아아아아악?!"

아렌의 지시에 일제히 흩어진 단원들이 차례차례 연합 측의 신들을 포착했다.

아렌을 비롯해 오감이 뛰어난 수인 에인헤랴르들은 신들이 숨은 곳을 적확하게 알아냈다. 질주의 기세를 늦추지 않고 온 유적을 헤집으며 돌아다니는 모습은 흡사 폭풍이었으며, 그야말로 전광석화였다.

『신의 거울』로 전장을 다각적으로 부감하는 도시 시민들의 눈으로도 그 진격을 따라갈 수가 없었다.

"끄아아아아아아아아아아악?!"

『오그마 파밀리아』 탈락!!』

상급 모험자의 동체시력으로 간신히 따라가고 있는 이브리의 실황만이 탈락해가는 신들과 【파밀리아】의 이름을 알려주고 있었다.

"꺄아아아아아아아아아아아아악!"

"【세케르트 파밀리아】 탈락!!"

"……역시 무리군."

『소마 파밀리아』 탈락!!』

신들의『꽃』이 하나하나 지고 있었다.

유적 내부, 기둥 뒤, 항아리 속. 때로는 기상천외한 장소에 몸을 숨긴 남신의 위치가 탄로 나고, 열심히 도망치던 여신의 가슴께가 가차 없이 베였다. 호위병으로 남아 있던 권속들의 저항도 아무 소용이 없었다. 미안하다, 릴리루카 아데. 한때의 권속이었던 소녀를 근심하는 목소리조차 그 소동 속에 휩쓸려 사라지고 있었다.

"샥티 단장님, 【프레이야 파밀리아】가 너무 빨라요! 연합의 모험자를 회수할 수가 없어요!!"

"가능한 범위 내에서만 해도 상관없다! 전투에 간섭하지 않도록 주의하면서 중상자부터 끌어내!"

신들이 속속 퇴장하고 있지만 권속의 이탈은 굼떠서 좀처럼 진척이 없었다.

지금도 두 다리로 서서 ──의식을 가지고── 싸우는 모험자는 손으로 꼽을 정도밖에 없었으며 대부분이 기절한 채 쓰러져 있었다.

심판으로서 섬 내의 가장자리에 대기하던 【가네샤 파밀리아】가 신의 탈락을 확인할 때마다, 가능한 범위 내에서, 자력으로 이탈하지 못하는 모험자들을 어떻게든 실어나르고 있었다. 그중에는 의식을 잃은 루비스와 도르무르 일행의 모습도 있었다.

"헤스티아! 넌 여기서 도망쳐!"

"도, 도망치다니…… 어디로?!"

"섬 동쪽은 이미 틀렸어! **전선으로 가!**"

【프레이야 파밀리아】의 마수가 밀려드는 유적 동부에서 신들의 반응은 둘로 갈라졌다.

계속해서 숨을 것이냐, 이판사판으로 도망칠 것이냐.

그 중에서도 헤스티아와 함께 유적 한 곳에 숨어있던 헤파이스토스가 택한 것은, 극동의 보드게임에서 말하는 『입옥(入玉)*』.

"있는 힘껏 뛰어가! 서쪽에 있는 아이들한테! 너만이라도 합류해!"

"너, 너는 어떻게 하려고, 헤파이스토스?!"

"다른 곳으로 갈 거야! 둘로 갈라지지 않으면 둘 다 당해!"

"윽……?!"

"Lv.5 권속이 있는 너와 나 어느 한쪽은 남아야 하잖아!! 둘 다 퇴장하면 이 워 게임은 진짜로 승산이 없어!!"

헤파이스토스는 헤스티아의 반론을 묵살하는 독재자로 변했다.

그녀도 알고 있었다. 수정에서 들려오는 릴리의 반응을 통해, 츠바키는 이미 쓰러졌음을. 자신의 권속들은 이미 궤멸 상태임을. 그러므로 그녀는 헤스티아를 위해 『미끼』가 되고자 했다.

이미 신들조차 포기할 정도의 상황에서, 그대로 승산을 0으로 만들지 않기 위해.

"타케미카즈치가 어떻게든 버티고 있는 동안 가! 빨리!!"

"우우…… 미안해!!"

헤파이스토스의 갈파에 등을 떠밀린 헤스티아는 숨어있던 유적에서 뛰쳐나갔다.

"──하아아아아아아앗!!"

---

*일본식 장기에서 왕장을 적진으로 이동시키는 전술.

"끄아악?!"

"고, 공격해라아아아아! 다 같이 공겨어어어어어억?!"

【프레이야 파밀리아】의 침공속도에 저항할 수 있었던 것은 극히 일부.

정확하게는, 단 **한 명의 신**.

가슴의 『꽃』을 노리도록 『허허실실』로 유도하고, 『기술』로 팔을 붙든 『무신』이 업어치기로 상대를 메다꽂았다.

자신의 신체 능력을 이용당해 반대로 날아가버린 에인헤랴르 하나가 지면에 처박혀 심대한 충격에 기절했다. 소대장격인 수인의 호령이 터져 나오는 가운데, 온몸으로 땀을 흘리는 타케미카즈치에게 에인헤랴르들이 일제히 덤벼들었다.

"우오오오오오오오오오오오오오오오오오오오?!"

"크윽――?!"

그리고 몸을 사리지 않은 기합성이, 소대장격인 수인이 뻗은 팔이, 무신의 분투에도 불구하고 가슴께에서 보라색 국화꽃을 앗아갔다.

"……미안하다, 헤스티아, 헤파이스토스……."

굵은 땀방울을 포석 위에 몇 방울이나 떨어뜨리며, 미간을 일그러뜨린 타케미카즈치는 하늘을 우러러보았다.

『꽃』을 빼앗은 수인 사내가 힘이 다해 쓰러지고, 그 주위에 마찬가지로 널브러져 있는 것은 **스물하고도 한 명**의 에인헤랴르. 그보다도 바깥쪽에서 의식을 잃고 있는 것은 오우카와 치구사를 제외한 무신의 권속들.

한 방을 되갚아준 무신의 손에, 【프레이야 파밀리아】는 이날 일부 단원을 잃는 최대의 피해를 입었다.

"하토호르! 여긴 우리한테 맡기고 도망쳐라!"

"맹주인 그대가 살아남기만 하면 여신동맹은 불멸이야! 우리의 희생은 신경 쓰지 마라!!"

"응 그럴게—."

섬 동쪽 끄트머리, 군용 성새유적을 점거했던 여신동맹에도 움직임이 있었다.

밀려드는 무시무시한 에인헤랴르를 앞에 두고 ——신살 같은 난폭한 짓은 못한다는 점을 이용해—— 여신들이 몸으로 상대를 가로막는 가운데 하토호르는 잽싸게 혼자서 요새를 빠져나갔다.

하지만 파벌연합의 저항도 거기까지.

『【타케미카즈치 파밀리아】탈락!!』

그 진격은 너무나도 빨랐다.

『【데링 파밀리아】탈락!!』

속절없이 쓰러져가는 파벌의 이름을 읽는 목소리는 좀처럼 그칠 줄을 몰랐다.

『【라트리 파밀리아】…… 탈락……!!』

이브리의 어조도 차츰 기세를 잃고, 낯빛과 함께 얼어붙어 갔다.

『【헤파이스토스 파밀리아】…… 탈, 락…………!』

그리고.

무감정한 아렌의 창에 『꽃』을 잃은 대장장이 신이, 원통함을 억누르듯 왼쪽 눈을 감았다.

파벌연합 최대 세력의 탈락.

그것은 연합의 사기도, 도시 관중들의 기력도 나락 밑바닥으로 떨어뜨리는 것이었다.

파벌연합 잔존세력, 4개 파벌.

46개나 존재했던 연합 파벌 중 42개나 되는 【파밀리아】가 탈락했다.

아렌 일당의 행군이 유적 동부를 무참하게 헤집어놓고, 그 침공이 동쪽 끝까지 이르렀다.

"혀, 여엉…… 헤스티아 님……!"

다이달로스의 고아원.

휴먼 소년 라이가 목멘 소리를 냈다.

"벨, 히, 힘내…… 으아아아앙……!!"

"루우……! 울지 마……!"

응원 도중에 울음을 터뜨린 하프엘프 루우를 따라 수인 피나까지 눈물을 흘리고 말았다. 마리아 어머니는 자신조차 할 말을 잃은 채 그런 아이들을 안아줄 수밖에 없었다.

아이들의 반응은 솔직했다.

어른들보다도 정직하고, 꾸밈없었으며, 더할 나위 없이 파벌연합의 절망을 말해주었다.

──끝장이다.

모두가 체념했다.

이 전쟁의 승리를.

【프레이야 파밀리아】의 압도적 승리를, 모두가 의심하지 않았다.

그것은 예정조화이기도 했다.

역시 이렇게 됐어. 도시에 남아있던 모험자들은 어깨를 늘어뜨렸다.

이렇게 될 수밖에 없겠지. 신들은 쓸쓸하게 중얼거렸다.

전장도, 도시도, 체념이 지배하고 있었다.

그런 가운데『체념 이외』의 감정을 품었던 것은──

'──아아, **예상대로네요**.'

릴리였다.

누구보다도 전황을 잘 이해하고 있었을 지휘관은, 아직도 마음의 균형을 유지하고 있었다.

'그래요. 이 상황은 처음부터 **예상했던 대로**……. 왜냐면 그들과 우리의 전력 차이를 생각해보면 **이렇게 되지 않는 게 이상했으니까요⋯⋯.** 그러니까 아직은⋯⋯ 아직은 **갈팡질팡할 때가 아니에요⋯⋯!!**』

전선은 이미 와해되었으며, 장기말은 거의 전멸해, 체크메이트 직전.

지휘관으로서 더할 나위 없이 『무능』하다는 비난을 받을 국면에서, 그래도 릴리는 뺨을 타고 흐르는 몇 줄기의 땀방울과 맞바꾸어 혼자 냉정해지고 말았다.

조금 전까지는 벨이 유린당하는 상황에 가슴이 찢어지는 것같이 갈팡질팡했다.

자신도 눈에 눈물을 머금고 울부짖을 것 같만 같았다.

하지만 아이러니하게도 "큐엑~!!"이라느니 "뚜와라밧─?!"이라느니 하는 신들의 얼빠진 비명을 오큘루스 너머로 듣는 바람에, 이마에 퍼런 핏대를 세우고 말았다. 그리고 "흐므읍────!!" 하는 헤스티아의 전력질주 포효에 마침내 인내심이 한계에 달해, 분노에 맡겨 자신의 뺨을 주먹으로 후려쳤다.

그리고 입 안에서 느껴지는 피의 맛이 마약처럼 릴리의 감정을 마비시켰다.

『크으으으윽⋯⋯⋯⋯ 아아아아아아⋯⋯⋯⋯!』

무엇보다도.

지금도 수정 너머에서, 그『소년』은 싸우고 있다──.

"아아아아아아아아아아아아·············!!"

뚜둑, 뚜둑. 몸 안쪽에서 울려 퍼지는 근섬유 끊어지는 소리는 착각이다. 그렇게 스스로를 타이르며 지면에 손을 짚는다.

살에서 피가 뿜어져 나온다. 뼈가 손상에 신음한다. 마음이 비명을 지른다.

무리다. 못 이겨. 절대로. 도망치자. 이젠 싫어.

육체와 정신이 나란히 지르는 통곡의 호소를—— 헤스티아 나이프를 꼭 쥔 의지로 결연히 밀어냈다.

'이젠, 싫어················· 이제, 그만················· **같은 소리를.**'

그런 약한 소리를 했던 것이, 얼마만인지.

비네 일행과 만나고, 호적수 아스테리오스에게 패배했던 그날로부터, 벨은 약한 소리를 하지 않았다.

『심층』에 떨어졌을 때도 그랬다. 미신의 『상자정원』에 갇혔을 때도 그랬다.

제아무리 절망하고, 설령 체념이 뇌리에 어른거려도, 벨은 자신에게 거짓말을 해서라도 『포기할까 보냐』라고 허세를 부렸다. 떼를 쓰는 아이처럼 거역하면서, 마지막에는 버티고 섰다. 절대로 약한 소리를 입 밖으로 내지 않았다.

분명『제노스』와 만났던 그 날로부터 벨 크라넬은 어딘가 망가졌을 것이다.

　머리인지 마음인지, 혹은 영혼에『이상』이 생겼다.

　하지만 그런『이상성』이야말로『영웅』이라는 것이 되기 위한 조건이며 자격이라고, 무의식적으로나마 이해하기 시작했다.

　그리고 그런 벨 크라넬을, 눈앞의 무인은『정상』으로 되돌려놓았다.

　자신의 완력과 일격의 무게만으로, 미노타우로스에게 트라우마를 품던『한심한 루키』시절까지 역행시켰던 것이다.

　괴물이다.

　악마다.

　그야말로『최강』이다.

　그 누구보다도 강한 힘은『영웅 후보』조차 단순한 어린아이로 바꿔놓고 만다.

　'강해………… 무서워………… 못 이겨…………!!'

　그 후로 몇 번이나 날아갔지? 그 후로 얼마나 괴롭힘을 당했지? 모르겠다. 이해하고 싶지도 않다. 주위에 펼쳐진 붉은 선이 누구의 피인지, 그딴 건 생각하고 싶지도 않다.

　『너는 프레이야 파밀리아의 벨 크라넬』이라고 세계가 속삭이던, 그『폴크방』에서 맛보았던『세례』의 날들보다도 눈앞의『세례』가 위였다.

고통이, 괴로움이, 지옥의 차원이 달랐다.

사람은 낯이 새파랗게 질릴 만큼 높은 정상에 올라간다 해도, 하늘을 달리는 우레에는 결코 손이 닿지 않는다. 설령 닿았다 해도 불타 목숨을 잃을 운명. 지금도 이쪽을 내려다보고 있는 무인은 그야말로 우레의 대행자였다. 아직 시시한 불꽃과 번개밖에 다루지 못하는 벨은 휩쓸려버릴 것이 뻔했다.

【맹자】오탈에게, 【래빗 풋】벨 크라넬은 절대 이기지 못한다.

'……………그래도…………!!'

손이 부들부들 떨렸다.

갓 태어난 새끼사슴처럼 무릎이 말을 듣질 않았다.

그래도 피를 토하면서, 시야에 섬광이 반짝거려도 지면에서 몸을 떼어냈다.

『거울』너머에서 에이나가, 아이즈가, 티오나가, 핀이, 라이가, 피나가, 루우가, 온 도시의 모험자들과 민중, 그리고 헤르메스를 비롯한 신들이 눈을 한껏 크게 뜨는 가운데—— 균열투성이 석판에 손톱을 박으면서, 손에 꼭 쥔 나이프와 함께, 일어났다.

"그렇다. 일어나라."

오직 한 사람, 오탈만이 낯빛을 바꾸지 않았다.

환영도 하지 않는다.

그저『긍정』했다.

보어즈 무인은 싸우는 용사만을 긍정한다.

"당신을…… 쓰러뜨리지 못하면…… 프레이야 님께는, 갈 수 없어……?"

"그렇다."

의식도 제대로 돌아오지 않은 몽롱한 머리로 물었다.

"시르 씨와…… 만날 수 없어……?"

"그렇다."

피에 젖어, 시체나 다를 바 없이 너덜너덜해진 몸으로 물었다.

"그 사람을………… 구할 수 없어…………?"

"내가 허락하지 않는다."

그렇다면 **간단하다.**

벨이 해야만 할 일은 단 하나.

"그럼…………… **쓰러뜨리겠어**……………."

이 끝없는 『세례』속에서, 자신의 『끝』을 깨달은 자아를 죽이고, 공포를 깎아내고, 절망을 넘어서서, 자신이 싸워야만 할 이유를 되찾았다.

진정한 바보 벨 크라넬이, **그날 이후** 대체 **누구를** 울리고 있었는지를 떠올렸다.

"당신을…… 쓰러뜨리겠어……!!"

빛을 되찾은 두 눈으로, 흔들림 없는 어조로 선언했다.

지금도 의식이 날아가려 하고 있다.

시야에서 깜빡거리는 빛과 함께 의식은 몇 번이나 끊어

지고 이어지려 하질 않았다.

하지만 확연한 전의와 각오만은 여기에, 영혼에 있다.

과거의 자신이 『끝』을 깨달았다고 한다면, 1초 전의 자신보다도 강해지면 된다.

이 『최강의 세례』를 넘어서서, 벨은 『그녀』를 만나러 간다.

"그렇다. 와라."

무인은 웃지 않는다.

여신의 가장 강한 종자는 검을 들 뿐.

"날뛰어라."

송곳니를 드러내며, 피를 토하며, 포효를 터뜨리는 토끼를 상대로, 맹자는 정면에서 맞섰다.

🔥

"벨 님……!"

피투성이가 되어 날아가는 소년의 모습을 릴리의 손에 꼭 쥐어진 수정이 비추었다.

공포에 허우적대면서도 벨은 여전히 일어난다.

한번 절망에 목숨을 잃었으면서도, 저 『최강』에게 맞서고 있다.

그렇다면 릴리도 이 『최강의 군세』에게 저항해야만 한다.

소년의 『서포터』로서 그를 지탱해주지 않는다면 이곳에 있을 의미가 없지 않은가!

'그러니까 포기하지 않을 거예요! 다른 모든 사람이 포기해도 릴리만은 포기하지 않아요!!'

전장을 부감할 수 있는 위치에서, 밤색 두 눈을 바쁘게 굴리면서 절망적인 전황정보를 갱신해나갔다.

'**한 명!** 한명한명한명한명한명한명한명!! **딱 한 명만** 제1급 모험자를 쓰러뜨릴 수 있다면 흐름이 바뀔 텐데!!'

그 전과는 반드시 패전의 흐름을 끊고 역전의 『물살』을 만들어낼 것이다.

그 『한 명』이 너무나도 멀다는 것쯤은 잘 안다. 이 상황에서는 단순한 몽상이고 공상에 불과하며 웃음거리에 불과한 탁상공론임을, 누가 말해주지 않더라도 잘 이해하고 있다.

『모양』은 이미 잡혔어! 『설계』도 마쳤어! 노려야 할 『제1급 모험자』는 이미 정해졌어!! 그러니까 앞으로 한 수, 앞으로 한 수만 더 쥐어짜내면──!!'

그래도 릴리는 모색하고 또 모색했다.

뇌의 모든 영역을 과열시키며, 시야가 살짝 붉게 물들어도 사고를 끊임없이 회전시켰다.

분묘 위에서, 오직 홀로. 그것은 지휘관의 고독한 싸움이다.

벨프를 비롯한 많은 이가 패배했으며, 벨도 넝마가 되었다. 본능과 감정은 이미 길길이 날뛰며 고함을 질러대지만 이성만은 강철의 가면을 쓰고 발을 굳게 디뎠다.

릴리는 생각을 멈추지 않았다.

이 상황 속에서, 자신만은 냉정해지고자 했다.

'생각해내, 생각해내!! 릴리는 이 상황에서── 헤딘 님을『이용』해야만 해!'

다른 누구도 아닌 일족의『용자』가 그렇게 가르쳐주었던 것이다.

"이 싸움에서 지휘관을 맡겠다고 한다면, 너는 처음부터 『절망』해야만 해."

그것은 워 게임이 시작되기 닷새 전의 일.

자지도 쉬지도 않고 가르침을 받던 릴리는 핀에게 그런 말을 들었다.

"『절망』요……?"

"그래. 지금의 네가 준비할 수 있는 전술과 카드는?"

"……벨프 님의『마검』양산, 하루히메 님의 레벨 부스트, 미코토 님의 중력마법, 그리고 벨 님의 스킬【아르고노트】…… 그 외에는 릴리의 마법이 간신히 척후나 교란에 쓰일 수 있을지 어떨지……."

"그렇구나. 턱없이 부족하네."

조금도 비난으로 들리지 않는 목소리로 그렇게 말하는 핀에게 ──그의 인격을 신용하고 하루히메라는 최강의 카드까지 가르쳐 주었는데도── 릴리는 자기도 모르게 그를 노려보고 말았다.

"……그렇게까지 솔직하게 말씀하시면 상처받는데요."

"사실이니까. 그리고 너는 지금 눈앞에 놓인『현실』을 직시해야만 해. 온갖 부당함과 부조리함── 뒤집을 수 없는『전력 차이』라는 것을."

"!"

테이블을 사이에 두고 의자에 앉아있던 핀이 그때 설파했던 것은 필승의 책략이 아니었다.

그 이상으로 중요한,『지휘관의 마음가짐』이었다.

"릴리루카 아데. 지휘관을 맡았다면 너는 어떤 상황에서도, 누구보다도 냉정해져야만 해. 후열의 마도사보다도 훨씬."

"……잔혹해질 필요도?"

"때로는. 하지만 그건 네가 추구하는 게 아니지?"

속마음을 들킨 기분을 느끼며 릴리는 뻣뻣하게 고개를 끄덕였다.

벨의 곁에 서고자 하는 릴리의 마음을 아는 핀은 딱 한순간 입술을 웃음의 형태로 구부렸다.

"나는 **뭐든지 이용해**. 선동, 사상, 동료의 희생까지도."

"……!"

"그러니까 희생을 바람직하게 여기지 않는 너는 **나보다도 더 철저히 이용해야 해**. 카드가 이젠 없다? 그게 아니야. 주위에 떨어진 돌멩이 하나까지도 카드로 만들어. 끊임없이 생각하고 승산을 찾아내."

나는 그날 전장에 설 수 없어.

네가 그 눈으로 찾을 수밖에 없어.

절망 속에서, 바늘구멍보다도 작은 한 줄기의 빛을 찾아. 그러지 못하면 파벌연합은 이길 수 없어.

네 판단과 호령이 승리로 이끌어야만 해.

핀은 명제를 제시한 후 그렇게 단언했다.

"릴리루카 아데, 다른 질문을 할게. 네 적은 누구라고 생각해?"

"……【프레이야 파밀리아】의 모든 군세."

"틀리진 않았어. 하지만 정답도 아니야."

이제까지도 온갖 전략을 가르쳐주었던 용자는 한 걸음 더 파고들었다.

"네가 지금 바라봐야 할 것은 자신과 같은 지휘관이야."

"!!"

릴리의 크게 뜨인 두 눈에 충격이 스치고 지나갔다.

"그건 즉——."

"그래. 네 적은 헤딘 셀랜드. 【프레이야 파밀리아】의 군사이자 냉혹한 두뇌지."

핀이 준 지침은 바라봐야 할 『적』을 한정한다는 것.

다른 제1급 모험자를 비롯한 강적은, 극단적으로 말하자면 동료들에게 맡기고, 릴리는 헤딘에게만 집중해야 한다고, 그렇게 설파한 것이다.

"만약 내가 헤딘과 전략으로 경쟁한다면, 열 번 붙어서

네 번은 질 거야.”

“엑······?!”

“내가 그나마 더 이길 수 있는 건『손가락이 시큰거린다』
는 반칙 덕분이거든.”

어깨를 으쓱한 핀은 이내 결론을 입에 담았다.

그것은 매우 단순하면서도, 릴리에게는 던전의 심층을
답파하는 것보다 어려운 문제였다.

“네가 지휘관으로서 연합을 승리로 이끌려면 **헤딘을 이
용할 수밖에 없어.**”

“이, **이용**······?! 지휘관으로서 수읽기에 이기는 게 아니
고요?!”

“그건 불가능해.”

군사로서의 경험이 다르다. 번뜩이는 영감이, 두뇌의 구
조가 다르다.

고작해야 몇 달 전부터 지휘관을 시작한 파룸은 오랜 세
월을 살아온 엘프 현자에게는 결코 이길 수 없다고, 핀은
그렇게 단언한 것이다.

“헤딘의 전술을, 전략을, 그리고 그의 생각을 이용해. 그
의 목적을 역산하면서 함정을 까는 게 아니라, 같은 방향
으로 키를 잡는 거야. 과도한 힘이 스스로의 몸을 파괴하
도록.”

아연실색한 릴리에게, 핀은 마지막으로 웃음을 지었다.

“완벽한 작전은 존재하지 않아. 필승의 책략도, 무적의 진

형 같은 것도 없어. 모든 것은 불완전하지. 그 구멍을——
헤딘이 교묘히 숨겨놓은『진의』를 붙잡아봐.”

'핀 님은 처음부터 릴리에게 답을 가르쳐주셨어요……!'
어중간하게 떠오른 기억 속에서, 이제야 겨우 핀이 했던
말을『실감』하며 이해할 수 있었다.
완벽한 작전은 존재하지 않는다. 그 말이 맞다. 주신들
이 차례차례 탈락하며 언뜻 체크메이트 직전의 절망적인
국면으로 보이는 이 상황에서도, 릴리에게는『하나의 혈
로』가 보이고 있었다.
필승의 책략도, 무적의 진형도 없는 것이다.
있는 것은 지휘관이 그려낸, 목적지로 가는『진의』뿐.
그러니 지금은 그것을——
'——찾아, 찾아 찾아!! 전장의 동향, 잔존한 전력, 뭐든
좋아! 헤딘 님이 도달하려는 목적지의 단서를, 이 1초 동
안 모조리 찾아내는 거야!!'
체감시간을 극한까지 압축한 릴리는 코 안에서 피의 맛
이 생겨나는 것을 느끼면서도 사고를 가열시켰다.
'헤딘 님의 노림수를, 생각을 훔쳐내! 그리고 이용해!! 적
의 노림수를 폭주시켜서, 서로 부딪치도록 만들 수 있다
면————!!'
그리고 릴리의 밤색 눈이 전장을, 헤딘이 있는 본진을
노려보았을 때였다.

소녀의 시간이 딱 한순간 멎어버렸다.

'저건——.'

그것은 사소한, 정말로 사소한 『전장의 동향』이었다.

마주 상대하는 지휘관이 아니면 깨달을 수 없는 『전장의 진의』였다.

"적의 후열과 헤딘 님의 거리가 **가깝잖아**……?"

저항을 계속하는 모험자들의 고함소리 속에 남신과 여신의 비명이 뒤섞였다.

신들의 종말이다. 밀려드는 종전을 알리는 음색이다.

빛나는 태양은 이미 중천을 넘었다고는 하지만 아직 황혼이 되려면 멀었다. 맑게 갠 창공으로 턱을 든 회그니는 천천히 시선을 앞으로 돌렸다.

"아렌 소대가 승부에 나섰나……."

섬의 동쪽 끄트머리로 귀를 기울이던 다크엘프의 주위에 널브러진 것은 **베여 쓰러진 모험자들**.

오우카, 치구사, 보르스, 그리고 리빌라의 주민들.

하나같이 열상을 입고 무구가 파괴당한 처형의 현장. 쓰러진 이들 중에는 주신이 탈락한 자가 대부분이어서, 용케 여기서 일어난다 해도 싸움은 허락되지 않는다.

뜨이질 않는 그들의 눈을 흘끔 본 회그니는 보라색으로

빛나는 시선을 정면으로 돌렸다.

"그럼에도 불구하고 네놈은 여전히 쓰러지질 않는군."

말 못 하는 모험자들이 한데 겹쳐 쓰러진, 그런 『처형장』에 서 있는 것은—— 단 두 사람뿐.

"다, 다프네에……!"

"하아…… 하아……!! 카산드라, 회복!!"

등 뒤에서 눈물을 머금고 있는 카산드라를 향해, 선혈로 지은 드레스를 입은 다프네가 외쳤다.

힐러에게 회복을 호소하는 동안에도 칠흑의 검을 든 전왕에게서는 결코 눈을 떼지 않는다. 지금도 붙어있는 것이 신기할 만큼 너덜너덜해진 손가락으로, 단검을 쥐고, 자세를 잡고, 철저항전의 의지를 보인다.

쓰러진 자들, 그리고 다프네가 계속해서 지켜준 카산드라는 마침내 눈에서 눈물을 쏟으며 떨리는 영창과 함께 회복주문을 시전했다.

"【솔 라이트】!"

햇살과도 같은 마력광이 금세 다프네의 몸을 감쌌지만, 모든 상처가 아물지는 않았다.

회그니가 가진 커스 웨폰 《빅팀 어비스》의 부수효과.

소드 머더 속성을 가진 칠흑의 장검은 상처의 치유까지도 방해해 회복을 지연시킨다.

"다시 한번 묻겠다. 계속 저항할 텐가?"

"제1급, 모험자가, 이상한 걸 묻네……! 나 아직, 쓰러지지 않았거든……?!"

이미 22차례.

회그니가 다프네를 벤 횟수.

일격필살이어야 할 제1급 모험자의 참격을 받아, 【랭크 업】했다고는 하나 제2급 모험자인 다프네가 아직까지 서 있던 것은 경탄을 넘어서 『이해불가』였다. 그 증거로 오우 카나 다른 이들은 저항도 허무하게 한 차례 혹은 두 차례 의 공격에 쓰러져버렸다.

회그니가 자비를 베풀어 죽이지 않고 힘을 조절해주고 있다는 것도 아마 이유 중 하나일 것이다.

그러나 무엇보다도 큰 이유는—— 다프네의 **내구력**.

회그니는 『마법』이 발동된 눈을 가늘게 뜨며 힘차게 파 고들었다.

"끄윽?!"

회피의 여지도 없는 검광. 다프네는 검을 들어 막지도 못한 채 왼팔로 가드.

불가사의한 현상이 일어난 것은 그 후였다.

베여 날아가야 할 왼팔이 《빅팀 어비스》를 **튕겨낸 것이다.**

들려온 것은 높은 금속성이 아니라, 거대한 고목에 칼날 이 박히는 것과 같이 둔중한 소리.

충격을 완화하지도 못한 채 무참하게 땅바닥에 쓰러진 다프네는 숨을 헐떡이며 방어했던 왼팔을 축 늘어뜨리고, 그래도 일어났다.

베인 왼팔의 표면을, 마치 우둘투둘한 나무의 외피──
『나무껍질』처럼 변모시킨 채.

"아까부터 내 참격을 막아냈던 네놈의 이능…… 그것은
『마법』인가?"

"……『스킬』이다. 아폴론 님에게 찍혀 쫓기는 바람에 발현
해버린………. 나는『저주』라고 생각하지만 말이야……!"

진저리가 난다는 어조로 고소를 머금으려다 실패한 소
녀는 웃음 미만의 웃음을 지었다.

다프네가 가진 레어 스킬, 【라우루스 리스】.

효과는 술사가 체력을 소모했을 때, 그리고 빈사 상태일
때『내구』의 어빌리티가 크게 상승하는 것.

능력 그 자체의 효과영역은 임의이며, 한번 행사하면 피
부가 변이한다. 나뭇잎과도 같은 녹색 광채의 무늬가 뒤얽
힌『나무껍질』로── 그야말로 지금 표변한 왼팔처럼.

마치 몸을 지키기 위해 월계수로 변모했다는 정령과도
같이, 다프네는 이 레어 스킬의 힘으로 회그니의 참격을
견뎌내고 있었던 것이다.

"이걸 발동하면…… 한동안 피부가 거칠어져서…… 사
실은, 쓰고 싶지 않았지만……!"

"여자의 고민 따위 나에게는 달의 신비와도 같아 알 수
없는 것이다."

농을 건네는 다프네의 배틀클로스 안쪽, 온몸은 이미 대
부분『나무껍질』로 변이한 상태였다.

학대당한 몸으로는 더 이상 【라우루스 리스】를 제어하기도 어려운지, 『나무껍질』의 침식이 뿌득뿌득 불쾌한 소리를 내며 목을 타고 왼쪽 뺨에까지 미쳤다.

"다프네! 이제 그만해! 그 이상 『스킬』을 쓰면……!!"

그러나 다프네는 카산드라의 눈물 어린 호소를 무시했다. 회그니는 한 차례 검을 내리고, 선언했다.

"그대로 가면 정말로 말 못 하는 인면수로 전락할 거다. 왜 그렇게까지 지옥에 몸을 던지고 나의 참격을 견뎌내는가?"

【라우루스 리스】는 회그니의 참격을 완전히 막아주는 것은 아니었다.

조금 전 받아냈던 왼팔도 『나무껍질』의 일부가 뜯겨나가 붉은색과 호박색이 뒤섞인 나무진 같은 혈액이 끈적끈적하게 흘러내리고 있었다. 비스듬히 베인 다리도, 옆으로 갈라진 어깨도, 검광이 달려나간 몸도 그랬다. 월계수의 가호를 불러내도 다프네는 결코 멀쩡하지 못했다. 『스킬』을 해제한 순간 무시무시한 고통이 소녀를 엄습하리란 것쯤은 상상하기 어렵지 않으리라.

눈을 고통스럽게 일그러뜨린 다프네는 우문이라는 것처럼 입가를 슬쩍 틀어 올렸다.

"간단, 하지…… 제1급 모험자를, 조금이라도 붙들어놓고…… 시간을 끄는 거다……! 릴리루카와 동료들을 위해………… 이 전쟁에, 이기기 위해!"

그것이 그녀가, 그리고 오우카와 다른 이들이 도망치지

않고『베였던』이유라고, 다프네는 단언했다.

　그녀의 마지막 외침을 들은 회그니는 눈을 감았다. 그리고 다시 떴을 때는 눈썹을 곤두세우고 있었다.

　"그런가. 그렇다면 끝내겠다. 네놈들의 얄팍한 잔꾀 따위에 놀아나는 것은 이것으로 끝내겠다!"

　자신의 승리를 포기한, 전사가 될 자격이 없는 자들에 대한 모멸.

　그리고 동료에게 바치는 목숨을 건 헌신에 대한 일말의 경의.

　그러한 것들을 검에 실어, 다프네의 눈앞으로 달려든 회그니는 장렬한 참격을 단숨에 휘둘렀다.

　"다프네에에에에에?!"

　카산드라의 비명이 터져 나왔다.

　눈을 아연실색 크게 뜬 다프네의 몸이, 마침내 월계수의 가호를 잃고 어마어마한 양의 선혈을 뿜어냈다.

　뒤로 기울어져 등부터 지면에 쓰러지려는 소녀를, 달려온 카산드라가 안아 받쳐주었다. 자신의 팔에까지 흐르는 나무의 진액 같은 피의 열기에 깜짝 놀라 그대로 포석이 깔린 지면에 주저앉고 말았다.

　"카산, 드라…… 회복, 을……!"

　"말하지 마, 다프네! 지금 당장——"

　"——움직이지 마라."

　주문을 외우려던 카산드라는 목덜미에 싸늘한 칼날이

닿는 것을 느꼈다.

아연실색 올려다보니, 그곳에는 냉혹한 전왕의 얼굴을 한 다크엘프가 서 있었다.

"마법을 시전하면 항전의 뜻이 있다고 간주하고 계속해서 베겠다."

"흐읙……?!"

"친구의 목숨을 구하고 싶다면 무기를 버리고 항복해라. 그 경우에 한해 치료를 허용하겠다."

그것은 최후통첩.

마음만 먹으면 카산드라 따위 눈 깜빡할 사이에 베어버릴 수 있는 검은 요정기사의, 마지막 자비.

숨을 삼키고 낯을 새파랗게 물들인 카산드라의 팔을…… 너덜너덜해진 손가락이 붙들었다.

"무시, 해…… 빨리, 회복을……!"

"다, 다프네……!"

의식도 흐릿한 다프네는 헛소리처럼 그 말만을 반복했다.

회그니는 냉혹할 정도로 기다려주려고도 하지 않았다.

"3초 기다리마. 3, 2, 1——."

그리고 카산드라는.

"미안해……."

다프네와 벨에게, 동료들에게 사죄하며 손에 들고 있던 로드를 버렸다.

"항복, 할게요……! 이제, 안 싸울게요……! 그러니까 다프네를……!"

누구보다도 상처 입은 몸을 두 팔로 꼭 끌어안고, 감은 눈에서 폭포 같은 눈물을 흘렸다.

회그니는 말없이 검을 거두었다.

"바보야……!"

"미안해, 미안해, 다프네……!"

친구의 어리석은 행위를 질타하며, 다프네는 힘이 다한 듯 축 늘어졌다.

울면서 몇 번이나 사죄한 카산드라는 자신의 모든 마인드를 쏟아부어 회복마법을 발동시켰다.

"이곳에는 적이 없는가……. 생각보다 시간을 들이고 말았군."

자신 이외에 서 있는 자가 없는 전장에서 관심을 잃은 것처럼, 회그니는 등을 돌렸다.

카산드라는 회복마법을 다프네에게 걸면서, 여전히 눈물이 그치지 않는 눈으로 다크엘프의 등을 보았다.

'우리, 연합군 우익은 이걸로 전멸……! 부지휘관인 다프네도 쓰러졌으니 릴리 씨 혼자선 이 전황을 뒤집을 수 없을 텐데!'

도시유적 서부, 『주요 전장』 북쪽에 위치한 연합군의 우익은 완전히 침묵했다.

시야에 들어오는 범위에서도 남은 것은 중앙의 잔존세력과 합류한 아이샤의 좌익부대뿐. 하지만 그것도 바람 앞의 등불이었다. 소녀의 얄팍한 기대 따위 박살을 내며 걸리버 4형제가 곧 섬멸해버릴 것이다.

'적의 본진도, 안드흐림니르도 건재해! 섬 동쪽으로 쳐들어가지 않은 많은 에인헤랴르도 아직 중앙에 남아있고! 만약 벨 씨가 살아남는다고 해도…… 이젠 아무것도 할 수 없어! 어떻게 할 방법이 없어!!'

친구 다프네의 목숨을 구하기 위해 스스로 전투의 권리를 포기해버린 카산드라는 다시 울음을 터뜨렸다.

마지막까지 싸우지 않아서 미안해.

그런 공허한 사죄는 아무 의미도 없었다.

마지막 신의 『꽃』이 지는 것이 먼저인가.

마지막 권속이 쓰러지는 것이 먼저인가.

어느 쪽이 됐든 이 워 게임은 【프레이야 파밀리아】의 승리로 막을 내린다.

내가 못난 탓에.

뭐가 『예지몽』이란 거야. 뭐가 『예언자』란 거야.

전날 밤에 꾸었던, 황혼과 종말의 악몽대로, 비극의 예언자는 운명을 조금도 바꾸지 못했다——.

"——어?"

그때.

바람이 불었다.

아무것도 아닌 바람이, 다프네를 감싼 카산드라의 긴 머리카락을 흔들었다.

그것은 이제까지도 『올자 도시유적』, 칼데라 호수에 계속해서 불던 바람이었다.

새삼 관심을 둘 필요도 없는, 별다를 것도 없는 기류의 흐름.

모험자들도 에인헤랴르들도 신경을 쓸 이유가 없었다.

그러나 그것은, 예언자만이 알 수 있는 **예언의 징조**.

"바람………… 바람………… 바람이, 여기에?"

떠올렸다.

벨과 동료들 앞에서 말했던 『계시』를.

처참한 악몽 속에서 보았던, 종말의 황혼을 달려나가는 한 줄기 『희망』을.

"**바람이, 분다**……."

카산드라는 그 바람에 이끌려가듯 고개를 들었다.

푸른 하늘.

눈부신 햇살.

그리고 까마득한 상공에서, 날개를 펼친 **새와도 같은 그림자.**

그곳에서, 천천히, 『바람』이 날아내리고————

"바람이, 왔다——."

토웅.

조용한 발소리를 울리며, 바람이, 전장에 강림했다.

"─────────────."

가장 먼저 돌아본 것은 회그니.

모습을 드러낸 『최대의 위협』을 즉각 알아보는 다크엘프.

눈을 크게 뜬 전왕은 칼집에 거두었던 칠흑의 검을 즉시 뽑아들었다.

"누구냐 네놈은!"

연합군 우익과의 교전지대를 떠나려 했던 회그니는 칠흑의 외투를 펄럭이며 튕겨지듯 몸을 돌려 다시 전장으로 향했다.

시야의 정면에 서 있는 것은 심록색 롱 케이프.

후드를 쓰고 얼굴을 가려, 요정의 귀만을 내비치는 한 엘프.

어둠 속에서 빛나는 눈동자의 색은, 하늘색.

"누구냐 네놈은!!"

그 물음에, 그 바람은 대답하지 않았다.

"지금부터 참전하겠다. 준비는 되었나, 동포."

그저, 허리에서 『심록색 목검』을 뽑으며 전의를 들이댈 뿐.

"준비? 무슨 준비 말이냐!"

그러므로 바람의 대답은 하나.

"나에게 베일 준비다."

"──헛소리!!"

충돌.

두 사람 모두 신속의 바람이 되어, 경악하는 카산드라의 시야 너머에서, 심록색 목검과 칠흑의 장검이 맞부딪쳤다.

""""우우웃?!""""

눈 깜빡할 사이에 울려 퍼진 검격의 소리에 릴리와 파벌 연합의 생존자들이, 헤딘과 에인헤랴르들이, 헤이즈와 안드흐림니르가 일제히 크게 뜬 눈을 향했다.

그리고 시작되는 치열한 검투. 심록색 롱 케이프가, 칠흑색 외투가 그야말로 회오리바람처럼 미친 듯이 춤을 추고 서로의 궤적에 녹색과 검은색의 사선을 남겼다. 충돌과 상쇄, 섬광과 잔향. 청백색의 마력이 깃든 목검과 흑철색의 저주를 띤 전검이 몇 차례나 교차하며 아름답고도 사위스러운 불꽃을 뿌렸다.

"타아앗!!"

"!!"

회그니의 검광이 요정의 시야를 스치고 그 후드를 걷어 냈다.

넘쳐나듯 쏟아지며 펼쳐진 것은—— 아름다운 **금색의 장발**.

목덜미를 덮을 정도의 길이로 자란 『원래의 머리카락』을 한데 묶고 있던 요정—— 류는 반격하겠다는 양 드높은 고함을 질렀다.

"하아아아아아앗!!"

"크으윽——?!"

심록색 목검이 칠흑색 저주검을 튕겨내고 외투의 일부를 갈랐다.

일진일퇴의 공방은 멈추지 않는다. 느닷없이 시작된 요정들의 결투에 모험자와 에인헤랴르가 말을 잃은 가운데—— 포효는『도시 측』에서 터져나왔다.

『저, 저건 누구냐아아아아아아아아아아아아아아아아아아아아아————————?!』

이브리의 대음성을 시작으로 해일과도 같은 술렁임이 오라리오를 휩쓸었다.

그때까지 초연하던 민중이, 무법자들이, 나란히 몸을 내밀어『거울』에 비친 아름다운 요정의 모습에 시선을 고정했다.

"야 야 야, 뭐야 뭐야 뭐야?!"

"연합의 도우미?!"

"복면의 모험자…… 대체 무슨 리온이지!"

"그 개그는 그만 쳐!" "이젠 숨길 마음도 없구만 저거!!"

"야~【질풍】은 벌써 죽은 거 아니었어~?"

"거짓부렁 공식정보 제조기 길드는 뭐 하는 거야!"

"근데 우리들의【다인슬레이프】하고 맞짱 뜨고 있는데?!"

특히 아비규환——이 아니라 환희에 찬 비명을 질렀던 것은, 신들.

『바벨』30층. 파벌연합의 편을 드는 여신들도, 프레이야의 동조자인 남신들도 벌떡 일어났다. 머리를 두 손으로 붙드는 자도 속출했다.

고속으로 뛰어다니는 요정의 옆얼굴에는 **복면이 존재하지 않았다.**

저 요정은 『질풍』을 두른 채, 정체를 숨기지 않고, 한 엘프로서 저 전장에 서 있었다.

조금 전까지의 장례식 같은 정적은 느닷없이 사라지고, 폭발한 혼란의 비명 속에 교차하는 것은 경악, 그리고 일대 파란을 예감한 신들 특유의 희열이었다.

'**──내 검기를 따라오고 있어?!**'

한편, 전장에서 누구보다도 경악에 사로잡혔던 것은 지금도 검을 나누는 회그니 본인.

하늘색 눈. 날카로운 칼놀림.

기억하고 있다. 잊을 리가 없다.

프레이야가 아끼던── 풍요의 주점에서 일하던 엘프 【질풍】!

여신제에서 교전하고, 상대에게 일말의 기회도 주지 않은 채 압승했던 때와는 달랐다.

그렇다, 따라오고 있다.

회그니의 속도에, 회그니의 힘에, 상대는 맞서고 있었다.

그 불가사의한 금색 광채를 두르고 능력을 유사 승화시킨 것도 아니었다.

이것은 눈앞의 요정이 가진 어엿한 【스테이터스】.

두 눈을 경악으로 뜨는 회그니는 낯을 일그러뜨리고, 일격.

간격에서 튕겨져 날아간 류를 향해 고함을 질렀다.

"네놈—— Lv.6!!"

얼어붙은 듯이 서 있던 에인헤랴르들이 귀를 의심하는 가운데, 그 물음을 전장에 퍼뜨렸다.

"Lv.4에서 **두 번**【랭크 업】을 했다는 거냐?!"

"그럴 만하지!! 완전!! 그럴 만하지!!!"

다시 바벨 30층.

주위에서 텐션을 폭발시키는 신들 못지않게, 헤르메스는 고함과도 같은 환성을 터뜨렸다.

"류는 계속 싸웠어! 암흑기를 끝냈던 그날부터! 주신 아스트레아에게서 떨어진 후로도 계속!! 그건 아이즈 같은 제1급 모험자 못지않은 투쟁의 역사였고『위업』의 연속이었어!!"

그도 그럴 것이——.

——혼자서 이룬 이블스의 주요 전력 섬멸.

——18계층『칠흑의 골라이아스』격파.

——【아폴론 파밀리아】와의 워 게임.

——제노스를 둘러싼 수많은 전투.

——벨과 떨어졌던『심층』결사행.

——그리고 최대의 악연이었던 저거노트의 초극.

헤르메스가 아는 것만 해도 류는 이만한 사투를 헤쳐나왔던 것이다.

이는 남신들조차 인정할 수밖에 없는『위업』의 계산이었으며, 여신들조차 동정하고 사랑스러워할 만한『시련』의 눈사태였다.

원래부터 실종됐던 5년 전의 시점에서,【질풍】은 Lv.4의 최상위였다.

당시 이미【랭크 업】직전이라는 소문이 있었을 정도였다.

【검희】가 이루었던 Lv.4에서 Lv.6의 도달 소요 시간을 감안해보면, 류의『5년』이라는 숫자는 결코 그『위업』을 달성하기에 불가능한 세월이 아니었다.

신시대가 시작되고『사상 최초』라 해도 좋을『연속 랭크 업』.

그것은 세계 최속 기록을 가진 토끼조차 이루지 못했던 위업이었다.

홈에서 관전하던【로키 파밀리아】, 그리고 아이즈조차 눈을 크게 뜨고 있었다.

"그녀는 오늘까지 망설였고, 그래도 과거의 자신이 믿었던『정의』에 따라, 벨과 수많은 아이를 구해왔어! 그렇다면 연속【랭크 업】도 불가능한 이야기가 아니고말고!!"

어중간하게 Lv.4라는『제약』속에서 **계속 싸웠던** 것이니 더 무섭다.

제1급 모험자가 되었더라면 그나마 누그러졌을『시련』도

『최대의 가혹』이 되어 류에게 쏟아졌던 것이다. 『위업』의 숫자와 질── 상위의 【엑세리아】까지 획득하고 있었다면── 하계가 발칵 뒤집힐 만한 『미지』가 탄생하는 것도 당연하다.

모든 것은 요정이 『희망』이라는, 자신의 정의에 대한 답에 도달했기 때문에 비로소 가능했던 일.

"늦지 않았구나, 류…… 아스트레아!"

워 게임 전, 류가 아스트레아의 곁으로 가는 데에 협력해주었던 헤르메스는 대망의 『원군』이 도착해 회심의 미소를 짓고 있었다.

"나는 당신에게도, 그리고 【맹자】에게도 아무것도 못 한 채 무참히 패배했지."

소년이 잘 아는 심록색 롱 케이프. 그 안에는 거목의 색을 띤 쇼트 팬츠와 롱 부츠.

상반신에 순백색 배틀클로스를 걸친 류는 참격을 나누며 말했다.

"그렇다면 더 이상 지금의 나 그대로 있을 수는 없었다."

그렇기에 홀로 오라리오를 떠나, 주신에게로 여행을 떠났다.

시간이 멈춰버렸던 【스테이터스】를 갱신하기 위해. 강해지기 위해.

헤르메스와 아스피의 협력과 정보를 얻어 이르렀던 곳

은 검제도시『졸링겐』.

　5년 전부터 정의의 여신이 몸을 의탁했던, 언젠가 류의 힘이 되리라 믿고 지내던 곳. 세계 최고의『도검 제조 도시』다.

　그렇기에 지금 류가 손에 든 새로운 무기는 우연이자 필연의 산물이다.

　저거노트와의 싸움 속에서 파괴되었던 목검《알브스 루미나》를 소재로 다시 태어난 별무리의 검《알브스 유스티티아》.

　아스트레아가 이명으로『정의의 성처녀(星處女)』라는 이름을 내려준 요정의 새로운 검.

　"이번에는 이기고 말겠다——【다인슬레이프】."

　조용한 결의는 문자 그대로 질풍을 불렀다.

　경악에서 헤어나지 못한 채 대치한 회그니에게, 류가 공세에 나섰다.

　한데 묶은 금색 장발을 나부끼며 펼치는 연격. 사정거리는 회그니의 장검에도 필적하는 목검은 사용자의『마력』을 띠었으며, 류 자신의 스킬【마인드 로드】*와 상승효과를 일으켜 '후열 특화 종족'에 어울리지 않는 위력을 발휘했다.

　순수하게『힘』【어빌리티】에서는 웃돌아야 할 회그니의 참격이 모조리 튕겨나고, 그의 갈색 손에 저릿저릿한 충격을 가져다주었다.

　"——그 엘프를 포위해라, 에인헤랴르!"

*마인드를 사용해 공격하는 동안 힘 어빌리티가 상승하는 스킬.

"!!"

그때 후열 위치에 대기하고 있던 힐러들 속에서 지시가 날아들었다.

헤이즈였다.

회그니와 맞붙은 류를 신속히 불온분자라 간주하고, 독단으로 에인혜랴르에게 명령했다.

"헤이즈 네놈!! 우리의 결투를 방해하려는 거냐?!"

"안됐지만 당신의 긍지 따위 알 바 아니에요, 회그니 님! 무엇보다도 우선시해야 할 것은 프레이야 님의 영광이며 승리! 내 말이 틀렸나요?!"

"큭……!"

"벨을 그분께 바치기 위해, 사소한 불안요소도 즉시 제거하는 것이 우리의 사명이에요!"

회그니는 즉시 류에게서 거리를 벌리며 격앙해 외쳤지만, 그들이 숭배하는 주신이 언급되자 덧니를 뿌드득 악물었다.

일개 힐러이면서도 헤이즈는 유능했다. 본진에 있는 사령탑 헤딘을 대신해 적확한 지휘를 내려, 반격의 봉화 따위 들지 못하도록 철저히 짓밟는다. 연합군의 우익 및 중앙부대는 이미 전멸했고, 그렇다면 Lv.6인 류에게 전력을 집중하겠노라고 『주요 전장』 중앙지대에 있던 전력을 집결시켰다. 에인혜랴르들이 신속히 이에 따랐다.

궁지에 몰렸던 아이샤의 좌익부대에 가해지던 압박은

완화되었지만, 순식간에 40명도 넘는 제2급 모험자가 류를 포위했다.

"…………."

류는 용사들의 감옥을 천천히 둘러보았다.

포위망 중심에 가만히 선 그녀를 활이, 지팡이가, 그리고 저마다 손에 든 검과 창이 노리고 있었다.

"……1 대 1의 대결조차 용납되지 않는 기사의 묘지. 그때와 장소, 그리고 우리의 숙명을 저주하거라."

신호가 떨어지면 그 순간 수많은 무기가 요정의 날개를 뜯어낼 것이다.

1분 후에 펼쳐질 결말을 예감한 회그니는 유감의 뜻을 내비치며 자세를 풀었다.

"그럴 수가……! 류 님!"

"당신들 파벌연합에게는 봉화를 들 불씨조차 주지 않겠습니다."

그것은 잔존세력의 차이.

움직일 말이 없는 릴리는 바라볼 수밖에 없었으며, 반면 최강의 군세가 건재한 헤이즈는 냉철한 눈빛으로 『요정의 처형장』을 노려보았다.

몰드에게 불타버렸던 의복의 잔재를 로프처럼 꼬아 노출된 가슴의 위치에 묶은 힐러 소녀는 한쪽 팔을 뻗으며 호령을 내렸다.

"끝내버리십시오, 에인헤랴르——."

정확하게는, 호령을 내리려 했다.

그러나 그녀의 지시가 떨어지기 전에 류가 속삭였다.

"사용하겠습니다, 아스트레아 님."

그러렴.

마치 하늘에서 별의 조각이 내려온 것처럼, 요정의 가느다란 귀에만 울려 퍼지는 음성이 있었다.

그것은 『여신의 미소』.

그것은 『별들의 축복』.

별무리의 검 《알브스 유스티티아》를 두 손으로 들고, 칼끝을 하늘로 향하더니, 그야말로 기사와도 같이—— 혹은 별의 여전사와도 같이, 정면으로 들었다.

눈을 감고, 그 새로운 마법명을 고했다.

"【아스트레아 레코드】."

그 순간 『별들의 광채』가 발현했다.

"아니?!"

"매직 서클?!"

아니었다.

요정의 발밑에 꽃핀 것은 마도사가 자랑하는 포문이 아니라, 어마어마한 『빛의 문자열』.

그녀의 등에 새겨진 【스테이터스】와 마찬가지로, 『별의 검과 날개』를 상징하는 【히에로글리프】 그 자체였다.

"【사명은 이루어지고 천칭은 바로잡히니】."

요정의 입술에서 흘러나오기 시작한 것은, 성구와도 같은 정의의 노래.

"영창⋯⋯?!"

"마법이다! 시전하게 두지 마라아아!"

울려 퍼지는 주문에 에인헤랴르들은 눈을 크게 뜨고 즉시 행동에 나섰다.

시위에 메겨진 화살과 『마검』의 화포가 사방에서 터져 나왔지만──『별들의 광채』가 이를 차단했다.

"뭐야──?!"

경악이 에인헤랴르들을, 그리고 회그니와 헤이즈를 엄습했다.

류를 중심으로 반경 5M까지 전개된 빛의 영역이 화살의 비와 마의 포격을 막아냈던 것이다.

허공에 떠오르는 빛의 결정, 무수한 【히에로글리프】가 그야말로 별무리와도 같이 류를 뒤덮고 그녀를 지키는 장벽이 되었다.

"결계?! 아니──『별의 성역』?!"

그렇게 형용할 수밖에 없었다.

회그니가 눈을 크게 뜨고 있는 동안에도 요정의 영창은 가속했다.

"【질서의 보루, 청렴의 왕관, 파사의 등화】."

온갖 공격을 튕겨내는 정의의 성역과 울려 퍼지는 별의

노래. 초조함에 사로잡힌 에인헤랴르들은 견디지 못하고 땅을 박찼다.

직접 베기 위해 검, 창, 도끼를 빛의 문자열에 내리치고 찔러댔다.

그러나 그것도 무의미했다.

아연실색한 그들의 눈앞에서, 참격과 찌르기까지도 장벽을 돌파하지 못한 채 오히려 후방으로 밀려나버렸다.

"【여신의 이름 아래, 천공을 질주하는 것과도 같이, 이 대지에 별의 발자국을 이으리】."

"으으…… 오오오오오오오오!!"

마지막으로 칠흑의 화살이 된 것은 회그니.

조금 전까지의 체념이나 연민 따위 내팽개친 채, 별의 가호를 깨뜨리고자 칠흑검을 내리친다.

그리고 피어나는 무시무시한 스파크, 처음으로 흔들리는 성역.

어떻게든 밀어내고자 깜빡이는 빛을 보며, 회그니는 눈 꼬리를 틀어올린 채 외쳤다.

"하아아아아아아아아아!!"

그 순간, 유리가 깨지는 것과도 같이 드높은 파쇄음과 함께, 돌파했다.

Lv.6이 펼친 혼신의 참격을 이겨내지 못한 별의 수호를 넘어서, 회그니는 그대로 발을 내디디고 중앙에 서 있던 류에게 검을 내질렀다.

"──【정의는 순환한다】!"

그러나.

류가 더 빨랐다.

영창 완성.

힘차게 뜨이는 두 눈.

하늘색 눈이 드러나는 가운데, 경악으로 눈을 홉뜬 회그니는, 보았다.

깨졌어야 할 별의 파편이.

찬란하게 빛나는【히에로글리프】의 결정이.

모두 류에게 모여 흡수되는 광경을.

한때 나누어졌던『별의 맹세』.

그렇게 도달했던『정의의 답』을 가슴에 품고, 류는 **그녀의 이름**을 불렀다.

"【아갈리스 알베신스】!"

홍염(紅炎).

"우우웃?!"

홍련의 광채를 띤 별무리의 검에 회그니는 나가떨어졌다.

펼쳐진 검격과 함께 후방으로 튕겨 날아가, 땅을 두 발과 왼손으로 격렬하게 깎으며 정지했다.

에인혜랴르, 모험자, 신들까지도 그 새빨간 광채를 보고, 말을 잃었다.

"불꽃의 인챈트……?! 그럴 리가!"

회그니의 고함을 시작으로 퍼져가는 술렁임.

모르는 이들을 내버려 둔 채, 『그 마법』을 아는 이들만이 경악에 얻어맞아 혼란의 소용돌이를 일으켰다.

"…………알리제?"

섬 바깥.

전장에서 아득히 멀리 떨어진 곳에서 그 광경을 본 샥티는 아연히 중얼거리고 있었다.

그녀의 눈이 젖어들고 물방울이 맺히기 전, 회그니의 절규가 쩌렁쩌렁 울려 퍼졌다.

"【스칼렛 하넬】!! 알리제 로벨의 마법!!"

그것은 5년 전에 스러져간, 한 정의의 사도의 이름.

그 『마법』은 『악』과 싸우던 소녀가 사용했으며, 수많은 이의 기억에 각인된 불의 꽃잎.

회그니도 알고 있다. 기억하고 있다.

그 암흑기를 달려나갔던 소녀들, 【아스트레아 파밀리아】의 광채를.

그 속에서도 한층 선명하게, 화려하게 타오르던 【스칼렛 하넬】의 모습을.

자신에게는 없는 눈부신 광채를 뿜어내던 소녀의 불꽃을, 회그니 라그날은 남몰래 존경했으며, 결코 잊는 일이 없었다.

"어떻게 네놈이 그『마법』을 쓸 수 있는 거냐, 【질풍】!!"

격해진 회그니의 감정에, 류는 고결한 불꽃을 두르며 단한 마디로 대답했다.

"여행을 마쳤다."

그것은 긴 여행이었다.

자신 이외의 동료가 쓰러지고, 복수의 불꽃을 품은 채, 한번은 재가 되었다가, 정체 속에서 살아왔던 요정이 도달한 여정의 끝.

던전의 심층이 가져온 수천의 어둠을 넘어, 소년이라는 하얀 종에 이끌려 빛이 드는 건너편까지 도달해 발견한 류리온의 정의.『희망』이라는 답.

"그리고 아스트레아 님과 다시 만나, 알리제와 동료들의 의지를 **이어받았다**. 그뿐이다."

그것이 주인인 여신과 재회하면서 결실을 맺고 발현되었던 것이다.

류의 등에 새겨진 새로운『마법』으로서.

두 팔다리, 그리고 검에 부여된 불꽃이 요정의『정의』에 호응하듯 거칠게 날뛰었다.

"다시 한번 말하겠다. **우리**의 모든 것을 부딪쳐—— 이번에야말로 이기고 말겠다!"

땅을 박찬다.

포석에 작열하는 불꽃의 발.

다음 순간, 폭쇄의 불꽃을 피우며 류는 홍련의 탄환이
되었다.

"크윽?!"

제2급 모험자의 지각속도를 뿌리치고, 경악하는 에인헤
랴르의 눈앞까지 육박해 참격을 펼쳤다.

"크아아아아아아아아악?!"

폭발하는 붉은 불꽃. 그리고 **일격필살**.

강력한 불꽃의 인챈트를 두른 별의 검이 단 한 방에 Lv.4
의 휴먼을 재기불능에 빠뜨렸다.

"탐무즈?!"

"이럴 수가──?!"

"한 방에?!"

붉은 궤적은 멈추지 않는다.

두 발에 부여된 불꽃은 그야말로 추진제이자 『발화제』.

【스칼렛 하넬】의 주특기였던 맹렬한 폭염가속을 자신에게
투영해, 갈팡질팡하는 【프레이야 파밀리아】에게 달려든다.

일검, 이검, 셋을 건너뛰어 오검.

바람을 방불케 하는 고속의 칼놀림과 그에 따르는 폭쇄.

언뜻 모순된 듯한 말도 안 되는 필살의 검에, 에인헤랴
르 다섯이 한꺼번에 무너졌다.

순수하게 위력 면에서 우수한 불꽃 속성 마법의 참모습
이라고 해야 할 『화력』을 발휘해, 검이 됐든 방패가 됐든
무장과 함께 적을 태우고 부순다.

"이, 이 자식이이이이이이이이이이이이이!!"

눈 깜짝할 사이에 여섯 동료를 잃은 에인헤랴르들이 노성을 질렀다.

포위망의 일각을 무너뜨리고 탈출하는가 싶더니 그대로 자신들에게 돌진하는 류의 모습에 격앙했다.

대검을 들고, 화살을 조준하고, 창을 내지르려 하지만──

허사로 끝났다.

홍련을 띤 요정의 비상에 모든 반격과 방어는 무너지고 말았다.

"흡──!!"

바람의 질주와 불꽃의 포효가 연쇄했다.

에인헤랴르들은 모조리 류에게 패배했다.

손도 발도 쓸 수 없었다.

관전하는 신들도 사람들도 경악할 정도로, 하나하나 격파되고 있었다.

구태여 억지로 『실수』를 거론한다면, 창졸간에 연계를 취하지 못했던 것이 화근이었다.

헤딘의 지휘가 바로 옆에 있었다면, 만약 『조직』의 힘을 중시하는 【로키 파밀리아】였다면, 피해는 확산되었더라도 그나마 대응할 수 있었을 것이다. 하지만 그들은 『에인헤랴르』. 치열한 파벌 내 투쟁으로 『개인』의 힘을 지나치게 추구한 나머지, 아군과 동시에 덤벼들 수는 있어도 요정의 움직임을 저해하고 몰아붙이는 고도한 전술은 취할 수 없었다.

그리고 지금의 류는 몇 번이 됐든 『1 대 1』을 반복하는 한 절대로 패배하지 않으리라.

회그니는 그렇게 확신했다.

왜냐하면 회그니에게는 『그것』이 보이고 말았으므로.

"————."

고속으로 파고들어 베는 류의 등 뒤에서 보이는, 『붉은 머리 소녀의 잔영』.

웃음을 지으며, 【질풍】과 함께 싸우는 【스칼렛 하넬】의 환영이 겹쳐져 보이고 말았으므로.

요정은 혼자가 아니었다.

『붉은 불꽃』과 『질풍』이 춤을 춘다.

늘 함께 있었던 것처럼, 소녀들은 힘차게 날뛰었다.

"저건…… 알리제의 마법?!"

바벨이 다시 충격에 휩싸였다.

이곳에 5년 전에 궤멸된 【아스트레아 파밀리아】를 모르는 벼락치기 신은 없었다.

강력한 불꽃의 인챈트를 구사하는 류를 보며, 신들은 앉는 것도 잊은 채 외쳐대고 있었다.

"남의 마법을 쓰고 있잖아?!"

"설마…… 『소환』?!"

"【사우전드 엘프】랑 똑같이?!"

이 하계에서 단 한 명의 권속에게서만 확인된, 타인의 마법을 구사하는 반칙 기술 『소환마법』이 아닐까. 신들은 수그러들지 않는 열기와 함께 억측을 나누고 왁자지껄하게 떠들었다.

"아니, 『소환』이 아니야."

그러나 단 한 명, 헤르메스는 부정했다.

"저건——『계승』이지."

눈부신 것을 보듯, 웃음을 머금으며 단언했다.

소녀들의 『정의』는 순환해 돌아온 것이다.

밤하늘에 담긴 무수한 광채와도 같이, 흩어졌다가 별무리의 빛이 된 【아스트레아 파밀리아】의 의지는 류의 안에서 지금도 살아 있다.

【아스트레아 레코드】.

류가 Lv.6 【랭크 업】과 함께 발현시킨 『마법』.

능력은 헤르메스의 말대로, 『정의계승』.

자신의 등에 정의의 여신이 새겨준 신혈과 같은 『팔나』를 가졌던 열 명의 권속들. 그녀들의 『마법』을 물려받아 구사할 수 있는, 류 리온만의 『기적』.

유례를 찾아볼 수 없는 이상사태였으며, 하계의 가능성이었으며, 어마어마한 『미지』.

그리고 마침내 이루어진 정의의 검과 날개의 맹세였다.

헤르메스는 오늘 최고의 흥분을 손에 넣은 것과 동시에 미소를 지으며 축복의 박수를 보냈다.

"……【아스트레아 파밀리아】."

"【아스트레아 파밀리아】다……!"

탑 아래, 센트럴 파크.

머리 위에 뜬 『신의 거울』에 비친 정의의 불꽃을 보고, 어떤 행상 사내가 눈물을 흘렸다.

암흑기, 정의의 권속들 덕에 목숨을 건졌던 부부는 사랑하는 딸을 안고 오열을 흘렸다.

그것은 『정의의 성과』였다.

정의를 내세운 소녀들의 고결한 행위가 끊어지지 않았다는, 무엇보다도 큰 증거였다.

왜 그녀가 저 전장에 서 있는지는 모른다.

그러나 그들이 할 수 있는 일은 하나.

민중의 눈물은 이윽고 노도와도 같은 성원으로 바뀌었다.

"【──지금은 머나먼 숲의 하늘. 무궁한 밤하늘에 흩뿌려진 무한한 별빛】."

그리고.

"【어리석은 나의 목소리에 호응하여 이 자리에 한 차례 유성의 가호를. 그대를 버린 자에게 빛의 자비를】."

소녀들의 『정의』를 계승하고도, 류의 원래 『마법』은 결코 쇠하지 않았다.

"『병행영창』……?!"

"마, 막아아아아아아아아아아아!!"

울려 퍼지는 노랫소리와 고양되는 마력에 에인헤랴르들은 냉정함을 내팽개치고 류에게 달려들었다.

그러나 잡을 수 없었다. 아니, 영창을 막고자 부주의하게 접근을 시도했던 자부터 폭렬의 참격에 쓰러져갔다.

"쳇!!"

그때까지 아연실색 서 있기만 했던 회그니도 눈빛을 바꾸며 류에게 덤벼들었다.

다른 전사들과는 다른 제1급 모험자는 아무리 류라 해도 쉽게 넘길 수 있는 상대가 아니다.

"【오라, 방랑하는 바람, 유랑하는 나그네. 허공을 건너 황야를 달려, 무엇보다도 빠르게 달려라】!"

그러나 참격을 1합, 2합 뿌리치고 영창을 확실하게 이어나간다.

고속전투에서의 고속영창. 『마법검사』 뺨치는 기술과 무엇보다도 적의 공격에도 겁을 내지 않는 담력을 보이는 류에게 회그니의 얼굴은 씁쓸함으로 일그러졌다.

이 동포는 누구보다도 **노래에 익숙하다**.

'게다가 매직 서클까지……!!'

그녀의 발밑에 전개된 것은 숲을 본뜬 무늬처럼 보이는 심록색의 광채.

그것은 『마법』의 위력을 끌어올리는 상급 마도사의 증거였다.

생사불명이었던 5년 전까지 【질풍】은 마도사의 성질을

겸비하고 있지 않았다. 새로운 『마도』 어빌리티까지 발현되었음을 깨달은 회그니는 지금부터 시작될 『포격』이 전황을 혼돈에 빠뜨릴 무언가임을 알아차리고 말았다.

회그니라면 Lv.6이라 해도 영창에 집중력이 분산된 상대 따위 베어 쓰러뜨릴 수 있다.

그러나 『불꽃의 꽃잎』이 이를 가로막는다.

류의 자세를 무너뜨리기 직전, 류의 검에 부여된 불꽃이 터지면서 반대로 회그니의 자세와 간격을 뒤틀어버렸던 것이다.

막을 수 없다!

그의 머리를 후려치는 듯한 충격은 외부에서 관측하는 자들조차 이해할 수 있었다.

'너무 빨라——!!'

자신의 눈으로도 좇을 수 없는 요정의 모습에 헤이즈가 경악했다.

'강하다——.'

드높이 울려 퍼지는 가극에 헤딘은 자신들과 어깨를 견줄 만한 동포임을 인정했다.

'대체 뭐예요 저거어어어————?!'

에인헤랴르를 압도하는 말도 안 되는 광경에 릴리는 이제 뭔가 뭔지 알 수 없어 혼란에 빠져버렸다.

"【별빛을 담아 적을 쳐라】!"

그리고.

Lv.6의 요정이 자랑하는 그『포격』이 터져나왔다.

"【루미노스 윈드】!!"

녹색 바람을 띤 거대한 빛의 광구가 무리지어 『주요 전장』을 삼켜버렸다.

『끄아아아악?!』

도약해 머리 위에서 시전한 광역 공격마법.

한 발 한 발이 무시무시한 파괴력을 띤 별무리의 광채에, 효과 범위 내에 있던 에인헤랴르는 예외 없이 날아가고, 내팽개쳐지고, 빛과 바람에 휩쓸려 격파되었다.

전열만이 아니라 헤이즈가 있는 후열까지도 노린 포격은 안드흐림니르마저 충격의 도가니에 빠뜨렸다.

"""""저건 뭐야?!"""""

"저 마법은…… 설마!"

"류 공?!"

궤멸되었던 줄로만 알았던 연합군 우익 방향에서 솟아나는 빛과 바람의 난류에 걸리버 4형제가 놀라고, 아이샤와 미코토도 눈을 크게 떴다.

"…………류."

아득한 시야 저편, 『신의 집』에서 섬광의 연쇄를 본 순간, 그때까지 전장의 정확한 상황을 알 방법이 없었던 프레이야 또한 【질풍】이 나타났음을 깨달았다. 갈팡질팡하며 남녀 호위병이 겨우 돌아오는 가운데, 누구에게도 속내를 들키지 않을 가면을 쓰고 은색 눈을 가늘게 떴다.

그 진동은 오탈에게 세례를 받고 있는 벨에게도 전해졌다.

그 충격은 필사적으로 도망치는 헤스티아마저도 놀라게 했다.

단 한 명의 엘프가 개입하면서, 『올자 도시유적』이 혼란에 빠졌다.

"잘도 설치는군……!"

폭력적인 빛의 폭풍에서 도망칠 수 있었던 것은 회그니 하나뿐이었다.

자신의 초단문영창 『마법』까지 동원해 거대한 빛의 구체를 상쇄시키며, 다른 에인헤랴르들과는 차원이 다른 움직임으로 위기에서 벗어난 다크엘프는 재빨리 주위를 살폈다.

아군의 피해는 심각했다. 『주요 전장』 북쪽에 모여 있던 에인헤랴르는 거의 전멸했다. 포격으로 일부 힐러까지 쓰러진 헤이즈의 파티 안드흐림니르도 즉시 회복을 시도하고는 있지만 전선의 위치조차 제대로 파악하지 못하는 상황이었다. 루미노스 윈드가 만들어낸 대량의 흙먼지 탓이었다. 포격의 잔향이 아직까지 귀를 희롱하는 가운데, 최후방에 있던 헤딘의 위치까지도 놓쳐버리고 말았다.

너덜너덜해진 외투 이외에는 상처 하나 입지 않고 제1급 모험자의 관록을 보여준 회그니. 그럼에도 그는 미간을 일그르뜨리며 류의 『진의』를 정확하게 이해하고 말았다.

'나 하나를 노린 집중포화가 아니라 사정거리를 한계까지 늘린 섬멸사격! 다른 녀석들을 쓰러뜨려 쓸데없는 『장애물』을 치웠다! 다시 말해――!!'

다시 말해, 지금, 이 북쪽 전장에 서 있는 것은 **둘뿐**.

따라서 이제 『1 대 1 대결』의 조건은 성립되었다.

"――승부다."

"크으윽!!"

피어나는 방대한 흙먼지를 가르고 붉은 불꽃을 두른 채 머리 위에서 류가 육박했다.

고개를 들고 눈꼬리를 틀어올린 회그니는 그야말로 전왕의 표정을 지으며 별무리의 검에 맞섰다.

"우습게 보지 마라아아아!!"

칠흑의 저주검과 홍염의 별무리검이 다시 맞부딪쳤다.

아직까지 주위가 누런 장막에 가려진 먼지 속의 전장.

개입은 없다. 간섭도 없다. 1대 1 대결조차 용납되지 않던 기사의 묘지 따위 사라졌다.

그러므로 흑백의 두 엘프는 진정으로, 전심전력을 다해 눈앞의 적을 타도하고자 했다.

"하아아아아아앗!!"

"큭……!"

"느리구나! 약하구나! ――미지근하구나!!"

어디까지나 자신을 타도하려 드는 건방진 동포에게, 회

그니는 자신의 검에 대한 긍지를 맞부딪쳤다.

　불꽃이 실린 류의 참격을 받아치고, 검을 되돌려 창졸간에 자세를 잡은 상대의 건틀렛을 파괴했다.

　무수한 불똥을 뒤집어썼지만, 그래도 회그니는 폭렬이 담긴 참격의 직격만은 결코 받지 않으려 했다.

　말도 안 되는 출력의 인챈트는 분명 위협적이다.

　그러나 그 불꽃의 효과범위도 위력도 『병행영창』 중의 교전으로 이미 파악했다.

　류의 현재 전투 스타일에는 『구멍』이 있음을 적확하게 간파했다.

　"아무리 친구의 불꽃을 둘렀어도, 전열 살해자인 나의 검은 결코 태우지 못할 거다!"

　강대한 화력은 지근거리에서 함부로 작열시켰다간 술사를 자폭으로 몰아넣는 위험성을 항상 품고 있다. 류는 【스칼렛 하넬】만큼 화력의 강약과 작용의 조정을 제어하지 못하고 있었다.

　그러므로 회그니가 나아가야 할 장소는, 앞이었다.

　불꽃에 타들어갈 각오로 파고들면, 그곳에는 에인헤랴르들은 넘어서지 못했던 활로가 있다. 【프레이야 파밀리아】 내에서 1, 2위를 다투는 백병전 능력을 가진 회그니만이 뛰어들 수 있는 『구멍』이 분명히 존재했다.

　"찢어라, 빅팀 어비스!"

　"크으윽?!"

게다가 회그니의 저주검 《빅팀 어비스》의 힘도 건재했다.

긴 검신을 넘어서 확장된 참격의 범위가 『불꽃의 꽃잎』을 넘어서서, 아슬아슬하게 몸을 뺀 류의 어깨를 얕게 찢었다. 진공의 검처럼 눈에 보이지 않는 칼날은 폭발하는 불꽃으로도 저지할 수 없다.

『전열 살해자』를 자청하는 소드 머더의 이름은 허명이 아니다. 회그니의 탁월한 검기와도 맞물려, 간파가 불가능한 참격의 춤으로 바뀌었다.

"두 번의 승화를 거친 정도로 기어오르지 마라! 넌 아직 내 밑이다, 계집!!"

전대미문의 위업을 달성했으면서도 적은 정확하게 자신의 『그릇』을 제어하고 있었다. 격상한 【스테이터스】에 휘둘리지 않았다. 이곳에 오는 동안 무엇을 했는지는 모르겠지만 그것은 칭송할 만했다.

그러나 그렇다 해도 회그니의 전투기술과 전투경험은 그 정도로는 뒤집을 수 없다.

다른 파벌의 제1급 모험자와 【프레이야 파밀리아】의 제1급 모험자는 다르다.

갈고 닦은 『기술과 허허실실』이, 죽음을 두려워하지 않는 각오가, 그리고 여신에 대한 충성이 그들을 그야말로 영걸이라 부르기에 어울리는 용사로 바꿔놓는다. 『세례』를 넘어서서 파벌 내 투쟁에 승리하고 에인헤랴르의 정점에 기어오른다는 것은 그런 것이다.

아무리 정의의 사도들이 류에게 힘을 빌려준다 한들, 자기개조마법 【다인슬레이프】로 최강의 자신을 소환한 회그니에게 패배할 이유는 없었다

──그랬어야 했다.

"……큭?"

과감하게 파고들고 공격을 이어나간다.

적의 뺨과 팔에 상처를 늘려나간다.

그러나 회그니는── 밀리고 있었다.

"흡!!"

칠흑의 검을 후려치는 류의 참격이.

선명하게 타오르는 불꽃의 꽃잎이.

차츰, 확실하게, 회그니를 위협하고 있었다.

'이럴 리가……?!'

적의 움직임이 빨라진 것은── 아니다. 회그니의 **반응 속도가 떨어진 것**이었다.

머릿속에서 그리는 움직임에 육체가 따라가지 못하고 있었다.

"──이건『워 게임』이다."

하늘색 눈이 말했다.

몸의 이변에 당황하는 회그니를 보며, 류는 스스로 한 발을 파고들어 대답했다.

"동포. 나와 싸우기 전에 그『검』으로 **얼마나 많은 모험자를 베었나?**"

그 말을 들은 순간.

터무니없는 충격이 회그니의 온몸을 휩쓸고 지나갔다.

'설마——?!?!'

『저주의 검』을 쥔 다섯 손가락이 경련하듯 떨렸다.

서서히 흙먼지가 가라앉는다.

누런 커튼이 걷혀간다.

회그니는 류의 맹공을 버텨내며 주위로 시선을 돌렸다.

쓰러진 에인헤랴르들. 아니다.

아군을 회복시키고 있는 헤이즈와 힐러들. 아니다.

카산드라에게 안겨 지금도 잠들어 있는 상처투성이 책
사—— 저놈이다!

저놈의 『작전』이 나를——!!

"『커스 웨폰』은 강력한 은혜를 주는 대신 『대가』가 발생
하지!"

"크윽?!"

"대표적인 예는【스테이터스】의 저하, 혹은—— **체력소모!**"

류의 말대로, 회그니의 무장 《빅팀 어비스》는 『커스 웨
폰』이다.

참격범위의 확장이라는 소드 머더를 발휘하는 대신, **사
용자의 체력을 앗아간다.**

그것은 저주의 상처와 마찬가지로 포션이나 마법으로도
금방은 치유되지 않는 『저주』 그 자체.

회그니는 무의식중에 『커스 웨폰』을 지나치게 사역하고

말았던 것이다.

파벌연합이라는, 전에 본 적 없는『상급 모험자의 대군』을 상대로.

다프네와 같이 무모하게도 그에게 계속 덤벼들었던『어중이떠중이』들에게!

"나보다도 앞서 싸웠던 자들이 네 힘을 깎아준 거다!"

통렬한 일격과 함께 터져나온 류의 선언에, 회그니의 눈은 이번에야말로 전율에 떨렸다.

——**베여줘.**

그렇게 명령받았던 오우카가, 치구사가, 보르스가, 리빌라 마을의 주민들이.

그렇게 명령한 다프네 본인이, 회그니의 일격을 계속해서 이끌어냈다. 그것도 한두 번이 아니었다.『사냥당하기만 하는 사냥감』을 가장하던 모험자들이, 회그니의『참격 횟수』를 소비시켰던 것이다.

"다프네……!"

지면에 주저앉은 채 류와 회그니의 격전을 바라보던 카산드라가 눈물을 흘리면서, 엉망이 된 다프네의 몸을 끌어안았다.

폭군과도 같은『최악의 명령』은 이것을 위해서였다.

제1급 모험자라는 전력을 붙들어놓고 시간을 끌었던 것이 아니라, 회그니의 힘을 조금이라도 깎아내 아군에게 뒤를 맡기기 위해, 다프네와 그들은 스스로 지옥에 빠져 베이고 또 베였던 것이다.

'말도 안 돼——?!'

평소의 회그니라면『커스 웨폰』을 남용하는 어리석은 짓은 저지르지 않는다.

그러나 **츠바키와의 격전에서 시작해,**【프레이야 파밀리아】내에서 누구보다도 **파벌연합의 주요 전력과** 많이 싸웠던 그는 자각하지 못하는 사이에 **조바심을 내고 말았던 것이다.**

위협일 수밖에 없는『크로조의 마검』, Lv.5 스미스를 Lv.6으로 끌어올려 주는 반칙 기술『레벨 부스트』, 그리고 너무나도 집요했던 다프네의 우익부대.

하나의 실수만으로도『상처를 입을 수 있다』고, 파벌연합의 저력을 피부로 느껴버렸기에 회그니는 스스로도 깨닫지 못할 만큼 조급해져, 섬멸을 서두르고 말았던 것이다.

이어져 있었다.

모두 이어져 있었다.

총지휘관 릴리의 전략을 헤아려, 다프네가 책략을 펼치고, 츠바키와 모험자들이 마지막까지 분투하고, 비참하게 발버둥 치던 권속들의『승리를 향한 의지』는—— 모두 **이 순간으로 이어져 있었다.**

"이것이 순수한 1 대 1 대결이었다면 승부는 알 수 없었겠지."

날아드는 고속의 참격.

악력을 잃은 손에서 마침내 검이 튕겨져 날아가, 회그니
는 시간이 얼어붙는 감각을 맛보았다.

"그러나 지금은 우리가 이겨야겠다!!"

포효와 함께—— 터엉.

칼끝이 회그니의 가슴에 와 닿았다.

오른팔, 그리고 별무리검에 부여된 홍염의 최대 전개.

류는 막대한 마력과 함께 그 『필살』을 외쳤다.

"알베리아!!"

작열.

"끄아아아아아아아아아아아아아아아아아아아아
아아아아아악?!"

밀착거리에서 뿜어져 나온 홍련의 폭쇄에 회그니의 몸
은 허공으로 날아올랐다.

불타고, 부서지고, 허공에서 멈추었다가, 중력에 붙들려
잔해로 변한 유적에 등부터 내팽개쳐졌다.

연기를 피워올리는 사지.

불타버린 배틀클로스.

의식이 끊어진 두 눈이 앞머리에 가려졌다.

전장에 공백이 새겨졌다.

제1급 모험자의 타도.

Lv.6의 함락.

결코 있을 리 없었던, 최강의 아성에 생겨난『균열』.

모두가 벌떡 일어나, 말을 잃은 채, 움직임을 멈추었다.

다음 순간.

『격파아아아아아아아아아아!!【다인슬레이프】격파아아아아아아아아아아아아아아아아아!!』

산 너머의 오라리오가 작열의 도가니로 변했다.

『격파, 격파아?! 에? 잠까, 진짜, 에에에에에에에?! Lv.6을 격파아아아?! 이거뭐야진짜뭐가뭔지모르겠어어어어어어어어어?! 굉장해에에에에에에에에에에에에에에에에에에에에에에에에에에!!』

절규를 터뜨리며 혼란에 빠진 이브리는 무턱대고 고함만을 질러댔다.

목이 쉬든 말든 상관할 바 아니라는 양, 실황석에서 몸을 내밀며 규환을 뿌려대는 그의 모습에 민중의 함성이 이어졌다. 모험자들도, 신들도 소리를 질러댔다.

『――――――――――――――――――――――――――――――――오오오!!』

온 도시가 흔들렸다.

하늘을 놀라게 하고 대지를 움직였다.

불타오르는 함성이 모든 이에게 불을 지펴, 『세계의 중심』이 폭발한 게 아니냐고 주변 국가들이 착각을 일으킬 정도였다.

"잡았다아아!! 잡았어어어어어어어어어어?!"

『거울』에 눈을 고정한 채 아이즈의 두 어깨를 붙잡고 덜컥! 덜컥!! 앞뒤로 흔들어대는 티오나는 폭주하는 금색 장발에도 아랑곳 않고 열광했다.

"【다인슬레이프】를 뚫었어!!"

그 옆에서 뛰어오르듯 일어난 언니 티오네가 흥분의 노예로 변했다.

"【프레이야 파밀리아】의 간부를……!"

마침내 이루어진 제1급 모험자의 타도에, 리베리아와 가레스가 한껏 눈을 크게 떴다.

"──그래야지."

그리고 핀은.

너무나도 희미하지만 그래도 이어진 승산을 보고, 이 『전황』을 가져온 소녀에게 미소를 보냈다.

ᴦᴦᴦᴦ우와아아아아아아아아아아아아아아아아아아아아아아아
아아아아아아아아아아아아아아아아아아아아아아아아아아아아
아아아아아아아아아아아아아아아아아아아아아아아아아아아아
아악?!ɯɯ

도시 중앙에 우뚝 솟은 바벨은 어휘력을 상실했다.

남신도 여신도, 프레이야를 응원하는 자도 그렇지 않은

자도, 무턱대고 일어나선 뛰어오르고 옆에 있는 신과 얼싸안으면서, 진동에 휩싸인 『거울』을 응시했다.

도시가 격진했다.

누가 어떻게 보더라도 패배가 확실했던 게임판. 그곳에 강림한 『정의의 유성』에게 오라리오 전체가 불이 꺼질 줄 모르는 홍련의 가마솥으로 변했다.

"앗싸봤냐아아아아아아아아아아아아아아아아아아아——!!!"

그중에서도, 하늘을 향해 두 주먹을 불끈 들어올리고 있던 것은 릴리.

용자에게 들었던 승리를 위한 『필요최소조건』——『제1급 모험자의 격파』를 만족시킨 파룸 소녀는 상황도 잊고 기뻐 날뛰었다.

에인헤랴르도 아니고, 안드흐림니르도 아니고.

제1급 모험자의 함락.

그것이 바로 전술적으로도 전략적으로도 필수적이었던 절대 요소.

그렇다. 그렇게 바라마지않던 『한 사람』. 릴리가 계속해서 노리고 있던 제1급 모험자, 『회그니 라그날』.

츠바키와 다프네를 비롯한 모험자들의 분투가 포석이 된 『형태』이자 『설계』.

그리고 최후의 한 수를, 때마침 달려와 준 류가 짊어져 주었다.

결코 우연의 산물이 아니었다. 절망에 죽어가던 파벌연합이 발버둥에 발버둥을 거듭해 모두 함께 끌어낸 『희망』이었다.

"흐름이 바뀐다……! 이제 흐름이 바뀐다!!"

겨우 1승.

그러나 파벌연합에게는 무엇보다도 크고, 【프레이야 파밀리아】에게는 무엇보다도 무거운 1패. 병사가 아닌, 둘도 없는 『장수』가 타파되면 반드시 파란이 일어난다.

도시와는 달리 완전히 정적에 잠긴 『주요 전장』에서는 걸리버 형제를 비롯해 연합의 좌익을 상대하던 에인헤랴르들까지도 아연실색해 얼어붙어 있었다.

"회그니 님이……………… 당했어? —————— 그럴 리가?!"

사기가 흐트러진다. 그 충격은 설령 군사 헤딘이 있었다 해도 막을 수 없었다.

『주요 전장』 남동쪽에 있던 그들 이외에도, 류의 포격에 궤멸된 에인헤랴르들이 있다. 동요는 순식간에 퍼져나가 여신이 있는 본진에까지 전해질 정도였다.

"헤, 헤이즈 님?!"

"회그니 님이!! 대체 어떻게 하면 좋죠——?!"

안드흐림니르도 마찬가지였다.

여성만으로 구성된 힐러와 허벌리스트의 부대에서 혼란의 목소리가 넘쳐나고 있을 때.

"——조용히 하세요!!"

""!!""

헤이즈의 일갈이 그 혼란을 신속히 억눌렀다.

"우리는 안드흐림니르! 죽음의 용사들을 채워주고 치유하는 자들! **제한 없이, 몇 번이든!!** 아무리 용사들이 쓰러지더라도 상처를 메우고 두들겨 깨워 전장으로 떠밀면 그만이에요!"

평소의 온화한 소녀가 아닌, 여신을 숭배하는 과격한 마녀의 얼굴이 되어, 전장을 집어삼키고자 하는 동요를 봉쇄해버렸다.

"회그니 님은 내가 치료하겠어요! 그는 곧바로 일어날 거예요! 부관 로나와 나머지는 다른 에인헤랴르를! 우리의 승리는 흔들림이 없습니다. 당황하지 마세요!"

""네, 네엣!""

헤이즈의 질타를 받은 치유사 소녀들은 평정을 되찾았다.

마법과 아이템, 힐러와 허벌리스트가 동원되어 치료의 준비가 착착 진행되었다.

'파벌연합, 그리고【질풍】! 감히 이랬단 말이죠! 하지만 그것도 회그니 님이 **당했을 뿐!** 설령 사기에 영향을 미치더라도 전황은 의심할 여지도 없이 아직 우리의 압도적인 우세!!'

마음속으로 쓰디쓴 표정을 지으면서도 헤이즈는 마음을 바꿔먹었다.

류의 포격에 휩쓸렸던 동료의 치료는 끝났다. 이제부터 안드흐림니르의 모든 멤버가 모든 능력을 다해 전선을 재건하면 된다. 오랫동안 『폴크방』을 지탱해왔던 그녀들이라면 가능하다.

그리고 그것은 릴리가 신음할 정도의 통한이다.

초반에 안드흐림니르를 일소하지 못했던 치명타가 큰 영향을 미쳐, 큰 불에 이르기 전의 파란을 열심히 진화하려 한다.

"흐름이 바뀌도록 절대 내버려두지 않겠어요! 당신들에게 『희망』 따위 품게 놔둘 줄 알고!"

여신에 대한 충성을 가슴에 품고, 소녀는 쓰러진 회그니에게 가려 했다.

그때였다.

"꺄아아아아아아아아아아아아아아아아아아아악?!"

『굉음』이 안드흐림니르를 엄습한 것은.

헤이즈도 여기에 말려들었다.

"──우왓?! …………에?"

포격당했다.

마법의 비가 쏟아져 피부가 타고 대미지를 입었다.

헤이즈는 안드흐림니르와 함께 저격당했던 것이다.

그건 괜찮다.

괜찮지는 않지만 그것까진 괜찮다.

문제는 포격의 방향이 **자신들의 후방이었다는 사실**.

자신들을 엄습했던 것이 **번개의 탄환**이었다는 사실.

'‥‥‥‥‥아?'

적이 있을 리 없는, 경계를 할 리 없는, 자신들의 후방.

『본진』의 방향을, 헤이즈는 천천히, 뻣뻣한 동작으로 돌아보았다.

그곳에 서 있던 것은 한 화이트엘프.

당연하다는 듯이 그곳에 서 있는, 롬파이아를 들고 한쪽 팔을 내민 군사.

헤딘 셀랜드.

너무 멀지도, 너무 가깝지도 않은, **최대 효과**를 발휘할 『사정거리 내』에 안드흐림니르를 두고, 헤딘 본인이 **포격을 하고 있었다.**

'‥‥‥‥‥‥‥‥‥‥‥‥‥‥‥‥‥‥‥‥아?'

헤이즈의 머릿속이 새하얗게 물들었다.

그 정보를 영원히 처리하지 못하고 있는 소녀를 향해, 헤딘이 고했던 것은 그저 한 마디.

"【영쟁하라 불멸의 뇌병】."

가차 없는 『토벌선언』이었다.

"【카우르스 힐드】."

🔥

『에에에에에에에에에에에에에에에에에에에에에에에에에

에에에에에에에에에에에엑에에에?! 에에에에에에에에
에에에에에에에에에에에에에에에에에에에에에에에에에에
에에에에에에에엑?!』

　이브리의 절규가 그치질 않는다.

　온 도시 시민들의 마음을 대변하는 그는 마석제품인 마
이크를 떨어뜨릴 뻔했다.

『잠깐잠깐, 진짜 좀 잠까아아아아아아아안!! 머리가정
리가안돼진짜무슨일이일어난거야제발부탁이니까기다려
봐아아아아아아아아아아아아아!!』

　안드흐림니르에게 맹렬히 쏟아진 번개의 탄막을 본 도
시가 다시 폭발했다.

　【다인슬레이프】의 격파만으로도 열광의 극치였는데, 잇
달아 일어난 【힐드슬레이프】의 『이해할 수 없는 행동』은 머
리의 처리 상한을 초과했다.

　펑크가 날 것 같은 정보량에 모두가 상황을 판단하지 못
했다.

　민중은 우선 『신의 거울』이 고장 난 것은 아닐까 생각했
다. 신들은 그럴 리가 있냐고 외쳤다.

　모험자들은 그럼 이건 현실이라고 이해하고, 결국 『대혼
란』이 일어났다.

『오인사격?! 【힐드슬레이프】의 실수?! 적과 아군을 착각
하고?! 아니, 하지만 지금도 펑펑 쏘고 있는데………… 아
아아아아이젠진짜모르겠어어어어어어어어어어어어어

어…………!! 도와주세요 가네샤 님!! 저건 대체 무슨 일이 일어난 건가요오?!』

『저건 가네샤입니까아아아아아아아아아아아아아아아아아아아아아아아아아?!』

『이젠나보고뭐어떡하라고오오오오오오오오오오오오오오오오오?!』

수습이 되질 않았다.

실황자도 해설자도 쓸모가 없어져, 전장의 광경에 희롱당하기만 하는 소음발생기로 전락했다.

신들도 포함해 오라리오에서 망연자실 관전하던 자들의 뇌리에는 『하나의 단어』가 떠오르고 있었다.

그러나 어떻게 믿겠는가.

주신에게 충성을 맹세한 【프레이야 파밀리아】에서만은, 그 사태는 절대 일어날 리가 없었으므로.

"……배신……?"

중앙광장의 군중 속에서 누군가가 그 단어를 중얼거렸다.

그 한 마디는 차츰 술렁임으로 변모했으며, 이윽고 무시무시한 파도가 되었다.

"【힐드슬레이프】가 배신했어?!"

"모, 모반?!"

"거짓말이야!"

"멍청한 소리 그만해!!"

"그게 가능하기나 해?! 저 녀석은—— 헤딘 셀랜드라고?!"

비명의 중심은 엘프들.

냉혹하고도 격렬하고, 그러면서 누구보다도 충성심이 깊은 화이트엘프의 모반이라니. 현실을 직접 보고도 믿지 못하는 자가 속출했다.

"【아폴론 파밀리아】 때랑 똑같이?!"

강한 기시감과 함께 민중은 자기도 모르게 그렇게 외치고 있었다.

'──아니야.'

반면 릴리는 부정했다.

믿을 수 없는 광경을 보며, 몇 번이고 눈을 의심하며, 그래도 소녀는 『아니다』라고 단언했다.

【아폴론 파밀리아】와의 워 게임에서도 있었던 『배신』이 또 일어났다── 오라리오에 있는 민중과 파벌연합 모험자들의 머릿속에는 그 단어가 어른거리고 있을지도 모른다.

그러나 아니다. 그것은 결코 아니다.

그때는 릴리가 변신마법 『신다 엘라』를 사용한 전략을 꾸민 것이었다. 파룸 루안은 배신한 적이 없다.

그러므로 이 광경은 과거의 워 게임을 재현한 것이 아니다.

그러므로 이것은 진정한──『광기의 소행』이었다.

"벨 님이 말씀하신 일이 정말로 일어났어······!"

아연실색해 중얼거리는 릴리의 의식은 몇 시간 전으로 날아갔다.

"저기, 릴리…… 잠깐 내 말 좀 들어볼래?"

워 게임 개막 전.

파벌연합을 고무시켰던 릴리에게 백발 소년은 무언가를 결심한 듯 말을 꺼냈다.

"마스터는…… 헤딘 씨는 **우리를 도와줄 거라는**…… 그런 기분이 들어."

릴리는 물론이고 주위에 있던 헤스티아까지 놀라는 가운데, 그는 자신이 느꼈던 것을 말했다.

"『매료』로 세상이 바뀌고 궁지에 몰렸을 때…… 마스터는 나를 엉망으로 만들면서도, 도와주고 있었던 것 같아."

"엉망으로 당하기는 했군요…….."

"어, 응…………. 아, 아무튼! 그 사람은 『프레이야 파밀리아의 벨 크라넬』이 아니라 『진짜 나』에게 말을 걸어주고 있었다고 할까……!"

――네가 이단이든 아니든 상관없다.

――나아가라. 멈춰 서는 것은 용납하지 않겠다.

자기 자신을 잃어버릴 뻔했던 소년에게 건넸다는 그 말.

그리고 황혼 속의 『폴크방』에서, 저녁놀을 등지고 얼굴에 보였다는 환영 같은 조그만 웃음.

가혹한 『세례』를 끊임없이 내리던 헤딘은, 어쩌면 못난 제자에게 그렇게 하듯, **어딘가로 이끌어주고 있었던** 것 같다―― 벨은 애매한 말로 그렇게 표현했다.

"마스터는, 반 씨나 아렌 씨 같은 분들하고는 뭔가가 달랐던 것 같아서…… 아니, 그래도 우리 편이 되는 건 아니라고 해야 하나, 있을 수 없는 일이라고는 생각하지만……."

황당무계한 『예상』을 늘어놓으며 고개를 숙인 채 한참을 더듬은 후, 벨은 얼굴을 들었다.

"……어쩌면 **시르 씨와 데이트하기 전부터**…… 마스터는 『그 사람』을 위해서만 행동했던 게 아닌지………… 지금은 그런 생각이 들어."

그러니까 마스터는 우리를 이용해서 힘을 빌려줄지도 몰라──.

스승의 흉중을 헤아리지 못하는 제자가, 그래도 믿으려는 듯, 벨은 그렇게 말했다.

그것은 결코 의지해서는 안 될 『만약』이었으므로, 릴리는 총지휘관으로서 이를 받아들일 수는 없었다. 그러므로 『그런 일』이 일어날 가능성은 한없이 낮다'고 말했다. 벨도 수긍했으며, 마음 한구석에 조금만 담아두고 있어 달라고 말하며 웃었다.

"그런 벨 님의 예감이, 맞았어……?"

기억의 바다에서 의식을 건져낸 릴리는 경악하며 전방을 보았다.

지금도 안드흐림니르를 노리고 쏟아지는 뇌탄의 비. 거리가 먼 분묘에서도 확인할 수 있는 그것은 벨의 『만약』이 현실이 되었다는, 증명이 필요 없는 광경.

헤딘의 의도는 알 수 없다. 진의도 진위도 어둠 속에 묻힌 채.

그러나 엄연한 사실만을 떼어놓고 본다면, 제1급 모험자 헤딘 셀랜드는——

"——파벌연합으로 돌아섰어?!"

🔥

"아아아아아아아아아아아아아아아아아아아아아아아아아아아아아아아아!!"

헤이즈는 비명인지 노성인지 알 수 없는 절규를 허공으로 터뜨렸다.

끝없이 쏟아지는 뇌탄의 일제사격. 감전되었다가는 날아가는 힐러와 허벌리스트들이 차례차례 땅바닥에 쓰러지는 가운데, 그녀만은 온몸을 떨며 온 감정이란 감정을 폭발시켰다.

"대체 무슨 짓을!! 무슨 짓을 하시는 겁니까, 헤딘 님!!"

불타는 자신의 몸에 『고속회복』을 집행하고 한 줄기 뇌탄을 로드로 쳐서 날리며 시선 너머의 인물을 노려본다.

"아군인 우리를 노리다니, 제정신인가요?!"

소녀의 분노를 드러내듯, 머리장식을 잃은 긴 연홍색 머리카락이 물결치는 가운데, 소환한 78개의 뇌병을 한 차례 모두 다 쏜 헤딘은 태연히 대답했다.

"제정신이고말고. 내가 오인사격을 할 리가 있나."

"컥……?!"

"나는 나 자신의 결단에 따라 네놈들을 **섬멸**하기로 결정했다."

그의 의지를 말해주듯, 발밑에서 전개되고 있는 매직 서클에서 새로운 마력이 솟아났다.

안경 너머의 산호색 눈동자에서 광란의 빛은 찾아볼 수 없다. 헤이즈도 잘 아는 현자와도 같은 이지적인 눈빛을 띤 채, 헤딘은 정상적으로『만행』을 저지르고 있었다.

다음에는 백에 이르는 흰 번개가 허공에 떠올라 다시 이쪽을 조준하는 가운데, 소녀는 주먹을 떨었다.

"프레이야 님을 배신하겠단 건가요?! 충신인 당신이?! 설령 세계가 모두 적이 되더라도 단장과 당신만은 끝까지 그분을 지킬 거라고 그렇게 믿었는데!"

"네놈 혼자만의 잣대로 나를 재지 마라, 멍청아. 구역질 난다."

고함을 질러대는 헤이즈에게 헤딘은 진심으로 시시하다는 듯 말했다.

"게다가 나는 프레이야 님을 간계에 빠뜨릴 생각 따위 추호도 없다."

"무슨……?!"

"나는『충성』을 위해 죄를 범한다. 그렇게 말하고 있는 거다."

그리고 지금의 헤이즈도 알 수 있도록, 심플하게 바꿔 말했다.

"그 여자…… 회른과 마찬가지로."

"_____."

그 이름은 헤이즈의 동료.

본인이 어떻게 생각하는지는 알 수 없다. 하지만 헤이즈는 서툰 아이라고 진저리를 쳤으며, 때로는 돌봐주기도 하고, 때로는 공감하며, 얼마 안 되는 『친구』라고 생각했던 『배신자』의 이름.

"……당신도…… 당신마저도!!"

회른이 여신을 배신했다는 것을 안 당시의 감정이 되살아났다.

회른과 같은 소행을 저지른 배신자.

그렇게 인식한 순간, 헤이즈는 망설임을 버리고 열화와도 같은 분노를 품었다.

"부끄러운 줄 알아라, 역적!! 프레이야 님의 신의야말로 절대적!! 그것을 저버리고서 어느 입으로 충성을 말하는 거냐?!"

"너희 광신자들과는 말을 나눠봤자 피곤하다. 그리고 시간 낭비지. ──자고 있어라."

다짜고짜 재개된 번개의 난사.

이제 일어서 있는 것은 헤이즈밖에 없음에도 무시무시

한 뇌격이 쏟아졌다.

"그딴 것쯤!!"

연속으로 피탄을 거듭하며 온몸이 타들어 가고 도려져 나가고, 때로는 팔다리가 뜯겨도 피부의 표면에 떠오른 빛의 문자가 금세 헤이즈의 대미지를 없애주었다.

"【어스 굴베이그】! 제1급 모험자라 해도 나를 죽일 수는 없다! 나는 헤이즈 벨벳── 프레이야 님께 황금이라는 이름을 받은 마녀!!"

말 그대로 황금의 마력광을 뿜어내며 무한한 재생효과가 헤이즈를 치유하고 있었다.

『크로조의 마검』으로도 꺾지 못했던 『자동치유』는 Lv.4의 마법임에도, 헤딘의 카우르스 힐드까지 버텨내는 효과는 그야말로 위협적이었으며 규격이 달랐다.

"내가 있는 한 에인헤랴르도 안드흐림니르도 죽지 않아! 프레이야 님은 내가 지키겠어!!"

분노로 머리가 끓어오르는 헤이즈가 외쳤다.

몇 번이나 뇌탄을 받고, 몸을 비틀거리면서도 발을 굳게 디디고 전진하려 한다.

"소란 떨지 마라, 돼지."

"뭐라──"

그러나.

진심으로 시시하다는 듯, 헤딘은 입을 열었다.

"죽일 수는 없다고? 멍청한 놈. 네놈의 『마법』은 영원하지 않아. 유한하지.”

설명하기도 귀찮다.

표정에 그런 말을 생생하게 떠올리고, 사격을 지속하며, 말을 이어나간다.

“마법 구사에는 마인드가 필수다. 누구나 알고 있는 사실이다.”

헤이즈의 마인드 보유량은 같은 Lv대의 힐러나 마도사와는 차원이 다르다.

아미드도 능가하는 초지속적 회복량이 바로 파벌연합을 고통에 빠뜨린 원인 중 하나이기도 했다.

그러나.

“내 마인드 양과 네놈의 마인드 양, **어느 쪽이 위라고 생각하나?**”

“_____.”

헤딘 셀랜드.

도시 최강 마도사 리베리아 리요스 알브가 인정할 정도로, **도시 최대의 마인드 총량을 자랑하는** 마포검사.

작열하는 분노에 타들어 가던 머리에 냉수를 들이부은 듯, 헤이즈의 시간이 얼어붙었다.

“어느 쪽이 먼저 힘이 다할지는 말할 것도 없을 텐데.”

가속하는 일제사격.

헤이즈의 회복량을 웃도는 노도의 포격들.

치유하고, 회복하고, 복원하고, 그래도 번개의 칼날에

꿰뚫리고 벼락에 타들어 간다.

헤이즈의 황금색 마법이 삐걱거리고 신음하고, 전진이
멈추고, 마침내 무릎이 땅에 붙었다.

번개의 물보라에 온몸을 습격당한 헤이즈는 충격에 희
롱당하는 가운데, 보았다.

시야 너머, 수려한 용모의 엘프가 짓는 모멸의 표정을.

"네놈의 『황금』은 여신의 불량품—— 회른만도 못하다."

마음속에 품고 있던 회른에 대한 질투를 폭로하며 통렬히
비꼬는 엘프에게, 소녀는 눈을 한껏 부릅뜨고 절규했다.

"으아아아아아아아아아아아아아아아아아아아아아아
아아아아아아아아아아아아아아아아!!"

번개.

분쇄.

통렬한 포격이 그친 후, 땅바닥에 누워있던 것은 더 이
상은 영원하지 않은 『황금의 잔해』였다.

"헤딘 셀랜드……!"

류는 경악을 드러내고 있었다.

한순간이었다.

회그니를 격파한 직후, 속공과도 같이 번개가 전개되더
니 안드흐림니르를 전멸시켰다.

설마 했던 사태에 직면해 몇 초 동안이나 움직임을 멈추고 있었더니,

"【질풍】! 네놈은 여기서 북서쪽으로 가라!"

헤이즈를 꺾은 헤딘에게서 무언가 지시하는 목소리가 날아왔다.

"이 너머의 원형극장에서 우둔한 토끼가……【래빗 풋】이 오탈과 싸우고 있다!"

"!"

"그놈 한 마리로는 아무것도 안 돼! 네가 어떻게든 해!"

비교적 가까운 위치에 있는 류에게, 동포 군사는 막힘없이 명령했다.

경악도 찰나, 류는 되받아치고 있었다.

"【프레이야 파밀리아】의 말을 들으라는 건가! 당신이 모반했다는 사실을 믿으라고?"

"네놈들에게 성가신 힐러 놈들을 정리했다. 이 이상 무슨 증거가 필요한가?"

그렇게 말하자마자 어깨 위에 떠 있었던 한 발의 뇌탄──『대기상태』에 있던 마법을 쏘았다.

노린 것은 류, 의 등 너머. 몰래 다가오던 너덜너덜한 수인이 "끄악?!" 하는 비명과 함께 쓰러졌다. 아군을 방패 삼아 루미노스 윈드에서 어떻게든 살아남았던 에인헤랴르였다.

자신을 지켜준 군더더기 없는 속사에, 류는 이번에야말로 눈을 크게 떴다.

"……나는 지금 현실을 받아들이기 힘들다. 동요하고 있다고 해도 되겠지."

"내가 보기엔 네놈이 훨씬 이상 사태다. 덕분에『계획』을 앞당겨야 했다."

크게 도약해 일정한 간격을 남기고 헤딘과 대치했다.

말과는 달리 두 화이트엘프는 냉정하게 생각을 털어놓고 있었다.

"그러나 앞당길 만한 가치와 의미가 생겼다."

"……."

"이용해주마. 네놈도 나를 이용해라."

"……한 가지만 묻겠습니다. 왜 이런 짓을 했지요?"

헤딘의 대답은 단 한 마디.

"뻔하지 않나——『주인』을 위해서다."

하늘색 눈과 산호색 눈이 시선을 나누었다.

같은 금색 장발이 흙먼지를 머금은 전장의 바람에 흔들렸다.

류는 이내 그 동포의 눈을 믿기로 했다.

"벨에게 가겠습니다. 당신은?"

"네놈의 바람보다 내 번개 쪽이 섬멸효율이 뛰어나다. 한바탕 **청소**한 다음 뒤를 따르지. 가라."

등을 돌리고, 헤딘은 매직 서클을 전개했다.

이미 류를 쳐다보지도 않은 채 내면에 숨겼던 결의를 중얼거린다.

"어리석은 행위를 저지른 것은 나. 여신의 발밑을 더럽히고 죄를 거듭하는 죄인도 나다."

그 누구에게도 양보하지 않는다.

그렇게 행간으로 말하며, 헤딘은 【프레이야 파밀리아】의 본진을 향해 포격을 개시했다.

"끄아아아아아악?!"

"헤, 헤딘 님, 대체 무슨——?!"

"으아아아아아아아아아아아악?!"

대기하고 있던 에인헤랴르들이 섬광의 비에 꿰뚫리고 있었다.

섬의 서쪽 끄트머리에 『신의 집』이 존재하는 신전 구역에 프레이야를 남긴 채 본진을 이동시켰다고는 하지만, 망설임 따위 버린 일제소사. 파벌연합과 마찬가지로 남아있던 【프레이야 파밀리아】의 예비전력은 햇빛을 받을 기회조차 없이 소탕되었다.

포석이 박살나고 뇌격의 폭풍이 주위 일대를 엄습했다.

"프, 프레이야 님!!"

"헤딘 님이, 본진에 공격을!"

그 이변은 즉시 프레이야에게 전해졌다.

달려온 호위병들의 보고에 여신은 경악한 표정을 지었다.

"뭐……? 헤딘……?"

그것은 프레이야도 예상하지 못했던 사건이었다.

프레이야조차 헤딘의 『충성』을 의심하지 않았으므로.

워 게임 전, 신의 눈을 앞에 두고도 헤딘의 충성에『거짓』은 없었으므로.

"용서는 바라지 않습니다, 프레이야 님."

지금 여신이 짓고 있을 표정을 떠올리며 헤딘은 중얼거렸다.

가늘게 뜬 두 눈 속으로 어리석은 감상을 숨기며, 누구보다도 고결하게 전장을 노려보았다.

"이것은 나의 아집. 죄인의 낙인과 맞바꾸어—— 관철하겠다."

헤딘의『각오』와 함께 포격은 격렬해졌다.

적도 아군도 눈을 크게 뜰 만한 벼락의 습격.

【프레이야 파밀리아】의 본진, 그리고 좌익.

『주요 전장』을 모두 사정권 내에 담은『소탕』이, 전황이란 것을 엉망진창으로 만들어버렸다.

"""""뭐 하는 거야 헤딘!!"""""

밀려드는 마법탄을 모두 회피하고 무기로 쳐내며, 걸리버 4형제는 격앙했다.

"끄아아아아아아아아아아아아……?!"

끊임없는 위협에 저항도 못 한 채, 에인헤랴르는 퍽퍽 쓰러져갔다.

【프레이야 파밀리아】만을 꿰뚫는 초정밀사격, 그리고 가공할 파괴력. 안드흐림니르는 이미 사라지고 없다. 부활의 가호를 잃은 그들은 이미 일개 모험자로 전락했다.

그렇게나 파벌연합을 괴롭혔던 『최강의 진형』이 순식간에 녹아내리고 있었다.

　바람을 타고 전해지는 비명과 노성에, 헤딘은 대답 대신 독백했다.

　"나는 분명 이것이 최강의 포진이라고 말했다."

　——내 목소리가 닿는 범위에서 수족처럼 용사들이 움직인다.

　——이 방법이 가장 효율이 좋다. 이 진형이 가장 강하다.

　그것은 헤딘이 직접 했던 말.

　『개인』의 능력이 걸출한 에인헤랴르를, 절대적인 두뇌가 수족처럼 움직인다. 그것은 분명 『조직』의 능력이 뛰어난 【로키 파밀리아】까지도 능가할 만한 파괴력을 가졌다.

　하지만.

　"그러나 내가 쓰러질 경우, 혹은 **배신했을** 경우——『최약의 포진』으로 전락하지."

　뒤집어 말하자면 이 【프레이야 파밀리아】의 진형은 【로키 파밀리아】의 핀 이상으로 **헤딘에게 지나치게 의존하고 있다.**

　다시 말해 두뇌에 모종의 『지장』이 발생했을 경우, 눈 깜짝할 사이에 와해되는 것이다.

　지휘계통은 이미 없는 것이나 마찬가지. 전투에 지나치게 특화된 에인헤랴르는 우왕좌왕하고, 여기에 국면을 정확히 파악하고 있는 엘프의 저격이 냉혹할 정도로 쏟아지고 있었다.

"이 광경에 불가사의한 점이라고는 아무것도 없다. 당연
한 귀결이다."

이 워 게임에서 최대의『마법화력』을 가진 것은 누구인가?

헤딘이다.

이 전장에서『가장 긴 사정거리』를 가진 것은 누구인가?

헤딘이다.

이 전쟁에서 누구보다도 적과 아군의 배치를 망라하고
전황을 장악하고 있는 것은, 대체 누구인가?

모두 헤딘이다.

『헤딘 셀랜드의 배반』만이 이 전장을 돌이킬 수 없는 혼
돈에 빠뜨릴 수 있는 유일한『전략』이다.

"마인드는 아껴놓았다. 안심해라. 한 명도 남김없이 섬
멸해주마."

『제1급 모험자의 함락』은 만군의 사기를 꺾는다.

그렇다면『제1급 모험자의 배신』은?

간단하다.

절망이다.

🔥

"기울어졌다!"

핀은 눈을 크게 떴다.

"기울어졌다?!"

헤르메스는 넋이 나가버렸다.

『기울어졌다아아아아아아아아아아!!』

이브리는 역시 고함을 질렀다.

『천칭이! 【프레이야 파밀리아】 압도적 우세였던 전황이!! 한 귀축 엘프 때문에 틀림없이 기울어졌습니다아아아아아아아아아아아아아아아아아아아아!!』

불이 지펴진 장절한 포화.

이제는 『주요 전장』을 뒤덮을 정도의 기세로 폭격에 이은 폭격. 끊임없는 【카우르스 힐드】의 포격이 자아내는 압도적인 유린을 관측하며 미궁도시는 세 번째의 전율에 휩싸였다.

그것은 문외한의 눈으로 보더라도 최강의 파벌이 치명타를 입었음을 알 수 있을 만한 광경이었다.

이 국면은 핀조차 상정하지 못했고 헤르메스조차 읽지 못했다.

당연하다. 주신인 프레이야 또한 이런 사태는 의심조차 하지 않았으므로.

그러나 어쨌거나 전황은 확연히 움직였다.

"남은 전력은 호각, 이라고는 할 수 없어! 『흑백의 기사』를 제외한 제1급 모험자들, 주요 전력은 건재해! 하지만 에인헤랴르와 안드흐림니르의 격파는 프레이야 님에게 예비병력이 남지 않았다는 뜻이기도 하지……!"

환호성과 욕설이 오가는 『바벨』에서 헤르메스는 『거울』을 향해 자기도 모르게 몸을 기울였다.

파벌연합도 수많은 주신이 탈락하고 남은 것은 【헤스티아 파밀리아】, 【미아흐 파밀리아】, 【하토호르 파밀리아】, 【플루토스 파밀리아】까지 겨우 넷뿐. 전투 속행이 가능한 권속도 서른 명이 되지 않았다. 이미 연합군이란 말은 이름뿐 궤멸 직전이라 해도 과언이 아니었다.

그러나 【프레이야 파밀리아】 또한 아렌이 이끄는 동쪽 부대, 그리고 『신의 집』에 남은 호위부대를 제외하면 에인헤랴르는 거의 전멸. 걸리버 4형제의 휘하에 있는 단원이 지금도 포격에서 열심히 도망쳐다니고 있다.

극단적으로 말해, 남은 부대가 오탈을 비롯한 제1급 모험자들을 붙잡아놓고, 『신의 집』으로 쳐들어갈 만한 전력을 쥐어 짜낼 수 있다면 파벌연합은 수비가 허술해진 여왕에게 육박할 수 있을 것이다.

"조금 전까지와는 다르다! 틀림없는 승리의 시나리오가 존재해!!"

『거울』에 비친 화이트엘프의 옆얼굴을 바라보며 헤르메스는 갈채를 보냈다.

한편 【로키 파밀리아】의 홈에서 핀 또한 같은 감상을 품고 있었다.

"오탈과 아렌이 서로 떨어져 있어서 다행이지……!"

소파 위에서 말 한마디 한마디에 흥분을 내비치면서.

【프레이야 파밀리아】의 넘버원과 넘버투. 이 두 사람이 연계했다면 헤딘의 모반도 이미 진압되었을 것이다. 도시 최강과 도시 최속. 그들의 『힘』과 『속도』가 곱해진다는 것은 그런 뜻이다.

그러나 다른 이도 아닌 헤딘의 지시로 아렌은 지금 섬 동쪽 끄트머리에 있다.

대열로 비유한다면 더할 나위 없을 정도로 길게 늘어났다. 하물며 도시유적 북서쪽에서 싸우는 오탈과의 거리는 도시 최속을 자랑하는 아렌이라 해도 순식간에 좁힐 수 없을 정도였다.

"아렌에게 신들을 노리게 해서 거리와 시간을 벌었어! 『살을 내주고 뼈를 가른다』…… 불발로 그친 줄 알았던 릴리루카 아데의 작전을 빼앗은 거야!!"

그 『약탈』은 밖에서 국면을 부감하던 핀조차 신음이 나올 정도였다.

그리고 『웃기지 마라』라고 분개하는 자도 있었다. 작전을 고스란히 약탈당해버린 당사자였다.

"뭐냐고요 진짜—!! 멋진 장면만 싹 차지하고————!!"

분묘 위에서 릴리는 키익키익 소리를 지르고 있었다.

당연했다. 긴장과 중압에 죽을 뻔하면서 열이 날 정도로 생각하고 또 생각했던 작전을 너무나도 쉽게 빼앗겨버렸던 것이다. 자신이 하지 못했던 일을 아무렇지도 않게 해낸 것까지도 포함해, 패배감과 열등감이 조그만 몸속에서 어둠의 나선을 그리며 대폭발했다.

"어디가 결벽하고 고결한 엘프예요! 초 음흉 귀축 엘프 잖아요—!!"

동동 구르는 발과 붕붕 휘두르는 팔은 멈추질 않는다.

그렇게 릴리가 눈물과 함께 고함을 지르고 있으려니.

"——라고 지껄이고 있겠지만 착각하지 마라."

파름 소녀가 울부짖고 있으리라 다 예측한 헤딘은 중얼거리고 있었다.

"모두 네놈의 공이다. 네놈의 안배가 뛰어났다. 자랑스러워해라. 내가 가로채기에 충분했다."

배치, 지휘, 전술이 교묘했기에 헤딘은 릴리의 작전에 편승할 수 있었던 것이다. 엄밀히 말하자면 편승할 가치가 있다고 판단했다.

릴리가 있었기에 지금의 형세로 이어졌던 것이다.

"진짜~~~~~~!! 하루히메 님, 아이샤 님! 바벨라 분들과 함께 더 물러나 주세요! 적 따위 무시 무시 무시! 무시해요! 포격의 방패로 이용당할 거예요!"

『네, 네엣, 릴리 님!』

『나도 알아! 이딴 말도 안 되는 마법에 말려들 수는 없지!』

그 증거로 릴리는 매직 아이템을 사용해 적확한 지시를 내리고 있었다.

헤딘의 모반이 표면화되기 전부터.

실제로 에인헤랴르들은 연합의 모험자들을 붙잡아 『방

패』로 삼는 것조차 불가능했다.

　아이샤 부대는 어느샌가 좌익에서 이탈해, 하루히메가 있는 예비대와 완전히 합류한 다음 놀랍게도 분묘 정면에서 재집결하는 중이었다. 전멸했던 츠바키의 중앙부대가 원래 포진했던 포인트였다.

　그리고 그곳은 헤딘의『사선』을 방해하지 않는 위치.

　"솜씨가 좋은걸. 하지만 그거면 된다."

　적의 지휘관은 상황을 한 수 먼저 읽으면서 헤딘의 모반에 대비하고 있었던 것이다.

　정확하게는, 헤딘이 그렇게 되도록 사주했다.

　처음부터 사인은 나오고 있었다.

　【프레이야 파밀리아】 본진의 위치를 필요 이상으로 밀어내고, 안드흐림니르에게 다가가, 현장에 있는 지휘관들이 아니고선 알 수 없는『모반의 가능성』을 암호와도 같이 내비치고 있었던 것이다.

　일면식조차 없는 릴리의 능력을 내다보고 그런 것이 아니다.

　그녀의 뒤에 있는『썩을 용자』의 그림자를 신용했기에 행동한 것이다.

　"그 용자에게 귀띔을 받았다면 알아차리겠지."

　헤딘은 여기서도 이용했던 것이다.

　카페 위셰에서 얻은, 핀이 릴리를 가르칠 거라는 정보를.

　결코 핀과 미리 짰던 것은 아니다. 헤딘의 독단이었다.

애초에 적도 아군도 속여야만 성공할 수 있던 『모반 계획』은 아무와도 공유할 수 없다. 코가 민감한 아렌 같은 자들은 헤딘과 릴리가 물밑에서 이어져 있었다면 반드시 간파했으리라.

그러므로 『거울』 너머에서 모든 것을 알아차린 파룸 용자는 혼자 웃음을 머금고 있었다.

'릴리루카 아데…… 아마도 내가 마인드를 아껴두던 이유를 기점 삼아 『모반』의 가능성을 눈치챘겠지.'

다프네와 릴리를 경악하게 만든 첫 일격을 제외하면, 헤딘은 고의로 포격을 억제하고 있었다.

그 후의 유린은 회그니나 다른 제1급 모험자들에게 맡기고, 이 순간을 위해 마인드를 모았던 것이다.

릴리는 언제 또 날아올지 모를 포격에 겁을 먹었지만, 좀처럼 재개되지 않는다는 데에 위화감을 느꼈으리라. 그녀는 모든 요소를 종합해 이쪽의 『목적지』를 알아차렸다.

절대적인 중압감과 싸우면서도, 헤딘을 **이용하기 위해** 확신 없는 추측에 대비했던 것이다.

물론 헤딘은 알 수 없는 노릇이었지만, 릴리가 결단에 이른 것은 소년의 『만약』이라는 마지막 결정타가 있었기에 가능한 것이기도 했다.

"합격이다. 인정해주마. 파룸 너는 능력이 있다. 그 우둔한 토끼보다도 훨씬 요령이 좋아."

소년이 들으면 주저앉아 울음을 터뜨렸을 최대의 찬사

를 보내면서 헤딘은 안경의 위치를 고쳤다.

릴리만이 아니라 급거 방향전환을 명령한 프레이야의 신의까지도, 무례를 무릅쓰고 이용했다.

그 덕에 '도시 최속' 아렌을 『주요 전장』에서 멀리 떨어뜨릴 수 있었던 것이나 다름없었다. 헤딘이 지시했다면 그는 반발하고, 최악의 경우 모반을 의심했을지도 모른다.

【질풍】의 원군도 포함해, 헤딘은 한꺼번에 밀려든 모든 『기회』를 놓치지 않았다.

방대한 선택지를 취사 선택해, 현재의 전황을 자신의 것으로 만들어내고 말았다.

"오직 이 순간을 위해 파벌연합의 대부분을 제물로 삼았다. 피해를 계산해도 상황은 아직 불리하다."

그에 어울리는 도박이었다.

헤딘 또한 일생일대의 난관에 도전하는 왕처럼 『도박』에 임해야만 했다.

【프레이야 파밀리아】는 그만큼 강하다.

"하지만 능력 있는 자는 아직 남아 있지."

【헤스티아 파밀리아】를 비롯해, 승부에 제시할 수 있는 카드는 손에 있다.

그렇다면 아직 승산은 있다.

"나의 바람을 이루기 위해———— 그리고 그분의 『바람』을 깨닫게 해드리기 위해, 힘을 빌려주마. 죽을힘을 다해 뛰어다녀라, 모험자 놈들."

""""헤딘! 너 이 자식!!""""

알프릭 형제는 격노했다.

하필이면 가장 배신해서는 안 될 ──아니꼽게는 생각
해도 충성심만은 의심하지 않았던── 신하가 역적으로
전락한 것이다. 네쌍둥이의 분노는 한계 따위 쉽게 돌파해
버렸다.

"저 썩어빠진 안경 자식이!!"

"얼마나 정신이 나가야 직성이 풀리려고!!"

"숙청이다!!"

"숨통을 끊어주겠어!!"

지금도 이쪽을 위협하는 번개의 연사. 무엇보다도 파벌
의 생명선인 안드흐림니르의 전멸.

천칭은 기울어지고 말았다. 헤딘이 저지른 대죄는 얼마
나 큰지 짐작할 수도 없었다. 적과 아군이 모두 움츠러들
정도의 노성을 터뜨리며, 4형제는 파벌연합을 무시한 채
가증스러운 화이트엘프에게 돌격하려 했다.

그러나.

"으랏차아아아아아아아아아아아아아아아아아아아아아아
아아아아아아아아!!"

그곳에 강철 같은 주먹의 소리가 울려 퍼졌다.

"끄아아아아아아아아아아아아아악?!"

대지를 가르는 강렬한 일격에, 뇌탄으로부터 이리저리 도망다니던 에인헤랴르들이 날아가버렸다.

후방에서 발생한 충격에 걸리버 4형제는 발을 멈추어야만 했다.

""""이번엔 또 뭐야?!""""

힘차게 돌아본 그들의 짜증에 대답한 것은 다수의 그림자.

"우리? 물론 정의의 사도다웅! 정의의 권속 류한테 전력으로 편승할 거라웅!"

"너 같은 정의의 사도가 어디 있냐, 속이 시커먼 고양이 주제에."

뭉게뭉게 솟아나는 흙먼지 너머, 나이프를 뱅글뱅글 돌리는 수인의 그림자가 일렁거렸다.

지면을 크게 함몰시킨 주먹을 뽑으며 휴먼의 그림자가 일어났다.

거대한 칼데라 분지에 흘러든 바람이 흙먼지를 걷어내고, 그곳에 나타난 무리의 모습을 드러냈다.

"빚 갚으러 왔다, 땅꼬마 형제들!!"

『냐아옹─────────────────!!』

오른쪽 주먹을 왼쪽 손바닥에 힘껏 부딪치며 루노아 파우스트가 외쳤다.

그녀의 『선전포고』에 이어, 클로에를 비롯한 캣 피플들의 기합성이 울려 퍼졌다.

"저분들은……! 루노아 님, 클로에 님?!"

"저 녀석들은…… 주점 종업원?!"

지금도 투명화 중인 하루히메와 아이샤의 경악성이 솟아났다.

""""풍요의 여주인!!""""

걸리버 4형제는 가증스럽다는 듯 내뱉었다.

한데 모인 주점 『풍요의 여주인』의 점원들. 그들이 몸에 걸친 것은 떡잎색 제복이 아니라 각자의 전투장비. 루노아는 배꼽을 드러낸 짧은 옷에 머플러, 클로에는 후드가 달린 쇼트케이프. 다른 점원들도 포함해, 절대 일반인이라고는 할 수 없는 무장을 갖추고 전의를 드러냈다.

"원군……? 류 님에 이어서!"

『주요 전장』 남동부에 출현한 『풍요의 여주인』 멤버들을 릴리 또한 보고 있었다.

Lv.4인 루노아나 클로에는 물론이고, 다른 점원들도 상급 모험자와 동등하거나 그 이상의 분위기를 풍겼다.

마침내 오고야 만 것이다. 오라리오에서 『가장 강한 주점』의 주민들이.

"우오~ 적도 아군도 엄청 당해버렸다옹~. 이래봬도 엄청 서둘러 달려온 건데 말이지옹~."

"지각도 대지각이지. 전~부 어느 바보 고양이 때문."

주위를 둘러보며 태평하게 말꼬리를 늘리는 클로에에게 루노아는 입가를 틀어 올리며 대답했다.

그리고 집단의 후방에서, 한 명의 캣 피플이 걸어나왔다.

"──돌아왔어냐. 내 옛날 집. 【프레이야 파밀리아】로."

햇빛을 반사하는 금색 어깨받이에 금색 도안이 새겨진 장창.

그 눈에 익은 모습에, 얼마 남지 않은 에인헤랴르들이 술렁거렸다.

"전차의 한쪽…… 【바나 알피】……."

"아냐 프로멜!"

경악성이 한때의 동료였던 아냐에게 집중되었다.

그리고 그 혼란은 『주요 전장』보다도 멀리 떨어진 섬의 동쪽에도 전해졌다.

"아렌 님! 조금 전부터 이어지는 번개는 역시 헤딘 님이 아군을──!!"

"그 날파리가……! 무슨 생각을 하고 앉았어!!"

신들을 사냥하던 아렌과 에인헤랴르가 본진의 이변을 감지했다. 아렌은 섬 중앙지대까지 나왔다가 서둘러 돌아온 정찰병의 정보에 격노했지만, 이어진 소식에 한층 낯빛을 바꾸었다.

"그, 그리고……『풍요의 여주인』이 원군으로 온 것도 확인했습니다! 거기에 【바나 알피】의 모습도──."

"──뭐야?!"

"히이익?!"

격노를 넘어선 증오의 표정에 정찰병 사내는 겁먹은 소리와 함께 말을 잃었다. 헛숨을 삼키는 에인헤랴르들. 아렌은 은색 장창을 부러질 듯이 움켜쥐고 서쪽 방향을 노려보았다.

"그 굼벵이가!!"

과거 지옥의 상징이었던 용사들의 두 눈이 아냐의 몸을 꿰뚫었다.

이 섬 어딘가에 있을 오빠도 분명 알아차리고 열화처럼 분노하고 있으리라.

스스로의 트라우마에 사로잡힌 아냐는—— 그럼에도 똑바로 앞을 보며 겁을 먹지 않았다.

"버림받은 고양이 주제에! 아직도 혼이 덜 나선!"

"아렌과 프레이야 님—— 아니, **시르 님**께 마음이 꺾였던 거 아니었냐!"

그것은 『매료』에 의해 도시가 『상자정원』으로 바뀌었을 때.

육친이 결정타를 날렸다. 여신이 최악의 폭로를 터뜨렸다.

사실 그 자체에 좌절해, 방에만 틀어박힌 채 계속 의기소침해 있었다.

4형제 중 드바린과 알프릭이 매도하고 지적하자, 아냐는 꼬박꼬박 고개를 끄덕였다.

"마음, 꺾였었다냐. 아니, 갈기갈기 찢겨서, 엉망진창이 돼서…… 뭐가 뭔지 알 수 없었다냐."

조용하고도 어딘가 서글픈 목소리에, 루노아와 클로에를 비롯한 동료들이 입을 다물었다.

"하지만 이젠 망설이지 않아."

그래도 그 다음 순간에는 힘차게 앞을 보았다.

걸리버 4형제를, 아니, 그 너머를.

한 『아가씨』가 있을 섬의 서쪽 끝, 『신의 집』이 있는 방향을.

"냐는 시르를 구하러 왔어냐!"

모든 것을 떨쳐낸 얼굴로, 아냐는 자신의 결의를 전장에 쩌렁쩌렁 터뜨렸다.

✦

시간은 거슬러 올라가.

"왜 여기 있는 거야, 멍청이 여신."

"마 어때서 그라는데~. 여그는 술집 아이가~."

워 게임 개시 전.

『Closed』 간판이 걸린 주점 『풍요의 여주인』에 한 여신이 카운터에 뺨을 붙인 채 술을 퍼마시고 있었다. 말할 것도 없이, 로키였다.

가게 안에 있는 것은 그녀를 제외하면 여주인인 미아뿐.

"아냐, 미아 어매~…… 니 워 게임 안 갈라나?"

술을 내주지 않는 그녀를 대신해 직접 술병까지 지참까지 해와선 주정을 하는 여신은 미아를 아래에서 올려다보았다.

하지만 그 붉은 눈이 쳐다보든 말든 미아의 태도는 흔들리지 않았다.

"집에나 가. 몇 번을 와도 소용없어."

미아의 말대로, 로키는 매일같이 『풍요의 여주인』을 찾아오고 있었다.

정확하게는 워 게임의 규칙이 정해지기 전부터 이렇게 『설득』을 시도했다.

"참전까진 몬하지만, 길드도 전장 아닌 데서 알짱거리지 말라꼬는 안 했데이~. 땅꼬마 도와주는 기 아니꼬움시로 내 이번만은 프레이야한테 이길라꼬 암약 좀 하기로 했데이~."

"몰라, 그딴 건."

"베이트랑 우리 얼라들도 열받아가꼬~. 핀 같은 넘은 잔꾀 막 가르쳐주고 말이제~."

제멋대로 떠들어대는 로키에게, 이미 몇 번이나 들었다며 미아는 질린 표정을 지을 뿐이었다.

취객 상대 따위 못 해먹겠다는 것처럼 컵을 닦는다.

"아나, 미아 어매. 이번 워 게임에서도 신들이 도박판 벌여쌌는데, 승률 얼마인지 니 아나?"

"내가 어떻게 알아."

"100 대 0. 전부 그 색골한테 올인한기라."

"……."

"내기가 안 되니께 물주가 다 포기했데이. 그만큼 오늘 전쟁이 짜고 치는 판인기라. 길드 문디넘들 땜시로 걍 공개처형 돼삣다."

로키는 분한 심정을 감추려고도 하지 않았다. "머가 3대 퀘스트고. 바~보. 바~보."하고 투덜투덜 푸념을 늘어놓으며.

"캐도……『조건』에 따라선 99 대 1 정도는 되는 패턴도 있제."

그리고 문득 여신은 장난스러운 분위기를 접고는 고개를 들었다.

"미아 어매, 니가 파벌연합에 가담할 경우인기라."

"……."

"【프레이야 파밀리아】의 **전 단장**, 미아 그랜드. Lv.6…… 작은 거인【데미 위미르】. 니가 배신 때림 기회가 쫌 생긴다는 기 대부분의 예상인기라."

그것은 오탈이 단장이 되기 전의 이야기.

『암흑기』에 【프레이야 파밀리아】를 반 탈퇴한 그녀는 그야말로 코웃음을 치며 가혹한『세례』를 헤쳐왔다. 프레이야와 권속들에 대해 잘 알고, 지금도 등에 미신의『은혜』를 새겨놓고 있는 그녀가 파벌연합에 붙는다면 단순히 전력 정도가 아니라『비밀병기』가 될 수 있다.

하지만 미아는 침묵을 관철할 뿐이었다.

『상자정원』이 만들어졌을 때와는 상황이 다르다. 벨을 위해 모든 것을 버릴 각오가 됐던 프레이야 탓에 함부로 움직이지 못했던 것은 ——『매료』를 타파하기 위해 분주하던 헤스티아와 헤르메스의 고생으로도 알 수 있듯—— 백 번 양보해서 이해할 수 있다.

그러나 지금은 다르다. 프레이야는 이제 『매료』를 쓸 수 없다.

소극적으로 나설 이유가 없다.

"소년의 등은 밀어준 주제에 힘은 안 빌려주나?"

미아는 컵을 닦았다.

컵을 닦고, 또 닦기만 했다.

그녀답지 않을 정도로.

모든 것을 간파하는 신의 눈과 그리고 자신의 얼빠진 심경에 진저리를 치면서 탄식했다.

"……난 그 여신과 『계약』을 맺었어."

"『계약』?"

"반려를 만난다면 방해하지 않겠다는 맹세야."

미아는 자세한 내용은 생략하고 옛날이야기를 들려주었다.

어렸던 한 드워프와 한 여신이 처음으로 만났던, 꽃밭에서 있었던 일을.

"반려…… 그 색골의 운명적인 상대란 기 소년이라꼬?"

"그렇게 되겠지."

"바보 아이가……. 니도 그딴 계약을 꼬박꼬박 지키나? 다른 사람도 아이고 미아 그랜드가?"

미아는 로키의 반응을 딱히 나무라지 않았다.

미아도 이번 프레이야의 방식이 마음에 들지 않았기에 『반항』하고 『반역』했다. 궁지에 몰렸으면서도 발버둥을 치던 벨에게 느껴지는 것이 있었기에 등을 돌렸다.

그러나 이렇게도 생각하는 것이다.

자신이 그때 아무것도 하지 않았더라면, 프레이야는 반려를 손에 넣었을 것이라고.

그것이 설령 추악하게 일그러졌든 아니든, 그녀의 『바람』은 일부나마 이루어졌으리라고.

"내가 처음 만났을 때, 그 여신이 뭘 하고 있었는지 알아?"

"……? 지금처럼 거드름 피움시로 『내 권속이 되렴~』하고 씨부리지 않았을라나?"

"울고 있었어. 꽃밭에 주저앉아서, 손으로 얼굴을 가린 채."

"!!"

미아는 자기 귀를 의심하고 눈을 크게 뜨는 로키에게서 시선을 피했다.

"나와 그 녀석의 시작은 여신이 아니었어. 『아가씨』 쪽이었지. ……난 그 여신의 본질이 **그쪽**인 걸 알아버렸어."

그 황혼의 꽃밭에서, 혼자 흐느껴 울던 『아가씨』의 모습이 지금도 눈동자에 새겨진 채 떠나가질 않는다.

당시 프레이야는 회른과 계약을 맺지 않았으며, 물론 『아가씨』의 얼굴 따위 가지고 있지도 않았다.

하지만 미아의 눈에는 비치고 말았던 것이다. 꽃밭 속에서 우는 여신이, 그저 고독한 『아가씨』인 것처럼.

"클로에와 루노아, 그리고 아냐…… 우리 바보 딸내미들한테 손을 대서, 난 머리끝까지 화가 났어. 그래서 꼬마의 등을 밀어줬지."

"……."

"하지만 댁이 말하는 색골도, 나한테는 그 바보 딸내미 중 하나야."

"……."

"이번에야말로 진짜로, 나까지 배신해서, 이 주먹을 날리면…… 그 바보는 망가져 버리진 않을지…… 자꾸만 그런 생각이 들어."

닦고 있던 컵을 놓고, 미아는 힘없이 고개를 가로저었다.

권속 중 누구보다도 『아가씨』를 오래 접했던 그녀만이 알 수 있는, 방황과 망설임.

옛날에 여신을 있는 힘껏 때렸던, 그러나 지금은 쳐들 수도 없는 주먹을 바라보며 눈을 감는다.

입을 다문 로키는 그런 드워프를 바라보았다.

"니가 『프레이야』도 『시르』도 저버리지 몬하겠다 카는 건 이해했데이."

"……."

"근데 미아. 내는 니보다도 그 색골이랑 더 오래 알고 지냈구마?"

여기서 천계 시절의 이야기를 들먹이며 로키는 악랄하게 웃었다.

"그넘은 진짜 지는 걸 싫어하고, 아니꼬운 여왕이었제. 까놓고 말해서 이젠 수습도 안 돼가꼬 이판사판으로 폭주할 수밖에 없을 거라고 생각하고 있을기라, 분명~."

"……무슨 말을 하려는 거야?"

"니 만약 프레이야 본인이 타협점 찾고 있다 카면, 막는 거 거들어줄긴가?"

신의 화술에 걸려들지 않도록, 미아는 자신의 의지를 굽히지 않았다.

"그 바보 딸내미가 스스로 구해달라고 하기 전까진, 나는 안 움직일 거야."

그 순간.

그야말로 사냥감을 함정에 빠뜨린 광대처럼, 로키는 입가를 틀어올렸다.

"내 들었데이?"

"……뭐라고?"

"니 분명 말했데이."

신은 자리에서 일어나 말했다.

"따라온나, 미아."

미궁도시에서는 워 게임 전날부터 많은 【파밀리아】가 홈을 비우고 있었다.

말할 것도 없이 『올자 도시유적』으로 이동하기 위해서다. 【헤스티아 파밀리아】를 비롯해 대부분의 파벌이 길드 및 【가네샤 파밀리아】에게 신청해 홈의 경비를 부탁했다. 그 중에는 참전하지 않는 친한 파벌에게 빈 집을 부탁하거나, 혹은 얼마 안 되는 단원을 남긴 【파밀리아】도 있었다.

그리고 【프레이야 파밀리아】는 후자였다.

길드도 포함해, 온 도시를 뒤틀어버렸던 그녀들에게 대놓고 편을 들려는 자는 없었다. 애초에 프레이야가 이 상황에서 힘을 빌리는 것을 좋게 생각하지 않았다. 따라서 광대한 『폴크방』에는 20명 정도의 상급 모험자와 하급 모험자가 남아 있을 뿐이었다.

도시 최대 파벌이 쌓아놓은 자산은 헤아릴 수도 없다. 수비가 확실하게 약해진 『폴크방』은 그야말로 보물의 산. 하지만 그래도 이곳에 들어가려 하는 어리석은 자는 없었다.

도시의 대부분, 특히 【파밀리아】를 운영하는 모든 신들이 전쟁의 승자는 프레이야일 거라 믿어 의심치 않았다. 도적질을 해 금은보화를 훔쳐봤자, 개선한 에인헤라르들에게 반드시 짓밟히고 만다.

그러므로 홈에 침입할, 혹은 쳐들어올 만큼 목숨 아까운 줄 모르는 자는 아무도 없었다.

『그들』을 제외하면.

"이~~~거~~~놔~~~라~~~냐아~~~~!!"

아냐의 고함이 울려 퍼졌다.

바동바동 팔다리를 휘저어대는 그녀를 어깨에 짊어진 것은── 한 『웨어울프』였다.

"이거 놔라냐, 【바나르간드】! 인신매매범, 아니, 묘신매매범이다냐~~~! 오빠 목소리 흉내 내서 나를 납치하다니 악마다냐~~~!!"

"누가 그 썩을 고양이 흉내를 냈다고 그래!! 웃기지 마 바보 고양이!!"

동료들이 나간 후, 아냐의 방에 나타났던 것은 이 베이트였던 것이다.

난폭한 태도에 난폭한 행동, 그리고 난폭한 어조. 이 웨어울프와 캣 피플 오빠는 공통된 특징이 있었다. 혹시 오빠가 찾아왔나?! 하고 착각한 아냐는 고개를 들었다가 눈을 동그랗게 떴으며, 그대로 강제연행되었다. 다른 곳도 아닌, 이곳 『폴크방』으로.

"잠이나 자!!"

"끄어어어억?!"

꽥꽥 소란을 떠는 그들에게 【프레이야 파밀리아】의 단원들이 황급히 달려왔지만 베이트의 발차기 기술에 금세 침묵해버렸다. 아냐를 오른쪽 어깨에 걸머져 한쪽 팔을 쓰지 못해도, 최소한의 경비병 가지고는 Lv.6의 불법침입을 막을 수 없었다.

"포, 『폴크방』에 쳐들어왔어냐……?!"

창백하게 질린 아냐. 【프레이야 파밀리아】의 홈에 쳐들어온 목숨 아까운 줄 모르는 행위에 한때의 단원이었던 그녀조차 몸이 떨려왔다. 아니, 단원이었기에 얼굴에서 핏기가 가셨다.

"오빠보다도 흉악하고 최악이다냐……."

"일일이 그 썩을 고양이랑 비교하지 마!! 나도 이런 귀찮은 짓은 하고 싶지 않았어!"

어깨 위에서 완전히 오그라든 아냐에게 베이트는 짜증을 내며 고함을 질렀다.

"그 썩을 여신…… 나중에 두고 봐라!"

워 게임에 참가하지 못하는 데 길길이 화를 내다가 가레스의 주먹에 입을 다물고 물건에 화풀이를 하던 며칠 전. 그의 주신은 스스스슥 다가와선 속삭였던 것이다.

『프레이야네 울상 짓게 만들 방법이 있데이~. 니 한몫 안 낄라나?』라고.

아무리 화가 났다고는 하지만 그때의 자신은 어떻게 됐던 거라고 베이트는 으르렁거렸다.

이런 식으로 이용당할 줄 뻔히 알고 있었으면서!

"아까부터 어디로 가는 거야냐?! 냐도 홈에서 이렇게 깊은 데까진 못 와봤어냐!"

궁전 같은 저택 내부는 완전히 조용해졌다. 경비를 서던 단원들이 이미 전멸했음을 말해주듯 넓고 길고 하얀 복도에서는 베이트가 달리는 발소리만 울려 퍼질 뿐이었다.

"내가 아냐! 그냥 『냄새』 따라가는 거야!"

"……『냄새』?"

수인의 뛰어난 코를 울리는 베이트가 긴 계단을 뛰어올라 저택의 5층에 도달했다.

아냐의 의문이 풀리기 전에, 서쪽에 위치한 광대한 방에 이르렀다.

교회를 방불케 하는 신성한 공기가 감도는 하얀 방.

천장은 높으며, 방에 존재하는 것은 중앙의 침대뿐.

그리고 그곳에 누워있는, 회색 머리카락의 소녀.

"아──."

바닥에 내려진 아냐는 말을 잃었다.

영혼이 방황하는 하늘과 땅의 틈새를 연상케 하는 큰 방에서, 죽은 사람처럼 잠든 아가씨를 보고 몸을 멈추었다.

이윽고 반사적으로 그녀에게 달려가려 했다.

"시르── 우웁?!"

"소란 떨지 마."

그때 베이트의 손이 저지했다.

그의 주신은 전부터 여신 프레이야와 종자 회른의 관계성을 알고 있었다.

그러므로 그 이야기를 들은 베이트도, 시선 너머에 누워 있는 『아가씨』의 정체를 안다.

주신에게 『아가씨』의 물건을 받아, 이곳까지 냄새를 따라온 웨어울프는 소리를 내지 말라고 시선으로 말했다. 입을 막힌 아냐는 간신히 고개를 끄덕여 대답했다.

"……이거 시르야냐? 시르는…… 프레이야 님 아니었어냐?"

"……『거울』 같은 거야. 이 녀석이 하는 말은 그 주점 여자의 본심하고 전혀 다를 게 없어."

【바나 세이즈】 발동 중, 회른과 프레이야는 오감을 공유한다.

이미 워 게임이 시작되고 있는 시간대라고는 하지만, 프레이야에게 지금의 상황을 들키지 않도록 자연스럽게 목소리를 낮추는 가운데, 복잡한 설명을 꺼려한 베이트는 사실만을 전했다.

아냐는 믿을 수 없다는 심정으로 『시르』와 똑같이 생긴── 아니, 『시르』 본인을 내려다보았다.

침대는 상자 모양의 관처럼 보이기도 했다.

조용히 눈을 감고 있는 아가씨는 영원한 잠에 든 듯했다.

애절한 심정에 가슴이 옥죄어들어 주저앉아버릴 것만 같았다.

난폭한 웨어울프가 여기까지 끌고 온 이유를, 아냐는 제대로 이해했다.

『들으라』고, 그렇게 말했다.

무엇이 진실이고, 무엇이 거짓인지를.

아냐를 파멸로 몰아넣었던 그녀의 진의는 어디에 있는지.

하지만 아냐는 물을 수 없었다.

지금도 무서워서 견딜 수가 없었다.

다시 프레이야의 비웃음을 사는 것이.

시르에게 배신당하는 것이.

만약 여기에 변함없이 잔혹한 진실만이 도사리고 있다면, 아냐는 두 번 다시 일어나지 못한다.

입에서 새어 나오려 하는 오열을 손으로 눌러 필사적으로 막고, 흐느끼려 하는 폐를 간신히 진정시키며, 아냐는 관 같은 침대 앞에 섰다.

진실 따위 하나도 묻지 못한 채, 떨기만 하며 서 있으려니.

"미안해…… 아냐."

"＿＿＿＿＿＿＿＿."

시르의 입술에서 흘러나온 말에, 시간이 멈춰버렸다.

"아냐가 【바나르간드】한테 납치당했다는 게 진짜냐옹 로시?!"

"으, 응! 메이가 봤대……!"

"진짜 뭐가 뭔데! 이럴 때!"

바깥의 복도가 소란스러워졌다.

그리고 나타난 것은 아냐의 행방을 쫓아온 클로에와 루노아, 그리고 주점 점원들.

넓은 방에 도달해 소리를 지르려 하던 클로에 일행. 그러나 그 광경을 보고 마찬가지로 시간이 멈춰버렸다.

"미안해…… 클로에…… 미안해…… 루노아."

거짓이 허용되지 않는 신성한 흰색 공간에서, 그녀들 또한 그 말을 들었다.

"미안해…… 류."

눈을 크게 뜨고, 숨을 멈춘 채, 이곳에는 없는 요정의 몫까지 가슴을 떨었다.

"미안해요…… 미아."

지금 막, 로키와 함께 이 자리에 달려온 미아 또한 눈을 크게 떴다.

"…………시, 르…………."

아냐의 눈은 이제 말을 들어주지 않았다.

한줄기 눈물을 흘리며, 혀도 꼬여버리고 말았다.

"나를…… 막아줘……."

그리고 그런 그녀와 마음을 나누듯.

시르 또한, 감은 눈에서 눈물을 흘리고 있었다.

"……구해줘……."

넘쳐난 아냐의 눈물을 아가씨의 뺨이 받아주었다.

아냐는 떨리는 손을 가만히 뺨에 가져다 대고, 한데 섞인 자신들의 눈물을 닦았다.

베이트는 그것을 말리지 않았다.

로키 또한 이 사실이 여신에게 전해지리란 것을 알면서도 막지 않았다.

말을 잃은 클로에 일행이 지켜보는 가운데, 아냐는 천천히 돌아보았다.

시르에게 등을 돌리고, 걸어 나가, 고개를 숙이며, 미아와 동료들 앞에서 발을 멈추었다.

"클로에, 루노아…… 여러분…… 그리고 엄마."

발밑에 물방울이 뚝뚝 떨어졌다.

투명한 물방울이 대리석 바닥에 튀며 반짝였다.

"냐는…… 오라버니가, 무서워냐……. 프레이야 님은, 더 무서워냐……."

목소리는 계속 떨리고만 있었다.

고양이의 오열은 그칠 줄을 몰랐다.

루노아가 눈물짓고, 클로에가 앞머리로 눈을 가리고, 미아가 바라보는 가운데, 아냐는 고개를 들었다.

"그래도…… 시르는 구해달라고…… 그렇게 말했어."

두 눈에서 눈물이 넘쳐나 흘러내린다.

얼굴을 한껏 구기며, 한번 버림받았던 고양이는, 그래도 울음소리를 터뜨렸다.

"냐는, 바보야냐. 뭐가 진짜고, 뭐가 거짓말인지…… 아무것도 모르겠어! 그래도!!"

애절함에 젖은 울음소리를 결의로 바꾸어, 그 말을 외쳤다.

"난 가족을 구하고 싶어!"

거짓이 용납되지 않는 실내에, 단 하나의 바람이 울려 퍼졌다.

루노아도, 클로에도, 다른 점원들도, 한마디도 하지 않았다.

이제는 말이 필요 없었다.

"……자. 니 어떡할래, 미아?"

마지막으로 로키가 물었다.

아냐의 눈물을 바라보던 드워프는 질끈 눈을 감았다.

딸의 결의에 등을 떠밀리듯.

딸의 구해달라는 바람을 들어주려는 듯.

조용히 주먹을 쥐고, 다음으로는 힘차게 눈을 떴다.

"──가야지."

그리고 시간은 돌아온다.

"시르, 듣고 있어냐? 안 들려도 괜찮아냐. 그딴 거 상관 없을 정도로 냐 외칠 거다냐!"

오른손에 창을 들고 왼손을 가슴에 대며, 아냐는 『신의 집』을 향해 목을 울렸다.

"지금 구해주러 갈게냐!"

눈물을 씻어낸 눈은 드디어 결심을 마치고 있었다.

망설임을 떨쳐낸 고양이는 포효를 터뜨렸다.

"이제 우린 시르의 진짜 말을 들었으니까!!"

그리고 금창의 날, 눈앞을 가로막은 【브링가르】4전사와 에인헤랴르들에게 향했다.

"이것들 전~부 쓰러뜨리고! 싸움에 이겨서! 시르를 막을 거야냐!!"

그 말에 대한 용사들의 답은 뻔했다.

"""""어디 해봐라아아아아아아아아아아아아아아!!"""""

파룸 4형제도, 얼마 남지 않은 에인헤랴르들도 노성을 터뜨렸다.

무구와 함께 달려드는 최강의 군단을 보며 루노아가 두 주먹을 맞부딪치고, 클로에가 입술을 핥고, 아냐가 회오리바람과도 같이 창을 머리 위에서 돌렸다.

『풍요의 여주인』은 사납게 날뛰었다.

"방해하지 마라냐아아아아아아아아아아아아아아아아아아아아아아!!"

충돌.

종말을 향한 최후의 싸움을 시작하듯, 용사와 풍요가 격돌한다.

두 가지 모두 여신이 관장하는 사상이며, 단 한 명의 『그녀』를 두고 사투를 벌인다.

금창이 적을 한꺼번에 쓸어버렸다. 부수는 것밖에 모르는 주먹이 갑옷을 분쇄했다. 사악한 독 나이프가 용사에게 피를 토하게 만들었다.

네쌍둥이의 강습을 버텨내며 아냐 일행은 의지를 쩌렁쩌렁 터뜨렸다.

"시르, 기다리고 있어냐아아아아아아아아아아!"

——콰앙!!

내리친 여신의 가녀린 팔이 팔걸이에 꽂혔다.

"……어디까지 해야 직성이 풀리겠어?"

돌로 만든 옥좌가 보옥과도 같은 그녀의 피부를 손쉽게 찢어 피가 배어났다.

하지만 그런 것도 개의치 않고 프레이야는 고운 눈썹을 곤두세웠다.

처음이었다.

처음으로 여왕이, 물건에 화풀이를 했다.

여신의 격정이 드러나자 땅이 떨리고 하늘조차 겁을 먹었으며 『신의 집』에서는 소리가 사라졌다.

아연실색한 호위병들의 시선을 받으며 프레이야는 『분노』를 불태웠다.

"어디까지 나를 방해해야 직성이 풀리겠어?! ——시르!!"

그것은 과거 『시르』라는 이름을 썼던 소녀, 회른에 대한 매도였을까.

혹은 스스로 묻어버렸을 『또 다른 자신』에 대한 저주였을까.

자신은 구해달라고 바란 적이 없다. 아냐 일행이 들었던 것은 전부 『꿈』과 회른의 감정이 혼선을 일으킨 결과. 구해주겠다니 이보다 뜬금없는 소리가 또 있을까. 여신은 그렇게 주장했다. 단언했다.

그런 일 따위 있을 수 없다며, 절대로 인정하지 않았다.

제어도 경계도 잃어버린 감정을 주체하지 못한 채 프레이야는 격앙했다.

"회른, 헤딘, 그리고 너희들……! 대체 뭐야?! 왜 그렇게까지 시르를 찾는 거야?!"

일시적으로 그친 번개를 대신해 아냐 일행의 포효가 메아리처럼 신전 밖에서 울려왔다.

프레이야가 우려했던 것이 이것이었다.

모반한 군사 헤딘에게 이용당하고 말았다고는 하지만, 파벌연합을 서둘러 전멸시키도록 명령했던 신의는 지극히 옳았다. 이 최악의 상황──『풍요의 여주인』이라는 제3세력 조커가 참전할 것을 우려했던 대책이었다.

모두 소녀가, 아니, 시르가 프레이야를 속였던 탓이다.

오감을 공유하면서 조금 전까지 뇌리에 울려 퍼졌던 『아냐 일행에 대한 사죄』를, 프레이야는 당초 『꿈』의 내용이라 착각했다. 지금도 잠들어 있는 시르가 계속해서 꿈을 꾸는 것이라고, 헛소리를 읊어대는 것이라고.

하지만 아니었다.

그것은 시르를 찾아온 아냐 일행에게 보내는 메시지였던 것이다.

보지 않아도 뻔하다. 광대가 사주했을 것이다. 프레이야와 시르의 관계성을 정확하게 파악하고 있는 것은 신들 중에서도 오랜 악연을 가진 그녀뿐. 그 트릭스터가 앙갚음을 위해 획책한 것이다.

그리고 지금, 프레이야가 우려한 대로 전황은 이미 예측할 수 없는 영역에까지 들어서고 말았다.

오고야 만 것이다.

아냐와 동료들이.

그리고 그 『여주인』이.

"큭…… 미아!"

"벨!"

아냐 일행이 전장에 나타난 것과 같은 시각, 류가 원형극장에 도착했다.

"류, …………씨…………?"

"역시 왔군, 【질풍】."

이제는 시뻘건 덩어리로 변한 채 무릎을 꿇고 있는 소년과 유유히 서 있는 보어즈.

너무나도 대조적인 두 사람을 보고, 류는 눈썹을 곤두세웠다가, 즉시 바람이 되었다.

가로막는 기색조차 보이지 않는 오탈의 앞에서 벨을 안은 채 옮겨, 멀리 떨어진 곳에서 치료를 시작했다.

"미안……해, 요…………."

"말하지 않아 됩니다. 가만히 계십시오."

"와, 주……셨, 네요……."

"당연하지요. 오히려 늦어져 버려 죄송합니다. 당신을 이런 궁지로 몰아넣고 말았습니다."

그의 어깨를 안으며 깊은 후회에 잠기는 류.

치료마법 【노아 힐】을 계속 사용하고 있지만 벨의 몸은 좀처럼 회복되질 않았다.

마치 포격전이 벌어졌던 것처럼 무너져버린 극장에는 박살난 시험관이며 병이 수없이 나뒹굴고 있었다. 포션, 거기에다 나자가 완성했던 엘릭서까지 다 써버리고도 이 정도의 중상을 입은 것이다. 눈썹을 찡그린 류는 회복의 빛을 벨에게 밀어내며 앞을 보았다.

【맹자】오탈. 너무나도 강대하기 그지없는 상대.

Lv.6에 이른 류조차 승리의 미래상이 보이질 않았다.

간담이 서늘해지는 『최강』을 류가 노려보던, 그때.

"비켜봐."

대지를 진동시키는 거인의 발소리—— 그런 착각을 불러일으키며, 한 드워프가 나타났다.

"······!! 미아 어머님!"

"미아······."

두 번째 난입자를 보고 류는 놀라고, 오탈은 눈을 슬쩍 가늘게 뜨는 데에서 그쳤다.

미아는, 여느 때와 다를 바 없었다.

방어구는 물론 배틀클로스조차 걸치지 않고, 새하얀 에이프런을 입은, 눈에 익은 여주인의 차림.

유일한 차이는, **삽**.

도끼로 착각할 정도로 거대한 『강철 삽』.

그것을 가볍게 한손으로 들어 어깨에 걸머지고 있다.

미아 그랜드는 오랜만에 전장에 단 한 자루의 무기를 들고 나타났다.

"안 놀라는구만, 멧돼지 꼬마."

"너도 올 거라 생각했다."

Lv.7을 『멧돼지 꼬마』라 부르는 모습에 류와 벨이 귀를 의심하고 있으려니, 보어즈 무인은 담담히 말했다.

"하지만······ 프레이야 님께가 아니라 이곳으로 왔나."

"멍청한 소리 관둬. 그쪽으로 가봤자 어차피 네가 달려왔을 거 아냐."

미아의 지적대로였다.

여신에게 다가서는 자가 나타나면 오탈은 벨에 대한 『세례』를 즉시 끝내고 달려갔을 것이다.

여기가 바로 벨과 파벌연합, 그리고 류와 미아를 비롯한

『풍요의 여주인』에게는 반드시 돌파해야만 하는 『최후의 관문』이었다.

"류! 꼬마를 냉큼 회복시키고 힘을 빌려줘! 이 멧돼지를 빨랑빨랑 치우자고! 너도 시르한테 하고 싶은 말이 있을 거 아냐!"

"······!"

"덤으로 그 바보 딸내미의 뺨도 한 방 갈겨주고!!"

"──예!!"

호쾌한 미아의 고함에, 전의나 각오와는 다른, 뜨거운 무언가가 류의 가슴을 태웠다.

"꼬마!! 너도 언제까지 뻗어 있을 거야! 내가 한 말 벌써 잊어버렸냐!"

"크윽──!!"

"마지막까지 두 다리로 서 있는 놈이 제일인 거야!"

벨도 마찬가지였다.

요정에게 안긴 채 앉아있던 소년은 크게 눈을 뜨고 가슴속을 불태웠다.

"······네, 옛······!!"

류의 손을 빌려 한쪽 무릎으로 서면서도 재기한 벨에게, 미아는 웃음을 보였다.

"덤벼라, 미아."

거대한 흑대검이 바람 가르는 소리를 냈다.

벨과 대치할 때와는 달리 『자세』를 잡고, 다른 그 누구도 아닌 오탈이, 임전태세를 취했다.

"시건방진 소리 하지 말라고ㅇㅇㅇㅇㅇㅇㅇㅇㅇㅇㅇㅇ
ㅇㅇㅇㅇㅇㅇㅇㅇ!!"

석판을 부수듯 박차고 가공할 포탄이 되어 드워프는 보
어주 무인에게 달려들었다.

🔥

*ㅠㅠ미아 엄마 떴다아아아아아아아아아아아아아아아
아아아아아아아아아아아!!ㅠㅠ*

생각지도 못한 【데미 위미르】의 참전에 오라리오가 몇
번째인지 모를 열광의 노예로 변했다.

반응은 양극단이었다. 비교적 젊은 모험자나 최근 오라
리오로 이주한 민중은 곤혹스러워했고, 그녀의 정체를 아
는 얼마 안 되는 이들은 비명에 가까운 환호성을 질렀다.
바벨을 휘청휘청 흔드는 신들은 말할 것도 없거니와, 『암
흑기』 초기의 오라리오를 아는 이와 모르는 이, 성원의 종
류는 완전히 둘로 갈라졌다.

그러나 그들이 모두 잘 아는 것이 있었다.

지금도 【맹자】와 **맞버티고 있는** 저 드워프는 믿을 수 없
을 정도로 강하고, 원군으로 달려온 캣 피플 일행도 놀랄
만큼 강하다.

그렇기에 이제는 알 수 없다.

승부의 행방이 대체 어디로 갈지 이제는 예측조차 할 수 없었다. 모험자와 민중은 그저 소란을 떨어대기만 했다.

주점에서 『거울』에 매달린 모험자들은 콧김을 씩씩거리며 『작살내버려!!』라고 폭언을 거듭하고, 메인 스트리트에서 『거울』을 올려다보는 민중의 대부분은 무의식중에 두 손을 맞잡으며 기도했다. 신들 중에서는 이제 와서 도박을 재개하려는 물주가 나타나, 프레이야의 『동조자』들이 그를 족치는 등 이제는 『거울』에서 한순간도 눈을 뗄 수 없게 되었다.

응원이라고 부르기에는 지나치게 격렬하고 높아진 목소리들이 미궁도시를 지배했다.

"샤, 샥티 단장님?! 이거 괜찮은 거예요?!"

한편, 흥분에 몸을 맡기는 것이 허락되지 않는 자들도 있었다.

【가네샤 파밀리아】였다.

거대 칼데라 호 주위에 포진한 채 도시유적을 감시하던 헌병들은 혼란의 한복판에 있었다.

【프레이야 파밀리아】에게 유린당하고 탈락한 모험자들을 최대한 회수하고 있을 때, 이 『원군 소동』이 벌어진 것이다. 아무리 그래도 막을 수조차 없는 까마득한 상공에서 떨어져내린 류는 불가항력이었지만, 칼데라 호 포위망의 일각을 뚫렸던 것은 부끄러워할 만했다.

섬의 동서를 가로지르는 중앙경계선 정남향에 걸려 있는

유일한 다리를,『풍요의 여주인』멤버들이 강행돌파해버렸던 것이다. 이래서는 도시의 헌병도 체면이 말이 아니다.

그렇다고는 하지만 저 【데미 위미르】가 선두에 서서 돌격하면 아무리 【가네샤 파밀리아】라 한들 튕겨 날아가는 것도 어쩔 수 없는 일이다.

"【데미 위미르】와 【바나 알피】는 신 프레이야의 권속이니까 그나마 눈을 감아줄 수 있어도…… 다른 자들은 전원 연합측 파밀리아가 아니잖아요? 이거 규칙 위반 아닌가요, 단장님?!"

섬 밖, 다리 앞에서는 지금도 Lv.5인 제1급 모험자들이 뱅글뱅글 돌아가는 눈과 함께 쓰러져 있다. 그런 가운데 비틀비틀 일어난 청년 단원 모다카는 섬 내를 손가락질하며 외쳐댔다.

다른 지점을 감시하다 지금 막 달려온 샥티는 매우 복잡한 표정을 지었다.

"이러쿵저러쿵하지 마, 모르사가! 이제야 겨우 프레이야 놈들이 울상을 짓게 만들어줬는데! 이 정도는 슬쩍 눈감아줘!"

"이래 봬도 우린 심판이거든요 일타 씨?! 그리고 제 이름은 모다카예요!"

아마조네스 일타와 모다카가 말다툼을 벌이거나 말거나, 샥티는 이번 워 게임의 규칙을 돌이켜보고 있었다.

참가 자격은『섬 내에 있는 신들의 권속뿐』. 그렇게 따지면 류의 참전은 어엿한 반칙행위다.

일타처럼 【프레이야 파밀리아】를 용서할 수 없어서 이대로 봐주자는 단원은 적잖이 있었다. 하지만 그래도 그들은 헌병이며 질서의 파수꾼이다.

개인적인 심정으로 말하자면 『암흑기』에 함께 싸웠던 정의의 권속 류의 편을 들어주고 싶지만, 【가네샤 파밀리아】의 책무를 다해야만 한다. 설령 융통성이 없다는 비난을 받을지언정.

"……모다샤 말대로, 리온과 『풍요의 여주인』의 참전은 신회가 규정한 규칙에 저촉된다. 싸움에 참가하는 권속은 예외 없이 주신이 섬 내에 있어야만 한다. 위반행위로 간주하고 파벌연합에 페널티를——."

이 상황에서 페널티란 파벌연합의 패배로 이어지는 것을 알면서도, 낯을 일그러뜨린 샤티는 엄격한 판단을 내리려고 했다.

"그럼 아이들의 부모가 섬에 있기만 하면 되겠네. 그렇지, 샤티?"

하지만 그 직전.

샤티 일행의 등 뒤에서 아름다운 『여신의 목소리』가 들려왔다.

"——!! 당신은——."

샤티는 펄쩍 뛰듯 돌아보았다.

귀에 익은 그 목소리에 『설마』 하고 생각하기도 전에 눈에 들어온 여신의 이름을 반사적으로 외치고 있었다.

"――아스트레아 님!"

등으로 흘러내리는 호두색 장발, 때 한 점 묻지 않은 순백의 의상.

두 눈은 류의 하늘색보다도 맑고 별의 바다와도 같은 진한 남색을 띠고 있었다.

착각할 수도 없는 『정의의 여신』―― 아스트레아를 보며 샥티는 아연실색했다.

"어떻게 당신이 여기에…….."

"류가 답을 얻어 나를 찾아와주었어. 그렇다면 나는 그 아이에게 힘이 되어줘야지. 그뿐이란다."

복수를 결의한 류의 애원에 5년 전 오라리오를 떠났던 정의의 여신은 지금도 눈에 맑은 빛을 머금은 채, 오랜 벗에게 하듯 웃음을 보냈다.

아스트레아의 등 뒤에는 새로운 권속으로 보이는 소녀들 몇 명이 있었다.

그리고 그들 중에는.

"안내해줘서 고마워, 아스피. 네 덕에 어떻게든 늦지 않았구나."

"아닙니다, 아스트레아 님. 저도 리온과의 약속을 지켰을 뿐입니다."

물색 머리카락을 찰랑이는 아스피의 모습이 있었다.

도중까지 헤르메스와 함께 『바벨』에서 워 게임을 관전하던 그녀는 마중을 나갔던 것이었다. 오라리오에서 아득히 멀리 떨어진 검제도시 졸링겐으로부터 돌아오려고 하던 류와 아스트레아 일행을.

모두 사전에 의논했던 대로였다.

워 게임의 자세한 규칙과 일정이 정해지자마자 졸링겐에 소식을 보내고, 류 일행의 도착이 늦어질 경우 ——도시를 떠나기 전에 류에게 건네주었던 매직 아이템의 반쪽이 빛을 발해『신호』를 보냈을 경우—— 아스피가 직접 마중을 나가기로.

비행신발 『탈라리아』로 날아갈 수 있는 그녀는 일단 미궁도시가 눈으로 보이는 지점까지 도착한 여신 일행 중에서 류만을 데리고 『올자 도시유적』 상공에서 **投下**한 다음, 즉시 돌아가 신생 【아스트레아 파밀리아】를 이 거대 칼데라까지 안내했던 것이다.

"우리도 있단다, 샥티."

"클로에랑 애들이 좀처럼 오질 않아서 어떻게 되나 했지."

"데메테르 님…… 그리고 신 뇨르드……."

아스트레아 일행 외에도 나타난 여신과 남신이 있었다.

오라리오의 제1차 산업을 담당하는 데메테르와 항구도시 멜렌에서 어업을 하는 뇨르드였다.

"『풍요의 여주인』아이들은 전부 컨버전했거든."

"……!"

"그놈들은 이제 우리 권속이다. 그럼 우리도 전투에 참가하면 규칙상 문제는 없겠지?"

두 신의 말에 샥티는 놀랐다.

루노아와 클로에가 고개를 숙이고 부탁해, 데메테르와 뇨르드는 워 게임 전날부터 『풍요의 여주인』 멤버들의 컨버전을 마쳐두었다. 두 신이 섬에 발을 들이기만 하면 규칙에 저촉될 일은 전혀 없다.

"류에게 이야기는 들었어. 프레이야와 그 아이가 이런 관계가 될 줄은 생각도 못 했지. 하지만…… 프레이야의 신의조차 넘어서서 류는 『싸우겠다』고 내게 말했단다. 알리제와 동료들을 잃고, 죽을 작정이었던 자신을 구해준 『그녀』에게 따지러 가겠다고…….

먼 곳을 보는 눈빛을 한 아스트레아는 감회를 숨기지 않았다.

그러면서 아이의 성장을 지켜보는 부모처럼 자신도 결의를 밝혔다.

"지금 그 아이의 『정의』는 『친구를 막는 것』. 그렇다면 나는 그 아이의 날개가 무사히 펼쳐질 수 있도록, 별빛으로 앞길을 비춰주고 싶어. ……우리는 지금부터 파벌연합에 가담하겠어."

"아스트레아 님…….

"그 다리를 건너가도 될까, 샥티?"

호두색 머리를 찰랑이며 아스트레아가 미소를 지었다.

샥티는 여신을 바라보고, 다음으로는 권속들을 보았다.

그녀들이 몸에 착용한 【파밀리아】의 엠블럼── 천칭을 본뜬 정의의 검과 날개를.

과거 샥티가 모범으로 삼았으며 지금도 의지를 이어받고 있는『옳음』의 상징을.

신들과 마른침을 삼키는 단원들이 지켜보는 가운데, 샥티는 눈을 감고 있었다.

잠시 후 신들의 앞에서 물러나며 길을 양보했다.

"지나가십시오. 여러분께는 이 다리를 건널 권리가 있습니다."

"──고마워 샥티."

그 결정에 모다카는 아연실색하고, 일타와 단원들은 환호성을 터뜨렸다.

단장이 명령할 것도 없이 단원들은『꽃』을 준비해 신들에게 건넸다. 질서정연하게 길을 여는 【가네샤 파밀리아】와, 그 자리에 남은 아스피와 샥티가 지켜보는 가운데 【아스트레아 파밀리아】와 데메테르, 뇨르드는『올자 도시유적』에 입성했다.

"인사가 늦어졌지만, 오랜만이네 아스트레아. 건강하게 잘 지냈어?"

"응, 데메테르. 너도 뇨르드도 장건한 것 같아 다행이야."

"사실은 동창회라도 열고 싶지만…… 그럴 수도 없겠구먼."

『암흑기』이전부터 교류가 있었던 세 신은 웃음을 나누

면서도 다리를 다 건너 유적 남쪽 끝에 발을 들였다. 섬에 들어선 순간, 울려 퍼지던 싸움의 소리는 더욱 격렬한 것으로 바뀌었다.

오라리오의 모험자 이외에는 결코 발을 들일 수 없는 사투의 소리로.

"졸링겐에서 여기까지 오게 해서 미안하구나, 세실. 얘들아."

"아니에요! 저희는 아스트레아 님의 권속인걸요. 반드시 지켜드릴게요! ──그리고 『선배』에게 중요한 일이니까요!"

5년 전, 오라리오를 떠난 후 권속이 되었던 소녀들은 쾌활하게 웃었다.

류의 후배에 해당하는 소녀들을 보며, 아스트레아는 쿡쿡 웃고는 시선을 앞으로 되돌렸다.

지금도 투쟁의 포효가 솟아나는 유적 서쪽 방향으로.

"우리에게 지켜볼 권리는 있어도 싸울 자격은 없지. 그러니 여기서 보고 있자꾸나."

류와 다른 이들의 앞길을.

그렇게 말하며, 여신은 남색 두 눈을 가늘게 떴다.

"도시 밖【파밀리아】참가 금지 조항 넣는 거 깜빡했다아아아아아아아!!"

"죄송해요 프레이야 니이이이이이임?!"

아스트레아 일행을 관측한 신들 중에서 프레이야 측의 남신들이 통한의 비명을 터뜨렸다.

【프레이야 파밀리아】를 상대하는 워 게임에 원군 따위 있을 리가 없다고 —— 오히려 있으면 판이 재미있어질 뿐—— 생각했던 『동조자』들의 후회는 이미 늦은 것이었다. 설정했던 규칙에 구멍이 있었던 이상, 전지무능한 신으로서 아스트레아 일행의 도중참가도 샥티의 판단도 나무랄 수는 없었다.

아비규환의 비명이 그치지 않는 그런 바벨 30층을, 한 여신이 태평하게 가로질러 지나갔다.

"이제야 겨우 승부가 되겠구마."

아저씨처럼 어영차 소리를 내며 빈 의자에 앉는 로키.

그의 대각선 뒤에는 억지로 끌려온 베이트가 있었다.

"시끄러운 신놈들하고 관전이라니 장난도 아니고……."

그가 그렇게 진저리를 치거나 말거나, 여신은 책상다리를 하고 앉은 채 머리 위에 펼쳐진 거대한 『거울』을 올려다보았다.

그런 그녀의 옆에 다른 신이 앉았다.

"여어, 트릭스터. 미아를 보내다니 무슨 마법을 부린 거야?"

"말은 잘 하는구마, 이 여리여리한 머스마가. 니도 요래조래 손 써가꼬 아스트레아 불러온 거 아이가."

한쪽 손을 들며 인사하는 헤르메스에게 로키는 콧방귀

를 꾸었다.

그들 두 신의 정체는『숨은 지원자』였다.

파벌연합의 승리는 절망적이라고 이해했으면서도, 소년을 지키기 위해, 프레이야가 마음에 들지 않기에, 각자의 이유로 끝까지 대책을 강구했던『숨은 공로자들』.

그들 이외에도 핀을 비롯해 싸우지 못하는 자들의 지원을 얻어, 파벌연합은 지금 겨우 이『분수령』까지 겨우 도달할 수 있었다.

"다른 히든카드는?"

"없데이. 이젠 진짜루 잔재주 없이 맞짱밖에 안 남은 기라."

탄환은 이미 다 쏘았다.

여기서 승리를 거머쥘 것인지, 패배에 이를 것인지, 혹은 다른 결말에 도달할 것인지.

그것은 전장에 서 있는 모험자들, 그리고 신들에게 달렸다.

"저 감자돌이 슴가 편 들어주는 것도 내 진짜 안 내킴는데…… 지금의 프레이야보단 낫데이. 몇 배는 낫데이."

그러므로.

주홍색 머리카락의 여신은『거울』너머의 광경을 노려보았다.

"이만큼이나 밥상 차려놨구마…… 니 꼭 이기라, 땅꼬마."

"우오오오오오……?! 정신 차리고 보니 뭔가 엄청난 일이 벌어지고 있었다……!!"

로키가 노려보는 것도 모른 채, 헤스티아는 무능의 화신이나 다를 바 없는 감상을 중얼거리고 있었다.

보이는 범위에만 해도 번개와 야옹야옹이 미친 듯이 날뛰어, 패전이 확실했던 분위기는 뒤집어져버렸다.

헤파이스토스 같은 신들의 희생을 헛되이 하지 않기 위해 이리저리 도망다니기를 한동안. 자칭 숨바꼭질의 달인은 아렌의 추적대로부터 벗어나는 데 성공했다. 정확하게는 그들의 지각범위에서 도망칠 만한 시간을 헤파이스토스와 타케미카즈치가 벌어주었다고 해야 하리라.

"미아흐가 준 소취 아이템 덕이야……! 수인의 추적을 따돌렸어!"

그리고 미아흐와 나자가 조합한 아이템도 있었다.

적의 부대 대부분이 『후각』에 의존하기 쉬운 수인임을 깨닫자마자 헤스티아는 이것을 머리부터 뒤집어썼던 것이다. 헤파이스토스와 헤어진 후, 신들이 퍽퍽 탈락하는 와중에 사용했던 것도 좋은 판단이었다. 헤스티아를 쫓아오던 수인들은 갑자기 사라진 향기에 당황하며, 어쩔 수 없이 타깃을 변경했다.

얼굴을 숨기되 가슴은 숨기지 못, 했다기보다는 유적 뒤에서 풍만한 두 언덕이 삐져나온 것도 알아차리지 못한 어린 여신은 몰래 주위를 살폈지만── 이제까지 펼쳐졌던 『하이드 앤 시크』는 끝을 맞으려 하고 있었다.

"……적이 서쪽으로 돌아가네……?"

유적의 아득한 안쪽에서, 가공할 흙먼지와 말발굽 소리와도 다른 격렬한 질주음이 허공으로 솟아나고 있었다.

본진── 프레이야의 위기를 알아차리고 아렌 일행이 신들을 사냥하던 행동을 중지한 것이다.

동쪽 끝에서 서쪽 끝으로, 어마어마한 기세로 도시유적을 가로지르는 에인헤랴르들. 헤스티아는 일단 안도했다.

"그렇기는 하지만 이제 어떡한다……? 여기 계속 숨어 있을까, 아니면 이동할까……. 어쩐지 남쪽에서 원군이 온 것 같으니까 그쪽으로 가는 편이 안전할까……?"

지식은 있어도 전장의 기미 같은 것은 전혀 알지 못하는 헤스티아는 고민했다.

릴리에게 의견을 구하고 싶었지만 아마 그녀는 지금 여신도 겁에 질릴 만큼 눈에 핏발을 세운 채 죽을 둥 살 둥 지휘를 하고 있으리라. 오쿨루스를 작동시켰다간 그 순간 파룸의 고함이 쩌렁쩌렁 울려 퍼져 적에게 지금의 위치를 알려버릴지도 모른다.

이젠 자신 이외의 신들은 거의 남지 않은 것 같아, 누구에게도 의존할 수 없는 상황에 머리를 싸매고 있으려니.

"헤스티아!"

"흐아악?! ──아, 미아흐! 다행이다. 무사했구나!"

누가 말을 거는 바람에 놀라 주저앉을 뻔했지만, 남색 장발을 찰랑거리며 달려온 절친신의 모습을 보고 기뻐 소리를 질렀다.

"그래, 그대도! 나자의 소취 아이템이 도움이 됐지."

헤스티아가 소취 아이템을 사용해 도망쳤다면, 같은 아이템을 가진 미아흐도 마찬가지로 행동하는 것은 당연하다. 서로 가슴에 꽂힌 『꽃』을 확인하고 무사함을 서로 칭송했다.

"미아흐, 이제 어떻게 할 거지? 프레이야의 아이들은 서쪽으로 돌아가는 것 같았는데 우리는 서쪽 이외의 어디서 몰래 숨어있으면——."

"서쪽이다!"

"뭐?"

"서쪽으로 가자, 헤스티아!"

"에에에엑?!"

제외했던 선택지를 다짜고짜 지지하는 미아흐에게 헤스티아가 놀라고 있으려니.

"이 싸움은 더 이상 『숨바꼭질』에 의미가 없어! 나자나 벨이 쓰러지면 남은 우리는 사냥당할 뿐이다!"

"……!"

"고지대에서 전장을 봤지만 서쪽에서 벌어지고 있는 것은 두 진영의 총력을 건 결전! 이걸 제압해야만 해! 그리고 무능한 우리 신들이 할 수 있는 일이라면——"

"——【스테이터스】의 갱신?"

미아흐의 신의를 이해한 헤스티아는 말을 이어받았다.

"이 워 게임에서 손에 넣은【엑세리아】에 기대하고 권속들의 어빌리티를 조금이라도 올려주자는, 그런 거군?"

"그래. 물론 우리는 절대 탈락해서는 안 되겠지만……."

주신이 탈락하면 권속들이 전투할 권리도 사라진다.

『꽃』을 빼앗길 위험성이 높다고 미아흐는 얼굴을 굳혔지만,

"아니, 가자. 이대로 우리만 태평하게 안전지대에 있을 수는 없지!"

"헤스티아……."

"벨이나 나자 군에게, 다른 아이들에게 힘이 되어주자! 승리의 여신이 되어주자고, 미아흐!"

"그래! 나는 남신이지만!"

서로 웃음과 결단을 나누고, 두 신은 달려나갔다.

권속들이 모여드는 서쪽의『주요 전장』으로.

　　　　　　　　　⊡

도가 지나칠 정도로 무겁고 강한 무기의 일격은, 이어지면 벼락마저 능가하는 선율이 된다.

모험자들은 그 사실을 처음으로 깨달았다.

"으, 아……."

충돌을 반복하는 흑대검과 강철 삽.

굉연히 울려 퍼지는 파괴음에, 관객석에 쓰러져 있던 하

프라룸 반은 낮이 새파랗게 질렸다.

조금 전까지 기절해 있었던 그는 눈을 뜨고, 말문이 막힐 정도의 격전이 펼쳐진 것을 보았다.

"으라아아아아아아아아아아아아아아!!"

"흐읍!!"

말문이 막힌 것은 벨과 류도 마찬가지였다. 석상이 되지 않을 수 없었다.

그러거나 말거나 미아가 다시 공격에 나섰다.

그녀가 펼치는 높은 상단에서의 일격. 오탈의 흑대검이 이를 정면에서 받아낸다.

방어한 당사자는 멀쩡했지만 무대가 견디질 못했다. 통나무처럼 굵은 두 다리가 포석 깔린 바닥을 부수고 함몰되며 『원형극장』이 비명을 질렀다. 수평으로 휘둘러진 흑대검이 미아를 튕겨내자 드워프의 거구는 널브러져 있던 대리석 기둥을 폭쇄하며 착지. 뭉게뭉게 솟아나는 흙먼지가 찰나의 정적을 낳는가 싶었더니, 그 직후에는 다시 오탈에게 달려들고 있었다.

파괴와 파쇄가 맞부딪친다. 주위 일대가 터무니없는 충격에 묻혀버렸다.

처절하기 그지없는 싸움은 우선 눈앞의 상대가 아니라 주위부터 파괴하고 있었다.

"쯧!"

흑대검의 방어를 무너뜨리지 못한 미아가 앙갚음이라는

양 삽이 아닌 강철 같은 주먹으로 바람을 갈랐다.

무기를 든 쪽과 반대쪽 손으로 펼친 어퍼컷. 오탈도 빈틈없이 한쪽 팔로 이를 막고 후방으로 훌쩍 물러났다.

그렇게 생겨난 잠시간의 휴식시간에, 이미 반파의 양상을 보이는 원형극장이 안도의 한숨을 쉬고, 가장자리의 기둥이 하나 무너졌다.

"못 보던 사이에 좀 싸울 수 있게 됐구만."

"그런가…….'

파밀리아를 떠난 지 오래된 미아의 말에 오탈은 아무 감회도 없이 대검을 어깨에 걸머졌다.

무인의 얼굴에서 배어 나오는 것은 당연한 귀결에 대한 이해와 거기서부터 이어진 『실망』이었다.

"미아, 너는 **약해졌다.**"

"큭……!"

"너는 정체되었고, 나는 앞으로 나아갔다. 그저 그뿐일 것이다. 하지만 그렇다 해도…… 지금은 내가 위고, 네가 밑이다."

Lv.7과 Lv.6——

단순한 숫자를 보더라도 오탈 쪽이 강하다는 것은 자명했다. 오히려 절대적인 위계의 차이를 무시하고 접전에 들어간 미아가 이상하다.

그러나 그 점을 감안하더라도 여전히 오탈은 『약해졌다』고 말했다.

자신보다 강한 존재가 있기를 바랐다고, 과거의 『벽』에게 그런 미련을 내비친다.

"네가 『폴크방』을 떠나기 전, 나는 한 번도 이기지 못했다. 나는 네게 이기고 싶었다…… 그러나 그것도 이제는 상관없다. 이제는 집착하지 않을 것이다."

오탈에게서는 보기 드물게 많은 말로, 집착을 벗어 던져버린다.

반면 미아의 반응은, 알아보기 쉬웠다.

분노였다.

"어디서 기어오르고 앉았어, 멧돼지 꼬맹이가아아아아!!"

그리고 재개된 싸움 제2막에, 극장의 비명이 되살아났다.

틀림없이 도시의 최강자로 군림하는 괴물간의 싸움. 벨과 류는 떨리는 호흡을 목 밖으로 밀어냈다.

"미아 씨가 대단할 거라고는 생각했지만………… 저렇게나 강하셨다니……!"

"하지만 그래도 여전히…… 【맹자】가 압도적입니다!"

여주인의 실력에 경탄하는 한편, 벨과 류는 이 싸움의 행방을 깨닫고 말았다.

오탈의 『방어』를 무너뜨릴 수 없다. 압도적인 『기술과 허허실실』에 구멍을 뚫을 수가 없었다.

오탈이 공세로 전환하는 것이 먼저일지, 혹은 미아가 지치는 것이 먼저일지. 어느 쪽이 됐든 그 절대적인 『방어』를 넘어서기 전까지는 【맹자】의 불패는 흔들림이 없다.

제1급 모험자라고 이름을 내세울 자격을 얻은 병아리들에게는 이를 간파할 만한 식견이 필요했다.

"류 씨, 우리도 가요! 이젠 움직일 수 있어요!"

"──아직입니다. 아직 안 됩니다."

한쪽 무릎으로 선 채 튀어 나가려 하는 벨을, 두 무릎을 꿇고 있던 류가 만류했다.

숲속의 나뭇가지 사이로 스며드는 빛과도 같은 녹색 광채를, 끌어안다시피 오른쪽 어깨에 감은 왼손에서, 왼쪽 허리에 감은 오른손에서 만들어내며 상처 입은 몸을 지금도 치유하고 있다.

"완전히 회복된 후가 아니라면, 【맹자】가 당신을 **쓰다듬기만 해도** 끝납니다. 미아 어머님의 발목을 잡을 뿐입니다."

"으윽……!"

"참으십시오, 벨. 곧 끝나니까요."

류의 회복마법 【노아 힐】은 체력회복과 병행해 상처도 아물게 해주지만, 포션이나 엘릭서와 같은 즉효성이 없다. 효과가 높은 반면 완전회복까지는 시간이 걸려버리는 것이 단점이었다. Lv.7이 입힌 너무나도 깊은 대미지와도 맞물려 완전회복은 더욱 멀어졌다.

벨은 반항할 수 없었다. 어떻게 할 수 있겠는가.

류와 미아가 올 때까지, 절대적인 실력 차이에 시달리고 있었던 것은 다른 그 누구도 아닌 벨 자신이었다.

기도하듯, 그 무시무시한 『최강』과 맞부딪치는 미아의

모습을 지켜보았다.

"······벨. 싸우러 가기 전에 한 가지만 묻고 싶습니다."

전투를 뚫어져라 바라보고 있으려니, 귓가에 속삭이듯 류가 말했다.

그제야 비로소 벨은 두 사람의 거리를 깨달았다. 조금 전까지 죽은 사람과 다를 바 없어 신경 쓸 여유가 없었지만, 서로의 몸에서 틈새가 사라졌다. 한순간 심층에서 있었던 일이 떠올랐지만 벨도 류도 이 격전을 앞에 두고 수치심 따위 품을 틈이 없었다. 감각도 마비되었다.

상처 입은 공주를 지키는 기사처럼, 혹은 지금 당장이라도 튀어나가려고 하는 토끼를 억누르듯 몸을 밀착시킨 류는 미아와 오탈에게 시선을 고정시키며 물었다.

"당신은 시르를 어떻게 할 생각입니까?"

"······어떻게, 하다뇨?"

"저는 그녀를 끌고 돌아가, 있는 힘껏 따귀를 갈겨줄 생각입니다."

"히익."

평소와 달리 무서운 발언을 하는 류에게 벨은 상황도 잊고 겁을 먹었다.

은인인 시르에게 류가 그런 짓을 하려는 것 자체가, 지금까지 생각할 수 없었던 일이었다.

방약무인한 행동을 했던 여신을——『그녀』를, 류는 결코 용서하지 않는다.

"아냐나 다른 분들도 저와 같은 생각일 겁니다. 그러므로 반드시 우리 앞에 끌어내야지요. ……그리고 그녀에게 우리는 무엇인지, 진의를 캐물을 겁니다."

"……!"

"그러면 당신은? 이 싸움 끝에서…… 당신은 시르에게 무엇을 할 생각입니까?"

헤스티아를 비롯한 신들이나 모험자는 이 워 게임에 이기기 위해 싸우고 있다.

벨을 지키기 위해, 혹은 프레이야에게 앙갚음하기 위해 참전했다.

하지만 벨은, 류와 『풍요의 여주인』 점원들은 다르다.

그들은 그 너머에서 기다릴 『그녀』만을 보고 있다.

그러므로 류는 『그녀』의 진의를 묻기 전에, 벨의 마음속을 확인했다.

"회른 씨에게…… 시르 씨 자신에게, 들었어요."

한 차례 작게 숨을 들이마신 벨은 조용히 입을 열었다.

"『사랑』에 미치고 싶지 않다고…… 구해달라고."

"!"

"그러니 구할 거예요. 그리고 틀림없이…… **상처 입히겠지요.**"

자신의 상처를 헤집어 열듯, 이를 악물고, 이미 결의를 마친 답을 말했다.

"그 사람을 궁지에 몰아넣었던 것은 저니까요."

이제는 뻔한 일이었다.

『그녀』가 모든 발단이며, 벨이 모든 것의 계기였음은.

시르도, 프레이야도, 벨도.

자신의 『아집』 때문에, 피가 흐르지 않는 곳을 찾아볼 수 없을 정도로 상처를 입었다.

"저 때문에 그 사람은 지금도 괴로워하고 있으니까요."

『그녀』가 벨 때문에 괴로워하고 있지 않았다면, 벨도 이런 아집을 관철하지는 않았으리라.

시르가 다른 사람을 좋아하게 되었다면, 혹은 자신을 싫어하게 되었다면 벨은 민망해하며, 그러나 약간의 안도감을 느끼고, 주제넘게 나서는 일도 없었을 것이다.

우리, 다시 친구 사이로 돌아가요.

그렇게 말하며 작별할 수 없었던 것은, 프레이야가 고집스러웠고, 벨이 이미 **일어나버렸기 때문이었다.**

"그러니 함께, 둘이서 계속 상처 입고………… 그 사람이 전처럼 웃어줄 때까지, 계속 구할 거예요."

벨에게 잘못은 없다. 있을 리 없다.

그는 벨프의 설교를 듣고, 고뇌했으며, 마지막에는 동경을 선택한 것이다.

잘못한 것은 이런 짓을 한 프레이야다.

그런데도 『그녀』의 죄를 짊어지려 하는 벨은, 다정한 사람이다.

"……벨. 당신은 **지독한 사람**입니다."

그러나 그런 소년의 다정함을 나무라듯, 류는 비난했다.

"당신은 지독한『위선자』입니다."

바로 눈앞에서. 자칫 잘못하면 입술이 닿아버릴 만한 거리에서.

하늘색 눈이 날카롭게 노려본다.

그 눈빛에 벨은 죄인처럼 시선을 한 차례 내리깔았다가── 웃었다.

"네. 저는『위선자』예요."

너덜너덜하게 상처 입은 웃음으로 류를 마주 보았다.

"그러니 이『위선』만은 관철하겠어요."

둘이서 많은 이야기를 나누었던, 그 푸른 달밤의 신실(神室)에서, 답은 이미 나왔다.

던져진 주사위는 이미 부서져 버렸으며, 두 사람은 아집과 아집을 맞부딪쳐 서로 상처를 입고, 피와 눈물을 흘릴 수밖에 없다. 이미 벨과 류는 돌이킬 수 없는 곳에 있었다.

그러므로.

"그 사람을 또 상처 입히게 되어도…… 내가 막겠어요."

루벨라이트색 눈동자와 하늘색 눈동자가 서로를 마주 본다.

시선을 서로 얽으며, 서로의 마음을 맞부딪치며 뒤섞인다.

이윽고.

류는 조용히 미소를 지었다.

"……회복이 끝났습니다. 가죠."

녹색 빛이 사라지고, 벨의 상처도 모두 아물었다.

먼저 일어난 류의 손을 빌려, 벨도 아직 비틀거리는 몸을 일으켰다.

둘이 나란히 보어즈와 드워프가 격돌하는 정면을 보았다.

저곳으로 가면 다시 싸워야 한다.

결판이 날 때까지, 『그녀』의 곁에 도달할 때까지, 사투 이외의 것은 허락되지 않는다.

"벨. 먼저 전해두어야만 하는 것이 있습니다."

"네."

"저는 당신을 좋아합니다."

"네. ……………………………네?"

앞으로 발을 내디디려 하던 벨의 몸이 휘청거렸다.

간신히 버티고 선 소년은 동요하면서도 뒤를 돌아보았다.

"한 명의 남성으로서…… 저는 당신을 좋아합니다."

제자리에 선 류는 소녀처럼 얼굴에 활짝 웃음을 짓고 있었다.

붉게 물들이지 않고, 그저 새하얗고도 조용한 웃음을.

환청도 착각도 아님을 안 벨이 오히려 스멀스멀 새빨갛게 물들어 얼빠진 표정을 지었다.

"이제 공평해졌습니다. 이제 시르의 따귀를 때려줄 수 있겠습니다."

마지막은 장난꾸러기 아이처럼, 아주 살짝 눈을 가늘게 뜨고, 그녀는 달려나갔다.

혼자 남은 벨은 최종결전 전에 터무니없는 폭탄을 끌어안게 된 병사처럼 아연실색해 동요와 혼란을 거듭했으나, 이내 고개를 좌우로 붕붕 가로저었다.

―― 지금만은 눈앞의 싸움을 생각하자.

―― 지금만은 그 사람을 생각하자.

자신을 타이르며, 마음을 바꿔먹고, 결전에 임하는 모험자의 표정을 지었다.

『위선』이라는 아집을 관철하는『위선자』가 된다.

몸을 낮추고, 달려나가, 앞서 달려가는 류의 등을 따라, 그 격전 속으로 몸을 날렸다.

"" 하아아아아아아아아아아아아아아아!! ""

멀리 떨어진『원형극장』방향에서 천둥소리로 착각할 만한 굉음이 터져 나왔다.

점점 격렬해져가는 극장의 연주. 하지만 에인헤랴르들도 겁먹지 않고 여기에 장렬한 반주를 더하고 있었다.

"그 굼벵이가――!!"

바람도 두려워할 만한 질주를 낳았다.

이 전장에서, 비유가 아니라 그 누구보다도 빠르게 이동하는 아렌은 노기로 가득 차 있었다.

발악을 거듭하며 여신을 위협하는 모험자들과 모반을

일으킨 날파리 그리고 전장에 어슬렁어슬렁 나타난『여동생』에 대한 증오에 가까운 불꽃을 안고, 그것을 약진의 연료로 바꾸었다.

"빠, 빨리 해!! 서둘러!"

"아렌 님께 뒤처지지 마라!"

멀어져가는 아렌의 등을 보며 수인 에인헤랴르들이 필사적으로 따랐다.

준족의 정예는 알프릭 4형제와『풍요의 여주인』이 맞부딪치는『주요 전장』을 향했다.

"──클로에, 루노아! 오라버니가 왔어냐!"

그런『전차』가 이끄는 부대가 오고 있음을 가장 먼저 느낀 것은 아냐.

날카롭게 귀를 세우고 들고양이와도 같이 감지해, 동쪽 방향을 바라보며 호소한다.

"됐으니까 냉큼──『준비』, 해!"

"커어억?!"

"이놈들만 가지고도 우린 벅차다, 옹!"

"크하악?!"

노성과 함께 날린 루노아의 철권이 드워프의 흉골을 부수고, 땀을 흩뿌리는 클로에의 나이프가 독으로 엘프가 피를 토하게 만들었다.

『아이샤 님! 그대로 루노아 님 일행과 함께 협공하세요!』

"시킬 필요 없어! 이미 알고 있으니까아아아아!!"

"뒤, 뒤에서—— 끄악?!"

여기에 가해진 파벌 연합의 배후공격.

모든 예비부대와 합류해, 좌익부대였던 아이샤 일행이 전력을 재집결시켰던 것은 『주요 전장』의 동부 중앙. 섬에 걸린 다리를 건넌 아냐 일행은 남쪽 방향에서 왔으며, 마침 그 중간에 걸리버 4형제가 이끄는 적 부대가 포진한 형태였다. 이렇게 되자 앞뒤에서 공격을 받은 【프레이야 파밀리아】는 견딜 수가 없었다.

"헤이, 극동 걸! 이거 네 동료들한테 줘라옹!"

"네? 이건…… 『귀걸이』? 클로에 공, 이것은 무엇입니까?!"

"류네 파벌이 전에 【페르세우스】한테 만들게 했던 매직 아이템! 있는 대로 가져왔어! 여긴 우리끼리 어떻게든 할 테니까 빨리 나눠줘!"

"무, 무슨 의도인지는 모르겠사오나…… 알겠습니다, 루노아 공!"

이윽고 『주요 전장』에 서 있던 최후의 에인헤랴르—— 간부 이외의 모든 상급 모험자가 쓰러졌다.

헤딘의 포격, 그리고 『풍요의 여주인』까지 가담한 수적 우세. 그것이 Lv.3과 Lv.4로 구성된 굳강한 무리를 모조리 사냥했다. 이제 남은 것은 【브링가르】 4전사뿐.

하지만.

"""""죽어!!"""""

"""냐아아아아아아악?!"""

네쌍둥이의 공격이 동시에 네 명의 캣 피플을 때려눕혔다.

순식간에 당해버린 동료들의 모습에 루노아와 클로에는 고뇌의 빛으로 낯을 물들였다.

함락시킬 수가 없었다. 마지막으로 남은 알프릭 형제만은 요정의 포격으로도, 풍요의 모든 세력으로도 공략할 수 없었다.

적의 피를 뒤집어쓴 모래색 투구와 갑옷, 그리고 네 자루의 무기.

'작은 악귀'라는 표현도 미지근하게 느껴진다. 그야말로 한 사람 한 사람이 극한까지 압축된 폭풍 같았다.

있을 수 없는 『연계』를 보이는 4형제에게, 풍요의 점원들이 잇달아 쓰러지고 있었다.

"으아아아아아아아아아아?!"

"리샤?!"

바벨라도 마찬가지.

창졸간에 맞서려 했던 아마조네스들이 순식간에 베여 쓰러지고, 연합 측의 전력은 예비부대——투명화 중인 하루히메의 호위병——를 제외하고 아이샤와 미코토, 나자만이 남았다.

상대를 궁지에 몰아넣었으면서도 자신들 또한 궁지에 몰린 모순된 상황.

잔존세력은 【브링가르】 4전사만이 남고, 강력한 포격 지원이 더 이상은 먹히지 않는다는 것이 치명적이었다.

아무리 서로를 노려보아도 알프릭 4형제도 헤딘도 서로의 수를 너무나 잘 안다. 4형제는 【카우르스 힐드】의 성질을 잘 아는 데다, 풍요의 점원들이나 바벨라들을 『방패』처럼 삼아 사선을 차단했던 것이다. 애초에 헤딘의 정밀사격도 거리가 수백 M이나 떨어지면 제1급 모험자 상대로 명중시키기는 지극히 어려웠다.

"……그렇게 됐단 말이지."

그들에게서 멀리 떨어진 『주요 전장』 북쪽.

헤딘은 눈을 가늘게 뜨며 중얼거렸다.

이제는 효과가 없음을 깨달았는지, 이제까지 펼치던 직접사격을 멈추고 간접적인 『괴롭힘』으로 전환했다.

뇌탄을 높이 쏘아올려, 큰 포물선을 그리며 머리 위에서 알프릭 4형제를 노린 것이다.

물론 그런 허술한 폭격에 맞을 네쌍둥이가 아니다. 『방패』 취급당하던 파벌연합 측에게는 명중하지 않는 대신, 기껏해야 흙먼지와 굉음이 발생하게 되었을 뿐이었다.

헤딘의 폭격도 이제는 기대할 수 없겠다고, 지휘관 릴리는 낯을 찡그리며 판단할 수밖에 없었다.

여기까지 와서 제1급 모험자라는 절대적인 『기본실력』이 앞을 가로막고 선 것이다.

"이 『금색 빛』이 없었으면 꽤 위험했다옹……!"

"모습은 안 보이지만 창부였던 애 덕분일까나……! 마음놓았다간 올라간 【스테이터스】에 휘둘릴 것 같긴 하지만!"

길길이 날뛰는 4형제의 맹공격을 견뎌내면서도 순식간에 쓰러지지 않고 있는 이유는, 어디까지나 【레벨 부스트】의 힘 덕분이었다.

릴리의 적확한 지시에 따라 하루히메가 움직이고, 아이샤와 루노아, 클로에 일행에게 금색 빛을 부여하면 유사 Lv.5에 이를 수 있다. 숫자만 보면 알프릭 4형제와 같은 능력이다. 상대의 『연계』를 정면에서 상대하지 않도록 철저히 히트 앤 어웨이로 싸우면서 어떻게든 고착상태로 끌고 왔다.

하지만 그 고착상태는 결코 『맞버티고 있는』 것이 아니었다.

왜냐하면 『전차』가 이미 섬 중앙지대를 넘어 이곳 『주요 전장』으로 육박하고 있으므로.

'【바나 프레이아】가 합류하면 끝장이에요······!'

눈 아래의 광경을 둘러보는 릴리의 심장 고동 소리가 흐트러졌다.

자신이 있는 분묘의 코앞에서 펼쳐지고 있는 치열한 공방.

여기에 아렌과 그의 부하들이 참전한다면 전선은 쉽게 붕괴될 것이다.

고개를 들어, 흙먼지와 함께 다가오고 있는 무리를 시인한 릴리의 이마에 땀이 흘러내렸다.

'지금 당장 【브링가르】를 쓰러뜨려야만 해요! 그렇지 못

하면 이대로 승산을 놓치고 말 거예요!'

릴리는 온갖 정보를 차단한 채 알프릭 4형제만을 노려보았다.

네쌍둥이의 치열한 공격을, 움직임을, 『연계』그 자체를, 구석구석까지.

버릇, 약점, 호흡, 무엇이든 좋다.

핀에게서 제공받았던 정보도 포함해서【브링가르】를 철저히 분석했다.

극한의 집중력이 릴리의 생각을 가속시키고 순간적인 영감 저편까지 데려다주었다.

그리고 릴리가 내린 결론은,

『구멍』은── **없어!!**'

잔혹한 현실 그 자체였다.

『무한의 연계』. 그렇게 칭송받는 4형제에게 허점 따위 존재하지 않았다.

4명이 서로를 보완하며 결코『구멍』따위 드러내지 않는다.

삼남 베링이 점원의 공격을 받아내며 반대로 타격을 입히고, 장남 알프릭이 나자의 저격을 튕겨내고, 차남 드바린과 사남 그레르가 아이샤와 루노아의 협공을 쳐낸다.

『넷이 모이면 그 어떤 제1급 모험자에게도 이길 수 있다』는 말은 결코 과장이 아니었다.

'저 넷이 모여있는 한『구멍』같은 건 없어요!!'

절망이 릴리를 엄습했다.

그리고 무정하게도, 타임리미트가 찾아왔다.

"치어 죽여버리겠어."

흉흉한 안광을 빛내는 『전차』가, 눈으로 똑똑히 볼 수 있는 거리까지 육박했다.

파벌연합과 풍요의 점원들을, 심지어 알프릭 4형제까지도 한꺼번에 날려버리고자 아렌이 더더욱 가속하려 했다.

"【재의 하늘, 사라진 집, 쏟아지는 검정, 폐허의 비】——."

그때였다.

『노랫소리』가 울려 퍼진 것은.

"————."

청각이 그것을 포착한 순간 아렌의 사고는 몇 초 정지해 버리고 말았다.

"【목 없는 눈동자, 질문하는 동상. 무엇인고, 무엇인고? 네놈은 새끼고양이, 길 잃은 수레바퀴. 나는 눈물, 오열의 종복】."

흙먼지가 걷혔다.

모습을 드러낸 것은 한 마리의 고양이.

창을 포석 위에 꽂고, 두 손을 가슴에 댄 채, 눈을 감고, 목소리를 자아내는 한 마리의 버림받은 고양이.

"집을 묻노라. 답은 없고. 새에 묻노라. 확실치 않고. 그렇기에 나는 운답니다. 오직 혼자 가족의 등에 노래한

답니다).”

폭음이 걷혔다.

조금 전부터 자아내고 있었던 완성 직전의 『영창』이, 4형제에게도 또렷이 들려오게 되었다.

경악에 꿰뚫린 알프릭 형제는 공격의 손을 멈추고 말았다.

“아냐 님이, 영창……?! 설마…… 헤딘 님의 마법이 『가림막』이 되었던 건가요?!”

혼자 분묘 위에서 전황을 부감하던 릴리만이 무슨 일이 일어났는지를 정확하게 파악하고 있었다.

하늘 높이 뇌탄을 쏘며 계속해서 흙먼지를 일으키고 폭음을 울리던 헤딘의 『괴롭힘』이 영창에 집중하던 아냐를 은폐시켜주었던 것이다.

아렌도, 알프릭 형제도, 물론 헤딘도 아는 옛 동료 아냐의 『영창』.

그리고 캣 피플과 파룸들이 조바심을 낼 정도의 『마법』.

이제는 막을 수 없다.

평범한 모습에서는 상상조차 할 수 없을 정도로, 마치 성녀처럼 노래하는 고양이의 모습에, 릴리는 자기도 모르게 넋을 잃고 바라보았다.

“빨리 『귀마개』 착용해에에에————!!”

“재해음치가 온다옹————!!”

“예? 예?!”

반면 루노아와 클로에는 낯빛을 바꾸며 귀를 막고, 미코토 일행은 혼란에 빠졌다.

"【부디 나를 두고 가지 마세요】———— 【레미스트 펠리스】."

마법명의 선언.

그리고.

"【냐아아앙】!!"

가공할 『괴음파』가 터져나왔다.

"끼야아아아아아아아아아아아아아아아아아아아아아아아아아아아악?!"

미코토에게서 귀마개 매직 아이템을 받지 못했던 릴리는 클로에가 말한 『음치의 재해』를 뒤집어쓰고 두 귀를 막으며 벌렁 나자빠졌다. 결코 성녀 따위가 아니었던 초소음 파괴병기에 주마등을 보며 혼절해 데굴데굴 굴러다녔다.

재빨리 귀를 막았던 아렌도, 뒤를 따라왔던 에인헤랴르들도 그 노랫소리를 뒤집어썼다.

알프릭도, 드바린도, 베링도, 그레르도 속수무책으로 피해를 입었다.

헤스티아와 미아흐조차 그 소음에 펄쩍 뛰었다.

초광역.

모든 이들을 말려들게 한, 유례를 찾아볼 수 없을 정도의 효과범위.

여파를 뒤집어쓰지 않기 위해 확실하게 두 귀에 손가락을 꽂아 넣었던 헤딘은 물론이고,『거울』을 통해 본 오라리오의 군중까지도 주저앉아버릴 뻔했다. 그런 가운데 그 마법의『위력』이 드러나기 시작했다.

제일 먼저 이변을 알아차린 것은 떨리는 손으로 간신히 몸을 일으킨 릴리였다.

"읏……? 힘이, 안 들어가……?"

권태감과는 다른 탈력감. 무거운 돌을 짊어진 것과도 다른, 마치 자신의 몸이 얇아진 듯한 느낌.

자세히 보니 불그스레한 마력광이 희미하게 온몸에 맺혀 있었다.

"아니야, 이건………… 혹시『안티 스테이터스』?"

밤색 눈을 크게 뜨며 릴리는 답에 이르렀다.

"스테이터스를 약체화시켰어?!"

아냐의 마법【레미스트 펠리스】.

릴리가 눈치챈 대로, 그 효과는『안티 스테이터스』.

하루히메의 레벨 부스트와는 정반대인, 디버프의 상징이라고도 할 수 있는, 어빌리티 대폭 저하.

극대 음치 재해인 아냐의 노랫소리에 피해를 입은 자──마법 효과범위에 있던 자──는 모조리, 적과 아군을 가리지 않고 강력한『스테이터스 다운』을 입는 것이다.

전용 매직 아이템이 아니면 차단하지 못하는 마법효과를 몸으로 실감한 릴리는 힘차게 고개를 들었다. 눈 아래에 펼쳐진 전장, 수인 에인헤랴르들도, 【브링가르】4전사도, 【바나프레이아】도, 이 붉은 마력광에 사로잡혀 있었다.

　"굼벵이 너 이 자식?!"

　지금도 고막에 메아리치며 자신을 좀먹는 【레미스트 펠리스】의 효과에 아렌은 분노의 고함을 토해냈다.

　"콜록콜록………… 이제, 오라버니네는, 엄청나게 약해졌냐……!"

　전투 중에 딱 한 번밖에 ──한나절 이상의 인터벌을 거치지 않으면── 발동하지 못하는 특대『안티 스테이터스』를 사용한 아냐는 피로해진 목을 문질렀다.

　Lv을 하나 낮추는 정도까지는 아니지만, 【레미스트 펠리스】는 수많은 디버프 중에서도 고출력. 어빌리티를 대폭 낮추고, 거기다『스킬』이나『마법』의 효과까지 저해한다.

　전자 이상으로 후자의 효력이 성가시다는 것을 잘 아는 친오빠 아렌은 친동생을 원수처럼 노려보았다.

　"오라버니…… 냐는 오라버니가 무서웠어냐. 버림받은 후로도, 또 가족으로 돌아가고 싶어서, 오라버니를 화냐게 하지 않으려고…… 계속 쭈뼛거리기만 했어."

　그의 날카로운 안광을 바라보면서도 아냐는 겁을 먹지 않았다.

　【프레이야 파밀리아】에 입단해, 버림받지 않도록 계속

오빠의 낯빛을 살피기만 했지만, 지금은 똑바로 바라보고 있었다.

"지금도 사실은 오라버니랑 가족으로 돌아가고 싶어. ──하지만! 나한테는 또 한 사람, 가족이 있으니까! 류랑 클로에, 루노아! 미아 엄마랑 동료들 외에도, 나를 구해줬던『하나뿐인 가족』이 있으니까!"

바보 같은 아냐는 왜『그녀』가 구해달라고 했는지 알지 못했다.

비가 내리던 그 날, 아렌과 프레이야 본인이 자신을 버렸는데도, 시르는 아냐를 구해주었다.

『풍요의 여주인』이라는 보금자리를 주었다.

『그녀』가 말한 대로, 그것은 단순히 신의 변덕이었는지도 모른다. 너덜너덜해졌던 아냐를 귀여워했다가 나중에 다시 망가뜨리려 했던, 신의 지독한 오락이었는지도 모른다.

──구해줘.

하지만 아냐는 이미 시르의 본심을 들었으므로.

시르도 무언가에 고통스러워하고 있음을 알아버렸으므로.

"그러니까 나는 시르를 데리러 갈 거야!"

아냐는 바보다. 그리고 외로움을 타는『버림받은 고양이』다.

그녀는 혼자라는 것이 얼마나 쓸쓸한지를 알기에 가족을 바랐다. 가족을 무엇보다도 소중히 한다.

그러므로 가족을 구하기 위해서라면── 피가 이어진

오빠와도 싸운다.

"그러기 위해 필요하다면 오라버니를 쓰러뜨릴 거야! 지금만은! 나는 오라버니의 적이 될 거야!!"

"——이 멍청한 게!!"

아냐의 『선전포고』에 아렌은 온 힘을 다해 노성을 질렀다.

안티 스테이터스를 뒤집어썼어도 상관하지 않았다. 은창을 들고 친여동생을 꿰뚫고자 질주했다.

아냐 또한 금창을 들고, 질주해, 서로의 거리를 순식간에 0으로 만들었다.

두 마리의 고양이가 태어나서 처음으로 벌이는 형제 싸움이 막을 열었다.

"우리도 가자!"

"짜식들 각오해라옹!! 재해 고양이 '독'주회의 피해자 놈들아!!"

한편 루노아와 클로에는 장착했던 귀걸이 액세서리를 떼어내고, 지금이 기회라는 양 공세에 나섰다.

그 액세서리의 진짜 이름은 『사일런스 리라』.

원래는 『사이렌』이나 『머메이드』의 노랫소리를 막기 위해 【페르세우스】가 개발했던 액세서리를 개조한 ——암흑기 당시 『소리』의 공격을 이용하던 강적을 상대로 아스피 자신이 강화 개량했던—— 매직 아이템이다. 사실은 동료의 유품을 포함해 류가 소지했던 것이지만, 재해 고양이의 독주회를 한번 뒤집어써 전멸할 뻔한 경험이 있었던 풍요

의 점원들이 총출동해 류에게 애원하고, 아스피에게 대량
생산을 부탁했던 사연이 있는 물건이기도 하다.

"""""이것들이!!"""""

강력한 디버프의 영향을 회피한 점원들은 비틀거리는 4
형제에게 일제히 덤벼들었다.

"이, 이건……!"

아냐의 『마법』을 계기로 전황이 바뀌었다.

레벨 부스트로 강화된 풍요의 점원들과 아이샤 파티의
공격을 받아, 시종 압도적이었던 걸리버 4형제가 처음으
로 수세로 몰리는 기색을 보였다. 수인 에인헤랴르들은 아
렌과 아냐의 고속전투에 한 걸음도 다가가지 못해 황급히
【브링가르】의 지원에 나섰다.

'그런 에인헤랴르들도 안티 스테이터스 때문에 약해졌어
요! 바벨라 님들이나 주점 점원님들도 이제는 손으로 꼽을
정도밖에 남지 않았지만 그 점을 감안하더라도……!'

형세는 호각. 적어도 유사 Lv.5인 아냐가 아렌을 붙들어
놓고 있는 한, 【브링가르】 4전사와의 싸움에는 『유예』가 생
겨났다.

"그렇다면 이제는 【브링가르】 4전사의 『연계』만 어떻게
든 하면——!!"

분묘 옥상에서 전장을 둘러보던 릴리는 남은 힘을 모두
두개골의 알맹이에 집중시켰다.

·1초도 헛되이 해서는 안 된다. 실행 가능한 성공률이 가장 높은 작전을 빠르게 쥐어짜냈다.

동료에게 희생을 강요해왔던 지휘관 소녀는 그 몇 초에 목숨을 걸었다.

그리고.

『──아이샤 님, 미코토 님, 나자 님! 작전을 전달할게요!』

나자의 아이템으로 회복을 시도하던 파벌연합『최후의 주요전력』에게 통신을 날렸다.

서로의 힘을 잘 아는 자들에게 자세한 설명 따위는 필요하지 않았다. 전달은 간결했으며 빨랐다.

"네……?! 기, 기다리십시오 릴리 공! 그런 작전이라면 당신의 몸이……?!"

『이제까지 모험자나 신들을 계속 희생시켰는걸요! 릴리도 목숨을 걸겠어요!』

"큭……!!"

전달받은 내용에 미코토가 이의를 제기하고 있으려니, 조용한 표정으로 듣던 시앙스로프가 입을 열었다.

"……좋아. 하자."

"나자 공?!"

"나도 말야…… 이젠 화살이 없거든."

"!"

"이제부터는 제대로 싸우지 못해…… 그러니까 나도, 『미끼』, 할게."

후방지원책이면서 배틀클로스나 방어구에 온통 손상을 입은 나자는 미소를 지었다.

"미코토…… 잘 써줘. 제1급 모험자한테…… 한 방 먹여 주자."

"…………예!!"

릴리의, 그리고 나자의 각오를 보고 미코토는 더 이상 나서지 않았다.

결연히 고개를 끄덕이는 소녀들을 잠자코 보던 아이샤는 입가를 틀어올려 웃었다.

"주점 애들한테는 내가 전해주지. 실수하지 마라, 꼬마돌이!"

『네!』

아마조네스의 오쿨루스가 빛을 뿜어내며 마지막 지시를 날렸다.

『레벨 부스트의 효과도 곧 끊어질 거예요! 다음 하루히메 님의 마법이 작전 개시 신호예요!』

"──노가! 적의 예비부대를 노려!!"

체면 차릴 수 없게 된 알프릭의 목소리가 전장에 울려 퍼졌다.

"반칙 같은 강화마법을 쓰는 마도사 혹은 요술사가 있다!! 그놈을 해치워어!!"

"웃……!! 알겠습니다!"

제1급 모험자의 지시에 웨어울프 단원 하나가 즉시 따랐다.

남아 있는 에인혜랴르를 거느리고 분묘 앞에 모여 있던 바벨라들에게 진격한다. 낯빛을 바꾼 아이샤와 미코토 일행이 이를 막고자 했지만 네쌍둥이 파룸의 연계에 차단당했다.

알프릭의 판단은 적확했다. 궁지에 몰렸으면서도 그는 여전히 지성과 직감이 뛰어난 제1급 모험자의 존재감을 보여주었다. 그리고 그것은 동시에, 조금 전까지만 해도 가장 빠르고 가장 강하게 적을 휩쓸어버리려고만 하던 걸리버 형제가 『전술』에 손을 댔음을 뜻했다.

제1급 모험자가 궁지에 몰렸다는 무엇보다도 큰 증거.

"쏴라아아아아아아아아아아!"

"으악————?!"

눈 깜짝할 사이에 예비부대에 접근한 에인혜랴르들이 인사 대신 『마검』을 일제사격했다.

단 한 명의 소녀를 지키는 아마조네스 호위병들이 몸을 날려 방패가 되었지만 불꽃과 벼락을 띤 풍압이 예비부대의 중심에 있던 하루히메에게까지 닿았다.

"하루히메! 괜찮……지 않잖아?! **모습이 보여!**"

"……! 펠즈 님의 망토가…….."

황급히 달려온 아마조네스 소녀 레나의 말에 하루히메는 아연실색했다.

장비했던 《골라이아스 로브》가 하루히메 자신을 지켜주기는 했지만, 그 위에 뒤집어썼던 투명천 리버스 베일은 그야말로 누더기처럼 다 해져버렸다. 펠즈에게 빌려온 매직 아이템이라고는 하지만 이래서는 다시 『투명 상태』가 될 수 없다.

"레나, 왜 그래?!"

"사미라, 하루히메가 이젠 투명해질 수 없어! 이 상태로는 마법을 못 써!"

전방에서는 마침내 에인헤랴르와 바벨라들이 충돌하는 가운데, 예비부대의 지휘를 맡은 회색머리 아마조네스 사미라가 달려왔다.

"이 싸움은 온 도시에 중계되고 있잖아?! 하루히메의 『비밀』이 다 드러날 거야!"

"읏……!"

"어떡하지? 아이샤가 시킨 대로 도망칠까?! 하지만 우리 말곤 이제 아군이 없는 것 같은데……! 주신님(하토호르)은 아직 살아남은 것 같지만…………!"

점점 목소리가 작아져가는 레나의 말에 사미라도 창졸간에 지시를 내리지 못했다.

레벨 부스트는 비밀 중의 비밀. 이슈타르마저도 환희하게 만들 정도의 반칙 기술이며, 존재가 드러났다간 반드시 손에 넣고자 하는 자들이 나타난다. 술사인 하루히메는 그야말로 영원히 표적이 되어 두 번 다시 평온한 나날을 보낼 수 없을 것이다.

워 게임 전, 아이샤에게도 엄명을 받았다.

레벨 부스트가 드러날 것 같으면 요술은 쓰지 말고 도망치라고.

'하지만 말야, 여기서 하루히메를 데리고 내뺐다간 아이샤네 부대가……!'

레나의 말대로, 이 자리에는 사미라도 포함해 이제는 하토호르의 권속들밖에 남지 않았다.

아렌 부대의 『신 사냥』으로 대부분의 주신이 탈락했고 예비부대 내에서도 많은 아마조네스가 이탈한 상태였다. 무엇보다도 이런 상황에서 하루히메의 레벨 부스트가 사라진다면 틀림없이 아이샤 부대와 풍요의 점원들이 간신히 유지하고 있는 균형이 무너져버린다.

아이샤의 지시에 따라야 할까. 전선을 유지해야 할까. 땀을 뻘뻘 흘리며 사미라가 갈등하고 있을 때——.

"영창을, 시작하겠사옵니다……!"

그녀들의 판단을 기다리지 않고 하루히메가 일어났다.

"이미 마법의 효과가 떨어질 때……! 다음 레벨 부스트를 걸어드려야만 하옵니다……!"

"자, 잠깐, 안 돼, 하루히메에!! 우리가 아이샤한테 야단맞고, 들켰다간 하루히메도 큰일난다구?!"

투명화가 해제된 하루히메의 옆얼굴은 멈추지 않는 구슬땀으로 가득했다.

마인드 다운의 전조였다. 전투가 시작되기 전, 그렇게나 대량으로 준비했던 매직 포션도 마침내 모두 떨어졌다. 영창연결과 레벨 부스트의 콤보가 마인드를 크게 소비한 탓도 있지만, 하루히메는 전선의 모험자들을 지탱하기 위해 그야말로 끊임없이 마법을 행사했다.

하루히메가 없었다면 릴리의 전략도, 현재의 전황도 결코 성립될 수 없었을 것이다.

그녀야말로 이번 워 게임의 『숨은 수훈자』였다.

"그래도…… 노래하겠나이다……!"

직접 싸우지 못한 채, 지휘도 하지 못한 채, 아무것도 하지 못했기에, 소녀는 노래하고 또 노래하고자 했다.

【이슈타르 파밀리아】 출신 아마조네스들이 헛숨을 삼킬 정도로.

"하루히메…… 너……."

사미라는 르나르 소녀를 빤히 바라보았다.

"……레나 말대로, 레벨 부스트를 들키면 걷잡을 수 없게 될 거야. 아마 또 『살생석』 같은 소동이 벌어질걸. ……아니, 반드시."

정신이 들고 보니 전투도 잊은 채 그렇게 묻고 있었다.

"이슈타르 님 때보다도 심한 상황이 기다리고 있을지도 몰라…… 그래도 괜찮아?!"

무의식중에 사미라가 어조에 힘을 준 다음 순간.

"상관없어!!"

"!!"

"상관없나이다 사미라 님!! 레나 님!! 저 한 몸의 안전 따위!"

하루히메는 뻔한 말을 한다는 듯 고함을 질러 대답했다.

"보호받기만 하는 소녀에게 얼마나 큰 가치가 있겠나이까?! 동료를 돌보지도 않고, 사랑하는 남성 분까지 저버리는 비천한 계집에게 어찌 봄볕을 발을 자격이 있겠나이까?!"

"하루히메……."

"벨 님을 빼앗긴단 말이에요! 헤스티아 님이, 가족들이 슬퍼한단 말이에요! 그런 건 싫어! 절대 안 돼!! 보호받고, 구원받기만 하는 하루히메는 죽었어요!"

그곳에는 사미라와 레나가 알고 있던 소녀는 이미 없었다.

"전 이제 『파멸의 상징』이 아니에요! 울기만 하던 창부가 아니에요! 난── 【헤스티아 파밀리아】의 하루히메예요!"

한때 파멸을 탄식하기만 하던 창부는 이제 없었다.

한 명의 『요술사』가 그곳에 있을 뿐이었다.

"…………하루히메. 난 널 싫어했어."

레나가 얼어붙은 가운데, 옆에서 사미라가 말했다.

사실이었다. 이슈타르의 『매료』를 거역하지 못하던 아이샤, 위협당하던 레나나 다른 바벨라들과 달리 제구 담당이었던 사미라는 『살생석』의 의식에 적극적으로 가담했다.

아무래도 상관없었던 것이다. 훌쩍훌쩍 울기나 하고, 스스로는 아무것도 하지 못하던 약한 여자 따위 어찌 되더라도.

마음에 들지 않는 소녀의 목숨 따위, 이용이나 해서 강한 수컷들과의 싸움을 즐기자고, 그렇게만 생각했다.

하지만 지금은.

"하지만 지금 너는…… **좋은데.**"

"사미라 님……."

옥색 두 눈을 크게 뜬 소녀에게, 사미라는 웃음을 지어주고 있었다.

자신이 좋아하는 『강한 여자』를 바라보며, 그녀는 주먹으로 손바닥을 후려쳤다.

"좋아, 노래해 노래해! 노래해버려 하루히메!! 우리가 지켜줄게!!"

"에엑, 사미라?! 그래도 괜찮아?!"

"괜찮아! 이 녀석이 지저분한 놈들한테 표적이 될 것 같으면 우리가 지켜주면 되잖아!"

"되긴 뭐가 돼~!! 그랬다간 평생 하루히메를 돌봐줘야 한다구~~~?!"

사미라는 등을 돌리고, 에인헤랴르들에게 밀리는 바벨라들에게 달려갔다.

투덜거리던 레나도 뒤를 따르는 가운데, 아연실색한 하루히메에게 회색 머리 아마조네스는 고개를 돌리며 말했다.

"해버려, 하루히메!!"

하루히메는 웃음과 함께 고개를 끄덕여 대답했다.

"【구중구천】——."

모여들기 시작하는 이질적인 마력.

이제까지 투명의 가호에 보호받던 요술사가 처음으로 햇살 아래 몸을 드러냈다.

"【사랑스러운 눈. 사랑스러운 심홍. 사랑스러운 백광】."

전장의 광경을 수없이 비추는『거울』속에서, 그 금색 광채는 즉시 민중의 눈에 드러나고 말았다.

어느샌가 모습을 드러낸 르나르에게, 온 도시의 모험자가, 신들이, 의식을 빼앗겼다.

"【부디 함께 해주시옵소서── 이천의 밤 끝에 찾아낸 그 마음】."

노래는 울려 퍼지고, 빛은 솟아오른다.

온 전장의 눈과 시선이 막힘없이 자아내는 시구에 사로잡혔다.

"【나의 이름은 호요(狐妖), 한때의 파멸. 나의 이름은 고요(古謠), 한때의 그리움. 새와도 같이 날갯짓하는 그대를 위하여 이 몸 구요(九妖)를 깃들이리】."

에인헤랴르들은 목표를 발견했다.

저것이 바로 자신들을 죽일 수 있는『요호』임을 깨달았다.

어떻게든 저 암여우를 죽여야 한다며 가공할 기염을 토했다.

"【울려라 금의 노래, 타마모의 노래. 백면금모(白面金毛), 아홉 꼬리의 왕】."

바벨라들은 포효했다.

옛 동생에게 손을 대게 놔두지 않겠다고 기세등등해졌다.

저 못난 여우가 울부짖고 있으니, 자신들은 한층 더 큰 목소리로 울어야 하지 않겠느냐고 외쳤다.

"【모든 것을 먹고 모든 것을 이루는 서수(瑞獸)의 꼬리】."

사미라는 주먹을 휘둘렀다.

누구보다도 적을 후려치고, 걷어차 부수고, 자신의 팔다리를 망가뜨려가며 격전을 벌였다.

레나와 함께 지면에 그은 선을 에인헤랴르가 넘도록 놓아두지 않았다.

"──【커져라 뚝딱】."

영창연결.

특급 인챈트를 모두 영창하고, 사미라 일행이 몇 번이나 들었던 노랫소리로 전환했다.

"【그 힘에 그 그릇. 수많은 재물에 수많은 바람. 종소리가 알릴 그 순간까지 부디 영화와 환상을── 커져라 뚝딱】."

가속한다.

몇 번이나 불러 익숙해졌던 노래는 『고속영창』의 갑옷을 두르고 시간 속을 달려나간다.

"【신찬을 먹어치운 이 몸. 신들께 바친 이 빚. 메에 이르러 뫼로 돌아가, 부디 그대에게 축복을】."

에인헤랴르들은 총력을 기울였다.

저것만은 막아야 한다고 비명을 질렀다.

바벨라들은 혼신의 힘을 다했다.

다가오게 해선 안 된다고, 한번 쓰러진 자조차 일어나 용사들의 발을 붙잡고 넘어뜨렸다.

나아가지 못한다. 나아가게 두지 못한다.

닿지 않는다. 닿게 두지 못한다.

미친 듯이 분노하는 웨어울프의 창이 번뜩였다.

자신보다도 강한 자가 휘두르는 무기에 어깨를 꿰뚫린 사미라는, 웃었다.

피를 토하면서 웃고, 그의 멱살을 붙잡아선, 수인 사내에게 혼신의 박치기를 꽂았다.

투구와 함께 이마가 박살이나 흰자위를 까뒤집은 사내와 함께 쓰러지며, 아마조네스는 중얼거렸다.

가라.

"【──커져라 뚝딱】!"

하루히메는 대답했다.

자신을 지키는 언니들의 모습을 눈에 새기면서, 눈물 따위 불태워버리고, 그『비밀병기』를 꺼냈다.

"【도깨비 방망이】──【춤을 추어라】!!"

그리고 투하된 것은 최상급의 『기적』.

아냐, 클로에, 루노아, 미코토, 나자, 그리고 아이샤.

【랭크 업】으로 증가한 6개의 꼬리를 모두 쏟아부은, 아군 진영에 대한 최대 강화.

개전 당초부터 파벌연합에 절대적인 버프를 부여했던 『트릭』이 무엇이었는지, 감이 좋은 모험자와 전지한 신들은 순식간에 깨달았다.

이제는 돌이킬 수 없다.

그러므로 수정을 한 손에 쥐고 하루히메의 각오를 들었던 릴리는── 고함을 지르고 있었다.

"시작할게요!!"

작전의 호령은 그것뿐.

찬란한 금색 광채와 함께 보낸 신호가 첫수를 불러왔다.

릴리에게서 던져져, 루노아 일행과 교전하는 4형제에게 낙하하는 검은 색깔의 구슬.

모험자들 사이를 누비며 포석 위에 착탄해, 힘차게 폭발했다.

"연막?!"

"연막탄이다!"

정확하게는 매직 아이템.

제노스 구출 당시【로키 파밀리아】조차도 따돌렸던 펠즈의 특제 아이템. 블랙 미스트.

생물처럼 준동하며 팔다리에 감겨드는 기이한 검은색 연기에, 네쌍둥이는 풍요의 점원들은 물론이고 형제들의 모습마저 놓쳐버렸다.

"간교하다!!"

"우리의 연계를 방해하겠다는 거냐!"

점성까지 띤 칠흑색 안개는 온갖 정보를 차단했다.

시각은 물론이고 후각마저 기능부전에 빠졌다. 그나마 제대로 살아 있는 것은 청각뿐. 일심동체 이심전심을 자랑하는 4형제조차 이 순간에는 한 사람 한 사람이 고립되었다.

"——【후츠노미타마】!!"

그 직후 덮쳐드는 강력한 중력.

머리 위에서 쏟아지는 무시무시한 압력에 4형제의 몸이 훅 가라앉았다.

""""크ㅇㅇㅇㅇㅇㅇㅇㅇㅇ윽?!""""

레벨 부스트 뒤에 숨어 준비했던 미코토의 마법. 유사 Lv.3이 펼친 혼신의 필살기가 작렬하자 안티 스테이터스로 약해진 Lv.5들은 행동이 느려질 수밖에 없었다. 중력의 작용으로 마력성 흑연이 압축되는 기괴한 상황이 발생하는 가운데, 서로 의사를 소통하기는 한층 어려워졌다.

온몸에 쌓이는 대미지. 그러나 아직은 탈출할 수 있다. 이 정도의 감옥으로는 【브링가르】를 쓰러뜨릴 수 없다.

문제는 탈출할 방향.

십중팔구 적은 이 칠흑과 중력의 감옥에서 알프릭 4형제가 벗어나기를 기다리고 있을 것이다.

뿔뿔이 흩어져 나가면 각개격파로 이어질 수 있다. 넷이 함께 탈출해야만 한다.

가공할 중력에 체력이 시시각각 깎여나가고, 알프릭 4형제에게서 초조함의 씨앗이 싹을 틔운 순간.

"2시!! 북동쪽에 적 없음!!"

——베링의 목소리!!

형제 중에서도 탐색능력이 가장 뛰어난 삼남의 지시에 알프릭, 드바린, 그레르는 일사불란하게 따랐다. 검은 감옥에 갇히기 전부터 자신들의 상대적인 위치 및 방위를 정확하게 파악하고 있던 제1급 모험자들은 가공할 각력으로 탈출을 시도했다.

중력의 속박을 뿌리치고 처음으로 드바린이, 다음으로 그레르가, 알프릭이, 마지막으로 베링이 감옥에서 뛰어나갔다.

"이쪽으로 나왔다! 다들 공격해!!"

그리고 그 순간 모험자들이 즉시 달려들었다.

아이샤의 호령에 따라 루노아가, 클로에가 세 방향에서 강습.

당연한 귀결이었다. 베링의 목소리는 상대에게도 들렸다. 매복까지는 아니었지만 모험자들의 빠른 대응에 상황을 확인할 틈조차 없었다.

하지만 사소한 일이다. 【브링가르】에게 그 정도는 사소한 일일 뿐이다.

서로를 시야에 담으면 그 순간 다른 형제들이 무엇을 할지 알 수 있다.

자신이 무엇을 해야 할지도 알 수 있다. 찰나의 정보통일이야말로 『무한의 연계』가 가져오는 극의.

창을 든 장남 알프릭이 아마조네스의 대형 박도에 맞서고.

차남 드바린의 해머가 캣 피플의 나이프를 분쇄하고.

삼남 베링의 도끼가 휴먼과 함께 글러브의 연타를 갈라 버리고.

그리고 허공에 뜬 사남 그레르의 대검이 회전베기를 펼쳐 세 사람을 한꺼번에 쓸어버린다.

순식간에 동일한 광경을 뇌리에 공유한 【브링가르】4전사는 즉각 실행에 나섰다.

"하아아아아아!"

"소용없어!"

장남 알프릭의 창이 아이샤의 대형 박도를 쳐냈다.

"냐옹!"

"소용없어!!"

차남 드바린의 해머가 캣 피플의 나이프를 퉁겨내 가루로 만들었다.

"타아아아아아아앗!"

"소용없다고 했다!!"

그리고 사남 그레르에게 주먹을 난타하려는 루노아를 삼남 베링의 도끼가 갈라버렸다.

그것으로 끝이 난다.

그랬어야 했다.

"으라아아아아아아아아아아아아아아아아아!!"

"커어억?! ──────엑."

루노아의 철권이 공격의 예비동작에 들어갔던 사남 그레르의 옆구리에 꽂히고 있었다.

　시간이 얼어붙었다.

　형제의 뇌리에 치명적인 노이즈가 발생했다.

　그때,『무한의 연계』가, 확실하게 흐트러졌다.

　"뭐 하고 있어 베링?!"

　자신의 등 뒤, 대열의 최후방을 향해 알프릭이 노성을 터뜨리며 돌아보았다.

　그 순간, 알프릭은 보았다.

　완전히 뜬금없는 방향을 향해 움직이는 삼남 베링을.

　모래색 투구와 갑옷을 입었지만, **맨손인**『동생』의 모습을.

　알프릭의 의식에 한순간의 공백이 발생했다.

　"————, ————어, —————어어?!"

　블랙 미스트가 일렁였다.

　그 안에서, 보였다.

　중력의 중심에 사로잡힌 채, **목소리도 낼 수 없을 정도로, 지금도 지면에 못 박혀 있는** 삼남 베링의 모습이.

　""————.""

　장남 알프릭이 만들어낸 찰나의 공백을, 그리고 정보의 조각을, 차남 드바린과 사남 그레르도 공유하고 말았다.

　일부러다.

　알프릭, 드바린, 그레르를 감옥에서 탈출시켰던 것은, 일부러.

이 칠흑의 중력결계는 처음부터 네 명 전원이 아니라 『단 한 사람』을 노리고 가둬놓기 위한『감옥』이었을 뿐.

『가짜』를『진짜』와 바꿔치기하기 위한 매직 박스였을 뿐!!

충격과 함께 사태를 파악하는 데 필요했던 시간은 겨우 0.5초.

아직까지 세계가 지연상태에 빠져 급격히 압축된 체감 시간 속에서 알프릭은 노성을 터트렸다.

"——네놈은 누구냐?!"

즉시 휘둘러진 장창.

측면에서 밀려든 일격을,『동생의 모습을 한 존재』는 얼굴 옆에 든 왼팔로 방어.

그 직후 허용량 이상의 대미지에『마법』이 해제되었다.

무수한 입자가 무산되며 회색의 마력광 속에서 나타난 것은, 동포 소녀.

'릴리루카 아데——?!'

변신 마법『신다 엘라』.

릴리에게만 허용된 어린아이 눈속임.

그러나 그 회색 재투성이 어린아이 눈속임이『역전의 한 수』를 더듬어 찾아내고 있었다.

'——않아——.'

입을 다물지 못하는 알프릭.

일그러진 릴리의 두 눈에 핏발이 섰다.

지면에서 떠버린 다리, 수평으로 흐르는 몸, 한순간 후에는 고속으로 날아가 버릴 자신의 조그만 몸.

살은 찢어지고 뼈까지 어이없이 부서진 왼팔이 작열하는 격통을 담고 있는 가운데── 릴리는 울지 않았다.

'울지 않아──!!'

눈앞의 동포에게 팔이 부러졌던 그 여신제 날, 꼴사납게 질렀던 비명도, 흘렸던 눈물도, 꼭 깨문 입술 속으로 삼킨 채, 간신히 긁어모은『승산』을 향해 손을 뻗었다.

'릴리는 지휘관──!!'

모험자를 희생시키고 신을 먹이로 준비했다.

그렇다면 마지막에 사용해야 할 것은 자기 자신. 던져야 할 것은 쓸모없는 이 육체.

약한 소리는 용납되지 않는다. 망설임도 눈물도 버려야 하는 것. 자신까지도 승부의 카드로 이용한다.

용자의 가르침을 몸과 마음에 새긴 지휘관은『승리』를 향해 포효를 터뜨렸다.

'이 네 사람이 모여 있는 한『구멍』따위 없어──.'

조금 전 도달했던 릴리의 견해.

4전사의 연계에 대한 절망적인 결론.

'──그렇다면 한 명이라도 빠지면『구멍』은 생겨난다!!'

그리고 그것이 절망적인 결론 너머에서 도달했던 간단한 답.

넷에서 하나만 빼버리면『무한의 연계』는『유한』으로 전락한다.

파룸들의 세계가 끝난다.

파룸끼리만 공유하던 고속사고가, 가속되었던 체감시간이 끝을 알렸다.

이미 허리의 파우치에 뻗어나갔던 릴리의 오른팔이 『그것』을 붙잡았다.

알프릭이, 드바린이, 그레르가 위기상황을 깨닫고 재집결을 시도한다.

그러나 릴리의 오른팔이 번뜩인 것이 먼저였다.

아이샤 일행을 무시하고 모이려 하던 3형제의 중심에 던져진 작은 병 하나.

아스피에게 받아온——『버스트 오일』.

"""커억?!"""

세 방향으로 날아가는 3형제.

느닷없이 피어난 폭염의 꽃이 동쪽으로, 남쪽으로, 서쪽으로 파룸 용사들을 각각 날려버렸다.

릴리 또한 봇물 터진 듯한 기세로 땅 위를 굴러가는 가운데, 【브링가르】 4전사가 **완전히 분단되었다.**

그것이 절호의 기회이자 역습의 순간.

"——이제까지 아주 잘도 해먹었겠다."

"크윽?!"

동쪽.

대검을 지팡이처럼 짚고 일어난 그레르 앞에 한 여자가 서 있었다.

바람에 흩날리는 양모색 단발, 피에 젖은 글러브에 싸인 두 주먹.

오늘까지 4전사에게 지고 또 졌던 재도전자 루노아는 눈썹을 곤두세우며 가증스러운 숙적을 노려보았다.

"오늘까지 진 빚, 전부 갚아주마!!"

"내, 내가 우습게 보이냐아아아아아아아아아아아아아아아?!"

정면에서 맞서는 루노아에게 그레르 또한 돌진했다.

여신제 때와 마찬가지로 베어버리겠노라고 휘두른 대검.

여기에 루노아는 급정지.

"────."

형제와 분단되어, 동요해, 승부를 서둘렀던 그레르의 조바심을 놓치지 않고 대검이 허공을 가르게 만들었다.

뛰어난 『허허실실』을 발휘한 권사가 펼친 것은 당연히, 기다리고 기다렸던 혼신의 권포(拳砲).

"쓰으읍?!"

왼쪽 주먹의 보디블로우.

몸을 걷어 올리듯 지면을 스치며 날아든 펀치가 그레르의 복부에서 폭발을 방불케 하는 통타의 소리를 터뜨렸다.

그리고 배에 꽂힌 주먹을 기점으로 극한까지 구부러진 파룸의 몸에 연타가 감행되었다.

"연계만 없애면 너 따위이이이이이이이이이이이이이이이
이이이이이이이이이이이이이이이이이이이!!"

막을 연 주먹의 난무.

스트레이트, 훅, 어퍼컷, 엘보, 백너클. 온갖 각도에서
그레르의 온몸 구석구석을 헤집고, 손에서 미끄러져 떨어
진 대검을 파괴하고, 투구를 분쇄하고, 갑옷까지도 박살을
내버렸다. 파룸의 몸은 지면으로 돌아가지 못한 채 허공을
부유하며 폭격과도 같은 난타에 시달렸다.

"크어어어어어어어어어어어어어어어어어어어어어어
어어어어어어어어어어어어어억?!"

──오라리오가 혼돈에 휩싸여 있던 시대, 한『현상금
사냥꾼』이 있었다.

도시 밖에서 왔던『그녀』는 자신의 주먹만으로 출세해,
수많은 상급 모험자들을 해치우고【브링가르】4전사와 만
날 때까지 무패를 자랑했다.

정면승부에 집착해 표적의 피를 뒤집어써 검붉게 물든
글러브.

여기에서 유래되어 붙은, 별명과도 다른 그녀의 통칭은──
『흑권』.

마법 따위 사용하지 않고 걸출한『힘』어빌리티만으로
적을 타도해왔던, 타고난 인파이터였다.

"뒈져버려어어어어어어어어어어어어어어어어어어어
어어어어어어어어!!"

결정타로 내리꽂힌 주먹이 그레르의 흉부에 박혀, 그대로 지면을 폭쇄했다.

"커어, 억————."

함몰된 대지에 묻혀버린 파룸은 피를 토했다.

투구와 함께 바이저를 잃어버린 눈에서 의식이 멀어져가고, 풀썩, 머리가 힘을 잃으며 침묵했다.

"아자아!! 봤냐!!"

과거 대검에 베였던 상처를 어루만지며 두 주먹을 맞부딪친다.

누구보다도 혈기왕성한 그녀는 호전적인 웃음을 지었다.

"그레르?!"

빠른 강습과 함께 지면에 묻혀버린 동생의 모습을 보고 드바린이 고함을 질렀다.

"형제 걱정이나 해도 되겠냐옹~?"

"으윽?!"

그런 그의 등 뒤에서 날아드는 고양이의 울음소리.

조소로도 냉소로도 보이는 웃음을 머금고, 클로에가 달려들었다.

"그 정도 가지고오오오!"

버스트 오일이 만들어낸, 모래를 머금은 폭풍. 그곳에서 단숨에 뛰쳐나온 후방에서의 기습이었다. 하지만 드바린은 금세 반응했다. 대철구라 불러야 할 만큼 거대한 해머로, 경솔한 고양이를 분쇄한다.

그러나 클로에의 온몸은 말 그대로 『산산조각』이 되어 터져나갔다.

"?!"

"【펠레스 크루스】."

눈앞에서 사산했던 캣 피플에게 놀란 것도 찰나. 그레르의 귀에 흘러드는 마법명.

이미 영창을 마쳤던 초단문영창 마법의 정체는——

『환영마법』?!'

마력의 잔재가 되어 사라지는 고양이를 보며 경악하는 드바린에게, 이번에야말로 진짜 기습이 육박했다.

"으, 으아아아아아아아아아아아아아아아아아아!"

그러나 제1급 모험자는 여기에도 반응해 머리 위에서 짓쳐든 클로에를 분쇄했다.

분쇄, 해버렸다.

"안됐네~ 환영은 3개까지다옹."

"——크억?!"

두 개의 환영으로 교란한 진짜 클로에는 첫 번째 환영이 날아가 버린 연기 속에서 유유히 튀어나왔다.

무리해서 두 번째 공격을 날리는 바람에 자세가 불안정해진 드바린의 등을 벤다.

그를 벤 무기는 조금 전에 부서졌던 나이프와는 다른, 으스스한 흑자주색을 띤 대거.

"얘는 《바이올레타》라고 하는데용~ 던전 몬스터의 극독, 맹독을 먹였던 냐의 스페셜이지용~."

사마외도의 무장임을 자랑하는 고양이에게, 간신히 공격을 견뎌낸 파룸은 욕설을 퍼부으려 했다.

겨우 독 정도로 제1급 모험자인 자신이 쓰러질 것 같으냐고── 그렇게 외치려 했다.

"──────커어억?!"

그러나 무리였다.

드바린은 입에서 시뻘건 피를 토했다.

"제1급 모험자가 자랑하시는, 어마무지 단련한 초 짱쎈 『내성』 어빌리티에 『독』 따위 안 통한다고 말하고 싶었냐옹? ──무~~~~~리~~~~~!"

반면 클로에는, 씨이익~~~ 하고.

잔혹하며 음습하며 가학적인, 최고로 사악한 웃음을 지었다.

"냐의 재해 음치 마법은 **내성 어빌리티의 효력까지 떨어뜨리거든.**"

"─────────────."

치명적일 정도로 부족했던 전 단원에 대한 정보에 드바린은 얼어붙었다.

파룸의 입 속에서 거무죽죽한 색으로 변한 토혈이 시작되는 가운데 고양이의 입술은 초승달을 그렸다.

"한 번이라도 그렇게 되면── 냐라도 엉망으로 만들어

줄 수 있다옹♪"

"끼, 끼아아아아아아아아아아아아아아아아아아아아아아아아아아아아아아아악?!"

맹독 나이프가 춤을 춘다.

갑옷 틈새를 노리고 날아드는 참격의 실. 갈기갈기 찢겨 나가는 드바린의 팔다리.

더 많은 독소에 침범당해, 온몸의 구멍이란 구멍에서 피를 뿜으며 파룸의 몸이 마침내 쓰러졌다.

"커헉, 콜록, 끄아아아아아악……?! ──우그윽?!"

그리고 균열투성이 돌바닥에 쓰러진 드바린의 뺨에 고양이의 발바닥이 내리꽂혔다.

"있지있지, 지금 어떤 기분~?"

"크으으윽……?!"

"잔챙이라고 생각했던 상대한테 잔챙이 취급받아서 지금 어떤 기분~~~~?"

──『흑권』과 같은 시기에 활동했던 『암살자』가 있었다.

철저히 정체를 감추었던 그녀는 정정당당한 전술 따위 취하지 않고 온갖 꼼수를 발휘해 도시의 암살업에 크게 공헌했다.

허공을 춤추는 독 칼날은 고양이의 꼬리. 냐앙 하는 울음소리를 들으면 그것은 가엾은 죽음의 조짐.

정면승부를 선호하는 『흑권』과 비교되어 붙은 이명은 『흑묘』.

제1급 모험자의 옆얼굴을 지근지근 밟으며 등줄기를 짜릿짜릿하게 떨고 있었다.

발갛게 달아오른 뺨에 한쪽 손을 가져다 대며 희열에 잠긴 그 모습은, 조심스럽게 표현해도 사악했다.

"나는 지금 최고로 기분이 좋아."

"우, 오, 오오오오오오오오오오오오오————!!"

"크으으으으윽?!"

결계 내.

온몸의 힘을 긁어모아, 베링이 마침내 극한 압축된 미코토의 중력마법을 깨뜨렸다.

중력의 감옥이 분쇄된 것과 함께 터져나가는 마력. 그에 따라 걷혀가는 블랙 미스트.

주위로 뿔뿔이 흩어진 3형제의 모습을 본 베링은 충격에 사로잡혔다.

즉시 『연계』를 부활시켜야만——

"【그림자가 간다. 어둠이 내려온다. 팔 없는 나의 몸은 몰락의 관】."

"!!"

그러나 그때.

형제를 구하러 가려던 베링의 발을, 미코토와는 다른 영창이 붙들었다.

'시앙스로프—— 그 저격수다!!'

철저히 화살로 저격만 하던 나자가 처음으로 구사하는, 정체불명의『마법』.

초조함이 타올랐다. 또 무언가를 시작할 생각이냐고, 베링은 급격히 진로를 바꾸었다.

"【악한 벌레, 파먹힌 살점, 능욕당한 마음. 은을 잠식하는 준동의 날갯소리】——!!"

"이 부스러기 같은 것들이이이이이이이이이!!"

즉시 좁혀지는 간격. 결코 놓치지 않았던 도끼를 나자에게 내리찍는다.

영창은 완성되었다. 그러나 마법보다도 이쪽의 일격이 빨랐다. 더 이상 쓸데없는 짓을 하도록 놔두진 않겠다!!

베링의 결연한 일격에——『미끼』는 모든 것을 내다보았다는 듯 오른팔을 내밀었다.

"우웃?!"

능력은 떨어졌다지만 오른팔과 함께 상대를 베어 날려버리고도 남는 제1급 모험자의 참격.

그것이 **단단한 손맛**과 함께 멈춰버렸다.

"이건—— 은제 의수?!"

갈라진 소매와 글러브 안에서 드러난 것은 금속의 광채. 맨몸이 아닌 인공의 팔.

『아가트람』.

고려할 필요도 없는『부스러기』같은 자들의 정보 따위 조사하지 않았던 베링은 충격에 사로잡혔다.

절반으로 갈라진 아가트람. 하지만 관절을 몇 개나 늘린 의수는 마치 은으로 된 뱀처럼 도끼에 휘감겼다.

　"좋아. **줄게**."

　의수를 희생해 단 일격을 회피한 나자는 산산이 흩어지는 파편에 눈을 가늘게 떴다.

　대금 대신이야.

　그렇게 말하며, 거액의 대출금이 남은 의수를 미련 없이 바친 시앙스로프는 유일한 『마법』을 발동했다.

　"【다르브 다올】!!"

　어마어마한 양의 『칠흑색 입자』가 방출되었다.

　부서진 은제 팔에서 솟구쳐, 마치 곤충의 대군을 방불케 하는, 징그러운 빛의 입자들.

　초지근거리에서 방사되어 회피행동 따위 이미 늦었다. 파룸은 입자에 휩쓸려, 경악했다.

　대미지는 없었다. 그 대신 엄청난 『권태감』이 발생했다.

　'설마── 안티 스테이터스?!'

　나자의 마법 【다르브 다올】.

　그녀의 『마법』 또한 아냐와 같은 『안티 스테이터스』였다. 원래의 오른팔을 잃고 심신 모두 쇠약해졌던 소녀에게 발현된 마법. 아이러니하게도 자신의 【파밀리아】를 궁지에 빠뜨리고 주신 미아흐에게도 고생을 시켰다는 죄책감이 방아쇠가 되었던 『쇠퇴』의 상징이다.

　"이 자식들이 하나같이이이이이?!"

안티 스테이터스를 겹으로 받아 더더욱 떨어져 버린 자신의【스테이터스】에 베링은 미친 듯이 분노했다.

도끼에 얽힌 『아가트람』을 떨쳐내고, 이번에야말로 나자를 없애려 했다.

하지만 그보다도 먼저.

"이 은혜 잊지 않겠습니다, 나자 공——."

"?!"

머리 위.

하늘에서 날아내려온 미코토가 칼집에 담겨 있던 장도에 손을 가져다 댔다.

나자는 『미끼』였다. 베링을 알프릭 형제와 합류시키지 않기 위해——『연계』를 부활시키지 않기 위해, 그녀는 일부러 주문을 드높이 영창해 자신에게 의식을 쏠리게 했던 것이다.

나자에게 『마무리』를 위탁받은 미코토는 온 힘을 다해 호응했다.

"절화!!"

"끄아아아아아아악—————?!"

솟아난 검광이 베링에게 날아들었다.

무신이 직접 전수해준 『발도술』은 극한까지【스테이터스】가 떨어진 제1급 모험자에게 치명상을 입혔다.

파룸이 쓰러지는 소리. 의수를 잃고 마법의 반동으로 나자도 쓰러지는 소리.

오직 혼자 서 있던 소녀는 잔심(殘心)을 보인 후 카타나를 칼집에 거두었다.

　"그레르, 드바린, 베링?!"
　마지막으로, 남쪽.
　각개격파당하는 동생들을 보는 알프릭을 경악이 지배했다.
　'처음부터 철저히 계산된 거였어——!!'
　형제 중에서도 탐색능력이 뛰어난 삼남 베링에서부터 시작해, 릴리는 【브링가르】의 정보 및 버릇을 '누군가'에게서 확실히 전해 들었다. 게다가 저 동포 소녀는 이번 워 게임이 벌어지는 동안 최대한 자신들을 관찰했을 것이다. 그렇지 않고서는 모습을 흉내 낸다 해도 자신들이 가짜임을 간파했을 테니까.
　'코앞에서 보았던 그 여신제 때의 습격까지도 변장의 재료로 삼아서…… 우리를 속인 건가?!'
　유일한 무기인 『변신마법』으로, 릴리는 알프릭 형제를 『낚을 순간』을 계속 기다리고 있었던 것이다.
　시야 구석에서 힘이 다해 쓰러져 있는 소녀의 모습을 보고, 알프릭은 이번에야말로 할 말을 잃었다.
　"【오너라 만용의 패자】!!"
　"크윽?!"
　그렇게 동요에서 미처 벗어나지 못한 알프릭의 몸을 대

형 박도와 격렬한 『병행영창』이 엄습했다.

방심도 자만심도 버리고, 릴리 일행이 만들어낸 『승산』만을 확실히 거머쥐고자, 아이샤가 전심전력을 다해 알프릭을 쓰러뜨리기 위해 덤벼들었다.

이미 세 동생은 함락. 남은 것은 고립상태인 알프릭뿐.

릴리루카 아데가 꾀했던 『각개격파』가 『무한의 연계』에 구멍을 뚫었다.

그 여신제 날, 알프릭이 인정했던 소녀가 【브링가르】를 마침내 무릎꿇렸다.

"——【굶주린 나의 칼날은 히폴뤼테】!"

금세 창의 저항을 받아 온몸에 열상을 입은 아이샤의 영창이 단숨에 내달렸다.

"【헬 카이오스】!!"

"크으윽?!"

높은 상단에서 내리꽂히는 종단 일격.

지체하지 않고 장창을 수평으로 눕히는 방어태세.

십자가 되어 교차한 창이 대형 박도를 받아냈다.

하지만 거기까지였다.

창대가 받아낸 대형 박도에서 붉은색 참격파가 솟아났다.

"크으, 으아아아아아아아아아아아아아아아아아아아아아아아아아아아아아아?!"

몸길이를 거뜬히 능가하는 거대한 마력의 칼날을 직접 받아, 알프릭의 운명은 결정이 났다.

두 쪽으로 갈라진 창과 함께 분묘의 벽에 처박혀버렸다.

"——잡았다 꼬마돌이이이이이!"

마침내 꺾인【브링가르】. 아이샤는 승리의 함성을 터뜨렸다.

루노아가, 클로에가, 미코토와 나자가 그 포효에 이어 고함을 지르고, 지면에 주저앉은 하루히메도 땀투성이 얼굴에 미소를 지었다.

"고맙습니다, 여러분……!"

분쇄골절의 격통에 의식이 날아갈 뻔했던 릴리는 승리의 노래에 제정신을 차렸다.

엎어져 있던 지면에서 얼굴을 떼어내고 주위를, 전황을 확인한다.

하루히메를 제외한 예비부대는 전멸. 하지만 바벨라들도 그냥 가지는 않았다. 수인 에인헤랴르들을 모조리 길동무로 삼았다. 알프릭 4형제가 쓰러진 지금, 남은 것은 지금도 아냐와 교전하는 아렌뿐.

"우우…… 누군가!"

마지막으로 남은 제1급 모험자. 이 자리는 자신들이 어떻게든 할 수 있다. 어떻게든 해내고 말 것이다.

그러니 릴리는 아직 움직이는 오른팔을 발악하듯 들어 올려 오쿨루스를 입까지 가져갔다.

피와 먼지에 찌든 몸에서, 온 힘을 다한 목소리를 쥐어짜내 『전군』에게 호소했다.

"누군가, 아직 움직일 수 있는 분 계신가요?!"

🔥

『적의 주요 전력은 거의 궤멸! 남은 것은 【맹자】와 【바나 프레이아】뿐!』

도시유적에 소녀의 목소리가 울려 퍼진다.

『【맹자】는 벨 님 일행이, 【바나 프레이아】는 릴리네가 막고 있어요!』

지휘관은 전장에 흩어진 오쿨루스를 향해 아군을 불렀다.

『아직 움직일 수 있는 분은 서쪽으로! 벨 님을 지원하러, 프레이야 님께 가주세요! 이게 처음이자 마지막 기회예요! 여신의『꽃』을! 승리를! 부탁드려요…… 누가 제발!!』

그런 릴리의 목소리를 부서진 무구가, 의식을 잃은 모험자들이 말없이 듣고 있었다.

아직 【가네샤 파밀리아】의 손에 회수되지 못한 모험자, 에인헤랴르는 몸도 꿈틀거리지 않는다. 시체처럼 그 누구도 움직이지 않았다. 과거에 멸망한 유적의 정적만이 전부였다.

종말을 앞에 두고 힘이 다해 쓰러진 전사들은 소녀의 애원에 답할 수 없었다.

『누가…… 누가 제발……!』

"릴리 씨……!"

수정에서 울려 퍼지는 통신을 유일하게 듣고 있던 카산드라는 눈물을 떨구었다.

자신은 이제 싸울 권리를 잃었다. 다프네를 구하기 위해 회그니와 맹세하고 말았다.

친구가 말했듯 마지막까지 싸우려 하지 않았던 자신을 저주하며, 후회하며, 지금도 품에서 잠든 다프네의 몸을 끌어안고 있었다.

승리를 향해 필사적으로 손을 뻗는 소녀의 목소리가, 유적을 뒤덮은 창공으로 허무하게 빨려 들어갔다.

"……………………………………………………크윽."

그런 가운데, 『그』는 천천히 눈꺼풀을 떨었다.

어둠에 잠기고 싶다는 충동을 걷어차고, 머리를 억지로 일깨웠다.

소녀의 목소리에 대답할 기력은 없었다. 그러나 그 애원에 호응할 수는 있을 것이다.

그러므로 몸을 움직였다. 하지만 잘 움직이지 않았다. 주위에서 힘이 다해 쓰러져 있는 모험자들 못지않게 반쯤 죽은 몸. 눈을 뜰 수 있었던 것이 신기할 정도였다. 의식이 몇 번이나 끊어져 시간이 토막토막 날아가버렸다.

그러므로 아이템에 의존했다. 시앙스로프가 완성시켰다는 엘릭서를 허리에 찬 자루에서 느릿느릿한 동작으로 끄집어냈다. 그래도 엎어진 상태에서 얼굴을 옆으로 기울이는 것이 고작이었다. 하는 수 없이 뺨이 닿은 돌바닥 위에 내용물을 뿌렸다.

목이 타 흙탕물을 핥는 조난자처럼, 엘릭서의 물구멍에 비참한 입맞춤을 나눈다.

이윽고 활력이 돌아왔다. 완전히 회복된 것은 아니지만 돌아왔다.

그렇다면 움직일 수 있다. 서지는 못해도 땅을 기어 나아갈 수는 있다.

근처에 널브러진 무기를 손에 들고, 엎드린 채, 꼴사납게, 그러나 확실하게 여신이 있는 곳으로 『그』는 나아갔다.

"……."

그 광경을 헤딘이 말없이 바라보고 있었다.

조언하지 않는다. 손도 빌려주지 않는다. 그 대신 방해도 하지 않는다.

의지가 있는 자가, 말 그대로, 기어서라도 나아간다고 한다면 아무리 꼴사납더라도 그는 막지 않는다. 그것은 말그대로 『능력 있고자 발악하는 자』의 증거이므로.

같은 이유로 릴리와 아이샤 측의 격전에도 개입하지 않았다.

처음에는 쓸데없는 간섭을 하려 했다. 그러나 그녀들은 헤딘이 생각했던 것보다 훨씬 유능했다. 그 능력으로 알프릭 4형제를 쓰러뜨렸다. 남은 것은 이제 『전차』한 대뿐.

그렇다면 자신이 가야 할 장소는 정해졌다.

그렇게 생각하고 발을 돌리려던 순간.

"헤, 딘⋯⋯⋯!"

"⋯⋯⋯."

너덜너덜해진 다크엘프가 그를 불러 세웠다.

불꽃을 뒤집어써 상반신의 배틀클로스 오른쪽 절반이 소실된 상태였다. 가녀린 몸이지만 단련된 흉부와 복근을 드러낸, 그야말로 패자의 꼬락서니. 갈색 피부도 무참히 타버렸다.

그런 부상을 무릅쓰고, 고통에 허덕이며 회그니는 쏘아 죽일 듯한 눈으로 헤딘을 노려보았다.

"무슨, 생각이야⋯⋯! 왜, 프레이야 님을 배신하는 짓을⋯⋯!"

"⋯⋯그 문답은 이미 헤이즈와 마쳤다."

"지금!! 내가, 묻고 있잖아!!"

상처 입은 온몸을 써서 분노의 목소리를 터뜨린다.

이미 다인슬레이프는 해제되었다. 전장을 유린하는 전왕이 아니라 회그니 라그날 본인의 진심이 담긴 말을, 표정을 지운 화이트엘프에게 부딪치고 있었다.

"웃기지 마, 헤딘⋯⋯! 그 저주받은 섬에서, 가증스러운 고향 햐드닝에서 싸우고 또 싸우던 우리를 구해줬던 건⋯⋯ 프레이야 님이었잖아⋯⋯!"

"⋯⋯."

"왕의 주박으로부터, 우리를 해방해주셨던 건, 그분이었잖아?!"

과거의 기억을, 여신에게 충성을 맹세했던 날의 광경을, 눈앞의 동포에게 부딪친다.

정신을 차리고, 헤딘이 배신했음을 이해했을 때, 분명 누구보다도 충격을 받았던 것은 회그니였으리라. 다크엘프는 분노를 드러내며, 울보인 눈에 눈물을 머금고, 떨리는 주먹을 쳐들었다.

"그런데 너는——!!"

메마른 소리가 울렸다.

제1급 모험자라면 쉽게 피할 수 있는, 상처 입은 주먹을, 헤딘의 뺨은 감내했다.

자신과 같은 기원을 가진 다크엘프의 주먹에는 때릴 권리가 있다고.

사내의 얼굴에서 날아가 지면에 떨어진 안경이 조용히 그렇게 중얼거렸다.

"적어도 우리만은 그분을 배신하면 안 되는 건데——!!"

"기어오르지 마라, 멍청아."

"——커흑?!"

그러나 그것도 한 번뿐이었다.

때릴 권리를 두 번은 주지 않겠다고 말하는 귀축 엘프가 냉혹한 표정과 함께 오히려 회그니에게 주먹질을 했다.

이미 죽어가던 회그니는 뺨에 근사한 펀치를 맞고 그로기 직전에 빠졌다.

"동포 계집아이에게 비참하게 당해놓고는 어디서 큰소

리냐. 애초에 지금의 네놈이 나를 이길 수 있을 리도 없을 텐데."

"잠까, 꾸엑, 어푸풉?! 그, 그만둬, 그만해?! 너 진짜 그런 거 진짜 아니라고 헤딘! 아앗 아파파 아파 잠깐만?!"

심지어 발을 후려 땅바닥에 쓰러뜨리고는 퍽! 퍽!! 연속으로 발길질을 해댔다.

지나치게 합리주의자이기에 피도 눈물도 없는 화이트엘프에게 다크엘프는 울음을 터뜨렸다.

"내가 왜 죄를 저질렀느냐고? 그야 당연히 필요하기 때문이지."

"으……?"

"이대로 가다가는 프레이야 님을 잃는다. 두 번 다시 손에 넣을 수 없는『바람』을."

발차기를 중지한 헤딘의 말에, 회그니는 당혹스러워하며 고개를 들었다.

"그 우둔한 토끼가 아니고서는 프레이야 님을 구할 수 없다. 나는 그렇게 결론을 내렸다."

"!!"

"그렇기에 이제까지 놈을 단련시켰다.『상자정원』에 먹히지 않도록 **계속 조정했다**. 그 어떤 결말이 오더라도『사랑』너머에 미래는 없다.『여신의 사랑』으로는—— 그분의『바람』은 이룰 수 없다."

그러므로 헤딘은 벨에게『가혹』을 주었다.

강건한 『상자정원』이 만들어졌을 때, 표면상으로는 아렌 같은 자들처럼 잔혹한 용사를 가장해 벨의 심신을 아슬아슬한 선에서 계속 단련시켰다. 『상자정원』이 망가지든 망가지지 않든 **필요할 것임**을 깨달았기 때문이다. 이런 파벌 대전 따위 예상하지 못하더라도, 헤딘 셀랜드가 바라는 미래상에서는 벨 크라넬이 여신의 『사랑』을 거부해야만 했던 것이다.

　소년의 등을 걷어차 지옥으로 떨어뜨렸던 것도, 마음이 꺾이지 않도록 한계까지 선을 가늠했던 것도, 【파밀리아】의 감시를 풀고 미아와 대화를 나누도록 봐주었던 것도, 전부 의도적이었다.

　마음을 독하게 먹을 필요 따위 없었다.

　왜냐하면 원래부터 헤딘은 그럴 작정으로 벨에게 접근한 것이었으니까.

　여신제의 개조로부터 시작된 그의 여행은 모두 여신에게 집약되어 있었다.

　그렇기에 프레이야는 헤딘의 충성을 의심하지 않았다.

　그가 지금도 벌이고 있는 『모반』은 모두 주인을 위한 행동이며, 『거짓』도 그 무엇도 아니기 때문이다.

　"구해……? 『바람』……? 무슨 소릴 하는 거야 헤딘?!"

　"어리석은 자를 가장하는 것도 그만둬라, 얼간이."

　"?!"

　"네놈도 어렴풋이 알아차리고 있었을 텐데."

헤딘과 똑같이『왕』흉내를 내고 있던 회그니라면 이해하지는 못하더라도 직감은 하고 있을 거라며.

　산호색 두 눈은 말문이 막힌 동포를 쏘아보았다.

　"그 우둔한 토끼가 아니고선 그분을 해방해드릴 수 없다. 왜냐하면『그녀』가 그 남자를 선택했으니까."

　"웃……!!"

　"정말로 구할 수 있을지 어떨지는 모르지. 그 굼벵이는 이미 몇 번이나『그녀』를 상처 입혔다. 하지만 그래도…… 우리에게는 불가능하다. 그렇기에 맡길 수밖에 없다."

　체념마저 느껴지는 헤딘의 무기질적인 말에, 회그니는 부들부들 손을 떨며 자리에서 일어났다.

　"뭔데 그게…… 무슨 소릴 하는 건데, 헤딘?!"

　"단순한 사실이다."

　"웃기지 마! 우리가 지키면 되잖아?! 이제까지 그랬던 것처럼! 우리가 그분께 힘이 되어 드리면, 수족이 되어 드리면——!!"

　"——이제 그만 인정해!!"

　"!"

　모든 말을 가로막듯 헤딘이 회그니의 너덜너덜해진 멱살을 쥐고 끌어당겼다.

　"네놈도 알고 있을 텐데!! 우리는 여신을 지킬 수는 있어도 구제하지는 못한다는 걸!!"

　회그니의 두 눈이 한껏 크게 벌어졌다.

"말 꾸미지 말고 냉큼 본심을 토해내!! 사랑하는 여신을 다른 놈에게 맡기고 싶지 않다고!"

"윽──?! 어, 어떻게 그걸…….."

"당연히 알지! **나**도 똑같은데!"

격렬해진 어조가, 헤딘의 숨김없는 본심이 회그니의 퇴로를 차단했다.

"왜 그 자식이야!! 왜 내가 아니야! 내가 그분의 특별한 존재가 되고 싶었어!!"

처음으로 시르와 벨을 보았을 때.

하나의 웃음을 목격하고, 헤딘은 극심하게 동요했다.

마치 여신이라는 것도 잊은 것처럼 천진난만하게, 기쁨에 물든, 무엇과도 바꿀 수 없는 웃음.

그 웃음이 바로『진정한 그녀』라고, 충격과 함께 이해하고 말았다.

그리고 금세 질투했다. 다른 이도 아닌 벨 크라넬에게.

어째서 저런 애송이를.

그러나── 깨닫고 말았다.

여신 프레이야는 헤딘에게, 권속들에게『사랑』을 준다.

사람에게는 불가능한 사랑의 바다를, 한없이 넓고 깊게, 바라는 이에게 부어준다.

그러나── 그『　　』은.

단 한 사람에게만 향하는 것이다.

왜냐하면 그녀는『사랑의 여신』이므로.

그녀는 『사랑』을 관장하기에 『　　』을 모르는, 서툴고 가없은 아가씨였으므로.

"하지만 안 돼! 여신을 숭배해버린 우리 가지고는! 여신에게 구원을 받고 여신을 바라게 되고 만 우리 가지고는 『그녀』를 해방해줄 수가 없어!!"

여신에게 애를 태우며, 사랑받고 사랑하기 위해 싸운다.

그것은 『그녀』를 『진실』로부터 멀어지게 한다. 『바람』으로부터 멀어지게 하고 만다.

여신으로 있으면 있을수록, 프레이야의 『바람』은 이루어지지 않는다.

자신의 진정한 바람을 깨닫는 것조차 불가능한 것이다.

"주인의 바람을 헤아리지 못하는 게 무슨 신하야! 그게 무슨 충성이야!! 『그녀』의 웃음을 지켜주지 못하는 게 무슨 사랑이야!"

코앞에 있는 눈빛이 거짓 없는 결의를 들이댄다.

회그니의 손이 경련하듯 떨렸다.

"회그니, 힘을 빌려줘! 네가 지금 내 헛소리에 속아줄 거라면 네 힘을 내놔!!"

"큭————!!"

"내가 구하고 싶었던 그녀를—— 『여신의 멍에』로부터 해방하기 위해!!"

안경을 잃은 요정의 얼굴은 이성의 가면 따위 깡그리 내팽개친 것이었다.

조금의 거짓도 없는 마음을 들이대, 회그니는——

두 팔에서 힘을 잃고 축 늘어뜨렸다.

"⋯⋯⋯⋯⋯⋯⋯⋯속아줄게, 헤딘."

그리고 이내.

회그니는 웃고 있었다.

"난 바보니까. 뭐가 옳고 뭐가 틀렸는지도 모르니까. 휩쓸리기만 할 뿐인 불모의『왕』이었으니까."

——가엾은 왕이 있었다.

흰색과 검은색으로 갈라져 서로 죽고 죽이는 요정의 고도에서, 그들은 추앙받고 기대받는 대로 살육했다.

타인에게 겁을 먹는 검은색의 그는 동포들을 거역하지 못한 채, 의지박약한 자신을 저주하면서, 주어진 역할을 다했다. 무능함을 혐오하는 백색의 흰색의 그는 긍지의 포로가 되어, 긍지 때문에 책무를 내팽개치지 못한 채 조그만 세계의 꼭두각시가 되었다.

왕이라는 기호에 사로잡힌 그들은 하다못해 상대의 진영에 서 있는, 자신과는 정반대의『왕』만은 없애고 이 몸이 태어난 의미를 남기고 싶다고 생각했다. 검은색의 그는 흰색의 왕을, 흰색의 그는 검은색의 왕을. 그것만이 바람이었다.

『미안해. 너희 나라를 **멸망시켜버렸어.**』

하지만 그것을 여신이 구해주었다.

추한 요정의 섬을 멸망시키고, 신은 두 왕을 해방했다.

제아무리 타인이 그 소행을 나무라고 『마녀』라 욕하더라도 두 엘프만은 그녀를 숭배했다. 『왕』이라는 주박에서 해방해주기 위해, 겨우 두 사람만을 위해 그녀는 『마녀』가 되었다.

『왕』으로 있을 필요가 사라진 회그니와 헤딘은 여신에게 무릎을 꿇고 충성을 맹세했다.

그날 이후 『왕』은 죽고—— 흑백의 기사가 태어났던 것이다.

"그렇고말고. 우리는 운명을 남에게 맡기기만 하는 쓰레기지. ——하지만!"

멱살을 쥔 헤딘의 손을, 자신의 오른손으로 감싸고, 꼭 쥐고, 눈앞의 눈동자에게 외친다.

"그래도 **시르 씨**가! 『그녀』가 그런 식으로 웃는 걸, 난 몰랐으니까!"

헤딘과 마찬가지로, 소년의 앞에서 웃는 아가씨의 얼굴을 떠올리며, 그 결의를 전한다.

"그런 식으로 웃을 수 있다면, 난 그 사람이 계속 웃어줬으면 하니까!! ——그러니까 헤딘! 난 너한테 속아줄게!!"

눈을 마주 노려보며, 경쟁하듯 고함을 지르는 다크엘프에게 화이트엘프는 입가를 일그러뜨리며 웃었다.

회그니만이 알 수 있는, 그가 어지간해서는 짓는 일이 없는 진짜 웃음이었다.

"네놈은 남쪽으로 가라. 아렌을 어떻게든 해봐. 놈들만

가지고는 짐이 무겁다.”

“알았어. ……넌 어떻게 할 거야, 헤딘?”

“뻔한 거 아닌가.”

품에서 엘릭서를 꺼내 떠넘기고, 땅에 떨어진 안경을 줍는다.

서로에게 등을 돌린 가운데, 헤딘은 『북서쪽』 방향을 노려보았다.

“최대의 장벽을 치워야지.”

“클로에, 아냐를 지원해!! 서둘러!”

“알았다옹!”

『주요 전장』 동부.

에인헤랴르, 바벨라, 그리고 걸리버 4형제가 쓰러진 분묘 앞에서 루노아 일행의 목소리가 울려 퍼졌다.

적은 이제 【바나 프레이아】뿐. 아냐가 지금도 버티고 있지만 서서히 밀리기 시작한다. 아무리 적의 능력이 떨어졌다 해도 Lv.6 상대로 여기까지 버텼던 것은 기적이라 해도 과언이 아니었다.

그런 아냐의 곁으로 루노아와 클로에가 향하려 했을 때—— 창이 날아들었다.

“으악!”

“뭐야옹?!”

1초 전까지 자신들이 있던 장소를 폭쇄하는 투척. 뒤로 훌쩍 뛰어 피한 루노아와 클로에가 경악했다.

땅에 박힌 것은 자루가 절반으로 부러진 장창.

그것을 던진 자는 한 파룸.

"누가, 보내준대……?"

어떻게 움직이는지 이해할 수 없을 만한 몸으로, 알프릭은 일어나 있었다.

아이샤의 헬 카이오스에 창날과 함께 갈라졌던 갑옷에는 오른쪽 가슴에서 수직 일직선으로 깊은 상처가 새겨져 있었으며, 붉은 열상이 배틀클로스를 더럽히고 있었다. 투구도 일부가 떨어져나가 흘러내리는 피 때문에 가늘게 뜬 왼쪽 눈이 엿보였다. 조그만 몸과도 맞물려 지금 당장이라도 부서져버릴 것 같은 양철 장난감 병사처럼 보였다.

하지만 【브링가르】의 마지막 한 사람은 그곳에 서 있었다.

"너……! 아직 안 뒈졌어?!"

불사신이냐고, 아이샤가 혀를 내두르지도 차지도 못하고 있으려니, 루노아와 클로에가 움직였다.

"방해하지 마! 잠이나 자고 있어!"

"흥, 죽다 만 놈이! 냐가 끝장내주겠다옹!"

아무리 죽어가더라도 제1급 모험자에게 등을 돌릴 수는 없다고 루노아가 주먹을 들고 달려들고, 완전히 악당의 대사를 읊으며 클로에도 그 뒤를 따랐다.

맨손의 알프릭은 묘비처럼 대지에 박혀 있던 동생들의 무기에 손을 내밀었다.

그리고 오른손의 대검과 왼손의 도끼를, **번개처럼** 휘둘렀다.

""우웃?!""

자신을 죽일 수도 있는 일격에 루노아는 눈을 크게 뜨고, 클로에의 여유도 순식간에 사라졌다.

단단한 소리가 드높이 울려 퍼지고, 글러브와 나이프로 막아낸 두 사람의 몸은 튕겨져 날아가고 있었다.

"얘들아?!"

"이 자식——!!"

나자가 두 사람을 부르는 목소리와 동시에 아이샤가 박도를 들고 달려들었다. 미코도도 장도《슌산》을 발도했다.

눈빛을 바꾼 루노아와 클로에 또한 즉시 일어나 달려왔다.

방심 따위 내팽개치고 다시 한번 패배를 심어주겠노라고 모험자들이 파룸에게 몰려든다.

"못 보낸다……."

그러나 **쓰러지지 않는다.**

"못 보낸다……!"

쓰러지기는커녕, 대검으로 두 휴먼을 베어버리고 도끼로 아마조네스와 캣 피플을 밀어냈다.

"——못 보낸다!!"

등을 베여도, 어깨를 찔려도 파룸은 결코 쓰러지지 않았다.

"우리가 있는 한 프레이야 님의 곁에는 결코 보내지 않는다!!"

맹세와도 같은 포효를 터뜨리며, 알프릭은 피에 젖은 수라로 변했다.

시선은 공허했다. 제대로 의식이 확립되어 있는지도 불분명했다. 마치 유령과도 같았다.

하지만 여기에서, 그녀들이 경악할 만한 경이로운 저력을 발휘했다.

『네쌍둥이』의 집념──.'

그 기이한 광경을 보며, 엎어져 있던 릴리는 보고 말았다.

알프릭의 등에, 분명히 쓰러진 그의 동생들── 드바린, 베링, 그레르의 환영이 맺힌 것을.

형제의 무기를 쥔 채 싸우고 또 싸우는 **그들**은 여전히 【브링가르】였다.

안티 스테이터스를 받고, 무한의 연계를 잃었으면서도, 자신들의 앞을 가로막는 제1급 모험자의 벽에 낯을 창백하게 물들이고 말았다.

"크윽…… 그만해라옹!"

"우리는 시르한테 가야만 해!"

끊임없이 짓쳐드는 파룸에게 애를 태우면서, 클로에와 루노아가 자기도 모르게 소리쳤다.

그 직후 그『이름』이 마중물이 된 것처럼 알프릭의 분노가 폭발했다.

"웃기지 마라!! 뭐가『시르』야!! 뭐가『아가씨』야!! ──그분은 프레이야 님이다!!"

눈꼬리를 찢을 듯이 치켜세우며 분노의 표정을 짓는 알프릭에게 파벌연합은 압도당했다.

"그분은 영원히 여신님이다!! 그냥 마을 아가씨 따위로 전락해선 안 돼!!"

"너, 너희 권속들이 멋대로 정하지 마! 시르는 이제까지 계속 우리랑 함께 있었어!"

"여신의 변덕이라고 해도 그건 시르 자신이 바랐던 거다웅! 녀 하는 말은 전부『아집』이다웅!"

주먹과 나이프와 함께 쏟아내는 루노아와 클로에의 반론. 하지만 알프릭의 의지는 흔들리지 않았다.

"그렇다고 해도!『아가씨』인 채로 있으면, 상처를 입잖아!"

"""!"""

"그분은 지금도 **슬퍼하고 있잖아**!!"

튀어나온 알프릭의 말에.

주인의 심중을 헤아리고 있는『신하』의 말에, 루노아와 클로에는 자기도 모르게 말을 잃었다.

"『여신』이라면 그분은 상처 입지 않아! 아무리 잔혹한 짓을 하더라도, 아무리 극악무도한 짓을 거듭하더라도 그분은 절대적인 여왕이니까!『여신』은 눈물을 흘리지 않아!!"

아이샤도 미코토도 나자도 움직임을 멈춘 채 망연자실 듣고 있었다.

"하지만『아가씨』가 되면 금방 상처 입어! 왜냐면 그게 여자니까! 그게 하계니까!! 여신이 아니면 그분은 금세 망가져 버려!!"

몸을 지킬 방어구도, 이성의 갑옷도 잃은 알프릭은 가슴에 숨겨놓았던 마음을 토로했다.

"벨은…… 그 자식은! 틀림없이 그분을 상처 입힐 거야!! 너희도! 틀림없이 그분을 혼란에 빠뜨리고, 마지막에는 슬픔을 주겠지!! 그럴 거면, 우리는! 그분에게서『여신』을 바라겠다!!"

그것이 알프릭과 세 동생의 숨김없는 본심.

거친 격정이 가슴속의 족쇄를 박살냈다.

그의 눈동자가 현재와 과거의 경계를 잃고 후회를 비추었다.

"우리가 그분을 더럽혔어……!"

주위에 쓰러져 있는 동생들의 투구 속에서 동시에 한줄기 눈물이 흘러내렸다.

"우리 때문에 그분은 더럽혀졌어!!"

──네 명의 파룸이 있었다.

어떤 공업도시에서 태어난 형제는 재능 있는 세공 기술자였다.

흔한 이야기였다. 욕심 많은 이가 재능은 있고 무지한 자를 가둬놓고『착취』했던 것이다. 일을 알선해준 드워프 마이스터가 부리는 형제는 욕심이 없었으며, 자신들을 가둬놓은 동굴 이외의 세계를 거의 몰랐다. 혹사당한다는 것도 깨닫지 못하고, 보수는 대가조차 되지 않았다. 그런 그들 앞에 여신이 나타났다.

『너희의 목걸이를 가지고 싶은걸. 부디 내게 만들어주지 않겠어?』

욕심 없던 그들은 오직 여신의 칭송만으로 만족하고, 나흘 후에 최고의 목걸이를 만들어 바치겠노라고 약속했다.

그리고 나흘 후, 여신은 나타나지 않았다. 대신 드워프 마이스터가 나타나 그들을 풀어주겠다는 소리를 했다.

고개를 갸웃거리며 형제는 물었다. 대체 무슨 소리냐고.

음흉한 웃음을 지은 드워프는 대답했다. 너희를 풀어주는 대신 **여신과 나흘 밤을 잤노라고.**

놀랄 일도 아니었다. 여신은 악랄한 환경으로부터 형제를 해방해주기 위해 드워프와 교섭하고, 여신 자신을 요구받았던 것이다. 그녀가 싫어하는『매료』를 써서 억지로 빼앗는 짓은 하지 않았다. 왜냐하면 형제에게 어울리는『대가』를 치르지 않는다면 그녀는 드워프와 똑같은 존재로 전락하기에. 여신은 그 정도로 형제가 발하는 영혼의 광채가 가치 있는 것임을 알았다.

모든 사실을 안 형제는 드워프를 처참하게 죽였다. 동굴로 끌고 들어가, 분노에 사로잡힌 채, 망치며 공구로 때리고 또 때렸다. 피가 튀어 새빨갛게 물든 그들은 나중에 나타난 여신에게 통곡과 함께 사죄했다.

『너희를 손에 넣기 위해서라면 시시한 남자와 하룻밤을

함께하는 정도는 아무것도 아니었는데.』

슬픈 표정을 짓던 여신은, 마침내 미소를 머금었다.

자신이 원했던 목걸이(브링가르)는 너희 자신이라고.

여신의 『사랑』은 네 사람에게 동등하게 내려졌으며, 더럽혀지는 것도 서슴지 않았다. 그렇기에 형제는 충성을 바쳤다.

그리고 그 구제는 형제가 평생 짊어질 『죄』가 되었다.

여신이 신경 쓸 필요가 없다고 말해도 그들은 평생 자신들을 저주할 것이다. 그리고 여신에게 대적하고, 그녀를 더럽히고 상처 입히려는 모든 존재를 없애리라 맹세했다.

그야말로 여신이 바라든 바라지 않든.

설령 여신에게 벌을 받더라도 걸리버 4형제는 『그녀』의 몸과 마음을 지켜나갈 것이다.

모든 것은 여신을 위한 헌신이자 『속죄』.

"더 이상 더럽혀지게 둘 줄 알고!! 상처 입히게 둘 줄 알고!!"

순수한 강박관념. 흔들림 없는 충성의 겉과 속. 그것이 알프릭 형제를 떠미는 동기.

그들은 계속 자신들을 증오해왔다. 그리고 그 이상으로 여신이 무사하기를 빌어왔다.

왼쪽 눈에서 한 줄기 붉은 눈물을 흘리는 알프릭은 고함을 질렀다.

"아무것도 모르는 계집아이 같은 짓을 해서—— 상처

입을 필요는 없잖아?!"

　그것은 후회를 아는 자의 외침이었다. 그것은 참회를 구하는 자의 통곡이었다.

　그것은, 시르를 그리워하는 소녀들에게 뒤지지 않을 정도로 여신을 생각하는 마음이었다.

　꺾을 수 없다.

　앞을 가로막는 파룸을, 그녀들은 쓰러뜨릴 수 없었다.

　『네 명의 파룸』에게 가로막혀, 모험자들은 『집념과 맹세』를 상대할 수밖에 없었다.

　"뭐 하자는 짓이야, 이 굼벵이가!!"

　"냐, 아아⋯⋯!"

　루노아 일행이 원군으로 와주지 못하는, 단 두 마리만의 전장.

　두 자루의 창이 몇 번이나 교차하고, 끊임없이 가속하고, 은창 앞에 금창이 일방적으로 밀려나갔다.

　"방해하지 말라고 했을 텐데! 그런데 왜 여기 오고 난리야!!"

　"으극⋯⋯ 냐악⋯⋯?!"

　"말도 못 알아먹냐?! 날 얼마나 화나게 만들어야 직성이 풀리겠어!!"

　전투 속에서 끊임없이 날아드는 욕설과 매도가 아냐를 후려쳐댔다.

짜증에 분노를 얹으며 미친 듯이 날뛰는 창. 그 **덕분에** 아냐는 살아남고 있었다.

조금이라도 아렌이 냉정했더라면 안티 스테이터스의 영향이 있든 없든 아냐 한 사람 정도는 순식간에 목숨을 잃었으리라. 다시 말해 그 정도로 오빠는 분노해 날뛰고 있었다.

아냐는 이를 악물고, 내지르는 창에 자신의 말을 실었다.

"이미, 말했어냐…… 오라버니! 냐는, 시르를 구하고 싶어! 어렸을 때, 냐를 계속 구해줬던—— 오라버니처럼!"

"크으윽!!"

아렌이 눈꼬리를 한껏 틀어 올렸다.

그가 다음으로 펼친 창격은 아냐의 방어를 용납하지 않는 것이었다.

"가증스러운 오점을 떠올리게 만들지 마!!"

과거의 기억을 덧칠하려는 듯 필살의 공격이 아냐의 눈앞으로 육박했다.

아무리 발버둥 쳐도 오른쪽 어깨를 꿰뚫을 일격에 그녀의 얼굴이 고뇌로 일그러진 순간.

"방해 좀 할게."

"'!'"

칠흑의 그림자가 끼어들어, 육박하는 은창을 검은색 참격으로 튕겨냈다.

선명한 불꽃을 뿌리며 다크엘프가 아냐의 몸을 안고 이

탈했다.

"회그니……?! 뭐 하자는 짓이야?!"

"그렇겠지이…… 화내겠지이…… 미안해 아렌."

분노로 머리를 곤두세울 기세인 아렌에게, 회그니는 정작 멋들어지게 나타나 놓고는 반쯤 울먹이는 표정으로 사과했다.

지금도 안겨있는 아냐만이 눈을 깜빡거리고 있었다.

"회그니…… 님? 왜, 나를……?"

【파밀리아】 재적 시절, 오빠와의 유대만을 좇던 아냐는 다른 단원들과의 교류가 극단적으로 적었다. 당시 이미 간부 후보로 꼽히던 회그니는 그야말로 접점 한 조각조차 없는 존재였다.

상처 때문에 쑤시는 몸에 낯을 찡그린 회그니는 아냐를 천천히 내려놓았다.

"너랑 똑같아."

"네……?"

"나도 그분을…… 『시르 씨』를 구하고 싶어졌어."

동시에 눈을 크게 뜨는 남매. 하지만 아렌은 이내 두 눈을 업화로 변모시켰다.

"회그니 너 이 자식!!"

"미안해 아렌. 쓰레기라 미안해. 헤딘에게 속아서 미안해!"

아렌과 시선을 교차한 회그니는 반론도 하지 않고 사과했다.

"하지만 나도! 시르 씨의 웃음이 존엄하다고 생각하니까! 그분이 그렇게 웃기를 바라니까!!"

소극과 부정과 비관의 덩어리인 다크엘프가 그래도 고함을 질러 대답했다.

"그러니까, 미안해! 난…… 네 동생도, 벨도 도와줄 거야. 헤딘이랑 같이 이 녀석들한테 걸어보기로 했어. 그분을 해방해드리기 위해!"

자기개조마법【다인슬레이프】를 발동하지도 않은, 있는 그대로의 자신을 드러내는 말. 동료에게 쏟아내는 그 말은 회그니의 각오였다. 죄를 저지르고 수치를 무릅쓴 요정의 꼴사나운 예의였다.

그『배신』에, 이미 정점을 넘어섰던 아렌의 분노는 과열로 치닫기만 했다.

"무슨 정신 나간 소릴 하고 앉았어!! 그 날파리도 네놈도! 뭐가『시르』야. 뭐가『아가씨』야!! 전부 그분의 변덕이었는데!!"

"우…… 아니야냐!! 오라버니, 시르는……!"

"닥쳐!! 이제까지 그놈의 시시한 촌극에 어울려줬던 건 네놈들의 얼간이 같은 꼴을 보기 위해서가 아니야! 이렇게 될 줄 알았으면 차라리 감옥에라도 가둬놓을 걸 그랬지!"

아렌은 계속『시르』의 호위를 맡고 있었다. 하지만 그는 줄곧 불만을 감추지 않았다.

여신의 롤플레잉을 촌극이라고 서슴없이 말했으며, 과

격한 언동을 되풀이했다.

『여신』은 나와 그 굼벵이를 구해줬어!"

"아렌……."

"내가 주인으로 섬겼던 건 『여신』이다! 『아가씨』 따위가 아니라고!!"

──두 마리의 고양이가 있었다.

오빠에게 의존하는 동생. 그런 동생에게 짜증을 내며 지금도 증오하는 오빠.

그와 그녀는 세상에 오직 둘뿐이었으며, 그런 두 사람만의 세계에 여신이 나타났다.

여신은 구제와 투쟁의 나날을 가져다주었다. 오빠는 스스로 그 투쟁의 소용돌이에 몸을 던졌다.

동생은 겁을 먹고 공포에 질린 채 필사적으로 그의 등을 따라갔다.

이윽고 버림받은 동생은 오빠를 빼앗겼음을 슬퍼했다.

그리고 동생을 버린 오빠는──.

"『힘』을 주겠다고 약속했으니까 나는 여신을 따랐어! 내가 그분에게 바랐던 건 나를 강하게 할, 절대적인 여신으로 존재하는 거야!!"

"!"

"그런데 여신이 아니게 된다고? 웃기지 마. 누가 그렇게 둔대? 그딴 계집애는 인정할 수 없어!"

여신을 『아가씨』로 전락시킬 눈앞의 존재들을 용서하지

않겠다는 듯, 아렌은 도약했다.

자세를 잡는 헤그니와 아냐에게 자신의 격정을 터뜨린다.

"내 마음을 빼앗았던 건 오만하고 냉혹하고, 누구보다도 강한 『여신』이다!!"

——한 남자가 있었다.

남자는 버림받은 아이였다.

가장 오래된 기억은 피부를 태울 정도로 얼어붙은 추위와 무자비하고 흉악한 밤의 어둠.

자신이 고독하다는 것을 어린 그는 깨닫지 못한 채, 쓸쓸한 뒷골목에서 목숨을 끝내려 하고 있었다.

『너, 혼자니?』

그때 나타난 것은 여신.

포악한 밤이 걷히고 후광이 드리워진 것과도 같이, 은색 빛이 군림했다.

제대로 된 자아도 확립되지 않았던 어린아이의 의식은, 그때 은색 빛과 함께 싹텄던 것이다.

『이름은?』이라고 물어봐도 대답할 수 없었다.

『그럼 내가 네게 이름을 줄게』라고 미소를 지어도 끄덕일 수 없었다.

자신의 출신은 고사하고 자아조차 인식할 수 없었던 그에게, 세상이란 자신을 안아주었던 여신뿐이었다.

그녀가 바로 그의 전부였다.

『너는 오탈이야.』

그리고 그날부터, 사내는『오탈』을 시작했다──.

"으라아아아아아아아아아아아아아아아아아아아아아아아아아아아아아!!"

육박하는 드워프의 공격에 흑대검을 충돌시킨다.

"하아아아아아아아아!"

"【파이어볼트】!"

요정이 휘두르는 별의 검을, 토끼가 날리는 염뢰를, 한 팔로 쳐서 떨군다.

번갈아 펼쳐지는 미아와 류와 벨의 공격을, 오탈은 모두 받아내고 튕겨냈다.

남자는 해야 할 말을 가지고 있지 않았다.

남자는 싸우는 것밖에 몰랐다.

오탈에게는 자신의 기원인 과거에도, 눈앞에 펼쳐진 현재에도 경계는 없었다.

──너는 왜 싸우는가.

누군가에게 질문을 받은 적도, 자문했던 적도 없었다.

의문을 개입할 여지는 없었다.

왜냐하면 간단했으므로. 오탈에게는 그것밖에 없었으므로.

무뚝뚝하고 과묵한 그는 모든 것을 가져다주었던『그녀』를 기쁘게 해줄 수가 없었으므로.

그러므로 힘 말고는 없었다.

강함이 아니고는 여신에게 보답할 수 없었다.

오탈은 싸우는 것으로밖에 자신을 증명할 수 없었다.

싸우는 것으로밖에—— 정의와 사악함도, 옳고 그름도, 긍정과 부정마저도 싸우는 것으로만 질문할 수 있기 때문이다.

그렇기에.

"흐읍!!"

""""으윽?!""""

오탈은 시험한다.

오탈은 묻는다.

오탈은 확인한다.

그의 모든 것인 여신을 위해, 너희는 무엇을 할 수 있느냐고.

구하겠다는 입바른 말을 실천할 수 있느냐고.

내리친 흑대검이 바닥돌과 함께 대지를 가르고 미아, 류, 벨을 날려버렸다.

여신이 반했던 세 영혼에게, 자신의 일격으로 물음을 건넸다.

'그리고 나에게 이기지 못한다면——'

여기서 죽어라.

이 몸을 넘어서지 못하는 자에게 『여신』을 구할 자격 따위 없다.

하물며 『아가씨』를 구하겠다는 소리 따위는.

"ㅇㅇㅇㅇㅇㅇㅇㅇㅇㅇㅇㅇㅇㅇㅇㅇㅇㅇㅇㅇㅇㅇㅇㅇ

오오오오오오오오오오오오오오오오!!"

오탈을 납득시킬 수 있는 것.

그것은 공상도 몽상도 궤변도 아니다.

『힘』이다.

그것을 보이지 못한다면, 여신의 승리는 흔들림이 없다.

전장에 남은 최강의 용사들이 자신의 의지를 목소리로 바꾸어 외치고 맹세한다.

그 누구도, 아무 것도 잘못되지 않았다.

그저 여신을 생각해, 혹은 아집을 관철해, 각자의 신념에 따른다.

『그녀』를 구하기 위해, 지키기 위해, 속박하기 위해, 그리고 보답하기 위해, 미신의 권속들은 미친 듯이 날뛰었다.

"서포터 구우운――! 승리의 여신인 내가 왔다―!! 이제 너희를 파워업시켜줄우와아아아아아아아아아아아아아아아아아아아아악?! 엉망진창으로 두들겨 맞아 넝마쥐처럼 돼버렸어어어어어어어어어어어어어어어어어?!"

시끄러워.

허겁지겁 달려오면서 처음부터 끝까지 시끄러운 어린 여신의 목소리에, 지금도 땅바닥에 쓰러져 있는 릴리는 이마에 핏대를 세웠다.

"사, 살아 있느냐 서포터 군?! 치, 치료는?! 아이템은 이 제 없느냐?!"

"아이템 같은 거 필요 없어요……! 제대로 싸우지도 못 하는 릴리보다 미코토 님 같은 분들이 먼저예요……!"

헤스티아의 손을 빌려 겨우 상체를 일으킨 릴리는 이마 에 비지땀을 흘리고 있었다.

파괴되어 무참한 왼팔을 중심으로 온몸이 상처투성이인 릴리를 보며 헤스티아는 흠칫 숨을 멈추었다. 무언가를 말 하려고 입을 벌렸으나, 지휘관의 눈빛이 자신을 돌아보자 말을 꼴깍 삼켰다.

하다못해 자신이 할 수 있는 범위 내에서 응급처치를 해 준 후, 그 풍만한 가슴을 주먹으로 쳤다.

"아까도 말했지만 파워업을 위해 달려왔다! 자, 어서 등을 보이거라! 미코토 군네와 함께 【스테이터스】 갱신을──."

"필요 없어요!! 왜 이런 데 오신 거예요!!"

"──저기?! 여기까지 온 나의 노력을 부정하지 말거라?!"

침을 튀겨가며 다짜고짜 필요 없다고 단언하는 바람에 헤스티아는 눈을 부릅떴다.

"나자!"

"미아흐 님!"

시야 가장자리에서는 미아흐가 권속을 포용하고 나자 또한 눈을 촉촉이 적시며 남신을 부둥켜안고 있는데, 이 격차는 뭐란 말인가. 『거울』에 권속의 맨살을 드러내지 않도록 숨어서 【스테이터스】 갱신을 시작한 【미아흐 파밀리아】와 달리, 【헤스티아 파밀리아】의 들쭉날쭉 소녀 콤비는 꽥꽥 추하게 고함을 질러댔다.

"릴리 님! 헤스티아 님!"

그때, 직접 싸우지 못하는 하루히메가 비틀거리는 걸음으로 달려왔다.

그 모습을 보고, 릴리는 꺼내려던 오쿨루스를 집어넣었다. 수고를 덜었다는 것처럼.

"헤스티아 님, 하루히메 님! 벨 님에게 가주세요!"

놀라는 두 사람에게, 고통을 견디며 설명한다.

"여긴 이제 릴리네가 알아서 할 수 있어요! 헤스티아 님과 하루히메 님은 북서쪽의 벨 님께 가주세요! 최후의 최후에는 결국 【맹자】를 어떻게 하기 전까진 이 워 게임에 승리할 수 없어요!"

이쪽의 『주요 전장』도 전력이 충분하다고는 말하기 힘들다. 아직 쓰러지지 않은 알프릭이나 【바나 프레이아】를 상대로 섣부른 예측은 불가능한 상황이다. 그러나 생각지도 못한 【다인슬레이프】의 참전에 고착상태의 양상이 짙어졌다. 아마도 헤딘이 부추겼을 것이다. 그와 릴리는 『같은 광경』을 공유할 수 있다.

오탈이 살아남는다면 모든 것이 끝장이다.

설령 『주요 전장』에서 아렌 일행을 꺾고 여왕에게 쳐들어간다 해도, 분명 오탈은 벨 일행을 쓸어버린 후 개입할

것이다. 『정점』이 옥좌를 수호하는 한 파벌연합에 승리는
없다.

　그렇다면 이제는 한정되고 한정된 전력을 쏟아부어야
할 곳은 【맹자】와의 싸움 말고는 있을 수 없다.

　"하루히메 님, 【구중구천】은 아직 쓸 수 있나요?! 세 명,
아니, **네 명**을 동시에 강화할 수 있겠어요?!"

　"──!! …………할 수 있사옵니다. 해내고 말겠나이다!"

　"그러시다면 그분들에게 레벨 부스트를! 헤스티아 님은
벨 님의 【스테이터스】를 갱신해주세요!"

　"……서포터 군. 설마 처음부터 그럴 작정으로……?"

　"그러니까 아까부터 그렇게 말했잖아요! 힘을 끌어올리
겠다면 가장 효과를 발휘할 수 있는 건 벨 님이에요! 릴리
네를 내버려 두고…… 가주세요!!"

　『거울』로 중계되고 있는 도시 측에 들키지 않도록 【리아
리스 프레제】의 존재를 내비치며.

　합쳐봤자 100도 안 될 Lv.2인 릴리, 미코토, 하루히메의
어빌리티를 가산하느니 Lv.5인 벨을 초강화하는 편이 전
황에 의미를 가져온다.

　숨을 헐떡이며, 피를 흘리며 설파하는 릴리와 눈을 마주
하던 헤스티아는 이윽고 마음을 잡았다.

　"……가자, 하루히메 군!"

　"예!"

　중상을 입은 릴리에게도, 아직까지 싸우는 미코토 일행

에게도 단장의 심정으로 등을 돌린다.

이 자리의 지휘는 릴리와 미아흐에게 맡기고 섬의 북서쪽 끄트머리, 『원형극장』으로 질주를 개시했다.

"헉, 헉, 허어어어억……?! 젠장, 오늘은 계속 뛰기만 했어~~~~!!"

개시했지만, 느렸다. 느릿느릿해 전혀 나아가질 못했다.

도시유적 동쪽 영역에서 섬 서쪽 끄트머리 부근의 『주요 전장』까지 온 것 자체가 신체능력이 일반인 이하인 신들에 게는 대이동이었다. 헤스티아의 느린 다리를 감안하더라도 막대한 피로감이 밀려들고 있었다.

게다가.

"……………………크윽."

"하루히메 군?!"

권속이 갑자기 무릎을 꿇었다.

지면에 두 손을 짚은 하루히메를 황급히 돌아보자, 옥색 눈은 크게 뜨인 채 온몸으로 호흡을 되풀이하고 있었다. 부자연스러울 정도로 땀을 흘려, 싱그러운 피부에서 뚝뚝 흘러 떨어지는 대량의 땀이 유적의 돌바닥에 수많은 얼룩을 만들어냈다.

"하루히메 군, 역시 너도 이미 몸이……!"

아무리 봐도 마인드 다운의 전조였다.

릴리에게 했던 대답은 그저 허세, 아니, 동료를 위해 분 골쇄신하겠다는 각오였으리라.

하루히메에게 【구중구천】을 쓸 여력은 남아있지 않았다. 벨 일행에게 갈 수 있을지조차 의심스러웠다.

소녀의 등에 손을 대고, 아무것도 하지 못한 채 헤스티아가 고뇌하고 있을 때.

"……아니요, 아니요! 하루히메는 아직 설 수 있사옵니다!!"

"하, 하루히메 군── 어, 으악?!"

"이렇게 헤스티아 님을 안고 뛸 수도 있나이다!"

놀랍게도, 헤스티아를 억지로 옆으로 안아든 채 하루히메가 일어났던 것이다.

반짝이는 금색 머리를 찰랑이며, 구슬땀을 떨어뜨리며, 근성을 발휘하겠다는 양 달려나갔다.

"하, 하루히메 군, 괜찮으냐?! 무, 무겁지 않으냐, 내가?!"

"소녀도 이미 Lv.2!! 무거운 가슴 따위가 무슨 대수란 말이옵니까!!"

"누가 무거운 지방덩어리의 화신이란 게냐아아아아아아아아아아아아아아아?!"

하루히메의 눈앞에서 거슬릴 정도로 티용티용 튕기며 가변하는 한 쌍의 언덕과 함께 항의하는 목소리를 높이는 어린 여신.

머리도 제대로 돌아가지 않지만 『(가슴의) 중량 = 헤스티아』라는 등식을 성립시킨 하루히메는, 달렸다.

미코토와 사미라 일행처럼, 자기 자신도 한계를 넘어야만 한다고, 섬의 북서쪽을 향해.

"타아앗!!"

드워프가 펼친 혼신의 일격에 흑대검을 한 차례 휘둘러 반격.

"흐으읍!!"

휴먼이 펼친 쌍검의 연속 참격을 한쪽 팔의 건틀렛으로 전부 튕겨내 무효화.

"【루미노스 윈드】!!"

그리고 이들을 모두 미끼로 삼아 발동한 엘프의 포격, 총 72발의 거대 광구.

"뜨뜻하군."

그것조차도 대참격의 결계로 쳐내고, 마지막 한 발을 오른손으로 붙들어 움켜쥐어 으깨버린다.

"""크으윽————?!"""

방어한다.

방어한다.

방어하고 또 방어한다.

노도의 공격이 아니라 노도의 『방어』.

미아, 벨, 류 세 사람이 달려들어서도 꿰뚫을 수 없는 수비. 흑대검과 강인한 팔다리를 총동원한 방어의 화신. 세 사람에게 경악을 강요하면서 오탈은 낯빛 하나 바꾸지 않은 채 온갖 공격을 무효화했다.

『절대방어』.

오탈을 평가할 때는 모든 것을 분쇄하는 공격에 초점이 맞춰지기 쉽지만, 진수는 『방어』에 있었다.

조금도 흔들리지 않는 거목과도 같은 하반신, 그 어떤 공격에도 대응하는 m(밀린) 단위의 『기술』, 상대의 『허허실실』을 미래예지와도 같이 간파하는 눈. 심상찮은 『내구』 어빌리티도 더해져, 그야말로 신기(神器)의 방패처럼 공격을 모조리 능가한다.

『마법』에 의한 부스트도 『스킬』에 의한 버프도 필요가 없었다.

그가 사용하고 있는 것은 순수한 『세월 그 자체』.

그저 이제까지 단련해왔던 육체.

하염없이 갈고 닦았던 『기술』과 『허허실실』의 결정.

【맹자】가 도달했던 하나의 경지였다.

'무너뜨릴 수 없어……?!'

'존재하지 않아! 사각 하나조차!!'

그 증거로, 오탈은 원형극장 중앙에서 **전혀라고 해도 좋을 정도로 움직이지 않았다.**

여신제에서 그의 일격으로 혼수상태에 빠졌던 벨과 류는 깨닫고 말았다.

이제까지 오탈은 자신들을 상대로 『싸움』에 임하지조차 않았다는 것을.

'이 망할 꼬맹이⋯⋯! 그 후로 얼마나 단련을 했던 거야!!'

유일하게 【맹자】와 정면에서 교전할 자격을 가진 미아조차 불평과 함께 깨닫고 말았다.

그녀가 탈퇴한 후로, 오탈의 단련은 강도도 시간도 늘어났다는 사실을.

종자로서 프레이야의 곁을 따라다니는 한편, 그는 한 번도 단련을 게을리 한 적이 없었다.

롤플레잉—— 시르가 이른 아침부터 주점에 나간 후에는 모든 시간을 자기 수련에 투자했다.

오탈은 더 이상 폴크방에 내려가지 않는다.

그를 당해낼 자가 없기 때문이다. 전투가 금지된 아렌 같은 이들조차 위협이 되지 못하기 때문이다.

오탈은 던전에서 발을 멀리한 지 오래 되었다.

단순한 탐색으로는 더 이상 어빌리티가 조금도 오르지 않으며, 지금의 『그릇』은 이미 한계임을 알았기 때문이다.

오탈은 『최강』이다.

그를 강하게 해주는 타인은 이미 오라리오에는 존재하지 않는다.

그렇기에 오탈은 자신의 내면으로 내면으로 매몰되었다.

오직 혼자, 검을 휘두르고, 과거의 강적을 뇌리에 그리며 『기술』과 『허허실실』을 키우는 것으로만 시간을 보냈다. 주신에게 허가를 받아 목숨을 건 『시련』에 임할 그 날까지, 우직할 정도로 『무인』으로서 자신을 극한까지 추구해온 것이다.

　미궁에서 하염없이 괴물을 사냥하는 몬스터 슬레이어 【검희】와의 차이는 여기에 있었다.

　"절대방어…… 우리도 못 뚫었지."

　"응……! 다 같이 싸웠어도 무리였어!"

　홈『황혼관』에서『거울』을 노려보는 언니 티오네에게 티오나가 씩씩거리며 고개를 끄덕였다.

　적대 파벌의 단장과 【로키 파밀리아】는 몇 번이나 교전한 적이 있다. 그런 그들이 돌파하지 못했던 【맹자】의 수비. 아이즈 또한 티오나, 티오네의 도움을 빌어서야 겨우 앞을 가로막는 그의 추격을 뿌리쳤던 과거가 있었다.

　소파에 앉은 금발금안의 소녀는 무릎 위의 주먹을 꼭 쥐었다. 저『절대방어』를 겨우 셋이서 공략해야만 하는 벨 일행의 가혹한 현실에 눈동자가 떨렸다.

　"저건 이미, **갔군.**"

　"……핀."

　"그래, 가레스, 리베리아. 나도 알아."

　아이즈와 쌍둥이가 마른침을 삼키는 옆에서.

　가레스가 중얼거리고, 리베리아가 눈을 가늘게 뜨고, 핀은 고개를 끄덕였다.

　'역시 오탈은 이미 Lv.8 **직전——.**'

　용사의 두 눈이 벨 일행에게는 숫제 절망적일 정도의 사실을 냉혹하게 간파했다.

Lv.8에 하염없이 가까운 Lv.7──

과거의 최강, 제우스와 헤라의 정점에 겨우 손을 걸친 등정자.

용자는 인정했다.

신들은 단언했다.

【맹자】와 어깨를 견줄 자는 없다고.

역시 그야말로 모험자들의『정점』이라고.

"크으으으으으으으으으으윽?!"

그렇기에 악전 고투 고전 곤경 열세는 당연한 노릇.

공격은 튕겨나가고, 돌아오는 검에 반격을 당하는 미아의 대미지가 가속하듯 늘어만 간다.

그들이 어떻게든 맞서고 있었던 것은── 그나마 전투의 형태를 이루고 있는 것은, 미아 덕분이었다.

오탈과 정면에서 맞설 수 있는 절대적인 전열의 수비수 역할을 맡은 미아가 쓰러져버리면 패배는 즉시 확정된다. 류와 벨은 모두『민첩』을 중시한 배틀 스타일. 고속전투가 특기인 그들은 힘과 수비에 특화된 오탈에게 대항할 수 없다. 제아무리 히트 앤 어웨이를 구사한다 해도, 아무리 교란하려 해도 적의『방어』에 공격이 먹히지 않는 이상 승산이 존재하지 않는다.

미아를 지탱하며, 그녀를 잃지 않기 위해 류와 벨이 비지땀을 쏟아내며 뛰어다닌다.

굴강한 드워프를 기점으로 삼아 어떻게든 버티겠노라

고, 모험자들은 사력을 다한다.

그리고 그런 그들의 분투를 인정한 것처럼 보어즈 무인은 『그것』을 입에 담았다.

"【은월의 자비, 황금의 평원】——."

울려 퍼지는 **영창**.

귓전에 와 닿은 무뚝뚝한 음색에, 그 누구보다도 먼저 류가 경악했다.

"『병행영창』?!"

정확하게는 달랐다.

오탈에게는 헤딘, 회그니 같은 제1급 엘프들만한 영창의 소양은 없었다.

류처럼 공격, 이동, 회피, 영창 네 가지를 실전 수준에서 동시에 전개할 만한 기술은 없다.

지난 번 워 게임에서의 미코토가 그랬듯, 영창을 포함한 행동을 『2종류』로 한정지었을 뿐이다. 단문영창이라면 제어시간이 짧은 만큼 비마법직인 오탈이라도 억지로 어떻게든 할 수 있다.

미코토와 유일하게 다른 점은, 영창을 포함한 『2종류』 중 하나의 행동을 이동이 아니라——『방어』로 택했다는 것.

축으로 삼은 왼발을 지면에 고정한 채, 『절대방어』와 영창을 조합한다.

"저 마법은……?!"

【힐디스 비니】.

순수한 강화마법이며, 벨의 풀 차지 일격까지도 상쇄했던『절격(絶擊)』.

소년이 전율했다. 드워프가 낯을 일그러뜨렸다.

조바심에 사로잡힌 엘프와 함께 세 방향에서 달려들었다.

"막아, 너희들!!"

막을 수 없었다.

섭리를 초월한 장벽과도 같이, 참격도 타격도 염뢰도 모두 튕겨 나왔다.

"【이 몸은 전쟁의 왕으로 배명을 받을진대】."

오탈은 자신의 카드를 아끼려 하지 않았다.

자신의 유일한 마법을『필살』이나『히든카드』등으로 뽐내며 아껴두는 어리석음은 범하지 않는다.

마인드 소비── 연비가 지극히 나쁜 마법을 쓰지 않더라도, 어지간해서는 완력으로 적을 무릎 꿇릴 수 있기 때문에 보통은 사용하지 않을 뿐이다.

그렇기에 **쓸 때는 쓴다.**

'공격은 고사하고── 영창도 막을 수 없어!!'

오탈이『마법』을 쓰는 상대란 다시 말해 그의 괴력과『절대방어』로는 꺾을 수 없는 존재.

따라서 【맹자】가『마법』을 쓰게 만들었다는 상황은 그것만으로도 충분한 영예.

그러므로 벨은 자랑해도 좋다.

오탈에게 두 번이나『마법』을 사용하게 만들었으므로.

그리고 소년은 절망해도 좋다.

그것은 틀림없는 절대적인 사형선고였으므로.

"크으윽——?!"

미아는 나아갈 수밖에 없었다.

완성 직전의 영창이 눈앞에 매달아 놓은 『미끼』임을 알면서도, 주문을 저지하지 못한다면 『마법』이라는 이름의 폭탄이 작렬할 것이다.

적의 유인에, 『허허실실』에 뛰어든다는 것을 알면서도, 자살돌격과도 같은 공격을 감행했다.

"——약하군."

방어와 함께 파괴하려는, 혼신의 힘이 담긴 미아의 일격에, 오탈은 한 가지 사실만을 제시했다.

【맹자】의 『방어』란——『공격』과 동의어다.

휘두른 흑대검이 삽과 충돌하고, 한순간도 맞버티지 않은 채, 힘으로 갈라버렸다.

"커억——!"

"미아 씨?!"

"미아 어머님!!"

삽을 밀어낸 검광이 미아의 몸에 비스듬한 참격을 새겼다.

선혈을 뿌리는 그녀에게, 오탈은 가차 없는 앞차기.

간신히 막았지만 비틀거리는 미아를 향해 칼자루를 쥔 한쪽 손과 함께 오른쪽 어깨에 흑대검을 얹고 힘을 모은다.

강철과도 같은 삼각근과 승모근의 팽창.

다음 순간, 포격과도 같은 찌르기가 펼쳐졌다.

"크윽―――!!"

미아를 꿰뚫으려는 일격에, 벨은 시간의 흐름을 거스를 정도의 속도로 달려들었다.

【아르고노트】의 발동. 겨우 0.5초밖에 안 되는 차지.

오른발에 빛의 입자를 모아 땅을 박차고, 미아와 오탈의 사이로 끼어들었다.

공기를 가르는 소리와 함께 내질러진 흑대검을 향해 내민 것은 《헤스티아 나이프》.

왼손은 자루를, 오른손은 칼몸을.

두 손으로 지탱한 나이프의 검신이 정확하게 찌르기를 막았다.

신의 칼날은 부서지지 않는다. 그 대신 비명을 질렀다.

"크아아아아아아아아아아악?!"

밀려난 나이프와 함께 찌르기가 배에 파고들어, 벨이 말도 안 되는 양의 피를 토했다.

"크으윽――!!"

소년이 완충재가 되었지만 그래도 무시무시한 충격과 함께 소년의 몸을 받아낸 미아가 후방으로 날아가버렸다.

"【질주하라, 여신의 신의를 싣고】."

물론 이어진 것은 무자비한 추가공격.

마지막 한 구절의 영창문.

진짜 공격인 『마법』으로 오탈은 적을 분쇄한다.

"【힐디스 비니】."

그리고 솟아나는 광휘.

벨의 기억과 한 치도 다르지 않은 황금색 모피를 흑대검이 몸에 둘렀다.

극장 북쪽의 벽에 격돌한 미아와 벨을 향해, 오탈은 그 황금색 일격을 휘둘렀다.

"박살이 난다면—— 그뿐이다."

【힐디스 비니】는 단순한 『강화마법』.

인챈트조차 아닌 그것은 원래 간격이 벌어진 적에게 공격을 닿게 만드는 수단이 아니다.

그러나 『위력』의 단순강화라는 속성이 괴물 같은 완력과 맞물린 경우에는 어떻게 될까?

답은—— 펼쳐진 참격은 **거리를 없앤다.**

"" —————————— .""

아이샤의 참격파 【헬 카이오스】를 웃도는 황금의 검광.

순수한 공간의 단절.

피투성이 벨과 미아의 시야가 황금색을 띤 광채에 물들었다.

"크ㅇㅇㅇㅇㅇㅇㅇㅇㅇㅇㅇㅇㅇㅇㅇㅇㅇ으윽?!"

그 자리에 뛰어드는 류.

질풍이라는 이름에 부끄럽지 않은 속도로 달려나가, 벨과 류를 끌어안고 전력이탈을 시도했다.

한데 겹쳐진 그림자가 사정거리 밖으로 벗어난 직후, 참격과 파괴의 소리가 울려 퍼졌다.

『~~~~~~~~~~~~~~~~~~~~~~~~~~~~~~
~~~~~~~~~~~~~?!?!?!』

가공할 충격과 소리의 해일이 밀려들었다.

여기에 얻어맞고 날아간 세 사람은 수없이 몸을 부딪치고 몇 번이나 굴러갔다.

원형극장을 뒤흔들 정도의 진동에, 움직이지 못하던 반 또한 목소리를 이루지 못하는 절규를 질렀다.

소리는 이내 걷혔다.

여파도 남지 않았다.

단순한 파괴의 일격은 고위마법만한 2차 파괴는 가져오지 않았으며, 그저 그곳에 있던 **모든 것을 날려버렸다.**

"허억……………………."

고개를 든 벨이, 몸을 일으킨 미아와 류가 입을 다물지 못했다.

벽면도, 원기둥도, 언덕처럼 높은 관객석도, 북쪽 일각이 송두리째 소실되었다.

극장 그 자체를 파괴한 참격은 바깥쪽의 도시유적, 나아가서는 그 너머의 지형까지 관통하고 섬 밖까지 닿았다. 아름다운 에메랄드 그린의 호면── 거대 칼데라 호수의 경치를 바라볼 수 있을 정도였다.

"……레온처럼 잘 되진 않는군."

무인의 입에서 새나온 중얼거림이 파도와도 같은 소리

속으로 사라졌다.

참격의 궤적을 따라 뚫렸던 호면이 소리를 내며 복원되었다.

세 사람은 전율에 사로잡혔다.

남쪽의 관객석에 쓰러져 있었던 덕에 피해를 면한 반 또한 낯이 창백해졌다.

『거울』을 통해 이를 본 도시 주민들도 모두 얼어붙었다.

진로 위의 모든 것을 철저히 파괴한 광경에, 온 세상의 시간이 정지해버렸다.

"다음."

그리고 『황금의 모피』는 아직 사라지지 않았다.

""""우─우─웃?!""""

제2격.

아직까지 황금색 빛을 두른 흑대검을 가차 없이 내리친다.

마치 조금 전의 광경을 되풀이한 것처럼 쏟아져 나오는 특대 검광.

──끝났다.

벨도, 류도, 미아조차도 닥쳐드는 종언에 똑같은 생각을 했다.

"【영벌하라 불멸의 뇌장】."

그 끝을 끝내버린 것은 영롱한 주문.

"【바리안 힐드】."

극대의 뇌광이 뿜어져 나왔다.

수많은 탄막이 아니라, 일점집중의 『대포격』.

『계층 터주』조차 집어삼킨다는 거대한 우레의 섬광이 동쪽에서부터 밀려들어, 검광의 측면에 부딪혔다.

벨 일행의 눈앞에서 스파크가 솟아나고, 그 직후 황금색 검광의 진로가 북동쪽에서 북서쪽으로 꺾였다.

다시 사라져버리는 북서쪽의 구조물들.

반면 구사일생을 거둔 벨 일행은 벌떡 일어나 돌아보았다.

"진로를 엇나가게 하는데 얼마나 많은 마인드를 소모시킬 작정이냐. 부조리 그 자체 같은 놈."

포격지점, 동쪽 관객석을 태연히 내려오는 한 명의 화이트엘프.

롬파이아를 한 손에 들고, 비뚤어진 안경의 위치를 번잡하다는 듯이 고치는 헤딘 셀랜드.

"…………마스터? 어째서?! 아니, 혹시………… 정말로?"

"불쾌한 바보 낯짝 보이지 마라, 우둔한 토끼. 네놈들을 구해준 시점에서 눈치를 채야지. 멍청하기는."

이제까지 오탈의 『세례』를 받았기 때문에 헤딘의 『모반』을 알지 못했던 벨은 한순간 눈을 의심했지만, 개전 전에 스스로 릴리에게 밝혔던 『예감』을 떠올리고 얼굴을 놀라움으로 물들였다.

오물을 보는 눈으로 내려다보며 낯을 일그러뜨리고는 있지만…… 뒤늦게 찾아온 기쁨과 함께 서툰 웃음을 지었다.

지금의 그는 『【프레이야 파밀리아】의 벨 크라넬』을 괴롭히던 냉혹한 헤딘 셸랜드가 아니라, 『상자정원』 전에 수없이 자신을 개조해주던 『마스터』임을 확실히 이해했다.

상황이 받쳐주었다면 눈물이라도 쏟을 것 같은 소년의 웃음에, 헤딘은 역시 불쾌하다는 듯 콧방귀를 뀌었다.

"네놈이 있었으면서 이게 무슨 꼴이냐, 미아."

"……시끄럽구만. 난 공백 기간이 있었다고."

"그럼 신속하게 메워라. 태평하게 잠이나 자고 있을 거라면 나도 네놈들도 짓밟혀버릴 뿐이다."

미아에게도 똑같이 매도를 퍼부은 헤딘은 관객석을 다 내려와 작은 병을 두 개 던져주었다.

소지하고 있던 마지막 아이템. 미아는 자신에게 사용해 몸의 상처를 치유한 후, 반쯤 남은 하이포션과 하이매직포션을 벨과 류의 머리에 직접 끼얹었다. 놀라면서도 이의를 제기해봤자 소용없다는 것을 깨달았는지 회복된 두 사람은 비틀비틀 일어났다.

"헤딘……."

"네놈에게도 설명은 필요 없을 텐데, 오탈."

"그래."

일격을 가로막을 뿐만 아니라, 군사인 헤딘이 적에게 붙었는데도 오탈은 동요라곤 한 점도 보이지 않았다.

마법의 효력을 잃은 흑대검을 어깨에 걸머지고 엘프와 시선을 나눈다.

"한 가지만 묻자."

"뭐냐."

"네놈은 어디까지 알고 있었나?"

일어난 벨과 류를 등 뒤에 두고 오탈과 대치한 헤딘은 담담히 물었다.

"나는 이 우둔한 토끼를 조련하기 위해 손을 썼다. 회그니 같은 녀석들을 부추겨 죽기 직전까지 철저하게 고통을 주었다. 조금이라도 쓸만하게 만들기 위해."

네?

조금 전까지의 감동도 잊고 벨이 석상이 되어버린 가운데, 질문을 거듭하는 헤딘.

"그러나 네놈만은 내 지시를 거부했지."

프레이야의 『상자정원』에 균열을 일으키기 시작하고, 의도적으로 『세례』를 격화시켰던 후의 이야기다.

헤딘은 벨을 빠르게 몰아붙이기 위해서라고 논파하고 모든 간부를 『세례』에 가담시키려고 했다.

──『오탈, 너도 마찬가지다. 그 우둔한 토끼에게 너의 강검을 꽂아라.』

──『나까지 들어갈 필요는 없겠지, 헤딘. 네게 맡기마.』

그러나 오탈만은 그렇게 말하며 고사했던 것이다.

"네놈은 그때 내가 모반하고 『이렇게 될 것』을 예측했나?"

헤딘은 수면 아래에서 암약해왔다. 프레이야조차 이를 알아차리지 못했다.

그러나 눈앞의 무인만은 마치 깨달은 것처럼 거리를 두

고 있었다.

헤딘의 물음에, 오탈은 표정을 바꾸지 않고 대답했다.

"……나에게 너만한 머리는 없다. 무슨 일이 일어날지는 알지도 못했다."

그리고 녹슨 색깔의 눈동자가 헤딘에게, 그의 대각선 뒤에 서 있는 벨에게 향했다.

"그러나 그때, 『그림』이 보였다. ……내 앞에 선, 너희 두 사람의 『그림』이."

눈앞의 광경과도 같이.

그렇게 덧붙인다.

헤딘은 낯을 찡그렸다.

"감각 하나로 모략을 초월하지 마라, 전투 바보 같으니."

『무인의 직감』이라고 해야 할 만한 보어즈의 본능에 진저리가 난다는 듯 혀를 차는 헤딘.

철저히 논리적으로 움직이는 자신과는 완전히 반대편에 있는 존재를 노려본 후, 이제는 전의를 가득 채웠다.

"이야기는 끝났나."

"그래. 지금부터 신속하게 네놈을 없애주지. 안 그러면 시끄러운 바보 고양이가 쫓아올 테니까."

문답의 시간을 끊어버리듯 마인드를 모으며 헤딘은 임전태세로 들어갔다.

여기에 황급히 타임을 거는 벨.

"마, 마스터? 같이 싸워주시는 건가요?!"

"이 상황에서 그 이외의 선택지가 어디 있나, 쓰레기. 그만 떠들어라."

"……우리는 손도 발도 쓰지 못했습니다. 저【맹자】를 상대로 무언가 작전이라도 있습니까?"

"오히려 왜 준비하지 않나? 진짜 괴물을 정면으로 상대해서 어쩌자는 거지? 책략을 짜라. 온갖 꼼수를 다해라. 네놈들은 계층 터주 상대로 정면에서 승부를 거나?"

풀이 죽은 벨을 내쳐버리고, 이어지는 류의 물음에도 모멸로 대꾸했다.

세 사람에게는 눈길조차 주지 않는 헤딘은 이것이『몬스터렉스』와의 싸움과 같다고 행간으로 말했다.

"미아, 내가『후열』로 간다. 그 우둔한 토끼와 요정을 데리고 다시 한번 싸워라."

"……네 지휘에 당장 맞출 수 있을 만큼 제대로 연계를 취하진 못할 텐데?"

"그딴 건 애초에 기대도 하지 않았어."

지장의 눈은 유유히 선 무인만을 노려본 채 주문을 내렸다.

"10초면 된다. 시간을 끌어라."

그 직후, 전투 재개를 선언하는 마력이 해방되었다.

"【영쟁하라 불멸의 뇌병】."

요정의 노랫소리를 시작으로 벨 일행이 일제히 뛰어나갔다. 류는『병행영창』과 함께.

그리고 오탈 또한 『수비자세』가 아니라 처음으로 『공격자세』를 보였다.

일직선으로 약진한다.

"으아?!"

"크윽?!"

"사람이 우습게 보이냐!!"

후열을 맡은 헤딘의 포격을 감수할 이유도 없다는 듯한 돌진.

녹슨 색깔의 저돌에 벨과 류는 옆으로 금세 튕겨났지만, 미아만은 버텼다.

힘의 종족 드워프의 이름을 몸으로 표현하는 것처럼 보어즈의 몸받기를 받아내고, 발바닥으로 너덜너덜하게 파괴된 포석을 깎아냈다.

맞물리는 흑대검과 삽. 고착상태는 1초. 그러나 그 1초 동안 요정은 이미 움직이고 있었다.

미아를 완전히 『방패』로 삼은 헤딘은 이동을 개시하고 있었다.

"……!"

극장의 무대 가장자리를 따라 원을 그리며 달리고 도약했다.

그리고 고속이동에 맞춰 만들어지는 무수한 뇌탄.

지지직 소리를 내는 벼락의 화살촉은 즉시 표적에게 날아들지 않고 동쪽, 북동쪽, 북쪽으로 허공에 **대기한 채** 세

팅되었다.

그 광경에 오탈은 전투가 시작된 후 처음으로 눈을 크게 떴다.

적의 의도를 신속히 이해하고, 미아를 강한 힘으로 뿌리친 다음 헤딘을 짓밟으려 했다.

"【파이어볼트】!"

"【아갈리스 알베시스】!"

그러나 두 개의 불꽃이 이를 가로막았다.

벨이 염뢰의 속사포를 뿜고 류가 이글거리는 꽃을 몸에 다시 맺었다.

전자는 발을 멈출 수도 없을 거라는 사실을 전제로 정신을 분산시키려는 용도. 후자는 강력한 화력을 살린 강습.

제대로 조준도 하지 않은 채 잇달아 연사되는 염뢰가 폭풍과 폭염으로 시야를 차단하고, 측면에서 육박한 폭렬의 참격이 오탈에게 반격을 강요한다. 『절대방어』는 뚫을 수 없지만 작렬하는 불꽃에 보어즈 무인은 발을 멈추지 않을 수 없었다. 벨의 연사를 무시한 채 류를 튕겨 날려버렸지만, 그때는 이미 미아가 부활해 다시 덤벼들고 있었다.

세 사람이 집요하게 달라붙는 사이에 뇌탄이 북서쪽, 서쪽, 남서쪽에 잇달아 세팅되었다.

그리고.

"약속한 10초. 네놈들의 활약에 나도 보답해주지."

마지막 남동쪽에 세팅을 마치고, 헤딘은 발을 멈추었다.

"이건……!"

"벼락의『포위망』!"

주위를 둘러본 벨과 류의 경악이 말해주듯, 이제 극장의 무대는 허공에 뜬 무수한 뇌탄에 에워싸여 있었다.

마법의『대기상태』를 이용한『폭뢰』의 설치.

Lv.6의【스테이터스】, 나아가서는 탁월한 마력제어 능력으로 헤딘은 이동지점에 뇌탄을 유지시킨 채 배치해둔 것이다. 같은【스테이터스】에 이른 류조차도 이런 것은 불가능하다.

돔 형태로 설치된 마법탄은 흉악한 밤하늘을 방불케 했다.

동시에 그것은 난폭한 멧돼지를 가둬놓는『우리』이기도 했다.

고정된 번개는 모두 978개.

하나의 예외도 없이 자신을 조준한 화살에, 사방을 둘러보는 오탈은 두 눈을 가늘게 떴다.

"마음대로 날뛰어라, 전열 놈들. ――나머진 내가 알아서 맞춰줄 테니."

헤딘의『지시 내용』을 직감과 본능으로 이해한 모험자들은 주문대로 날뛰었다.

"하아아아아아아아아아!"

벨이 선봉에 나서 측면에서 나이프를 휘둘렀다.

오탈이『절대방어』의 자세를 펼쳐 벨의 공격을 자폭으로 바꾸려 한다.

여기까지는 조금 전까지의 공방대로. 다른 것은 여기서 부터였다.

"솔리아(셋)."

동쪽에 설치했던 뇌탄이 벨의 접촉에 맞춰 사출되었다.

"우웃?!"

오탈에게서 놀라는 반응이 발생했다.

벨의 돌격과는 다른 방향, 바로 뒤에서 세 발의 마법탄이 날아든 것이다.

소년에게 반격을 가할 예정이었던 두 팔과 상체, 자세를 신속히 수정해 흘려보내기는 했지만 타이밍을 맞춰 《헤스티아 나이프》가 이를 드러냈다.

격렬한 금속음.

역수로 든 참격은 지체하지 않고 쳐든 보어즈의 왼팔, 아니, 왼팔을 덮은 건틀렛에 가로막혔다.

하지만.

'막혔어! 하지만―― **들어갔어!!**'

벨 자신도 눈을 크게 뜨며, 오늘 처음으로 반응이 있었던 공격에 등줄기를 떨었다.

히트 앤 어웨이. 오탈의 반격을 받기 전에 재빨리 후퇴했다. 그리고 그와 자리를 바꾼 것처럼 반대 방향에서 류가 급속도로 육박했다. 한없이 몸을 앞으로 숙여, 키가 2M이 넘는 오탈의 시야에 들어오지 않는 하단에서 빠르게, 날카롭게 불꽃의 검으로 올려벤다.

그 교묘한 공격에도 오탈은 상식을 초월하는 속도로 대응하려 했으나,

"사쟈우(일곱)."

이번에도 등을 향한 남서쪽에서 새로운 뇌탄이 발사되었다.

같은 수법은 두 번 당하지 않겠다는 양, 혈관이 불거진 굵은 팔이 흑대검을 재빠르게 두 차례 번뜩여 류도 번개도 모두 쳐냈으나── 그 순간 미아는.

"으라아아아아아아아아아아아아아!"

"으으음?!"

반격 직후의 찰나 발생한 허점을 노리고.

재빠르게 파고들며 휘두른 삽이 방어와 함께 보어즈의 거구를 후려쳐 날려버렸다.

"들어갔다아아아아아?!"

"굉장해에에에에에!!"

공방을 처음부터 끝까지 『거울』로 목격하던 신들이 『바벨』 30층에서 견디지 못하고 들끓어댔다.

【맹자】를 마침내 극장 중앙에서 밀어낸 전과에, 적도 아군도 상관없이 일제히 소란을 떨어댔다.

"저거 무자비하구마! 원래 필살인 『마법』을 전열공격에 타이밍 딱 맞춰서 날리고 앉았데이!"

"그것도 벨 군네한테 피해를 입히지 않게 숫자와 출력을 조정하면서!"

그 자리에서 관전하던 로키와 헤르메스도 칭송을 아끼지 않았다.

전지한 신의 눈에는 헤딘이 꾀한 『책략』이 금세 보였다.

"『일방적인 연계』의 확립! 임시 파티로는 호흡을 맞추는 건 바랄 수 없을 테니까! 기껏해야 타이밍을 맞추는 게 고작! 그걸 후열이 두뇌만 가지고 전부 보완해서 서포트하고 있어!"

벨, 류, 미아의 움직임을 최후열에서 내다보며, 모든 방위에 전개한 뇌탄을 수족처럼 조작해 세 사람의 공격에 맞추고 있는 것이다.

천 개에 가까운 마법탄을 모조리 사출하는 어리석음을 범하지는 않는다. 설령 부상을 입혔다 한들 오탈의 『완전방어』는 모든 방위의 일제사격에도 견뎌낼 것이다. 그러므로 『동시공격』. 뛰어난 전열의 공격에 맞춰주면서 오탈의 『방어』에 선택지를 늘려주는 것이다.

대미지를 입히지 못하더라도 상관이 없었다.

어긋난 타이밍이, 집중의 저해가, 공방의 불합치가, 쌓이고 쌓인 끝에 『완전방어』를 붕괴로 몰아넣는다.

강제적인 『양자택일』의 확대. 혹은 그 연속.

오탈과 벨 일행의 심리전 사이에 강제적인 노이즈를 끼워넣는다.

"마법탄 한 발만 봐도 제2급 모험자를 혼수상태에 빠뜨릴 만한 위력이 있는데. 제1급 모험자들의 공격은 말할 것도 없고 말이지. 【맹자】는 양쪽에 모두 대응해야만 해!"

"방어 중시 전술을 역으로 이용했구마~. 기집애맨치로 곱상하니 생겨가꼬는 역시 타고난 사디스트데이, 저 화이트엘프! 그야 소년도 미아도 류도 움직임이 좋음시로 성립된다 캐도…… 오탈한테 상처를 입히다니 진짜 끝내준데이! 안 그라나 베이트!"

"쯧…… 그야 저딴 후열이 있으면 누가 됐든 먼지 정도야 묻힐 수 있겠지."

오기로라도 벨을 인정하려 들지 않는 발언이었지만, 그것도 헤딘의 평가로 이어질 수밖에 없어 웨어울프는 더더욱 짜증을 냈다.

"오탈, 네놈을 태워 죽이기 위해 고안했던 【진형】이다. 나 혼자 전후열의 움직임을 실현하지 못하는 까닭에 폐기했다만…… 여기서 재활용하기에는 딱 좋겠지."

극장 동쪽의 위치에서 움직이지 않은 채 마법을 조작하는 헤딘이 태연히 중얼거렸다.

되풀이하지만 【프레이야 파밀리아】의 구성원은 매우 사이가 나쁘다.

단원끼리 싸우는 격렬한 파벌 내 경쟁은 제1급 모험자들도 예외가 아닌 것이다. 오탈을 타도하기 위해 몇 년 전부터 착수했던 뇌탄의 진을, 헤딘은 이 자리에서 사용했다.

"크으윽——?!"

가상의 오탈을 상대로 한 전술은 뛰어난 효과를 발휘했다.

벨 일행과의『동시공격』을 감행하는 뇌탄은 이제 하나하나에 의지가 있는 것 같았다.

말하자면 왕 헤딘이 이끄는『뇌병』과의 파상공세였으며, 아무리 오탈이라 해도 무수한 뇌검과 뇌창에 의식을 할애하지 않을 수 없었다.

헤딘은 교묘했다.

머리 위를 차지하고 모든 방위에 전개한 뇌병을 때로는 아껴가며, 때로는 대담하게 투입했다.

오탈의 사각을 찔러 배후에서만 저격하는가 하면, 노골적으로 시야 내의 좌우 전방에서 발사해 진짜 공격은 알아차리지 못하도록 조정해 그 거구에 직격시켰다. 벨 일행의 공격을 미끼삼아, 혹은 서른 개에 이르는 뇌탄을 양동으로 삼아, 발사하는 각도도 탄속이나 순서도 치밀하게 계산해 오탈의 방어를 무너뜨리지는 못하더라도 계속해서 생각에 과부하를 가져다주었다. 덤으로 뇌탄은 흑대검이나 건틀렛으로 막아봤자 감전현상을 일으켜 수인의 육체에 확실하게 대미지를 쌓아나갔다.

전열의 돌격에 맞춰 최후열 위치에서 마법을 사용하는 헤딘은 그야말로『지휘자』였다.

지휘봉 대신 손에 쥔 것은 롬파이아. 제1등급 무장《디자리아》.

대성수의 가지로 만든 폴 암이며, 류의《알브스 유스티티아》와 마찬가지로 엘프의 마력을 증폭시키는『지팡이』의 측면도 있다.

물미의 위치에 달린 마보석이 광채를 뿜어내며 뇌병에게 포효를 지르게 했다.

"류, 꼬마! 나한테 맞춰!"

차츰 벨, 류, 미아도 번개의 원호에 적응해 이제는 번갈아 가면서가 아니라 셋이 거의 동시에 공격을 가하게 되었다.

그리고 오탈의 『완전방어』가 흔들린 순간, 모험자들은 공세에 나섰다.

"간다아!!"

미아가 정면에서 돌격했다.

이에 호응하듯 헤딘의 호령.

"토르프(열)! 레기오스(연대)!"

북쪽에 위치한 뇌탄을 모조리 투입하고 오탈의 등에 비처럼 떨어뜨렸다.

"크으윽!!"

앞뒤의 협공에도 오탈은 고집스레 『회피』를 택하지 않았다.

『절대방어』를 버리는 선택이야말로 헤딘의 술수에 빠지는 것이며, 사냥개에게 몰리는 것과도 같이 궁지에 몰릴 것을 확신한 【맹자】는 거구의 상반신을 틀어 『폭풍』을 만들어냈다.

맹렬한 회전베기.

오탈의 몸길이와 비슷할 정도로 거대한 흑대검의 리치

를 살려 미아도, 무수한 뇌탄도, 다가오는 모든 것을 날려 버리고 지워버렸다.

간신히 삽을 방패 삼아 막으며 후퇴한 미아. 하지만 그녀의 입술은 웃음의 형태로 일그러져 있었다.

미아와 대량으로 쏟아진 뇌탄은 『미끼』.

"【——천공을 질주하는 것과도 같이, 이 대지에 별의 발자국을 이으리】!"

흘러나오는 『병행영창』.

불꽃의 꽃잎을 해제한 류가 돌격과 함께 아스트레아 레코드를 시전했다.

온몸을 사용한 반격 직후. 회전을 멈춘 후이기도 해서 허점이 발생하지 않을 리 없었다. 자신의 품으로 파고들려 하는 질풍의 그림자에 눈을 크게 뜬 오탈은—— 그래도 대응해냈다.

"으으으으으음!!"

관성도 반동도 모두 무시하고, 근골이 비명을 지르거나 말거나 펼치려 하는 참격.

초월적인 반사속도. 거인마저 웃도는 괴력의 원천.

류의 하늘색 눈동자가 지금 막 내리꽂히려 하는 칠흑의 길로틴을 비춘 순간.

"가라아아아아아!!"

"?!"

같은 칠흑색을 띤 『머플러』가 날아들었다.

목에서 풀어 벨이 투척한《골라이아스 머플러》.

직선적인 사격과는 다른, 뱀과도 같이 구불거리는 변칙적인『간접공격』.

그것을 오탈의 흑대검에 감고 얽어 길로틴의 일격을 봉쇄했다.

Lv.7과 Lv.5── 원래 같으면『줄다리기』로는 절대 이길 수 없다.

그러나 회전베기에서 연속으로 무모한 공격을 펼친 것이 화근이 되어, 보어즈 무인은 분명 한순간 자세가 흔들리고 말았다.

그리고 그 한순간이면 충분했다.

"【정의는 순환한다】!"

질풍의 이름 아래 영창도 육박도 마친 류가 마법을 발동했다.

자세는 반신. 별의 검을 허리에 가져다댄『발도의 자세』.

가져다댄 왼손을 존재하지 않는 칼집에 빗대『기술』과『마법』을 융합시킨다.

──카구야, 힘을 빌려다오!

시전된 것은 숙적이자 전우인 고죠노 카구야의 특기, 극동의 비전오의.

"【고코우】!!"

발도와 같은 요령으로 별의 검이 내달린 찰나, 『다섯 개의 참격』이 발생했다.

"크윽?!"

전후좌우 머리 위, 불규칙하게 뒤얽힌 다섯 종류의 참격. 머리 위에서 내리꽂히고, 좌우에서 올려베고, 배후에서 대각선으로 베고, 정면에서 펼쳐지는 수평 일격. 그야말로 발도의 검이 다섯 개로 분열해 다섯 방향에서 펼쳐진 것과도 같이 오탈에게 빨려 들어갔다.

"커어어어어억?!"

고죠노 카구야의 마법【고코우(五光)】.

임의의 위치에『마력의 참격』을 발생시키는 것뿐인 이 마법은 그녀의『발도 기술』과 조합되어 방어도 회피도 불가능한 필살검으로 승화되었다.

허를 찔러도 오탈은 반드시 막아낸다. 알리제의 불꽃도 마찬가지.

그렇게 확신했기에 류는 이 다섯 개의 빛이 발하는 참격을 펼쳤다.

예측한 대로 정면의 수평 일격을 건틀렛으로 막아낸『최강』은 나머지 네 개의 빛에 포착당했다.

분열한 마법의 칼날이 가슴받이를, 건틀렛을, 이마받이를,【맹자】의 몇 안 되는 방어구를 파괴하기에 이르렀다.

피를 뿜는 무인의 시야에 마치 피안화의 꽃보라와도 같이 진홍의 마소가 열광적인 춤을 추었다.

"타아아아아아아아아앗!"

벨은 즉시 골라이아스 머플러를 당겨 옭아맨 흑대검을

낚아올렸다.

경직된 오탈의 손에서 칼자루가 빠져나왔다. 거대한 검이 허공을 춤추었다.

무기와 방어구의 상실. 결정적인 『방어력』의 반감.

헤딘은 눈을 쌍검처럼 날카롭게 치켜뜨고 고함을 터뜨렸다.

"쏴라, 우둔한 토끼!!"

"크윽——!!"

머플러에서 손을 놓고 왼쪽 손바닥에 맹렬한 불길을 만들어내, 벼락을 조종하는 스승과 함께 『마법』을 해방시켰다.

"파이어볼트ㅇㅇㅇㅇㅇㅇㅇㅇㅇㅇㅇㅇㅇㅇㅇㅇㅇ!!"

"카우르스 힐드, 전탄 일제사격!!"

강렬한 염뢰가, 그리고 돔의 형상으로 설치되었던 모든 뇌탄이 투입되었다.

헤아릴 수도 없는 마법의 폭풍이 오탈을 집어삼켰다.

"ㅇㅇㅇㅇㅇㅇㅇㅇㅇㅇㅇㅇㅇㅇㅇㅇㅇㅇㅇㅇㅇㅇㅇㅇㅇㅇㅇㅇㅇㅇㅇㅇㅇ!!"

류가 후퇴한 것과 동시에 착탄한 불꽃과 번개의 포격군.

5백 넘게 남아 있던 뇌탄의 일제사격에 더해, 난사된 속공 마법이 화력을 폭발시켰다. 포화의 중심에 있던 보어즈를 놓치지 않겠노라고 번개와 불꽃의 소용돌이에 가둬놓았다.

벼락 줄기가 잇달아 쩌렁쩌렁 터져나왔다. 소년은 고함을 지르며 난사를 이었다.

여기서 결판을 내겠노라고, 오탈의 모든 것을 깎아내려 들었다.

허공을 춤추던 흑대검이 굉연한 소리와 함께 낙하해 묘비와도 같이 지면에 꽂혔어도 벨과 헤딘은 포격의 손을 늦추지 않았다.

"【영벌하라 불멸의 뇌장】── 【바리안 힐드】!!"

병사의 화살을 다 쏜 순간, 헤딘은 즉시 영창을 엮어 거대한 장수의 빛을 불러냈다.

숨통을 끊겠다는 듯한 벼락의 충격파.

특대의 포광이 원형극장 중앙에 작렬했다.

"~~~~~~~~~~~~~~~~~~~~~~~~~~~~~~~~~~~~!!!"

가공할 충격과 폭풍이 류와 미아에게까지 밀려들었다.

전류와 대량의 불똥이 솟아났다.

어깨로 숨을 쉬던 벨은 내밀었던 왼팔을 겨우 내렸다. 하지만 그 직후 나이프를 들었다.

제1급 모험자조차 소멸을 면할 수 없는 포격의 폭풍. 그러나 적은 규격이 다른 상대. 방심도 자만도 모두 없앴다.

롬파이아 《디자리아》를 겨누고 선 헤딘과 함께, 서서히 걷혀가는 연기 너머를 노려보았다.

"……!"

연기 너머, 포격의 중심지에 거대한 그림자가 떠올랐다.

오탈은, 살아있었다.

거목과도 같은 두 팔을 교차시킨 채 두 발로 서 있었다.

그 강철의 육체는 벨 일행과 마찬가지로 피를 뿜고 여기저기 그을린 채 깊은 대미지를 입고 있었다.

'부상을 입었다——.'

'빈사 상태나 마찬가지——.'

'쓰러뜨릴 수 있다——!!'

벨의 머릿속에 희망의 빛이 잇달아 내리쬐였다.

지금의 오탈이라면 쓰러뜨릴 수 있다고, 그렇게 확신하며 한 발을 내디딘 그때.

교차시켰던 두 팔에서 얼굴을 들고, 동공이 송곳니와도 같이 일그러진 『짐승』의 두 눈과 눈이 마주쳤다.

　　"——————————————————
——————— ."

심장이, 본능이 꽉 붙들리는 기분이었다.

뇌리에 드리워졌던 희망의 빛이 『최대급의 경종』으로 바뀌었다.

류도 미아도 숨을 멈춘 가운데, 낯빛이 바뀐 헤딘이 체면도 내팽개치고 외쳤다.

"숨통을 끊————!!"

그러나 그 말을 가로막을 정도의 **소리**가 터져 나왔다.

『우오오오오오오오오오오오오오오오오오오오오오오오오오오오오오오오오오오오오오오오!!』

하늘로 솟아오르는 노호.

아니, 『짐승』의 포효.

그것을 직접 받은 세 사람이 몸을 젖힐 정도의, 『거울』을 너머의 민중이 일제히 쓰러질 정도의, 어마어마한 함성. 모험자들조차 놀라 의자에서 떨어지고, 신들도 두 눈을 크게 떴다.

몬스터의 『하울』과 맞먹는, 사나운 멧돼지의 노래.

원시적인 공포로 심신을 옭아매는 『강제정지』. 그 수컷은 인류의 몸으로 그것을 집행한 것이다.

그것이 의미하는 바는 하나.

『무인』은 『짐승』으로 전락했다.

단 한 번의 포효로, 제1급 모험자들의 몸에서 몇 초의 자유를 앗아갔다.

그런 가운데 하늘을 향했던 『짐승』의 두 눈이 앞을 보았다.

『사냥감』을 노려보았다.

벨 일행의 몸과 마음이 절규를 터뜨린 직후, 『진정한 유린』을 개시했다.

“오오오오오오오오오오오오오오오오오오오오오오오오오오오오오오!!”

저돌.

그리고 맹진.

짓밟힌 돌바닥을 붕괴시킬 정도의 **폭주**. 그리고 폭풍과도 같은 육박.

회피도 반격도 저항도 허락하지 않는, 흉기와도 같은 거대한 어깨가 엘프를 포착했다.

"————커어어어억?!"

일말의 기품도 느껴지지 않는 목소리를 터뜨리며 헤딘이 날아갔다.

벨 일행이 반응하지 못하고 뻣뻣이 서 있는 가운데, 극장의 벽면에 격돌했다.

쏟아지는 돌조각, 흑백으로 깜빡거리는 의식, 한순간 완전히 끊어졌던 호흡.

전술도 전략도 관계없는, 어이없을 정도로 강렬한 태클.

마법의 포격조차 웃도는 위력에 피를 토한 헤딘이 다음으로 보았던 것은, 손바닥이었다.

"크으아아아아아아아아아아아!!"

"으그으으윽?!"

안면에 내리꽂히는 장저타.

시야와 얼굴이 짓뭉개버리는 사나운 멧돼지의 다섯 손가락.

그것은 숫제 송곳니와도 같았다.

안경은 당연한 것처럼 박살이 나고, 유리와 금속 프레임의 파편이 피부에 박혀 백옥 같은 미모를 더럽혔다. 그러나 그런 것은 사소한 일이었다. 웃음이 나올 정도로 사소한 일이었다.

두피로 파고드는 다섯 손가락에 두개골이 비명을 지른 순간, 뇌수와 함께 헤딘의 시야가 요동쳤다.

시점이 어지러이 변했다. 하늘과 땅이 뒤집혔다.

몸이 회전할 만큼, **말도 안 되는 속도로 던져진** 것이라고, 총명한 두뇌가 바보 같은 결론을 내렸다.

그 직후 포탄과도 같이 땅을 폭발시켰다.

"크, 아————————————."

"마스터어어?!"

"크으윽?!"

극장 구석에서 중앙으로 투척된 헤딘이 폭진을 일으키며, 정지했던 시간을 때려 부쉈다.

그제야 사태를 이해한 모험자들의 움직임은 신속했다.

본능의 덩어리가 되어 사냥감에게 육박하려는 『짐승』의 앞을 가로막고, 벨이, 류가, 미아가 후열 담당인 헤딘을 지키려 한다.

그러나 전열의 벽 따위 순식간에 박살이 났다.

"""————————————————?!?!?!"""""

아무렇게나 내리친 주먹이라는 이름의 철퇴가 미아를 부수고.

수도의 형태를 띠지도 못하는 새끼손가락이 류를 베고.

비스듬히 내달린 다섯 손가락이 배틀클로스와 함께 벨

의 살점을 도려냈다.

대지와 포옹을 나누었던 드워프는 피를 토했다.

회피해서 공격에 슬쩍 닿았을 뿐이었음에도 엘프는 피를 뿌렸다.

우툴두툴한 다섯 줄기의 발톱 자국이 새겨진 휴먼은 피의 드레스를 입은 붉은 인형이 되었다.

검술도 무술도, 『기술』도 『허허실실』도 잊은 본능의 폭주.

그저 가학을 강요할 뿐, 회피도 방어도 인정하지 않았다.

『절대공격』.

절대방어가 뒤집혀, 적을 해치우기만 하는 발톱과 이빨로 전락했다.

이미 이것은 모험자의 싸움이 아니었다. 그저 약육강식의 행위일 뿐이었다.

그 광경을 관전하는 자들은 하나같이 낯을 창백하게 물들였다.

"저건……."

성녀의 얼굴에서 핏기가 사라졌다.

"설마……."

만능자가 입술을 떨었다.

『수화(獸化)……!!』

용자가 두 눈을 일그러뜨렸다.

"【맹자】의 진짜 비밀병기!!"

"흉포해지고 강해진다 캐도 한도가 있는 거 아이가?! 저

거 진짜 완전 오버스펙이데이!!"

같은 광경을『바벨』에서 지켜보던 헤르메스와 로키도 목
소리를 높이지 않을 수 없었다.

『수화』.

수인들 중에서도 한정된 종족에게서만 확인된 현상. 투
쟁본능 그 자체. 로키 말대로 그 몸에 잠재된 야수성과 힘
을 해방해 신체 능력을 끌어올리는 것이다.

대표적인 것이 웨어울프. 늑대 수인들은 달빛을 받을 때
마다『수화』해서,『달밤의 웨어울프를 이길 종족은 없다』는
말이 나올 정도의 힘을 얻는다.

"……저 떡대의『수화』는 우리 웨어울프하고 달리 시간
도 장소도 가리질 않아……."

로키의 뒤에 있던 베이트가 가증스럽다는 듯이 내뱉었다.

『팔나』를 받은 시점에서, 수인종족의 기원인『수화』는
『스킬』과 밀접하게 연결된다. 수화 상태로 들어가려면 반
드시 모종의 발동조건을 거치거나, 혹은 위험성을 감수해
야 한다.

그러나 아마도 오탈의『스킬』발동조건은──『수화』의
트리거는, **임의**.

달밤에만『수화』할 수 있는 웨어울프와 달리 낮에도, 그
야말로 던전 내에서도『짐승』으로 전락할 수 있을 것이다.

【맹자】가 싸우는 모습을 보아온 베이트는 그 점을 확실
하게 간파했다.

"효과도 어지간한 잔챙이들하곤 비교가 안 돼. 저 멧돼지의『수화』는 강화가 아니야…… 괴물 그 자체지."

자신의『수화』를 능가하면 능가하지 못하지는 않은 출력을 인정한 웨어울프는, 왼쪽 뺨의 문신을 일그러뜨리며 중얼거렸다.

『거울』에 비친『짐승』은 조금 전까지의 무인과는 분명히 달랐다.

그것은 흡사, 공교롭게도, 하루히메의 레벨 부스트가 가져오는 광경과도 닮았다.

많은 민중이 쓰러져 도시가 혼란 상태에 빠진 가운데, 주점에서 낯빛을 잃은 모험자들이 중얼거렸다.

"그럼 지금의【맹자】는……"

"…………Lv. 8?"

아무도 긍정하지 않았다.

긍정해버렸다간, 더 이상 이 싸움을 지켜볼 의미 따위 사라지고 말기에.

"으윽, 아아아아아아…………!!【영벌, 하라…… 불멸의, 뇌장】."

벨 일행이 그저 유린당하는 동안, 떨리는 몸을 일으킨 헤딘이 한쪽 팔을 내밀었다.

피에 젖은 얼굴에서 모든 여유를 잃어버린 채, 최대 출력의『마법』을 불렀다.

"【바리안, 힐──────】."

그러나 늦었다.

벼락을 부르려는 기척을 그야말로 짐승처럼 알아차린 보어즈가, 암석과도 같이 거대한 주먹을 하늘 높이 쳐들었다.

제대로 서지도 못하는 벨이, 류가, 미아가, 그리고 헤딘이 절망을 보았다.

근육이 융기한 굵은 팔이 이질적인 『송곳니』가 되고, 다음 순간 대지에 꽂혔다.

"오오오오오오오오오오오오오오오오오오오오오오오오오
오오오오오오오오오오오오오오오오오!!"

수직으로 내리친 주먹.

모든 것을 날려버리는 극대의 폭권이.

"——————————————————

——————————————————————

——————————————————————

——————————커, 허."

갈가리 찢긴 그 목소리의 파편을 흘린 것은 헤딘이었을까, 아니면 벨이었을까.

원형극장 중심지에서 폭발한, 격렬한 파괴.

균열을 일으키고, 지반을 뒤틀고, 대지를 절규에 빠뜨린 사나운 멧돼지의 일격.

사방으로 방출된 충격의 해일이 모험자들을 예외 없이 집어삼키고, 희롱하고, 날려버리고, 잔해 속에 묻어버렸다.

극장의 외벽에 붕괴되어 원형을 잃어가기 시작했다.

호수와 인접한 낭떠러지까지 허물어져 섬의 지형마저 바꾸고 있었다.

오늘 최대의 진동이 『올자 도시유적』을 감쌌다.

이미 의미도 형태도 잃어버린 채 돌조각의 무리로 전락한 포석 속에서 주먹을 뽑는다.

자욱했던 분진이 걷혔을 무렵, 그곳에 서 있는 것은 『짐승』한 마리뿐이었다.

꿈쩍도 하지 않는 모험자들이 쓰러진 전장을, 구름 없는 하늘이 연민과 함께 내려다본다.

덧없는 햇살은 어느샌가 황혼의 색을 띠려 했다.

해가 기울고, 대지가 으르렁거린다.

가공할 진동에 유적 전체가 전율하고, 몸을 숨겼던 남신 플루토스와 여신 하토호르가 벌떡 일어나는 가운데, 그래도 권속들은 싸우지 않을 수 없었다.

눈앞의 상대를 타도해야만 했다.

"그만두지 못하겠냐!!"

"큭……!! 그만, 못 둬! 냐는 오라버니한테 지지 않아!"

수평으로 휘두르려 하는 은창에 금창이 집요하게 파고

들었다.

몇 번을 상처 입고 욕설을 들어도 움츠러들지 않고 대항하는 아냐에게, 아렌은 더 이상 짜증을 숨길 수도 없었다.

너무나도 집요하고도 꼴사나운 여동생의 모습에 살의를 느끼며, 이번에야말로 때려눕히고자 했지만.

"그러니까 무시하지 말라고, 아렌."

"크윽——!! 회그니!"

옆에서 뻗어 나오는 칠흑의 참격에 다시 방해를 받았다.

『안티 스테이터스』의 영향은 받지 않았다지만, 부상이 다 회복되지 않은 몸으로도 계속 검을 휘두르는 다크엘프. 아렌의 감정은 한층 거칠어졌다.

"방해하지 말라고 했잖아!! 꺼지라고, 날파리!"

"방해는, 할 거야. 쓰러뜨리고 싶기도 해. 게다가…… 고함만 지르지 말고 평소처럼 뛰어넘어서 가버리면 되지 않아?"

커스 웨폰의 반동 때문에 체력이 다 회복되질 않아 타격에 결정력이 부족한 가운데, 피로를 숨길 수 없는 회그니는 보기 드물게 미소를 머금고 있었다.

친구에게 향하는 미소는 아니었다. 가족에게 보이는 것과도 달랐다.

라이벌인 헤딘와는 달리 모략 같은 것을 모르는 그가 지을 수 있는, 서툰 웃음.

"지친 거야, 아렌? 아니지? 그게 아니지."

어떤 『핵심』에 근거해 상대의 심리를 흔들어놓기 시작

했다.

"아까부터 **동생한테 겨누는 창이 둔해졌을 뿐이지?**"

"!!"

"⋯⋯⋯⋯⋯⋯⋯네?"

그 말의 효과가 가장 현저히 나타났던 것은 아렌이 아니라 아냐였다.

눈을 크게 뜬 오빠와는 달리, 여동생은 어중간한 자세로 몸을 멈추고 말았다.

"⋯⋯시시한 소리 지껄이지 마!!"

한순간 지었던 표정을 분노로 덧칠해버린 아렌이 두 번다시 입을 열지 못하도록 뛰어들었다.

밀려드는 창을 보고도 회그니의 뺨은 역시 미소의 형태를 유지하고 있었다.

"【영구히 멸하라 마의 검위로서】."

그리고 사전에 읊어놓았던 초단문영창을 종료시켰다.

아렌의 얼굴이 경악으로 물들었다.

이미 너덜너덜해진 칠흑색 외투의 옷깃이 다크엘프의 입을 멋지게 숨겨놓고 있었던 것이다.

입술의 움직임을 보지 못했던 캣 피플의 반응이 치명적으로 늦어졌다.

"【번 다인】!"

"크아악?!"

창이 닿을락말락한 간격. 지근거리에서 폭염을 뒤집어

썼다.

사정거리는 초단거리. 그 대신 효과 범위 내에 있는 여러 명의 적을 모조리 날려버리는 위력에 특화된 마법을 고스란히 받아, 아렌의 가벼운 몸은 금세 뒤로 날아가 버렸다.

창졸간에 지면을 박차 회피운동을 취하기는 했지만, 이제까지 상처 하나 입지 않았던 전차가 검은색 연기를 뿜고 있었다.

"봐, 정곡 찔렸지. 이런 도발에 걸려들다니."

평소의 너라면 분명히 회피했을 거라며.

회그니는 담담히 지적했다.

지금의 상황—— 피도 눈물도 없던 아렌이 보인 추태야 말로 아냐에게 『설마』하는 생각을 긍정해주고 있었다.

"오라버니…… 정말로……?"

"얼빠진 낯짝 집어치워! 왜 얘기가 그렇게 되는데?!"

오빠의 노성을 들을 때마다 몸이 굳고 꼬리까지 오그라들었다.

기억하던 것과 똑같은 아렌의 분노에 아냐는 겁을 먹으면서도 자신의 손을 가슴께에 꼭 끌어안았다.

한참을 망설이고, 몇 번이나 말을 꺼내지 못하다, 입을 열었다.

"여기, 오기 전에…… 【바나르간드】가 그랬어냐."

"……뭔 소릴 하려는 거야……!"

노기와 의문이 뒤섞인 말을 뱉는 오빠를 보며, 아냐는

몇 시간 전의 기억을 돌이켜보았다.

베이트에게 방에서 억지로 끌려 나와 『폴크방』 안을 나아가던 때였다.

『그만 놔줘냐—! 냔 시르한테도 오빠한테도 버림받았어냐! 그 사람들은 냐 같은 거 어떻게 돼도 상관없는 거야냐!』

정서불안에서 오는 자포자기. 아냐는 그저 훌쩍이며 날 뛰고만 있었다.

그런 그녀에게 진저리가 났던 나머지 회색 머리 웨어울프는 자기도 모르게 말실수를 했다.

『그 썩을 고양이는…… 나랑 닮았어. 절대 인정하고 싶지 않지만.』

『에?』

『필요 없었으면 냉큼 죽였지. 눈에 거슬리고 귀에 거슬리니까.』

『으, 으아아…….』

무서운 발언을 하는 베이트에게 질겁하고 있으려니, 그는 이렇게 말했던 것이다.

『하지만 남겨졌다는 건…… 그런 뜻이잖아.』

아냐는 눈을 크게 떴다.

그저 앞만 보고 달려나가는 웨어울프는——『내가 무슨 헛소리를』이라고 조용히 내뱉을 뿐. 아냐의 의문에는 더 이상 답해주지 않았다.

"오라버니는…… 냐 싫어해냐?"

"당연하지!!"

"오라버니는 냐 싫어해서…… 그래서 버렸어냐?"

"당연하잖아! 이제 와서 뭔 소리를 하고 앉았어!! 바보냐 넌!!"

"그럼 왜 죽여버리지 않았어냐?"

"!!"

절대로 머리가 좋지는 않은 아냐는 몇 번이나 시선을 떨면서도, 유치한 표현으로, 필사적으로 자신의 『왜』를 말로 바꾸었다.

"언제나 죽여버린다, 죽여버린다 그랬으면서…… 왜 안 죽여?"

"큭……!!"

"왜……?"

눈물을 머금은 아냐의 눈에 아렌의 노성이 멎어버렸다.

굳어버린 남매의 모습에, 그때까지 잠자코 지켜보던 회그니가 천천히 끼어들었다.

"……그 말이 맞잖아, 아렌."

회그니 자신이 도달해버렸던 『핵심』을 말해주었다.

"사랑했다면 버릴 수 없었겠지."

"＿＿＿＿＿＿＿＿＿＿＿."

"증오할 수밖에 없었던 거지."

그 순간, 한 고양이의 마음이 벌거벗겨졌다.

크게 뜨인 두 고양이의 눈이 교차했다.

아렌은 입술을 경련시켰다.

욕설은 나오지 않았다.

온갖 감정이 얼굴을 뒤덮어, 이제는 분노라는 한 마디로는 표현할 수 없는 표정을 지은 채, 헛소리를 지껄인 요정에게 한 걸음을 내디뎠다.

"아렌…… 미안하지만……."

그 입이 노성을 터뜨리기 전에. 그 발이 자신에게 파고들기 전에.

회그니는 눈을 내리깔고 그『사실』을 입에 담았다.

"프레이야 님 밑에서 힘을 추구한다고는 했어도…………
넌 **약해졌어.**"

"!!"

생각지도 못한 지적에 아렌은 이번에야말로 말문이 막혀버렸다.

그와 같은 제1급 모험자인 엘프는, 동등한 힘을 가진 자의 시선으로 말을 이었다.

"헤딘도, 나랑 같은 소릴 했어. ……기억해? 새 부단장을 결정할 때, 헤딘이 포기하고 너한테 양보했던 거."

몇 년도 더 된 이야기였다.

그리고 그것은 아직 아냐가『폴크방』에 있을 때였다.

부단장으로 추천을 받은 헤딘은 그 자리를 사양하고 아렌에게 떠넘겼던 것이다.

"헤딘은 그때, 네가 자기보다 더 강하다는 걸 알았으니까…… 그래서 양보했던 거야. 약한 녀석이 【파밀리아】의 위에 있는 건, 그 녀석의 긍지가 용납하지 않았으니까.”

“……!”

“하지만………… **동생이 사라지면서 약해졌어.** 지켜야 할 존재가 사라져서……………… 아렌, 넌 약해져 버렸다고.”

【스테이터스】의 이야기가 아니다. Lv의 이야기도 아니다.

그런 것이라면 아렌은 과거의 자신을 이미 옛날에 초월했다.

회그니가 말한 것은 위협성, 기개, 기백, 의지.

그것이 동생을 버린 날을 전후해 결정적으로 달라져 버렸다고, 그렇게 말하고 있었다.

“그러니까 헤딘도 너더러『넋이 빠졌다』고…… 그렇게 말했어. 부단장 자리를 양보하지 말 걸 그랬다고…… 화를 냈어.”

자신조차 몰랐던, 아니, 깨달을 수도 없었던『사실』에 아렌은 아연실색했다.

계속 침묵을 지켰던 요정의 고백에, 아냐는 머리가 멍해졌다.

여신의 부탁으로 말하지 않았던── 그 아이가 스스로 깨닫게 될 때까지 말하지 말아 달라고 애원을 받았던 회그니는, 고개를 숙였다.

“…………웃기지 마………… 웃기지, 마………… 웃, 기지…………!”

"무리야 아렌…… 이젠 부정할 수 없어."

매우 미안하다는 듯, 자책감과 싸우면서도, 그래도 그를 조금이라도 생각해주는 양심을 품은 채 회그니는 결정타를 꽂았다.

"싸움으로밖에 이야기할 수 없는 우리 에인헤랴르가, 부정하도록, 용납하지 않아……!"

아렌은 이번에야말로 얼어붙었다.

그것은 격앙을 터뜨려도 욕설을 퍼부어도, 아렌 스스로는 결코 부정할 수 없는 증거였다.

에인헤랴르는 결코『힘』에 대해 타협하지 않는다.『강함』에 관해서는 속이려 하지 않는다.

그와 어깨를 나란히 하는『용사』가 말한, 기탄없는 강함에 대한 평가.

"오라, 버니…………."

아냐도 깨닫고 말았다.

아냐는 이 전투에서 간신히 치명상을 피하고 있었던 것이 아니었다.

아렌이 피해주고 있었던 것이다.

회그니가 개입하기 전, 그녀를 재기불능에 빠뜨리고자 날렸던 필살의 공격도—— 겨누었던 곳은『오른쪽 어깨』.

금색 어깨 갑옷을 장비해 살상능력이 현저히 떨어지는, 아렌답지 않은 일격이었다.

아렌이 망설였기에 남매 싸움이 지금까지 이어졌던 것

이다.

"나는 쓰레기고, 못난 왕이고, 가족 따위 하나도 없었지만…………."

자기평가라는 것을 저승 밑바닥에 두고 온 다크엘프는 스스로를 비하하면서 고개를 들었다.

조심스레, 그러나 잔잔해진 바다 같은 눈으로, 그 말을 들려주었다.

"아렌, 지금 너희의 모습은………… 잘못됐다고 생각해."

바람이 불었다.

끊어져 버린 무기 소리를 대신해, 두 마리와 한 명 사이를 눅눅한 바람이 지나갔다.

전장에는 어울리지 않는 정적의 소리가 서로의 머리카락을 흩날리는 가운데, 까만 앞머리가 고양이의 눈을 덮어 가렸다.

──한 고양이가 있었다.

그의 육친에 대한 애정이란 항상 증오와 표리일체였다.

작고 약했을 무렵, 폐허의 세계에 묻힌 채, 단 하나뿐인 여동생에게 몇 번이나 손찌검할 뻔했는지 알 수 없었다. 몇 번이나 내팽개치고 저버리려고 마음이 흔들렸는지 기억할 수도 없었다.

그러나 고양이는 울보에 구제할 길 없는 바보에, 절망적으로 노래가 서툴고, 몇 번이나 자신을 화나게 만드는 여동생을 계속해서 지켜왔다.

여동생은 서툴기 그지없는, 미아지만 혼자가 아니라는 노래를 계속해서 부르고 또 불렀으니까.

그는 그런 동생에게 등을 돌린 채, 들키지 않도록 웃음을 짓고 있었으므로.

『내가 그 굼벵이 몫까지 싸우고 또 싸우겠습니다. 그러니 그놈을 버리지 말아 주십시오.』

그로부터 고양이는 여신에게 구원받아 매일 『세례』를 헤쳐 나왔고, 이윽고 갈림길에 서게 되었다.

자신과 함께 죽을 뻔한 여동생을 보고, 고양이는 우선 자신의 약함을 저주했다.

더 강해져야만 한다고 결의하고, 그와 동시에 사랑을 버릴 각오를 했다.

『약한 녀석 따위 살아남을 수 없는 전장에서, 내 세계에서, 그놈을 잘라내 주십시오.』

고양이는 알고 있었으므로. 신에게 구원받는 대가를 지불하기 위해, 싸우고 있는 한, 자신에게서 떨어지려 하지 않는 굼뜨고 둔한 여동생은 언젠가 반드시 죽게 된다는 것을.

고양이는 이해하고 있었던 것이다. 암흑기는 나약하고 동생에게 무른 자신을 봐주지 않으리란 것을.

설령 혼돈의 시대가 끝난다 해도, 싸우고 또 싸우는 자신의 곁에 여동생의 행복은 없으리란 것을.

『나도 그 굼벵이와 인연을 끊겠습니다. 나에게는 당신만

있으면 됩니다. 그렇게 약속하겠습니다. 그러니——.』

여신의 신성에 이끌렸으면서도 그가 『그녀』에게 바란 관계는——『공범』이었다.

여동생을 버리고, 『그녀』가 주점에 끌려가, 다른 가족을, 보금자리를 만들게 했다.

고양이는 충성을 맹세했다.

여동생을 지키기 위해 자신의 모든 것을 바쳤다.

자신을 『전차』로 바꾸었다.

여동생을 아무리 상처 입히더라도, 죽음과 불행을 가져올 자신에게서 멀리 떨어뜨리기 위해, 혼자서 『여신의 전차』로 남아있기로 결심했다.

그의 증오와 표리일체인 『애정』은 예나 지금이나 전혀 달라지지 않았던 것이다.

아렌 프로멜은 『애정』을 『증오』로 바꾸는 것 말고는 동생의 행복을 빌어줄 방법을 몰랐던 것이다.

"……."

아렌은 머리 위를 올려다보았다.

울고 싶어질 정도로 아름다운 창공을.

서쪽 하늘에서 다가오고 있는 꼭두서니색 빛을.

"오라버니는…… 계속, 나를……?"

오빠의 진의를 알게 된 아냐의 눈에서 눈물이 넘쳐나 흘러내렸다.

잃어버리지 않았던 유대에, 『가족』의 존재에 가슴이 말을 듣지 않게 되었다.

"오라버니……! 난 역시 오라버니랑 가족으로 돌아가고 싶어! 시르랑 같이, 오라버니도——."

그러므로 아냐는 몸을 내밀었다.

그러므로 아렌은 왼팔을 내밀어 손바닥을 보였다.

"그만 됐다."

"!"

"말하지 마라."

그것은 노성이 아니었다.

조용하고, 진지하게, 호소하는 목소리였다.

동생을 생각하는 『오빠』의 목소리였다.

"여신을 잃도록 놔둘 순 없어."

"우……! 오라버니, 어째서?!"

"그분에 대한 충성이 날 강하게 한다. 날 강하게 하는 게 그분과의 계약이다."

흔들림 없는 오빠의 의지에 아냐는 눈물을 흘리며 호소했으나,

"고향을 멸망시킨 흑룡을 죽일 때까지, 내 싸움은 끝나지 않아."

"!!"

"그 용이 있는 한 네 행복은 또 날아가 버릴 거다. 그리고…… 종말로 향해 달려가는 나를, 너는 틀림없이 따라오려고 하겠지."

아렌의 『진짜 목적』을 듣고, 아냐도 회그니도 눈을 크게 떴다.

그리고 아렌은 분노도 증오도 사라져버린 눈으로 여동생을 바라보았다.

아냐의 장비, 금색 어깨받이는 오른쪽.

반면 아렌의 은색 어깨받이는 왼쪽.

서로의 창은 말할 것도 없는 금은 한 쌍. 마치 거울을 마주 보는 것 같다.

여신을 태운 전차를 끄는 두 개의 바퀴.

아렌이 제아무리 간절히 바라더라도 뜯어낼 수 없는 사슬 같은 유대로, 아냐를 싸움터로 보내는 금과 은의 저주.

"너를 지키기 위해————— 너를 죽여주마."

여신에 대한 바람이 하나 늘었다.

『매료』를. 절대적인 『미의 권능』을 이 바보에 굼뜬 여동생에게 내려.

『상자정원』의 시르가 그랬듯, 아렌을 잊어버리도록 하자.

오늘까지 여동생에 대한 『매료』를 회피해왔던, 자신의 어쩔 수도 없는 『아집』을 끊어버리기로 하자.

모든 것이 끝난 후, 이루어질 수 있다면 언젠가 다시 그 서툰 노래를 듣기를 바랐던 『아집』을 묻어버리자.

모든 것을 알아버린 '바퀴'를, 전차는 『애정』으로 쳐 죽인다.

그렇기에『여신』은 절대로 끝나게 둘 수 없다.

"【금의 바퀴, 은의 목줄】──."

그렇기에 아렌은 **전차의 노래를 읊조렸다.**

"영창?!"

"오라버니가 마법을?!"

회그니의 경악. 그리고 아냐의 동요.

여동생은 모른다. 오빠가『마법』을 가지고 있었다는 것을.

그『마법』은 아냐와 결별한 후에 발현한── 것이 아니었다.

아렌은 결코 그녀 앞에서 영창을 한 적이 없었다.

"【증오의 사랑, 주검의 환상, 숙명은 여기에. 사라져라 금륜, 바퀴 자국이 너를 죽이기 전에】."

분노와 증오로는 감출 수 없는, 자신의 마음속을 비추는 그 추악한 주문을.

여동생을 생각하는『진실』그 자체를.

"큭……! 막아아아아아아!"

"우웃──!!"

베고 드는 회그니의 고함에 아냐 또한 망설임을 버리고 땅을 박찼다.

이대로 두면 시르를 잃는다. 아렌도 잃는다. 드높아져 가는 가공할 마력을 앞에 두고 그렇게 직감하며, 오빠를 잃지 않기 위해 오빠를 상처 입힌다는 모순을 억눌렀다.

"【영광의 채찍, 총애의 입술, 대가는 여기에. 돌아라 은륜, 이 머리가 떨어질 그 날까지】."

그러나 회그니의 검은 맞지 않는다. 아냐의 창은 그를 막지 못한다.

영창과 이동. 병행영창은 이중. 그저 땅을 박차고 크게 후퇴할 뿐. 그것을 반복했다. 그것만으로도 아렌의 몸은 돌풍에 휩쓸린 깃털처럼 수십M이나 후방으로 날아갔다.

공격은 필요 없다. 방어도 필요 없다.

주문이 완성될 때까지 우스꽝스러울 정도로 도망쳐다니기만 하면 된다.

이 노래가 끝난 후, 전장에는 『바퀴 자국』밖에 남지 않을 테니.

"【하늘 저편에서 바퀴의 노래를 들을 그 순간까지 —— 질주하라 여신의 신의를 싣고】."

마지막 세 소절.

공격은 모조리 허공을 가르고, 영창을 중지시키지 못한 아냐와 회그니의 얼굴이 얼어붙었다.

다음 순간 『최속의 전차』가 기동했다.

"【글라리네제 프로멜】."

달려나간 아렌의 몸이 새파란 은색 섬광을 몸에 둘렀다.

"큭——— 크아아아아아아아아아아아아아아아아아아

아아아아아아아아아아악?!"

　참격으로도 마법으로도 막을 수 없는 빛의 분류는 우선 회그니를 걷어차고 허공으로 날려버렸다.

　초고속. 그것이 더 빨라진다. **달리면 달릴수록 가속한다.** 회전하는 수레바퀴와도 같이, 전장을 달려나가는 전차와도 같이, 말 그대로 종횡무진『여신의 전차』가 질주한다.

　"오라버니이이이이이이이이이이이이이이이이이이이이?!"

　아냐조차 날려버리고, 상처 입히고, 그러고도 여전히 약진은 멈추지 않는다.

　일격에 넝마처럼 변한 회그니가 지면에 격돌한 것과 동시에, 다른 전장으로 방향을 바꾸었다.

　"뭐지?!"

　"저건?!"

　"우냐옹──?! 빨리 도망──!!"

　알프릭과 교전하던 아이샤와 풍요의 점원들 앞으로 섬광이 달려왔다.

　아렌 자신조차 속도를 주체하지 못해, 찬란하게 빛나는 용의 거대한 몸처럼 사행하는 궤적──『바퀴 자국』은 한순간이었다. 회피는 고사하고 도주도 용납하지 않는 전차의 광주(光走)는 모험자들을 무자비하게 집어삼켰다.

　아이샤는 박도가 부서져 분묘에 격돌하고, 미코토와 나자는 회그니와 마찬가지로 하늘 높이 날아올랐으며, 루노아와 클로에는 봇물 터진 듯한 기세로 날아갔다.

"아렌, 너————?!"

알프릭까지도 말려들어, 의식이 끊어진 세 동생과 함께 빛의 바퀴 자국 속에서 휩쓸렸다.

【글라리네제 프로멜】.

아렌의 유일한 『마법』은 『어빌리티』의 초고강화 및 『속도의 위력변환』.

다시 말해 아렌이 가속하면 가속할수록 파괴력이 증가한다.

상한은 없다. 이론상 아렌의 속도가 올라갈수록 돌격의 위력은 무한히 높아진다.

섬광이라는 이름의 장갑을 두르고, 아렌은 이것으로 모든 적을 걷어차 날려버릴 수 있다.

계층 터주조차 치어 죽일 수 있는 전차의 유린.

"크ㅇㅇㅇㅇㅇㅇ윽——?!"

"으아아아아아아아아아아아아아아아아아아아아?!"

전차가 달려나간 여파만으로도 미아흐의 『꽃』이 스러지고, 릴리 또한 날아가 버렸다.

소녀의 손에서 오쿨루스가 떨어져 충격으로 균열을 일으켰다.

시인조차 불가능한, 장애물 전체를 깔아뭉개는 진격.

아렌이 달려나간 뒤에 남은 것은, 유적도 잔해도 모두 휩쓸려 사라져버린 『바퀴 자국』뿐이었다.

저녁놀의 기척이 서쪽에서부터 피어오르고 있었다.

지금은 아직 푸른색이 남은 머리 위의 하늘도 머잖아 황혼빛으로 물들 것이다.

종언의 색이다.

『폴크방』에서 싸우고 또 싸우던 용사들에게는 싸움의 끝을 알리는 종말의 색이다.

발밑에 널브러진 흑대검을 주운 오탈은 천천히 서쪽을 보았다.

붉게 물들어가고 있는, 『신의 집』이 우뚝 솟은 언덕 방향을.

"⋯⋯⋯⋯, ⋯⋯⋯⋯."

"큭⋯⋯ 아⋯⋯."

철저하게 파괴된 원형극장 속에서, 서 있는 이는 오탈뿐.

잔해에 묻혔던 드워프도, 엘프도, 이제야 생각났다는 듯 몸을 꿈틀거릴 뿐, 당장이라도 숨이 끊어질 것 같다.

그렇다면 끝났는가.

보어즈가 아무 감회도 없이 그렇게 생각했을 때.

"⋯⋯커⋯⋯어⋯⋯ 음⋯⋯!"

짐승처럼 으르렁거리는 소리를 내며 일어나는 자가 있었다.

먼지에 찌든 금색 장발. 피와 상처로 화장을 하고 아름다움이라곤 모조리 사라져버린 얼굴.

다만 산호색 눈만이 당장이라도 꺼져버릴 것 같은 빛을 놓치지 않고 있었다.

"헤딘……."

자신과 같은 에인헤랴르를, 오탈은 역시 아무 감정도 드러내지 않고 그저 바라보았다.

일어난 것이 고작인 엘프는 몇 번이나 주저앉을 뻔하면서도 다리에 힘을 주고 서서, 고개를 들고는 시야 너머에 있는 보어즈를 노려보았다.

"이게 네가 하고 싶었던 건가?"

마치 도발하듯 말하는 오탈.

헤딘은 입술을 일그러뜨리며 간신히 보일 만한 웃음을 지었다.

"글쎄, 다………… 네놈, 에게는………… 어떻게 보이나?"

"적어도 너답지는 않군."

여전히 동공을 일그러뜨린 채, 『수화』 상태의 오탈은 이성을 남긴 목소리로, 그래도 무뚝뚝한 말로 대답했다.

"효율을 중시하는 너라면 더 좋은 상황을 만들어서 이 싸움에 이길 수 있었을 텐데."

"하……! 승리, 따위……!"

헤딘은 입술에서 피를 흘리면서 코웃음과 함께 말했다.

"이런, 시시한, 게임……! 내가 네놈들을 배신한 시점에서, 끝난 거지……! 내가, 그분의 『꽃』을 직접 꺾었으면 그만이었어······!"

사실이었다.

본진을 궤멸시킨 시점에서, 헤딘이 『신의 집』으로 쳐들어가 프레이야에게서 『꽃』을 빼앗는다.

그것만으로도 『파벌대전』이라는 거창한 이름이 붙은 전쟁은 어이없이 종결되고 만다.

"하지만······ 그래서는, 의미가 없어······! 그딴 데에는, 의미가 없어!"

"······."

"내가 하고 싶었던 건 그딴 게 아니야!!"

말에 열기가 깃들기 시작해, 정신이 상처 입은 육체를 걷어차고 능가했다.

"나는 그분의 덕에 『왕』의 책무에서 해방되었다! 그렇다면 다음은, 바로 내가! 그분을 왕의 자리에서 끌어내야만 하지 않겠나!!"

오탈은 그 독백을 말없이 들었다.

"여신의 『멍에』 따위에서 해방해드려야 하지 않겠나!!"

헤딘은 여신의 심중을 헤아릴 수는 있어도, 회른처럼 이해할 수는 없다. 그래도 『왕』을 아는 그의 마음은 여신의 불행을 알아차리고 있었다.

『아가씨』가 떠올린 웃음을 보고, 무엇이 그녀의 『진정한 바람』인지, 이제는 알고 있다.

그 포효는 옥좌에 앉은 여신에게는 닿지 않는다.

하지만 아직까지 일어나지 못하는 자들에게 그의 의지는 전해졌다.

"네놈들은 알고 있나!『사랑』을 추구하면서도『사랑』에 괴로워하시는 여신의 표정을!"

그것은 언젠가 신실에서 보았던 광경.

정령을 본뜬 머리 장식을 바라보며『사랑』에 망설이는 여신의 가면.

빠득. 드워프의 손가락이 유적의 잔해를 긁었다.

"네놈들은 알고 있나!『사랑』이외의 것을 버리셨으면서도 계집아이처럼 고뇌하는 여신의 미련을!"

그것은 소년의 앞에서 나누었던 대화.

소년의 마음만을 바랐으면서, 풍요의 유대를 놓지 못했던 아가씨의 감상.

꽈악. 엘프의 손이 목검을 쥐었다.

"**네놈**은 알아차렸나!!『그녀』의 뺨이 지금도 눈물로 젖어 있는 것을!!"

그것은 최후의 발파.

소년의 주먹이 불꽃처럼 떨렸다.

"안다면 어떻게 패배할 수 있지?! 이 싸움에 져 버리면 그 눈물은 평생 멈추지 않아!! 고독의 승리는『사랑』을 손에 넣고, 그분은 영원히 여신인 채로 남을 거다!!"

쩌렁쩌렁 울려 퍼지는 목소리가 그들의 마음을 몇 번이고 후려쳤다.

지금도 일어나려고 발악하는 다리를 움직이게 한다.

"그렇다면!! 여신을 끌어내려야 하지 않겠나! 숭고한 여신에게 최후를 가져다주어야 하지 않겠나!!"

"……그 소행을 프레이야 님이 허락하지 않으신다 해도?"

"내 한 몸 아깝다고 주인에게 충성을 다하지 않는 게 무슨 신하냐!! 증오를 살 각오도 없는 게 무슨 권속이냐!!"

그리고 그 말을 터뜨렸다.

"이것이 『그녀』에게 바치는 나의 『충성』이다!!"

헤딘이 충성의 기사 헤딘 셀랜드인 까닭.

죄인의 낙인을 짊어져서라도 여신에게 검을 들이대려 하는 어리석은 의지.

모든 것은 『그녀』를 위해.

"그러니——."

너무나도 이기적이고 독선적이며, 숭고한 죄에 감화된 것처럼.

엘프가 일어났다.

드워프가 지면에서 몸을 떼어냈다.

세 쌍의 눈동자는 앞을 가로막은 『벽』을 노려보았다.

"네놈은 꺼져라."

"당신은 꺼지십시오."

"넌 꺼져."

헤딘의 신념이, 류의 의지가, 미아의 투지가 오탈을 꿰뚫었다.

"……당신을, 쓰러뜨리겠어……!"

마지막으로 소년이 일어났다.

"시르 씨한테, 갈 거야……!"

대치하는 자들.

싸우고 또 싸우는 자들.

여신이 반했던 영혼들에게, 오탈은 두 눈을 가늘게 떴다.

"여신의 총애를 받았으면서도 거부하고 저항한단 말인가……."

소년만이 아니라 여신이 사랑했던 이들을 바라본다.

"——좋다. 덤벼라."

그리고 흑대검을 들어, 『짐승』의 눈으로 노려본다.

"이것이 마지막이다."

종말의 전쟁을 여기서 선언한다.

승산은 없다. 활로는 없다.

그래도 끝까지 발버둥 치고, 빛을 거머쥐려 하는, 포기할 줄 모르는 자들이 바로 『모험자』.

그러므로 일어난 그들에게 『금색 빛』이 나타난 것은 필연이었다.

"【도깨비 방망이】————【춤을 추어라】!!"

응축된 빛의 덩어리로 변한 『여우 꼬리』가 허공에서 내려와 헤딘, 류, 미아를 감쌌다.

경악하는 그들의 눈은 금세 난입자의 모습을 발견했다.

"벨~! 엘프 군~!!"

"주신님?!"

헤스티아가 파괴된 외벽의 틈새에서 땀을 뻘뻘 흘리며 달려왔다.

그녀의 등 뒤, 남서쪽의 잔해 위에 서서 마법을 사용하고 있는 것은 하루히메.

릴리의 지시에 따라 그녀들 또한 발버둥에 발버둥을 거듭해 그들의 곁으로 달려왔던 것이다.

"벨, 등을 내밀어라!!"

"네……?!"

"마지막 【스테이터스】 갱신이다! 손에 넣은 【엑세리아】를 너의 힘으로 바꾸겠다!"

헤스티아는 당황하는 벨을 끌어안다시피 하며 외쳤다.

"다 듣고 있었다! 쓰러뜨리려는 것 아니냐! 저 【맹자】 군을!"

"!"

"가려는 것 아니냐! 프레이야에게—— 그 아가씨에게!!"

눈을 크게 뜬 벨은, 다음 순간 힘차게 고개를 끄덕이고 있었다.

돌아보자 류와 미아는 옆얼굴을 보이며 웃음을 건네주었다.

"기다리겠습니다, 벨."

"우린 먼저 날뛰고 있으마!"

헤딘은, 돌아보지조차 않았다.

그저 뒷모습만 보인 채 말했다.

"냉큼 끝내고 와라, 우둔한 토끼."

"……네!!"

벨은 세 사람을 믿고, 그 자리에서 한쪽 무릎을 꿇었다.

갑옷을 잃고, 배틀클로스도 찢어졌으며, 맨살이 드러난 등에도 무수한 상처가 있는 소년의 몸에 헤스티아는 한순간 낯을 새파랗게 물들였으면서도 이내 신혈을 떨구어【스테이터스】갱신에 들어갔다.

소년을 놓아둔 채 모험자와 『짐승』은 철저히 파괴된 극장을 『폴크방』으로── 전투의 평원으로 바꾸어놓았다.

"우오오오오오오오오오오오오오오오오오오오오오오오!!"

개전의 첫 공격은 오탈에게서.

하늘 높이 들었다가 내리친 흑대검을 류 일행은 세 방향으로 산개해 회피했다.

'지금이라면 공격에 대응할 수 있다!! 하지만──'

'이 레벨 부스트란 거 완전히 야생마구만! 정신줄 놓았다간【스테이터스】에 휘둘려버리겠어!'

'그래도 제어하지 못하면 승산은 없다!'

제노스를 둘러싼 싸움에서 경험했던 류는 그렇다 쳐도, 미아와 헤딘은 레벨 부스트가 처음이었다. Lv.7이라는 가공할 출력에 경악과 전율을 느낀 것도 잠시. 이내 타고난 정신력으로 고삐를 잡았다.

삼인삼색의 전술로 【맹자】에게 공세를 가했다.

"【사명은 이루어지고 천칭은 바로잡히니】!"

류가 선택한 전술은, 놀랍게도 공중전.

날개 없는 몸으로는 자유가 제한되는 상공을 향해 용감하게 달려나가, 오탈의 시야를 **어지럽힌다**.

류는 제공권을 원했다. 『지상과의 협공』을 시도하고 싶었다. 그야말로 날개를 빛내며 날아다니는 요정처럼, 오탈의 의식을 상공에도 할애하게 만들어 과감하게 별의 검을 내리꽂았다.

오탈은 날카로운 유성의 참격을 꺼렸다.

별 어려움 없이 막고 피하며, 번잡하다는 듯이 흑대검을 번뜩이지만 류는 《소태도 쌍엽》까지도 구사해 적의 일격 위를 미끄러졌다. 대량의 불꽃을 뿌리면서, 몸이 산산조각날 것 같은 참격에 시달리면서도 유사 Lv.7에 이른 【스테이터스】로 이를 완전히 흘려넘겼다.

"어딜 보고 있나, 머저리 꼬마!"

미아는 물론 류와는 정반대의 지상전.

오탈이 해치우지 못했던 엘프에게 추가타를 날리도록 내버려 두지 않고, 밀착 거리에서 통렬한 삽의 일격을 꽂았다.

오탈은 이것도 방어했다. 정면에서 미아를 무릎 꿇리려 했지만 금세 부활한 머리 위의 류가 별의 검을 휘둘러 이를 방해한다.

　적의 의식을 하늘과 땅으로 각각 분산시키면서 대처 속도를 둔화시킨다. 유린을 막는다.

　류의 의도를 이해한 미아는 힘차게 전열의 역할을 맡아 『짐승』의 완력과 맞섰다.

　풍요의 연대가 『수화』한 Lv.7조차 어지럽히는 가운데, 정의의 영창은 눈 깜짝할 사이에 이루어졌다.

　"정의는 순환한다! ——【레아 빈데미아】!"

　류가 계승하고 발동했던 것은 【아스트레아 파밀리아】의 유일한 힐러, 마류의 특기였던 『전체회복마법』.

　자신의 회복마법 【노아 힐】은 한 명을 대상으로 할뿐. 효과는 높지만 즉효성은 떨어진다. 그렇기에 언제나 자신들을 치유해주었던 그녀의 힘을 빌렸다. 지금도 【스테이터스】를 갱신하고 있는 벨에게까지 보라색 별의 입자가 날아가 표면상의 상처를 치유시켰다.

　"센스 있는데, 류!"

　고통이 누그러져 활력을 얻은 미아는 더 강렬한 공격을 꽂았다.

　그런 그녀의 바로 뒤에서, 국면을 정확하게 부감하던 헤딘.

　"그러나 상처는 회복되어도 우리의 마인드는 이미 바닥이 났다! 장기전은 선택지에 없다!"

　그가 맡은 역할은 압도적인 **중견**.

후열에 전념해봤자 이제는 의미가 없다. 머릿수를 확보하지 못한다면 힘이 부스트된 지금 시점에서도 『수화』 중인 멧돼지에게 밀린다. 헤딘은 일류 전열과 비교해도 전혀 손색이 없는 롬파이아의 일격을 펼쳐 오탈에게 덤벼들었다.

거리를 가리지 않고 마법사격을 감행해, 류와 미아의 틈에 생겨난 구멍을 적극적으로 메웠다. 원래의 역할인 『마법검사』, 하이 밸런서(상급 중견직)의 모습을 제대로 보여주었다. 안경을 잃어 날카로운 마도사가 아닌 거친 전사의 얼굴을 보이며, 미아나 류와 함께 오탈과 맞섰다.

"크으으으아아아!!"

반면 오탈은 『절대방어』가 아니라 『절대공격』── 공격에 공격으로 맞서고자 했다.

야수성의 발로에 몸을 맡기고, 그러면서도 무인의 이성을 유지한 채, 사투 속으로 몸을 던졌다.

사냥이라고 헛소리를 하며 이 상황을 즐기는 짓 따위는 하지 않았다.

투쟁본능을 불태우며, 약자의 포효를 올리는 모험자들에게 맞선다.

회피도 방어도 통하지 않는 『절대공격』을, 제1급 모험자들은 기술과 지혜, 그리고 한순간의 영감으로 이겨내고 있었다. 일격이 필살이라고 한다면 애초에 공격을 하도록 두지 않는다. 마법을 맞혀 『절대』의 갑옷을 벗겨낸다. 세 방향에서 펼쳐지는 공격으로 간격을 어긋나게 해 조준을 뒤틀고 헛공격으로 끝나도록 만들었다.

단 한 번의 패전을 양식 삼아 모험자들은 한층 적응해서 더욱 현명하고 강해졌다.

전체 레벨 부스트라는 반칙 기술도 등을 밀어주어, 전투의 길항상태를 만들어냈다.

"……굉장해."

그 광경에 벨은 중얼거리고 있었다.

까마득히 높은 곳에 있는 모험자들의 모습에, 이제 막 Lv.5가 된 소년은 넋을 잃고 말았다.

"굉장할 게 뭐 있느냐! 너도 금방 저곳에 갈 텐데!"

"주신님……."

"저렇게 엄청난 모험자들과 어깨를 함께 할 게 아니냐, 너는!! 그러니——"

한쪽 무릎을 꿇은 소년의 등 뒤에서, 헤스티아가 【히에로글리프】를 새겨나간다.

조금도 늦어서는 안 되는 상황에 구슬땀을 뻘뻘 흘리며, 적확하게, 막힘없이, 칠흑의 문자열을 약동시켜—— 이제부터 시작될 이야기로 떠나려는 여행을 기록해나갔다.

벨 크라넬

Lv.5

힘: I41→G222 내구: I39→F340 기교: I49→G245 민첩: I77→F311 마력: I4→I98

행운: F 내성: G 도주: G 연공: I

전 어빌리티 숙련도 상승치 토탈 999 오버. 단 한 번의 전투에서 보인 무시무시한 성장력.

그러나 부족하다. 턱없이 부족하다.

이 정도의 성장으로도 절망적일 만큼, 저『최강』의 정점에는 미치지 못한다.

"그러니―― 지지 마라, 벨!!"

그래도 여신은 자신과 소년의 마음을 분기시키며 외쳤다.

"이기는 거다, 벨!!"

"네!!"

벨은 힘차게 일어났다.

손에 꼭 쥔 신의 칼날이 사용자의 성장을 받아들여 자신도 강화의 빛을 맺었다.

"벨 님, 부디―― 승리를."

그리고 금모의 요호(妖狐)가 미소를 지으며, 소년을 위해 남겨두었던 마지막 꼬리를 바쳤다.

【도깨비 방망이】. 【스테이터스】의 격상. 20분만 허용되는 강제 【랭크 업】.

하루히메가 잠들어도 금색 빛의 기적은 끊어지지 않는다. 그러므로 힘을 다 쓴 소녀는 천천히 허물어져, 수많은 빛의 입자에 싸인 등을 눈에 새긴 채 의식을 잃었다.

소년의 무운과 승리를 빌며.

"다녀오겠습니다!!"

소녀를 안아 드는 여신이 지켜보는 가운데, 소년은 땅을 박찼다.

결코 귀에는 들리지 않을, 도시에서 지켜보는 온갖 이들의 목소리를 받으며, 그 전장에 몸을 날렸다.

『가라아아!!』

진정한 종말이 막을 연다.

싸울 자격을 가진 모든 이를 더한 『폴크방』이 최후의 포효를 올린다.

산 너머의 오라리오조차, 남겨진 힘을 성원으로 바꾸어, 모험자들은 『정점』에 도전한다.

그리고 발생하는 장렬한 공방.

솟구치는 염뢰, 휘백색과 칠흑의 검광. 정의의 노래를 부르는 별의 검, 불꽃의 꽃잎이 으르렁거리고 녹색 바람을 두른 별무리가 쏟아지는가 하면, 호령과 함께 수많은 뇌병이 돌격을 감행하고, 전열에 더해진 흙의 백성이 일격으로 검은색 대검에 균열을 일으켰다. 번개를 통솔하는 왕 아래 네 개의 연계가 맞물리고 얽히면서 힘과 속도의 분류가 종횡무진 달려나갔다.

그럼에도 이들과 대치한 사나운 멧돼지는 조금도 흔들

리지 않았다.

　제아무리 토끼가 이빨을 드러내도, 요정들의 노래가 울려 퍼져도, 흙의 백성이 괴력을 다해도【맹자】는 정점 위에 군림했다. 대지를 노려보는 것과도 같은 흑검의 일격을 내리쳐, 강철의 육체를 방패로 바꾸어, 솟구치는 핏줄기 너머에『최강』의 의미를 새겼다.

　"Lv.6이 한 명……! Lv.7이 세 명!!"

　평소의 냉정함도 잊은 채『거울』을 올려다보는 아스피가 외쳤다.

　파격적인 전력. 미궁의『심층』조차 쉽게 돌파할 수 있을 정도의 오버파워.

　원래 같으면 타파하지 못할 존재는 없었을 것이다.

　"그런데도……!"

　『안 쓰러져어어어어어어어어어어어어어어어!!』

　길드 본부의 에이나, 앞뜰의 이브리가 지른 비명이 한데 겹쳐졌다.

　유사 Lv.6의 투입. 미쳐버린 민첩성을 가진 흰 토끼가 더해진 최후의 공세.

　그래도【맹자】의 아성은 무너뜨릴 수 없었다.

　"진짜~~~!! 저런 걸 어떻게 이기라고!"

　"내가 알아?!"

　견디지 못하고 고함을 지르는 티오나에게 입 다물라는 것처럼 티오네가 소리쳤다.

"구멍은 있지!"

"오탈의『수화』는 무적이 아니다!"

종말의 광경에 시선을 쏟으며, 유일한 돌파구를 말하는 가레스와 리베리아.

"헤딘이라면 알고 있을걸!! 계속해서 공격해!!"

두령의 가면을 내팽개친 채 살벌한 답을 제시하는 핀.

"넘어서 줘……."

떨리는 가슴을 두 손으로 움켜쥔, 아이즈.

"이겨줘!"

『거울』에 비친 상처투성이 소년을 보며, 금발금안의 소녀는 그저 그것만을 바랐다.

"지지 마!"

짧은 머리카락을 찰랑이며 엘프 소녀가 외쳤다.

휴먼이, 드워프가, 아마조네스가 차례차례 소리를 지르며 거대한 함성의 파도를 일으켰다.

목이 터져라 성원을 쥐어짜내며, 부르쥔 주먹을 쳐들었다.

"오오오!!"

그리고 그러한 애원을 튕겨내는 제왕의 포효.

희미한 희망 따위 용납하지 않는 절대자의 목소리.

민중은 말문이 막힌 채 창백하게 질려버렸다.

그를 응원하는 자는 없었으리라. 있었다 해도 목소리는

작고 얼마 되지도 않았으리라.

그런 고고한 전장에서도,【맹자】는 한순간, 환영처럼 웃었다.

"……!!"

쩌렁쩌렁 울려 퍼지는 포효를 듣고, 프레이야는 처음으로 옥좌에서 일어났다.

『거울』도 오쿨루스도 사용할 수 없는 미의 신은 전장의 상세한 내용을 신속히 파악할 방법이 없었다.

그러나 지금도 울려 퍼지는『짐승』의 포효를 듣고, 권속이『수화』를 유지하고 있음을 깨달았다.

"……그만둬, 오탈."

오탈이 보유한『스킬』중 하나,【바나 알간튜르】.

『수화』에 얽힌 그것은 베이트가 간파한 대로 임의발동형. 기본과 발전 전체를 포함한『어빌리티』능력의 강력한 보정을 가져오며,【랭크 업】과 분간이 가지 않을 정도의 힘을 부여한다.

그러나 단점도 존재한다. 그것이『스킬』발동 시마다 대폭 감소하는 체력 및 마인드.

『수화』상태를 유지할수록, 그에게 발현된 자동치유 어빌리티로도 다 회복할 수 없을 정도의 소모가 육체에 축적되고 만다. 달 아래에서라는 조건만 만족하면 위험성 없이 『수화』가 가능한 웨어울프와의 차이는 그 점에 있었다.

"이제 그만둬, 오탈!"

이대로 싸움을 계속하면 언젠가 힘이 다하고 만다.

그렇게 되기 전에 일단 자신에게 돌아와 태세를 재정비해야 한다.

오랜 세월에 무너진 벽과 도열한 기둥 너머로 보이는 북서쪽 방향, 원형극장을 향해 프레이야는 닿을 리 없다는 것을 알면서도 그의 이름을 불렀다.

"후욱―, 후욱――……! 우오오오오오오오오오오오오오오오오오오오오오오!"

계속해서 싸우는 오탈은 『죄송합니다』라고 마음속으로 여신에게 고개를 조아렸다.

자신을 걱정하고 있을 신의를, 이번만은 따를 수가 없다고.

자신을 타도하기 위해 밀려드는 이 자들의 의지에 등을 돌릴 수는 없다고, 무인은 『짐승』의 눈을 한 채 포효했다.

"크으으으으으윽?!"

여기까지 와서 또다시 커져가는 맹위에 모험자들의 낯이 전율로 일그러졌다.

자신들과 마찬가지로 눈앞의 무인은 상처 입고 있다. 『수화』 전에 입혔던 깊은 대미지는 건재했으며, 지금도 유사 Lv.7인 미아와 류, 헤딘을 상대하며 멀쩡할 수는 없었다. 강철 같은 그의 육체는 확실하게 궁지에 몰리고 있었다.

그래도 쓰러지지 않는다.

악몽처럼, 사내는 모든 것을 휩쓰는 일격을 날렸다.

압도당한 소년은 두려움을 느꼈다. 그래도 질 수는 없다고 기염을 토했다.

혼신의 일격을 꽂는다.

지금이라면 거인조차 쓰러뜨릴 수 있을 만한 필살의 공격을, 적은 마치 지휘봉이라도 휘두르듯 너무나도 쉽게 튕겨냈다.

괴물이다.

눈앞의 사내는 진정한 『무인』이다.

제우스와 헤라의 시대에서 살아남고, 그 누구보다도 많은 『굴욕의 흙탕물』을 뒤집어썼던 사내는 굴하지 않은 끝에 손에 넣은 힘으로 자신들을 쳐부수려 한다. 그의 다섯 손가락에 스치지만 해도 목은 쉽게 뜯겨나갈 것이다. 그는 바로 패배자이며 승리자였다.

사력을 다해도 사내를 쓰러뜨릴 수 없었다.

한계를 넘어서도 승리는 얻을 수 없었다.

포효하고, 고함으로 대답하고, 피거품이 섞인 침을 늘어뜨리면서도 자신들을 잡아먹고자 하는 그 얼굴을 보며, 소년은 얼마 되지 않은 생애 속에서 가장 깊은 공포를 느꼈다.

'──그래도!!'

기술은 모두 동원했다.

허허실실은 원래 통하지 않았다.

능력은 모두 뒤떨어진다.

패배의 조건이 전부 갖춰진 가운데, 벨에게 남은 무기

는── 의지였다.

'시르 씨를!!'

이미 죽어버렸다는 한 소녀를.

언제나 자신을 도와주고 지탱해주었던 그녀를, 이 손으로 상처 입히고 구하겠노라고 결심했다.

그런 추한 아집을 끝없는 전의로 승화시켜, 결사의 일격으로 변모시켰다.

《하쿠겐》을 번뜩였다. 염뢰를 터뜨렸다.

공포 따위 모조리 몰아내듯, 각오와 결의로 온몸을 불살랐다.

"그 사람을 구하겠다고 약속했어!!"

이에 호응하듯 자남색 참격을 뿜어내는 《헤스티아 나이프》가 흑대검 너머로 오탈을 후려쳤다.

"······!!"

숨을 멈추며 그 광경을 바라보는 헤딘.

불쾌한 땀이 멈추질 않았다. 이미 수십 년은 맛보지 못했던 마인드 다운이 눈앞까지 다가왔다. 헤이즈를 비롯한 안드흐림니르의 섬멸부터 시작해 그 누구보다도 많은 『마법』을 썼던 반동이 도시 최대의 총량을 자랑하는 헤딘의 마인드마저 고갈시키려 했다.

헤딘은 이제 곧 자신이 쓸모없게 되리라는 사실을 자각했기에, 보고 있었다.

역겨울 정도로 풋내나고, 처다보기 힘들 정도로 어리석

고, 그래도 싸우고 또 싸우는 소년의 모습을.

여신의 눈을 가지지 못한 헤딘은 영혼의 색 따위 알 수 없다. 광채 따위 알 수 없다.

하지만 저 순백색 포효의 원천이 분명 투명하리란 것만은 알 수 있었다.

"불쾌하군…… 나까지, 악영향을 받았나……!"

이 중에서 그 누구보다도 약한 주제에, 그 누구보다도 【맹자】와 맞서는 의지를 쩌렁쩌렁 터뜨리고 있다.

류도 미아도 그 모습을 따른다. 너덜너덜하게 상처 입은 옆얼굴이, 등이, 모험자들을 이끈다. 그 광경은 숫제 웅대한 바다를 나아가는 한 척의 배와도 같았으며 그 무엇보다도 장엄했다.

'저 바보는 분명…… 『반려』를 선택하지 않겠지.'

아니, 선택할 수 없다.

선택했더라면 처음부터 이런 골치 아픈 일은 벌어지지 않았다.

선택하지 않았기에 그녀에게 『   』을 깨닫도록 해줄 수 있는 유일한 자다.

가증스러워도 유분수지.

그러나, 분명, 그렇다 해도.

저 바보 같은 소년은 헤딘이 내다본 대로 『그녀』를 구할 『영웅』은 될 수 있을 터이므로.

"좋다………… **인정해주지.**"

헤딘은 웃었다.

민중도, 모험자도, 신들도, 아무도 보지 못한 곳에서 슬며시 웃었다.

"——!! 헤딘, 피해!"

미아의 고함에 흠칫 반응했다.

눈앞까지 밀려든 것은 다른 것도 아닌 한 마리의 『짐승』.

한계를 넘어서려 하는 헤딘을 제일 먼저 짓밟고자, 전열을 돌파해온 오탈.

"크윽—— 【영벌하라 불멸의 뇌장】!"

그러나 이미 예상한 바.

쓸모없게 된 자신을 오탈이 그냥 넘어가주지 않으리란 것을 이미 간파했던 헤딘은 빠르게 초단문영창을 조합했다.

"【바리안 힐드】!"

지근거리에서 뿜어져 나간 뇌포.

자신을 미끼로 삼아 마지막 낚싯바늘을 드리워, 피할 수도 없는 뇌격을 퍼부었다.

"직격!"

"해치윘————————?!?!"

류의 관측에 기쁨의 목소리를 내던 벨의 웃음이 **갈라졌다.**

"————————."

헤딘의 시간도 멈춰버렸다.

벼락의 탁류를 뒤집어쓰고, 한번은 휩쓸렸다가, **헤치고 나오면서,** 『저돌』이 눈앞으로 밀려들고 있었다.

"ㅇㅇㅇㅇㅇㅇㅇㅇㅇㅇㅇㅇㅇㅇㅇㅇㅇㅇㅇㅇㅇㅇㅇㅇ!"

포격을 가르고 나타난 오탈의 가공할 우상단 내려베기.

신들린 듯한 속도를 발휘해 《디자리아》를 수평으로 든 헤딘은, 롬파이아와 함께 참격을 받았다.

"커, 억―――――――――――."

치명상.

드워프인 미아는 견딜 수 있어도 엘프인 헤딘은 견딜 수 없는 일직선의 열상.

자신의 것이라고는 여겨지지 않는 뜨거운 선혈이 솟는 가운데, 등이 지면으로 빨려 들어간 헤딘의 눈이 본 것은, 두 번째 검광을 꽂으려 하는 『짐승』의 모습이었다.

"――마스터어어!!"

그리고 빛이 된 소년.

전력을 다한 급가속으로, 탈락자를 구출하기 위해 손을 뻗는 어리석은 짓을 감행한다.

헤딘의 어깨에 먼저 닿았던 것은, 수직으로 꽂힌 검격이 아니라 소년의 손끝이었다.

"~~~~~~~~~~~~~~~~~~~~~~~~~~~~?!?!?!"

요정을 포착하지 못했던 검격이 대지를 갈랐던 것은 그 직후.

폭격과도 같은 충격이 고막을 흔들어댔다.

헤딘을 떠민 자세로, 벨 또한 그 충격에 얻어맞고 날아가 버렸다.

"벨?!"

"헤딘!"

"벨!!"

류와 미아, 그리고 헤스티아의 목소리가 폭연 속으로 사라졌다.

철저하게 파괴된 아레나 위를 몇 번이나 굴러나가, 헤딘의 위치는 고사하고 전후좌우조차 알 수 없게 된 벨은 귀울림이 발생한 머리를 붙들며 일어났다.

"크윽…… 마스터! 마스터어어!!"

길 잃은 아이처럼 갈팡질팡하며 몇 번이나 몸의 방향을 바꾸고, 이리저리 주위를 둘러보고 있으려니, 흙먼지 쪽이 먼저 걷혔다.

시야 저편, 중앙에서 보이는 것은 유유히 서 있는 보어즈.

그의 좌우 양쪽에는 류와 미아, 그 너머에는 헤스티아와 하루히메.

그녀들이 무언가를 말하고 있었다. 하지만 아무것도 들리지 않았다.

이쪽을 바라보는 『짐승』의 눈을 무시하지 못한 채, 그래도 헤딘의 안부를 확인하고자 주위를 찾으려던 그때.

"앞을…… 봐……."

"＿＿＿＿＿＿."

아무것도 들리지 않는 세계 속에서, 그 말만은 또렷이 들려왔다.

"그녀를, 구해……!!"

떨리는 한 손이, 이미 벌을 줄 여력도 없다는 듯, 벨의 등에 와 닿았다.

당장이라도 무너져내릴 것만 같은 목소리가 그『영창』을 자아냈다.

"【영주(永奏), 하라…… 불멸의, 성녀】……!"

그『마법명』을 선언한다.

"【라우르스, 힐드】……!!"

충격.

뇌광.

각성.

"!!"

자신을 벼락으로 태운── 것이 아니었다.

『인챈트』.

온몸을 감싼 것은 뇌장(雷裝)의 축복.

라우르스 힐드.

헤딘의 세 번째이자 마지막『마법』.

발동 시 성녀의 치유와도 같이 대상자의 상처를 낫게 하고, 번개의 가호를 부여하는 레어 매직.

가장 큰 특징은, 술자 자신에게는 쓸 수 없으며, 자긍심 강한 요정 자신이 **인정한 자에게만 부여할 수 있다.**

모든 마인드와 맞바꾸어 맡겨진 힘에, 벨의 눈이 한껏 크게 벌어졌다.

"가라⋯⋯⋯ 바보 제자⋯⋯⋯."

"━━━━━━━━━━━━━━━━━━!!!"

새하얗게 타오른다.

온몸을 지켜주는 번개와 함께, 가슴과 머리에 꽉 들어찼던 모든 감정을 떨쳐냈다.

눈물 따위 흘리지 않는다. 쓰러져가는 『스승』을 돌아보는 짓 따위는 해선 안 된다.

마지막까지 등에 가져다 댄 채 앞으로 보내주려 하는 손바닥에 떠밀리듯.

소년은, 한 줄기 『벼락』이 되었다.

"아아아아아아아아아아아아아아아아아아아아아아아아아아아아아아아!!"

돌진.

시야 전방에 있던 【맹자】와의 거리를 **순식간에 없애고** 번개의 쌍검을 번뜩인다.

"우웃?!"

"흐으으읍!!"

급속도로 육박한 것과 함께 펼쳐진 번개의 참격. 그 노도와도 같은 공격에 오탈은 재빨리 흑대검을 방패로 삼았다.

그리고 발생한 것은 어마어마한 양의 번개와 천둥.

그리고 심상찮은『속도』.

스파크를 끊임없이 뿌려대는 벨은 그야말로 벼락의 화신이 되어, 유사 Lv.7인 류마저도 웃돌 정도의 속도를 발휘해 오탈에게 짓쳐 들었다.

래빗 러시 힐드.

휘백색과 자남색의 광채를 덧칠하는 번개의 궤적. 노도의 연속참격. 좌우 양손이 잔상을 일으킬 정도의 속도로 펼친 연격은 한순간에 44번이나 되는 참격을 낳았다. 그것조차 모두 막아내는【맹자】는——『절대방어』를 선택한 자신의 판단이 틀렸음을 깨달았다.

"큭, 오오오오오……?!"

감전된다.

방어한 순간 참격에 깃든 번개가 흑대검을 통과해 오탈의 거구를 꿰뚫어댔다.

주신 이외에는【프레이야 파밀리아】의 그 누구에게도 알려지지 않았던 헤딘의 마지막『마법』이 가진 특이성은, 속도도 속도지만, 규격을 넘어서는『위력』과『관통력』에 있었다.

자신에게 남은 모든 마인드와 맞바꾸어 발동하는 이『마법』은, 본인의 표현을 빌자면『최악의 조건』을 가졌다. 그 덕에 일반적인 인챈트와는 선을 달리하는 출력을 자랑하

© Suzuhito Yasuda

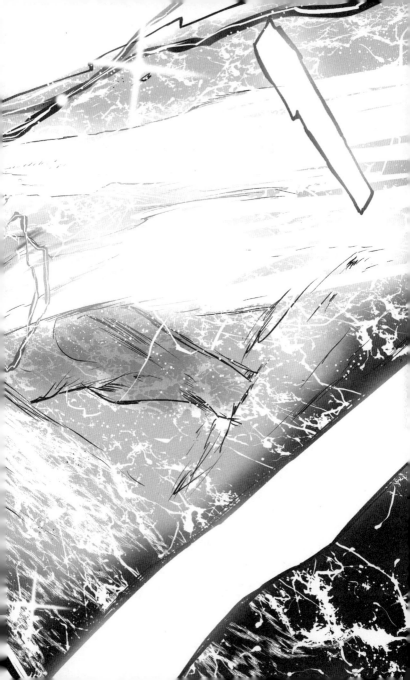

며, 대상자에게 막대한 가호를 가져다주는 것이다.

공격과 속도를 특화시킨 번개의 갑옷은 아이즈의【에어리얼】과 맞먹을 정도.

무엇보다도 공격을 막을 때마다 확실하게 대미지가 축적되기 때문에 오탈의『절대방어』와는 최악의 상성을 가졌다.

"베, 벨이 공격할 때마다 번쩍~ 하고 빛이 나서…… 아무것도 안 보인다!!"

필사적으로 눈을 부라리다 팔로 얼굴을 가려버린 헤스티아와는 달리, 제1급 모험자의 뛰어난 시각능력을 가진 미아와 류는 정확하게 보고 있었다.

번개를 두른 나이프의 참격은 한 방 한 방이 카우르스힐드의 뇌탄 한 발과 동등한 위력.

회피를 시도해도 벨 자신의『민첩』과 합쳐져, 퇴로를 차단해버리는 번개의 낫이 된다.

'올라갔어!! 다리의 속도도, 공격의 속도도!『반응속도』도! 오탈 씨의 움직임이 뚜렷하게 보여!'

단순한 동작속도는 물론이고 지각 기능의 상승에까지 영향을 미치는 스승의 마법. 그 힘을 실감한 벨은 레벨 부스트와도 다른 전능감에 싸였다.

몸은 이미 **완쾌**.

솟구치는 벼락이, 성녀의 예찬이, 온 세상에서 색과 빛을 되찾아주고 있었다.

뇌격의 물보라에 휩싸인 시야 속의 광경은 그저 눈부시

고 선명했다. 가속을 이어나가는 벨의 정신이 번개의 영역을 초월해, 헤딘의 기적마저 느껴지는 것 같았다.

그렇다면 어디까지도 갈 수 있다.

어떤 적이라도 쓰러뜨릴 수 있다. ——쓰러뜨려야만 한다.

격렬한 번개를 이끌며, 벨은 함성을 터뜨렸다.

"하아아아아아아아아아아아아아아아아아아아아아아아아아아아아!!"

참격의 노도, 격렬한 궤적.

번개가 맺혀, 칼날의 사정거리가 한손검 정도로 길어진 《하쿠겐》과 《헤스티아 나이프》.

마치 영웅담에 등장하는『뇌검의 기사』와도 같은 모습을 보고, 도시의 열광은 정점에 달했다.

"이길 수 있어!"

각성한 벨의 모습에 아이즈가 외쳤다.

"이겨줘!!"

승리를 향해 하염없이 달려나가는 소년의 늠름한 모습에 에이나가 기도했다.

"""베에에에에에에에에에에에에에에에에에에에에에엘!!"""

끊임없이 맞서고 일어나는 뒷모습에서『영웅』의 환상을 본 고아들이 응원했다.

"우오오오오오오오오오오오오오오오오오오오오오오오
오오오오오오오오오오오오오!!!!!"

그러나 상대는 오탈.

『정점』.

"크으윽?!"

"아아아아아아아아아아아아아아아아아!!"

온몸이 타들어가는데도 벼락의 진격을 밀어낸다.

『절대방어』를 버리고 대미지를 감내하면서, 방어를 무시한 궁극의 전투를 요구한다.

대검의 일격에 반응해, 회피할 수 있음에도 불구하고 순수한 괴력이 벨의 몸을 위협한다. 이 상황에 몰리고서도 여전히 『기술』과 『허허실실』을 구사해 모험자로서 뒤떨어지는 소년을 반대로 몰아붙이기 시작한다.

『짐승』의 눈빛과 폭력, 그리고 『무인』으로서 함양해온 그릇과 정신력.

단숨에 대미지가 쌓여가는 벨의 시선이 흔들렸다.

완전회복된 몸이 눈 깜짝할 사이에 상처를 입어간다.

레벨 부스트와 라우르스 힐드. 특상의 기적을 한몸에 받고서도 눈앞의 『최강』은 쓰러뜨릴 수 없었다.

【맹자】의 맹위에, 금색 빛과 번개의 빛이 깎여나간다.

그러므로, 이제부터는, 전심전력을 다한 『결전』이다.

""―――――――――――――――――아아아!!!""

스승의 번개를 두른 소년이 승리에 굶주린 포효를 발한다.

여신을 지켜왔던 파수꾼이 절대적인 수호를 맹세한다.

번개의 칼날이, 대검이, 염뢰가, 거대한 주먹이, 돌파와 파괴의 목소리로 으르렁거린다.

벨은 몰아쳤다.

오탈은 더더욱 몰아쳤다.

지금만은 입장도 숙명도 생명의 연료로 바꾸어, 적의 타도에 모든 것을 쏟아붓는다.

번개에 금세 타들어 가는 피를 서로에게 날려대며 충돌을 거듭한다.

'──알고 있어. ──알고 있어!! ──이 **감각**!!'

미노타우로스.

그리고 아스테리오스.

모험자 벨 크라넬을 만들어낸 기원이, 눈앞의 무인에게 있었다.

『남자』로서 자신이 시작된 장소는 여기였다고, 이유도 논리도 설명도 가정도 모두 날려버린 채 직감한 벨은 한층 더 큰 기백을 영혼에서 끄집어냈다.

질 수 없다. 지고 싶지 않다. 이 상대에게는!!

아무리 상처를 입더라도, 궁지에 몰리더라도, 이 무인을 혼자서 넘어서야만 한다고, 그 시벽 위에서 『강해지겠다』고 맹세했던 의지가 외치고 있었다.

그러나──『호적수』와의 싸움을 재현하는 것은, 지금

만은 용납되지 않았다.

"류!!"

"알고 있습니다!"

미아와 류가 동시에 삽과 검을 휘둘렀다.

벨과 함께【맹자】를 타도하고자, 승리에 대한 의지를 공유했다.

이것은 벨의 개인적인 결투가 아니다. 착각해서는 안 된다. 이것은『그녀』를 막고 구해내기 위한『대전』.『남자』의 감정 따위 짓뭉개버리고,『위선자』의 맹세를 떠올려야만 한다.

그러니까. 그러니까. 그러니까.

벨은 이를 악물고 녹슨 색깔의 두 눈을 마주 보았다.

약해서 미안해요.

혼자서는 상대도 되지 않아 미안해요.

다 함께 당신을 쓰러뜨리겠어요 —— 그러니까 미안해요.

눈빛에 한껏 사죄를 담아, 그리고 양보할 수 없는 결의를 담아 무인의 눈을 똑바로 바라보았다.

그리고.

그런 일은 없었을 텐데도, 오탈이, 코웃음을 친 기분이 들었다.

——15년은 이르다고 하며.

"비켜어어어어어어어어어어어어어어어어어어어어어어어어어어어어어어!!"

아무리 상처를 입혀도 그 사내는 쓰러지지 않는다. 벨 일행에게 결코 길을 내주지 않는다.

마치『성벽』같았다.

언어도 마음도 아닌, 순수한 힘이 아니고서는 결코 비집어 열 수 없는 철벽의 문짝.

그 성새 너머에 있는 것은 회색 머리의 공주님.

아니, 그렇지 않다. 그런 귀여운 존재가 아니다.

그 너머에서 기다리고 있는 것은『마녀』.

심술궂고, 분방하고, 제멋대로에, 변덕스러운 악의 마녀.

벨을 가둬놓고, 류를 희롱하고, 세계를 뒤틀어버리고, 그러고도 왜 자신이 울고 있는지도 모르는, 한 명의『아가씨』.

그러므로──.

"!!"

병행 차지.

번개의 힘을 빌려 초고속의 이동을 되풀이하며, 나이프를 쥔 오른손에 순백색 빛의 입자를 집속시킨다.

울려 퍼지는 음색은 차임이 아닌 그랜드 벨. ──리미트 오프.

【아르고노트】를 발동한 벨을 보고, 오탈은 순식간에 이해했다.

첫 전투에서『영웅의 일격』의 맛은 이미 알았다. 그것이 지금, 극한까지 몰린 자신을 죽일 수 있는 한 수임을 깨달았다.

그러므로 보어즈 무인은 표적을 바꾸어, 몸을 돌렸다.

"크으윽?!"

"망할!"

앞을 가로막은 류와 미아의 벽도, 몇 차례의 강격에 견디기는 했지만 이내 뚫려버렸다.

그러나 차지의 시간은 벌었다.

"미아 씨! 류 씨! 갈게요!"

"""!"""

이쪽으로 돌진하는 오탈의 모습에, 고함을 지른 벨도 각오를 다졌다.

발을 멈추고, 자세를 낮추고, 《헤스티아 나이프》를 겨눈다.

20초 분량의 차지.

한 손으로 흑대검을 든 오탈과 시선을 얽고, 다음 순간, 질주했다.

"오오오오오오오오오오오오오오오오오오오오오오오오!!"

"오오오오오오오오오오오오오오오오오오오오오오오오!!"

순식간에 좁혀지는 거리. 녹아들어 사라지는 간격.

오른손에 집결된 흰 광채, 굵은 팔에 혈관이 불거질 정도로 꽉 쥔 대검의 자루.

그리고 서로의 일격이 충돌하려는 찰나.

"웃!!"

류가 흠칫 어깨를 떨었다.

'오른쪽 어깨가 떠 있다——!!'

『심층』의 결사행에서도 언급했던, 조바심이 생기면 표면화하는 벨의 나쁜『버릇』.

이 승부의 순간, 예비 동작을 드러낸다는 것은 치명적이다.

그리고 이를 놓칠 오탈이 아니었다.

오른쪽에서의 찌르기. 공격의 궤적을 완전히 읽혀버렸다.

벨의 일격과 겹쳐지는 궤적으로 베어버리고자, 보어즈 무인은 강력한 검광을 뿜어냈다.

"우오오오오오오!!"

"벨?!"

오탈의 공격과 류의 비명이 겹쳐진, 그 순간.

'——걸렸다!!'

벨은 **오른팔의『버릇』을 방치한 채**, 공격을 바꾸었다.

""?!""

오탈과 류가 한데 겹친 다음의 반응은, 경악이었다.

오른손 찌르기인 줄로만 알았던 공격자세가 **예정조화와도 같이** 슬라이딩으로 바뀌었다.

보어즈 무인이 날린 수평 일격은 미처 피하지 못한《헤스티아 나이프》만을 포착해 소년의 오른손에서 튕겨 날려버렸다.

그러나 그동안에도 벨의 왼발은 오탈의 오른쪽 다리를 향하고.

경계하지 않았던 오른쪽 무릎에, 번개를 맺은 슬라이딩 킥이 빨려 들어갔다.

"흐읍!!"

"크윽?!"

크리티컬 히트.

레벨 부스트와 라우르스 힐드의 힘이 덧씌워진 강격이, 오탈의 자세를 무너뜨렸다.

'저건━━━.'

그 광경을 보고.

남쪽 관객석에 쓰러져 있던 하프파룸 반은, 혼자 시간이 얼어붙는 기분을 맛보았다.

『……벨. 너, 오른팔이 뜨는 버릇이 있지?』

『네……? 아, 네. 조바심을 내면 뜨는 것 같던데…… 아, 안 고쳐졌나요?』

『**반대야**. 너무 의식해서 교정하는 바람에 공격할 때 오른쪽의 예비 동작을 읽기 쉬워.』

그것은 과거의 기억.

미신이 만들어냈던 『상자정원』에서, 거짓된 동료였던 소년에게 반이 주었던 **조언**.

『**일부러 버릇을 내버려 둬봐.** 공방 속에 버릇까지 섞어서 『**미끼**』를 만들어.』

『몇 번씩 쓸 수 있는 방법은 아니지만, **제1급 모험자한테는 모든 것을 쏟아부어야만 이길 수 있어.**』

실행했던 것이다. 벨은.

오른팔이 뜨는『버릇』을 내버려 둔 채,『미끼』로 이용해, 제1급 모험자를── 오탈의 공격을 유도했다.

거짓된 동료였던 반의 조언마저 성장의 양식으로 바꾸어── 이 승부의 순간에 이용한 것이다!

"저 자식!!"

주먹을 내리친 반은 진심으로 가증스럽다는 표정을 짓고 있었다.

그리고 분노로 일그러진 그 입술은, 어쩌면 웃는 것처럼 보이기도 했다.

하프파룸의 책략이 제1급 모험자의 허를 찔러, 한 방 먹여주고, 치명적인 빈틈을 만들어냈다.

결코 흔들릴 줄 모르던【맹자】의 하반신이 흔들려 결정적인 순간을 가져왔다.

"잘했다 꼬마!!"

돌격하기 전 벨이 외친 덕에 혼자 의도를 알아차렸던 미아는 이미 달려오고 있었다.

두 눈을 크게 뜨고,『절대방어』도 펼칠 수 없는 오탈을 향해, 혼신의 일격을 가했다.

"으라아아아아아아아아아아아아아아아아아아아아아아!!"

"커어어억?!"

오른쪽 옆구리에 작렬하는 강철의 삽.

지면에서 떨어져 허공으로 떠오르는 보어즈의 거구.

입에서 피를 토하며『짐승』의 눈이 흔들렸다.

거의 동시에, 강철의 육체에 파고들었던 삽이 뿌리께에서 부러졌다. 미아는 재빨리 그것을 놓아버렸다.

이제까지의 빚을 모조리 갚겠다는 것처럼, 가공할『주먹』이 소나기처럼 퍼부어졌다.

"아직 멀었다아아아아아아아아아아아아아아아아아아아아아아!!!"

"~~~~~~?!?!"

주먹의 폭우가, 아니, 폭격이 오탈의 이마를, 뺨을, 가슴을, 어깨를, 배를 난타해댔다.

이 도시유적에서 유일하게 맨손으로 오탈에게 대미지를 입힐 수 있는 드워프는 노도의 일방적인 육탄전을 개시했다.

"——【허공을 건너 황야를 달려 그 무엇보다도 빠르게 달려라! 별빛을 담아 적을 쳐라】!"

경악을 거쳐 류 또한 물 흐르는 것처럼 포격태세에 들어갔다.

전개된 심록색 매직 서클. 그곳에 쏟아져 들어가는 모든 마인드.

두 번 다시 찾아오지 않을 기회 앞에 최대의 마력을 기울여 별빛의 마법을 불러냈다.

"【루미노스 윈드】!!"

주먹을 날리고 후퇴하는 미아와 자리를 바꾸어, 녹색 바람의 커다란 광구가 오탈을 집어삼켰다.

전탄 명중. 한 발도 빗나가지 않았다. 【질풍】의 일제사격은 보어즈에게서 흑대검을 앗아가고 멀리 떨어진 관객석 한구석에 처박았다.

"크………… 아…………?!"

대량의 마소를 머금은 회오리바람 속에서, 치명상을 입은 오탈이 모습을 나타냈다.

그때.

구우웅, 구우웅 하는 소리와 함께.

"＿＿＿＿＿＿＿."

마지막으로, 벨.

그랜드 벨의 음향을 울리며, 나이프를 잃은 오른손에 수렴되고 있던 백광을 해방한다.

60초 분량의 차지.

얼어붙은 오탈을 향해 파고들며 오른쪽 주먹을 작렬시켰다.

"아아아아아아아아아아아아아아아아아아아아아!!"

번개를 두른 토끼의 일격, 보팔 팽.

흥부에 직격당한 오탈의 눈이 한껏 크게 뜨였다.

그리고.

© Suzuhito Yasuda

"파이어볼트ㅇㅇㅇㅇㅇㅇㅇㅇㅇㅇㅇㅇㅇㅇㅇㅇㅇㅇㅇㅇㅇㅇ
ㅇㅇㅇㅇㅇㅇㅇㅇㅇㅇㅇㅇㅇㅇㅇㅇ!!"

포성.
"＿＿＿＿＿＿＿＿＿＿＿＿＿＿＿＿＿＿＿＿

＿＿＿＿＿＿＿＿＿＿＿?!?!?!?!"

차지의 효과를 담은 거대한 염뢰.

밀착거리 포격에, 오탈의 거구는 이번에야말로 날아가
버렸다.

진로 위의 모든 존재를 집어삼키는 새하얀 불꽃의 약진
은 원형극장 서쪽에 직격해 관객석과 함께 벽면에 거대한
구멍을 뚫었다.

섬이 흔들렸다.

유적이 요동쳤다.

황혼의 색으로 완전히 물든 하늘이 승패의 행방을 쫓았다.

"허억, 허억………… 하아아아…………!!"

오른팔을 축 늘어뜨린 채 온몸으로 거친 호흡을 되풀이
하던 벨은 오탈이 사라진 방향을 응시했다.

혼신의 힘을 터뜨린 오른팔에서 격통이 가시질 않는다.

맥동의 충격에 시야가 흔들리고, 심장도 안구도 튀어나

올 것만 같았다.

'이러고도, 만약, 아직 쓰러지지 않았다면⋯⋯!'

더 이상 벨에게 싸울 기력은 없었다. 간신히 서 있는 류도, 미아도 만신창이다.

기도하듯, 연기가 자욱한 방향을 노려본다.

기절한 하루히메를 끌어안고 마른침을 삼키며 지켜보는 헤스티아와 함께, 운명의 순간을 기다리고 있으려니⋯⋯⋯⋯ 그림자가 일렁였다.

"―――――."

연기가 겁을 먹은 먹은 것처럼 좌우로 갈라지고, 완파라는 표현이 딱 맞는 강철의 거구가 드러났다.

그래도 【맹자】는 두 다리로 땅을 굳게 디딘 채, 극장 한복판으로 돌아왔다.

"⋯⋯⋯⋯⋯⋯아⋯⋯⋯⋯⋯⋯."

마음이 꺾이려 해, 이를 악물고 버텼다. 턱에 힘이 들어간 것 자체가 기적이었다.

그 악몽을 보며 류가 멈추지 않는 땀을 흘리고, 미아가미간에 있는 대로 주름을 모았다.

헤스티아는 힘이 빠져 낯을 창백하게 물들였다.

천천히 걸어 다가오는 『최강』의 모습에, 오라리오마저도 절망의 침묵에 지배당했다.

"⋯⋯⋯⋯, ⋯⋯⋯⋯, ⋯⋯⋯⋯큭."

그러나.

깊이 파인 자국을 따라 천천히 쓰러져가는 거목처럼.

오탈의 몸이 기울어지더니, 지진 같은 소리를 내며, **한 쪽 무릎이 땅에 닿았다.**

벨이 숨을 멈추었다.

류가, 미아가, 헤스티아가 경악을 드러냈다.

피를 흘리며 어깨로 숨을 쉬는 보어즈에게서는 절대적인 패기가 사라지고 없었다.

『겨 —— 격파아아아아아아아아아아아아아아아아아아아!!【맹자】침묵————!!』

거대 칼데라 호수에 닿을 것 같은 이브리의 절규가 하늘로 솟아올랐다.

한발 먼저 오라리오가 어마어마한 대함성에 휩싸인 가운데, 원형극장이라 불리던 폐허는 부자연스러울 정도로 조용했다.

다른 이도 아닌 오탈이라면.

설령 이 상태에서도 싸울 수 있지 않을까.

벨 일행이 그런 우려심을 품고, 경계하며, 숨을 죽인 채, 무의미한 시간을 보내고 있으려니.

"오탈, 우리가 이겼다고 봐도 되겠지?"

뱃심 두둑한 목소리로 미아가 물었다.

벨과 류가 동시에 돌아보고, 헤스티아가 흠칫흠칫 행방

을 지켜보는 가운데, 고개를 숙였던 오탈은 천천히 얼굴을 들었다.

피로 가려진 오른쪽 눈 대신 왼쪽 눈이 바라본 것은, 지금도 서 있는 한 명의 소년.

"……그분을, 해방해드릴 수 있나?"

"네……?"

녹슨 색깔의 눈과 루벨라이트색 눈이 교차했다.

"너는 그분을 구할 수 있나?"

그리고 벨의 눈만이 크게 뜨였다.

"…………네!"

대답은 한 차례의 수긍뿐.

너덜너덜해질 정도로 다친 소년의 얼굴을 한동안 바라보다, 오탈은 천천히 두 눈을 감았다.

"5분."

"……?"

"5분, **기다리마.**"

그 발언에 미아를 제외한 모든 이가 경악을 보였다.

"몸이 회복되면 나는 그 즉시 널 막으러 간다. 그 사이에—— 답을 내봐라."

경악은 이윽고 이해의 감정으로 바뀌어갔다.

그의 말에 거짓은 없을 것이다. 몸이 움직이게 되면 오탈은 다시 벨 일행에게 덤벼든다.

그 회복에 정말로 5분이나 필요하냐고 따지는 것은 못난 짓일 뿐이다.

벨 일행은 오탈에게 힘을 보였다.

『마녀』를 지켜내던 성벽은 문을 연 것이다.

"이, 이긴 게냐?! 이긴 게지?! 이제 이런 싸움을 지켜보는 건 사양하고 싶구나 나는!"

분위기 파악 못 하는 헤스티아가 회수한 나이프를 한 손에 들고 하루히메를 질질 끌며 합류했다. 양쪽 겨드랑이를 붙들린 채 엉덩이와 꼬리로 지면을 깎고 있는 소녀가 끙끙 신음하는 가운데, 벨의 곁으로 다가온 류가, 그리고 헤딘을 안아 든 미아가 웃음과 함께 고개를 끄덕여주었다.

"저 멧돼지 꼬마는 한번 한 말은 절대 어기지 않아. ……그보다 꼬마. 뛸 수 있겠냐?"

"네?"

"한심한 소리지만…… 저희는 이제 제대로 움직일 수 없습니다. 아마 시르에게 가지는 못할 겁니다."

서 있는 것이 고작인 미아와 류가 무슨 말을 하려는지 알아차리고 벨은 움찔했다. 헤딘의【라우르스 힐드】덕에 회복된 벨에게만 여력이 남아 있었다.

차지를 감행했던 오른손은 쓸 수 없겠지만, 『신의 집』으로 서둘러 달려갈 수는 있다.

"벨, 지금 당장 가거라! 미아흐와 다른 아이들 쪽은 이미…… 전멸했다."

"웃……!"

"【바나 프레이아】의 소행이군요……."

오쿨루스를 통해『주요 전장』의 전황을 파악했던 헤스티아는 낯을 새파랗게 물들이며 채근했다.

동요하는 벨의 곁에서 류는 우려했다.

『도시 최속』의 발을 가진 아렌에게 추격당한다면 끝장이다. 지금의 벨은 교전했다간 반드시 패배한다. 그에게 등을 찔리기 전에 여신의 곁에 도달해야만 한다.

"서둘러라 꼬마. 이 여신은 우리가 지켜주마.『꽃』을 빼앗기는 얼빠진 짓은 안 할 테니까!"

"가십시오, 벨."

"……알겠습니다!"

아무 말도 없는 오탈, 그리고 필사적으로 일어나려 하는 반을 흘끔 쳐다보는 미아와 류의 말에 즉시 준비를 마쳤다. 골라이아스 머플러를 비롯해, 주행에 방해가 되는 방어구는 모두 벗었다.

몸이 가벼워진 벨에게, 마지막으로 헤스티아가 칠흑의 나이프를 내밀었다.

"미안하구나, 벨. 너에게만 떠넘겨서. ……부탁한다!"

"네!"

헤스티아와, 류와, 미아와, 오탈.

의식이 끊어진 하루히메와, 지금도 잠들어있는 스승을 보고.

몸에 깃든 레벨 부스트, 그리고 번개의 빛과 함께, 벨은 달려나갔다.

✦

"······오탈?"

『주요 전장』 동부에서 아렌은 하늘을 올려다보았다.

조금 전까지 울려 퍼지던 그 가공할 『짐승』의 포효가 자취를 감추었다.

원래 같으면 오탈의 승리를 의심하지 않았으리라.

하지만 아렌이 정적 직전에 들었던 것은, 귀에 익은 그랜드 벨의 음색이었다.

섬 바깥쪽 호수 가장자리에 있는 심판【가네샤 파밀리아】의 분위기도 어딘가 들뜬 것처럼 느껴졌다.

"그 자식····· 설마 진 거야?!"

다시금 노기를 머금은 아렌은 북서쪽 방향을 돌아보았다.

그가 등을 돌린 『바퀴 자국』에는 전멸한 모험자와 주점 점원들이 쓰러져 있었다.

살아남은 에인헤랴르는 아렌뿐.

아렌 혼자만 남아 여신을 위해서가 아니라 ──실상이야 어쨌든── 여동생을 위해 싸우고 있었다.

그것이 명암을 갈랐다. 그 결과가 지금 이것이었다.

여동생을 위해 여신을 바라던 그의 신념만은 무엇에도 물들지 않고, 망설임을 낳지 않고, 흔들림이 없었던 것이다.

"······오라, 버, 니······."

방해되는 장애물을 모조리 날려버린 아렌은, 눈꺼풀을
떠는 여동생을 딱 한 번만 돌아보았다.

내리깔듯 눈을 가늘게 뜨고, 이내 질주한다. 힘을 잃은
아냐의 목소리는 더 이상 닿지 않는다.

『전차』는 원래의 책무를 다한다.

약진이다.

"오탈을 잡았다아아──────────────────!!
··········지만."

두 주먹을 천장으로 치켜들며 한바탕 기뻐했던 티오나
는 갑자기 진지한 표정을 지었다.

"지금 상황이 어떻게 된 거야?! 아르고노트 군네 편은?!
적은 몇 명 남았어?!"

"움직일 수 있는 건 이제 벨뿐이야! 적은 【바나 프레이
아】하고, 그 외에는······!"

"『신의 집』····· 아니, 신 프레이야의 호위병이 넷."

소란을 떠는 티오나에게, 『거울』을 바라보고 있던 아이
즈가 보기 드물게 목소리를 높여 대답하고, 리베리아가 보
충 설명했다.

이제까지의 선전── 아니, 지금 시점에서도 이미 쾌거
라고 할 수 있는 자이언트 킬링을 보며, 간부진 외의 단원
들도 저택 내에서 술렁거리고 있었다.

"적이 아직도 다섯이나……? 그럼 【래빗 풋】은……."

"아닐세. 호위 쪽은 제일 강해봤자 Lv.4니까. 그 이상한 요술하고 헤딘의 번개가 남아 있으니 지금의 애송이라면 억지로 돌파할 수도 있을 걸세. 아렌한테 따라잡히지만 않으면 아직 어떻게든 방법이 있지."

"……만약 따라잡히면?"

말문이 막힌 티오네에게, 가레스가 냉정한 분석을 제기했다.

그 말에 티오나가 조심스레 묻자, 푸른 눈을 가늘게 뜬 핀이 대답했다.

"따라잡히면, 끝장이야. 포착당해도…… 거의 틀림없이, 끝날걸."

마지막 승부는 원시적인『술래잡기』라고 파룸 용자는 단언했다.

"이봐, 어떻게 되는 거야 이거………… 어떻게 되는 거야 이거어?!"

"……베, 벨 군 힘내라아아아아아!"

"앗, 너 이 자식?!"

"프레이야 님 친위대 주제에!"

"도망쳐 프레이야 니이이이이이이임!"

『바벨』에서도 예상하지 못했던 전개에 신들이 우왕좌왕하고 있었다.

여기까지 올 줄은 생각도 못했던 자, 새침한 표정을 유지하려다 역시 안절부절못하는 자, 권속의 『미지』에 매료 당해 자기도 모르게 미신에게서 등을 돌려버린 자 등등, 아무튼 술렁거리며 『거울』의 채널을 저마다 마음대로 바꿔 대며 국면을 필사적으로 정리했다.

보통은 표표한 태도를 유지하는 신들의 이런 모습은 보기 드문 정도가 아니라 처음이라고 해도 과언이 아니었다. 『여왕이 궁지에 몰렸다』는 상황은 신들에게도 그만큼 충격적이었던 것이다.

"그래서? 니는 어캐 할 긴데, 헤르메스?"

"……로키, 아이들한테는 『신에게 의지한다』는 표현이 있잖아? 그럼 우리 신들이 기도할 대상은 뭐라고 생각해?"

"……문디 같은 대신(大神)들 아니면 마, 각자 좋아하는 신한테라도 빌면 되는 거 아이가?"

"제우스 할배는 안 돼. 절대 안 돼. 껄껄 웃으면서 즐기기만 할걸. 좋아, 아스트레아 아르테미스, 그 외에는 아슬아슬하게 아테나여도 상관없어……! 벨 군이 도망치게 해줘……!"

"선한 신이라 카면 선한 신인데, 니 취향 진짜 반장 속성에 치우쳐 있구마……."

아스피가 봤다면 질겁했을 만큼 두 손을 모으며 기도를 올리는 헤르메스에게 로키가 어이없다는 표정을 짓고 있으려니——.

뒤에 선 채 『거울』을 올려다보던 베이트가 쯧 소리를 내며 혀를 찼다.

"······안됐데이, 헤르메스."

권속을 흘끔 보고 『거울』로 시선을 돌렸던 로키는 얼굴을 굳힌 헤르메스에게 말했다.

"이젠 마, 사람 말리 죽이는 『술래잡기』에 걸 수밖에 없겠구마."

시선 너머, 섬을 부감하는 전경에는 있을 수 없는 속도로 표적에게 접근하는 전차의 모습이 비치고 있었다.

"빨리, 빨리, 빨리!!"

벨은 하염없이 남하와 서진을 반복하고 있었다.

시야 너머, 섬의 서쪽 끝 낭떠러지에 목적지인 『신의 집』이 있다. 하지만 아직도 존재하는 거리. 지금의 벨이라면 3분도 걸리지 않아 도달할 거리지만 이 상황에서는 그 3분의 시간이 너무나도 길었다.

이미 발을 들인 신전구역. 현재의 위치는 많은 유적이 쓰러져 시야를 가리는 엄폐물이 거의 없었다. 전망이 좋은 폐허라고 해야 할 만한 필드에서, 벨은 자신의 심장 고동 소리와 싸우고 있었다.

'끝난다! 『그 사람』에게 들켰다간, 그 순간 끝장이야!'

벨은 알고 있다.

그 『상자정원』에서 헤딘 같은 이와 마찬가지로 『폴크방』에서 『세례』를 주었던 그의 흉악함을.

아무것도 보이지 않는데 그저 꿰뚫고, 결코 도망칠 수

없는 『최속의 다리』가 얼마나 무서운지 이미 잘 안다.

　주위를 둘러보는 것이 두려웠다. 은밀하게 행동하는 것은 자살행위. 수인의 코에 금세 포착당한다.

　그렇기에 벨에게 허용되는 것은 앞으로 앞으로 서둘러 나아가는 것과, 신에게 기도하는 것뿐이었다.

　하지만.

　도시 사람들이 가장 먼저 절망했듯, 벨도 이내 그 절망에 몸을 꿰뚫렸다.

　"＿＿."

　탐색할 필요도 없었다.

　아이러니하게도 미의 신 때문에 시선에 민감해졌던 소년은, 금세, 후회할 정도로, 그 『쏘아 죽일 듯한 시선』을 감지하고 말았다.

　"＿＿＿＿."

　목이 타들어 간다.

　혀가 말라붙는다.

　그런데도 땀이 일제히 쏟아졌다.

　벨은 중압감에 굴해, 보고 말았다.

　"＿＿＿＿＿＿아."

　위협이 다가온다.

　바퀴 소리가 다가온다.

　최속의 『전차』가 육박한다──.

"찾았다."

소년의 두 다리가 논의의 여지도 없이 최대의 가속으로 들어갔다.

"벨, 도망쳐라아아아아아아아아아아아아아아아아 아아아아아아아아아아아아아아아아아!!"

원형극장을 떠나 유적 옥상에 올라간 일행 속에서, 헤스티아는 지금 막 눈에 들어온 광경을 향해 고함을 질렀다.

"도망쳐!!"

"빨리!!"

아이즈와 티오나가 의미도 없다는 것을 알면서 거울을 향해 목이 터져라 외쳤다.

『우와아아아아아아아아아아아아아아아아아아아아아아 아아아아아아아아아아아아아아아아아아아아아아아아아 아아아아아아아아아아아아아아아아아아아아아아아아아 아아아아아아아?!』

절규의 레이스가 시작되었다.

도시유적에서도, 미궁도시에서도 이제는 지켜볼 수밖에 없는 자들의 비명이 폭발했다.

달려나가는 슈즈, 발길에 박살이 나는 벽돌길, 단 두 사람에게만 맡겨진 두 진영의 운명.

기껏 붙잡았던 희망을 금세 절망으로 반전시키는 고양이의 약진이 흰 토끼의 등을 맹렬히 추격한다.

"오지 마, 오지 말라고ㅇㅇㅇㅇㅇㅇㅇㅇㅇㅇㅇㅇㅇㅇ
ㅇㅇㅇ!"

"제발 뛰어!!"

"어떻게든 해봐아아아【래빗 풋】——!!"

섬 밖, 【디안 케흐트 파밀리아】의 구급거점에서 아미드
일행에게 치료를 받아 눈을 뜬 몰드와 가일, 보르스 일당
이 『신의 거울』을 향해 굵은 침방울을 튀기며 핏대를 세우
다 다시 기절했다.

온갖 이들이 온갖 절규를 쏟아낸다는 것도 모르는 벨은,
그저 달렸다.

외부정보의 처리 따위 따라잡을 수 없을 정도로 모든 힘
을 다리에 쏟고 있었다.

'빠르다!! 바로 뒤에서 쫓아와!!'

아렌의 진로는 북서쪽의 원형극장을 향한 후, 방향을 바
꾸었다.

오탈에게 달려가고자 북서쪽 에어리어로 접어든 시점에
서, 『신의 집』으로 향하는 벨을 제1급 모험자의 시력으로
포착하면서 급거 진로를 변경한 것이다. 벨에게 무엇보다
도 끔찍한 소식은, 술사인 아냐가 쓰러지면서 안티 스테이
터스의 속박이 이미 풀려버렸다는 점.

시야에 비치지 않는 추적자의 존재는 압도적인 중압감
이 되어 도주자를 몰아붙였다.

두 팔을 휘두른다. 열심히 휘두른다. 내딛는 발로 포착

한 대지를 후방으로 박차 날린다.

　그래도 바퀴 소리를 떨칠 수 없었다.

　조금씩, 이 아니고, 숫제 잔인할 정도로, 피아간의 거리가 뚝뚝 잘려나가고 있었다.

　'호흡이—— 기척이 다가온다!!'

　벨 크라넬의 가장 큰 무기는『속도』.

　그『속도』를 웃도는 속도로 후방에서 추격하고 있다는 첫 체험에, 이제까지 맛본 적이 없는 충격이 벨의 팔다리를 위협했다.

　『벨 도 쳐라아　　아아아아아아아아아　　　아아아아아　　　　아아!!』

　오쿨루스에서 띄엄띄엄 터져 나오는 여신의 고함에, 릴리는 정신을 차리지 않을 수 없었다.

　"벨, 님……!"

　아렌에게 소탕당한『주요 전장』동부.

　아무도 일어나지 못한 돌 황무지에서, 릴리만이 치명상을 면했다. 아마도 아렌은 날려버릴 가치조차 없다고 판단해 쓰다듬는 정도로 그쳤던 모양이었다. 실제로 눈을 뜨기는 했지만 제대로 움직이지도 못하는 릴리는 오른손에 든 오쿨루스에 속삭일 수밖에 없었다.

그리고 온통 균열이 일어난 수정이 그 목소리를 더 이상 그 누구에게도 전달하지 못한다는 사실을 깨닫지도 못했다.

"누군가…… 벨 님의, 원호를……!"

돌아오는 목소리는 없었다. 알고 있다. 이미 오래 전에 한 차례 시도했다.

그래도 릴리는 애원할 수밖에 없었다.

"섬, 서쪽 끝…… 『신의 집』, 근처…… 신전, 구역으로………… 누군가 제발……!"

그저 비참했다. 그저 한심했다.

이런 건 더 이상 지휘관이라고 할 수도 없었다.

소년의 몸을 눈물과 함께 걱정하는 그저 평범한 소녀로 전락한 릴리는 가느다란 목소리로 속삭이고만 있었다.

뼈가 부서진 왼팔이 고열을 내고 있었다. 의식이 몽롱해지기 시작했다.

팔이, 어깨가, 배가, 가슴이, 다리가, 그리고 온몸이 열을 내며 이제는 스스로도 무슨 말을 하는지 알 수 없었다. 그래도 정보와 기도, 애원과 마음을 입에 올리며 릴리는 그저 호소하고 있었다.

"누군가…… 제발……!"

힘이 받쳐주지 못하는 마음에 슬퍼하듯, 등의【히에로글리프】가 빛을 냈다.

『드라마는 기다리고 있었습니다!! 기다리지 않아도 되는데 기다리고 있었습니다!!』

이브리가 땀투성이가 되어 소리를 질러댔다.

실황이라는 자신의 일도 잊고 그저 본심만을 쏟아내며, 이를 악물고 지켜보는 가네샤의 옆에서 열기 어린 목소리를 터뜨렸다.

『웃어도 울어도 고함쳐도 울부짖어도 이것이 마지마아악!! 【래빗 풋】과 【바나 프레이아】의 데드 히트————!! 인데, 으아아아아아아아아아아아아아아아아아악?! 벌써 왔어어어어어어어어어어어어어어어어어어어?!』

미쳐버린 이브리의 감정을 뒤집어쓰고만 있던 마석확성기가 마침내 한계를 맞아 고철이 되었다.

그래도 청년은 육성으로 계속 외쳤다. 민중과 함께, 비통한 목소리를 높여댔다.

핸디캡 따위 눈 깜짝할 사이에 잡아먹고 점점 벨에게 다가서는 아렌의 모습에, 소년을 응원하던 모든 이가 낯을 창백하게 물들였다.

"————크으윽!!"

풍압에 하얀 머리카락이 비명을 지를 정도로 벨은 최고 속도에 도전했다.

잔해로 뒤덮인 길이 정적의 성원으로 술렁거렸다. 꼭두서니색으로 물든 폐허가 바람의 깃발을 펄럭였다. 황혼의 하늘이 승부의 행방을 지켜보며 붉게 타올랐다.

고독하게 달리고 또 달리는 소년의 등을 밀어주는 것은 금색 빛과 번개의 빛.

함께 다가선 빛이 가져다주는 풀 부스트.

그러나 요호와 성녀의 헌신으로도 승리의 여신은 아직 미소를 지어주지 않았다.

이만큼 어마어마한 힘을 얻었음에도 한 대의 전차를 뿌리치지 못했다.

'【아르고노트】로 발에 차지를…… 안 돼!! 가속이 끊어진 순간 반동하고 같이 뒤에서 꿰뚫릴 거야!!'

잔재주는 통하지 않는다.

달리는 것 말고는 의미가 없다.

오탈 때와 마찬가지다.

온갖 반칙 기술을 동원해도 『도시 최강』에게는 당해낼 수 없었듯, 『도시 최속』에게도 꿰뚫리려 하고 있었다.

"놓칠 줄 아냐."

"으윽————?!"

바람 가르는 소리 너머로, 마침내 대각선 뒤쪽에서 추적자의 목소리가 들려오기 시작했다.

토끼는 힘껏 땅을 박찼다.

고양이는 결코 떨어지지 않은 채 따라왔다.

『거울』의 시점에서만 볼 수 있는 빛과 노도의 궤적이 유적 사이를 누빈다.

그것은 마치 유성과도 같았다.

레벨 부스트의 금색 광채가 빗자루처럼 꼬리를 끌고, 라우스 힐드의 빛줄기가 길 없는 유적의 황야에 궤적을 그린다. 그리고 그 꼬리와 궤적을, 순수한 가속을 반복하는 전차의 『바퀴 자국』이 짓뭉개며 따라온다.

'뿌리칠 수 없어……!'

시선만이 아니라, 기척만이 아니라, 발소리마저 이미 바로 뒤에서 따라왔다.

전차는 벨처럼 팔을 휘두르지 않은 채, 한쪽 손에 든 창으로 등을 꿰뚫을 그 순간을 담담히 노리고 있었다.

심장 고동이 가속했다.

흉악한 압력에 짓이겨질 것 같았다.

'하지만── **아직!!!!!**'

막대한 조바심에 사로잡히며, 그래도 벨은 아직 『패배의 조건』을 채우지 않고 있었다.

서로 경합하는 『주자』에게는 두 가지 철칙이 있다.

뒤를 돌아봐서는 안 된다.

『틀렸다』고 생각해서는 안 된다.

전자는 말할 것도 없이 주행속도의 낭비.

심리전의 측면도 있지만, 뒤를 돌아본다는 행위는 기본적으로 파고들 틈을 만들며 쫓아오는 이의 기개를 부추긴다.

후자 또한 말할 것도 없다.

한순간이라도 마음에 체념이 지나간 순간, 달리는 자는

패배한다.

그것을 본능으로 이해했던── 아니, 『그녀』를 구하는 것 말고는 머릿속에 없던 소년은, 역경에서도 여전히 속도를 유지할 수 있었다.

삼류는 발로 뛴다. 이류는 팔로 뛴다. 그리고 일류는 마음으로 뛴다.

그렇다면 모험자는── 영혼으로 뛴다.

벨은 연소를 결심했다.

자신을 재로 바꾸기로 결심했다.

왜냐하면 이미 목적지가 보이고 있었으므로.

절망적인 상황에서도 여전히, 『그녀』가 기다리는 골은 바로 근처까지 육박하고 있었으므로.

그렇다면 이제는 발버둥을 칠 뿐.

언제나 똑같다. 모험은 늘 똑같다.

마지막까지 발버둥을 친 자가 승리한다.

승리의 여신이 짓는 미소를 기다리기만 하다니, 집어치우라지.

승리란 자신의 발로 붙잡는 것이다.

'가자──.'

체력은 있다.

숨도 차지 않았다.

다리도 움직인다.

심폐도 두 다리도, 벨의 말을 들어주고 있다.

달려갈 뿐이다.

찰칵, 하고 벨의 마음속에서 기어가 올라갔다.

등의 일부가 타올랐다.

릴리의 목소리가 들린 기분이 들었다.

벨은 중얼거렸다. 나는 여기 있어.

그리고 소년은, 그저 도주하기만 하는 기계가 되었다.

"——승부다!!"

벨과 아렌이 동시에 최후의 가속에 들어갔다.

『라스트 스퍼어어어어어어어어어어어어어트—————

————!!!!』

이브리의 포효가 승부의 공을 울렸다.

『신의 집』까지 이어지는 최종 직선 코스.

무너진 유적이 세워진, 다 부스러진 돌바닥길을 소년과
전차가 달려나간다.

가로막는 자는 아무도 없다. 자살지원자는 존재하지 않
는다.

하늘을 가로지르는 별처럼, 다 불타버릴 그 순간을 향해
빛이 되었다.

"소용없어."

차이 따위 이제는 거의 없는 거나 마찬가지인 거리에서,
아렌은 눈을 가늘게 떴다.

'앞으로 세 걸음.'

열기도 분노도 없이, 몸을 두드리는 바람과 냉기 속에서 냉혹하게 결론을 들이댔다.

은창이 꿰뚫을 사정거리.

토끼가 아무리 발버둥을 쳐봤자 깔아 죽여버릴 『전차』의 간격.

'두 걸음.'

차이가 좁혀진다.

등이 다가온다.

소년의 바로 뒤로 돌아가 바람막이로 쓰면서 마지막 거리를 없앤다.

'한 걸음.'

최속의 이름으로 창을 내지르려던, 그때.

"......?"

아렌은 위화감을 느꼈다.

창의 간격에 오차가 발생하고 있었다.

잘못 계산했나?

재빨리 계산을 수정하고 두 걸음의 간격을 좁히려 했다.

"웃......?"

아렌은 위화감에 위화감을 느꼈다.

오차가 커지고 있다.

두 걸음에서 세 걸음으로, 세 걸음에서 네 걸음으로, 다섯 걸음, 여섯 걸음, 일곱여덟아홉열 걸음————— 멈추지 않는다!

존재할 리 없었던 차이가 『절대적인 거리』가 되어 멀어져간다!!

'뭐야——.'

은색 장창이 떨렸다.

'기다려——.'

바퀴에 균열이 일어났다.

'웃기지 마——.'

황혼색 하늘이 격진했다.

"——너 이 자식?!"

멀어지고 있다는 것을 자각한 순간, 아렌의 두 눈이 경악으로 크게 벌어졌다.

『빠르다아아아아아아아아아아아아아아아아아아아아아아아아아아아아아아아아아아아!!』

달려나가는 흰색 빛줄기에 신들의 절규가 폭발했다.

섬광과도 같은 다리. 바람마저 찢어발기는 질주의 표효.

잔상을 남기는 루벨라이트색 안광이 앞만을 바라보며 한층 가속했다.

이때, 분명 벨의 최고속도는 아렌의 한계속도를 웃돌고 있었다.

도시 최속을 **하계 최속**이 앞질렀다.

"웃기지 마아아아아!!"

레코드 홀더——【래빗 풋】!!

끓어오르는 아렌의 두 눈이 분노로 핏발을 세웠다.

대체 이게 뭐야!

상황을 이해할 수가 없어!

『도주』 태세에 들어간 순간, 벨의 속도가 뛰어올랐다——!!

"이기 무슨 일이고?!"

"나도 몰라! 하지만!!"

로키와 헤르메스가 폭발하듯 일어났다.

"가라아아아!!"

베이트가 주먹을 부르쥐었다.

"가자가자가자가자아아아아아아아아아아아아아아아아아아!!"

티오나가 티오네의 제지도 뿌리치고 『거울』에 매달렸다.

"벨!!"

아이즈가 외쳤다.

"벨!!"

에이나가 울음을 터뜨렸다.

"가거라아아아아아아아아아아아아아아아아아아아!! 베에에에엘————————!!"

헤스티아가, 소년을 향해 마지막 힘을 성원으로 바꾸어 보냈다.

여신의 마음을 받아, 결정타를 가하듯 벨의 속도가 뛰어올랐다.

"썩을————?!"

욕설을 퍼부어도 따라잡을 수가 없었다. 아렌의 전속력
으로도 닿질 않았다.

힘차게 휘두르는 두 팔, 너무나도 넓은 보폭, 허벅지 위
까지 올라오는 발.

그리고 멀어져가는 등.

최속의 아렌이 이제까지 맛본 적이 없었던 『절망』이 시
야를 후려쳤다.

"아, 아렌 님?!"

"그리고 벨?!"

무시무시한 질주의 소리를 듣고 프레이야의 호위병들이
일제히 밖으로 나왔다.

언덕 위에 자리한 『신의 집』에서 이어지는 긴 계단을 내
려와, 밀려드는 광경에 경악했다.

"크윽——!! 러스크, 에밀리아아!! 주문을 외워라!"

엄습하는 절망을 즉시 분노로 바꾸어 고양이가 노성을
터뜨렸다.

이제 얼마 안 있으면 도착할 『신의 집』. 자신을 웃도는
속도로 달려가는 지금의 벨이 호위병의 벽을 쉽게 돌파할
것을 예상하고 사격의 지시를 내렸다.

"【금의 바퀴 은의 목줄】!"

우스꽝스러운 지시를 내린 자신에게 살의를 느끼면서

도, 아렌은 자긍심을 내팽개쳤다.

승부에 패배하더라도 전쟁에서는 이기기 위해, 굴욕의 바다 속에서 영창을 외쳤다.

【글라리네제 프로멜】. 진정한 전차로 승화시킬 최속의 마법.

이것을 발동하면 저 벨의 등조차 꿰뚫을 수 있다.

"──【질주하라 여신의 신의를 신고】!"

이미 『신의 집』은 50M도 남지 않았다. 그러나 늦지 않았다.

영창을 위해 속도를 떨어뜨리며, 그래도 단숨에 치어 죽이기 위해 아렌은 『마법』을 사용했으며──.

"【불타버려라, 외법의 업】."

다음 순간, **단원들과 함께** 폭발하고 있었다.

"커어억──?!"

"꺄아아아아아아아아아아아아아악!"

아렌이, 재빠르게 마법을 준비하던 모든 호위가, 폭탄으로 바뀌었다.

이그니스 파투스.

마법제어를 실패한 것이 아니라 외부에서 강제로 폭주시킨 것이었다.

아렌은 연기를 토해내며 자세를 무너뜨리고 넘어지기

직전, 벨의 진로에서 벗어나듯 펼쳐진 『아지랑이』가 시작된 곳을 보았다.

"나, 제때 왔다………… 릴리돌이."

『신의 집』의 맞은편, 다 무너진 신전의 뒤.

기둥에 몸을 기댄 채, 그래도 일어나 이쪽을 향해 한 손을 내밀고 있는 청년.

벨프 크로조.

"＿＿＿＿＿＿＿＿＿."

아렌에게 패배한 후, 오쿨루스의 통신을 받고, 헤딘이 지켜보는 가운데, 하늘이 저녁으로 물들기 전, 비참하게 기어 나아가던 붉은 머리의 스미스.

벨의 곁에 도달할 수 있었던 승리의 요인은 【마인드 콜】.

Lv.2가 되어 릴리가 발현한 『스킬』. 같은 은혜를 가진 이들에게만 **원격감응**이 가능해진다.

『섬, 서쪽 끝…… 『신의 집』, 근처…… 신전, 구역으로………… 누군가 제발……!』

망가진 오쿨루스 대신, 바람과 정보를 호소한 릴리의 마음이 세 사람을 이어주었다.

위치정보와 벨이 다가올 시간을 안 벨프는 늦지 않게 도착했던 것이다.

"너의, 마음………… 제대로, 닿았다…………."

지휘관이 되기 전부터 소녀의 마음 정도는 이미 알고 있던 스미스 청년은, 여기에 호응했던 것이다.

최강의 파벌 【프레이야 파밀리아】를 상대로, 최초의 멤버였던 세 사람의 유대가 승산을 낚아챈 것이다.

"꼬랑지 만 고양이는, 짜져 있으라고…… 알겠냐?"

벨프는 땀에 젖은 얼굴로 밉살맞은 웃음을 지었다.

허리에서 뽑아든 『마검』의 광채를 보고, 이번에야말로 분노에 몸을 태우며 아렌은 절규했다.

"이 삼류 자식이이이이이이이이이이이이!!"

벨프의 답은, 일검.

"카즈키이이!!"

맹렬히 터져나간 화염이 소년을 방해하는 자들을 모조리 날려버렸다.

달려나갔다.

파트너가, 벨프가 만들어준 불꽃의 길을 질주해, 쓰러진 용사들의 곁을 지나쳐, 그 장대한 계단 앞에 도착했다.

그리고 단숨에 뛰어올랐다.

"!!"

그리고 프레이야는 옥좌 앞에 서 있었다.

그가 온다.

소년이, 이곳으로 온다.

여신이 원했던 『사랑』이, 그녀의 『사랑』을 막기 위해, 이 『신의 집』에 나타난다.

"——시르 씨."

콰앙! 소리와 함께 소년은 계단을 다 올라 여신의 앞에 나타났다.

그의 입술이 부른 『아가씨』의 이름에, 프레이야의 얼굴이 일그러졌다.

여왕을 지키는 자는 이제 아무도 없다.

용사도, 파룸도, 엘프도, 전차도, 맹자도, 모두 침묵했다.

동료의 도움을 빌어, 소년은 온갖 어려움을 넘어섰던 것이다.

누구보다도 너덜너덜하게 상처입고도 그는 『그녀』의 곁에 도달했다.

"……."

"……."

서로의 시선이 교차해, 아주 잠시 정적이 찾아왔다.

다 무너진 신전의 천장에서는 꼭두서니색 빛이 스며들고, 바람이 지나가는 기둥벽은 황혼의 하늘에 에워싸여 있었다. 서쪽을 보면 저녁놀을 반사해 호수가 환상적으로 빛나고 있었다.

조금 쌀쌀한 바람 소리만이 울리는 가운데, 벨은 조용히 발을 디뎠다.

순진한 소녀처럼 어깨를 떨던 프레이야의 곁으로 다가

섰다.

"벨——."

프레이야는 미소를 지었다.

『여신의 멍에』가 그녀를 떠밀어, 이 상황을 부정하려 했다.

의도치 않게 흘러나온 『미』의 권능이 신의 눈을 엷은 은색으로 치장해 소년을 『매료』하려 했다.

그러나 멈추지 않는다.

벨의 발은 멈추지 않는다.

결코 여신의 『미』에 매료되지 않는 소년은, 이 거리가 사라지면 두 사람의 『사랑』이 끝나버리는데도 다가오려 했다.

프레이야의 미소에 균열이 일었다.

어깨가 다시 한번 떨리고, 고개를 숙이고, 머리카락 한 가닥이 흘러내렸다.

"……어째서?"

돌바닥으로 굴러떨어지는 한 마디.

이제는 열 걸음이면 사라질 거리를 남겨두고, 벨이 처음으로 발을 멈추었다.

"——어째서?!"

프레이야는 고개를 확 들었다.

"어째서 벨은 내 것이 되지 않는 거야?!"

역정을 내는 아이처럼 긴 은발을 휘저어댄다.

하얀 옷에 싸인, 누구나 탐내는 아름다운 몸을 끌어안으며, 설화석고처럼 싱그러운 오른손을 자신의 가슴에 가져다 댄다.

"나는 프레이야인걸?! 아름다움도 재물도 영광도 힘도! 전부 다 줄 수 있는데, 어째서 너는 나의『사랑』을 거부하지?!"

오만한 여왕처럼. 자신의 마음대로 따라주지 않는 기사를 저주하는 마녀처럼.

그런 소리를 하고 싶었던 것이 아닌데, 아무것도 손에 넣을 수 없어서, 자신의 이름과 권능에 매달릴 수밖에 없게 된 여신은 얄팍할 정도의 추함과 약함을 드러내고 말았다.

자신의 마음을 알몸으로 드러내고 말았다.

"시르로는 안 된다고 하니까! 그래서 나는 프레이야를 선택했는데!"

시르로는 무리였다.

그래서 프레이야로 돌아갈 수밖에 없었다.

자신에게는『사랑』밖에 없다고, 그렇게 답을 낼 수밖에 없었는데——.

"그럼 나는 어떻게 하면 좋아?!"

프레이야는 깨닫지 못했다.

표정을 바꾸려 하지 않는 소년의 주먹이, 꽉 움켜쥔 채 피를 토하고 있다는 것을.

지금도 그녀에게 목소리를 높이게 만드는 충동이야말로『   』이란 것을, 사랑의 여신은 깨닫지 못한다.

"어째서, 너는……!"

목소리가 떨렸다. 눈이 떨렸다.

은색을 띤 신의 눈이 회색의 빛 사이에서 흔들렸다.

"……이젠 나 스스로도 모르겠어."

그리고.

"나는 나를 가장 모르겠어……!"

언젠가, 어디선가 들었던 고백의 뒷말을 입에 담았다.

"내 전부를 고백해도…… 이 괴로움에서 해방될 수가 없어! 너에게 『사랑』을 속삭여도 전혀 편해지질 않아!"

벨의 얼굴이 일그러졌다.

계속 견디고 있던 소년의 얼굴에도 균열이 일어났다.

"너만은 사랑하고 싶지 않다고, 마음속이 계속 그렇게 말하고 있어!!"

계속 숨겨두었던 모순을 드러냈다.

친구를 저버리면서까지 얻으려 했던 『사랑』이 필요 없는 것이었다고 인정할 수 없어서.

영혼 깊은 곳의 『꽃밭』에서, 지금도 자신이 울고 있다는 것을 받아들일 수 없어서.

길을 잃은 소녀처럼, 그녀는, 그 마음에 매달릴 수밖에 없었다.

"좋아해, 벨……."

가슴을 두 손으로 움켜쥐고 몸을 내밀었다.

"너를 좋아해. 계속 함께 있고 싶어. 나를 선택해줘!"

은색과 회색의 두 눈이 젖어 들었다.

"괴로워! 날 안아줘! 이젠 내일을 불안해하는 건 싫어!"

어째서 눈물이 맺히는지는 그녀의 눈도 알지 못했다.

"이런 건 알고 싶지 않았는데, 그래도 이 마음 너머를 알고 싶다고, 자꾸만 생각하게 돼!"

몸을 찢어발기는 아집과 함께, 소년의 모든 것을 흔들어 댄다.

"널, 좋아해…… 벨."

소년은 고개를 숙였다.

갈라진 상처에서 흘러넘치려 하는 동정과 고함을 억누르고, 대신 피를 토하고만 있었다.

떨리는 가슴을 억눌렀다.

들려오지 않게 된 소리를 되찾았다.

그녀밖에 비추지 않게 된 눈에 결별을 선언한다.

그때, 회색 구름에 뒤덮여 있던 하늘은 지금 이렇게나 선명하고 아름답다.

두 사람의 앞길 따위 너무나도 뻔했던 것처럼, 이렇게나 덧없다.

두 사람만의 세계에서, 벨은 한 걸음을 내디뎠다.

"나는…… 당신의 것이 되지 않아."

그녀의 아집에 자신의 아집을 부딪친다.

"나는! 당신의 『반려』는 될 수 없어!!"

그녀의 눈에서 눈물이 흘러 떨어졌다.

"나는!!"

몇 번이나 발을 바닥에서 떼어내며, 피와 함께 나아가, 그녀의 눈앞에 섰다.

계속 그녀가 원했던 『   』의 답을, 위선의 아집과 함께 터뜨렸다.

"당신의 『연심』을 끝내는 것밖에 할 수 없어!!"

『그것』이 그녀의 『바람』.

『연심의 끝』이, 그녀를 상처 입히고, 그녀를 구할, 유일한 방법.

"——————아."

소년의 손이 신의 칼날을 쥐었다.

소년의 팔이, 웅장하게, 애절할 정도로, 위를 향했다.

귓전을 스치는 『꽃잎』의 소리.

칼날은 그녀의 피부에 닿지도 않은 채, 가슴께의 『꽃』을 허공으로 날리고 있었다.

머리 위를 올려다본다.

눈물을 흘리는 눈이 그것을 본다.

꼭두서니색 하늘로 보라색 라일락이 스러져간다.

그녀의 『첫사랑』이 스러져간다.

에필로그 Double Cast

© Suzuhito Yasuda

――『바람』은 이제 알아차렸어?

어디선가 계속 울리면서 나를 혼란에 빠뜨리던『목소리』
가 묻는다.

묻어버린 줄 알았던『시르』의 목소리에, 나는 더 이상 회
른을 변명으로 삼지 않고, 인정했다.

내가 바랐던 것은『사랑』이 아니라――『연심』.

『사랑의 여신』이기에 손에 넣을 수 없었던 연모를 나는
줄곧 갈구했다.

나의『미』는 모든 이를 매료시킨다.

나에게 마음을 빼앗긴 자들은 내가 원하면 무엇이든 바
치고, 내가 거부하면 눈물을 삼키며 따른다.

그것은『사랑』이다. 무상의 사랑에 가까운, 일그러진
『사랑』.

그들은 나에게『연심』을 품지 않고, 그 반대도 있을 수
없다.

복종하는 것이나 다를 바 없는 상대에게 누가 연모의 마
음을 품을 수 있을까?

제아무리 회른이나 헤이즈, 여기에 오탈 같은 권속들,
맑고 강하고 아름다우려 하는 아이들이 나를 위해 헌신하
고, 그 모습을 귀엽게 여기고, 사랑스러움을 느껴도, 역시

그것은『사랑』이다.

『사랑』은『연심』보다도 상위의 존재이며 풍요로운 것이라고 모두가 말한다.

그 말이 맞다. 내가 미쳤던 것처럼,『연심』만큼 불안정한 것도 없다.

하지만 그만큼 세계를 선명하게 물들이는 충동 또한 존재하지 않는다.

사랑이란 풍요의 대지, 연심이란 내가 언제나 도달했던 꽃밭과 마찬가지.

사람을 길러내고, 은총을 주고, 일방적으로 그들의 손으로 흙을 일구어 비옥하게 하는, 그런 상호의 영원이 없는 대신, 꽃은 흐드러지게 피어나는 그 한순간, 무엇보다도 선명하게 세상을 장식한다.

나는 분명 영원이 아닌 한순간을 살아가는 꽃이 되고 싶었을 것이다.

……아니, 솔직하게 말하자.

사랑하는 것에도 사랑받는 것에도, 지쳤던 것이다.

그렇기에 나는『연심』을 동경했다.

『사랑』보다도 훨씬 풋풋하고, 매우 불안정한 마음에, 아무것도 모르는 계집아이처럼 애를 태웠다.

그리고── 처음으로 만난『연심』은 정말로 내 세계를 바꿔놓았던 것이다.

내가 유일하게『연심』을 가질 수 있었던 상대가, 벨이

었다.

하계도 천계도 포함해 벨만이 나의 바람을 이루어줄 존재였다.

끌리고 있었던 벨에게『매료』가 통하지 않는다는 것을 알았을 때, 나는 진심으로 기뻤다.

벨과 함께라면『연심』을 거쳐, 내가 모르는『사랑』에 이를 수도 있을지 모른다고.

하지만『매료』에 걸리지 않는다는 것은, 정말로 믿겨지지 않지만, 나의 권능에도 굴하지 않을 정도로 다른 존재를 그리워하고 동경을 품고 있다는 뜻.

터무니없는 아이러니였다.

나는『연심』이 이루어지지 않는 상대에게만『연심』을 가질 수 있다.

거기에는 반드시 실연이라는 끝이 기다리고 있다. 그리고『연심』을 추구하기에 반드시 파국을 일으킨다.

정말 추한 여신도 다 있지.

자신의 일임에도 감당이 되질 않아서, 귀찮은 여자라고, 벨에게 구원을 받은, 벨 덕에 깨닫게 된 지금이라면 인정할 수 있다.

나의『바람』은…… 결코 이루어지지 않는『첫사랑』이었다.

──그게 전부?

……?

그것 말고 뭐가 있다는 거야?

물음을 거듭하는 시르에게 눈살을 찌푸리고 있으려니, 어딘가 어이없다는 듯한 한숨 소리가 들렸다.

——정말로 귀찮아. 긍지를 버리지 못한 채 둔감한 척. 여기까지 오면 병이네.

그 한숨은 여신의 목소리로 바뀌었다.

이상하다. 여신은 나인데. 이건 내가 시작한, 시르와 프레이야의 1인 2역인데.

하지만, 그때 문득 깨달았다.

시르와 프레이야, 두 사람을 연기하던 『한 사람』이란, 누구?

——벨이 그랬지. 『진정한 당신』을 가르쳐 달라고.

그것은 워 게임을 요구했을 때 그가 했던 말.

『진정한 나』?

『진정한 나』는…… 누구지?

——그 모습이 이미 답이잖아?

꽃밭이 펼쳐졌다.

하늘은 황혼, 대지를 가득 메운 것은 온통 피어난 붉은 꽃송이.

꽃들의 바다 속에 주저앉아, 더 이상은 황금이 아닌 투명한 눈물을 흘리고 있는 것은, 나.

잔잔한 바람에 회색 머리카락을 찰랑이는 나.

마침내 도달한 꽃밭에서, 나는 회색 눈을 크게 떴다.

——후회만은 하지 않도록 해.

『여신』이 떠나간다.

『멍에』가 사라진다.

마침내 도달한 꿈 너머의 광경은, 그날로부터 더 이상은 볼 수 없었다.

사상 최초의 『파벌대전』—— 승리를 장식한 것은 『파벌연합』.

【프레이야 파밀리아】의 패배를 알리는 소식에 세계는 혼란에 빠지고, 폭발했다.

균형은 무너지고, 세력도가 뒤바뀌고, 새로운 『영웅』이

태동한다고 온 하계가 발칵 뒤집혔다. 현재의『영웅 후보』 말석에 이름을 올린 것은 질풍의 색일까, 아니면 종의 포효일까. 【프레이야 파밀리아】 타도라는 위업은 수많은 이들의 억측을 불러일으키고, 『시대가 움직인다』고 신이 아닌 자들까지도 확실한 예감을 품었다.

그리고 그런 떨림을 가져오는 진원지인 오라리오가, 이성을 잃지 않을 리가 없었으므로.

『올자 도시유적』에서 개선한 모험자 일행에게는 환성에 이은 대환성이 터져나왔다. 온 미궁도시는 헤스티아가 놀라 쓰러질 정도의 열광에 휩싸이고, 퍼레이드를 방불케 하는 돌발적인 대축제가 열렸을 정도였다.

민중은 칭송했다.

모험자들은 들끓었다.

신들은 우레 같은 박수로 맞이했다.

전쟁이 끝난 후에도 격전의 여운은 전혀 수그러들지 않아, 아침과 밤의 경계를 잊고 도시는 활기에 휩싸였다.

그리고 연일 소란을 떨어 지친 도시가 마침내 눈을 감았던, 워 게임으로부터 사흘이 지난 아침.

"왜 져버렸던 걸까?"

빈 잔을 가느다란 손가락으로 찌르며 프레이야가 중얼거렸다.

아직 해도 뜨지 않은 이른 아침. 텅 빈 주점의 카운터에서, 어린아이처럼 고개를 갸웃거리는 여신에게, 억지로 상대해주던 미아는 한숨을 쉬었다.

"그야 댁이 아무한테나 원한을 샀으니까 그렇지."

"그래도 이길 거라고 생각했는걸. 로키네가 나왔어도, 방법에 따라선 어떻게든 할 수 있을 거라고. 벨만은 손에 넣을 수 있었을 텐데."

워 게임의 결말에 납득이 가지 않는다……기보다는 너무나도 이상하다는 듯 중얼거리는 프레이야에게, 미아는 역시 어이없다는 시선을 보냈다.

"꼬마를 지키고 싶었던 놈들이 많아서 아니겠어?"

"그게 다야?"

"……그리고, 댁을 좋아하는 괴짜들이 이상한 방향으로 신경을 써줘서 아니겠어?"

프레이야는 입을 다문 후, 그렇겠다며 잔을 찌르던 손을 멈추었다.

솔직히 지금도 생각한다. 헤딘이나 회른의 행동과는 상관없이 이길 수도 있었다고. 하지만 프레이야는 『사랑』으로 파벌대전에 임했다. 그렇다면 『사랑』 때문에 져버렸다고도 할 수 있을 것이다.

온갖 『사랑』과 의지와 마음이 얽혀, 소년의 일행은 만에 하나도 있을 수 없었던 승산에 도달했던 것이라고, 프레이야는 그렇게 납득하기로 했다.

"미아, 이 술은 네가 사는 걸로 해도 돼?"

"웃기지 마, 바보 여신. 아침 댓바람부터 사람을 깨워놓고는. 그것까지 쳐서 돈 내."

"하지만 난 이제 가진 게 아무것도 없는걸."

워 게임——『파벌대전』에 패배한【프레이야 파밀리아】는 해체되었다.

파벌연합의 맹주격이었던 헤스티아가 명령했던 것은 아니지만, 『상자정원』건도 포함해 프레이야 파벌은 너무나도 오만불손하게 행동했다. 뻔뻔하게 워 게임을 요구했던 것도 그렇고, 이 이상 프레이야가 제멋대로 굴도록 용납할 수 없다는 목소리가 대전에 참가했던 여신들을 중심으로 나왔던 것이다. 프레이야가 횡포를 부렸던 원인인 권속도 떼어내 손발을 잘라버려야 한다고.

친위대, 아니, 남신들을 중심으로 한 『동조자』나 프레이야를 숭배하는 아이들 『신자』가 즉시 이의를 제기했으나, "시끄러워 닥쳐"라며 억지로 진압해버렸다. 아무것도 하지 않았던 자들보다 승자들의 발언력이 높아진 것은 당연한 결과였으며, 많은 민중도 미신의 권능을 두려워해 말리지 않았다.

프레이야 파벌의 패배가 결정되자, 애처로울 정도로 천차만별 낯빛을 바꾸던 로이만도 처음에는 감싸려 했으나, 승자들의 요구와 여론을 뒤집지는 못했다. 길드 내에서도 등에 칼을 맞을 정도가 된 그는 어쩔 수 없이 기존 규정대로 도시 전력—— 에인헤랴르들의 도시 밖 유출만을 막고, 프레이야의 추방을 길드 본부의 뜻으로 발표했다.

"그들이 신 프레이야 이외의 주인을 따를 리가 없지 않나아아아……!! 신 아폴론 때의 재탕이 될 거다아아아……!!"

완전히 야위어버린 『길드의 돼지』는 그렇게 말했다.

이에 따라 【프레이야 파밀리아】의 막대한 자산도 모두 몰수되었다. 『폴크방』만은 길드가 맡게 되었으나, 나머지는 모두 승자들, 파벌연합에 참가한 【파밀리아】에게 분배되었다. 개전 전에는 초상집 분위기였던 【오그마 파밀리아】 같은 자들은 펄펄 뛰며 기뻐했다고 한다. 패배자에게는 상당히 아니꼬웠겠지만.

패배하면 즉각 송환될 거라고 생각했으므로 프레이야의 입장에서는 미지근한 조치라고 생각했으나,

『굴욕 치욕 오욕, 온갖 수치를 맛봐라.』

라는 여신연맹의 멋들어진 배려였을 것이다.

이 몸이 이미 벌거숭이 여왕으로 전락해버렸음은 온 하계에 널리 알려졌다.

【파밀리아】가 해체된 지금, 추문과 조소는 수백 년은 따라다닐지도 모른다.

길드의 발표로는, 폭거를 제외하고 오늘날까지 오라리오에 대한 공헌을 감안해 송환은 하지 않겠다고 했지만, 어딘가의 『착해빠진 자들』이 쓸데없는 짓을 했으리라고, 프레이야는 그렇게 내다보았다.

"모든 것을 걸라고 했던 건 나였고…… 무일푼이 된 것

도 어쩔 수 없잖아?"

프레이야에게 남은 것은 지금 걸치고 있는 옷뿐.

일행도 없다. 권속들에게는 전원 "따라오면 안 돼. 이 땅에서 영웅이 되렴"이라고 말해두었다. 헤이즈를 비롯해 이제까지 결코 프레이야를 거역한 적이 없었던 아이들은 필사적으로 매달렸으나, 말을 듣지 않으면 『매료』해서 오라리오에 묶어놓겠다고 말하자 많은 이들이 오열하며 주저앉았다. 눈을 뜬 회른만은 슬퍼할 자격 따위 없다는 듯 고개를 숙인 채 무언가를 열심히 참고 있었다.

그러므로 로이만은 딱히 위장통에 시달리지 않아도 된다.

이번 워 게임에서 사망자는 나오지 않았다.

권속들에게는 상대를 죽이지 말라고 철저히 주지시켰다.

추한 아집으로 전쟁을 시작해놓고, 다른 곳의 아이들을 죽여버렸다간 꿈자리도 뒤숭숭할 테고, 무엇보다 사망자가 나오면 벨은 절대 자신의 것이 되지 않을 것 같았으므로.

반대로 파벌연합은 죽일 작정으로 덤볐겠지만, 그래도 죽지 않을 거라 생각할 정도로 권속들을, 그리고 안드흐림니르를 신뢰하고 있었다.

"……그럼 이제까지처럼 일해서 벌어."

"안 돼. 횡포하고 귀찮은 여자는 오늘 안으로 냉큼 나가버리라고 그러던걸."

미아는 자리에서 일어나는 프레이야를 노려보듯 쳐다보았다.

그 눈빛은 감정을 드러내지 않도록 애쓰는 것 같았다.

"……어느 꼬마 여신은, 색골 여신은 안 되지만 『마을 아가씨』 한 명 정도라면 봐주겠다고, 그런 말실수를 했다던데."

출입구 앞에서 흠칫 발을 멈추었다.

"……안 돼. 그런 건, 너무 비참하잖아."

하지만, 역시, 미소를 지은 프레이야의 의지는 변함이 없었다.

"그러니까…… 안녕, 미아. 이제까지 즐거웠어."

로브 차림으로, 후드를 뒤집어쓰고 나가는 프레이야의 등을 무거운 한숨이 두드렸다.

그것을 모르는 척하며 동쪽 메인 스트리트로 나간다.

밤과는 다른 연푸른색의 어둠이 그녀를 맞아주었다.

"얼마나 오래 여기 있었던 걸까……."

눈에 익은 광경.

오늘까지 오랫동안 있었던 것 같으면서도 역시 눈 깜짝할 사이였던 것 같기도 했다.

쌀쌀한 아침 공기.

하루의 시작을 애타게 기다리기 시작했던 것은 언제부터였을까?

하지만 길었던 가을, 풍요의 계절도 끝난다. 그렇다면

겨울이 오기 전에 여신도 풍요와 함께 떠나가야 하리라.

아무도 없는 거리를 바라보며, 프레이야는 도시문 쪽으로 발을 돌렸다.

돌리려고, 했으나.

"시르 씨."

혼자서 기다리고 있었는지, 그곳에 서 있던 소년을 보고, 발을 멈추었다.

처음 만났던 대로에서, 처음으로 도시락을 건네주었던 장소에서.

"……무슨 일이야?"

약간 딱딱하고 조금 쌀쌀한 목소리가 나왔다.

왜냐하면 그는 지금 가장 만나고 싶지 않은 사람 중 하나였으므로.

"가버리시는 거예요?"

"당연하잖아. 그렇게 결정이 났는걸."

"하지만 우리는…….."

"왜? 또 날 휘두르려고? 넌 제멋대로 날뛰어서 자기만족으로 두 번이나 날 차버렸잖아?"

"으……?!"

마지막 보복으로 언짢은 말을 해주었다.

그렇다 해도 본심은 아니다.

제멋대로 날뛰었던 것은, 그거야말로 자기만족으로 하계를 일그러뜨렸던 자신 쪽이다.

세계를 뒤틀어서까지 바람을 이루고자 했던 프레이야와 비교하면 벨의『위선』은 귀여운 편이다.

　"……괜찮아."

　"네?"

　"네가『연심』을 끝내준 덕에 나는 틀림없이 구원받았으니까."

　"!"

　크게 뜨인 루벨라이트색 눈동자와 시선을 겹치며, 프레이야는 미소를 지었다.

　그 웃음에는 잔혹하고 분방한 여신도, 사랑의 독과 기적을 아는『마녀』도 없었다.

　연심의 아픔과 괴로움을 안, 소녀와도 같은 하얀 마음만이 있었다.

　"이제 사랑에 미쳐버리지도 않을 거고, 연심을 바라지도 않을 거야. 첫사랑인 네가 나 같은 것보다도 훨씬 크게 다쳐가며, 미련이란 걸 다 끊어줬으니까."

　그것은 숨김없는 본심이었다.

　벨에게 받은 상심과 맞바꾸어, 프레이야는 이제 세계를 뒤틀어버리는 괴물이 되지도 않고, 누군가를 상처 입히고 자신마저 상처 입는 일도 없을 것이다. 벨이 함께 상처를 입고 상처를 나누어준 덕이다.

　악몽이 끝났다, 는 건 아닌 듯했다.

　눈을 뜬 기분, 과도 달랐다.

너무나도 쓸쓸하고, 어딘가 홀가분하다.

지금도 눈물이 나올 것 같은 상실감이야말로 프레이야가 소년을 원했던 무엇보다도 큰 증거였으며, 그녀를 저주하던 『사랑』을 웃돌았다는 반증이다.

"너에게는…… 졌어."

분하지만.

너무나도 창피해서 인정하고 싶지 않지만.

프레이야는 구원받고 말았다.

입을 다문 소년에게, 여신은 아무런 사심도 없이 미소를 지었다.

"좋아해, 벨. 널 좋아해."

"……"

"지치고 싫증 날 때까지 너를 생각할 거야."

수만 년, 수억 년이나 반려를 찾아왔던 여신에게 그런 날은 영원히 오지 않겠지만.

그래도 이루어지지 않는 이 마음을 안고 가는 것이야말로 프레이야에게 내려질 가장 큰 벌.

"……그럼 이만."

미련 따위 생겨나기 전에 빠르게 자리를 떴다.

곁을 지나쳐도 그는 아무 말도 하지 않았다.

조금 의아하게 생각했다. 한 번쯤은 불러 세워줘도 좋을 텐데, 하는 계집아이 같은 불만도 분명 있었지만 의아함이 더 강했다.

이 소년이라면 반드시 떼를 쓸 거라 생각했는데.

"시르."

그런 의문의 대답은 이내 다른 방향에서 찾아왔다.

"!"

류.

그리고 아냐, 클로에, 루노아.

다른 『풍요의 여주인』 점원들도.

떡잎색 제복을 입은 그녀들이 어느샌가 나타나, 대로에 한 겹의 벽을 만들고 있었다.

프레이야는 발을 멈추었다. 그리고 입을 다물었다.

이윽고 후드를 눈가 깊이 고쳐 쓰고, 그녀들을 향해 다가가 그 틈으로 지나가려 했다.

"기다려라."

당연히 결벽적인 그녀가 그런 행동을 용납할 리 없었다.

이제까지 시르에게는 결코 들려준 적이 없었던 날카로운 어조로 여신의 발을 세웠다.

"우리에게 무언가 할 말은 없나?"

"……."

멈춰선 프레이야는── 아니, 『그녀』는 눈을 감았다.

류는 『아가씨』의 이름을 불렀다. 그렇다면 대답해야 할 이는 여신이 아니다.

그것이 엔딩을 맞은 프레이야의 마지막 격식.

술렁이는 마음은 무시하고, 눈을 떠, 회색 눈으로 보도

블록이 깔린 길을 바라보았다.

여신이 사라지고, 그곳에 서 있던 것은 『아가씨』가 되었다.

"…………미안해."

그 직후.

──짜악!

뺨에서 요란한 소리가 울렸다.

후드가 벗겨진 그녀는── 시르는, 눈을 크게 뜨고 지잉지잉 열기를 띠는 뺨을 만졌다.

"장난하나!!"

클로에와 루노아가 질겁해 얼굴을 실룩거릴 만한 속도로 시르의 따귀를 때린 류는 고함을 질렀다.

"사과할 정도였으면 속죄를 해!!"

"어……?"

"죽을 작정이었던 나를 살려둔 것은 당신이었다! 내가 지금 이곳에 있는 책임을 져!!"

그 말에 시르는 갈팡질팡했다.

마음이 동요를 일으켜, 이 이상은 비참한 꼴을 겪고 싶지 않다는 이기심과 부탁이니 미련을 품게 만들지 말아달라는 선망이 회색 눈에서 한데 뒤섞였다.

시르의 생각을, 화가 머리끝까지 치솟은 류는 금세 간파했으리라.

버들잎처럼 고운 눈썹을 곤두세우며, 멱살이라도 잡을

듯한 기세로 힐문했다.

"이 이상 수치를 겪고 싶지 않나? 멍청한 소리 집어치워! 평생 부끄럽게 만들어주지! 평생 대가를 치르게 만들어주지!!"

"으……."

"평생 우리 곁에 있어!!"

류의 눈물 섞인 일갈에, 회색 눈이 이번에야말로 크게 뜨였다.

"여신의 자긍심 따위 알 바 아니지옹~."

"맞아맞아. 왜냐면 우리 앞에 있는 건 신이 아니라 직장 동료고 말이지?"

클로에가 느물느물, 루노아가 깔깔 웃었다.

""게다가 그렇게 맛대가리 없는 밥을 만들어놓고는 얼렁뚱땅 넘어가려고 했어(했냐옹)~?""

여기에 그런 치욕까지 던져 시르의 안면을 수치로 물들였다.

뻐끔뻐끔 입을 몇 번이나 입을 여닫았다. 비참할 정도로 아무 말도 할 수 없었다.

다른 점원들은 키득키득 어깨를 떨고 있었다.

이윽고, 그 직후.

버림받은 고양이 한 마리가 앞으로 나왔다.

"…………프레이야 님……………… 시르…………."

"아냐……."

스스로도 아연실색할 정도로, 그녀에게 무슨 말을 해야 좋을지 알 수 없었다.

그 『상자정원』에서 속이고 내쳐 상처를 입혀놓고, 무슨 말을 할 수 있단 말인가.

얼어붙은 시르를 앞에 두고, 아냐는 겁을 먹은 것처럼 몇 번이나 시선과 꼬리를 떨었다.

몇 번이나 입을 다물었다가 벌리기를 반복하고 지면만 빤히 바라봤는지 알 수 없었다.

그때——

"……가버리면 싫어냐~~~~~~!!"

울면서 뛰어드는 아냐.

고양이에게 안긴 시르는 그대로 굳어버렸다.

"냐 아무것도 모르지만……! 시르랑, 헤어지고 싶지 않아냐~……!!"

바보인 아냐에게 설득 따위는 불가능하다.

센스 있는 말도 해줄 수 없었다.

애초에 프레이야와 시르의 관계를 제대로 이해했는지도 의심스럽다.

그러므로 가슴속의 마음을 솔직하게 쏟아내 그대로 시르에게 던졌다.

넋이 나가버린 시르의 눈이 서서히 습기를 머금기 시작했다.

"시르 씨."

그때까지 지켜보기만 하던 벨이 뒤에 서 있었다.

클로에가 아냐를 천천히 떼어내는 가운데, 자기도 모르게 돌아선 시르는 동요를 들키고 싶지 않아 고개를 숙였다.

아무것도 하지 못하고 있으려니——

터엉!

루노아가 아플 정도로 강하게 등을 밀어내주었다.

앞으로 휘청휘청 넘어지려 하는 꼴로 벨의 앞까지 밀려나왔다.

".........................."

"어~ 저기………… 아아아——…………."

말을 잇지 못하는 시르에게, 어째서인지 벨이 더 갈팡질팡했다.

의아하게 생각하고 있으려니, 소년은 큰 결심을 한 것처럼 두 팔을 확 벌렸다.

어? 뭐야?

마치 지금 당장이라도 안으려 하는 것 같은 소년의 행동에 시르가 눈을 크게 뜨고 있으려니, 뺨을 새빨갛게 물들인 벨은 "우우~~~!" 하고 머리를 두 팔로 감싸 쥐며 그 자리에 쪼그려 앉았다.

잠시 후, 무언가를 포기한 것처럼 일어났다.

그러고는 뺨을 여전히 붉게 물들인 채, 가만히, 시르의 오른손을 잡았다.

그 기습에 시르의 심장이 덜컥 뛰고 말았다.

그리고.

"……모, 못된 새끼고양이구나! 더 이상 나쁜 짓을 못 하도록, 영원히 지켜봐야겠다! 각오하렴, 후후!!"

바람이 불었다.

말 없는 시간이 흘렀다.

뒤에 있던 점원들이 썰렁한 눈으로 쳐다보고 있었다.

특히 류의 눈은 노려보기만 해도 벨을 죽일 수 있을 정도로 영하의 냉기를 띠고 있었다.

"으…………."

새파랗게 질려 땀을 삐질삐질 흘리는 소년을 보며, 시르는 깨닫고 말았다.

『만약 제가 이상해진다면 벨 씨는 어떻게 하시겠어요?』

그것은 여신제에서 밀회했을 때.

남몰래 『사랑』에 미쳐버리는 미래를 두려워하던 시르가, 농담처럼 그에게 했던 말.

『저를 꼭 안으면서 『못된 새끼고양이구나. 더 이상 나쁜 짓을 못 하도록 영원히 지켜봐줄 테니 각오하렴, 후후』하고 귓가에서 속삭이고 집에 데려가진 않을 건가요?』

『안 할 거거든요?!』

시르와 그는 그런 말과 함께 웃음을 나누었던 것이다.

꼭 끌어안는 대신, 소년은 소녀의 손을 잡고 있었다.

"……시르 씨. 그때도 말했죠. 시르 씨가 누군가를 상처 입히지 않도록, 막을 거라고."

아연실색한 시르에게 벨은 쓴웃음을 짓듯 멋쩍어했다.

"누군가를 상처 입히고 당신 자신이 상처 입지 않도록. 그러니까……."

그렇게 말하며.

품에서 꺼낸 무언가를, 아직 잡고 있던 시르의 오른손에 쥐어주었다.

"_____."

그것은 푸른 장식이 뿌려진 은세공 제품.

한쪽은 여신이 깨뜨려버렸던, 한 쌍의 액세서리.

플루란드 영웅담을 모티프로 한『기사』의 머리장식.

"제가 시르 씨를 감시할게요."

"에……?"

"당신이 나쁜 짓을 하지 못하게. 류 씨랑, 다른 분들이랑 계속 웃을 수 있도록…… 지켜볼게요."

시르의 손이 떨렸다.

"저는『반려』는 될 수 없어요."

의식이 멀어지며 머리 장식을 꼭 쥐고 말았다.

"저는『플루란드』도 아니에요."

입술을 떠는 소녀에게, 소년은 부끄러워하듯 웃었다.

"하지만 당신과 같이 상처 입으며 지켜드리는……『기사』
는 될 수 있다고 생각하니까요."

시르의 눈에서 눈물이 흘러 떨어졌다.
"시르 씨. 약속, 지켜주세요."
눈물이 그치지 않는 시르에게, 벨은 마지막으로 상냥하
게, 그런 심술궂은 말을 했다.
"『진정한 당신』을 가르쳐 주세요……. 우리가 이기면, 부
탁을 들어준다고 그랬잖아요."
목이 떨렸다.
오열이 새어 나오려 했다.
그런 건 용납할 수 없어. 나는 프레이야인걸?
그렇게 마음속으로 허세를 부려도, 회색 눈에서 멈추지
않는 눈물만이 전부였다.
마침내 도달한『꽃밭』에서 꾼 꿈을 떠올렸다.
『진정한 나』는 누구이고,『진정한 바람』이 무엇인지. 그
런 것은 이미 깨달았다.
『프레이야』를 시작했던 것도,『시르』를 시작했던 것도
『그녀』.
줄곧 그『꽃밭』에 있었던 것은── 이제까지 계속 눈물
을 흘렸던, 한 명의 소녀.
"…………나는 여신을 그만두고 싶어."
그러므로『진정한 나』를 전했다.

여신의 『멍에』로부터 해방될 보금자리를 향해, 있는 그대로의 자신을 외쳤다.

"모두의 곁에서 시르로 있고 싶어!"

벨은 활짝 웃었다.

류는 눈물을 흘리며 미소를 지었다.

아냐가 엉엉 울며 품에 안기고, 웃는 클로에와 루노아가 양쪽 어깨에 손을 얹었다.

점원들의 환호성이 솟았다. 주점의 기둥에 기댄 채 지켜보던 드워프가 입가를 틀어 올렸다.

이른 아침에 울려 퍼진 환희의 목소리에 도시가 천천히 눈을 뜨기 시작했다.

동쪽 시벽이 빛을 발했다. 아침 해가 한 조각 모습을 드러냈다.

소녀의 눈물을 태우며, 나무라며, 아주 작은 축복을 전해주었다.

"미안해 아냐……!"

이것은 벌이다.

"미안해 클로에…… 미안해 루노아……!"

제멋대로이고 이기적인, 『성녀』 따위가 아닌 『마녀』에게 내려진 벌.

"미안해 류……!"

그녀들과 마주할 때마다 수치심에 불타며, 몸부림치며, 평생을 속죄한다.

"미안해요 미아 엄마……!"

나쁜 짓은, 이제 할 수 없다.

"다들…………………… 고마워!"

그녀의 곁에는 『기사』가 있으면서 계속 지켜봐 줄 테니까.

"……이제 만족했냐, 날파리."

어떤 주점의 옥상에서.

눈 아래의 광경을 지켜보던 권속 중, 언짢은 표정을 지은 아렌이 물었다.

"모른다."

"아앙?"

"이게 최상의 결과인지는 알 수 없다."

헤딘은 짧게, 솔직한 감상을 말했다.

아렌만이 아니라 오탈을 제외한 4형제, 회그니도 그를 노려보는 가운데, 조용히 미소를 머금었다.

"하지만…… 나쁘지 않군."

저 어리석은 소년은 역시 그녀의 반려는 되지 않았다.

그리고 영웅도 되지 않았다.

소년은 그녀의 『기사』를 택했다.

정령은 아가씨.

성녀는 마녀.

아가씨와 마녀가 엮어내는 더블캐스트. 그것이 『진정한 그녀』.

그녀는 이제 『사랑』에 미치지도, 『연심』에 죽지도 않는다.

『사랑』을 거부한 그의 앞에서만은, 『연심』에 구원받은 그녀는 이제 여신이 아니라 『한 명의 소녀』로 있을 수밖에 없으므로.

그가 곁에서 지켜보는 한 그녀는 해방된다.

그녀의 『진정한 바람』은 이제 이곳에 있다.

"합격점이다. ……바보 제자."

해가 뜬다.

얼싸안은 소녀들을 비춘다.

그곳에 꽃밭은 없다.

그녀들이 입은 신록색의 떡잎만이 피어 있을 뿐.

"정말로…… 얄미운 남자."

그 광경에 중얼거리는 한 마디.

용사들의 곁에서 바라보던 회른의 밉살맞은 한 마디.

눈물을 흘리며, 투명한 미소를 한 번.

"우리를 구해줘서, 고마워………… 벨."

분명 처음이자 마지막이 될 감사를 아침놀의 하늘에 바쳤다.

소녀들과 떨어진 곳에서 지켜보는 소년은 혼자 웃고 있었다.

가을이 끝난다.

풍요와 함께 여신이 떠난다.

부서진 멍에에서 태어난 소녀는, 눈물의 산성(産聲)과 함께 꽃처럼 웃고 있었다.

【벨 크라넬】
소속: 【헤스티아 파밀리아】
종족: 휴먼
직업: 모험자
도달계층: 제37계층
무기: 《헤스티아 나이프》, 《하쿠겐》
소지금: 20발리스

《소녀의 펜던트》
　회색 머리카락의 소녀를 지켜보고 있는 「기사」의 은색 맹세.

『울지 마라 성녀 벨린다여.

슬픔에 젖지 마라 기사 플루란드여.

사랑 다음에 얻은 것이 나를 나로 있게 해주었다.

이 상처와 아픔이 나를 구하고 해방해주었다.

있지, 두 사람.

난 잊을 수 없는 사랑을 했어——.』

· 관 속에서 잠들어, 물 밑에 떠오른 물거품의 기억은 지금도 미소를 짓고 있다.

스테이터스

Lv.5

힘: G222 내구: F340 기교: G245 민첩: F311 마력: I98
행운: F 내성: G 도주: G 연공: I

《마법》
【파이어볼트】 · 속공마법.

《스킬》
【리아리스 프레제】 · 조숙한다.
· 마음이 이어지는 한 효과 지속.
· 강도에 따라 효과 향상.

【아르고노트】 · 액티브 액션에 대한 차지 실행권.

【옥스 슬레이어】 · 맹우 계열과 전투 시 모든 능력 초고보정.

【바나디스 테베레】 · 헤스티아의 가호
· 매료 효과 침범 시 발동. 모든 어빌리티 초고보정.
· 체력 및 마인드 지속회복.

© Suzuhito Yasuda

후기

　도주 어빌리티가 없었으면 전차에게 썰렸을 제18권 되 겠습니다.

　우선 감사의 말씀을 드립니다.
　GA 문고를 퇴직하신 키타무라 전 편집장님, 이제까지 수고하셨습니다. 그리고 정말로 감사합니다. 이번 18권까 지 던만추라는 작품을 만드는 데 함께 할 수 있었다는 것 을 절대 잊지 않겠습니다. 새 편집장님이 되신 우사미 씨, 앞으로도 부디 잘 부탁드립니다. 그리고 원고를 잘 놓지 못해서 정말로 죄송합니다. 이번에도 작품을 멋진 일러스 트로 장식해주신 야스다 스즈히토 선생님, 삽화의 전장 러 시는 정말 놀라 주저앉을 정도였습니다. 감사합니다. 간행 을 도와주신 관계자 여러분께도 깊은 감사 말씀 드립니다.
　독자 여러분께는 사죄를. 17권에서 1년하고도 반년 이 상이나 시간이 걸려 정말 죄송합니다. 어디까지나 제 책임 입니다. 당초 예정보다도 페이지 수가 두 배나 늘어나 두 껍고 무거워진 것도 전부 오모리 후지노 탓입니다. 정말정 말 오래 기다리게 해드렸습니다.
　이 후기를 쓰고 있는 지금, 무슨 생각으로 본문을 집필 했는지 잘 떠오르지 않습니다. 떠올리고 싶지 않은 건지도 모르겠습니다. 그만큼 주인공들과 함께 괴로운 싸움을 맛보았던 것 같습니다. 왜 이렇게 괴로워하고 있을까 생각해보면, 그렇구나. 여신님의『꽃밭』에 계속 도달할 수가 없었던 거구나, 하는 생각이 들었습니다. 그래서 기왕 하는 김에 프레이야라는 여신님에 대해 조금 더 언급해보고자 합니다.

이 던만추라는 작품을 맨 처음 쓰려 했을 때, 우선 최대한 신화를 조사하고 신들에 대해 알아보려고 했습니다.

하지만 조사하는 동안 점점 혼란스러워졌습니다.

이 책이랑 저 책에 실린 전승이 달라!

정보가 제각각이야! 모순밖에 없어!

당시에는 책 그 자체를 읽는 데 익숙하지 않고 신화에 대한 사전지식도 전혀 없었기 때문에 눈이 핑핑 돌 지경이었습니다.

전승되는 신화가 문헌에 따라 다른 것은 수많은 민족과 나라의 역사적 배경, 혹은 종교적 사정 같은 것도 있었다고 합니다. 그 사실을 이해하지 못했던 당시의 저는 아무튼 이해할 수 있을 때까지 책이며 인터넷을 뒤져댔습니다만, 이해하지 못하는 나름대로 깊은 인상에 남았던 신들이 있었습니다. 프레이야라는 여신은 특히 그랬습니다.

적에게도 아군에게도 표적이 되는 절세미의 여신이며, 사랑이 많고 분방하고, 그런 주제에 용감한 전사자의 영혼도 모으는 무서운 여왕님. 자존심도 강한 것 같고, 제멋대로 군다고 화를 내면『그래서 뭐? 난 프레이야인걸?』하고 대답해버릴 것 같은 무적멘탈의 소유자. 제 눈에는 그렇게 보였습니다.

하지만 그런 여신님도 눈물을 흘리는 일이 있었다고 합니다.

오즈라 불리는 남편이 자신의 곁을 떠나가고, 그를 찾아 여기저기 여행을 하는 동안 전혀 찾을 수 없다면서 계속 울고 있었다나요.

아니아니아니 거짓말이겠지, 그런 캐릭터 아니잖아. 하고 당시의 저는 딴죽을 걸었지만, 몇 번이나 다시 읽는 동안 이 여신님이 점점 신경 쓰이게 되었습니다.

사랑의 여신님인데 사랑을 알지 못했다? 그것도 사랑의 여신님이라 사랑을 가볍게 생각하고 사랑의 소중함을 잊어버렸다? 혹은 남편에게 보였던 건 사랑이 아니라 연심이었다?

그런 생각을 하는 사이에 프레이야라는 여신님을 시르라는 여자아이와 함께 이 이야기의 중요한 장소에 놓고 말았습니다.

여신님에 얽힌 신화 중에서 제가 좋아하는 전승이 하나 있습니다.

남편과 재회한 여신님이 긴 여행에서 돌아오는 도중, 대지에 수많은 꽃이 피어 있었다고 합니다.

그것은 분명 굉장히 아름다운 꽃밭이 아니었을까 생각

합니다.

　그런 『꽃밭』에 도달하고 싶다는 생각에, 이번 이야기를 썼습니다.

　그리고 도달했던 꽃밭 너머에 펼쳐져 있던 것도 조금이나마 쓸 수 있었던 것 같습니다.

　신화의 전승은 제각각이고 모순투성이인 데다 올바른 해석이란 것을 가르쳐주지도 않습니다. 신들은 정말로 부조리하고 불친절합니다. 하지만 그건 정말로 신이지요. 평범한 여자아이처럼 울어버리는 때도 있고요. 왜냐면 신인걸. 이제는 그렇게 생각하고 있습니다.

　이 본편 18권으로, 12권부터 시작했던 제4부, 제 마음속에서는 『풍요편』이라고 부르던 긴 챕터가 겨우 끝을 맺었습니다.

　다음부터는 새 챕터인 『학구편』.

　아마도 시리즈 중에서도 가장 짧은 챕터가 될 거라 생각합니다. 그 후에는 분명 단숨에.

　라고 하면서 또 몇 권씩 써버릴 것 같으니 다음 권도 읽어주시면 기쁘겠습니다.

　여기까지 읽어주셔서 정말로 감사합니다.

　실례하겠습니다.

오모리 후지노

DUNGEON NI DEAI WO MOTOMERU NOWA MACHIGATTE IRU DAROKA 18
Copyright © 2023 Fujino Omori
Illustrations Copyright © 2023 Suzuhito Yasuda
All rights reserved.
Original Japanese edition published in 2023 by SB Creative Corp.
Korean translation rights arranged with SB Creative Corp., Tokyo
through Eric Yang Agency Co., Seoul.
Korean translation rights ©2023 by Somy Media, Inc.

던전에서 만남을 추구하면 안 되는 걸까 18

2024년 6월 15일 1판 2쇄 발행

저　　　　자 오모리 후지노
일 러 스 트 야스다 스즈히토
옮 긴 이 김민재
발 행 인 유재옥
담 당 편 집 정영길

부 사 장 이왕호
이　　　　사 조병권
출판본부장 박광운
편 집 1 팀 박광운 최서영
편 집 2 팀 정영길 조찬희 박치우 정지원
편 집 3 팀 오준영 이소의 권진영
디자인랩팀 김보라 박민솔
디지털사업팀 박상섭 김지연 윤희진
라이츠사업팀 김정미 맹미영 이윤서
영업마케팅팀 최원석 박수진 이다은
물 류 팀 허석용 백철기
경영지원팀 최정연
인쇄제작처 ㈜코리아피엔피
발 행 처 ㈜소미미디어
등　　　　록 제2015-000008호
주　　　　소 서울시 마포구 토정로222, 502호 (신수동, 한국출판콘텐츠센터)
판매 및 마케팅 (070) 8822-2301

ISBN 979-11-384-1841-6 (04830)
　　　979-11-950162-0-4 (세트)